Les cités intérieures

DU MÊME AUTEUR
AUX ÉDITIONS STOCK

Journaux de jeunesse (1914-1931)
Le journal en sept volumes (1931-1974)
Inceste, *Journal non expurgé* (1932-1934)
Le Feu, *Journal non expurgé* (1934-1937)
Comme un arc-en-ciel, *Journal non expurgé* (1937-1939)
Vénus Erotica
Les petits oiseaux
Henry et June – Les cahiers secrets
Correspondance passionnée *(avec Henry Miller)*

Anaïs Nin

Les cités intérieures

Œuvres romanesques

Les miroirs dans le jardin
Les enfants de l'Albatros
Les chambres du cœur
Une espionne dans la maison de l'amour
La séduction du Minotaure

Traduit de l'anglais (États-Unis)
par Anne Metzger et Élisabeth Janvier

Préface de Laure Adler

Stock
la cosmopolite

TITRE ORIGINAL :
Cities of the interior

Illustration de bande : © Raphaëlle Faguer

ISBN : 978-2-234-09129-0

Préface

C'est difficile d'entrer dans un labyrinthe. On a toujours peur de ne pas trouver la sortie. C'est compliqué qu'on vous dise la vérité, toute la vérité, rien que la vérité. On craint, dans cette surenchère, d'être en permanence trompé. Vouloir tout dire n'est pas forcément la voie d'accès la plus facile pour se faire aimer et considérer d'autrui. Et pourtant, c'est ce que choisira Anaïs Nin. Anaïs Nin, en tant que femme écrivaine du mitan du XXe siècle, prendra la vérité au collet et décidera, durant toute son existence, de s'y confronter durement, violemment, loyalement. À ses risques et périls. En toute connaissance de cause.

Son nom même, Anaïs Nin, est recouvert par une réputation sulfureuse. On confond sa vie et son œuvre. On parle plus du nom de ses amants que de son écriture. On murmure qu'elle écrivait, sous le manteau, de la littérature érotique, sans parler de ses romans et de ses essais. On la réduit à n'être qu'une *Vénus Erotica* ou l'auteure d'*Inceste*. On surexhibe son corps, son désir sexuel inassouvi, sans la lire, sans évoquer son esprit philosophique, à la recherche de la vérité, et son courage moral de se comprendre elle-même. On sait qu'elle a commencé à écrire son journal très jeune et qu'elle ne l'a pas lâché. On sait moins qu'elle n'a jamais imaginé qu'un jour elle ne serait célébrée dans le monde entier que comme l'auteure de ce journal, elle qui ambitionnait, à juste titre, d'être reconnue, avant tout et par-dessus tout, en tant qu'écrivaine de fiction.

A-t-elle, à dessein, brouillé les pistes ? A-t-elle souhaité cette duplicité, cette porosité entre ce qu'elle vivait, ce qu'elle en comprenait, et ce qu'elle en traduisait dans ses écrits fictionnels ? En entrant dans cette monumentale saga nommée *Cités intérieures*, on ne peut que se dire qu'elle a joué entre vie et fiction mais qu'elle a joué sa vie, justement, pour en faire une fiction.

On y entre, au début, un peu effrayée, tant le souci du dévoilement de soi est intense. On a peur pour elle. Il faut s'habituer à vivre dans ce château hanté où des spectres du passé, vêtus d'oripeaux fantastiques, viennent troubler la tranquillité de celles et de ceux qui se croient vivants.

C'est bien là la question qui obsède l'écrivaine : comment être encore vivant ? À quel prix continuer à l'être ? Que faut-il faire pour être encore dans ce monde ? Qu'exige la vérité ? Telles sont quelques-unes des questions que pose Anaïs Nin en s'engageant dans cette tâche surhumaine qu'est cette série de cinq livres, publiée sous le titre générique *Les Cités intérieures*.

Dans son journal, elle procède par notes, il se lit comme un flux ininterrompu de fragments de son existence. Dans *Les Cités intérieures*, elle compose, elle architecture, elle tente de mettre à distance, elle crée. Le journal, si génial soit-il, est une plateforme, un chantier permanent pour pouvoir écrire. Pour elle, ce n'est pas de l'écriture c'est de la matière brute. Écrire, pour Anaïs Nin, c'est faire roman, construire des personnages, installer des paysages géographiques et mentaux, inventer des temporalités et nous guider dans un récit.

Le problème – c'est ce qui la rend intéressante aujourd'hui et ô combien moderne – est qu'Anaïs ne sait parler que d'elle ou, plus précisément, à partir d'elle.

Ce que vous allez lire est la forme romanesque d'une immense machinerie de dédoublement de soi, une tentative de désarmement de toute forme de narcissisme, une forme artistique de rassemblement des fragments de son propre soi.

Aujourd'hui on parle de fiction, d'autofiction, on s'emmêle un peu les pinceaux dans les définitions du vrai et on fait semblant de croire que si des romanciers parlent de leur vie, ils nous disent forcément la vérité. C'est faux puisqu'ils écrivent. L'espace de la fiction est dans l'acte d'écrire. Dans cette liberté.

Anaïs Nin a été l'une des précurseuses les plus intrépides de ce genre. Non parce qu'elle voulait *tout* dire, mais parce qu'elle savait que, pour elle, seuls les mots pouvaient la sauver. La sauver de son anxiété, de son mal de vivre, de son angoisse permanente de ne pas être à la hauteur vis-à-vis des autres – sa mère, son mari, ses amants –, à la hauteur de sa chance d'être en vie – quelle chance, le monde est si beau qu'il ne faut pas gâcher son temps d'existence –, à la hauteur surtout vis-à-vis d'elle-même – observatrice cruelle de ses défauts et de ses manques, avec lesquels elle cherche le moyen de continuer à avancer, cahin-caha.

Alors oui, son style est un peu pâteux, un peu lourd, voire appuyé, les clichés surabondent mais, petit à petit, on entre dans son univers d'écriture, fascinées que nous sommes de la voir s'assurer de son existence par le biais de l'écriture. Comme d'une chrysalide sort le papillon, des mots qu'elle nous confie surgit sa propre personne. Qui est-elle ? Elle ne le sait pas et ce flou sur les contours de sa propre personne s'alimente à l'incertitude d'appartenir au monde des vivants.

Quand Anaïs écrit, elle sait qu'elle est en vie. Mais quoi écrire et comment continuer à écrire pour continuer à vivre ?

Dans *Les Cités intérieures*, malgré les thèmes, les périodes et les pays différents à chaque volume, malgré la multiplicité des prénoms, répliques, doublures, c'est bien elle qui se trouve au centre, c'est bien elle la colonne de feu de cet être brûlant de désir de comprendre le monde et de trouver des raisons d'entretenir cette flamme qui le garde vivant. Anaïs ne veut pas vivre à bas bruit et refuse de se contenter de ce qu'on lui donne ou de ce qu'elle trouve : elle veut, tel un artificier un soir de fête qui prend des risques pour illuminer le ciel, se provoquer pour s'étonner, aller au bout de ses forces, de ses capacités, cherchant, à la façon de Rimbaud, le dérèglement de tous les sens.

Dehors, dedans : qui est-elle dans le regard des autres ? Coïncide-t-elle avec l'image qu'elle donne d'elle-même ? La quête permanente d'un réajustement avec soi-même se nourrit d'une inquiétante étrangeté de ne pas savoir si elle s'appartient. Anaïs Nin prend l'écriture non seulement comme témoin, mais aussi comme arme pour essayer de sonder ce que certains pourraient nommer « troubles d'identité » et qui, par les mots, deviennent des dédoublements à l'infini. Comme lorsque vous entrez dans un palais des glaces dans une fête foraine où, au début, les déformations de votre propre apparence vous amusent, avant de vous faire peur.

Anaïs Nin écrit pour conjurer l'angoisse, n'y parvient pas toujours, et en cela, elle est une prédécesseuse de certains écrits de femmes qui voient le jour à l'aube des années quatre-vingt-dix. Elle nous dit ses fragilités, ses inquiétudes, elle veut désespérément fixer l'image de soi, même si elle sait qu'elle se dérobe sans cesse. Le pacte qu'elle noue avec chaque lectrice, chaque lecteur, participe de cette addiction à vouloir la lire, à vouloir tout lire, à naviguer entre cet opus romanesque et le journal. D'ailleurs les deux se complètent et s'éclairent mutuellement, même s'il ne faut pas forcément plaquer les noms de certains de ses amants sur les personnages qu'elle construit dans *Les Cités intérieures*.

Anaïs Nin n'a jamais caché son désir d'être publiée, d'être reconnue, d'être considérée comme écrivaine parmi ses pairs. Elle aura du mal à se faire éditer, ne réussira pas à être considérée comme une romancière et échouera à être, avec cette saga, le Lawrence Durrell du *Quatuor d'Alexandrie*. Elle admire D.H. Lawrence et publie, dès 1932, un essai qui lui est consacré, puis des poèmes, des nouvelles, avant le début des *Cités intérieures* dont le premier volume, *Les Miroirs dans le jardin*, paraîtra en 1946 et le dernier, *La Séduction du Minotaure*, en 1958. Elle se réclame de Proust et de sa Recherche. Elle y dévoile ce qu'elle nomme « l'essence du féminin » à travers trois personnages féminins: Djuna, Lilian et Sabina. Peu d'échos hélas à cette remarquable introspection philosophique et sexuelle de la femme dans tous ses états. L'opus est-il trop en avance ? C'est plutôt le silence que le scandale... À travers ses trois personnages féminins, elle met en place une formidable machine désirante où le corps, l'âme et l'imagination sont à la recherche perpétuelle de l'assouvissement. Anaïs Nin rêve d'un amour-dissolution qui lui permettrait de s'enfuir de ces cages du soi où elle étouffe et s'infériorise, mais elle n'y parvient pas. Comme tant d'autres, Anaïs Nin a découvert l'amour dans les livres et, plus particulièrement, dans *Madame Bovary*. Comme Emma, elle se brûle les ailes à vouloir l'idéaliser. Dans la vie elle prend des coups. Dans ses romans, elle tient la dragée haute à l'espèce masculine rarement à la hauteur de ses espérances, ni érotiques, ni sentimentales, ni intellectuelles. Dans son journal c'est la même chose : pas à la hauteur, jamais à la hauteur. Fantasmes mal liquidés d'un problème œdipien ? Il est dangereux d'interpréter à l'aune de la psychanalyse ce qu'écrit Anaïs Nin, tant elle défie toutes les méthodes en se plaçant elle-même dans un processus de transfert narcissique exacerbé.

Oui, elle est une femme. Oui, elle aime les hommes. Oui, elle aimerait aimer les femmes autant que les hommes. Non, elle ne parvient pas à trouver l'amour fou malgré toutes ses tentatives. Non, elle ne parvient jamais – ni par la sexualité, ni par l'érotisme, ni par l'intellect – à un état de plénitude ardemment souhaité.

Au lieu d'exhiber tout d'elle – c'est ainsi qu'on présente souvent son travail – elle ne cesse d'enfouir par le mouvement de l'écriture ce qu'elle ne veut pas savoir d'elle-même et qui l'empêche de respirer : pourquoi toujours ce sentiment poisseux d'être en dessous du monde, pourquoi ce désaccord existentiel ? Comme si elle n'était pas sûre d'exister. Elle dit qu'elle existe. L'écrit en atteste.

La publication des *Cités intérieures* s'étalera sur seize ans et ce n'est qu'aujourd'hui avec le recul du temps, les progrès – même s'ils ne sont pas encore assez grands – opérés dans le champ de la reconnaissance des écrivaines, et la renaissance du féminisme, qu'on peut enfin réaliser l'ampleur intellectuelle du projet, sa profondeur et ses mises en perspective.

Par son courage désespéré à s'examiner elle-même et à se dépasser, elle ouvre un chemin existentiel à chacune de ses lectrices, à chacun de ses lecteurs. Par sa force morale à se dégager de toutes les images-clichés qui ont écrasé la femme – ce que devait être une femme – elle donne aujourd'hui un goût sauvage à la liberté assumée de pouvoir, en toute légitimité, dire « je ».

Laure ADLER

Avertissement de l'auteure

Ce livre, Les Cités intérieures, *a une histoire qu'il me paraît à propos de rendre publique pour dissiper certains malentendus. Je n'ai jamais écrit aucun de mes romans selon un plan précis. J'ai toujours improvisé autour d'un thème central, étant bien entendu que je m'étais fixé d'étudier essentiellement des personnages féminins. Dans mon premier roman*, Les Miroirs dans le jardin, *apparaissent déjà toutes les femmes dont je devais approfondir le caractère dans les romans suivants. Je dus seulement abandonner Stella, dont la personnalité trop tranchée ne pouvait se prêter à un jeu de correspondances avec les autres femmes. (« Stella » fut publiée plus tard par Alan Swallow dans un recueil intitulé* Un hiver d'artifice *et comprenant deux autres nouvelles : « Un hiver d'artifice » et « La Voix ».)*

Lorsque E. P. Dutton décida de publier Les Miroirs dans le jardin, *je lui fis entendre que cet ouvrage faisait partie d'un ensemble plus important, et que d'autres romans viendraient le compléter et compléter les personnages. Ce fut un beau tollé ! On me dit que les lecteurs américains ne liraient jamais un roman en cascade, encore moins un roman fleuve. Le livre parut donc en 1946 sans aucune explication quant à ses futurs prolongements. C'est la raison pour laquelle je ne me suis pas particulièrement attachée à établir des liens logiques entre mes divers récits.*

J'ai écrit le roman suivant, Les Enfants de l'Albatros, *comme s'il s'agissait d'une œuvre indépendante. On y retrouve les mêmes personnages, mais le thème est totalement différent. Les inquiétudes de Dutton étaient dissipées. Le livre parut un an après* Les Miroirs dans le jardin, *mais les lecteurs (et les critiques), non avertis, ne surent pas découvrir le rapport qu'il y avait entre ces deux ouvrages qui se prolongeaient mutuellement.*

Puis Dutton décida d'attendre quatre ans avant de publier le troisième, Les Chambres du cœur. *Craignant que dans cet intervalle le fil ne fût définitivement rompu, je m'adressai alors à Duell, Sloan and Pearce. Il devait néanmoins s'écouler trois ans entre la publication des* Enfants de l'Albatros *et celle des* Chambres du cœur. *La continuité de l'œuvre et ses correspondances profondes échappèrent fatalement à tout le monde. Contrairement à ce qui se passa plus tard pour le* Quartet *de Durrell, qui fut d'emblée présenté au public comme un tout, mes romans ne furent jamais accompagnés d'aucune explication. Le quatrième,* Une espionne dans la maison de l'amour, *refusé par Duell, Sloan and Pearce, fut publié par le British Book Centre quatre ans après la sortie des* Chambres du cœur. *Toute notion de « continuité » s'était alors définitivement évanouie.*

Enfin je publiai moi-même Barque solaire, *sous forme d'un petit volume illustré de très jolis dessins d'un petit garçon de onze ans, Peter Loomer. Ce livre était exclusivement centré sur un épisode de la vie de Lillian. À l'époque je pensais que tout y était dit. Mais comme une musique qui continue de vous hanter, l'histoire me travaillait encore ; je la repris et lui donnai sa conclusion définitive.*

Mon nouvel éditeur, Alan Swallow, se trouva alors devant un cas de conscience. Fallait-il rééditer Barque solaire *en lui rajoutant ce prolongement ? Le livre ne risquait-il pas de passer totalement inaperçu de la critique, qui ne comprendrait pas qu'il s'agit d'un ouvrage différent ? Swallow décida donc de le présenter sous un nouveau titre :* La Séduction du Minotaure. *Certains critiques, sous prétexte qu'ils avaient déjà lu* Barque solaire, *nous en firent de cuisants reproches. La compréhension ne court pas précisément les rues ! Et une fois de plus il me fut impossible d'expliquer publiquement mes intentions et le propos de mon œuvre.*

Comme tous les exemplaires de mes romans étaient épuisés et que le public continuait à les demander, j'entrepris, en 1959, de les rééditer en un volume unique ayant pour titre Les Cités intérieures. *Pour la première fois, ils existaient dans leur continuité. Les correspondances qui courent de l'un à l'autre apparaissent enfin dans toute leur lumière, et je souhaite au lecteur d'en trouver le chemin plus aisé et de pénétrer ainsi plus profondément au cœur des « cités intérieures ».*

ANAÏS NIN
Los Angeles, 1974.

Avertissement de la traductrice

Les traductions qu'on va trouver dans ce volume sont dues à deux plumes différentes. Anne Metzger est l'auteur du texte français de *Les Miroirs dans le jardin, Une espionne dans la maison de l'amour* et *La Séduction du Minotaure.* Je le suis des deux autres romans.

Deux miroirs. Deux reflets. Les œuvres d'Anaïs Nin ne sont-elles pas elles-mêmes un perpétuel jeu de miroirs ? Chacune à sa façon, nous avons tenté de restituer une certaine réalité de l'écriture d'Anaïs Nin. Comme deux photographies d'un même visage, chacune révélant des détails restés plus estompés chez l'autre. L'une suivant le flux du langage, l'autre s'attardant davantage aux images. Car il y a tout cela dans l'écriture d'Anaïs Nin. Une musique très subtilement balancée, une prose poétique et dense où l'image évoquée par le mot a autant d'importance que la sonorité des syllabes. Les mots roulent sous sa plume comme des objets voluptueux, soyeux, caressants, chauds, en limpides cascades. Une écriture pleine de remous, qui fait souvent penser à celle de Marcel Proust.

Proust n'a-t-il pas parlé de « la petite cité intérieure de nerfs et de vaisseaux que je porte en moi… » ?

C'est ce côté « proustien » de l'écriture d'Anaïs Nin que j'ai tenté de restituer, ses mots ciselés, les précisions sonores de sa langue.

Anne Metzger a choisi le versant plus féminin, plus charnel, de l'écriture. Elle a été sensible au registre superbement sensuel de l'écrivain, plus souple, plus désinvolte et bien articulé.

Nous n'avons pas cherché à unifier nos styles. Nous laisserons le lecteur reconnaître, retrouver lui-même, les multiples facettes d'un même visage – ces facettes qu'Anaïs Nin elle-même ne cessait d'ajouter à son œuvre. Nous lui laisserons le plaisir d'en superposer les images, de retrouver le fil de la petite musique intérieure d'Anaïs qui court d'un roman à l'autre, et de recomposer la voix fragile et pure, un rien tremblée, qui n'appartient qu'à elle.

ÉLISABETH JANVIER

Les miroirs dans le jardin

Traduit de l'anglais (États-Unis)
par Anne Metzger

1

La faim

Lillian était toujours en effervescence. Ses regards zébraient l'air et laissaient des traînées phosphorescentes. Ses belles dents étaient avides. Elle faisait penser à une négresse[1] qui aurait découvert un philtre pour rendre sa peau blanche et ses cheveux roux.

Dès qu'elle arrivait dans sa chambre, elle se débarrassait de ses chaussures. Elle ne pouvait supporter longtemps ni colliers, ni boutons et se hâtait de les défaire; les écharpes l'étranglaient. Son sac à main était toujours plein à craquer, et souvent elle déversait son contenu par terre.

Elle était sans cesse en mouvement au centre d'un tourbillon de gens, de courrier, de coups de téléphone. Toujours elle se trouvait, comme par hasard, en plein drame, au centre d'un problème, d'un conflit. Elle semblait faire de la voltige d'un trapèze à l'autre, d'une angoisse à l'autre, sautant par-dessus les zones paisibles, les déserts et les silences. On s'étonnait qu'elle puisse dormir, car c'était là un arrêt de son activité. En fait, même dans son sommeil elle s'agitait encore, roulait dans tous les sens, ou même tombait du lit; ou alors elle dormait à demi assise, comme si le sommeil l'avait surprise en train de parler. Au matin, on était certain qu'un

1. L'éditeur a choisi de publier les traductions d'origine des romans d'Anaïs Nin. Certains termes ne seraient plus utilisés aujourd'hui et sont donc à replacer dans le contexte de l'époque.

grand combat s'était livré au cours de la nuit en voyant couvertures et oreillers dispersés dans la chambre.

Quand elle cuisinait, la cuisine entière semblait galvanisée par l'ardeur qu'elle apportait à le faire ; les plats, les casseroles, les couteaux portaient des traces de sa violence, tout était violemment mis en place, défié, forcé à mijoter, à cuire, à bouillir. Elle épluchait les légumes comme un chasseur dépouille un animal de sa fourrure, comme s'il lui fallait arracher une peau à une chair résistante. Elle poignardait, assassinait les fruits, elle massacrait la laitue comme avec une machette. L'assaisonnement de la salade devenait de la lave chaude et on s'attendait à voir les feuilles se faner et se ratatiner sur le coup. Les tranches de pain tombaient sous le couteau comme des têtes sous la guillotine. Les bouteilles et les verres s'entrechoquaient rudement comme dans un jeu de massacre. Tant et si bien que le vin, la bière ou l'eau étaient mis hors de combat avant même d'avoir gagné la table.

On croyait assister dans sa cuisine à quelque spectacle d'avaleurs de sabres, de mangeurs de verre ou de feu tels qu'en produisent certaines sectes magiques de l'Inde. Elle n'utilisait dans l'art culinaire que des substances analogues à celles qui entraient dans la composition de son être : c'est-à-dire tout ce qui suscitait les réactions les plus violentes, la contradiction, ce qui faisait naître la taquinerie, son refus de répondre aux questions et son besoin d'en poser, tous les excitants des rapports humains, tout ce qui offrait une analogie évidente avec le poivre gris, le paprika, le soja, la sauce piquante et le piment rouge. Dans un laboratoire, elle aurait causé des explosions. Dans la vie, elle en provoquait aussi et, après coup, elle était ahurie des dommages causés. Elle se mettait alors aussitôt à la tâche pour réparer les dégâts. Elle s'excusait du malentendu, de sa franchise maladroite, de son geste malheureux, elle demandait pardon pour ses scènes de rupture, son agressivité et son impétuosité. Partout, sa présence provoquait des orages et des dévastations d'ordre sentimental. Des révélations malheureuses avaient été faites, les contacts étaient interrompus, la confiance détruite. L'harmonie, les illusions, l'équilibre étaient anéantis. Le lendemain, elle était la première bouleversée de voir ses amis tous dispersés comme après un tremblement de terre.

Les tourmentes de ses angoisses, les brouillards épais de son hypersensibilité, les éclats de son rire, la chaude humidité de sa voix surchargée d'électricité, la qualité bruyante de ses gestes laissaient dans l'air plus d'un long écho et plus d'une vibration. Les rideaux continuaient à frémir après son départ. Les meubles restaient chauds, l'air vibrait, les miroirs portaient la marque de son exigence à obtenir d'eux une image d'elle-même qui la puisse satisfaire.

Ses cheveux roux manifestaient le même goût de l'indiscipline que le reste de son corps. Aucun peigne n'en venait à bout. Aucune robe ne tombait bien sur elle, aucune étoffe ne la moulait, elle semblait porter un plumage hérissé. Elle n'était qu'un ouragan de rouge, de jaune, d'orange et de vert, qui juraient ensemble. Le rose détruisait l'orange, le vert et le bleu venaient à bout du carmin. La veste du tailleur s'irritait de la compagnie de la robe du soir, le manteau sport était en guerre avec la dentelle, les souliers de tous les jours juraient avec le bracelet de turquoises. Et si, une fois, elle se décidait à porter un chapeau imposant, il semblait voguer à l'aventure comme un bateau à voiles sur une mer houleuse.

Avait-elle rêvé d'être la compagne des Centaures, des Vikings, des Pionniers, d'Attila ou de Gengis Khan ? Avait-elle rêvé de partager la société des grands Conquérants, des Grands Inquisiteurs et des Empereurs ?

Bien loin de là ; au milieu de son agitation tumultueuse, elle rêvait d'un amant fantôme, d'un être pâle, romantique, anémique, vêtu de gris et de timidité. Du sein de son être semblable à un volcan avait jailli la silhouette la plus délicate, la plus évanescente et la plus irréelle.

Lillian l'aperçut pour la première fois en songe ; la seconde fois, elle était encore sous l'effet de l'éther après une opération. Son visage pâle lui apparut souriant et il hanta son sommeil et son inconscient.

La troisième fois, il lui apparut en chair et en os, dans la rue. Des amis les présentèrent. Elle eut le choc du « déjà vu » que connaissent les amants.

Il se tenait exactement comme dans son rêve, souriant, passif, debout. Il avait une façon de saluer qui ressemblait à un au revoir, il avait l'air de passer.

Elle tomba amoureuse d'un volcan éteint.

Sa force et son ardeur s'en éveillèrent d'autant.

La puissance de Lillian se répandit autour de l'immobilité de Gerard, encercla son silence, enveloppa sa tranquillité.

Lillian l'invita. Il accepta. Lillian révolutionnait son orbite immuable, saturnienne.

« Voulez-vous venir chez moi ? Le désirez-vous ?

– Je ne sais jamais ce que je désire. » – Il souriait à cause de sa façon à elle d'insister sur le « voulez-vous ». – « Je sors très peu. »

Tout de suite, dans le vide créé par son absence de désirs, elle jeta ses propres désirs qui restaient d'ailleurs sans réponse. Elle rencontrait seulement une soumission consentante et elle se demandait toujours si elle n'avait pris son propre désir pour celui de Gerard. Dès le premier instant, elle fut seule à jouer le rôle de l'amant, à faire les questions et les réponses.

Lorsque l'homme impose sa volonté à la femme, celle-ci sait augmenter son plaisir en lui laissant l'entière responsabilité de vouloir, et le vouloir de l'homme devient le plaisir de la femme. Mais lorsque la femme choisit, elle, l'homme ne lui procure pas le plaisir, mais seulement la honte d'avoir parlé la première et d'avoir renversé les rôles. Très souvent, Lillian interrogeait son amant : « Est-ce que tu désires faire ceci ou cela ? » Gerard ne savait jamais. Lillian alors remplissait le vide de cette réponse, par horreur du vide, pour faire quelque chose, pour bouger, pour sentir, et il disait ensuite : « C'est toi qui me pousses à agir. »

Elle ne savait que penser de cet être énigmatique. Mais il venait. Il était là.

Elle percevait sa résistance, mais elle sentait aussi la force de son amour, l'élan qui la poussait à forcer la résistance, à sauter l'obstacle. Ce choc était pour elle un signe de passion.

Un jour qu'il était venu lui rendre visite et qu'il se préparait déjà à fuir, étudiant la géographie de la pièce et notant les sorties « en cas d'incendie », le téléphone sonna.

« Serge m'invite à aller au concert, dit Lillian, et sa voix avait cette inflexion féminine pleine de sous-entendus. Dis-moi ce que tu en penses et je ferai ce que tu voudras. »

Gerard, bien qu'il ne se fût pas encore déclaré à Lillian, n'avait aucune sympathie pour Serge. Il manifesta ouvertement son hostilité à ce projet. Lillian en fut heureuse. Elle refusa l'invitation et crut à l'amour de Gerard. Elle déposa l'écouteur du téléphone comme si elle mettait un point final à une tragédie et vint s'asseoir tout près de Gerard le jaloux.

Aussitôt Gerard redevint mirage : il se fit pâle, détaché, fugitif. Il s'appropria les armes et les moyens de défense de la femme et Lillian prit ceux de l'homme. Elle était l'amant attiré par la résistance et le rêve. Gerard regardait son amie s'enflammer avec ce plaisir que toute femme éprouve à contempler les incendies causés par sa séduction.

Après leur premier baiser, elle fut dans le ravissement et lui dans la crainte.

Il était à la fois fasciné et effrayé. Il courait le risque d'être à nouveau possédé. Était-ce un danger ? Il était déjà le bien de sa mère et l'on ne pouvait appartenir à deux femmes sans risquer l'anéantissement.

Lillian ne pouvait comprendre. Il s'agissait pour elle de deux amours étrangers l'un à l'autre.

Elle se rendit compte cependant que quelque chose paralysait les élans de Gerard, que la pensée seule d'une rencontre possible entre sa mère et elle le rendait malade.

Peu à peu, Gerard battit en retraite. Il tomba malade, malade de peur. Il prétexta :

« Il faut que je m'occupe de ma mère.

– Très bien, déclara Lillian, je t'aiderai. »

Cela ne le calma point. Il en eut des cauchemars. Il y avait des analogies entre les natures de ces deux femmes et, quand il possédait Lillian, il lui semblait posséder sa mère, ce qui était sacrilège. En outre, dans ses cauchemars, ses deux « Possessions » se battaient et il n'y gagnait qu'un changement d'esclavage. Sa mère aussi bien que Lillian (dans son cauchemar, elles se confondaient et on ne pouvait distinguer l'une de l'autre) ne vivaient pas selon leurs propres pensées, elles ne se servaient pas de leurs propres mains, de leurs propres instruments, mais elles déposaient en lui toute leur énergie, leurs souhaits, leurs désirs, leur volonté. Dans son cauchemar, elles le sculptaient comme une statue, elles parlaient pour lui, elles agissaient à sa place, elles se battaient pour lui, elles ne le laissaient jamais en paix. Il était leur bien. Il n'était jamais libre.

Comme sa mère, Lillian était trop énergique pour lui. Il ne résisterait pas à un combat entre les deux femmes. Il ne pouvait pas les séparer l'une de l'autre, se dégager et faire son choix. Il était désavantagé. Il avait peur. Il avait peur de sa mère, de ses cris, des scènes et des drames, et il avait peur de Lillian pour les mêmes raisons, car elles étaient faites toutes deux des mêmes matériaux, feu et eau et agressivité. Il avait peur, pour la fragilité de la flamme de sa vie, d'une nouvelle invasion. Au cœur de son être, il ne sentait aucune force capable de répondre à ce double défi. Il ne lui restait que la retraite.

Lorsqu'il avait six ans, il avait un jour demandé à sa mère comment naissaient les enfants. Elle lui avait répondu :

« C'est moi qui t'ai fait.

– Tu m'as fait », avait répété Gerard avec le plus grand étonnement.

Puis il s'était regardé dans un miroir et avait ajouté avec admiration :

« Tu as fait ces cheveux ? Tu as fait cette peau ?

– Oui, disait sa mère.

– Comme cela a dû être difficile ! Et mon nez ? et mes dents ? Et tu m'as fait marcher aussi ? »

Il était éperdu d'admiration pour sa mère. Il croyait en elle. Mais, après s'être contemplé un moment dans le miroir, il dit encore :

« Il y a une chose que je ne puis pas croire. Je ne puis pas croire que tu aies fait mes yeux. »

Ses yeux ! Aujourd'hui encore sa mère continuait à le construire, à le diriger, elle lui coupait les cheveux, lui donnait son style, son allure, elle surveillait ses vêtements, mais une chose lui appartenait en propre, c'étaient ses yeux. S'il ne pouvait rien faire par lui-même, il pouvait voir.

Lillian ne comprenait rien à ses retraites, à ses fuites inexplicables, déconcertantes. Et lorsque, blessée à son tour, déroutée, perdue, elle battait en retraite elle aussi, alors il la cherchait à nouveau. Car il aimait son énergie, il aurait voulu posséder cette force. Lorsqu'elle ne le menaçait plus, lorsque tout danger s'était éloigné, alors il se laissait aller à la séduction de ce pouvoir. Il recherchait cette force. Il invitait Lillian et l'attirait à nouveau, il ne voulait pas l'abandonner (à Serge ou à un autre). Et Lillian, qui souffrait de ses refus, souffrait encore davantage de ses mystérieux retours et de ses poursuites qui cessaient dès qu'elle y répondait.

Il jouait tour à tour de son pouvoir de séduction et de sa crainte.

Quand elle lui tournait le dos, il se mettait à faire du charme, il la séduisait et la gagnait à nouveau. Ruses féminines employées contre la force de la femme, semblables aux évasions et aux retours ambivalents des femmes. Ruses étrangères à la droiture masculine de Lillian.

L'obstacle réveillait l'ardeur de Lillian (comme il éveillait celle des Chevaliers du temps jadis), mais il décourageait Gerard et tuait son désir. L'obstacle servait d'excuse à sa faiblesse. Tout de suite, il était insurmontable. Dès que Lillian surmontait un obstacle, Gerard en inventait et en dressait un autre. Au moyen de ces détournements et de ces travestissements de la vérité, il réussit à cacher à Lillian et à lui-même sa faiblesse secrète. Pour garder le secret, il tissa autour de leur amour le filet de l'illusion. Pour cacher ce secret fatal à leur amour : la force de Lillian et la faiblesse de Gerard (à ces vérités-là leur amour ne pourrait résister), Gerard (comme une femme) inventait de faux prétextes. Les faux prétextes n'abusaient pas Lillian. Elle savait que la vérité était autre, mais elle ne savait pas de quelle nature elle était.

Lasse de lutter contre de faux prétextes, elle s'accusa elle-même. Elle douta d'elle-même. Sa propre faiblesse, le doute soudain, la trahit. Gerard avait réveillé le démon endormi du doute. Pour cacher son manque de force, il avait, sans le savoir, trouvé la faiblesse de Lillian. Elle pensa alors : « Je n'ai pas fait naître son amour. Je ne suis sans doute pas assez belle. » Et elle dressa une longue liste de chefs d'accusation contre elle-même. Le mal était fait. Elle avait été l'agresseur, c'était donc elle la plus touchée. Son manque de confiance en elle grandit. La graine du doute allait germer et faire des ravages. Gerard recula, disparut, s'évanouit et redevint une image de rêve. D'autres Gerard apparaîtraient peut-être jusqu'à ce que…

Après le départ de Gerard, Lillian reprit son attitude défensive et belliqueuse vis-à-vis de l'homme. Elle se sentait si peu sûre d'elle-même qu'il devenait essentiel de gagner et d'amener chacun à ses convictions. Elle ne pouvait plus supporter de céder, de se laisser convaincre, battre ou persuader, même dans les plus petites choses.

Elle avait peur maintenant de la passion. Et, parce qu'elle ne voulait plus obéir à ses impulsions profondes, elle ne cédait pas non plus aux plus superficielles, même si elle savait pertinemment que l'adversaire avait raison. Elle vivait sur un pied de guerre. Elle refusait de suivre le courant de la vie, et cette résistance en profondeur ne fit plus qu'un avec sa résistance de tous les instants à la volonté des autres. Puisque le plaisir de céder sur le plan de l'amour véritable lui demeurait inconnu, elle refusa de connaître le plaisir de céder sur d'autres plans. Elle se ferma toutes les sources des plaisirs féminins : celui de se laisser pénétrer, envahir, conquérir. En état de guerre, il fallait vaincre. Toute approche de l'ennemi (l'homme) était une menace. Elle ne voyait pas que la cause de sa guerre était la défense de son être contre l'invasion de la passion. Son ennemi était l'amant qui avait des chances de la posséder. Elle mettait toute son ardeur dans des conflits ridicules : le choix d'un restaurant, d'un film, de visites à faire, d'opinions, il lui fallait avoir le dernier mot dans toutes les petites discussions d'une soirée.

Cependant que se faisait sentir en elle ce besoin de triompher, elle ne tirait aucun plaisir de ses victoires. Ses gains ne comblaient pas ses désirs. Au fond d'elle-même, sa nature réclamait d'être acculée à la reddition.

Plus elle récoltait de victoires (et elles étaient nombreuses, car aucun homme ne se tirait honorablement de cette guerre de guérillas – un homme ne voyait, par exemple, absolument pas l'importance que pouvait avoir le fait qu'un tableau fût accroché à gauche plutôt qu'à droite), plus elle se sentait malheureuse et vide.

Aucune catastrophe ne la frappait plus. La mort d'un être cher à la guerre ne la bouleversait pas comme elle bouleversait les autres.

Les luttes, les tragédies, les hôpitaux, les cimetières, les morgues, les cours de justice, les crimes n'existaient plus. Il n'y avait plus rien de réel.

Il n'était pas vrai qu'une automobile l'ait renversée tandis qu'elle traversait la rue. Ce n'était pas elle qui se trouvait à l'intérieur de l'ambulance de l'hôpital Saint-Vincent. Ce n'était pas elle dont la mère était morte, dont le frère avait été tué à la guerre.

Dans le catalogue des malheurs, son nom ne figurait pas. Elle n'avait pas été attaquée, violée, blessée. Elle n'avait pas été capturée et soumise à la traite des Blanches.

Mais au moment où elle traversait la rue, où le vent faisait voler la poussière, juste avant que celle-ci ne touchât son visage, elle avait soudain l'impression vive que tous ces malheurs lui étaient personnellement arrivés. Elle ressentait l'angoisse indicible, le silence brusque du cœur, la suffocation et la souffrance, l'horreur de la torture dont personne n'entend les cris.

Tout autre chagrin, toute autre maladie, toute autre souffrance, on la partage avec ses compagnons. Mais non celle-ci qui est mystérieuse et isolée. Elle est pour les autres aussi velléitaire, aussi inarticulée, aussi froide que les tentatives des muets pour s'exprimer.

Chacun est à même de comprendre la faim, la maladie, la pauvreté, l'esclavage et la torture. Personne ne pouvait comprendre que, au moment où elle traversait la rue avec tous les privilèges dont elle jouissait – celui de n'avoir pas faim, de n'être pas en prison, ni soumise à la torture –, tous ces privilèges étaient justement une forme plus subtile de torture. Tout lui était donné, la maison, la famille, la nourriture, les amours, comme un mirage. Donné et refusé. Les autres les voyaient qui lui disaient : « Vous avez de la chance. » Mais elle ne les voyait pas. Parce que l'angoisse empoisonnait, rongeait tout, détruisait les liens d'amitié, faisait pourrir la nourriture, hantait la maison, apportait la guerre là où tout semblait calme, la torture là où l'on ne voyait pas le moindre pilori, et l'ennemi là où il n'y avait pas d'ennemi à capturer ou à vaincre.

L'angoisse est une femme muette qui crie dans un cauchemar.

Elle attendait Lillian à la porte. L'animation de Djuna frappa Lillian dès l'abord. Si seulement Gerard lui avait ressemblé. Leur rencontre fut comme le choc joyeux de deux forces égales. Djuna savait instantanément répondre rythme pour rythme, rendre ferveur pour ferveur. Ce fut la rencontre de vitesses égales, d'ardeurs égales, de forces égales. Elles étaient pareilles à deux champions de ski sautant en même temps et atterrissant ensemble au même endroit, comme la réunion de deux produits chimiques bien faits pour fusionner.

Lillian savait que Djuna ne serait pas assise dans sa chambre à attendre tranquillement que l'on frappe à la porte, qu'elle ne serait pas sourde au premier coup frappé, qu'elle ne se dirigerait pas vers la porte avec un air détaché. Elle savait que la porte de Djuna serait ouverte, que Djuna serait là dès que l'ascenseur l'aurait déposée à l'étage. Et Djuna devinait au pas rapide de Lillian que Lillian saurait répondre à sa curiosité éveillée, à son impatience, hâterait l'ascenseur, raccourcirait la distance, s'élancerait sur l'épais tapis pour recevoir à temps l'assaut de sa ferveur et de son enthousiasme.

De même que certains éléments sont susceptibles de changer, de se climatiser et de s'élever rapidement à de hautes températures, il y avait en Lillian et Djuna des rythmes qui les laissaient parfois en suspens dans un isolement complet. Non seulement elles arrivaient à l'heure à leurs rendez-vous, mais elles y arrivaient mûres pour l'envol, l'explosion, l'extase, la ferveur, mûres pour la vie à haute fréquence, pour toutes les aventures. Et la lenteur des autres à prendre le départ, à répondre, les obligeait souvent à planer seules.

Lillian répondait à Djuna presque avant que celle-ci n'ouvrît la bouche, elle lui répondait de tout son être, avec ses cheveux en désordre, ses mains agitées et le cliquetis de ses bijoux.

« Gerard a tout perdu lorsqu'il t'a perdue, dit Djuna avant même que Lillian n'ait ôté son manteau. Il a perdu la vie. »

Lillian cherchait à retrouver une impression qu'elle avait eue avant de voir Djuna.

« Voyons, Djuna, quand j'ai entendu ta voix au téléphone, j'ai pensé que tu étais délicate et fragile. Et tu sembles fragile, mais pas vraiment. Je suis venue pour te protéger. Je ne sais pas de quoi. »

Djuna rit. Elle avait de grands yeux. Des yeux de conte de fées, des yeux pareils à des aigues-marines, brillant dans l'obscurité, des yeux d'une telle profondeur qu'on avait la sensation de s'y perdre comme dans un océan, un océan de sensibilité.

Puis ils cessaient d'être un océan envoûtant, obsédant, et ils devenaient des phares à l'éclat extraordinairement intense, au champ lumineux très étendu, qui allaient jusqu'à illuminer la vie intérieure des autres. Là où se posait leur regard bleu et liquide, tout objet acquérait une valeur et un sens.

En même temps, leur vulnérabilité et leur sensibilité les faisaient trembler et miroiter comme la flamme fragile des bougies ou comme la lentille d'un appareil photographique très sensible qui se fermerait d'un seul coup sous l'effet d'une lumière trop vive. De même que dans la chambre noire de l'atelier du photographe le moindre rayon de lumière du jour détruit l'image, de même la vision intérieure de Djuna s'effaçait à la moindre grossièreté, à la moindre vulgarité.

Les yeux de Djuna élargissaient les dimensions du monde. Si, souvent blessés, ils se fermaient et se contractaient, ce n'était pas pour se protéger dans un aveuglement stérile, mais pour retrouver la chambre intérieure où la métamorphose s'opérait, et dans laquelle la souffrance cessait d'être personnelle pour devenir celle du monde entier; la laideur n'était plus une expérience de laideur, mais la rencontre du monde avec la laideur. En l'incorporant, en l'associant au rêve intérieur, Djuna faisait de tout événement un moyen de compréhension plus large, plus aéré de la vie. Et cela lui donnait en définitive une puissance que les gens prenaient pour une force et qui était, en réalité, du courage. Car les yeux blessés par l'extérieur ne retrouvaient la chambre intérieure que pour revenir au monde avec une vision renouvelée. Après chaque rencontre avec des vérités insupportablement nues, les yeux retournaient vers les miroirs de la chambre intérieure, où les reflets les aidaient à comprendre et leur donnaient le courage de regarder à nouveau la vérité dans sa nudité.

Dans la chambre intérieure, il y avait un cabinet aux trésors. Djuna conservait là sa richesse héréditaire d'imageries byzantines : figures hiératiques, images des hommes de religion, sages vieillards qui avaient assisté à sa naissance et lui avaient donné leur bénédiction. Ils étaient vêtus de vêtements couleur de mort, car ils avaient mis en danger ses premiers pas dans la vie. Leurs chapes, leurs coiffes étaient faites d'étoffes richement brodées servant aux cérémonies éclairées par la lumière artificielle de l'éternité. Ils lui avaient imposé leur connaissance de la vie et de la mort, du passé et du futur, ils avaient exclu le présent. La sagesse n'est qu'un moyen plus rapide de parvenir à la mort. La vie, la souffrance, le danger, les échecs, les erreurs retardent la mort. Les hommes de religion avaient tout d'abord mis sa vie en danger parce que leur sagesse l'avait incitée dans le passé à mépriser toutes les expériences qui vous apprennent à vivre, à mépriser l'erreur et le chaos. Elle pensait tout atteindre par la connaissance, sans se servir du toucher, sans se servir de son corps. Dans les secrètes chambres ancestrales se cachait une menace subtile pareille à celle qui se cache dans les synagogues, les temples et les églises, l'encens du refus de la vie, le parfum du corps réduit en cendres sacrificielles par une alchimie religieuse et transformé en témoin coupable et en victime expiatoire.

Dans sa chambre intérieure, il y avait aussi d'autres figures. La Vierge mère tenant et nourrissant l'Enfant, l'image obsédante de la mère tenant éternellement un petit enfant.

Il y avait l'enfant lui-même. L'enfant habitant un monde d'animaux paisibles, souriant, d'arbres verts et de vallées aux couleurs de fête. À ses yeux, l'enfant apparaissait avec des yeux clos. L'enfant rêvait des vallées fertiles, de la petite maison hospitalière, des fleurs byzantines, d'animaux doux et d'abondance. Il rêvait et craignait de se réveiller. Il rêvait de la légèreté du ciel, de la chaleur de la terre, de la fécondité des couleurs.

Il avait très peur de se réveiller.

La présence animée de Lillian remplissait la chambre d'hôtel. Elle était si complètement palpable, visible, présente. Elle n'était pas divisée, partiellement dans le passé et partiellement dans l'avenir, partiellement à la maison avec les enfants, et partiellement ailleurs. Elle était là, tout yeux, tout oreilles et vive sympathie. Elle la questionnait, l'examinait, la voyait, l'écoutait, l'absorbait...

« Tu m'apportes quelque chose d'admirable, Lillian, le sentiment que j'ai un ami. Dînons ici. Nous allons fêter cet événement. »

Voix chargées d'émotion. Plénitude. Voix qui parlent vrai, qui disent tout.

« J'ai perdu Gerard, parce que j'ai été trop loin. J'ai exprimé mes sentiments. Il a eu peur. Pourquoi est-ce que j'aime les hommes qui ont peur ? Il a eu peur et j'ai dû lui faire la cour. Djuna, as-tu remarqué que parfois les hommes qui font la cour à une femme et ne la conquièrent pas n'en sont pas blessés ? La femme, elle, se blesse. Si elle joue le rôle du don Juan et que l'homme se refuse, elle est en quelque sorte mutilée.

– Oui, je l'ai remarqué, je pense que c'est un sentiment de culpabilité. Pour un homme, il est naturel d'être l'agresseur et il peut supporter la défaite. Pour une femme, c'est une transgression. Pendant combien de temps encore la femme aura-t-elle honte de sa force ?

– Djuna, prends ceci. »

Lillian lui tendit un médaillon en argent qu'elle portait.

« En tout cas, si tu n'as pas conquis Gerard, tu l'as bouleversé et sorti de la mort.

– Pourquoi les hommes ne sont-ils pas comme toi ?

– Je pensais la même chose, répondit Djuna.

– Peut-être ne les aimerions-nous pas ainsi. Peut-être ne les aimons-nous que lorsqu'ils ne sont pas forts... »

Les échanges avec Djuna étaient joyeux et concrets. Toutes deux les affirmaient sans cesse par toutes sortes de signes extérieurs : cadeaux, paroles, lettres, coups de téléphone, expressions affectueuses, échanges visibles d'amitié. Elles échangeaient leurs bijoux, leurs vêtements, leurs livres, elles se protégeaient l'une l'autre, elles se manifestaient de la jalousie, se faisaient du souci l'une pour l'autre, elles avaient le sentiment d'avoir un droit de propriété l'une sur l'autre. Elles parlaient sans cesse. L'échange était le personnage principal de ce rêve sans souffrance. Cet échange avait l'aspect d'un dieu primitif auquel chacune était heureuse de donner des preuves d'adoration et de dévotion. Elles lui donnaient la valeur d'un rite religieux, actif, continuel, que n'interrompait aucune indifférence, aucune fatigue, aucun malentendu, aucune séparation, éclipse ou incertitude.

« Si seulement tu étais un homme, disait souvent Lillian.

– Si seulement tu l'étais, toi », répondait Djuna. En apparence, c'était Lillian la plus capable de cette métamorphose. Elle avait le dynamisme nécessaire, l'apparence de la force physique. Elle portait bien le tailleur et ses gestes étaient nets et brusques. Le genre masculin paraissait lui convenir. Pourtant, intérieurement, elle était chaos et confusion. Elle était semblable à la nature désordonnée et irrationnelle. Elle était aveuglée par son désordre, il la dominait et la submergeait. Il la réduisait en miettes, en tourbillons, il faisait d'elle un gouffre de souffrances aveugles.

Extérieurement, Djuna était l'essence même de la féminité… comme une fleur à la corolle bouclée et froncée, image d'un jupon à volants amidonné ou d'un tutu de danseuse retroussé en forme de coquillage. Mais en elle-même la nature était ordonnée, éclaircie, comprise et disciplinée. Même enfant, Djuna avait toujours considéré les éclats occasionnels de son caractère : manifestations de jalousie, de colère, de ressentiments, comme des choses dont il fallait se rendre maître. Elle refusait de subir leurs ravages ou de faire du mal par leur intermédiaire. D'elle-même, par sa seule volonté, elle avait adopté l'attitude qui consiste à dominer la nature par la sagesse et la compréhension. À la longue, elle avait réussi, en se servant de tous les moyens connus – l'art, l'esthétique, la philosophie, la psychologie – à dompter sa nature explosive.

Et chaque fois qu'elle la retrouvait en Lillian, jaillissante, incontrôlée, sauvage et aveugle, semant la destruction autour d'elle, elle suscitait sa pitié et son amour.

« Voilà le don que je veux lui faire, pensait-elle avec une chaude sympathie, la guider dans son chaos. »

Quant à Lillian, elle découvrait peu à peu ce mystère, cette forme, cette esthétique qu'était Djuna. Elle prenait un par un les vêtements de Djuna, étonnée de leur complexité et de leur féminité : « Est-ce que tu portes ceci ? demandait-elle en contemplant une chemise de nuit de dentelle noire. Je croyais que seules les prostituées portaient de telles choses. »

Elle faisait l'inspection des parfums, des produits de beauté, des voiles, des manchons, des écharpes. Elle se sentait comme une créature simple et naturelle devant un monde de ruses. Elle craignait d'être déçue par tout cet étalage d'artifices. Elle ne le voyait pas sous sa forme esthétique, mais elle le considérait en puritaine ; c'était pour elle mensonge, immoralité allant de pair avec les artifices de la séduction et de l'érotisme. Elle insista pour voir Djuna sans maquillage et ne fut satisfaite qu'après s'être rendu compte qu'il ne faisait qu'embellir les traits sans les dénaturer.

Lillian habitait une très jolie maison cachée dans les arbres ; tout y portait la marque du travail de ses mains. Pourtant elle ne semblait pas lui appartenir. Elle avait peint, décoré, sculpté, arrangé, choisi presque tout elle-même. Son activité et son adresse manuelle avaient tout refait, tout touché, tout amélioré. Pourtant sa demeure ne lui ressemblait pas. Elle avait toujours l'air d'une étrangère chez elle. Malgré toute son habileté manuelle et son goût, elle n'avait pas pu donner à sa maison son propre caractère.

C'était une maison qui allait à son mari, Larry, et à ses enfants. Elle était construite pour le repos et la paix de chacun. Les chambres étaient spacieuses, claires, percées de fenêtres gaies. C'était une demeure chaude, accueillante, rayonnante et harmonieuse. Elle ressemblait aux demeures des autres.

Djuna le comprit dès qu'elle y pénétra. L'activité, la ferveur que Lillian apportait au soin de sa maison, de son mari, de ses enfants révélaient une certaine Lillian qui n'était pas la plus intime. Tout en elle avait contribué à créer cette atmosphère, sauf sa propre nature. Qui avait fait ce mariage ? Qui avait désiré ces enfants ? Lillian ne pouvait se rappeler son premier élan, ni quand, pour la première fois, elle avait désiré toutes ces choses, ni comment elles étaient venues. Influencée par son arrière-plan familial, sa mère, ses sœurs, ses habitudes, la maison de son enfance, son aveuglement vis-à-vis de ses propres désirs, Lillian avait construit ce décor, elle y avait ensuite vécu, mais rien de tout cela ne venait du véritable fond de sa nature, elle était une étrangère dans sa propre demeure.

Une fois sa vie, ses occupations, son dévouement pour les siens admis, il ne lui était jamais venu à l'esprit de ne pas les accepter. Rien ne la poussait à se révolter. Son mari était aimable, ses enfants adorables, sa demeure harmonieuse et Nanny, la vieille gouvernante qui prenait soin d'eux tous avec une chaleur maternelle intarissable, était leur ange gardien, l'ange gardien du foyer.

Le dévouement de Nanny était si fort, si puissant et si constamment manifesté que la maison et la famille semblaient lui appartenir plus qu'à Lillian. Le foyer était pour Nanny une réalité, il était le centre de son existence. Elle défendait ses intérêts. Elle planait, régnait sur la maison, elle la protégeait et la surveillait avec un soin jaloux et infatigable. Elle faisait passer ses hôtes en jugement. Lorsqu'elle les estimait dangereux pour la paix de la maison, elle leur servait des mets peu appétissants et, tout au long du repas, elle manifestait ouvertement sa désapprobation. Au contraire, étaient bien accueillis ceux dont son instinct lui disait qu'ils étaient utiles au foyer, à l'union de la famille. Alors elle se surpassait pour ce qui est de la cuisine et du service. L'unité de la famille était son ardent souci. Elle était prête à tout pour que les enfants se comprennent et s'aiment entre eux, pour qu'ils aiment leur père, leur mère, pour que le père et la mère soient près l'un de l'autre. Pour tout cela, elle était prête à se faire la confidente de chacun, la réconciliatrice, la gardienne de l'ordre.

Elle était prête à manifester de l'intérêt pour les activités de Lillian si celles-ci se rapportaient en définitive à la maison. Les concerts l'intéressaient s'ils débordaient jusqu'à la maison pour l'embellir. La peinture l'intéressait si elle en voyait les fruits à l'intérieur de la maison.

Quand la conversation languissait à table, elle trouvait de nouveaux sujets. Lorsque les enfants se disputaient, elle soutenait le droit de chacun par des paroles sages et apaisantes.

Elle refusa de se marier.

Lorsque Lillian rentrait chez elle et s'y sentait perdue, lorsqu'elle se sentait incapable de pénétrer réellement dans sa maison, d'y vivre, de prendre sa part de la vie familiale, lorsqu'elle avait l'impression que la maison n'était pas là, toute chaude, mais qu'elle était seulement un album de famille, que ce n'était pas son fils Paul qui entrait et ôtait ses chaussures couvertes de neige, mais une simple photo de Paul, que le visage de son mari n'était aussi qu'une photo, et qu'Adele n'était que son portrait au-dessus du piano, alors Lillian courait à la cuisine pour voir Nanny. Elle avait inconsciemment besoin des soucis de Nanny, des inquiétudes de Nanny (Paul était trop maigre et Adele avait perdu sa meilleure amie de classe) pour se convaincre de la réalité absorbante de la maison et de ses habitants (son mari avait oublié de prendre ses caoutchoucs).

Si la taille des enfants n'avait pas changé (selon les mesures et les calculs de Nanny), Lillian aurait pu se croire dix ans en arrière. Larry ne changeait pas.

Nanny avait été la seule à ressentir un choc le jour où Lillian avait décidé de faire chambre à part. Et Lillian n'aurait peut-être jamais changé de chambre s'il n'y avait pas eu l'épisode du grillon.

Larry était en voyage. C'était l'été. Lillian se sentait très seule et remplie d'inquiétude. Une inquiétude qu'elle ne comprenait pas. Sa première pensée fut pour son mari : « Larry va bien, il semblait très heureux, lorsqu'il m'a quittée. Les enfants vont bien. Pourquoi suis-je inquiète ? Je n'ai pas de sujets d'inquiétude puisqu'ils vont tous bien. »

Lillian avait des invités cet été-là. Parmi eux, il y en avait un qui ressemblait un peu à Gerard et au jeune homme de ses rêves, à celui qui lui était apparu lorsqu'elle se trouvait encore sous l'effet de l'anesthésique. Ils étaient tous de la même famille. Mais celui-ci était un amant entreprenant. Il courtisa Lillian rapidement, violemment.

La première fois qu'il suivit Lillian dans sa chambre, un grillon se mit à chanter. Caché dans une des poutres du plafond, il avait toujours été silencieux, jusqu'à la visite du jeune homme et jusqu'à ses caresses. Alors il se mit à faire entendre un chant strident, frénétique.

Lillian et son ami se mirent à rire.

Le jeune homme revint la nuit suivante et, au même moment, le grillon chanta de nouveau.

Il chantait toujours au même moment.

Le jeune homme s'en alla. Larry revint. Larry était heureux de retrouver sa femme.

Mais le grillon ne chanta plus. Lillian pleura. Elle changea de chambre. Nanny fut déprimée et de mauvaise humeur une semaine durant.

Lorsque Lillian était assise, le soir à la veillée, avec son mari, il lui semblait qu'il ne la voyait plus. Lorsqu'il parlait d'elle, c'était toujours de la Lillian d'il y avait dix ans, celle qu'il avait épousée. Il parlait de son aspect d'alors, de ses actes, de ses paroles. Il se plaisait à évoquer les scènes passées, la conduite de Lillian, son caractère vif et les tracas qu'elle s'attirait. Il racontait souvent les mêmes histoires. Lillian avait l'impression qu'elle n'avait connu qu'un Larry, celui qui lui avait fait la cour et qui était toujours demeuré tel qu'elle l'avait connu. Au contraire, lorsqu'elle l'entendait parler de la Lillian plus jeune de dix ans, elle ne se sentait pas de liens avec elle. Pourtant c'était avec cette Lillian-là que Larry vivait, en sa présence qu'il était heureux. Il la recréait d'après ses souvenirs et c'était avec elle qu'il s'asseyait le soir après dîner.

Une nuit, ils entendirent du bruit dans le village, d'habitude si paisible. Ils entendirent passer le car de police, puis l'ambulance. Enfin le docteur de la famille arrêta son auto devant le portail, entra et demanda quelque chose à boire. « Mon travail est terminé, dit-il, mais j'ai rudement besoin de boire un verre. » Lillian le servit, mais il resta silencieux.

Il raconta plus tard ce qui s'était passé : un jeune homme avait loué la maison contiguë à la leur. C'était un médecin, mais il ne pratiquait pas. Sa conduite et son genre de vie avaient étonné tout le voisinage. Il ne recevait personne et n'admettait personne chez lui. Comme il était d'humeur sombre, chacun le laissa à sa solitude. Mais les gens se plaignirent bientôt de sentir constamment à proximité de sa maison une odeur insupportable. On fit des recherches. Finalement on découvrit qu'il avait amené avec lui le corps de sa femme, morte il y avait six mois en Californie. Il l'avait étendu sur son lit et vivait en présence du cadavre. Le docteur l'avait vu de ses yeux.

Lillian quitta la pièce. L'odeur de la mort, l'image de la mort la suivaient partout.

On ne ferait pas de recherches dans sa maison. Rien n'était changé. Nanny était là.

Mais Lillian sans savoir pourquoi se sentit prise dans un piège.

Puis elle rencontra Djuna. Avec Djuna, elle se sentit revivre. Son être entier s'épanouissait en la présence de son amie. Elle prenait conscience d'elle-même, de la Lillian d'aujourd'hui.

Elle passa beaucoup de temps avec Djuna.

Paul sentit sa mère s'éloigner. Il remarqua que son père et sa mère n'avaient plus grand-chose à se dire. Il s'en inquiéta. Adele se mit à avoir des cauchemars. Elle rêvait de la mort de sa mère. Larry se fit du souci. Lillian était peut-être malade. Il appela le docteur, ce qui irrita beaucoup Lillian. Nanny rôdait aux alentours comme si elle flairait un danger. Mais rien ne se produisit. Lillian était dans l'attente. Elle continuait à courir à la cuisine dès qu'elle rentrait, comme on court vers le foyer pour se réchauffer. Puis elle entrait dans la chambre des enfants et enfin dans celle de Larry.

Elle ne pouvait rien entreprendre. Les paroles de Djuna éclairaient ses pensées, mais elles ne changeaient rien. Que disait donc Djuna ? Elle disait que la vie tendait à se cristalliser en des formes qui étaient des pièges et des filets où l'on étouffait aisément. Que les gens avaient tendance à se considérer toujours dans leur condition première ou leur « forme » première, qu'ils adoptaient par conséquent un rythme de vie correspondant à cette condition immuable. Ils avaient les plus grandes difficultés à percevoir les transformations des êtres qu'ils chérissaient, à voir leur « devenir ». Si par hasard ils s'en apercevaient, ils avaient néanmoins toutes les peines du monde à adapter leur rythme à eux. Le fort était condamné à être perpétuellement fort, et le faible à la faiblesse comme s'il avait passé un contrat perpétuel dès sa naissance. L'homme le plus aimant était condamné à un rôle passif, car il avait, une fois pour toutes, adapté son être à celui qu'il avait rencontré et aimé autrefois. Si nous essayons de changer peu à peu, nous rencontrons une opposition subtile, détournée, un genre de sabotage de notre être. La destinée des êtres est tracée comme une prison. Voilà ce que disait Djuna. Parfois il faut faire éclater la prison. La métamorphose était difficile. Il y avait bien des évasions, mais ce n'était généralement qu'une façon de fuir des amitiés mortes, de fausses liaisons, de mauvais rôles, et même son moi lorsqu'il devenait trop difficile de l'affirmer. Toute notre aventure émotive, disait Djuna, est l'histoire de la mouche et de l'araignée, avec cette différence que la mouche humaine ajoute au tragique de l'aventure en collaborant elle-même au tissage de la toile. D'où la fréquence des crimes. Les gens désespérés tournaient en rond et se détruisaient l'un l'autre sans qu'on pût déterminer la cause du crime ou trouver le criminel. Apparemment, on ne voyait pas de victime. Le crime avait toujours une apparence de suicide.

Lillian tâtait les murs et les serrures. Elle ne savait pas encore qu'elle cherchait à s'évader. Elle ne savait pas qu'elle était dans un état de rébellion. Mais son corps agissait. Les frictions et les duels journaliers avec ses geôliers bien-aimés la blessaient sans cesse. Le poison de sa révolte secrète, la monotonie de sa prison, la grisaille de ses journées et la pauvreté de sa nourriture spirituelle rendaient son corps malade. Tous ses rapports avec ceux qui l'entouraient étaient fixés d'avance et elle ne pouvait pas faire un pas en avant.

L'inquiétude s'installa dans le foyer. Paul s'accrochait longuement à sa mère à chaque séparation. Adele devint triste, Larry silencieux.

Nanny se mit à pleurer sans bruit. Puis elle eut une visite : le prétendant qu'elle avait refusé dix ans auparavant. L'homme vieillissait. Il avait besoin d'un foyer. Il avait besoin de Nanny. Il lui parla durant toute une soirée à la cuisine. Un jour, devant Lillian, Nanny ne put retenir ses larmes. Questionnée, Nanny avoua qu'elle voulait se marier. Mais elle détestait l'idée de quitter la famille. La famille sacrée, unie, entière. Cette grande maison et tant à faire et personne d'autre en vue ! Et elle désirait que Lillian protestât, s'accrochât à elle comme les enfants l'avaient fait quelques années auparavant, chaque fois que son soupirant revenait à la charge. Mais Lillian dit tranquillement : « Nanny, il est temps de penser à vous-même. Vous avez vécu pour les autres toute votre vie. Mariez-vous. Je crois qu'il le faut. Il vous aime. Il vous a attendue si longtemps. Vous méritez un toit, une vie stable et paisible. Mariez-vous. »

Puis Lillian entra dans la salle à manger où la famille était en train de dîner et dit : « Nanny va se marier et nous quitter. »

Paul se mit à crier : « C'est le commencement de la fin. »

Larry leva les yeux de dessus son assiette et eut pour la première fois une vision plus claire de l'ombre qui hantait la maison.

À travers l'immeuble, tout au long des cages d'ascenseur, le vent gémissait et jouait un air de flûte tourmentée.

Lillian et Djuna ouvrirent la fenêtre et contemplèrent la ville couverte de brume. On ne voyait que les yeux lumineux des grands immeubles. On n'entendait que des sons étouffés : les cancanements assourdis des canards sur le lac de Central Park, les appels des trompes de brume sur le fleuve proche, qui résonnaient parfois comme les plaintes douloureuses de navires emprisonnés, et parfois comme l'annonce de joyeux départs.

Lillian était assise et la longue confidence de sa vie montait à ses lèvres, chargée à la fois de rires et de larmes.

Peu à peu, un être neuf apparaissait ; un être neuf qui n'avait pas le courage d'affronter la lumière du jour. Dans le noir, on ose tout rêver, on ose tout dire. Dans le noir, une nouvelle Lillian se dressait.

La lumière de la cité suffisait à dessiner leurs visages, d'une blancheur de chaux fraîche, avec des ombres à la place des yeux et de la bouche et, par instants, l'éclair blanc des dents. Elles étaient comme deux enfants jouant à la bascule et dont on apercevait tour à tour les visages. On voyait d'abord Lillian. Elle parlait de sa vie, de son mariage et de la désagrégation de son foyer, et Djuna se penchait sur elle pour l'embrasser, pleine de pitié. Puis on voyait Djuna se mettre à parler et Lillian se pencher à son tour sur elle, la prendre dans ses bras, pleine de maternelle compassion.

« J'ai l'impression, disait Lillian, de tout faire de travers. Je fais tout ce que je peux pour amener ce que je crains. Tu t'éloigneras de moi, toi aussi. »

La faim, jamais rassasiée, de Lillian avait rappelé à Djuna une autre faim. Une faim qui jetait parfois une ombre sur l'eau brillante de son regard ; ce n'était pas une ombre violette comme celle de la maladie ou des excès sensuels, mais l'ombre gris perle de la privation, et Djuna raconta : « J'ai connu dès le plus jeune âge une grande misère. Ma mère se mourait de tuberculose et ne pouvait quitter son lit. J'avais quatre frères et sœurs qui réclamaient et nourriture et soins, pour qui j'étais et la mère et la nurse. Nous avions parfois si faim que nous mangions tous les restes des médicaments qui traînaient à la maison. Je me souviens, en particulier, de toute une boîte de pilules contre la constipation, enrobées de chocolat, que nous avions avalées avec avidité. Mon père était chauffeur de taxi, mais il dépensait la plus grande partie de ce qu'il gagnait à boire en route. Notre entourage se composait de gens qui vivaient tous de la même manière, mal chauffés, mal vêtus, mal nourris, et nous pensions que c'était normal. Mais je réagissais pour ma part un peu différemment. J'avais des serrements de cœur d'un autre ordre. J'avais un penchant excessif pour les rêveries. Mes rêves avaient une telle intensité et un tel réalisme que, lorsque je revenais à la réalité, je perdais tout un univers de légendes, de mythes, de personnages et de cités si colorés que notre chambre en paraissait mille fois plus nue et la pauvreté de notre table plus sordide encore. La disproportion était infinie. Je rêvais de banquets somptueux, qui étaient évidemment une compensation à notre manque de nourriture, je remplissais en songe ma pauvre garde-robe. Mais c'était beaucoup plus que cela. Je voyais dans mes rêves des maisons, des forêts, des villes entières et une telle variété de personnages qu'aujourd'hui encore je me demande comment un enfant qui n'avait jamais regardé un livre d'images pouvait inventer des matériaux, des colonnades, des frises, des animaux fabuleux, des statues et des couleurs semblables à ceux dont je rêvais. Et leur mouvement ! Mes rêves étaient si débordants de vie que, parfois, je me sentais épuisée, davantage par mes songes que par tout le lavage, le repassage, les courses, le nettoyage, les soins aux enfants et le raccommodage que je pouvais faire. Il me fallait casser de vieilles caisses de savon pour avoir du bois à brûler dans la cheminée. Je m'écorchais les mains et me blessais les pieds. Pourtant lorsque ma mère, en me caressant la joue, me disait : « Tu as l'air fatiguée, Djuna », j'avais envie de lui confier que ce qui me fatiguait, c'était ce rêve continuel d'un bateau qui voulait traverser une ville, ou encore mon interminable voyage en chaise à porteurs à travers les steppes couvertes de neige de Russie. Soit dit en passant, les pays et les moyens de transport propres à chacun d'eux étaient toujours mélangés dans mes rêves, comme j'imagine qu'ils le sont dans les songes des aveugles. Sais-tu ce que je pense maintenant ? Ce qui m'épuisait, c'était l'intensité du plaisir dont je jouissais avec la parfaite conscience qu'un tel bonheur ne pouvait pas durer et serait immédiatement suivi de son contraire. C'était la seule certitude que m'apportaient mes aventures nocturnes : la certitude que le plaisir ne dure pas. Vérité encore renforcée par le fait que, si dans la journée je désirais m'accorder un instant de plaisir, si court fût-il, il était toujours suivi d'un désastre. Si je relâchais un instant la surveillance de ma mère malade pour manger une orange, seule dans mon coin, elle avait aussitôt une crise. Si je m'attardais à regarder les images d'un film sur une affiche de cinéma, j'étais sûre que l'un de mes frères et sœurs se couperait ou se brûlerait un doigt, ou se battrait avec un autre enfant. J'avais compris que la liberté se paie cher. J'appris aussi à considérer le plaisir comme un bijou, un bijou volé en quelque sorte, pour lequel il fallait payer en sommes de souffrances et de remords. Encore aujourd'hui, Lillian, lorsque quelque chose de merveilleux m'arrive, lorsque j'approche de l'amour, du bonheur, je m'attends à la souffrance qui va suivre. »

Alors Lillian se pencha tendrement sur son amie et l'embrassa :

« Je te protégerai.

– Nous nous donnerons mutuellement du courage », ajouta Djuna.

Le brouillard pénétra dans la pièce. Djuna pensait : « Lillian est une femme blessée. Elle ne sait pas le nom de sa souffrance, ni d'où elle vient, ni comment la guérir. Elle est tout inconscience, musique, mouvement. Elle a peur de voir clair, d'analyser son caractère. Elle pense que sa nature est ainsi faite et qu'il n'y a rien à faire. Elle n'aurait jamais inventé les navires pour conquérir la mer, les machines pour créer la lumière là où il y a la nuit. Elle n'aurait jamais utilisé la puissance de l'eau, la puissance de l'électricité. Elle est comme les primitifs qui croient toutes choses au-delà de leur atteinte. Elle accepte le chaos. Elle souffre sans se plaindre... »

« Djuna, dis-moi ce qui est arrivé ensuite. Je ne cesse de songer à ta faim. J'en ressens les contractions dans mon propre estomac.

– Ma mère mourut, continua Djuna, l'un de mes frères eut un accident en jouant dans la rue et fut estropié. Un autre fut emmené à l'asile de fous. Il ne faisait de mal à personne, mais, lorsque la guerre éclata, il se mit à manger des fleurs qu'il volait aux étalages des fleuristes. Quand on l'arrêta, il dit qu'il mangeait des fleurs pour apporter la paix au monde ; et que, si chacun se mettait à manger des fleurs, la paix viendrait sur le monde. On nous mit, ma sœur et moi, dans un orphelinat. Comme je me souviens du jour où l'on nous y emmena ! La veille, j'avais rêvé d'une pagode chinoise tout en or qui exhalait une odeur merveilleuse. Au sommet de la pagode, il y avait un oiseau mécanique qui répétait sans cesse la même petite chanson. Durant toute la journée du lendemain, je ne cessai d'entendre cette chanson et de respirer ce parfum qui me paraissaient beaucoup plus réels que les mains rugueuses des femmes de l'orphelinat qui nous revêtaient de l'uniforme. Oh ! la grisaille de ces robes ! Et si seulement les fenêtres avaient été de vraies fenêtres ! Mais elles étaient étroites et hautes, Lillian. Le monde change lorsqu'on le regarde à travers des fenêtres hautes et étroites comme des fentes. Le ciel lui-même paraît comprimé et diminué. Elles étaient pour moi les fenêtres d'une prison. La nourriture était noire et fade comme de la vase. Les enfants étaient méchants les uns envers les autres. Personne ne venait nous voir. Et puis il y avait le vieux veilleur de nuit. Il soulevait souvent le bout de nos couvertures et laissait errer ses regards et parfois plus que ses regards... Il personnifiait le démon de la nuit pour nous autres, petites filles. »

Il y eut un silence, et Lillian et Djuna redevinrent des enfants qui écoutaient venir le veilleur de nuit, qui l'entendaient se métamorphoser en un démon nocturne, le maître des choses interdites, l'initiateur qui brise la coque protectrice de l'enfance, qui détruit l'innocence et tache les lits de l'adolescence.

« Le satyre de l'asile, dit Djuna, devint aussi notre geôlier, lorsque nous grandîmes et que nous cherchâmes à nous échapper la nuit pour courir avec les garçons. Il était toujours là avec son cliquetis de clés pour nous empêcher de sortir. Sans sa surveillance constante, nous aurions pu nous échapper de temps en temps. Les femmes de l'orphelinat comptaient sur son intransigeance fanatique pour nous garder entre les murs. L'orphelinat avait une organisation qui permettait à des familles d'adopter des orphelines. Et, comme on savait que l'orphelinat donnait trente-cinq dollars par mois pour la nourriture de l'enfant, ceux qui se présentaient étaient généralement des gens qui avaient besoin de ces trente-cinq dollars. C'étaient des familles pauvres, déjà chargées d'enfants. Les orphelins entraient dans des foyers où ils étaient doublement trompés. Au moins, à l'asile, nous n'avions pas d'illusions, pas le moindre espoir d'amour. Mais nous avions ces illusions quand on nous adoptait. Nous pensions trouver une famille. Dans la plupart des cas, nous croyions que ces foyers étaient sans enfants. Nous nous attendions à être un enfant unique, longtemps désiré ! Je fus placée dans une famille nombreuse. Les autres enfants, dès le premier jour, se montrèrent jaloux de l'intruse. Le spectacle de l'amour répandu sur les véritables enfants devint pour moi affreusement pénible. Je me sentais plus abandonnée, plus affamée, plus orpheline que jamais. Chaque fois que le père ou la mère embrassait un de leurs enfants, je souffrais terriblement et je finis par me sauver et rentrer à l'orphelinat. Je n'étais pas la seule à l'avoir fait. En plus de cette faim de tendresse, nous avions encore plus faim matériellement qu'à l'asile, l'allocation servant à nourrir tous les membres de la famille. Et c'est alors que je perdis mon dernier trésor, le rêve. En effet, rien, dans mes songes, ne pouvait remplacer la chaleur de l'affection humaine dont j'avais été le témoin. Je me sentais désormais d'une pauvreté absolue, car je n'étais pas capable, dans mes rêves, de m'inventer quelqu'un qui m'aime. »

La faim qui avait possédé Djuna, qui avait anémié son sang, rongé ses os et attaqué jusqu'à la racine de ses cheveux avait donné à sa peau une transparence extraordinaire, une fragilité qui ne pourrait jamais disparaître tout à fait. Cette faim avait été si grande qu'elle avait marqué tout son être et ses yeux, en particulier, d'une manière indélébile. Malgré le changement de vie qui, par la suite, combla tous ses besoins, cet aspect d'être affamé ne s'effaça jamais tout à fait, comme si rien ne pouvait jamais plus complètement la rassasier. Son être avait manqué de soleil, de nourriture, de chaleur et d'amour. Et, en elle, restaient ouverts les chemins du désir, du besoin, les mystérieux chemins spongieux de la soif.

L'espace qui avait existé entre son dénuement complet et la richesse de son imagination ne serait jamais entièrement comblé. Ce qu'elle avait créé dans le vide, dans la nudité et la pauvreté faisait honte à tout ce qui lui était offert à présent, et ses grands yeux infiniment bleus ne cessaient d'affirmer l'immensité de sa faim.

La faim des yeux, de la peau, de tout le corps et de l'esprit qui faisait des autres des criminels, des voleurs, des brigands, des sauvages, qui était la cause des guerres, des invasions, des pillages et des meurtres, chez Djuna à l'âge de la puberté se mua en amour.

Elle devint pour les autres tout ce qui lui avait manqué, père, mère, cousin, frère, confident, guide.

Cette capacité d'absorption, de réceptivité qu'elle aurait pu employer à se nourrir elle-même pour compenser ses besoins premiers, elle les employa à écouter les autres. Sa faim devint une nourriture pour les autres. Son sein, qu'aucune misère n'avait pu flétrir, était riche du lait de la compréhension et du dévouement.

Cette grande faim... devint amour.

Sous le déguisement de la plus entière féminité, sous les voiles et les peignes, les gants et les parfums, les manchons et les talons de la femme, elle cachait en elle un amour passionné pour le monde, un amour qui la poussait à agir pour lui. De même que la douceur de son amour rend l'amant fort dans tout son être, de même l'amour des autres rendait Djuna forte. Elle aimait chez les hommes et les femmes non leur force, mais leur faiblesse, non leur richesse, mais leur faim, non leur plénitude, mais leurs besoins.

Lillian et Djuna avaient maintenant pris conscience de l'aspect le plus intime l'une de l'autre. Djuna connaissait la violence émotive de Lillian et elle avait grande compassion de la force qui la détruisait et la jetait sur les obstacles ; Lillian connaissait l'esprit de clarté de Djuna. Elles étaient nécessaires l'une à l'autre. Djuna ressentait au fond d'elle-même une grande joie à chaque explosion de son amie, car elle-même retenait ses gestes, contenait ses sentiments comme une Orientale. Lorsque Lillian donnait libre cours à l'expression de ses sentiments de violence, Djuna avait l'impression que jaillissait enfin son émotion longtemps contenue, quelque chose de ses enthousiasmes, de ses révoltes, de ses colères. Djuna avait en elle une Lillian qu'elle n'avait jamais libérée. Mais après la tornade, quand Lillian s'était fait mal (la guerre et les explosions ont leur suite), alors Lillian avait besoin de Djuna. L'amertume, le désespoir, l'incompréhension submergeaient et noyaient Lillian. Elle voulait frapper en retour et le faisait si aveuglément qu'elle se blessait encore davantage. Mais Djuna était là, elle ôtait les flèches des blessures, elle nettoyait les traces de poison, elle protégeait, elle donnait son sang et sa sérénité au blessé.

C'était d'ailleurs toujours Lillian qui se noyait et Djuna qui se trouvait là pour la sauver. Dans les jours de péril, Lillian ne savait qu'une seule chose ; il lui fallait posséder Djuna.

Elle était comme un homme qui pense : j'ai besoin d'oxygène, je vais donc en enfermer dans ma chambre pour en vivre.

C'est pourquoi Lillian se mit à courtiser Djuna.

Elle apporta des cadeaux. Elle offrit parfums, bijoux, vêtements. Elle en couvrait le lit de Djuna. Et elle voulait que Djuna mît tous les bijoux, tous les vêtements à la fois, qu'elle respirât à la fois tous les parfums. Les cadeaux pleuvaient sur Djuna comme en un conte de fées, mais ils ne lui procuraient pas l'enchantement habituel aux contes de fées. Elle percevait, attachée à chaque cadeau, une petite corde invisible, marque de dettes, d'esclavage. Elle ne pouvait pas porter tout cela et garder une démarche légère et libre. Autour de ces dons, une araignée d'or tissait une toile dorée. Les objets que donnait Lillian étaient liés de fils d'or tissés avec sa propre chair, faits pour attacher, retenir. Ce n'étaient pas les présents féeriques que Djuna avait rêvé de recevoir. Dans les contes de fées, les fées déposent les présents et puis elles s'évanouissent. Dans les contes de fées, il n'y a pas de créanciers ni de dettes.

Lillian ne s'évanouissait pas. Lillian était de plus en plus présente. Elle devenait la mère qui veut vêtir son enfant de sa propre chair, elle était l'amant qui glisse les souliers et les pantoufles aux pieds de sa bien-aimée pour retenir ses pas. Les robes n'étaient pas choisies pour appartenir à Djuna, mais pour la vêtir selon le goût de Lillian.

Cette nuit que Lillian avait voulue être celle des cadeaux, commencée dans une merveilleuse gaieté, s'épaississait peu à peu. Lillian avait mis trop d'elle-même dans ses cadeaux. C'était pourtant une bien jolie nuit avec tous les présents éparpillés dans la pièce comme des fragments de peinture de cirque de Miro, brillants et dansants, mais prisonniers. Djuna voulait se réjouir et elle ne le pouvait pas. Elle aimait la générosité de Lillian, sa largesse de cœur, son opulence et sa magnificence, mais elle était inquiète. Le souvenir d'un soir de Noël de son enfance lui revenait avec insistance. Au milieu des cadeaux de Noël, il y avait une boîte fermée et décorée de rubans multicolores. Le mystère de cette boîte l'attirait davantage que les présents étalés et familiers : ménages, poupées, etc. Elle ouvrit la boîte. Il en jaillit un diable grotesque qui, poussé par un ressort vigoureux, lui heurta presque le visage.

Et Djuna se disait : au milieu de ces présents, il y a sûrement un diable, un diable qui frappe Lillian et qui va me frapper, et je ne sais pas où il se cache. Je ne l'ai pas encore reconnu, mais il est là.

Elle se remémorait les vieilles légendes des chevaliers qui devaient abattre des monstres avant de retrouver leurs bien-aimées.

Pourtant, je ne vois pas de diable ici, il n'y a qu'une femme qui se noie et s'accroche à moi… et je l'aime.

Lorsque Lillian s'habillait, le soir, de vêtements aux couleurs vives, avec ses bijoux sonores et son visage plein de vie, elle avait quelque chose de si ardent que Djuna ne pouvait s'empêcher de lui dire : « Tu es faite pour quelque passion. »

Elle avait l'air d'une négresse blonde, son corps était fait pour onduler naturellement de désir et de plaisir. Son visage animé, sa bouche avide, ses regards espiègles et provocants criaient de sensualité. Elle avait des cernes sous les yeux. Elle avait souvent l'air de sortir des bras d'un amant.

Mais cette sensualité était prisonnière. Lorsque Djuna cherchait à lui montrer son véritable visage dans le miroir, elle voyait Lillian paralysée par la peur, empalée sur le mât d'un puritanisme rigide. On sentait comme une ceinture de chasteté autour de son corps rond et doux.

Lillian acheta une robe de dentelle noire pareille à celle de Djuna, puis elle se mit à désirer tous les objets qui portaient la marque de la personnalité de son amie. Elle voulait sentir son poignet serré par le bracelet-montre de Djuna, porter ses vêtements.

(Djuna songea alors aux hommes des tribus primitives qui mangeaient le foie de l'homme fort de la tribu pour acquérir sa force, qui portaient des dents d'éléphant pour posséder la longévité de cet animal, se couvraient de la tête et de la crinière du lion pour lui ravir son courage, collaient sur leur corps des plumes d'oiseau pour devenir libres comme l'oiseau.)

Lillian ne connaissait pas le mystère. Elle vivait au grand jour. Elle ne recherchait aucun de ces petits mystères auxquels les femmes sont attachées. Elle était ouverte, franche, directe, comme un homme. Ses yeux lançaient parfois des éclairs, mais ils ne versaient jamais d'ombre.

Lillian et Djuna allèrent un soir voir danser le « French cancan » dans une boîte de nuit. Devant un pareil spectacle, Djuna oubliait qu'elle était une femme et observait les danseuses avec des yeux d'artiste, des yeux masculins. Elle admirait la danse de ces femmes qui rehaussait leur beauté et leur séduction par le jeu combiné de leurs jarretières et de leurs bas noirs et les volants blancs de neige de leurs jupons.

Le visage de Lillian s'assombrit. L'orage apparut dans ses yeux. L'éclair jaillit. Elle cria dans sa colère :

« Si j'étais un homme, je te tuerais ! »

Djuna fut atterrée. Puis la colère de Lillian fondit en lamentations :

« Malheureux, malheureux ceux qui t'aiment, toi qui aimes de telles femmes ! »

Elle se mit à pleurer, Djuna lui mit les bras autour du cou et la consola. Les gens assis auprès d'elles semblaient épouvantés comme des promeneurs saisis par une bourrasque soudaine et folle. La bourrasque soufflait, bouleversant leur univers, accourant de droit et de gauche avec fureur – et pour quelle raison ?

Deux femmes regardaient de belles danseuses. L'une jouissait du spectacle et l'autre lui faisait une scène.

Une fois rentrée chez elle, Lillian se mit à écrire des mots sans suite sur l'envers d'une boîte de papier à lettres : Djuna, ne m'abandonne pas ; si tu m'abandonnes, je suis perdue.

Le lendemain, lorsque Djuna vint la voir, encore irritée de l'orage inexplicable de la veille, elle avait envie de lui dire : « Es-tu la femme que j'ai choisie pour amie ou une sale gosse égocentrique, tout à ses caprices et à son désordre, qui se met en travers de mon chemin ? » Et devant ses balbutiements maladroits, devant cette écriture chaotique, chancelante, penchée soit à droite, soit à gauche, qui montait et descendait comme si elle voulait fuir le papier comme on fuit un aérodrome, ou qui déchirait le papier de son poids comme un ascenseur qui s'écrase au sol, devant ce désespoir, Djuna ne put que se taire.

Lillian ne pouvait supporter de passer dans la rue devant un couple qui s'embrassait.

Lorsqu'elles parlaient toutes deux des enfants de Lillian, Djuna disait : « Je n'ai jamais aimé les vrais enfants, seulement ce qui reste d'enfant dans l'adulte », et Lillian répondait : « Cela te manque de n'avoir pas eu d'enfants à toi. »

« Mais je n'ai pas la fibre maternelle, Lillian ; j'ai éprouvé cependant les sentiments maternels, car on trouve beaucoup d'enfants abandonnés parmi ceux que l'on appelle des grandes personnes. Toi, Lillian, tu es mère. Pas moi. Je ne sais être que la maîtresse. Je n'aimerais pas non plus être une épouse. »

Alors Lillian explosa de nouveau, son être entier fit la culbute et s'écrasa au sol ; une fois de plus, Djuna s'épouvanta des ravages causés par les plus innocents propos. Lillian prenait une attitude défensive comme si Djuna lui en avait fait un reproche (elle prenait tout ce qu'on lui disait pour des accusations) :

« Je ne suis pas maternelle ! ce n'est pas vrai ! »

Djuna l'embrassa et dit en riant :

« Bon ! bon ! alors tu es une femme fatale ! »

Mais cela ne fit qu'exciter le volcan :

« Non ! non ! Je n'ai jamais fait de peine ou de mal à personne, dit-elle d'un ton désespéré.

– Sais-tu, Lillian, qu'il va falloir un jour que je me mette à écrire pour toi un petit dictionnaire de chinoiseries. J'y mettrai la traduction exacte de tout ce qu'on te dit, l'interprétation véritable, c'est-à-dire celle qui ne blesse pas, n'accuse pas, ne reproche pas. Et, chaque fois qu'on te dira quelque chose, tu regarderas mon petit dictionnaire et tu t'assureras, avant de te désespérer, que tu as bien compris les propos que tu viens d'entendre. »

Le dictionnaire de chinoiseries fit rire Lillian et l'orage s'éloigna cette fois encore.

Lorsqu'elles marchaient ensemble, Lillian ne cessait de regarder derrière elle pour voir si on les suivait. Dans les vitrines, elle était obsédée par la vision de son embonpoint qu'elle considérait non comme l'une de ses particularités, mais comme un grave défaut. Au cinéma, elle faisait du sentimentalisme et versait des larmes. Au restaurant, si elles étaient assises devant une fenêtre qui leur permettait de voir les passants dans la rue, elle ne cessait de les critiquer et de les dénigrer. L'univers entier heurtait et blessait le côté vaincu par avance de sa nature.

Elle était agressive avec les domestiques, puis elle se plaignait de leur abandon. Lorsqu'ils ne faisaient pas correctement leur service, elle le ressentait comme une injure personnelle, mais elle ne se rendait jamais compte de la peine que pouvaient causer ses manières exigeantes. Ses ordres avaient le don de hérisser les gens, provoquaient des discussions, des empêchements. Dès qu'elle apparaissait, le désaccord naissait.

Et elle en faisait le reproche aux autres, au monde entier.

Elle ne pouvait pas supporter de voir des amoureux absorbés l'un par l'autre.

Elle harcelait les hommes tranquilles, et elle détestait les hommes agressifs qui lui tenaient tête.

Elle avait un complexe permanent de honte. Une maille filée, un bouton manquant la consternaient.

Lorsque Djuna était trop absorbée par d'autres gens ou par des préoccupations d'un autre ordre pour s'enquérir de son amie, elle en tombait malade. Et cela ne se passait pas chez elle, au sein de sa famille, elle tombait malade dans une chambre d'hôtel et il incombait à Djuna d'accourir aussitôt avec les médicaments, le bouillon de poulet, de rester auprès d'elle jour et nuit, enchaînée par les caprices de Lillian qui, alors, battait des mains et avouait: « Je suis si heureuse de t'avoir tout à moi. »

Les nuits d'été passaient semblables à de joyeuses courtisanes, avec le cliquetis de leur fausse bijouterie, ouvertes et alanguissantes comme un grand lit. Les nuits d'été s'épanouissaient et Lillian était toujours en lutte avec la vie.

Elle lisait avec avidité des récits érotiques, obsédée par les amours et les vies des autres. Mais elle ne savait pas s'abandonner elle-même, elle avait honte de sa nature, elle la mettait sous clé, et le désir de la chair se pelotonnait en elle et distillait le poison de l'envie et de la jalousie. Chaque fois que la sensualité relevait sa tête en fleur, Lillian aurait voulu la décapiter pour n'en plus connaître le trouble et l'obsession.

En même temps elle avait besoin de séduire le monde entier, Djuna, chacun. Elle avait envie de connaître sur les lèvres le baiser, et soudain elle se contractait. Elle se plaisait dans ces contre-courants hystériques, dans cette obsession sensuelle désespérée et sa brusque frigidité, cet amour avide qui ne savait où se fixer, sans polarité, comme la faim d'une matrice aveugle, d'entrailles aveugles. Elle se délectait à faire monter la température, puis elle coupait le contact.

Dans sa noyade, elle étranglait ses proches et les entraînait dans les abîmes.

Djuna se sentit prise comme dans un sirocco.

Elle songea au séjour qu'elle avait fait dans une île espagnole.

L'île avait été calme, argentée et dormante jusqu'au jour où un vent étrange vint d'Afrique. Il souffla en cercle au-dessus de la terre, chargé d'une chaleur torride, d'odeurs de fleurs, de bois de santal, de patchouli et d'encens. Il emportait les esprits dans des tourbillons d'odeurs et des bouffées desséchantes. Il soufflait avec persévérance et constance, toujours égal à lui-même, sans croître ni décroître ; il arrachait les nerfs des créatures humaines, les nerfs seuls, et les entraînait dans une valse folle jusqu'à ce que le corps tout entier tremblât d'énervement, ayant perdu tout contrôle et tout sens d'équilibre. La danse malsaine du vent, sa chaleur alanguissante, ses parfums faisaient perdre à l'être humain sa droiture, sa clarté, sa netteté. Heure après heure le corps était soumis à ce rythme tourbillonnant, à cette danse vaine dans laquelle les désirs et les sens, exacerbés, las de tourner dans le vide, sanglotaient éperdument, espérant l'explosion de la tempête, à cause de l'apaisement qui suit tous les orages. Mais le sirocco ne connaissait pas de répit. Le vent ne se calma pas un seul instant au cours de ces quarante-huit heures, prometteur, exaltant, caressant, empêchant tout sommeil, tout repos, toute détente, et puis il s'évanouit d'un coup, comme il était venu...

Cette violence de Lillian, que Djuna avait d'abord admirée, voici qu'elle était devenue comme un sirocco brûlant. Djuna en avait aimé les manifestations parce qu'elle ne la possédait pas, et voici qu'elle dévorait maintenant et leur amitié et leur être même, parce qu'elle ne reposait sur rien, qu'elle n'avait pas de but, qu'elle ne créait rien. Elle n'était qu'une immense négation.

« Sauve-moi », disait Lillian en s'accrochant à elle.

Lillian était pareille à un grand navire qui sombrait, et Djuna à un petit canot de sauvetage. Et le grand navire était amarré au canot ; il tanguait furieusement et coulait à pic, et le petit canot prenait eau.

Et Djuna pensait : Elle veut de moi ce que seul l'homme peut lui donner. Mais avant tout elle tient à être moi afin de rencontrer l'homme. Elle le cherche à travers moi.

Parfois, au cours de leurs promenades, Lillian disait à Djuna : « Marche devant moi, je veux voir comment tu marches. Tu as un tel balancement de hanches. »

Devant Lillian marchait alors la féminité perdue de Lillian, emprisonnée dans sa virilité, emprisonnée au plus profond de son être. Et Lillian pensait se libérer par le canal de Djuna. Elle voulait se vêtir de l'apparence féminine de Djuna, rouler les hanches, devenir Djuna.

Comme son amie avait aimé sa violence, elle aimait les soumissions de Djuna. Le plaisir que celle-ci avait à se plier à l'amour, au désir. Elle respirait au travers de son amie les sensations de Djuna. Puisqu'elle ne pouvait les connaître par elle-même, elle les atteignait au moins de cette façon.

« Un jour, à l'école, dit Lillian à Djuna, un garçon m'a fait pleurer. Je ne sais plus ce qu'il m'avait dit ou fait, mais j'ai pleuré et il s'est moqué de moi. Sais-tu ce que j'ai fait en rentrant à la maison ? J'ai mis le costume de mon frère pour éprouver les sentiments d'un garçon. J'avais ainsi l'impression de me revêtir de force. Je me sentais pleine d'assurance, comme le garçon, de confiance en moi, d'impudence. Le simple fait de pouvoir mettre mes mains dans mes poches me rendait arrogante. Le simple fait d'être un garçon empêchait-il de souffrir ? La souffrance était-elle réservée aux filles ? J'ai eu, plus tard encore, le même sentiment. Par son objectivité, l'homme échappe à la souffrance. C'est ce qu'il appelle être raisonnable. Lorsque mon mari me dit : "Allons Lillian, soyons raisonnable", cela veut dire qu'il n'éprouve aucun des sentiments qui m'étreignent. Il lui est facile d'être objectif. Quelle force ! Mais il y a encore autre chose. J'ai découvert un autre remède à l'angoisse, c'est l'action. J'ai pensé aux femmes qui restent assises à la maison pendant que l'homme fait la guerre, et je me disais qu'il me suffirait de partir moi aussi, d'en prendre ma part, pour n'éprouver plus ni crainte ni angoisse. Tout au long de la dernière guerre, j'étais encore enfant et déjà je me disais : "Si seulement ils me laissaient être Jeanne d'Arc." Jeanne d'Arc portait une cuirasse, elle allait à cheval, elle combattait côte à côte avec les soldats. C'est de là qu'elle tirait sa force. Plus tard, étant jeune fille, je trouvais pareillement intolérable, quand j'allais au bal, d'attendre qu'on m'invite à danser. J'avais peur que personne ne vienne, alors je me précipitais pour combler cette attente. Tout mon être poussé par l'angoisse, je me jetais en avant pour couper court à l'insupportable anxiété. »

Djuna la considéra tendrement ; ce n'était plus Lillian la forte, l'absorbante, l'agressive, mais la craintive Lillian, cachée, secrète, qui avait imaginé cette dure cuirasse pour déguiser sa faiblesse.

Et Djuna voyait l'armure protectrice gisant, brisée, aux pieds de Lillian comme les morceaux d'une cotte de mailles barbare qui l'avait blessée plus qu'elle ne l'avait protégée de l'ennemi. L'armure avait fondu et mettait au jour la tendre chair meurtrie. Dès qu'elle avait eu connaissance de sa faiblesse, Lillian avait forgé cette cotte de mailles, elle s'en était couverte, elle avait pris une lance, la lance de l'homme, pour dissiper, anéantir son anxiété par l'action et l'attaque.

Le corps de Lillian se transformait tandis qu'elle parlait ; les mots, qui se précipitaient, accéléraient le dépouillement. Elle ôtait la coquille, l'enveloppe, tout l'appareil défensif, la cotte de mailles, le besoin d'action.

Puis, soudain, au milieu de ses larmes, elle se mit à rire :

« Je suis en train de me rappeler une aventure très drôle. J'avais seize ans alors et j'avais un amoureux, un amoureux timide et paisible. Nous allions à la même école, mais il habitait loin et il faisait toujours le trajet à bicyclette. À la veille de vacances qui devaient nous séparer durant une semaine, il me proposa un rendez-vous à mi-chemin. Une semaine de séparation lui paraissait intolérable. Nous convînmes donc de quitter, chacun de nous, la maison au même moment à bicyclette et de nous retrouver à mi-chemin. »

Lillian partit à l'heure dite. Elle roula d'abord à une allure normale. Elle connaissait la cadence de son camarade, une cadence régulière et paisible, jamais précipitée, jamais brusquée. Elle prit donc la même cadence. Elle songeait à lui, à son sourire timide, à son humble adoration, à l'expression de cette admiration qui consistait surtout à l'attendre ici, là. Il l'attendait, il ne se mettait pas en avant, il n'allait pas au-devant d'elle, il se contentait de l'attendre, de la regarder passer.

Lillian pédalait lentement, rêveusement. Puis, peu à peu, son plaisir et sa tranquillité se muèrent en inquiétude : et s'il ne venait pas ? et si elle arrivait avant lui ? pourrait-elle supporter de voir le lieu du rendez-vous désert ? le rendez-vous manqué ? L'ardeur qui n'avait cessé de croître en elle, comme un moteur puissant, qu'allait-elle en faire, si elle était seule au rendez-vous ? La crainte la poussait dans deux directions opposées. Elle pouvait faire demi-tour pour ne pas aller au-devant d'une déception possible, ou bien elle pouvait se précipiter pour diminuer l'attente pénible ! Elle choisit la seconde attitude. Son manque de confiance dans la vie, dans la réalisation, dans l'accomplissement de ses désirs, dans l'extériorisation d'un rêve, dans la possibilité d'une réalité d'accord avec son imagination, donna des ailes à sa bicyclette. Elle prit l'allure de l'inquiétude la plus folle.

Elle arriva avant lui. Ses craintes étaient donc fondées. Elle ne songea pas un instant à la vitesse que lui avait fait prendre son inquiétude, à l'accélération de plus en plus vive qui avait détruit sa cadence première. Tout était comme elle l'avait craint. La route était déserte, le garçon rejoignait le rêve et l'obsession, le mirage toujours loin de la réalité, cette réalité qui trompe le rêve, qui n'accomplit pas le souhait.

Peut-être le garçon arriverait-il plus tard ? Peut-être s'était-il endormi et avait-il oublié le rendez-vous ? Peut-être sa chaîne avait-elle sauté ? Peu importait. Rien ne pouvait maintenant empêcher Lillian de sentir qu'elle n'était pas Juliette attendant sur son balcon, mais Roméo qui avait bondi à travers l'espace pour rejoindre sa bien-aimée. Elle avait joué le rôle de Roméo, elle s'était trompée, et lorsqu'une femme s'élance, elle s'élance dans le vide.

Plus tard ce fut autre chose que l'histoire de deux bicyclettes et d'une route entre deux villes, plus tard ce fut une chambre obscurcie où un homme et une femme recherchaient le plaisir et l'union.

Lillian était d'abord restée passive, rêvant au plaisir qui allait surgir de l'obscurité, qui l'envahirait et l'anéantirait. Mais ce ne fut pas le plaisir qui sortit de l'ombre pour l'étreindre, ce fut l'angoisse. L'angoisse qui rendait les gestes maladroits, qui créait des contre-courants, des coupures de contact et tuait le plaisir. Une impression de vide, de rythme détruit et déprimant.

La femme apparemment prête à subir, prête à recevoir, recouvrait une ombre raidie, inquiète, l'ombre de la jeune fille qui pédale trop vite sur sa bicyclette, qui se jette en avant, et qui est vaincue parce que cette ardeur ne rencontre pas son égale. Et quelque chose en elle ne se laissait pas prendre, une part d'elle-même restait absente de ce mariage. Était-ce la femme, ou bien cette ombre inquiète qui revêtait les vêtements de son frère et pédalait trop vite ?

Jay. La table à laquelle il était assis avait des taches de vin. Ses yeux bleus étaient indéchiffrables comme ceux d'un sage Chinois. Il terminait toutes ses phrases par une sorte de « hum », comme s'il mettait le pied sur la pédale de la voix pour la faire durer. De cette manière, aucune de ses phrases ne se terminait brusquement.

Assis au bar, il créait immédiatement une ambiance tropicale. Malgré son énervement, Lillian le sentit aussitôt. La voix de l'homme résonnait, anéantissant le bruit métallique de l'argenterie sur les assiettes, les dissonances aiguës des verres que l'on heurte, le tintement de la monnaie jetée sur le comptoir.

Il portait sa haute taille aussi aisément que son manteau ou son chapeau. On s'attendait à le voir s'en débarrasser dès qu'il aurait besoin de légèreté ou d'agilité. Son corps solide, raboteux comme si on ne l'avait pas définitivement buriné, pas complètement terminé, se trouvait être le sien aussi fortuitement que ses humeurs passagères, ses caprices et ses aventures variées.

Il entrouvrait ses lèvres douces, animales, comme s'il voulait boire. Mais c'était pour dire (et Lillian avait l'impression qu'il avait bu son visage à elle, et sa voix en guise de boisson) : « Je suis heureux, je suis trop heureux. » Puis il se mit à rire, à rire, à rire en secouant la tête comme un ogre, en la secouant de droite à gauche comme si elle était trop lourde. « Je ne peux m'en empêcher. Je ne peux m'empêcher de rire. Je suis trop heureux. La nuit dernière, je l'ai passée ici. C'était Noël et je n'avais pas assez d'argent pour payer une chambre d'hôtel. Et l'avant-veille, j'ai dormi dans un cinéma. Ils m'ont laissé tranquille et n'ont pas balayé là où j'étais couché. Au matin, je me suis mis au piano. Le directeur est entré furieux, puis il m'a écouté et m'a fait signer un engagement qui commence ce soir. Mon Dieu, Lillian, je ne croyais pas que Noël m'apporterait jamais un cadeau, et pourtant, te voilà. »

Il était entré dans sa vie si simplement, si gentiment, tout en dessinant sur la table du bar d'amères caricatures, des ivrognes, des clochards, des mendiants.

« Tu joues donc du piano..., c'est ce que j'aurais dû faire. Je ne joue pas mal, mais je n'ai jamais travaillé. Je voulais aussi être peintre. J'aurais pu écrire également, si j'avais travaillé. J'ai fait un peu de théâtre, dans le temps. Quoi qu'il en soit, je suppose que je suis maintenant le dernier homme de la terre. Pourquoi m'as-tu remarqué ? »

Cet homme que rien ne distinguait dans une foule, qui passait au milieu des autres comme un homme ordinaire, absorbé, avec son chapeau un peu sur le côté, traînant légèrement les pieds, comme un gaillard joyeux et paresseux, pourquoi lui avait-il semblé affamé, assoiffé, abandonné ?

Pourquoi voyait-elle un homme en train de se perdre dans cet individu à la gaieté naturelle et méridionale qui réclamait sans cesse à boire ?

Assis comme un ouvrier devant son verre, il parlait une langue de charretier avec les filles assises au bar ; toutes étaient à l'aise avec lui. Sa présence faisait disparaître en Lillian toute tension et toute volonté. Il était comme le vent du sud, doux et chaud, qui apporte la joie et l'épanouissement.

La première fois qu'elle le vit, elle sut que, toujours, il viendrait ainsi vers elle et pénétrerait à l'intérieur de son être même ; il marcherait droit en elle avec son allure lente et paisible, sa voix caressante et sa bouche entrouverte.

Elle ne pouvait pas écouter sa voix, sa voix courait à la surface de la peau comme une caresse, la laissait sans forces. Elle pénétrait jusqu'au fond d'elle-même. Elle pouvait bien se boucher les oreilles, la voix de Jay trouverait le chemin de son sang et l'enflammerait quand même.

Toutes les choses prirent un nouveau visage lorsqu'elle laissa tomber sa robe dans la chambre de Jay.

Il dit :

« Je me sens si petit, Lillian, mais tout est si bon, si bon. »

Il donnait au mot « bon » un moelleux qui faisait resplendir la chambre, qui réchauffait la fenêtre froide, colorait la chemise pendue au portemanteau, l'unique verre où ils buvaient tous deux.

Le soleil apparut derrière le rideau jaune : tout prit la teinte d'un après-midi tropical.

La petite chambre devint une alcôve bien close que l'ivresse de Jay rendait chaude de vie et de sensualité.

« Dès que tu arrives, j'éclate de joie », disait Jay, et il exécutait deux ou trois sauts périlleux sur le lit.

« Voilà un vin merveilleux, Lillian. Buvons à mes échecs. Il n'y a pas de doute, absolument aucun doute. Je suis un raté.

– Je ne te laisserai pas être un raté, dit Lillian.

– Tu dis : "je veux", comme si les choses allaient se passer selon ton désir.

– Mais oui.

– Je ne sais pas ce que j'attends de toi. Sans doute des miracles. » Il lui jeta un regard en dessous, d'abord moqueur, puis grave : « Je n'ai pas d'illusions », dit-il.

Puis il s'assit, les épaules courbées, la tête inclinée, mais Lillian avait saisi au passage la flamme rapide, la minute d'espérance, l'éclair fugitif d'une étincelle de foi cachée sous le masque d'indifférence. Elle s'y accrocha.

Jay – gnome, farfadet, faune et petit garçon joueur d'un monde limité par l'amour maternel. Brillamment artiste, il peignait tant que cela l'amusait de peindre, tant que lui plaisaient le jeu merveilleux des couleurs, les apparitions qui surgissaient sous son pinceau. Il s'arrêtait dès que se faisait sentir le besoin de l'effort, d'une discipline, d'un travail. Il dansait tant qu'il lui était permis d'improviser, de se surprendre lui et les autres, d'étirer sa silhouette, de rire, de flatter et de se laisser flatter, mais il s'arrêtait dès qu'il fallait réfléchir, développer un thème, faire un effort ou une répétition. Il jouait, il jouait avec facilité, aisance et sensibilité tant qu'on ne lui demandait rien de difficile, mais il fuyait les reprises, la fatigue, l'attention, la lutte. Il ne cherchait pas l'amitié, il prenait celle qui venait.

Il se donnait tout entier au moment présent. Il était avec un ami, il parlait avec lui, buvait avec lui et oubliait ce qui devait se passer le lendemain. Il n'affrontait jamais quelque chose qui demandait du temps. Il ne pouvait prévoir. Il dormait quand il lui aurait fallu être réveillé, il était fatigué quand on avait besoin de son énergie, absent quand sa présence était requise. La plus petite exigence de la part d'un ami, l'obligation la plus banale le faisaient s'enfuir dans une direction opposée. Il venait à l'ami si le plaisir lui était offert. Il s'en allait dès que cessait le plaisir et que commençait la réalité. Un accident, la maladie, la pauvreté, une querelle – il n'était plus là.

On avait l'impression qu'il humait l'air ambiant. L'atmosphère était-elle bonne ? L'odeur, les couleurs du plaisir étaient-elles là ? Épanouissement, oubli de la réalité, abandon, joie ? Il accourait. Des difficultés se montraient-elles ? Il s'évanouissait.

Lillian et Jay.

Il faisait une cruelle journée d'hiver. Le vent les persécutait à tous les coins de rue. La neige se glissait dans leur cou. Ils ne s'entendaient pas. Ils prirent un taxi.

Les vitres du taxi étaient toutes givrées, ils se sentaient ainsi complètement coupés du monde extérieur. Il faisait une nuit close et chaude. Jay enfouit son visage dans la fourrure de Lillian. Il se faisait tout petit. Il avait une façon de devenir passif et si doux qu'il semblait perdre taille et poids. Et Lillian avait l'impression d'être elle-même le taxi clos, petit et sombre qui le cachait et le protégeait du monde. Le froid ne pouvait plus l'atteindre, ni la neige, ni le vent, ni la lumière du jour. Il était à l'abri, il reposait sa tête sur son sein, il se laissait porter comme un enfant, il enfouissait ses mains dans les poches du manteau de fourrure. Et Lillian était la fourrure, les poches, la chaleur, tout ce qui protège. Elle se sentait immense et forte d'une manière illimitée, elle était celle qui tend les bras comme des ailes pour couvrir, elle était son abri, son refuge, sa cachette secrète, sa tente, son ciel, sa couverture.

Elle était la mère à l'épreuve du bruit, à l'épreuve des chocs, la mère de l'homme.

La chaleur de sa passion submergeait Lillian, elle supprimait le désir en devenant le désir même, un besoin infini d'entourer, d'envelopper, de soutenir, de fortifier; elle se sentait prête à répondre à toutes les exigences. Jay fermait les yeux. Il s'endormait presque dans ses fourrures, il n'avait pas de griffes à craindre, il s'abandonnait, et de cet abandon naissaient des vagues de passion qui déferlaient sur elle.

Jay portait en général des chemises de couleur. Elles plaisaient à son goût capricieux. Il en mit un jour une blanche parce qu'on la lui avait donnée. Mais il ne put la supporter, le blanc et le noir ne lui allaient pas. Il n'aimait que les couleurs.

Lillian et lui discutaient de l'organisation de leur vie en commun. Jay reconnaissait qu'il ne pouvait pas travailler. Il ne pouvait pas supporter de programme, de « patron », d'heures régulières. Il ne pouvait pas supporter ce qui était sérieux.

« Alors, tu seras un clochard.

– Eh bien, oui !

– Un clochard n'a pas de femme.

– Non, dit-il, et il n'ajouta rien. »

Si elle se mettait à peser trop, il la lâcherait aussi.

« Il faudra que je travaille, alors, dit-elle, il faut bien que l'un de nous travaille. »

Il ne répondit rien.

Lillian fut profondément troublée par le caractère à la fois prétentieux et intime de cette scène et elle sut que cela venait de la chemise. La chemise blanche la troublait plus encore que les paroles de Jay. Et soudain elle comprit pourquoi. La chemise blanche lui rappelait son mari. Autrefois, lorsqu'il allait mettre sa veste, elle pensait toujours : comme il paraît raide et austère dans cette chemise blanche. Noir et blanc. Sec et précis, et toujours égal à lui-même. Mais présent. Elle ne savait pas si elle avait aimé la chemise blanche. Il s'en dégageait de l'autorité, une direction ferme, une construction solide. Et voici qu'elle se trouvait à nouveau devant une chemise blanche, mais elle avait l'étrange impression que, cette fois, il n'y avait rien dessous. Pas de raideur, pas d'épaules carrées, pas d'homme. Si elle approchait sa main, elle toucherait quelque chose de délicat et de doux et de vacillant : il n'y avait pas de corps d'homme sous la chemise. Si elle ne se sentait pas de force à assumer à elle seule toutes les responsabilités, si elle s'appuyait contre cette chemise, le mannequin s'effondrerait, il ne resterait que du sable, du sable fin et doux, comme le sourire, comme l'amour léger et trompeur.

Elle avait un jour posé sa tête contre la chemise blanche de son mari et elle avait entendu les battements réguliers d'un cœur ferme. Aujourd'hui, cette chemise paraissait vide, elle croyait en rêve tomber de dunes de sable, douces et glissantes, à d'autres dunes de sable encore plus douces, plus glissantes... la tête lui tourna.

Elle garda l'équilibre au prix d'un grand effort pour ne pas toucher la chemise de la faiblesse, pour ne pas sentir céder le sable doux.

Lorsqu'elle recousait les boutons arrachés des vêtements de Jay, il lui semblait recoudre aussi ses idées éparses, ses pensées dispersées, ses rêves inachevés. Elle tissait et cousait et raccommodait parce qu'il n'avait, lui, aucune idée de raccommodage, parce qu'il ignorait les fils de surjet, les fils à repriser. S'il lui échappait un mot, enduit de poison comme les flèches des peuplades primitives, il ne se souciait pas des conséquences fatales que ce mot pouvait avoir. Lillian cousait un bouton à sa veste, elle cousait en même temps les fragments éparpillés de ses caprices divers, elle cousait un bouton et ses mots mal enfilés les uns aux autres, elle cousait leurs jours à eux deux pour en faire une tapisserie, les paroles échangées, les sentiments qui n'appartenaient qu'à eux et qu'il dispersait et déchirait, comme il déchirait ses vêtements à courir au-devant de ses désirs, de ses aventures, de ses promenades. Lillian cousait ensemble toutes les petites preuves qu'il lui avait données de son attachement. Elle en faisait un vêtement pour son amour et sa foi dépenaillée. Bien souvent, Jay prenait des ciseaux ; avec maladresse, il déchirait l'amour, il taillait dans l'espérance et Lillian raccommodait et cousait et posait des pièces. Il gaspillait, il jetait, il ne pouvait ni évaluer, ni protéger, ni garder ses trésors. À travers ses poches éternellement trouées, tout glissait et se perdait. Il égarait les présents, les mémentos, tout ce qui était du passé. Elle raccommodait ses poches pour qu'il gardât quelque chose de leurs journées à eux deux, pour qu'il ne perdît pas la clé de leur maison et qu'il revînt à leur chambre, à leur lit. Elle raccommodait la manche de la veste pour qu'il pût sortir aisément son bras et la retenir, quand la solitude l'accablait. Elle recousait la doublure pour que la chaleur de leur amour, la douce enveloppe de leur intimité, ne s'évanouît pas.

Il pensait et cédait toujours à ses propres désirs avant qu'elle eût formulé les siens. Parce qu'il avait sommeil, elle devait être le canapé sur lequel il se reposait. Son amour à elle devait être l'éventail, s'il avait chaud, le feu, s'il avait froid. Quand il était malade, elle devait le veiller jour et nuit, d'une part parce qu'il était malade, et d'autre part parce qu'il avait de la joie à la voir attentive à ses besoins.

Cette faiblesse faisait de lui un « homme fatal » pour une femme comme elle. Il tendait la main avec tant d'hésitation et de maladresse vers la tasse ou la nourriture que la main de Lillian volait au secours du geste incertain, tendait l'objet convoité. La faim jamais rassasiée de Jay transformait Lillian en lampe d'Aladin. Elle devait combler jusqu'à ses rêves.

En face des difficultés de l'existence, il adoptait aussitôt une attitude non combative. Plutôt que de réclamer son dû, de faire face à un propriétaire en colère, d'obtenir un juste privilège, son premier mouvement était de se rendre. Il quittait la maison qui n'était pas réparée, il quittait le pays où ses papiers n'étaient pas en règle, il quittait les femmes qu'un autre convoitait. Abdication. Reddition.

Parfois, Lillian songeait à son mari, et maintenant qu'il n'était plus le mari elle se rendait compte qu'il avait été comme la plupart des hommes qui lui plaisaient, beau et séduisant, et elle ne comprenait pas pourquoi il n'avait jamais été un amant pour elle. Elle avait sincèrement aimé tous les aspects de sa nature, sauf celui de l'amant. Quand elle le considérait avec le recul de la séparation, elle pouvait le voir avec objectivité, en dehors d'elle. Il se tenait debout, sûr de lui et très homme. Il gardait toujours sa large stature d'homme fait pour protéger.

Mais Jay… Il était venu à elle comme un boiteux, comme celui que l'on désire soutenir malgré soi. Il était venu comme un homme qui ne voit pas très clair, qui hésite, qui trébuche. Dans sa détresse, malgré sa stature (il avait à peu près la même taille que son mari), il donnait l'impression de petitesse, de délicatesse, de vulnérabilité. Lillian avait été en quelque sorte émue par l'angoisse qu'elle avait devinée chez lui, angoisse de l'homme qui ne sait pas s'adapter à l'existence, angoisse dont il était le prisonnier et la victime. Sa faiblesse même lui avait donné la clé de l'être intime de Lillian. Il pénétra en elle par le chemin de la pitié. Elle s'ouvrit comme s'ouvre le refuge. Elle n'avait pas eu conscience que c'était un homme qui demandait à entrer (elle se serait un peu méfiée d'un homme). Elle avait ouvert la porte parce qu'il avait frappé comme un mendiant, comme un désespéré qui cherche la consolation, un faible qui cherche un soutien.

Dans sa soif de le protéger, de le couvrir, de le défendre, elle avait étendu sa force au-dessus de lui comme un grand toit tout étoilé, et la vision habituelle de l'homme qui protège la femme avait été remplacée dans leur cas par les ailes immenses d'une maternité sans limites.

Jay s'enrhuma. Et, tout en affirmant que ce n'était rien, il en profita pour se reposer entièrement en Lillian. Il se fit doux et tendre, mendiant les câlineries, exagérant sa toux. Ils se promenèrent, comme deux touristes paresseux, comme deux convalescents, disait-il. Et elle le câlinait en riant. Ils allaient, ignorant le temps, mangeant lorsqu'ils avaient faim. Ils voyaient un soleil magique éclairer la pluie, ils n'apercevaient que le chatoiement des rues mouillées et non leur tristesse. Il eut soudain une envie folle de posséder un phonographe, ils coururent les magasins ensemble, et en rapportèrent un, triomphalement, en taxi. Et ils s'endormaient dans la chaleur de leur profonde intimité, dans la volupté de leur bonheur. Jay touchait toute chose de la baguette magique du contentement. C'était Jay qui disait : « Comme ce jambon est savoureux, comme cette salade est bonne, comme ce vin est bon ! » Toute chose était bonne et savoureuse, pleine de goût et de joie.

Il lui offrait la saveur du moment présent et il lui laissait le souci du lendemain.

De même qu'il rassemblait les mets sur la table, rapportait le phonographe dans sa chambre, de même il enfermait Lillian dans le moment présent. Ce moment où l'on goûte la nourriture, où l'on voit la couleur, où l'on écoute la respiration, dont aucun détail ne reste en dehors, détaché, perdu.

Jay n'avait pas à la prendre, à la conquérir. Il était l'amant qui était en elle, comme l'enfant est dans la femme. Il la caressait comme s'il était ardent et impatient de pénétrer en elle non pas seulement en amant, non pas seulement pour satisfaire son désir, mais pour rester en elle. Et Lillian, par son besoin d'être comblée, répondait au désir de Jay. Elle ne le sentait jamais détaché d'elle. Son mari, lui, s'était tenu à l'extérieur et il venait lui rendre visite comme un homme, par sensualité. Mais il n'avait jamais pris la place que choisissait Jay, qui se reposait en elle, qui se perdait en elle. Elle connaissait avec son amant le même sentiment d'union physique qu'elle avait eu avec ses enfants. Son mari venait à elle pour se renouveler, il la quittait ensuite, il la laissait seule pour retourner à ses activités d'homme, à ses combats d'homme.

Les exigences maternelles et féminines chez Lillian étaient confusément mêlées, elle savait seulement que Jay avait fait résonner en elle la douce fibre maternelle et que, par ce chemin, il avait pénétré profondément dans son intimité, là où elle n'avait pas laissé pénétrer la virilité de son mari.

Jay aimait les prostituées. « On n'a pas besoin de leur faire la cour ou de leur écrire de magnifiques lettres. » Il les aimait et il aimait à dire à Lillian combien il les aimait. Il voulait tout partager avec Lillian. Il ne pouvait rien lui cacher, même s'il devait lui faire de la peine. Elle était son confesseur et son compagnon, sa collaboratrice et son ange gardien. Il ne la voyait pas pleurer lorsqu'il se lançait dans certaines descriptions. Il la traitait en ces moments-là comme un camarade (ou une mère). Comme si le récit de ses aventures ne pouvait que l'amuser. « Je pense même que si tu m'avais vu à ce moment-là, tu aurais ri ! »

Il aimait à la voir assumer tout le fardeau de leur vie, toute la charge matérielle. Et, pourtant, lorsqu'elle venait à lui, il lui fallait être prête à rejeter tout ce manteau de responsabilité pour redevenir enfant. Son sens de l'humour était plein de caprices.

Ainsi, l'une de ses manies favorites était de jeter par-dessus bord quelque chose auquel les gens prêtaient une grande valeur, de casser quelque chose auquel on faisait en général très attention. Il bousculait les traditions, les habitudes, les possessions. Détruire était ce qui l'amusait le plus.

Il eut une de ses plus joyeuses aventures aux dépens de l'un de ses voisins. C'était un pianiste qui avait habité, il y avait de cela plusieurs années, la même petite rue tranquille que lui. Ce garçon dut aller voir sa mère à l'hôpital le jour où le magasin de pianos avait promis de lui échanger son piano. Il attendait cet échange depuis des mois et ne pouvait d'autre part remettre sa visite à l'hôpital. Il supplia donc Jay de s'en occuper. C'était une affaire compliquée que de sortir le vieux piano et de faire entrer le nouveau. L'opération devait être menée par deux maisons différentes. En premier lieu, un déménageur devait venir chercher le vieux piano, puis le magasin livrerait ensuite le nouveau. Jay avait ri de toute cette histoire et s'en était allé ce jour-là sans s'en préoccuper le moins du monde, oubliant tout à fait la promesse qu'il avait faite à son voisin. Quand il revint, il aperçut les deux pianos dans la rue, devant la porte de la maison de son ami, sous une pluie torrentielle. La vue des deux pianos sous la pluie le mit dans une gaieté folle : « Le spectacle le plus surréaliste que j'aie jamais vu à New York. » Son rire était si contagieux que Lillian se mit à rire avec lui, tout en ressentant une grande peine à l'image des deux pianos trempés par la pluie, et du chagrin aussi lorsqu'elle essayait d'imaginer les sentiments du pianiste inconnu à son retour chez lui.

Jay ne voyait que le côté comique des événements.

Parfois Lillian se demandait : Que va-t-il faire de moi ? Quand me blessera-t-il ? Mais quoi, s'il me blesse, j'essayerai de l'aimer plus joyeusement encore, plus simplement, avec plus de légèreté. J'endurerai et les séparations et la fuite du temps et les trahisons. Le courage est né en moi, Jay est là, il respire dans mes cheveux, dans mon cou. Aucune blessure ne viendra de moi. Je ne porterai jamais aucun jugement sur lui. Une femme porte-t-elle un jugement sur la vie qui tressaille dans son sein ? Je suis trop proche de toi. Je rirai avec toi, même à mes dépens.

À mes dépens. Et voici que le chagrin que lui avait fait l'image des deux pianos laissés sous la pluie devenait personnel. Elle savait qu'elle n'avait pas pu rire de tout son cœur. Ces pianos n'étaient pas seulement ceux de l'ami d'autrefois de Jay, mais son propre vieux piano, puisqu'elle avait renoncé désormais à jouer pour gagner sa vie et celle de Jay. Elle avait abandonné tout espoir de devenir jamais concertiste pour mieux subvenir à leurs besoins quotidiens. La plaisanterie de Jay l'avait blessée, car elle lui avait révélé l'indifférence de Jay à tout ce qui n'était pas lui, à tout ce qu'elle avait abandonné, son incapacité à se mettre à la place des autres. Jay ne comprenait pas qu'en abandonnant sa carrière de pianiste elle perdait une partie d'elle-même, elle anéantissait tout un aspect de sa personne, elle lui en faisait le sacrifice.

C'était son piano que Jay avait laissé s'abîmer sous la pluie.

Jay en pantoufles peignait, une bouteille de vin rouge à côté de lui. Sur le plancher, des cercles de vin rouge. Des taches. Le bord de la table brûlé par les mégots.

Cela lui était égal. Ce qu'il faisait aujourd'hui était moins bon que ce qu'il avait peint hier, mais cela n'avait pas d'importance. Cela l'amusait tout autant. Il n'allait pas se tracasser pour l'art. Tout était bien, il se fichait de la perfection. Il n'avait plus de cigarettes. Lillian voulait-elle lui en donner une pour qu'il puisse terminer cette aquarelle ? Elle avait interrompu son travail en entrant, c'était bien aussi, c'était la vie, et la vie valait plus que la peinture; viennent les interruptions, surtout féminines; que les gens entrent, c'était bien, il était bon de peindre et tout aussi bon de ne pas peindre, et il était encore meilleur de manger et de faire l'amour; voilà, il avait terminé et il avait faim et ils pourraient peut-être aller voir un film, bon ou mauvais ...

La chambre était plongée dans l'obscurité. Jay s'était endormi dans les bras de Lillian et il dormait maintenant profondément.

On entendait grincer dans la rue l'orgue de Barbarie. C'était samedi soir, soir de fête, avec la foule joyeuse et bruyante et l'orgue de Barbarie qui grinçait.

« Les Chinois racontent, dit Jay en s'éveillant, qu'il existe un domaine intermédiaire entre la terre et le ciel..., je pense que nous y sommes. »

Tempêtes de désirs et accalmies parfaites. Lillian se sentait lourde et brûlée.

« J'ai envie de t'enfermer à clé, Lillian. »

Jay bondit soudain hors de ses bras avec la rapidité d'un coup de fouet et se mit d'abondance à parler de son enfance, de sa vie dans les rues, des femmes qu'il avait aimées, puis laissées tomber, et des femmes qui l'avaient laissé tomber lui et qui l'avaient trompé. Il paraissait se rappeler tout à la fois. Les images enroulées en lui comme dans une valse tourbillonnante se déroulaient sous les yeux de Lillian et chaque image en entraînait une autre qu'il décrirait un autre jour, disait-il. Avait-il réellement participé à toutes ces aventures qu'il racontait à Lillian avec frénésie, tout en gardant à ses descriptions la précision du kaléidoscope ? Avait-il réellement tué un garçon à l'école avec une boule de neige ? Avait-il réellement jeté à terre sa première femme, alors qu'elle était enceinte ? S'était-il réellement frappé la tête contre les murs lorsque la femme qu'il aimait l'avait repoussé ? Avait-il volé de l'argent à un marchand de journaux aveugle ?

Il étalait devant elle toutes les couches de son passé, ses masques, ses bouffonneries, et elle sentait qu'il jouait une sorte de comédie, poussé par un obscur besoin de vengeance, par la crainte et par de curieuses faiblesses.

Elle voyait vivre dans le passé un homme différent de celui qu'elle connaissait. Et, semblable en cela à toutes les amoureuses, elle rejetait cet homme du passé, elle rendait les autres responsables des actes et des pensées de cet homme-là : devant moi, il abandonne toute pose et tout préparatif de défense. Elle ne croyait pas à la légende de sa dureté et de sa ruse. Elle le voyait innocent, comme on voit toujours celui que l'on aime, et elle faisait même de lui une innocente victime.

Elle croyait connaître et le cœur et l'écorce de son amant.

« Tu sais toujours, Lillian, dit-il, ce qui est à prendre et à laisser. »

Puis il se retourna sur le côté et se rendormit. Aucun bruit, aucune préoccupation, aucun travail inachevé, aucun défaut dont il n'était pas venu à bout, aucune scène d'amour commencée, aucun problème non résolu ne l'avait jamais empêché de dormir. Il se retournait et oubliait tout, instantanément. Il se retournait avec une indifférence superbe et laissait tout en suspens. Sa journée était finie. Et il ne renvoyait rien au lendemain. Le lendemain serait une journée neuve et propre. Il se retournait et tout s'éteignait aussi. Rien n'était plus simple que de se retourner.

Djuna et Jay. Aux yeux de Djuna, Jay ne paraissait pas un être nonchalant. Il lui semblait, au contraire, vivre avec intensité, être sans cesse à la recherche de quelque chose de neuf. Il posait des questions toujours nouvelles.

« J'ai vécu en aveugle, disait-il. Je n'ai jamais eu le temps de réfléchir. J'ai accumulé des tonnes et des tonnes d'expériences. Lillian crée sans cesse des complications, des changements, des départs brusques et des drames. On n'a le temps de ne rien assimiler. Et puis elle déclare que je mourrai si elle me quitte, que la souffrance et la lutte sont bonnes pour moi. »

Djuna remarqua que ses tempes grisonnaient bien qu'il n'eût que quarante ans.

« Vos yeux sont pleins d'émerveillement, dit-il, on dirait que vous espérez tous les jours un miracle. Je ne vous laisserai plus vous en aller maintenant. J'aimerais me promener avec vous dans des lieux inconnus pour pouvoir dire ensuite : je suis venu ici avec Djuna. Je vous demanderai l'impossible. Ce que c'est, je l'ignore. Je ne suis jamais rassasié. Vous êtes plus intelligente que moi. Et vous êtes la première femme devant laquelle je me sens absolument sincère. Je suis heureux de vous parler. Je me sens à l'aise avec vous. C'est peut-être un peu impertinent. Mais vous savez ce que je veux dire. Vous avez toujours l'air de comprendre ce que je veux dire.

– Vous êtes tour à tour un vieil homme très sage et un sauvage. Vous êtes à la fois timide et cruel, n'est-ce pas ?

Il y a entre nous quelque chose que Lillian ne peut détruire, ni comprendre. Nous sommes des amis. Le sentez-vous comme moi ? Des amis. Mon Dieu, est-il possible que l'amitié existe entre un homme et une femme ? L'amitié qui est au-delà du désir et de l'amour, au-delà de tout ? Voilà ce que je ressens pour vous. »

Djuna détesta la gaieté feinte avec laquelle elle reçut ces mots, ces mots qui condamnaient son corps à être le veilleur de nuit effacé, celui qui comprend, celui sur lequel les autres déposent leurs fardeaux. Elle était les genoux sur lesquels on pose la tête pour dormir, pour être guéri des blessures que d'autres vous ont faites. Et, tandis qu'elle avait horreur de sa propre bonté, elle s'entendit répondre tranquillement, avec son sens de justice le plus profond :

« Détruire ne signifie pas toujours destruction, Jay.

– Vous voyez toujours plus loin, Djuna, toujours plus loin que les autres, et vous voyez juste. Vous allez au cœur des choses. »

Désormais sa place lui était assignée entre eux, entre Lillian et Jay, pour dire les mots au pouvoir magique, ombre silencieuse et fugitive, chargée de savoir, oublieuse d'elle-même, de ses besoins de femme devant le déroulement de l'union aveugle exaspérée de Lillian et de Jay, qui se déchiraient l'un l'autre dans leurs aspirations opposées.

Pâle beauté de l'étoile qui veille dans l'obscurité !

Lillian et Jay, tous deux entraient maintenant par bouffées dans la vie de Djuna, et ils en ressortaient par bouffées selon le rythme de leurs existences.

Elle restait assise après leurs visites des heures durant, rassemblant les sentiments qu'ils avaient dispersés avec prodigalité et manœuvrant son cœur comme un bateau à la dérive.

« Ce qui est difficile dans mon cas, disait Jay lorsqu'il était seul avec elle, c'est que je n'arrive pas à me faire une image claire de moi-même. Je n'ai jamais beaucoup pensé à moi. La première fois que je me suis vu tout entier, c'est en vous. Je me suis habitué à considérer votre image de moi comme mon être véritable. Probablement parce qu'elle me rend meilleur. Je me sentais auparavant comme une roue sans moyeu, une roue tournant à vide.

– Et je suis le moyeu », dit Djuna en riant.

Jay était allongé sur le divan du salon et Djuna était allée dans sa chambre s'habiller pour sortir. Lorsqu'elle fut prête, elle ouvrit la porte de communication et se parfuma devant son miroir.

La fenêtre était ouverte sur le jardin et Jay dit :

« On dirait un décor pour Pelléas et Mélisande. Un décor de rêve. »

Le parfum qu'elle vaporisait sur les lobes de ses oreilles, sur son cou, faisait en jaillissant un bruit soyeux.

« Votre robe est d'un vert de conte de fées, dit Jay, je n'ai jamais vu pareil vert et je n'en verrai jamais de semblable. Je pourrais jurer que le jardin est en carton-pâte, que la lumière tremblante qui vous sert de fond est celle de la rampe, que les bruits du jardin sont la musique de l'orchestre. Vous êtes presque transparente comme la rosée du parfum dont vous vous enveloppez. Mettez davantage de parfum. C'est comme un fixatif sur une aquarelle. Donnez-moi le vaporisateur. Laissez-moi vous parfumer pour vous fixer tout entière. Je ne veux pas vous voir vous effacer comme un pastel. »

Elle alla vers lui et s'assit sur le bord du divan.

« Vous ne me croyez pas véritablement femme, dit-elle avec un immense désarroi tout à fait en désaccord avec les propos fantaisistes de Jay.

– Vous êtes Mélisande, répéta-t-il, et je sais que, lorsque vous me quitterez pour aller à ce dîner, je ne vous reverrai plus. Ce genre d'aventure dure au plus trois heures et les échos de la musique peuvent se prolonger en vous une journée. Pas davantage. »

La couleur du jour, de cette journée-là, était ce vieil or des peintures byzantines, cet or qui n'a pas la surface lisse des laques, cet or fait de poudre fine que le temps décompose facilement. La couleur du jour était cette fine poudre d'or prête à se décomposer, comme si chacun des grains de cette poudre, liés entre eux par des liens invisibles, était prêt à se volatiliser en parfum. Et sur ces peintures, la couche d'or est si mince qu'elle laisse voir la toile qu'elle recouvre, la présence réelle derrière la transparence, comme l'espace vide derrière l'illusion, l'absence de couleur et de profondeur, et la nuit derrière la poudre d'or du rêve. Ce soir-là la poudre d'or était tombée sur le jardin, sur chaque feuille d'arbre, elle luisait à l'intérieur de la chambre, sur les cheveux noirs de Djuna, sur les poignets de Jay, sur la manche froissée de sa veste, sur le tapis vert, sur la robe verte, sur le flacon de parfum, sur la voix de Jay, sur la détresse de Djuna – mais la moindre haleine, le souffle même de leur respiration, ce simple souffle-là pouvait la volatiliser et l'effacer.

L'essence même de la nature humaine se dissipait, cédait la place au rêve.

Tandis que le vent lui-même suspendait son souffle, on sentait l'air de cette journée d'été comme une présence entre le jardin et la fenêtre ; l'air aussi pouvait déplacer une feuille, déplacer un mot, et la feuille et le mot déplacés suffisaient à changer tout l'aspect de la journée.

L'essence même de la nature humaine se dissipait dès que le rêve s'installait en vainqueur.

Chaque fois que Jay racontait à Lillian qu'il était sorti avec des amis la veille et qu'il avait rencontré une jeune femme, Lillian avait un moment d'attente ; elle attendait dans la crainte le moment où il dirait : j'ai rencontré la femme qui te remplacera. Cette attente demeura longtemps en elle, avec le sentiment de la fragilité de son amour. Mais l'amour de Jay restait immuable. Elle était obsédée par une sorte de superstition, un sentiment de danger qui s'opposait à la force de plus en plus sûre des liens qui les unissaient. Elle avait peur de cet amour tout en surface et qui ne montrait pas de racines, et, plus tard, lorsque les racines apparurent, elle s'attendait toujours à voir leur amour se faner et mourir de mort naturelle.

Cette crainte l'obsédait lorsqu'ils étaient au point culminant de leur joie, comme un précipice bordant leurs ascensions. Elle montrait aussi son visage les jours de paix. Elle était comme un secret fatal caché sous chaque silence. Plus le cercle de leur attachement l'un pour l'autre grandissait, plus lui paraissait large la fissure par laquelle on pouvait retomber dans la solitude.

Mais la femme qui représentait ce danger ne se montrait pas. Jay faisait des portraits rapides de femmes qu'il semblait avoir oubliées dès le lendemain. Il avait de nombreux amis. Sa vitalité créait un courant de cordialité, mais c'était un courant continu et rapide qui ne creusait pas de précipices et ne retenait aucun reflet. Ses enthousiasmes s'éteignaient vite, souvent en une seule soirée. Lillian ne s'arrêtait pas à ces images fugitives.

Il lui disait de temps en temps avec une parfaite simplicité :

« Tu es la seule, la seule. »

Et puis, un jour, il dit :

« J'ai rencontré l'autre soir une femme qui te plairait. J'ai regretté ton absence. Elle vient ici tout à l'heure avec quelques amis. Ne veux-tu pas rester ? Tu verras. Elle a les yeux les plus étonnants que j'aie jamais vus. »

(Pour les yeux étonnants, je resterai. Je désire la voir. En me précipitant au-devant du danger, je préviendrai peut-être le choc. Quelle est la différence entre l'angoisse et l'intuition ? Comme j'ai déjà vu clairement ce que j'imagine. Est-ce de la crainte ou un pressentiment ?)

Helen frappa à la porte avec énergie, comme pour attaquer. Elle était forte et portait un tailleur très strict. Elle avait l'air d'une statue, une statue avec des yeux hantés, des yeux inhumains, des yeux qui n'étaient pas faits pour les larmes, pleins d'un reflet animal. Et le reste de son corps était une statue, une statue fixée sur un piédestal. Il semblait paralysé par une sorte de crainte. Elle avait la fixité de la Méduse, prête à changer les autres en pierre. Hypnotique et froide, elle attirait par une lumière minérale.

Elle avait deux voix, une voix de basse comme celle d'un homme et l'autre légère et naïve. Deux femmes se disputaient en elle.

Elle éveilla en Lillian un sentiment étrange. Elle était comme un assemblage de touches de bleus violents, comme une Méduse avec des cheveux lascifs. Elle n'était pas une femme, mais une sorte d'être mythique avec un énorme espace vide autour d'elle.

Ses yeux avaient l'air de mendier une réponse à une énigme. Les pupilles paraissaient prêtes à se séparer du blanc de l'œil.

Lillian ne ressentit pas la moindre jalousie, mais une vive curiosité. La rencontre ne lui inspirait plus de crainte. Elle ne voyait qu'un vaste espace bleu dans lequel une femme attendait. Cet espace et cette grandeur autour d'Helen lui attirèrent Lillian.

Helen se mit tout de suite à raconter un rêve qu'elle faisait souvent dans lequel elle était portée par un Centaure. Et Lillian n'avait aucune peine à imaginer la tête d'Helen comme une tête de femme mythique dans les bras du Centaure. Dans les légendes, hommes et femmes sont toujours plus grands que nature.

Les rêves d'Helen se passaient dans d'immenses déserts où elle se trouvait toujours en prison. Elle se déchirait les mains aux grilles de la prison faites d'êtres humains attachés entre eux par des bandages. Elle portait des vêtements de bure.

Et soudain les questions d'Helen fusèrent vers Lillian :

« Pourquoi suis-je toujours prisonnière ? J'ai abandonné mon mari et mes deux petites filles il y a plusieurs années. Sans le savoir consciemment alors, je ne voulais pas être la mère d'enfants, je voulais être la mère d'œuvres d'art et de rêves, la mère d'artistes, la muse et la maîtresse. Mon mariage fut pour moi un enterrement vivant. Mon mari était un homme sans courage devant la vie. Nous vivions comme s'il était un mutilé et moi son infirmière. Sa présence tuait la vie en moi si complètement que c'est à peine si j'ai réalisé la naissance de mes enfants. Je me suis mise à avoir peur de la nature, peur d'être ensevelie sous une montagne, étouffée par la forêt, engloutie par la mer. Je me révoltai si violemment contre ma vie de femme qu'en un jour je détruisis tout ; je me sauvai, abandonnant enfants, foyer et pays natal. Mais je n'ai jamais conquis la vie pour laquelle j'avais lutté. Ma fuite ne m'apporta pas la libération. Chaque nuit je fais le même rêve de prisons et de lutte pour la liberté. Seul mon corps s'est échappé. Ma sensibilité est restée comme les racines pendantes d'une plante arrachée trop violemment. La violence n'est bonne à rien et ne libère jamais. Une partie de moi-même est restée avec mes enfants, emprisonnée dans le passé. Maintenant il faut que je me libère entièrement, corps et âme, et je ne sais pas comment. Les gestes violents que je fais ne servent qu'à resserrer les nœuds qui m'enchaînent. Comment peut-on oublier ce qui est passé ? On ne peut mettre au rebut comme un vieux manteau les fautes et les remords. »

Elle vit que Lillian était touchée par son histoire et ajouta:

« Je suis reconnaissante à Jay d'avoir permis que je vous rencontre. »

C'est alors seulement que Lillian se rappela son pénible secret. Elle eut envie de poser sa tête sur l'épaule d'Helen et d'avouer: « Je ne suis restée ici ce soir que par peur de toi. Je ne suis venue que parce que je croyais que tu allais m'enlever Jay. » Et, maintenant qu'Helen avait avoué ses souffrances et ses rêves les plus secrets, Lillian pensa: Peut-être a-t-elle besoin de moi plus que de Jay. Jay ne sait pas consoler, il ne peut que la faire rire.

Au même moment, elle se dit que cela aussi pouvait être utile à Helen et dangereux pour elle. Jay aimait le courage chez les femmes. Il y avait en lui quelque chose de féminin qui aimait à céder, qui aimait à être courtisé et choisi. Si Lillian lui révélait cette faiblesse de Jay, Helen trouverait alors la clé de l'être intime de Jay. Si Helen faisait, suivant le conseil de Lillian, le premier pas, parce que Jay attendait toujours d'être enflammé, il cherchait dans les femmes l'explosion qui l'entraînerait, alors Helen risquait de rencontrer Jay.

Lillian voyait autour d'elle de nombreux signes de danger.

Et, sans en avoir véritablement conscience, Lillian se mit à jouer le rôle qu'elle craignait de voir adopter par Jay. Elle prit la place de l'amant. Elle fut pleine d'attentions. Elle devinait les moindres désirs d'Helen. Elle lui téléphonait au moment où Helen sentait peser sa solitude. Elle disait des mots chaleureux qu'Helen avait envie d'entendre. Elle donnait à Helen cette confiance en soi que connaissent les femmes aimées. Elle créait une atmosphère de galanterie qui permettait à l'amitié d'accomplir les mêmes miracles que l'amour. Helen connut à nouveau l'enthousiasme et le besoin d'action. Elle oublia ses obsessions pour se remettre à peindre, à chanter, à écrire. Elle transforma et décora à nouveau les pièces dans lesquelles elle vivait. Elle s'habilla avec goût, avec soin, avec fantaisie. Elle cessa de se sentir solitaire.

Par une magnifique journée ensoleillée et chaude, Lillian lui déclara: « Si j'étais un homme, je voudrais faire l'amour avec toi. »

Disait-elle ces mots pour aider Helen à s'épanouir comme une fleur dans la chaleur et la ferveur, ou bien prenait-elle la place de

Jay pour jouer l'amour qu'elle avait imaginé avec angoisse et dont elle sentait peut-être confusément qu'elle privait Helen ?

Helen se sentait riche comme une femme nouvellement aimée.

Parfois, quand Lillian allait rendre visite à Helen, elle essayait d'imaginer Jay à sa place. Elle essayait de deviner les sentiments qu'éprouverait Jay devant le visage d'Helen. Chaque fois, elle s'avouait qu'Helen était très belle. Était-ce sa capacité d'admiration qui rehaussait la beauté du visage d'Helen ? Mais Jay, lui aussi, avait le pouvoir d'exalter tout ce qu'il admirait.

Lillian l'imaginait en pensée devant les toiles d'Helen. Les tons bleus lui plairaient. Il est vrai qu'il n'aurait pas de goût pour les obsessions d'Helen, sa peur de la maladie, sa crainte du cancer. Mais il se contenterait d'en rire, et son rire disperserait les angoisses d'Helen.

Lillian alla se poudrer et se donner un coup de peigne à la salle de bains et, là, plus proche de l'intimité de son amie, elle ressentit une inquiétude plus grande. Elle jeta un coup d'œil sur le déshabillé, les pantoufles, les crèmes et les médicaments en tentant d'imaginer les réactions de Jay devant toutes ces choses. Elle savait combien il aimait les coulisses des existences. Il aimait à fouiller dans les objets familiers pour détruire les illusions. C'était une véritable manie. Il revenait triomphant avec un pot de crème : et ceci, à quoi cela sert-il ? Comme si les femmes essayaient toujours de le tromper. Il se méfiait des choses les plus simples. N'avait-il pas tiré les cils de Lillian pour s'assurer qu'ils étaient naturels ?

Que ressentirait-il dans la salle de bains d'Helen ? Aurait-il un élan de tendresse pour ses pantoufles ? Pourquoi certains objets inspirent-ils de la tendresse ? Mais les pantoufles d'Helen n'appelaient pas de tels sentiments. Rien en elle n'attirait la tendresse. Peut-être éveillait-elle le désir, la passion, autre chose. Elle restait un objet semblable à une sculpture, un tableau, une forme, elle ne pénétrait pas, elle n'enveloppait pas. Pourtant les créatures inhumaines peuvent susciter des passions, même si elles sont pareilles aux statues des toiles de Chirico, inaccessibles à l'homme, même si rien ne peut les enchaîner avec des chaînes de chair et de sang.

Elles sortaient souvent ensemble et Lillian attendait toujours la rencontre imprévisible, la coïncidence qui les amènerait tous trois au même concert, à la même exposition, à la même pièce de théâtre. Mais cela ne se produisit pas. Ils se manquèrent chaque fois. Tout au long de l'hiver, les événements mondains ne les réunirent pas une seule fois. Lillian se mit à croire que cette rencontre n'était pas dans leur destin et que ce n'était pas à cause d'elle qu'ils ne se voyaient plus.

Helen prenait des yeux de plus en plus verts et de plus en plus mythiques. Elle ne manifestait aucune sensibilité. Et Lillian avait l'impression de la tenir éloignée de l'homme qui aurait pu la ramener à la vie, de l'enterrer vivante en lui refusant Jay.

Peut-être se faisait-elle des idées.

Pendant ce temps, le besoin qu'Helen avait de Lillian devenait immense. Elle ne se contentait plus d'occasionnelles visites. Elle voulait remplir tout le vide de son existence de la présence de son amie. Elle la voulait auprès d'elle nuit et jour lorsque la solitude lui pesait. Et le fardeau devenait de plus en plus lourd pour Lillian.

Elle commença à s'inquiéter. En voulant amuser Helen et la distraire de Jay, elle avait dépassé son but.

Helen tournait tout au tragique, souffrait d'insomnies, prétendait que sa chambre était hantée et envoyait chercher son amie à tout propos.

Lillian était punie pour avoir voulu jouer le rôle de l'amant. Il lui fallait désormais être aussi le mari. Helen avait oublié Jay, mais Lillian était devenue l'otage de cet échange.

Pour se libérer de ce fardeau trop lourd, Lillian dit un jour à son amie :

« Tu devrais voyager de nouveau. Cette ville n'est pas bonne pour toi. Tu as de trop mauvais souvenirs en cet endroit où tu as été solitaire et malheureuse pendant si longtemps. »

Cette même nuit il y eut un incendie dans l'immeuble où habitait Helen, dans l'appartement contigu au sien. Helen interpréta l'accident comme un signe allant dans le sens de la suggestion de Lillian. Elle décida de partir.

Elles se quittèrent gaiement, au coin d'une rue, comme pour une courte séparation. Gaiement, elles se dirent adieu en se regardant de leurs yeux verts éclatants. Puis elles perdirent mutuellement leurs adresses. Tout se dissipa très vite comme un rêve.

Lillian retrouva sa liberté. Une fois de plus elle avait revêtu l'armure du guerrier pour protéger un amour. Une fois de plus, elle avait porté un costume d'homme.

Jay n'avait pas fait d'elle une femme. Il avait fait d'elle le mari et la mère de sa faiblesse.

Lillian eut un jour à confier à Jay qu'elle était enceinte.

Il répondit :

« Il nous faut tout de suite trouver de l'argent pour l'avortement. »

Il paraissait très en colère. Elle attendit quelque temps en pensant que, peu à peu, il s'intéresserait à cette espérance d'un enfant. Mais son irritation ne fit que s'accroître. Cela dérangeait ses projets, son plaisir. La seule idée de l'enfant était une intrusion dans sa vie. Il la laissa aller seule chez le médecin et ne cessa de manifester son mécontentement.

Un soir, dans sa chambre envahie par l'obscurité, Lillian parla à l'enfant qui bougeait en elle :

« Mon tout petit qui n'es pas encore né, je sens tes petits pieds qui cognent mes flancs. Mon tout petit qui n'es pas encore né, il fait très sombre dans la chambre où nous sommes assis, toi et moi, il doit faire aussi très sombre pour toi, à l'intérieur de moi, mais l'obscurité t'est sans doute plus douce à toi qui dors bien au chaud, tandis que je cherche dans cette chambre noire la joie de ne pas savoir, de ne pas sentir, de ne pas voir, la joie de l'immobilisme dans la chaleur la plus douce et l'obscurité la plus noire. Tous, nous sommes à la recherche de cette chaleur-là, de cette obscurité-là, de cette manière de vivre sans souffrir, sans connaître l'angoisse, la peur ou la solitude. Tu es impatient de naître, tu donnes des coups de pied, mais tu devrais mourir. Tu devrais mourir dans la chaleur et dans la nuit, tu devrais mourir, car tu es un enfant sans père. Tu ne le trouveras pas sur terre ce père, immense comme le ciel, assez grand pour porter en lui ton être tout entier et tes craintes, plus grand que la maison ou que l'église. Tu n'auras pas de père pour te couvrir de sa grandeur et de sa chaleur. Ce serait mieux pour toi de mourir à l'intérieur de moi pendant que tu es bien au chaud. »

L'enfant l'entendit-elle ? Elle fit une fausse couche à six mois.

Lillian donna un jour un concert dans une demeure privée riche comme un musée. Les tableaux et les gens avaient été rassemblés avec un goût exquis et très sûr. Il y avait un tel parterre de jolies femmes que l'on pensait inévitablement à une exposition de plantes de serre.

Le parquet était si poli qu'on apercevait deux Lillian, deux pianos blancs, deux publics.

Peu à peu, sous les mains énergiques de l'artiste, le piano devint comme un jouet d'enfant. Elle le dominait, le tourmentait, l'écrasait. Elle jouait de toute sa force comme pour posséder le piano ou être possédée par lui.

Dans le grand salon, les femmes tremblaient devant ce « corps à corps ».

Lillian mettait toute son ardeur dans son jeu. Son visage disait sa violence et son désir de possession. Elle levait la tête comme pour entraîner la musique, mais la musique ne s'élevait pas dans les airs. Elle était trop lourdement chargée de passion.

Lillian ne jouait pas pour jeter des sons dans l'espace bleu, mais pour atteindre la plénitude, pour arriver à une sorte d'impossible fusion avec son piano, pour toucher ce sommet que l'homme et la femme n'atteignent qu'ensemble. L'acuité du plaisir, la plénitude de l'accord parfait. La passion et le désir charnel heurtaient avec violence les touches d'ivoire et pesaient sur elles. Lillian martelait son piano comme elle aurait aimé sentir son corps martelé jusqu'à l'éclatement. Et la souffrance qu'on lisait sur son visage était celle de l'être qui a cherché avec désespoir à atteindre la sainteté ou la jouissance de la volupté et n'a connu ni l'une ni l'autre. Ce n'était plus une mélodie qui remplissait la pièce et s'échappait dans les jardins, mais la plainte douloureuse de sa sensualité lourde de forces non dépensées.

Lillian violentait la musique pour exprimer son désir d'être violentée avec la même force et la même ferveur.

Cette ferveur l'emplissait encore comme un flux, lorsque les femmes vinrent lui dire combien son jeu avait été merveilleux. Lillian se leva à leur approche comme pour les envelopper toutes, ces femmes faibles, de sa ferveur intacte, de la ferveur que le piano, comme un vase trop fragile, trop délicat, n'avait pas su retenir.

Tandis que Lillian luttait pour arracher au piano ce qu'il ne pouvait pas donner, l'attention de Djuna s'en alla vers la fenêtre.

Le salon doré avec ses lustres de cristal, ses tableaux et ses tapisseries avait d'immenses baies vitrées. La chaise de Djuna se trouvait placée dans l'une de ces baies, juste à la limite entre la foule parfumée et brillante et le jardin silencieux et immobile.

L'heure était tardive, la musique tombait sur les auditeurs comme un lourd nuage d'orage, l'air était de plus en plus pesant lorsque le regard de Djuna surprit le jardin désert et comme rassemblé pour une pose secrète. Chacun avait les yeux tournés vers le piano et le regard de Djuna semblait avoir surpris le jardin à l'improviste, inondé de verdure et de paix. Une pluie légère avait lavé le visage des feuilles, les nœuds des troncs d'arbre ouvraient des yeux pleins d'âge, l'herbe semblait boire avec avidité, il traînait dans l'air une humidité sensuelle, comme si les feuilles, les arbres, l'herbe et le vent se faisaient des caresses.

Le jardin avait l'air d'être nu.

Djuna le contemplait. Il avait un air inaccoutumé de nudité, d'épanouissement, de plénitude heureuse.

Dans le salon doré, les gens déguisés comme des acteurs de fausse comédie, les lumières atténuées, les visages estompés, les gestes empesés, tout était artifice, tout, sauf Lillian qui n'avait pas été domptée, stylisée ou dorée, qui restait elle-même et se battait avec son instrument pour s'exprimer.

Mais la musique n'ouvrait pas les portes de l'être intime.

La nature fleurissait, s'épanouissait, se faisait caressante et douce.

Dans leurs cadres dorés, les portraits des ancêtres dormaient, momifiés pour l'éternité, et leurs descendants prenaient les mêmes poses. Les femmes étaient confites dans les parfums, conservées par les crèmes de beauté, les hommes protégés par leur dandysme.

Toute la violence de la vie et de la vérité avait disparu des cadres et du salon dorés.

Alors Djuna suivit des yeux le sentier tapissé de feuilles tombées et elle aperçut pour la première fois trois immenses miroirs placés parmi les buissons et les fleurs aussi naturellement que dans un boudoir. Trois miroirs.

Les yeux des hommes et des femmes du salon doré n'avaient pu supporter la nudité du jardin, sa pose secrète.

Les yeux de ces hommes et de ces femmes avaient eu besoin des miroirs, et ils se réjouissaient de la fragilité des choses reflétées. Toute la vérité du jardin, la moisissure et les vers, les insectes et les racines et la sève qui court sous l'écorce pourrie, tout devait d'abord se réfléchir dans le miroir pour être toléré.

Lillian jouait encadrée par de grands miroirs. La violence de Lillian était atténuée par son reflet dans le miroir.

Le jardin dans le miroir semblait poli par la perfection même. L'art et les artifices avaient soufflé sur le jardin, et le jardin avait soufflé sur le miroir, la nature et ses dangereuses vérités avaient été exorcisées.

Mais de sourdes infiltrations fissuraient le sous-sol de la maison et du jardin et, si personne ne prêtait l'oreille aux grondements, l'explosion aurait lieu et toute cette civilisation sauterait.

Gare aux humiliés, aux battus, aux opprimés, aux esclaves... À l'énergie mal employée et dévoyée des femmes...

2

Le pain et l'hostie

Lorsqu'il n'était pas en train de bavarder ou de peindre, Jay chantait. Il chantait à mi-voix ou à tue-tête selon son occupation. Lorsqu'il mangeait ou s'habillait, il le faisait à un rythme particulier suggérant l'accomplissement d'une cérémonie primitive. Son grand corps semblait avoir des contours raboteux, comme si le sculpteur qui les avait faits les avait mal arrachés au bois ou à la pierre dont il s'était servi. On s'attendait à en sentir les aspérités sous le doigt comme lorsqu'on touche une statue d'argile crue. Il n'avait pas le fini et le poli des œuvres classiques.

Bien des aspects de sa nature rappelaient en lui l'animal : la gaucherie pleine de grâce de sa démarche, ses larges gestes rythmés et accordés aux mouvements de ses muscles, le plaisir qu'il éprouvait à bâiller, à s'étirer, à s'étendre, la faculté qu'il avait de pouvoir s'endormir n'importe où, la rapidité avec laquelle il obéissait à toutes les impulsions de son corps. Un corps qui ignorait la tension et l'énervement.

On avait l'impression, à le voir bien planté sur ses pieds écartés, qu'il allait, semblable à un arbre, prendre racine là où il se trouvait. Il avait, en effet, pris joyeusement racine désormais à Paris, dans sa vie d'atelier, de causeries dans les cafés, dans sa vie avec Lillian.

Il se sentait à l'aise partout, comme si les racines vivantes de son corps s'accommodaient de toutes les terres, de tous les climats, de tous les cieux. Il préférait cependant la lumière artificielle et les foules. C'était au milieu de la foule qu'il s'épanouissait le mieux, qu'il s'exprimait avec le plus d'allégresse.

Lorsqu'il faisait la queue devant les magasins, il comblait son attente de chansons, de réflexions enthousiastes. Le spectacle de la rue, quel qu'il fût, suffisait toujours à nourrir son éternel contentement.

Il avait des manières de prestidigitateur pour transformer le plus simple repas : ce bifteck est merveilleux... un vrai régal ! Incroyablement bon ! Et ces oignons !... Il se délectait. Il versait à poignées son enthousiasme sur le repas comme un condiment nouveau. Le plus ordinaire morceau de viande se mettait à rougir, à rayonner, à grandir à la chaleur de sa ferveur. Il enveloppait chaque aliment d'appréciations amoureuses. Chaque plat paraissait lui être apporté sur le feu même qui avait servi à le cuire, ou flambé au rhum comme un *Christmas pudding*.

« C'est bon, bon, bon », disaient ses lèvres gourmandes, ses joues échauffées, sa tête inclinée dans une attitude compréhensive, sa voix aux intonations chaleureuses. Il touchait tous les mets d'une baguette magique et donnait de la couleur aux légumes, à la salade, aux fromages et au vin. Même le persil prenait un air de fête et semblait une bougie sur un gâteau d'anniversaire. « Ah ! ah ! ah ! quelle salade ! » disait-il, tandis que sa voix accompagnait comme une crème l'huile d'olive.

Il revêtait la toque blanche du chef cuisinier sûr de son art, qui savait jouer des goûts et des épices et donner au pain et au vin quotidiens la saveur d'un festin.

Avec lui, les conversations prenaient aussi un ton extraordinaire. Il avait une façon à lui d'entamer une discussion, de la laisser s'enflammer, s'étendre, puis de se mettre à rire dès qu'elle prenait un ton véritablement sérieux. Il la délayait, la dissolvait alors dans des flots de rire.

Il riait, il riait :

« Ce n'est pas de vous que je ris. Je ne ris de personne, de personne du tout. Mais je n'y puis rien, cela m'est tellement égal de savoir qui a raison dans cette discussion !

– Ce n'est pas possible, disait Faustin dont le visage restait figé sous un masque de gravité si bien qu'on était même étonné de voir les mots franchir la barrière de ses lèvres serrées, il n'est pas possible de se moquer de tout à ce point, il faut bien croire à quelque chose.

– Je ne prends rien au sérieux, disait Jay, pourquoi croire à quelque chose ? Tout ce à quoi l'on croit meurt un jour ou l'autre. Voici Colette. Bonjour, Colette. Asseyez-vous donc ! Comment vont les affaires, aujourd'hui ? Colette, tous ces gens disent qu'il faut croire. Il faut croire, il faut tenir à quelque chose, disent-ils. Crois-tu, Colette ? Ils passent tous comme l'eau d'un fleuve et on serait bien étonné si les mêmes gens et les mêmes choses revenaient toujours à la surface de l'eau, étonné et peut-être rempli d'ennui. C'est bon, une eau qui ne stagne pas en vous pour y provoquer des ulcères, mais une bonne eau courante qui purifie tout en coulant sans cesse. »

Après ces paroles, Jay prit une longue gorgée de son Pernod. Comme le courant de l'absinthe, le courant de ses idées, de ses sentiments, de ses paroles variait chaque jour au gré de sa soif.

« Vous avez bu, dit Colette, vous ne savez plus ce que vous dites.

– Il n'y a que les ivrognes ou les fous pour savoir ce qu'ils disent, Colette. C'est là que vous faites erreur. Seuls les fous et les ivrognes se sont débarrassés de tout ce qui est inutile au profit du désordre, et seul le désordre est créateur.

– Si tu continues dans ce sens, dit Faustin du ton d'un professeur de sanscrit, il faudra que quelqu'un prenne soin de toi quand tu seras éparpillé dans toutes les directions. Il faudra qu'on prenne soin de toi, car ta liberté n'est que l'illusion de la liberté, peut-être n'est-elle qu'une simple révolte. Le désordre finit toujours par se révéler comme le piège le plus perfide de tous. On s'y trouve emprisonné plus sûrement qu'en aucun autre. »

Aux mots « prendre soin de toi », Jay se tourna machinalement vers Lillian et il lut dans son regard l'amour immuable qui lui servait de boussole.

Faustin commençait toujours ses entretiens au sommet d'une pyramide à laquelle aucun escalier n'accédait. Il débutait toute conversation par le problème de l'être et du devenir, la physiognomonie, les incidences des destinées, l'approche de l'ère fongoïde, le cerveau moyen et la lune tertiaire !

Faustin parlait pour construire quelque chose. Il insistait sur le fait que chaque conversation devait ajouter une brique solide à une construction. Il dessinait tout en parlant sur le dessus de marbre de la table du café ou sur la nappe : voici le premier plan et voici le second, et maintenant nous allons passer au troisième. Il n'avait pas plus tôt terminé quelque chose qui ressemblait à une construction solide que survenait Jay, une lueur verte dans les yeux qui n'était pas véritablement celle de l'absinthe, mais une sorte d'éclat intérieur que l'alcool avait mis en lumière, un éclat dur, cruel, mauvais. Les paroles de Jay jaillissaient, elles se précipitaient comme une machine qui n'a plus de freins du fond de son être agité par des mouvements contradictoires qui refusait toute cristallisation.

Ce phénomène se produisait chaque fois que l'entretien allait vers une fin, chaque fois que sortait de la confusion générale une phrase qui avait un sens. Chaque tentative de compréhension paraissait à Jay une menace pour le cours de la vie et du plaisir. Comme si l'intelligence des choses risquait d'arrêter le courant joyeux et tumultueux de la vie.

Lillian et lui prenaient souvent leurs repas dans un petit café en face de la gare Saint-Lazare. Il donnait sur la rue. Lillian et Jay avaient le sentiment de manger dans la rue elle-même et il leur semblait que tous les passants mangeaient et buvaient avec eux.

À chaque bouchée, Lillian avalait les bruits de la rue : les voix et les échos qu'elle faisait résonner, les regards rapides des passants qui étaient comme les lueurs de petites flammes de bougies. Elle n'était plus qu'une petite partie d'un vaste corps affamé, assoiffé, avide.

Sa gorge dans laquelle coulait le vin était celle du monde entier. La chaleur du jour était comme une main d'homme posée sur sa poitrine, l'odeur de la rue comme une haleine d'homme dans son cou. Le restaurant s'ouvrait sur la rue comme un champ inondé par une rivière.

Les étudiants qui se rendaient au bal des Quatz'-Arts passaient en criant et en riant à côté d'eux. Des Égyptiens, des Noirs, couverts de plumes et de bijoux, couraient pour attraper l'autobus, tandis que la sueur ruisselait sur leurs corps barbouillés de peinture. On voyait leur peau luire entre les plumes et la verroterie et leurs muscles se gonfler lorsqu'ils riaient.

Parfois ils entraient dans le restaurant, toujours criant et riant. Ils entouraient la table de Lillian et de Jay comme des sauvages qui dansent autour de l'autel du sacrifice.

L'orgue de Barbarie jouait *Carmen* avec un son métallique et fragile.

C'est le même restaurant par un après-midi d'été. Mais Jay n'est pas là. Le vin ne coule plus dans la gorge de Lillian. La nourriture est médiocre et insipide. Les tables sont séparées de la rue par de petits buissons verts qu'elle n'avait jamais remarqués. Les bruits et les visages lui paraissent lointains. Tout se passe en dehors d'elle. Tout est loin et rien ne la concerne plus. Rien ne coule plus en elle, rien ne l'emporte plus.

Est-ce l'absence de Jay ? N'était-ce pas elle autrefois qui buvait le vin et mangeait le pain ? Ne buvait-elle et ne mangeait-elle que par le canal de l'appétit et du plaisir de Jay ? Ne prenait-elle du plaisir à boire et à manger qu'au travers du goût, du plaisir et de la gorge de Jay ?

Elle fit un rêve cette nuit-là. Jay était devenu son poumon d'acier. Elle était en lui et ne pouvait respirer que par lui. Elle ressentait une grande angoisse et se disait : s'il me quitte, je mourrai. Elle riait lorsque Jay riait et s'amusait lorsqu'il s'amusait. Mais la crainte ne la quittait pas de ne pouvoir plus ni manger, ni rire, ni respirer s'il l'abandonnait.

La façon qu'avait Jay de saluer ses amis, d'être à l'aise dans tous les groupes, d'accepter et de saisir toutes les formes de la vie, lui faisait faire à elle l'expérience de sa propre perméabilité. Dès qu'elle était seule, elle retrouvait les contractions qui l'empêchaient de respirer librement et dont elle avait cru se débarrasser en s'abandonnant à son amant.

Elle avait parfois l'impression d'être tombée amoureuse seulement de l'esprit de liberté de Jay. Elle avait rêvé que Jay lui donnerait cette liberté-là et voici que, d'une certaine manière, il avait échoué dans cette entreprise.

Elle avait parfois, la nuit, l'impression d'être la proie d'un cannibale.

Il dévorait tout, les sentiments dont elle lui avait fait don, la réponse de sa chair, ses pensées, son souci de lui, de même qu'il absorbait dans son appétit de géant tous les endroits inconnus, les gens nouveaux, les sensations nouvelles. Son esprit curieux était toujours en quête de nouveaux matériaux.

La vie de Jay, son travail entraînaient tous les événements qui la concernaient, elle, comme le flot de la rivière entraîne des fétus de paille.

Il avait un appétit de l'ère des géants.

Il pouvait lire les livres les plus épais, attaquer les toiles les plus vastes, marcher des kilomètres, discuter les théories les plus sérieuses, abattre une masse énorme de travail. Il ne rejetait rien. Tout lui était nourriture. Le vulgaire comme l'enfantin, ce qui passe et ce qui dure, les griffonnages sur un mur, une phrase d'un passant, l'expression du désespoir sur un visage, la musique romantique d'une sonate s'échappant d'une fenêtre, le ronflement d'un mendiant sur un banc, les fleurs du papier peint sur les murs de la chambre d'hôtel, l'odeur du chou dans un escalier, les sauts d'un cavalier sur la piste d'un cirque. Ses yeux notaient tous les détails, ses mains s'ouvraient pour saisir.

Son corps était comme une éponge, il absorbait tout par tous ses pores dilatés par la curiosité.

Lillian se sentait prise dans les mâchoires immenses de son désir, anéantie, dissoute par son appétit. Elle cédait à sa faim jamais assouvie, tous ses sentiments s'échappaient d'elle comme l'encens d'une messe noire.

Prends-moi, prends mes dons et mes humeurs et mon corps et mes cris et ma joie et mes obéissances et ma peur et mon abandon, prends tout ce que tu veux.

Il la mangeait comme s'il voulait faire provision d'elle. Il dévorait Lillian comme une nourriture indispensable à sa subsistance quotidienne.

Lillian offrait tout ce qu'elle possédait au besoin et à la faim de son amant. Tout ce qu'elle avait connu, expérimenté et donné déjà auparavant. Elle ramassait tout ce qu'elle pouvait pour rassasier son insatiable faim ; elle cherchait dans son passé et en rapportait sa vie antérieure, elle donnait sa vie présente et son avenir. Elle livrait tout à son insatiable curiosité.

La lumière rouge de l'enseigne d'un hôtel se reflétait dans le studio. Un puits de feu. Galopade effrénée du corps, charge folle de mille chevaux lancés bride abattue à la rencontre du plaisir. Pulsion battante, martelante, gigantesque machine qui glisse et glisse dans le corps.

Doux balancement. Torpeur paisible et duveteuse d'un feuillage. Roulis. Étreinte. Enroulement. La machine géante aux rouages bien huilés laisse couler son miel, des ruissellements de miel sur un lit de feuillages d'été. L'étrave ouvre et découpe les eaux du lac, et les vagues de proche en proche gagnent la pointe des pieds et l'extrémité des cheveux.

Lillian n'imaginait pas de houle plus puissante que le flot de sensations où Jay l'entraînait, pas de vagues plus larges que celles de son désir, pas d'écume autre que celle de son plaisir. Pas de sable plus doux que sa peau et les sables mouvants des caresses. Pas de soleil plus brûlant que celui de son désir, pas de neige plus fondante que celle de sa résistance cédant à la joie, pas de terre plus riche que la chair.

Elle s'endormait, entrait en transe, s'abandonnait, se réveillait, renouvelée. Elle était transpercée par la joie, bercée, bénie, consumée, purifiée, elle naissait et renaissait dans le sein dévorant de la nuit.

Au début de leur vie commune, Jay avait fait constamment allusion à son enfance comme pour déposer entre les mains de Lillian tous ses premiers souvenirs.

L'amour débute toujours par ce retour en arrière. L'amant désire faire don à l'aimée de tous les différents êtres qui l'ont composé.

Jay conservait comme un de ses souvenirs les plus cuisants un mauvais tour que ses parents lui avaient joué quand il était petit.

« J'avais environ six ans lorsqu'un bateau de guerre vint s'amarrer dans le bassin de la Marine à Brooklyn. Tous les garçons du voisinage furent emmenés par leurs parents pour le visiter sauf moi. Mes camarades ne cessaient de me le décrire dans tous les détails et j'en rêvais comme si je l'avais vu de mes propres yeux. Je suppliai mon père de m'y emmener. Mais il remettait toujours la visite. Puis, un beau jour, il me dit de me laver les mains et les oreilles, de mettre mon costume neuf. Nous allions visiter le bateau de guerre. Je me lavai comme jamais je ne l'avais fait. Je marchai à côté de mon père, propre, fier, ivre de joie. Je ne cessai de lui dire le nombre de canons que nous allions voir, le nombre de hublots. Mon père semblait m'écouter avec intérêt. Il m'emmenait en réalité chez le docteur pour me faire opérer des amygdales. Le choc de la déception, de la trahison subie, le contraste violent entre mon rêve, mon espérance et la brutale réalité de l'opération grossirent un million de fois ma souffrance. »

En l'écoutant, Lillian comprenait qu'il ressentait encore ce choc et qu'il n'avait jamais pardonné à son père. Les conditions difficiles de son enfance avaient encore accru l'intensité de son désir de voir le bateau de guerre, plaisir rare et objet de bavardages et de discussions interminables avec ses camarades.

« Par une nuit très froide, une nuit d'hiver, nous allions, ma mère et moi, le long de la rivière. J'étais très petit, j'avais peut-être cinq ans. Ma mère marchait très vite, trop vite pour moi, et j'avais très froid, surtout aux mains. Ma mère portait un manchon. De temps en temps, quand nous avions une rue à traverser, elle sortait sa main droite du manchon pour prendre la mienne. La chaleur de sa main me réchauffait tout entier. Puis elle laissait retomber ma main et rentrait vite la sienne dans la tiédeur du manchon. Je me mis à pleurer. J'aurais voulu mettre ma main dans son manchon, mais elle ne voulut pas. Je finis par pleurer et crier comme si c'était pour moi une question de vie ou de mort. Ce l'était peut-être. J'avais tellement envie de la chaleur et du contact de ses mains nues. Plus je pleurais et tirais sur le manchon, plus ma mère se mettait en colère. Pour finir, elle me frappa la main pour me faire lâcher son manchon. »

Tandis que Jay parlait, ses yeux bleus prenaient le regard de l'enfant mortellement blessé. Lillian y apercevait comme à travers l'autre bout du télescope un Jay en réduction, un petit Jay en colère, glacé et humilié, qui tendait ses mains bleues de froid vers le manchon de sa mère.

Ce n'était pas la femme en elle qui prenait conscience de cette image, c'était l'enfant qu'elle avait été, l'enfant compréhensif qui pouvait partager la colère et la déception du petit Jay. L'image pénétrait en elle sous la femme apparemment assise dans une attitude attentive, avec son corps de femme, son visage de femme. Sa réponse tout intérieure ne se manifestait pas au-dehors et Jay ne pouvait la percevoir, tant l'enfant en elle était profondément enfoui et ne donnait aucun signe apparent de son existence et de ses réponses. Jay ne pouvait le reconnaître dans ce regard empli de pitié féminine, ni dans l'attitude de son corps qui était celle d'une femme penchée vers un enfant, vers sa petitesse, sans changer pour autant elle-même de stature. Elle aurait pu, à cet instant précis, comme Jay, échapper à sa maturité, et retrouver un visage, un regard, des gestes d'enfant, et Jay aurait alors compris que leurs enfances se touchaient, qu'elles pouvaient communiquer, qu'elles avaient les mêmes besoins.

Mais Lillian ne sut pas s'unir à son amant dans ce retour à l'enfance. Celle qui se pencha à cet instant sur l'enfant Jay semblait en avoir fini avec sa propre enfance, elle semblait prête à prendre la place de la mère dure, la mère au manchon et aux mains nues et chaudes.

Désormais, et d'une manière définitive, Jay considéra son amie non comme un enfant qui avait peut-être les mêmes besoins que lui, mais comme celle qui était la plus forte et qui devait pourvoir à tous ses besoins à lui.

Il y eut un déséquilibre dans leurs rapports : il devint, lui, celui qui a froid et faim, et, elle, le manchon et les chaudes mains nues.

Désormais, elle dissimula ses propres besoins, car ils étaient des obstacles à l'accomplissement de sa tâche envers Jay. Elle s'ingénia à devenir le manchon, à fournir à l'imagination de son amant un nombre considérable de bateaux de guerre pour compenser celui dont il avait été si perfidement frustré. Tout ce qu'elle lui donnait : livre, couverture, phonographe, stylo ou nourriture, tout représentait désormais le bateau dont il avait tant rêvé. Elle ne faisait que rembourser une dette, que restituer à l'enfant ce qu'on lui avait volé.

Mais Lillian ignorait que la première dette de la vie envers un enfant est semblable à un puits sans fond. La première trahison crée un implacable besoin de vengeance, un besoin si grand qu'aucun acte de charité ne peut le combler. Tout enfant a la conviction qu'aucune amende ne peut compenser le mal qui lui a été fait. L'homme qui a connu la faim une fois dans son enfance en rendra le monde entier responsable. Il volera au-delà de ses besoins, il prendra sur le monde une revanche sans fin en paiement de quelque chose d'irremplaçable : sa foi perdue.

Le Jay réduit qui se dessinait peu à peu tandis qu'il faisait surgir de l'ombre ses souvenirs d'enfance, était plus proche de Lillian que l'homme fait. Il blessait moins son être craintif que le peintre plein d'arrogance qu'elle voyait en plein jour quand il reprenait sa vie d'adulte. Quand il lui racontait que tout petit il se glissait en entrouvrant à peine les portes pour appeler son père, elle n'avait pas de peine à situer cette image dans le champ de ses visions intérieures, tandis que l'infatigable géant Jay, changeant et avide, dont la personnalité s'écoulait par une multitude de canaux avec la rapidité du mercure, lui échappait sans cesse.

Lorsque Jay racontait la passion, la curiosité sauvage qui le poussaient, enfant, à aller jouer dans la rue, elle comprenait mieux la fougue, l'ardeur et la faim avec lesquelles il la quittait le soir pour sortir, si bien que ses aventures d'homme devinrent à ses yeux étrangement innocentes.

Quand il disait l'attrait que les femmes exerçaient sur lui, il n'avait pas l'expression d'un homme jouisseur, d'un homme sensuel, mais celle d'un enfant gai, inconstant, incapable de contrôler ses actes. Ce n'était plus de l'infidélité à son endroit, mais le besoin violent et enfantin « d'aller jouer dans la rue ».

Elle ne le voyait plus que comme un enfant qui se vante de ses conquêtes à cause de sa faiblesse même, qui cherche à se faire admirer pour attirer à lui des amis, et elle apaisait ainsi en elle l'angoisse que lui causaient ses nombreuses fugues.

Si, parfois, elle se mettait en colère, il semblait tout étonné de sa révolte, incapable de comprendre qu'il avait pu lui faire du mal. C'est elle qui finissait toujours par se sentir coupable : il lui avait fait don de son être tout entier avec l'enfant qui demeurait encore en lui. Elle n'avait pas le droit maintenant, noblesse oblige, de se comporter comme la mère cruelle dont il lui avait parlé !

Jay considéra son Pernod couleur de soufre et vida son verre.

Il était prêt maintenant à faire son autobiographie, comme chaque fois qu'on avait critiqué sa peinture ou réclamé quelque dette oubliée.

Jay but donc son Pernod et commença :

« Je suis comme Bouddha qui choisit de vivre dans la pauvreté. J'ai abandonné ma femme et mon enfant pour mener une vie consacrée. Je n'ai d'autres ressources désormais que le bol de riz que m'offrent mes disciples.

– Quel est votre enseignement ? demanda un jeune homme que ne gagnait pas encore la contagion de la joie de vivre de Jay.

– Une vie qui bannit toute souffrance. »

Avait-il découvert un secret pour échapper à la souffrance ? Pour tous ceux qui les voyaient ensemble, il était bien évident qu'il avait tout simplement déchargé ses épaules de toute tristesse pour en charger les épaules de Lillian, Lillian toujours prête à détourner les coups qui risquaient de frapper son ami. Et les disciples en venaient inévitablement à réaliser qu'il leur fallait, eux aussi, avant tout, trouver pour leur usage personnel une Lillian.

« Je n'ai pas d'enseignement, disait Jay, je ne suis qu'un homme heureux. Je ne puis expliquer comment je suis parvenu à cet état. Il bombait le torse avec satisfaction. Donnez-moi un bol de riz et je vous rendrai aussi joyeux que moi. »

Ces paroles amenaient automatiquement une invitation à dîner.

« Inutile de se faire du souci, disait Jay à Lillian, il y a toujours quelqu'un pour m'inviter à dîner. »

En échange du dîner, Jay emmenait ses hôtes faire connaissance avec sa manière de vivre. Tous ceux qui ne pouvaient le suivre n'avaient qu'à s'en retourner. Il n'était pas un initiateur. Son enseignement agissait par osmose !

Jay avait aussi d'autres autobiographies à raconter. Il y avait des jours où il n'avait pas envie de se présenter sous l'aspect d'un homme joyeux qui conférait l'inconscience et la non-culpabilité à ses disciples. Il y avait des jours où il posait en barbare. Il exaltait alors les guerriers, les envahisseurs, les pillards. Il croyait à la violence. Il se représentait sous les traits d'Attila et faisait couler le sang pour purifier le monde. Sa peinture devenait une sorte d'explosif.

Aujourd'hui Jay sentait l'irritation le gagner contre le jeune homme qui lui avait demandé quel était son enseignement. Ce jeune homme allait et venait dans le studio, sans s'arrêter et sans parcourir jamais toute la longueur de la pièce. Il faisait cinq longs pas, s'arrêtait et rebroussait chemin. Cette promenade nerveuse exaspérait Jay. Il interrompit son interlocuteur :

« Asseyez-vous donc !

– Excusez-moi, dit-il, je suis navré. Une expression d'angoisse apparut sur son visage : C'est que je viens de sortir de prison. Ma cellule avait cinq pas de long, pas un de plus. Et maintenant, quand je suis dans une pièce plus grande, je me sens très mal à l'aise. J'ai le désir de l'explorer, de me familiariser avec ces nouvelles dimensions, et je sens en même temps que je ne puis pas faire un pas de plus que les cinq auxquels je suis habitué.

– Vous me rappelez un de mes amis, dit Jay, il était très pauvre et c'était pourtant un peintre de talent. Vous me rappelez la façon dont il a échappé à la médiocrité de sa vie. Il habitait impasse du Rouet, et, je pense que vous le savez, cette impasse est la dernière étape avant l'hôpital, l'asile de fous ou le cimetière. Il habitait une de ces maisons, au fond d'une cour, pleine d'ateliers nus comme des cellules de moine. Il n'y avait aucun moyen de chauffage et la plupart des vitres étaient cassées. Ceux qui, par extraordinaire, possédaient un fourneau n'avaient pas de charbon. Le studio de Peter avait une originalité : il n'avait pas de fenêtre, mais seulement un vasistas. Sa porte donnait sur la cour. Il n'avait pas de poêle, les ressorts de son sommier passaient à travers son matelas en lambeaux. Pas de draps, une seule vieille couverture.

Plus d'électricité, car il ne pouvait pas payer les factures précédentes. Il se servait de bougies et, quand il ne pouvait plus acheter de bougies, il demandait de la graisse au boucher et la brûlait. La concierge avait l'air d'une vieille pieuvre. Elle était partout à la fois avec sa voix masculine et ses favoris inquisiteurs. Peter se trouvait menacé d'expulsion, lorsqu'il eut une idée. Chaque année, les gouvernements étrangers, par le truchement de leurs ambassades, décernent des prix à la meilleure toile ou à la meilleure œuvre d'art de leurs ressortissants respectifs en séjour à Paris. Un ami de Peter qui travaillait à l'ambassade de Hollande lui procura un prospectus donnant des détails sur ce prix. Peter l'apporta à la concierge, lui lut le papier et l'engagea à considérer, en premier lieu, qu'il était le seul peintre hollandais de Paris, en deuxième lieu que le prix accordé à la meilleure toile peinte par un artiste hollandais se montait à un demi-million de francs. La concierge manifesta assez d'intelligence pour réaliser la chose. Elle consentit à laisser courir le loyer pendant un mois, à prêter de l'argent à Peter pour l'achat de tubes de peinture, offrit même un petit supplément pour les cigarettes indispensables, et Peter promit de se mettre au travail et de faire un tableau qui tiendrait toute la surface du mur de sa chambre. Lorsqu'il aurait gagné son prix, il achèterait à la concierge de l'immeuble une petite maison à la campagne pour ses vieux jours – avec un jardin. Désormais il pouvait peindre en paix. C'était le printemps. Il laissait sa porte ouverte et la vieille femme s'installait dans la cour, ses grosses mains rouges immobiles sur les genoux, et elle songeait que chaque coup de pinceau construisait la maisonnette de ses rêves et le jardin. Au bout de deux mois, elle manifesta de l'impatience. Peter peignait toujours, mais il mangeait aussi, il fumait, il prenait des apéritifs et il lui arrivait même de dormir plus de huit heures par nuit. Peter retourna à l'ambassade et demanda à son ami de lui faire une visite officielle. L'ami s'arrangea pour emprunter l'auto de l'ambassadeur ornée de la couronne de Hollande et fit au peintre une visite cérémonieuse.

La concierge fut rassurée. Chaque soir, elle relisait avec Peter le papier qui expliquait les conditions du concours : “L'argent sera remis comptant à l'heureux gagnant une semaine après la publication de la décision du jury." La béatitude de la concierge était bienfaisante. Toute la maison bénéficia de sa mansuétude. Mais un beau jour, les journaux publièrent le nom et la photo du peintre hollandais qui venait de remporter le prix. En un instant, la bonne femme se transforma en ouragan. La porte du studio de Peter était fermée à clé. Elle grimpa sur une chaise pour regarder par le vasistas si Peter était endormi ou ivre mort selon son habitude. Horrifiée, elle aperçut un corps pendu au plafond. Il s'était pendu ! Elle appela au secours. La police força la porte. Et les policiers décrochèrent du plafond un mannequin de cire soigneusement habillé de vieux chiffons et peint par Peter.

Le plus drôle de l'histoire, ajouta Jay après un moment de silence, c'est qu'ensuite la chance lui fut favorable. En pendant son image, il semble qu'il ait dissipé le mauvais sort qui s'acharnait sur lui. »

Les hôtes s'en allèrent les uns après les autres.

Alors le rire de Jay se mua en eau paisible et dormante. Sa voix se fit douce. S'il aimait la fantaisie mensongère des rôles qu'il jouait en public, il aimait aussi à abandonner toutes ses attitudes, ses tours de prestidigitateur, et à se reposer, à se fondre dans la chaleur et la pureté de la foi de Lillian en lui.

Puis, alors que gestes et paroles semblaient endormis profondément, une humeur nouvelle s'emparait de lui, le faisait bondir à nouveau. Un philosophe fanatique allait et venait dans le studio, ponctuant de coups de poing sur les tables l'exposé torrentueux de ses idées. Il marchait nerveusement, éparpillant ses théories aux quatre vents de son caprice.

Alors il réunissait dans sa main comme les cordes d'une centaine de cerfs-volants ses inventions et ses souvenirs et disait :

« J'ai envie de travailler maintenant. »

Lillian assistait, silencieuse, à toutes ces transformations. Elle voyait se fermer rêveusement la bouche toujours entrouverte, elle observait la cristallisation progressive des paroles. Cet homme si aisément séduit, dispersé, troublé, rassemblait ses forces à nouveau. À ce moment-là l'homme léger, paresseux, jouisseur, grandissait et se tendait tout entier vers un but terriblement sérieux : rendre à la vie toute la richesse des matériaux qu'il avait amassés, attentif à restituer au monde tout ce que son énorme appétit de créateur avait absorbé.

Seuls demeuraient encore en l'air l'écho de sa voix claire, l'haleine chaude de sa bouche, la vibration des gestes passionnés.

Lillian se leva pour clore la porte du studio sur le monde. Elle tourna d'invisibles serrures. Elle ferma d'invisibles volets. Elle fit le silence. Elle fit provision au plus profond d'elle-même de cette disposition, de cette qualité de Jay, qu'il n'exprimait jamais dans son œuvre, qui ne verrait jamais le jour et qu'elle était seule à connaître et à comprendre.

Pendant le sommeil de Lillian, Jay rassemblait les fragments épars de son être.

Alors son ardeur devenait créatrice.

Il avait de la ferveur jusque dans sa façon de presser les tubes de peinture : souvent la couleur jaillissait comme un geyser, elle était gaspillée, elle tachait ses vêtements, le plancher. Lorsque le jaillissement de la couleur était moins impétueux au sortir du tube, c'était sur la toile qu'il se manifestait et il créait un monde, non pas un, mais éclaté en une quantité de fragments. Le corps humain, les objets, les villes, les arbres, les animaux apparaissaient déchirés, déchiquetés.

C'était véritablement un spectacle de massacre.

Les corps étaient démembrés et chaque membre déplacé. Dans cette dislocation générale, les yeux apparaissaient dans les endroits les plus imprévisibles, les mains et les pieds remplaçaient la tête, les visages avaient quatre aspects différents avec un espace vide entre chacun de ces aspects. Les objets n'avaient plus de poids, les formes avaient entre elles des rapports d'acrobates. La chair était en caoutchouc, les végétaux en chair, les os devenaient des plumes. Il était semblable à un chirurgien nullement préoccupé de refermer des incisions pratiquées par simple curiosité, qui aurait étalé au grand jour tous les composants internes de la structure humaine : les cellules, les nerfs et les muscles. Il exprimait ainsi violemment avec les couleurs crues de la réalité toutes ses impulsions d'artiste.

L'ardeur et l'énergie qu'il mettait à rendre la désintégration des choses, à transformer et à briser les objets familiers en éléments étranges étaient telles, qu'en parcourant une exposition de toiles de Jay on avait l'impression d'assister à l'acte même de la création, de subir l'intensité, la vigueur ensorcelante et les couleurs éclatantes de l'explosion elle-même et non pas de se trouver devant les fragments épars et inanimés d'un monde définitivement éclaté.

Jay ajoutait parfois à ces débris d'objets ou de créatures des excroissances ou des maladies, mousses asphyxiantes sur les arbres exotiques, coquillages et parasites.

Dans la jungle créée par Jay, les êtres humains connaissaient, eux aussi, les luttes aveugles des insectes et des animaux. La violence des combats tordait le corps de l'homme. La peur emmêlait les muscles comme les racines entrelacées des arbres, les désirs opposés partageaient les corps en deux parties, cherchant chacune une vie propre. La tragédie avait souvent pour décor des marais stagnants, des forêts pétrifiées, et chaque créature humaine y était une menace pour la vie de l'autre.

Il y manquait la matière capable de les unir. Des fossés infranchissables les séparaient; à la place du cœur, elles possédaient le plus souvent une pompe en caoutchouc ou un ressort de montre.

Lorsque Jay, délivré, souriant, quittait ses visions d'enfer pour aller dans la chambre de Lillian, il éprouvait toujours une sorte de malaise. Si elle était éveillée, elle demandait à voir son travail et il savait qu'elle en éprouverait un choc violent. Elle y reconnaissait l'image de ses cauchemars et cela la bouleversait comme les chats et les enfants quand ils voient leur reflet dans un miroir. Jay étalait au grand jour les luttes violentes qui se livraient en elle et dont elle ne percevait elle-même qu'un écho assourdi.

Et Jay savait que Lillian poursuivait dans la réalité la tragédie qu'il exprimait sur la toile et qu'au moment où, délivré par son acte créateur, il abandonnait, lui, la violence, où il redevenait un homme paisible, simple, pareil aux autres, elle reprenait le flambeau et manifestait sa violence directement sur son entourage.

Lillian ne s'en apercevait pas.

Jay lui disait:

« Si seulement tu ne te disputais pas avec tout le monde, Lillian. »

Elle répondait:

« Si seulement tu ne peignais pas de telles horreurs ! Pourquoi as-tu représenté Faustin sans tête ? Pourquoi l'avoir privé de ce dont il est justement le plus fier : sa tête ?

– C'est cela qui l'empêche justement d'être vivant. Tu ne l'aimes pas non plus. Ne lui as-tu pas tendu son manteau l'autre soir pour qu'il comprenne qu'il ne lui restait plus qu'à s'en aller ? »

Pendant le jour, Lillian et Jay refusaient de se comprendre. De nuit, leur chair reconnaissait en eux une matière commune : cette poudre explosive, et elle les unissait.

Au matin, c'était Jay qui allait chercher le lait et le pain du petit déjeuner, tandis qu'elle préparait le café.

Lorsque Jay, légèrement vêtu, sortait gaiement en sifflant et que selon son habitude il refermait la porte à clé, l'anxiété avait juste eu le temps de se glisser de nouveau à l'intérieur.

Il ferme la porte, il a oublié que je suis là.

C'est ainsi qu'elle interprétait son geste, car elle avait l'impression qu'il avait besoin de l'abandonner chaque fois qu'il l'avait prise. Aucun contact ne restait ininterrompu avec Jay. Il fermait donc la porte, il oubliait son existence à elle, il l'abandonnait.

Elle raconta ce détail à Djuna, qui continuait patiemment le petit dictionnaire des interprétations erronées. Djuna se mit à rire :

« Ne t'est-il jamais venu à l'esprit, Lillian, que Jay t'enferme pour être sûr de te garder pour lui tout seul ? »

Lillian était ancrée dans le sentiment que, lorsque Jay quittait le studio, il se séparait d'elle et aussi de lui-même.

Il allait par les rues et ne faisait plus qu'un avec la rue. Son humeur devenait celle de la rue. Il n'était plus qu'œil, oreille et sourire.

Il y a des jours où la ville ne montre que ses mutilés, où l'autobus doit venir s'arrêter tout contre le trottoir pour permettre à l'unijambiste de monter, des jours où l'on voit le cul-de-jatte sur sa planche à roulettes se propulser avec les mains, où l'on voit une tête d'infirme maintenue par un collier orthopédique, des jours où les aveugles s'adressent à vous pour traverser les rues. Jay les regardait et il savait qu'il les reproduirait sur ses toiles, quoique, si on l'avait consulté, il n'aurait pas donné le droit de vivre à tous ces infirmes, sauf aux vieux bonshommes assis sur les bancs des jardins publics, béatement ivres et dont il se sentait le fils. Il avait tant de pères, il était seul à en voir la multitude. *Je crois que nous avons une centaine de pères et de mères et d'amants tous interchangeables ; et voilà le défaut de la cuirasse de Lillian, elle croit que pour elle il n'existe qu'une mère, qu'un père, qu'un mari, qu'un amant, qu'un fils, qu'une fille, toujours irremplaçable et unique – son monde est trop petit. La jeune fille qui vient de me dépasser avec ses yeux clairs est ma fille. Je pourrais l'emmener à la maison à la place de celle que j'ai perdue. Le monde est plein de pères, si j'ai besoin d'un père il me suffit de m'arrêter et de parler à l'un d'eux..., à celui-là par exemple qui est assis là avec sa barbe blanche et une casquette de capitaine.*

« Une cigarette, capitaine ?

– Je ne suis pas capitaine, Monsieur. J'étais légionnaire comme ma barbe l'indique. Vous n'auriez pas plutôt un ou deux mégots ? Je préférerais un mégot. J'aime mon indépendance, vous savez, et je ramasse les mégots. Une cigarette, c'est une charité. Je suis un clochard, c'est entendu, mais pas un mendiant. »

Il avait enveloppé ses jambes dans de vieux journaux.

« C'est à cause des varices. Elles me taquinent un peu l'hiver. J'aurais pu aller chez les bonnes sœurs, elles s'occupent de moi. Mais, vous vous rendez compte, me lever tous les matins à six heures au son de la cloche, manger à midi tapant, puis à sept heures précises, et m'endormir tous les soirs à neuf heures ! Je suis mieux sur mon banc, j'aime mon indépendance. »

Il remplissait sa pipe de mégots.

Jay s'assit à côté de lui.

« Les bonnes sœurs ne sont pas méchantes avec moi. Je ramasse des vieilles croûtes de pain dans les poubelles et je les vends à l'hôpital.

– Quand avez-vous quitté la légion ?

– Au cours de mes campagnes, je recevais des lettres d'une marraine inconnue. Vous ne pouvez imaginer ce qu'étaient ces lettres, Monsieur. Je ne les ai plus, car je les ai usées à les lire en plein air, dans les déserts. Elles avaient tant de chaleur que j'aurais pu me réchauffer les mains à leur contact si je m'étais battu dans un pays froid. Elles me donnaient tant de joie que je passai ma première permission à rechercher ma marraine. Ce fut toute une affaire, croyez-moi, elle n'avait pas d'adresse. Elle vendait des bananes avec une petite charrette et dormait sous les ponts. Je passai mon congé avec elle à boire du vin rouge. Ce n'était pas une mauvaise vie, et j'ai déserté. »

Le vieux refusa encore une fois la cigarette que Jay lui offrit avant de s'en aller et de reprendre sa promenade à l'aventure par les rues de la cité.

Un nom de rue gravé sur une plaque. Rue Dolent. Jay lisait: dolent, douleur, dolorès, doliente. La plaque était vissée sur un mur de prison, muraille de Chine, muraille de nos propres chaos, de nos mystères, muraille de Jéricho, muraille de nos remords et de nos religions, mur des Lamentations, mur de prison, mur d'une prison de Paris. Mur épais de poussière et de suie. Mur qu'on n'a jamais vu crouler de mémoire de prisonnier, mur le plus long, le plus noir de Paris, pesant de tout son poids sur la petite rue Dolent, Doliente, Douleur, rue la plus triste de Paris malgré son air de liberté. Derrière le mur, ceux qui se sont un jour dressés contre leurs frères avec violence, avec fureur, avec audace. Et devant lui, des silhouettes grises, trop lâches pour se révolter ouvertement, pour haïr, pour assassiner au grand jour. Ombres qui marchent sur le versant libre de la rue, mais leur cœur est emprisonné derrière de lourds barreaux, leurs pieds traînent les boulets de leurs angoisses. Pour ceux-là, pas besoin de verrous, pas besoin de gardiens. Leurs maladies, leurs obsessions, sont la plus sûre des prisons, ils ne s'en évaderont jamais. Et ils continueront d'assassiner sournoisement leurs frères.

Jay ne savait plus où il se trouvait. Les gens de la rue et les personnages de ses toiles s'interchangeaient, allaient des uns aux autres, sortaient de leur cadre ou y rentraient. Cet homme sur sa planche à roulettes, ne l'avait-il pas rencontré auparavant alors qu'il était encore un très jeune homme et qu'il se promenait à Coney Island avec la femme qu'il aimait ? Le cul-de-jatte les avait suivis avec insistance le long du quai. C'était une nuit d'été, faite pour les caresses, mais la femme excédée avait fui, les laissant seuls en tête à tête, le cul-de-jatte et Jay.

Le cul-de-jatte sur sa planche à roulettes lui était apparu une autre fois en rêve et, cette fois, il représentait sa mère vêtue d'une robe noire brodée de perles de jais comme pour un enterrement. Pourquoi privait-il sa mère de la partie inférieure de son corps, il l'ignorait. Il n'avait jamais eu le complexe de l'inceste dans son désir des femmes, il les désirait toutes et, si elles ressemblaient à sa mère, il n'en était que plus content.

En continuant son chemin, Jay aperçut les sept bancs de bois dur du mont-de-piété où il avait passé tant d'heures de sa vie parisienne à attendre un peu d'argent des toiles qu'il mettait en gage. Il sentit encore l'amertume qu'il avait éprouvée à voir son œuvre si peu estimée. L'homme derrière le comptoir avait des yeux démesurés à force d'évaluer des objets. Jay se mit à rire bruyamment au souvenir de l'homme qui mettait ses livres en gage et les lisait encore avec avidité jusqu'à la dernière minute, comme quelqu'un qui sait que la famine l'attend ensuite. Il les avait tous représentés sur ses toiles mettant en gage et leurs bras et leurs jambes. Ne les avait-il pas vus porter au mont-de-piété le poêle qui leur aurait tenu chaud, le manteau qui les aurait protégés de la pneumonie, la robe qui aurait attiré les clients. Monde grotesque ! avait déclaré le Doyen de la Critique. Un monde désarticulé ! *Très bien ! Qu'ils viennent donc s'asseoir, ces messieurs, trois heures durant, sur les bancs du mont-de-piété ! Je devrais peut-être être en prison avec les criminels. Ils me sont sympathiques. Moi je commets mes crimes avec de la peinture. Chaque crime force les gens à voir qui est à l'origine du crime, mais ils se rendorment vite, et, lorsque l'artiste les réveille à nouveau, ils sont prompts à prendre leur revanche. Ils m'ont refusé l'argent et les honneurs. C'est très bien. Ils me forcent ainsi à demeurer dans ces rues et à peindre ce qu'ils ne désirent pas voir au grand jour. Ma jungle n'est pas l'innocente forêt de Rousseau. Chacun y rencontre son ennemi. Les dettes se règlent comptant. On n'accepte pas de fausse monnaie. La faim se paye par la faim, la souffrance par la souffrance et la mort par la mort.*

L'artiste est là pour vérifier les comptes.

De ses promenades au *Dôme*, au *Select*, à la *Rotonde*, Jay ramena un jour Sabina. Il serait d'ailleurs difficile de dire lequel des deux ramenait l'autre, car tous deux avaient l'aspect de rivières en crue au courant impétueux, dévalant sur la cité. Les maisons, les cafés, les rues et les gens prenaient à leur approche des airs de fragilité et d'instabilité. Le pouvoir déracinant de Jay, joint à la mobilité naturelle de Sabina, bouleversait la cité entière.

Sabina évoquait irrésistiblement l'éclair fulgurant des voitures de pompiers qui fendent les rues de New York en faisant résonner dans les cœurs le gong des catastrophes.

Elle était vêtue de rouge et d'argent, entièrement vêtue de ce rouge et de cet argent qui écorchent la chair comme le hurlement des sirènes. La première fois qu'on voyait Sabina, on avait l'impression qu'on allait assister à un incendie.

Sabina s'avançait, avec sa robe rouge et argent, tandis que résonnaient derrière elle les sirènes d'alarme, et soudain elle lançait dans l'espace une échelle inattendue au poète qui sommeille en chacun, et à ce poète, Sabina disait: « Monte ! »

Dès qu'elle apparaissait, l'ordre habituel de la cité s'évanouissait devant cette échelle insolite dressée vers le ciel comme celle du baron de Münchhausen.

Mais l'échelle de Sabina menait au feu.

Sabina s'avançait de son pas pesant et passa de l'obscurité du couloir à la lumière de la porte d'entrée, et Lillian sut alors qu'elle voyait pour la première fois la femme qu'elle avait toujours désiré connaître. Les yeux de Sabina étaient brûlants, sa voix rauque, et Lillian se sentit aussitôt submergée par la beauté de Sabina. Elle avait envie de lui dire: « Je vous reconnais. J'ai souvent rêvé d'une femme comme vous. »

Sabina ne tenait pas en place. Elle parlait avec volubilité, fébrilement, sans reprendre haleine, comme effrayée par le silence. Elle semblait mal supporter d'être assise, et elle marchait comme si elle avait hâte de s'asseoir à nouveau. Toujours sur ses gardes, comme si elle avait peur d'être attaquée, inquiète, impatiente, elle avait des gestes brusques, elle buvait à la hâte, parlait avec précipitation, elle avait des sourires fugaces et n'écoutait que la moitié de ce qu'on lui disait.

Elle était comme un rêve fiévreux, il n'y avait en elle ni préméditation, ni continuité, ni enchaînement dans les idées. Tout en elle exprimait le chaos : ses gestes désordonnés, ses phrases inachevées, ses silences boudeurs, ses marches soudaines à travers la pièce, ses excuses pour des causes futiles (je vous demande pardon, j'ai perdu mes gants), son désir apparent de toujours être ailleurs.

Elle se comportait comme une créature parfaitement libre qui courait avec ardeur vers un but exaltant. Elle n'avait pas le temps de réfléchir.

Elle déroulait rapidement devant ses auditeurs le film de son existence, les tableaux se succédaient avec brusquerie comme les coups d'accélérateur d'un moteur en mauvais état : elle venait d'échapper à une assemblée de morphinomanes, elle racontait ses démêlés avec la police, des réunions pleines d'incidents divers, de nébuleuses histoires de flagellation où il était impossible de savoir si elle avait été la victime ou le bourreau, ou si tout cela n'était que pure fantaisie.

Tout était chimère, rêve inachevé, plein de silences, de contradictions, de fantaisies, de rétractations imprévues. Elle racontait une scène de viol, ou la drogue qu'elle avait dû avaler pour sauver ses amis et puis, comme si elle avait écrit ces choses sur un immense tableau noir, elle effaçait tout simplement d'un coup d'éponge ce qu'elle venait de dire, en laissant entendre que cette histoire était peut-être bien arrivée à quelqu'un d'autre, ou qu'elle l'avait lue quelque part, ou entendu raconter dans un café. Et aussitôt après, elle commençait une autre histoire.

Les traits et les silhouettes de ses personnages n'étaient qu'esquissés et à peine commençait-on à les entrevoir qu'un autre visage, une autre silhouette s'interposaient comme dans un songe et, lorsqu'on croyait voir une femme, on s'apercevait qu'il s'agissait d'un homme et, si on essayait de s'approcher de cet homme âgé qui s'occupait d'elle, on se trouvait en face d'une jeune fille avec laquelle elle vivait et cette jeune fille ressemblait à un homme plus jeune qui avait été son premier amour, puis le jeune homme se métamorphosait en un groupe de personnes qui l'avaient, un soir, profondément humiliée. Au milieu de la scène, Sabina apparaissait parfois comme une femme aux cheveux d'or ; plus tard, elle se couronnait d'une chevelure noire et il était tout aussi impossible de se faire une idée précise de la personne qu'elle avait aimée, de celle qu'elle avait trompée, ou fuie, de celle avec qui elle avait vécu, qu'elle avait épousée, à qui elle avait raconté des mensonges, ceux qu'elle avait oubliés ou abandonnés.

La fièvre de sa confession la poussait à soulever un coin du voile mais, vite effarouchée, si quelqu'un écoutait son histoire ou jetait un coup d'œil au tableau qu'elle brossait, elle prenait sa grosse éponge et elle effaçait tout pour recommencer ailleurs, espérant en quelque sorte se protéger par son désordre. Ainsi Sabina entraînait dans son univers tous ceux qui l'écoutaient, puis elle brouillait les pistes, semait le désordre et fuyait par crainte de se voir découverte.

Au premier abord Jay la détesta comme un don Juan peut détester une doña Juana, comme l'homme libre déteste la femme libre, comme l'homme déteste chez la femme cette liberté dans la passion qu'il se réserve. Il avait compris d'instinct qu'elle le considérait comme lui considérait les femmes : dignes ou indignes de l'amour.

Aux yeux de Sabina, Jay n'apparut pas comme l'homme particulièrement doué, différent des autres, irremplaçable et unique qu'il était pour Lillian, qu'il était pour ses amis. Le regard de Sabina le jugeait de la même manière dont lui jugeait les femmes : faites pour l'amour ou non.

Elle savait, comme Jay, qu'aucun titre de gloire, aucune décoration ne pouvait conférer les aptitudes initiales à faire l'amour à celui qui en était dépourvu. Aucun titre d'architecte émérite ne pouvait lui donner cette connaissance magique de la structure d'un être. Les mots les plus savants ne pouvaient remplacer le don de divination des endroits secrets de réceptivité d'un corps. Aucune médaille de courage ne pouvait fournir les connaissances nécessaires aux combats de l'amour, aux hardiesses pleines de grâce, aux retraites victorieuses, permettre de saisir le moment de la séduction, le moment de la cristallisation, le moment de la capitulation.

Cet art, ce commerce, cette technique, cette sensibilité perceptible au bout des doigts, cette faculté de lire les messages des paupières, cet œil précis comme un microscope pour saisir au passage le battement d'un cil, ce sismographe intérieur pour capter les vibrations des nerfs à fleur de peau, rien de tout cela ne peut s'apprendre. Il faut pouvoir, selon l'orientation de la colline, ou l'inclinaison des feuilles, prévoir la pluie, dire où menacent l'orage, l'inondation, savoir quelles régions il faut abandonner, lesquelles il faut attaquer, prendre par la force ou par la ruse.

L'amant ne reçoit ni décoration, ni diplômes. Aucune école, aucun récit d'explorateur ne viendra en aide à l'homme qui n'entend pas le rythme des corps, qui ne saisit pas en plein vol les bonds du danseur, qui ne peut exécuter les acrobaties de la tendresse et du désir et ne connaît pas les virtualités infinies du silence.

Sabina étudiait les capacités de Jay, insolemment, elle mesurait l'acuité de son regard. Car il y a un certain regard que connaissent bien les femmes versées dans cette science, regard qui frappe en plein cœur le corps féminin, qui plante son drapeau au centre de la cible.

Jay reconnut tout de suite en elle la femme sans foi, capable de toutes les trahisons. Il n'aimait pas qu'une femme mène ce genre de vie, sans porter d'alliance, faisant l'amour au gré de son caprice, sans jamais se lier à personne. (Une semaine auparavant, il s'était irrité contre Lillian de ce qu'elle le considérât comme unique et irremplaçable. Cela lui conférait une responsabilité qu'il n'avait nulle envie d'assumer et il avait conseillé à Lillian de lui trouver un double qui, à l'occasion, le soulagerait de ses devoirs !)

L'espace d'une seconde, Jay et Sabina se tinrent face à face au centre du studio, se rendant compte de l'immense méfiance qu'ils avaient l'un pour l'autre. Chacun d'eux avait reconnu dans l'autre l'amant hors la loi qu'il était. Ils établirent ensuite sur cette base de méfiance mutuelle leurs efforts désespérés pour arriver à une certitude.

La robe de Sabina, qui paraissait de feu au premier abord, se révélait maintenant, à la lumière plus réelle de la présence de Lillian, de satin noir, matière qui ressemble le plus à la peau. Lillian remarqua ensuite un trou dans la manche de la robe, et soudain elle eut honte de n'avoir pas, elle aussi, sa manche trouée, car la pauvreté de Sabina, ses sandales usées, lançaient en quelque sorte le plus courageux défi; elles disaient le choix d'un être qui n'a pas besoin de manches sans accrocs ou de sandales neuves pour atteindre la plénitude.

Le regard de Lillian, qui était à l'ordinaire dirigé sur Jay et ne faisait qu'effleurer les autres, pour la première fois absorbait un autre être aussi intensément que lui.

Jay considérait les deux femmes avec un sentiment de gêne. L'attention de Lillian toujours centrée sur lui, lui, l'être changeant par excellence, avait exigé de lui des gages qu'il ne pouvait pas donner, et il avait eu ainsi le sentiment de contracter une dette dont il ne pourrait jamais s'acquitter.

Dans l'ardeur changeante de Sabina, il voyait comme un défi, il se sentait avec elle sur un pied d'égalité. Elle était capable de prendre seule soin d'elle-même et de répondre à la trahison par la trahison.

Lillian attendait Sabina au coin de la rue Auber. Elle voulait la voir émerger en pleine lumière du milieu de la foule. Elle voulait s'assurer que l'image de Sabina allait bien se matérialiser, qu'elle n'était pas un mirage qui s'évanouirait à son approche.

Elle avait peur, dans le secret de son cœur, d'attendre comme elle avait attendu à tant d'autres endroits en sachant qu'aucune silhouette ne se détacherait de la foule, aucune silhouette semblable à celle de ses rêves. C'était très pénible d'attendre Sabina ! Elle n'arrivait pas à croire que Sabina allait arriver par ces rues-là, qu'elle allait traverser ce boulevard, qu'elle allait émerger de toute cette masse de gens sans visages. Aussi combien sa joie fut grande de la voir s'avancer à grands pas, portant ses sandales éculées et sa robe fripée avec une indifférence royale.

« Je déteste la lumière du jour », dit Sabina, et son regard était noir de colère. Les cernes bleus sous ses yeux étaient si profonds qu'ils marquaient sa chair. Tout le tour de ses yeux avait été en quelque sorte brûlé par la chaleur et la fièvre de son regard.

Elles trouvèrent la petite place que Sabina cherchait.

Le bavardage de Sabina coulait autour de Lillian comme une rivière tumultueuse, ou s'éparpillait comme les perles d'un collier brisé.

« C'est une chance que je doive partir. Tu m'aurais vite découverte sous mon masque. »

À ces paroles, Lillian regarda Sabina et ses yeux disaient si clairement : « Je ne demande qu'à devenir aveugle avec toi », que Sabina, émue, détourna son visage, confuse de son manque de confiance.

« Il y a tant de choses que j'aimerais faire avec toi, Lillian. J'aimerais me droguer avec toi. Je n'aurais pas peur avec toi.

– Peur ? » dit Lillian, incrédule.

Pourtant un mot montait avec insistance en elle, un mot qui était un rythme plutôt qu'une parole et qui battait en elle dès que Sabina était là. Chaque pas qu'elle faisait avec Sabina était accompagné d'un roulement de tambour qui disait : « Gare ! Gare ! Gare ! »

« Je crois que j'aimerais être toi, Sabina. Jusqu'à présent je n'ai jamais désiré être quelqu'un d'autre que moi-même.

– Comment peux-tu vivre avec Jay, Lillian ? Je le déteste. Il est comme un espion. Il entre dans votre vie seulement pour vous surprendre et en faire ensuite une caricature. Il ne révèle que ce qui est laid.

– Cela n'arrive que lorsqu'il a été blessé. Alors il détruit. Est-ce qu'il t'a caricaturée ?

– Il m'a peinte sous les traits d'une prostituée. Et tu sais que je ne le suis pas. Il a un tel goût pour le mal que je lui ai raconté des histoires... Je le déteste.

– Je croyais que tu l'aimais », dit Lillian avec simplicité.

Avec un sentiment de panique, Sabina cherchait à fuir la franchise de son amie. Son visage préparait mille sourires, ses paupières cachaient des déceptions infinies.

C'était l'instant crucial. Si seulement Sabina se forçait à révéler ses véritables sentiments : Lillian, ne me fais pas confiance. J'ai envie de Jay. Ne m'aime pas, Lillian, car je lui ressemble. Je prends ce dont j'ai envie et ne m'occupe pas de qui je blesse.

« Tu cherches à démasquer mes batteries, Lillian.

– Si je voulais te démasquer, Sabina, je ne ferais que me révéler moi-même. Tu agis comme j'agirais si j'en avais le courage. Je te vois comme tu es et je t'aime. Tu n'as pas à craindre la lumière, pas avec moi. »

C'était le moment ou jamais de renoncer à Jay qui ne lui apporterait pas l'amour, mais seulement un autre rôle à jouer, le moment de se tourner vers Lillian, d'être vraie et de permettre à l'amour véritable de se manifester.

Lillian avait l'impression de voir le visage de Sabina à travers une vitre et ce visage était celui d'un enfant qui se noie. Elle luttait avec la terreur que lui inspirait la vérité, elle cherchait avant de répondre la meilleure image d'elle-même à offrir à Lillian. Sabina était incapable de vérité, mais elle voulait offrir à Lillian ce que celle-ci, croyait-elle, attendait d'elle, une image idéalisée. Et Sabina fabriquait fiévreusement un être que démentaient ses actes journaliers : l'image de la loyauté et de la fidélité. Pour maintenir à tout prix cette image en elle, elle cessa d'entendre le tendre appel de son amie, l'appel qui s'adressait à l'enfant fatigué de « faire semblant ».

« Jay aime à caricaturer, je ne puis le nier, mais seulement lorsqu'il a à se venger. Que lui as-tu fait pour mériter sa vengeance ? »

Sabina détourna une fois encore son visage.

« Je sais que tu n'es pas une *femme fatale*, Sabina. Mais peut-être désirais-tu que Jay soit persuadé du contraire ? »

Avec ce flair étrange qu'elle avait pour deviner l'enfant enfoui dans chaque être humain, Lillian entendait les plaintes de l'enfant encore caché dans le cœur de Sabina, un enfant las de tout ce qu'il avait inventé, fatigué de porter parures et déguisements. Trop d'étoffes, trop de tentures d'or, de brocart ou de voile recouvraient les manières hardies avec lesquelles Sabina s'approchait de l'objet de ses désirs. Or Lillian aimait en elle cette hardiesse, cette façon d'aller droit au but, de savoir exactement ce qu'elle désirait, et elle ne demandait qu'à être initiée à cette méthode d'action.

Un sourire empreint d'une détresse insondable apparut un instant sur le visage de Sabina, aussitôt effacé par le sourire courant destiné à séduire. Dès qu'elle voyait Lillian prête à saisir sa détresse, à pénétrer les régions tendres et vulnérables de son être, Sabina à nouveau se cachait sous le sourire de la séduction.

La pitié, l'amour, le désir de protéger tombaient alors des mains de Lillian comme des cadeaux trop simples, car Sabina la séductrice était aussi une enchanteresse toute-puissante.

Lillian en oubliait le visage de l'enfant inquiet, affamé d'amour véritable et pourtant terrorisé à l'idée que la vérité risquait de détruire l'amour. Le visage de l'enfant s'effaçait devant le pouvoir du sourire auquel Lillian succombait.

Elle cessa de chercher le sens des mots de Sabina. Elle ne vit plus que la cascade de cheveux blonds, les sourcils en accent circonflexe, le sourire en biais à l'éclat de pierre précieuse, et elle céda à leur puissante séduction.

Un homme passa à côté d'elles et se mit à rire de l'air absorbé des jeunes femmes.

« Ne fais pas attention, dit Sabina, laisse-les dire, comme si cette situation lui était familière, je ne te veux pas de mal.

– Tu ne peux pas me faire de mal. »

Sabina eut un sourire :

« Je fais du mal sans le vouloir. Je sème le désordre et l'épouvante partout où je vais. Pour toi, je voudrais tout recommencer, aller à New York et devenir une grande actrice, être belle de nouveau. Je ne mettrais plus ces vêtements qui ne tiennent qu'avec des épingles de sûreté. J'ai vécu stupidement, en aveugle, ne faisant que boire et fumer et parler. Je crains de décevoir, Lillian. »

Elles erraient toutes deux par les rues, ignorant les passants, la main dans la main, et leur joie s'accroissait d'instant en instant à chacune de leurs paroles. Leur joie s'approfondissait avec le rythme accordé de leur marche. Elles se sentaient comme isolées au milieu de la circulation intense de la ville. Maisons, arbres, gens, tout ce qui n'était pas elles était noyé dans le brouillard.

Elles n'entendaient que leurs voix disant ces mots que, seules, les femmes arrachent au labyrinthe de leurs perceptions indirectes.

Sabina disait :

« J'ai voulu te téléphoner hier soir. Je voulais te dire que je regrettais d'avoir tant parlé. Je savais tout le temps que je ne pourrais cependant jamais dire ce que j'avais sur le cœur.

– Tu as aussi tes inquiétudes bien que tu paraisses si brave, dit Lillian.

– Je fais tout de travers. Il est heureux que tu ne t'inquiètes pas des faits. Les faits. Les faits n'ont pas d'importance. C'est l'être qui compte. Tu ne poses jamais les questions que je déteste : à quel endroit ? quel homme ? en quelle année ? à quel moment ? Les autres veulent toujours des faits. »

Serrées l'une contre l'autre, elles marchaient en se donnant le bras, et Sabina avait pris la main de Lillian et la tenait sur sa gorge comme pour la réchauffer.

La cité s'était évanouie. Elles marchaient dans un monde à elles auquel elles ne pouvaient pas donner de nom.

Elles entrèrent dans une boîte de nuit doucement éclairée d'une lueur mauve et diffuse qui les enveloppa dans une intimité douce comme du velours.

Sabina ôta son bracelet d'argent et le mit au poignet de son amie.

« Il me semble avoir ta main chaude autour de mon poignet. Il a gardé la chaleur de ta main, je suis ta prisonnière, Sabina. »

Lillian leva les yeux sur le visage de Sabina, sur le profil impatient et sévère, si sévère qu'elle en frissonna un peu. Elle savait que, lorsque Sabina tournait vers elle ce visage, elle n'en voyait plus les détails parce qu'il l'aveuglait. La bouche de Sabina était toujours entrouverte et sa voix hallucinante vous donnait le vertige.

Le visage de Sabina parut soudain à son amie tellement marqué par la vie qu'elle en frémit. Le corps entier de Sabina paraissait marqué par trop d'expériences, son visage en était décoloré, rempli d'ombres cachées. Elle avait l'air épuisée par de longues fièvres. Lillian voyait maintenant les traces charbonneuses de tous les incendies qu'elle avait traversés. Elle s'attendait à voir les cheveux de son amie tomber soudain en cendres.

Mais, l'instant d'après, les cheveux et les yeux de Sabina étincelaient plus que jamais, son visage redevenait mystérieusement limpide, innocent, d'une innocence qui rayonnait comme une gemme. Elle pouvait tout oublier en un instant, être complètement débarrassée de toute sa vie antérieure, et se dresser pure comme au commencement de sa vie.

Tant de questions montaient aux lèvres de Lillian, mais Sabina détestait les questions. L'être de Sabina se glissait hors de la réalité. Lillian se tut donc. Souriante, elle n'écoutait que la voix de sa compagne, cette voix rauque qui devenait murmure, souffle, et dont l'haleine chaude caressait son visage.

Elle la regardait fumer avec avidité comme s'il était aussi indispensable de fumer, de parler, de s'agiter, que de respirer. Elle y mettait la même ardeur inquiète.

Un soir, elles se rencontrèrent à la porte d'un café, sous la lanterne rouge de l'entrée, et elles reconnurent en chacune d'elles le même caprice, le désir de se moquer de lui, l'homme.

« Il travaille tellement qu'il en est complètement étourdi, dit Lillian, il ne peut plus parler d'autre chose que de peinture. »

Elle se sentait très seule, déprimée, il y avait deux semaines que Jay travaillait ainsi sans avoir prêté attention ni à Sabina, ni à elle. La solitude la rapprocha de son amie.

« Il était enchanté à l'idée de nous voir sortir ensemble. Il dit que cela lui permettra de travailler. Il n'a plus aucune idée du temps, il ne sait pas quel jour nous sommes. Il se moque de tout et de tous. »

Un sentiment de solitude incommensurable les envahit toutes deux.

Elles se mirent à marcher, comme pour se fuir elles-mêmes, à la recherche d'un autre monde. Elles gagnèrent Montmartre. Elles entendirent de la musique, si fausse qu'on ne pouvait reconnaître la mélodie. Elles se glissèrent dans un rai de lumière, dans une maison où résonnait cette musique. La salle semblait bâtie tout entière d'haleines humaines solidifiées et de fumée si épaisse qu'elle en était dure comme du granit. Une étoile était peinte au plafond, un Christ en bois tout grêlé était cloué au mur. On entendait par instants des bouffées de chansons fatiguées, sclérosées, poussiéreuses. Les visages étaient comme des verres vides. Les musiciens paraissaient faits de caoutchouc comme la nuit elle-même élastique, qui avait l'air d'avancer sur des semelles de caoutchouc.

Ce soir, nous haïssons Jay, nous haïssons l'homme.

Un besoin cependant infini de caresses. Le désir de lutter contre ce besoin. Toutes deux étaient inquiètes de la confusion de leurs désirs, inquiètes de leurs ardeurs sans but ni limites.

Leurs yeux étaient un rosaire de questions.

Sabina, en un murmure, proposa l'opium.

Elle pressait son genou vigoureux contre celui de Lillian, elle l'inondait de l'éclat de son regard et de la pâleur de son visage.

Lillian secoua la tête et se mit à boire. Elle levait les yeux vers le regard de Sabina, pareil à celui d'une diseuse de bonne aventure, vers le profil aigu.

« Tu n'auras plus de peine, la réalité disparaîtra. »

Elle s'appuya sur la table, leurs haleines se mêlèrent.

« Tu ne sais pas la béatitude que donne l'opium. La fumée de l'opium est comme une brume. Elle apporte des rêves merveilleux et une telle joie, Lillian. On se sent plein de puissance, de contentement. Tu n'éprouves plus aucune humiliation, tu étends ton autorité sur le monde entier. Plus personne ne peut te blesser, te faire du mal, te faire honte. Tu prends ton essor sur le monde. Tout devient doux et vaste. Tu ne peux imaginer les joies que l'on éprouve alors, Lillian. Une simple pression de la main... et c'est comme si tu étais allée jusqu'au bout, Lillian... Et le temps... le temps file, tu n'imagines pas... Lillian, droguons-nous ensemble ! »

Les yeux de Lillian consentirent. Elle vit alors Sabina jeter un coup d'œil sur le marchand arabe qui se tenait près de la porte avec son fez rouge, son burnous, ses babouches et ses bras chargés de tapis persans et de colliers de perles. Il laissait dépasser de la masse de ses tapis une jambe de bois qui suivait en mesure l'air du jazz.

Sabina se mit à rire et fut bientôt toute secouée d'un rire d'ivrogne.

« Regarde, Lillian, cet homme... avec sa jambe de bois, on ne sait jamais... il en a peut-être. Je connaissais un type comme lui avec une jambe de bois. On l'arrêta un jour et on découvrit que sa jambe de bois était pleine de poudre ! Je vais aller l'interviewer. »

Elle se leva et, de sa démarche lourde, animale, elle se dirigea vers la porte. Elle engagea la conversation avec le marchand de tapis, elle se fit séduisante, suppliante, elle offrait à l'homme les mêmes sourires mystérieux qu'elle offrait à Lillian. Et Lillian fut envahie d'une peine brûlante à voir son amie mendier ainsi. Mais le marchand secouait la tête et souriait avec innocence, secouait encore la tête avec énergie et souriait à nouveau, offrant ses tapis et ses colliers.

Sabina revint les mains vides et Lillian se mit à boire, à boire à longs traits, et il lui semblait boire du brouillard, de longues gorgées de brouillard.

Elles se levèrent pour danser. Le plancher tournait sous elles comme un disque de phonographe. Sabina, sombre et forte, conduisait Lillian.

Des cris et des sarcasmes jaillirent autour d'elles. Mais elles continuaient à danser, joue contre joue. Elles dansaient et les railleries cinglaient comme un coup de fouet la brume qui les enveloppait. Les regards des hommes les insultaient, les appelaient par le nom que l'on donne aux femmes de leur genre. Tous ces yeux. Yeux verts. Yeux jaloux. Yeux du monde. Yeux malades de haine et de mépris. Yeux caressants qui participaient à leur plaisir. Yeux qui allaient jusqu'au fond de leur conscience et la mettaient à nu. Yeux jaunes de l'envie, aperçus à la lueur d'une flamme d'allumette. Yeux lourds et languissants sans courage et sans rêves. La moquerie, la froide moquerie des yeux glacés qui ignorent l'amour.

Lillian et Sabina brûlaient du désir de frapper ces yeux, de les déchirer, de briser ces rangées d'yeux verts qui les condamnaient. Elles brûlaient du désir de démolir les murs qui les retenaient et les étouffaient, du désir de fuir la prison de leurs propres craintes. Mais elles ne trouvèrent pour accomplir ce désir brûlant que des verres à briser. Elles les jetèrent par-dessus leurs épaules, sans prononcer de vœux, mais, en contemplant les morceaux de verre brisés sur le sol, elles se demandaient si leur esprit de rébellion gisait là aussi en fragments.

Elles recommencèrent à danser, en riant, comme pour lancer un défi à l'homme, pour glisser hors de l'atteinte de sa main, elles glissaient comme du sable sous les insultes. Elles se moquaient des yeux qui se croyaient si chargés de savoir, car elles savaient, elles, l'extase et le mystère d'un monde de brume et de feu et de vapeurs orangées qu'elles avaient entrevu en songe. Elles dansent et tournent et tombent, elles tournent et roulent et glissent, tout le long de la brume et des vapeurs d'un monde entrevu dans un songe.

Le patron posa sa main rose comme une tranche de jambon sur le bras nu de Sabina : « Il faut sortir d'ici, vous deux. »

Elles étaient seules.

Elles étaient seules dans l'obscurité, dans le présent. Elles ne savaient pas que leur rapprochement ressemblait à d'autres rapprochements connus par d'autres femmes. Elles avaient mis de côté le monde entier pour ce qu'elles croyaient unique au monde. Fièrement, elles écartaient toute comparaison.

Sabina et Lillian étaient seules au monde, innocentes et neuves. Elles n'avaient plus aucun souvenir antérieur à cette heure. Elles avaient oublié ce qu'elles avaient lu dans les livres, ce qu'elles avaient vu dans les cafés et les boîtes de nuit, les rires des hommes, la participation railleuse des femmes. Leurs personnalités effaçaient et purifiaient le passé : elles se trouvaient au commencement du monde, innocentes et nues.

Elles émergeaient du sommeil et se tenaient au seuil de la nuit qui allait leur appartenir. Elles faisaient les premiers pas sur le chemin de la pudeur et de la ferveur devant la longue nuit qui les attendait. Elles n'étaient pas responsables du péché originel, de tous les péchés de la littérature, du péché de préméditation.

Deux femmes. Le mystère. Tous les voiles de la pensée se sont envolés. Les corps sont neufs, neufs les âmes, les esprits, les mots. Elles allaient tout créer à partir d'elles-mêmes, façonner leur réalité à elles. Elles étaient l'innocence. Elles n'avaient pas de racines accrochées à d'autres jours, à d'autres nuits, à d'autres hommes ou à d'autres femmes. Elles avaient un regard neuf pour leurs désirs et leurs craintes.

Sabina brusquement devenait timide et Lillian maladroite. Une sorte de panique envahit la pièce et les pénétra comme un fer nu. Leurs propres voix étaient nouvelles. Sabina, essoufflée, cherchait à alléger la sienne pour atteindre la légèreté de la voix de Lillian pareille maintenant à un souffle, une exhalaison, presque un silence. Elles tremblaient.

Sabina s'assit lourdement sur le bord du lit. Elle pesait, elle était comme enracinée. Lillian frissonna sous la lourdeur de son regard.

Leurs bracelets tintèrent.

Ils donnèrent le signal, un signal semblable au tintement des colliers sur le cou des sauvages lorsqu'ils entrent dans la danse. Elles ôtèrent leurs bracelets et les déposèrent sur la table l'un à côté de l'autre.

La lumière. Pourquoi avait-elle cet éclat si fixe, comme l'attente de leur sang – immobile de peur. Comme leurs yeux. Des yeux sans ombre qui n'osaient plus ni s'ouvrir, ni se fermer, ni regarder.

Les robes. Celle de Sabina s'enroulait comme une algue autour de son corps. Elle avait envie de la laisser glisser sur le parquet, mais ses mains la soulevèrent comme une bayadère soulève sa jupe pour danser et elle la passa par-dessus la tête.

Le regard de Sabina était dense et sombre comme une forêt. Il avait l'air de guetter derrière des buissons. Lillian explorait cette sombre forêt et plongeait ses yeux bleus dans le regard d'un brun rouge. Elle quitta le coin de la pièce où sa robe était tombée, cachant ses seins comme si elle s'attendait à être mortellement blessée.

Sabina défit ses cheveux et dit : « Tu es si extraordinairement blanche. » Elle parlait avec une tristesse étrange comme si ce n'était pas la blancheur charnelle de Lillian qu'elle enviait, mais la blancheur de sa nouvelle naissance : « Tu es si blanche, si blanche et si douce. » Et l'on voyait dans les yeux de Sabina des ombres profondes, des ombres qui racontaient une longue vie ; il y avait des ombres dans le cou, sur les bras, sur les genoux, des ombres violettes.

Lillian avait envie d'atteindre ces ombres. Elle vit que Sabina désirait être elle autant qu'elle désirait être Sabina. Elles avaient le désir d'échanger leurs corps, leurs visages. Elles voulaient abandonner leurs personnalités propres pour devenir l'autre. Sabina désirait l'innocence de Lillian et Lillian le corps profondément marqué de Sabina.

Lillian cherchait les ombres violettes, les empreintes des autres sur le corps de Sabina, les traces d'autres heures, d'autres chambres, d'autres odeurs, d'autres caresses. Toutes les amours de Sabina restaient collées à son corps même si son visage refusait ces marques et si ses yeux ne cessaient de dire : j'ai tout oublié. Elle était alourdie de la perte d'elle-même qu'elle avait faite en se donnant. Les mensonges, les amours, les songes, les obscénités, les fièvres avaient rendu son corps pesant, et Lillian ne demandait qu'à s'alourdir avec elle, qu'à s'empoisonner avec elle.

Sabina regardait, elle, la blancheur de Lillian. C'était comme un miroir dans lequel elle pouvait se contempler, jeune fille, fraîche, entière, à l'aube de sa vie. Elle voulait retrouver cette image du passé et Lillian voulait pénétrer le labyrinthe de la connaissance et descendre au fond du puits violet.

À travers l'âcre forêt de son être, il y avait une ouverture vulnérable. Lillian s'y engagea doucement. Caresses de duvet, invasions de phalènes, myrrhe entre les seins, encens de leurs bouches. Cheveux doucement agités sous les doigts, baisers à l'intérieur des creux coquillages du cou, et entre les lèvres closes un soupir.

« Comme tu es douce, comme tu es douce », disait Sabina.

Puis elles se séparèrent. Elles n'avaient pas trouvé ce qu'elles avaient cherché. Ce n'était pas cela la possession qu'elles avaient imaginée. Aucun contact charnel ne pouvait apaiser, combler ce désir irrésistible qu'elles éprouvaient de s'échanger. Ce n'était pas le désir de posséder l'autre, mais de devenir l'autre. Pas le désir de prendre, mais d'absorber l'autre. Sabina avait en elle quelque chose de la nature de Lillian et Lillian quelque chose de celle de Sabina, mais il ne leur était pas possible d'échanger leurs natures dans un embrassement de leurs corps. Ce n'était pas cela.

Leurs corps s'étaient heurtés comme si chacun d'eux avait rencontré un miroir, sa propre image dans un miroir. Elles avaient senti le froid d'un mur de glace, une glace qui ne se dressait jamais dans une étreinte masculine. Sabina n'avait fait qu'entrevoir sa propre jeunesse et Lillian l'envol de ses passions contenues.

Puis l'aurore entra dans la chambre, une aurore grise qui révéla les vitres sales, la table fissurée, les murs moisis. Lillian et Sabina s'assirent au bord du lit comme si l'aurore leur avait dessillé les yeux. Lentement elles redescendaient des hauteurs vertigineuses tandis que la lumière du jour se faisait plus nette et que pesait leur fatigue.

Jay était-il entré dans la pièce avec l'aurore et s'était-il allongé entre elles ? Le songe se dispersa et le doute reprit possession de l'esprit de Lillian.

Si elle avait tant désiré devenir Sabina pour que Jay puisse aimer en elle ce qu'il admirait en Sabina, en était-il de même pour sa compagne ?

« Je sens Jay en toi », dit-elle.

Un goût de sacrilège leur monta à la bouche. Jay embrassait leurs bouches, il connaissait leurs parfums. Il avait deux femmes. La jalousie assoupie durant la nuit se réveillait à leurs côtés, s'insinuait en ennemie entre leurs caresses.

(Lillian, Lillian, si tu éveilles la haine entre nous deux, tu brises une alliance magique. L'homme ne nous connaît pas comme nous nous connaissons nous-mêmes. Nous avons aimé l'une de l'autre tout ce qu'il n'a pas su aimer, ou voir. Allons-nous réveiller l'esprit de rivalité alors que cette nuit a contenu tout ce qui avait glissé entre les doigts de Jay ?)

Mais la jalousie avait mordu la chair de Lillian. Le doute montait en elle et se cristallisait. Il durcissait ses traits, ses yeux, il raidissait sa bouche, son corps. Elle frissonnait de froid devant la nouvelle lumière du jour qui mettait tout à nu.

Les regards nus se posaient des questions acérées comme des pointes de couteau.

Pour pouvoir se contempler, elles durent démêler les longs cheveux de Sabina enroulés autour du cou de Lillian.

Lillian se leva, elle jeta les bracelets par la fenêtre.

« Je sais, je sais bien, dit-elle âprement, que tu voulais m'aveugler. Si tu n'avoues pas, il le fera. C'est Jay que tu aimes, ce n'est pas moi. Lève-toi. Je n'ai pas envie qu'il nous trouve ici ensemble. Dire qu'il pensait que nous nous aimions !

– Mais je t'aime, Lillian.

– Et tu as l'audace de le dire ! »

Lillian criait, tout son être affamé de carnage.

Elles se mirent à trembler toutes deux.

Lillian était semblable à une mer écumante, secouant comme des épaves ses doutes et ses craintes dispersés par le naufrage.

Il faisait nuit. Le rire de Jay sonna doux et semblable à nul autre. Malgré l'obscurité, Lillian sentait toutes les fibres de son corps vivantes et vibrantes de ferveur. Son corps avait un million d'yeux ouverts dans le noir.

« Une belle nuit sombre, digne de donner naissance à un artiste, dit-il. Les artistes naissent de nuit, tu sais, pour que personne ne puisse remarquer que leurs parents ne leur ont donné que sept mois de nourriture charnelle. Aucun artiste n'aurait la patience de rester neuf mois dans le sein d'une femme. Il se sauve toujours avant l'heure. Il a besoin de se terminer lui-même, de se créer. Il est si divers et si inachevé qu'il s'éparpille sans cesse et ne retrouve son unité que dans son œuvre. Son imagination le coule à travers toutes les formes, le multiplie et le divise, et pourtant quoi qu'il fasse sa dualité subsiste, il reste deux.

– Et il lui faut deux femmes, n'est-ce pas ? s'enquit Lillian.

– J'ai terriblement besoin de toi », dit-il.

Le corps de Sabina triompherait-il de son plus grand amour ?

« Il y a beaucoup de Sabina dans le monde, dit Jay. Mais une femme comme toi, il n'y en a qu'une. »

Comment pouvait-il être si près d'elle et pourtant ne savoir que ce qu'elle choisissait de lui dire, ne rien connaître de ses terreurs secrètes et de sa peur de le perdre ?

Il était le compagnon des jours heureux, des jours de courage. Alors elle partageait avec lui tous les biens que sa curiosité et son goût du changement amassaient.

Mais il ne la connaissait pas, il n'était pas le compagnon de sa tristesse. Il ne s'occupait jamais de l'humeur des autres, uniquement de la sienne. La sienne était si exubérante qu'elle suffisait à remplir son monde et le rendait sourd à tous les autres. Il ne s'inquiétait pas de savoir si elle pouvait vivre et respirer dans les sombres cavernes de son être gigantesque, dans le ventre monstrueux de son égotisme.

Il l'avait en quelque sorte persuadée que son exubérance était du génie. Un homme de génie ne pouvait pas appartenir à une seule personne. Il avait simplement laissé déborder sur Sabina le trop-plein de sa personnalité. Ils ne tarderaient pas à se quereller. Déjà il disait volontiers : « Je suppose que si Sabina raconte tant de mensonges c'est parce qu'elle n'a rien d'autre à offrir. Peut-être n'y a-t-il rien derrière ses mystères ? »

Pourtant combien ces faux mystères l'aveuglaient facilement. Sabina faisait de toutes choses un tel enchevêtrement – elle confondait les personnalités, les identités, elle manquait ses rendez-vous, elle était toujours ailleurs que là où on l'attendait, elle ne savait jamais l'heure, parlait sur un ton évasif de ses activités, mettait du mystère et des sous-entendus jusque dans sa façon de dire au revoir... elle faisait ses visites à l'aube quand tout le monde était encore endormi, et elle dormait quand tout le monde était réveillé. À cause de tout cela, Jay avec son inlassable curiosité s'offrait toujours à démêler l'enchevêtrement, à défaire les nœuds comme si chaque nœud avait un sens caché, une énigme à résoudre.

Mais Lillian savait aussi combien il changeait rapidement d'avis. Il savait ridiculiser s'il avait été trompé – et cela lui arrivait souvent – l'objet de ses enthousiasmes aveugles. Lillian connaissait l'esprit de vengeance qui l'habitait lorsque les soi-disant mystères se révélaient trompeurs.

Lillian en arrivait à souhaiter la mort de son amie. « Elle ne l'aime pas comme je l'aime », se disait-elle.

Elle était oppressée par l'inquiétude. Jay saurait-il à nouveau disperser ses craintes, tout remettre en mouvement et l'entraîner dans sa course vagabonde ?

Il ne décela jamais le secret de Lillian : sa peur. Pourtant elle l'avait presque laissé échapper un matin après une nuit solitaire. Jay n'était pas rentré cette nuit-là. De sa chambre elle apercevait les belles lumières du boulevard Montparnasse qui lui faisaient de malicieux clins d'œil. Jay aimait ce quartier et ces lumières et tous les endroits où il se sentait à l'aise. Il se donnait à tout ce qui brille : aux femmes romantiques, aux hommes ivres dans les boîtes de nuit, à quiconque lui souriait, lui faisait signe, quiconque avait une histoire à raconter.

Cette nuit-là Lillian l'attendit avec le curieux sentiment d'avoir un trou à la place du cœur ; elle n'avait plus de cœur, plus de sang battant dans ses artères, mais un trou dans lequel soufflait le vent. La balle, qui l'avait transpercée, avait frappé juste.

Et cela tout simplement parce que Jay faisait le boulevard Montparnasse en proie à l'un de ses moments d'ivresse qui n'avait rien à voir avec la boisson, mais seulement avec son insatiable soif de gens nouveaux, de sourires nouveaux, de mots et d'histoires neuves.

Les lumières blanches du boulevard étaient pour Lillian comme le sourire joyeux de Jay, le sourire des dents blanches dans sa bouche pleine, et les lumières rouges lui rappelaient l'éclat bleu et froid de ses yeux ironiques et indifférents, qui lui cachaient la douceur de la bouche. Ses yeux étaient toujours froids et sa bouche chaude, les yeux se moquaient et la bouche guérissait la blessure. Ses yeux ne se tournaient jamais vers l'intérieur pour explorer les profondeurs de l'être, ils s'appliquaient à ne voir ni les désaccords, ni les désagrégations, ni les mots perdus, les trésors oubliés, les heures gâchées, les parcelles éparpillées de son être, les impulsions aveugles.

Pour ne pas voir le sombre désordre de l'être, ses yeux restaient éperdument à la surface et cherchaient les spectacles toujours changeants et l'apparence extérieure de la richesse...

« Il n'est pas amoureux, se dit Lillian, il a faim, il ne dit jamais : je t'aime, mais : j'ai besoin de toi. Nous vivons dans une gare, ou dans un cirque, toujours dans une foule. Il ne vibre pas là où je vibre : son cœur est absent. C'est pourquoi le mien se meurt aussi. Je ne le sens plus, ce soir il n'a plus de poids. Il meurt de la dureté de Jay. »

Loin de lui il était facile de dire : il n'a pas de cœur. Mais dès qu'il apparaissait, elle ne savait plus que penser. Sa présence était si vivante qu'elle dégageait de la chaleur. Sa voix était chaude comme une voix troublée par une émotion véritable. Ses gestes étaient pleins de chaleur, ils avaient besoin du contact. Jay posait souvent les mains sur les gens pour les mieux sentir, on pouvait croire que c'était de l'amour. Mais ce n'était qu'un phénomène de chaleur physique comme l'été. Il dégageait de la chaleur comme une réaction chimique, c'était tout.

« Il mourra de son inhumanité et moi de mon excès de sensibilité. Quand les gens frappent à la porte, il me semble qu'ils frappent sur mon cœur et non sur le bois de la porte. Tous les coups tombent directement sur mon cœur. »

Même le plaisir lui contractait le cœur. C'était la plainte constante de la sensibilité.

« Si seulement je connaissais son secret. Comme j'aimerais m'en aller toute une nuit dans la rue sans me sentir retenue par les chaînes innombrables qui m'attachent à lui, sans sentir mon amour pour lui comme une ceinture de chasteté autour de mon corps. »

Et voici qu'il était revenu. Il avait posé sa tête sur le sein de son amie à l'amour fidèle. Elle n'avait, elle, pas d'amour fidèle en qui se reposer, personne chez qui revenir à l'aube.

Il s'assit et dit avec légèreté :

« Cette Sabina est bien déracinée. »

Et moi, je trébuche dans mes racines, pensa Lillian.

Jay avait allumé pour lire et Lillian regardait sa veste accrochée au dossier de la chaise, gardant encore la forme de ses épaules et l'esprit d'indépendance qui venait de l'habiter.

Si seulement elle pouvait se contenter des joies qu'il lui donnait, de ses douces fanfaronnades, du contact rugueux de sa veste, de la ferveur de sa voix lorsqu'il disait : « C'est bon. » Sa vie coulait aisée et fluide et il la communiquait même à ses vêtements.

Vouloir endiguer ce flot, c'était arrêter un fleuve de vie. Lillian ne s'en sentait pas capable. Lorsqu'un homme a décidé de vivre tous ses caprices, toutes ses fantaisies, toutes ses impulsions, le débordement est incommensurable et aucune Arche de Noé n'a été prévue pour une inondation de ce genre.

Lillian et Djuna marchaient ensemble dans les feuilles mortes qui se froissaient sous leurs pas comme du papier. Lillian pleurait et Djuna pleurait avec elle et sur elle.

Elles marchaient dans le crépuscule et il leur semblait que l'amertume de leurs larmes allait les rendre aveugles. Elles marchaient au hasard, à demi égarées dans la ville embrumée. De temps en temps, la lueur d'un réverbère mettait brusquement en relief la bouche malheureuse de Lillian et la ligne brisée de son cou, tandis que sa tête tombait lourdement en avant.

Les autobus surgissaient de l'obscurité avec un grondement assourdissant et elles bondissaient de côté, toutes deux, pour reprendre ensuite leur marche chancelante dans les rues obscures. Elles franchissaient des ponts, s'engageaient sous de lourdes arcades, leurs pieds trébuchaient sur les pavés inégaux comme si elles avaient perdu toutes deux leurs sens de gravité.

La voix de Lillian était plaintive et monotone comme une lamentation. Ses yeux bleus erraient attachés au sol où il lui semblait voir sa vie tout entière se consumer.

Djuna regardait droit devant elle à travers la nuit, les lumières, les voitures, les maisons, à travers et au-delà. Ses yeux étaient immobiles comme des yeux de verre et le rideau des larmes s'était entrouvert pour elle sur un horizon nouveau.

Les paroles de Lillian s'enflaient et s'amoncelaient comme les vagues d'une mer houleuse. Elles étaient informes, inachevées, concentrées, lourdes de répétitions et de conclusions, à la fois confuses, irritées et amères.

Djuna ne trouvait rien à répondre, car Lillian parlait d'un dieu, le dieu qu'elle avait cherché en Jay.

« Je voulais le servir, disait-elle, parce qu'il avait du génie, je voulais l'aider à devenir un grand homme. Mais il est perfide, Djuna, et je suis maintenant plus abandonnée et plus indécise qu'autrefois lorsque je ne le connaissais pas. Il ne m'a pas seulement trompée avec des femmes, Djuna, mais jamais il ne voit les gens tels qu'ils sont. Il ne fait qu'ajouter à ma confusion et à mon dédale. Je me suis remise entre ses mains. Je voulais servir quelqu'un qui accomplirait une grande œuvre, une œuvre merveilleuse, et je pensais aussi qu'il m'aiderait à me trouver moi-même. Mais il ne sait que détruire, et il est en train de m'anéantir. »

Cette recherche de l'homme pour les guider dans la ville obscure, cette recherche de l'homme et du guide, c'était l'éternelle angoisse féminine... besoin de l'homme-guide, non pas dans le passé, ni dans la mythologie, mais besoin d'un guide à la poitrine vivante, capable de création, capable de les aider à être pleinement femmes. Toutes les femmes éprouvent ce sentiment, et elles veulent posséder ce guide, l'avoir à elles seules pour conduire leur âme incertaine.

Lillian avait espéré renaître aux côtés de Jay, l'artiste. Elle pensait qu'il la comprendrait aussi aisément qu'elle avait deviné le peintre de génie en lui. Mais les inconséquences de Jay la déconcertaient. Elle lui avait donné son propre corps à façonner : fais de moi une vraie femme, quelque chose qui en vaille la peine.

Mais la confusion personnelle de Jay l'en avait empêché.

« On ne peut charger personne, Lillian, de vous modeler, de vous créer. La femme va de cercle en cercle, elle se dirige vers l'indépendance et la création d'elle-même. Tu souffres en réalité de te séparer d'une croyance, d'un ancien amour, alors que tu as besoin de renouveler ta foi pour conserver ta passion. Tu gravis en ce moment un échelon et c'est ce qui cause ton trouble. Tu sais que tu ne peux t'appuyer sur Jay. Mais tu ne sais pas ce qui t'attend et tu n'as pas confiance en ta propre compréhension du monde. »

Lillian pensait, elle, que la raison de ses larmes était toute simple. Jay lui avait dit : « Laisse-moi tranquille » ou « laisse-moi travailler » ou « laisse-moi dormir. »

« Oh, Lillian, il faut livrer de rudes combats pour émerger du passé sans regrets ni souvenirs, sans avoir le désir de retourner en arrière. Personne ne peut accepter un échec. »

Djuna avait envie de prendre la main de son amie, de lui faire relever la tête et de l'aider à gravir sa nouvelle étape. Elle voulait la soulever au-dessus de la souffrance et du désordre, au-dessus de l'obscurité des choses présentes.

Les lueurs brusques qui les éclairaient par moments ne révélaient pas les limites du cercle de la souffrance, ni le nouvel échelon que la femme devait gravir. Et Djuna n'avait pas le pouvoir d'aider Lillian à sortir de la réalité immédiate de sa peine, à se dégager du nœud coulant du présent.

Alors elles continuèrent leur marche incertaine sur ce que Lillian appelait les feuilles mortes de l'indifférence de Jay.

Jay et Lillian habitaient un studio au dernier étage d'une maison de la rue Montsouris, petite rue sans issue bordée de villas cubiques, non loin de Montparnasse.

Lorsqu'ils donnaient une soirée, la maison tout entière ouvrait ses portes, car tous les artistes qui l'habitaient se connaissaient entre eux. La soirée se poursuivait dans la petite rue tranquille sur laquelle veillaient des jardins fleuris.

Les hôtes descendaient parfois la rue jusqu'au parc Montsouris, prenaient une barque et s'imaginaient participer à quelque soirée vénitienne.

Le Joueur d'Échecs arriva le premier, aussi mince, aussi brun et poli qu'un pion de jeu d'échecs, avec ses traits burinés et l'esprit occupé d'un jeu perpétuel.

Pour lui, les parquets des différentes pièces étaient de vastes cases noires et blanches dans lesquelles le problème consistait, par un mot bien placé, à faire bouger les gens. Pour résister à la tentation de signaler directement telle personne à telle autre, il mettait les mains dans ses poches et ne faisait usage que de ses yeux. S'il avait une conversation avec quelqu'un, son regard désignait un chemin de façon si impérative que son interlocuteur ne pouvait s'empêcher de le suivre. Son regard choisissait une personne, faisait une sorte de pacte invisible avec l'espace, et tous trois se trouvaient bientôt réunis sur la même case jusqu'à ce qu'il décidât de s'en aller pour laisser ensemble les deux autres.

Personne ne connaissait la signification de son jeu, car il se contentait de déplacer ses créatures et ne se préoccupait pas des conséquences de ses déplacements. Il se tenait dans un coin de la pièce et surveillait le mouvement général avec un sourire ambigu.

Personne n'eut jamais l'idée de le déplacer lui ou de le présenter à des inconnus.

Le Joueur d'Échecs pensa ce soir-là qu'il était urgent de provoquer une rencontre entre Djuna et l'architecte barbu irlandais, parce que ce dernier avait conçu le projet d'une maison convenant à une grande variété d'humeurs. Des panneaux amovibles rendaient les pièces plus vastes pour les jours d'envies de grandeur, ou toutes petites pour les entretiens intimes. Un toit ouvrant permettait de donner aux pièces le ciel entier pour plafond, et deux escaliers étaient prévus, l'un tournant et exigu pour les escapades secrètes et l'autre large pour la parade. La maison tournait autour d'un pivot central pour suivre les caprices du soleil. Et à qui cette maison conviendrait-elle mieux qu'à Djuna, Djuna aux humeurs changeantes, au masque souriant, au visage nocturne ? Djuna ne tournait-elle pas, elle aussi, autour d'un axe invisible pour suivre la lumière ? Elle était faite pour les panneaux amovibles, pour les cabinets clos et secrets des confessions, et capable aussi de tout ouvrir tout grand pour laisser entrer chez elle le monde entier.

Djuna sourit à l'habileté du Joueur d'Échecs et resta sur la case où il l'avait placée, tandis que l'architecte irlandais, la bouche pleine de mots soyeux, se mit à construire sa maison autour de Djuna, comme il aurait tissé un cocon. Elle quitterait la fête avec une maison sur son dos comme un escargot, une maison spécialement adaptée à ses besoins. Sur sa robe noire, l'architecte irlandais traçait ses plans.

Tout allait bien sur cette case-là. Le Joueur d'Échecs alla donc plus loin, ses yeux comme des yeux de verre pouvaient voir sans être vus et ils s'emparèrent de Faustin, le Zombie, celui qui était mort au premier choc que lui avait donné la vie.

La plupart des gens qui meurent ainsi au cours de leur existence ressuscitent d'une façon ou d'une autre, mais Faustin n'attendait plus rien de la vie. Tout son corps affaissé disait la résignation, sa chair de plus en plus pesante protégeait son inertie et sa soumission. Le sang avait cessé de circuler dans ses veines et on pouvait y percevoir les formations cristallines dues à la peur et à la stagnation, comme on en voit chez les poissons en forme de miches de pain qui vivent dans les eaux profondes, sans yeux, sans oreilles, sans nageoires, ignorant le mouvement et se nourrissant par les pores immobiles de leur peau. Faustin était obsédé non pas par le désir de se libérer de la mort, mais par celui de se tenir comme une sentinelle noire à la grille et d'empêcher les autres d'échapper à leurs propres souricières. Il vivait au milieu des artistes, des révoltés, sans jamais participer à leurs révoltes. Il attendait patiemment la déclaration la plus délirante d'enthousiasme de Jay pour la crever de son ironie, il attendait les manifestations sauvages de Lillian pour la taxer d'exhibitionnisme, il guettait les évanescences embrumées de Djuna hors de la réalité pour lui montrer du doigt ses manquements à la tâche immédiate. Il était comme le condensé vivant de toutes les interdictions : Défense d'entrer, défense de fumer, défense de cracher, défense de faire de la vitesse ! Les yeux noirs, le visage pâle, avec l'expression de celui qui va commettre un homicide, il attendait dans son coin. Dans quelque pièce qu'il se trouvât, on était sûr de voir entrer un papillon noir, un papillon tout de noir vêtu, aux vols endeuillés, semant la tristesse sur les murs blancs. Ses paroles avaient le don de dessécher la terre et de faner les fleurs, un silence les suivait toujours, silence nécessaire pour laisser à la terre le temps de se remettre à fleurir. Il s'en allait à minuit sonnant selon un principe très strict, et le Joueur d'Échecs savait qu'il lui fallait se hâter s'il désirait utiliser les rayons mortels du Zombie et observer leur effet sur les vivants.

Il fit avancer Faustin, le Zombie, vers la créature la plus vivante de la société, vers le visage au teint de camélia de Sabina, visage qui s'épanouissait au cours des soirées comme celui du gagnant d'un concours floral et donnait à chaque homme une sensation de plaisir extrême. Ce visage se fermerait-il lorsque l'ombre de Faustin le couvrirait ? Lorsque les papillons noirs qui s'envolaient des lèvres du Zombie effleureraient les joues de Sabina et que la voix unicorde résonnerait aux oreilles protégées par un voile de cheveux rebelles ?

Sabina détourna simplement son visage. Elle s'était nourrie d'une sève trop riche, elle avait butiné trop de sucs divers pour se faner au contact d'aucun homme, même à celui d'un mort vivant. Trop d'amour, trop de désirs avaient marqué les lignes souples de son corps, trop de soupirs, trop de murmures étaient tapis dans les pores de sa peau. Trop de plaisir avait coulé dans ses veines : elle était à l'abri de toute contagion.

Faustin, le Zombie, ressentit amèrement sa défaite, car il aimait à marcher sur les traces de Jay et à collectionner les amantes qu'il délaissait. Il lui plaisait de vivre les amours délaissées de Jay comme un homme qui accepte de porter un pardessus d'occasion. On y trouvait toujours un reste de chaleur.

À partir de la minute où il avait été vaincu, Faustin cessa de s'intéresser à la soirée, il cessa de s'intéresser même à son rôle de Zombie. Et le Joueur d'Échecs, qui se devait de ne permettre à personne de quitter l'échiquier, même au prix d'un mensonge, s'inquiéta de voir sa silhouette obscure se faufiler en bordure des cases et poser délicatement les pieds sur la bande de terrain vague, de *no man's land*, cette sorte d'anneau de Saturne qui entoure toute vie. Un pion de perdu.

Le regard du Joueur d'Échecs tomba alors sur Djuna, mais elle échappait à toute emprise, car elle s'était abandonnée à la musique. Le Joueur d'Échecs ne pouvait pas jouer au jeu qui consistait à se donner soi-même. Djuna, elle, se donnait toujours de la même façon la plus inattendue. Elle n'avait pas d'autre demeure que celle de sa vie intérieure. Ses départs et ses arrivées passaient toujours inaperçus. Personne ne savait rien de cette cité intérieure ; aucun bruit n'en était parvenu aux oreilles des journalistes, les statisticiens n'avaient jamais obtenu de l'interviewer. Il arrivait quelquefois à Djuna, aussi bien sur une place publique que dans une salle de concert ou à une conférence, ou à une soirée, aux yeux de tous, de donner le spectacle d'un abandon sans retenue ; elle se livrait tout entière à Stravinski, ou bien elle s'identifiait au danseur de ballet, ou s'absorbait éperdument dans l'étude des phosphènes.

Pour le moment, sagement assise, elle se profilait sur la guitare de Rango, ses doigts comme des clés accordaient son corps à la musique et on avait l'impression que Rango pinçait les cordes de ses cheveux, de ses nerfs, et que les notes noires n'étaient que les pupilles de ses yeux.

On pouvait, cependant, considérer que, dans son abandon même, elle participait encore à la soirée : ses yeux n'étaient pas clos comme ils l'avaient été une demi-heure auparavant, tandis qu'elle expliquait les phosphènes au Joueur d'Échecs : les phosphènes sont les impressions lumineuses et les disques colorés que l'on aperçoit, les paupières fermées, lorsque l'on a du doigt pressé un peu le globe de l'œil: « Essayez donc », lui avait-elle dit.

La guitare égrenait ses notes langoureuses. Elles évoquaient la peau couleur terre de Sienne brûlée de Rango, ses pupilles charbonneuses, ses sourcils noirs et broussailleux. Il versait dans la boîte couleur de miel le parfum de liberté des routes où le menait sa vie de bohémien: parfum du thym, du romarin, de l'origan, de la marjolaine et de la sauge. Il remplissait la boîte sonore du rythme sensuel qui berçait le hamac suspendu dans la roulotte et les rêves ébauchés sur son matelas de crin noir.

Il était l'idole des boîtes de nuit, où hommes et femmes fermaient les portes et les fenêtres, allumaient des bougies et absorbaient à travers sa voix et sa guitare les philtres aux herbes des grands chemins, le tintamarre sonore de la liberté, l'opium du farniente et de l'oisiveté, la danse estivale des lucioles, les hennissements fanfarons des chevaux, les fandangos et les ridottos du désir.

Tous étaient suspendus à la guitare de Rango et à sa voix couleur de terre de Sienne brûlée, femmes aux seins flétris, au regard incertain, hommes à la virilité engourdie. À l'aube, non encore comblées par cette transfusion de vie, les veines remplies de la riche sève de sa voix, les femmes posaient leurs mains sur le corps de Rango droit comme un arbre. Mais, à l'aube, Rango jetait sa guitare sur son épaule et s'en allait.

« Serez-vous là demain, Rango ? »

Demain, Rango, peut-être en route pour le Midi, chanterait et jouerait pour la queue de son cheval noir se balançant avec philosophie sur les grands chemins.

C'est alors que Jay fit son entrée, un Jay ivre mort avec sa bande d'amis: cinq paires d'yeux grands ouverts et vides, cinq hommes ravis d'être cinq. L'un est un poète chinois, tributaire de Lao-Tseu; le second, un poète viennois, pâle écho de Rilke; puis le peintre Hans, élève de Paul Klee, enfin un écrivain irlandais, un descendant de Joyce. Leur avenir les préoccupe fort peu pour le moment, car ils sont cinq à se distribuer des éloges, ils se sentent forts et défaillent de joie.

Ils avaient dîné au restaurant chinois, ils avaient mangé du riz sans sel et de la viande pleine de nerfs, mais à cause de leur béatitude collective Jay avait déclaré qu'il n'avait jamais mangé de riz meilleur, et cinq minutes plus tard, oubliant ses propres paroles, il s'était écrié : « Le riz est bon pour les chiens. » Le poète chinois, choqué, avait baissé humblement les paupières.

Maintenant, tandis qu'ils gravissaient tous les cinq l'escalier de la maison de Lillian, le poète chinois vantait en termes précis la fidélité de la femme chinoise. Jay en était ébloui. Quelle merveilleuse fidélité ! Il se promettait d'épouser une Chinoise. Puis le poète chinois ajouta : « En Chine, toutes les tables sont carrées. » Jay en pleura presque de ravissement. C'était là la marque d'une haute civilisation. Il se pencha dangereusement sur l'épaule de son voisin et lui confia sur un ton très confidentiel : « À New Jersey, quand j'étais enfant, toutes les tables étaient rondes ; j'ai toujours détesté les tables rondes. »

Les cinq amis sentaient que, pour le moment, leurs pieds n'étaient pas très portés à faire des ascensions. Ils pensèrent donc à s'arrêter en chemin et à rendre visite à Soutine.

Ils entrèrent à ce moment-là en collision avec Stella qui descendait l'escalier en colimaçon en grignotant des pommes de terre frites dans un cornet de papier. Sa jupe de taffetas bruissait doucement et ses longs cheveux flottaient ; on aurait dit une enfant assise sur une balançoire.

Ses attitudes provocantes avaient séduit un artiste connu pour sa propension à s'exhiber sans réserve, mais il n'était pas encore tout à fait assez ivre et il se contentait pour l'instant de tirer sur sa ceinture. Stella, qui ignorait le spectacle que lui tenait en réserve son compagnon, prenait la pose des jeunes femmes dans les peintures florentines. Elle offrait sa hanche droite comme un bénitier et tendait ses paumes ouvertes comme pour inviter les pigeons à manger dans ses mains. Pleine de style, biblique, elle éveillait en Manuel le même sentiment qui l'avait poussé, jadis, à mettre le feu à un tutu de danseuse avec une cigarette.

Mais Manuel fut chassé de sa case par un nouveau pion qui se déplaçait avec une imposante courtoisie, personnage aux cheveux longs, luisants de brillantine. Ses traits semblaient avoir été sculptés par les statuaires qui font les bustes de marbre pour les galeries de la gloire.

Il s'inclinait sur les mains des femmes avec la grâce et l'aisance cérémonieuse des évêques. Ses opinions, qui allaient de pair avec le baisemain, avec les portes ouvertes et refermées sans bruit par des valets de pied, avec les fauteuils qu'on s'empressait de lui avancer, étaient néanmoins définitives. Il avait plein pouvoir pour prononcer un verdict sur une question pourtant fort délicate : est-ce l'art de demain ? Personne ne pouvait faire un pas sans son visa. Il délivrait les passeports pour l'avenir. Allez de l'avant... ou bien : mon cher ami, vous ne faites qu'imiter faiblement le passé.

Stella ressentit l'ironie de son baisemain. Il la plaçait instantanément dans un musée, qui n'était pas un musée d'art moderne, et elle rougit. Tout en la saluant de médiévale façon, il la regardait avec tant d'ironie qu'elle pensa aussitôt : « Il sait que je suis du genre de celles qui conservent les fleurs fanées. » En effet, il la dépassa avec un air de détachement suprême, pour considérer avec un grand sérieux et beaucoup de soulagement les mobiles de bois et d'acier qui se balançaient gentiment dans la brise de l'avenir, semblables à de petits réseaux de nerfs délivrés de leur enveloppe de chair, cages nouvelles de nos chagrins futurs, si abstraites qu'on n'y voyait même plus la place d'un sanglot.

Jay se débattait maintenant au milieu d'un flot compact d'invités cherchant à venir en aide au poète chinois qui était tombé dans une vaste poubelle de la cour principale et se trouvait sagement plié en deux et très humilié dans sa dignité. Mais Jay se trouva distrait de sa préoccupation par la vue de Sabina. Il se demandait, en la voyant, pourquoi la vie se dépose en certaines femmes en couches si profondes et si savoureuses qu'en les prenant on a l'impression de posséder du même coup toutes les régions inexplorées du monde, tout ce qu'on a toujours eu envie de connaître, tous les hommes et toutes les femmes qu'on n'aurait jamais osé approcher. Elle était de ces femmes dont les corps sont des labyrinthes, et s'allonger auprès d'elle équivalait à un voyage à l'antique vallon où Paracelse plongeait ses malades enveloppés de filets de pêcheur dans de l'eau tiède, ou bien à un retour en arrière jusque dans les limbes de la prénaissance. Il apercevait alors, à plusieurs centaines de pieds au-dessus de sa tête, au milieu de la voûte des falaises rocheuses dressées comme une cathédrale, la fente étroite par laquelle le soleil brillait, semblable à un couteau d'or.

Mais ce n'était plus le moment de rêver aux voyages panoramiques suggérés par la saveur du corps de Sabina ; il fallait songer au sauvetage du poète chinois.

Alors Sabina intercepta entre Lillian et Jay un regard de tendresse. Jay ne lui avait jamais montré à elle une pareille tendresse. Et le regard par lequel Lillian lui avait répondu était enveloppant et semblable au filet de sécurité que l'on étend sous le trapéziste. Sabina comprit en cet instant que Jay, même dans ses sauts les plus périlleux, ne dépassait jamais les limites du filet protecteur que Lillian avait placé autour de lui.

Le Joueur d'Échecs remarqua d'un air soucieux que Sabina ramassait sa cape et se dirigeait vers le balcon à l'italienne. Elle graduait sa fuite ; de balcon en balcon, elle allait écarter les gestes amicaux qui cherchaient à la retenir, et elle aboutirait à la porte de sortie. Le Joueur d'Échecs ne pouvait pas permettre que, dans une soirée pareille, chacun ne songeât qu'à préserver son petit drame personnel, sans jamais jouer le jeu. Sabina agissait en femme blessée à mort et quittait le damier tout simplement, parce que Lillian et Jay s'étaient trouvés un moment sur la même case et que Jay avait sauté par erreur dans le filet protecteur tendu par Lillian.

Là où elle se trouvait maintenant, les remous bruyants de la fête n'atteignaient plus Sabina. Elle n'entendait plus que la plainte de la pluie et du vent dans les arbres évoquant les gémissements des roseaux dans l'humide tiédeur des marais tropicaux.

Sabina était perdue.

Elle avait toujours obéi aux plus folles oscillations de la boussole désaxée qui l'habitait ; elle avait remplacé par le bruit et l'agitation la direction perdue. Soudain, la boussole s'était complètement brisée et Sabina ne retrouvait plus les grandes lois de la nature, des marées, des flux et des reflux.

Elle se sentit perdue.

Elle s'était trop dispersée. Pour la première fois, un aiguillon de souffrance traversa le cours nébuleux de sa vie. La souffrance naît de la conscience, de la réflexion. Sabina avait vécu si vite que toute la souffrance avait passé à travers elle comme à travers un tamis, lui laissant à peine de petits chagrins, semblables à des chagrins d'enfant, vite oubliés, vite remplacés par un nouvel intérêt. Elle ne s'était jamais accordé de repos.

Et soudain, sur le balcon, elle fit l'expérience de la solitude.

Sa cape n'était plus cette voile de navire gonflée par la brise, le symbole de ses sentiments jetés aux quatre vents; pour la première fois, sa cape pendait, immobile.

Sa robe était immobile.

Elle ne portait plus rien que le vent pût accrocher, soulever, pousser.

Et, pour Sabina, l'immobilité c'était la mort.

La jalousie l'avait pénétrée et avait refusé de passer en elle comme le sable dans le sablier. La petite passoire d'argent qu'elle portait en elle depuis sa naissance et qui permettait à toutes les peines de s'écouler doucement s'était bouchée. Maintenant, la souffrance s'installait à demeure.

Elle s'était égarée quelque part entre ses inventions, ses histoires, ses caprices et son être véritable. Les frontières s'étaient effacées, les sentiers avaient disparu, elle marchait au hasard dans un univers chaotique. Elle avait cru enfourcher le coursier sauvage des héros d'opéra ou de légende, et elle se retrouvait sur un cheval de carton-pâte. L'illusion théâtrale s'était brusquement dissipée.

Elle avait perdu son bateau, ses voiles, son cheval, ses bottes de sept lieues, elle avait tout perdu à la fois. Elle était échouée sur un balcon, au milieu d'arbres nains, de nuages sans grandeur, d'une pluie lamentable.

Dans la demi-obscurité de cette soirée d'hiver, ses yeux s'embuèrent. Et comme si, brusquement, toute son énergie et toute sa chaleur refluaient au cœur, abandonnant les sens, les oreilles, le toucher, le goût, les gestes, fermant peu à peu toutes les portes de communication avec l'extérieur, elle se sentit soudain un peu sourde, un peu aveugle, un peu paralysée. La vie, en se repliant sur elle-même pour battre à un rythme plus court, plus lent, lui raréfiait le sang.

Elle frissonna comme frissonnent les feuillages d'automne, et pour la première fois de sa vie elle sentit de petites feuilles fanées se détacher de son être.

Le Joueur d'Échecs plaça deux autres pions sur une case.

Ils se mirent à danser et un aimant attacha leurs cheveux et lorsqu'ils écartèrent la tête, l'aimant colla leurs bouches et, lorsqu'ils éloignèrent leurs lèvres, ce fut le tour de leurs mains, puis de leurs tailles. Ils ne pouvaient échapper à l'aimant. S'ils se tenaient éloignés l'un de l'autre, la voix de la femme s'enroulait autour de celle de l'homme et le regard de l'homme était pris dans les entrelacs de tulle qui couvraient la poitrine de la femme.

Tout en dansant, ils glissèrent hors de l'échiquier et se dirigèrent vers le balcon.

Bouche contre bouche, le plaisir battait à leurs tempes comme les ailes des grands oiseaux. Leurs corps étaient comme traversés d'un arc-en-ciel.

Ils s'épanchaient l'un dans l'autre par leurs lèvres unies, et la petite rue grise sur laquelle donnait le balcon cessa d'être une impasse du quartier Montparnasse. Le balcon semblait suspendu sur la Méditerranée, sur la mer Égée, sur les lacs italiens. Les amants survolaient et parcouraient le monde entier. Sur un des murs du studio était suspendue une grande toile représentant le désert dans des tons gris fumée. C'était un désert qui vous desséchait la gorge. Enfouis dans le sable gisaient les petits os blanchis par le soleil des mal-aimés.

« La rencontre de deux êtres est pure, créer un couple c'est faire naître un espoir de vérité », dit le Joueur d'Échecs en apercevant les longs cheveux flottants de Stella au passage et en lui imaginant un amant.

On voyait derrière Stella le portrait d'une femme qui avait un halo blanc autour de la tête. L'angoisse avait découpé dans son corps des cavités en forme de losange, et la sérénité avait fui par ces trous, lui laissant cette forme aérée.

Stella ne pouvait plus donner que de petits morceaux d'elle-même, des petits morceaux coloriés avec soin, il y avait les cercles noirs de l'intelligence, les carrés jaunes de l'éducation, les triangles bleus de l'amitié, ou cet orange qui imite l'amour et se nomme le désir. Elle ne donnait plus que de petits morceaux de son enveloppe extérieure. Ce qu'elle donnait d'elle-même, un homme ne pouvait l'emporter que dans une maison abstraite, avec une seule fenêtre donnant sur une rue, une rue qui était un désert avec de petits os blanchissant au soleil.

Le désert de la confiance perdue.

Les maisons n'y sont plus des foyers, mais des mobiles qui tournent avec la brise. L'amour y est semblable à un amour de patineurs qui inventent sans cesse des pas nouveaux. Ils sont aveuglés par la poussière des souvenirs, enfermés dans les maisons sans fenêtres de leurs craintes.

La soirée s'étire comme une pieuvre maladroite qui ne peut plus rentrer ses tentacules et se détruit elle-même.

Les hôtes accrochent leurs manteaux à des patères aussi fragiles que les barres sur lesquelles les danseuses essayent la docilité de leurs membres.

Dans chacun des studios une créature humaine, enveloppée du costume éblouissant de ses rêves, craint de montrer sa vulnérabilité ; elle n'expose pas ses charmes, mais ses défenses ; elle projette de dévêtir son corps, quelque part, au cours de la nuit, sans livrer la clé de son cœur, ou bien d'ouvrir son cœur en interdisant le chemin charnel. Tous cherchent à garder un refuge, une cellule secrète.

Et si vous vous sentez légèrement oppressé, étranglé par la réalité quotidienne, allez faire un tour parmi les toiles de Chirico. Les maisons sont toutes en façades, il est donc facile de s'en échapper ; colonnades, volutes, ornements s'étendent dans l'avenir, et vous avez de l'espace pour votre promenade.

Les peintres ont changé la flore du monde pour vous surprendre par l'amertume de ce qui était considéré comme doux, et par la douceur de ce qui était considéré comme amer, car tous refusent le monde tel qu'il est et vous ramènent aux pays de vos rêves. Une simple cocktail-party vous lance dans l'avenir ou vous renvoie dans le passé.

Ces considérations diverses détournèrent le Joueur d'Échecs de ses tâches mathématiques et il ne put empêcher un suicide. Lillian était toute seule sur une case, Lillian, qui avait commencé la soirée comme une danseuse noire, bruissante de tous ses bijoux d'argent mexicains et vêtue d'une robe vert émeraude, d'un tissu sec et brillant comme son caractère.

Lillian était allée de l'un à l'autre pour créer de l'ambiance. Ses taquineries faisaient sortir les gens de leur nonchalance. Les gens se réveillaient brusquement de leur léthargie comme sous l'effet d'une piqûre; ils se levaient, ils bougeaient, ils s'enflammaient, imitant ses gestes, suivant du regard ses mains qui battaient d'imaginaires meringues, des soufflés de joie. Lorsqu'ils étaient prêts à la suivre et à participer à quelque danse rituelle, elle les abandonnait, à la recherche d'un autre contact électrique, tandis qu'ils retombaient dans leur mollesse ou continuaient à la suivre comme des esclaves.

Lillian ne pouvait attendre la fin de la soirée pour commettre son acte de destruction journalier. Elle se tenait donc seule sur sa case, perdue dans son irritation personnelle. Elle commença sa plainte: personne ne fait attention à moi. Je n'aurais pas dû mettre cette robe verte. Elle est trop voyante. J'ai dit juste ce qu'il ne fallait pas dire à Brancusi. Tous ces gens ont accompli quelque chose, je suis seule à n'avoir rien fait. Ils me rendent folle. Ils sont tous si forts et si sûrs d'eux-mêmes. J'ai le même sentiment que dans mon rêve de la nuit dernière: on m'avait demandé de jouer dans un concert. Il y avait beaucoup de monde. Quand je m'apprêtai à jouer, je m'aperçus que le piano n'avait pas de touches, c'était un lac; j'essayai de jouer sur l'eau, mais aucun son ne se faisait entendre. Je me sentais humiliée et vaincue. Pourquoi suis-je toujours décoiffée ? Regarde comme les cheveux de Stella sont lisses et encadrent bien son visage. Pourquoi donc est-ce que je la taquine ? Elle paraît si tremblante et si effrayée, elle a toujours l'air de supplier qu'on ne lui fasse pas de mal. Pourquoi est-ce que je parle toujours sans réfléchir ? Ma robe est trop courte.

Dans cette sorte de hara-kiri imaginaire, elle arrachait sa robe, ses bijoux, tous les mots qu'elle avait prononcés, tous les sourires consentis, tout ce qu'elle avait fait au cours de la soirée. Elle avait honte de ses paroles et de ses silences, de ce qu'elle avait donné et de ce qu'elle n'avait pas donné, de ce qu'elle avait confié et de ce qu'elle n'avait pas confié.

Et maintenant tout était fini ! Et c'était un vrai désastre ! Chaque mot, chaque geste, tous les bijoux d'argent gisaient à terre avec la robe couleur émeraude et même l'image de Lillian selon Djuna, image auprès de laquelle Lillian cherchait souvent le réconfort, celle-là aussi gisait à terre. Il n'y avait plus rien à sauver. Il ne restait plus qu'un petit tas de cendre, tout avait brûlé comme un tas d'herbes sèches dans le grand feu de joie de l'autocritique.

Le Joueur d'Échecs vit une femme effondrée sur un divan comme si son armature interne avait été brisée. Il sourit à son ivresse et ne remarqua pas le suicide intérieur.

Laurence Vail, le fabricant de bouteilles, survint, disant :

« Il m'arrive assez souvent et avec beaucoup de persévérance de vider une bouteille. Mais cela me donne un sentiment de culpabilité. Est-ce que j'aurais négligé l'extérieur (de la bouteille) pour l'intérieur (de la bouteille) ? Je m'en désespère. Pourquoi jeter les bouteilles vides ? Les esprits contenus dans les bouteilles ne sont pas nécessairement ceux des contenants eux-mêmes. Les esprits des bouteilles sont des éléments puissants, ayant de grandes possibilités qu'on ne devrait en aucun cas négliger, jeter dans un moment de cafard. Pourquoi ne pas essayer d'extérioriser les esprits des bouteilles... »

Le Joueur d'Échecs vit que l'irrémédiable allait se produire.

Il vit Djuna s'évader silencieusement de l'échiquier et il dit :

« Allons ! viens, ne lâche pas la joyeuse bande des amis de Jay et toutes leurs insanités d'ivrognes. Il est encore trop tôt pour te sauver. »

Djuna lui jeta un regard désespéré.

Elle savait que cela allait se produire.

L'humeur qu'elle redoutait tant l'avertissait de son approche en obscurcissant les lumières, en étouffant les bruits, en estompant les visages comme dans une tempête de neige.

Son histoire était celle des boules de verre de couleur, elle était comme une de ces boules, suspendue par des rubans rouges, bercée par une musique bleu indigo. Tous les éléments de la fête dansaient autour d'elle, les grands cerceaux rouges, les voiturettes légères, les animaux dansants, le théâtre des marionnettes, les trapèzes volants, le brouhaha des voix, le va-et-vient des visages, les lumières rouges, les chants d'oiseaux, les éclats de rire qui la faisaient résonner, les gestes joyeux qui l'attrapaient au vol, le bercement de la danse semblable à celui de l'amour : le plaisir de prendre, de se plier, de céder, de s'unir, de se désunir, la joie de la rencontre, la joie de la communion.

Et alors Djuna savait que brusquement les fils électriques allaient être coupés, les lumières pâliraient, les sons s'assourdiraient, les couleurs s'effaceraient.

À ce moment-là toujours, comme un dernier message capté par ses ondes intérieures, elle se rappelait l'aventure qui avait marqué ses seize ans.

Par un soir d'été, elle était dans sa chambre et se brossait les cheveux avant d'aller se coucher. En chemise de nuit, elle s'était penchée par la fenêtre pour regarder les invités d'une cocktail-party qui se donnait en face de chez elle.

Hommes et femmes étaient vêtus des vêtements les plus colorés qu'elle eût jamais vus. Était-ce la luminosité de ses songes qui les habillait ainsi, car la gaieté, l'éclat de la fête qu'elle avait sous les yeux étaient incomparables. Ce soir-là, la jeune fille était tendue tout entière vers cette inaccessible cocktail party, désespérée de ne pouvoir s'y rendre. Jamais elle n'aurait de vêtements aux couleurs aussi vives. Jamais elle ne connaîtrait cette joie éclatante et cette liberté. Elle se voyait au milieu des invités, invisible au regard des autres, cachée sous le voile de la timidité.

Et, ici aussi, dans cette soirée où elle avait été conviée et désirée, où elle se trouvait en chair et en os, le danger la menaçait à nouveau : cet état d'âme qu'elle sentait venir et qui allait la ravir à la fête et la rendre à la nuit.

Chaque fois cet état d'âme avait été provoqué par une petite phrase de son rêve intérieur : « Ce n'est pas là ! » Où, là ? Regrettait-elle toujours cette première soirée manquée et n'en voulait-elle point d'autre ?

Djuna savait qu'une seconde phrase allait suivre : « Ce n'est pas celui-là ! »

Petite phrase mortelle qui, comme un philtre magique, anéantissait le présent. Elle se retrouvait instantanément dehors, mise dehors, jetée dehors par personne d'autre qu'elle-même, par cet état d'âme qui lui interdisait toute fraternité.

Ce simple désir d'être ailleurs, où tout serait plus merveilleux encore, faisait des choses proches, palpables, des obstacles, des empêchements à surmonter pour se rendre à l'endroit plus merveilleux qui l'attendait, pour aller vers l'homme idéal qu'elle faisait attendre. Ce rêve insistant, au murmure lassant, ce doigt pointant sur la carte imaginaire les régions inexplorées, cette boussole à l'aiguille fixée sur le mirage, tout cela supprimait la réalité du présent.

Mais dès qu'elle se trouva privée de ses oreilles, de ses yeux, de son toucher, qu'elle flotta dans l'espace, coupée de la chaleur des autres, elle reçut en échange des yeux, des oreilles, un toucher d'une autre espèce, d'autres contacts lui furent offerts.

Le Joueur d'Échecs n'était plus cet homme de bois dont tout le comportement était mathématiquement réglé. Djuna le voyait maintenant tel qu'il avait été avant sa cristallisation, avant l'événement qui l'avait sclérosé, transformé en joueur d'échecs tout occupé de ses combinaisons géométriques. Djuna voyait la plaie de la première blessure d'amour, par où avait coulé le sang qui s'était transformé en sève végétale, pour que l'homme devînt en bois et ne sût plus que des mouvements géométriques. Et les paroles de Djuna visaient cet endroit-là, elles s'adressaient à ce qu'il avait encore d'humain.

Mais elles ne firent qu'irriter le Joueur d'Échecs. Il ne connaissait plus cet homme-là.

Derrière les remparts de verre de sa cité intérieure, Djuna apercevait toutes les excroissances, les plaies, les déguisements des autres. En en parlant, elle s'exposait à leur colère.

« Voulez-vous que nous abandonnions nos défenses ?

– Je ne veux rien. Je demande simplement à participer à une soirée; mais l'étrange acide de la conscience des choses a dissous la fête et ses invités et je ne vois plus que le commencement de toutes choses.

– Restez sur votre case, dit le Joueur d'Échecs, je vais vous amener quelqu'un qui vous fera danser !

– Ce n'est pas un danseur, c'est un sauveur qu'il me faut ! Est-ce que je rêve ou est-ce que je meurs ? Donnez-moi un homme qui sait qu'entre le rêve et la mort il n'y a qu'un pas, qui sait qu'entre le meurtre du présent par le rêve et la mort il n'y a qu'un souffle. Quelqu'un qui sait que le rêve sans issue, sans libération, sans réveil donne droit sur la mort ! Je veux ma robe déchirée et souillée ! »

Un homme ivre lui apporta une chaise. Parmi toutes les chaises de la maison, il avait choisi une chaise dorée avec un dossier tendu de brocart rouge.

Pourquoi ne m'apporte-t-il pas une chaise toute simple ?

C'était la condamner que de la singulariser ainsi.

La soirée ne faisait que commencer et son ravisseur l'entraînait loin de la fête sur une chaise dorée à dossier de brocart rouge. Il allait la ramener à la chambre obscure de son adolescence, à sa chemise de nuit blanche, aux longs cheveux qu'elle brossait chaque soir, et à son rêve d'une soirée à laquelle elle ne serait jamais invitée.

Les enfants de l'Albatros

Traduit de l'anglais (États-Unis)
par Élisabeth Janvier

La chambre murée

Quand Djuna descendit de l'autobus à Montmartre, une fête foraine battait son plein. Et au moment précis où elle posa le pied sur les pavés, la musique d'un manège s'échappa brusquement de sa boîte métallique et elle eut tout à coup l'impression que son corps, son humeur même et tout ce qui l'environnait se métamorphosaient au contact de cette gaieté soudaine ; exactement comme dans son enfance le cauchemar de l'orphelinat s'était instantanément transformé en une merveilleuse liberté le jour où elle avait reçu une bourse pour aller étudier la danse.

Toute son enfance et son adolescence avaient été si douloureusement paralysées, elle avait si longtemps marché comme avec des béquilles. Et brusquement, d'un jour à l'autre, sa vie était devenue une danse, elle avait découvert l'espace, la légèreté de l'air et de son corps.

Ainsi sa vie avait eu deux visages : une enfance démunie, pesante, les pieds cloués au sol par la misère ; et puis l'entrée en danse, le jour où son monologue intérieur s'était mis à chanter au diapason de la musique.

Chaque fois qu'elle posait la pointe de ses pieds sur le parquet, elle se disait : « C'est la danse qui m'a arrachée à l'orphelinat, à la misère, à mon passé. »

Elle revoyait ses pieds sur le sol nu de la maison de ses parents. Elle revoyait ses pieds sur le linoléum de la pension. Elle revoyait ses pieds courir dans l'escalier d'une maison où elle n'avait jamais été qu'une enfant adoptée, souffrant de voir les marques d'affection qu'on témoignait aux vrais enfants. Elle revoyait ses pieds s'enfuir.

Elle revoyait ses chaussures grossières et mal cirées, ses bas pleins de reprises, et les regards affamés qu'elle lançait aux escarpins vernis qui brillaient derrière les vitrines.

Elle revoyait les cals qu'elle avait sous les pieds à force de faire le ménage, de poser comme modèle ou comme mannequin, et d'avoir froid dans des souliers qui n'étaient jamais à sa taille, avec des bas dont les reprises la blessaient.

Elle revoyait le jour où son rêve s'était mis à chanter, où son monologue intérieur s'était mis en musique, créant en elle un petit opéra miniature qui avait éclipsé les bruits aigus et discordants du monde.

Elle revoyait le jour où ses pieds impatients s'étaient mis à vibrer dans leur triste prison de cuir au rythme de ses harmonies secrètes, et où d'un coup elle avait envoyé promener ses souliers. Sa robe avait craqué quand elle avait levé les bras, sa jupe usée s'était fendue à l'endroit des genoux.

Le flot d'images que la musique venait de déclencher en elle ruisselait librement de sa tête à ses pieds, et elle cessa de se sentir coupée en deux comme par un invisible coup de sabre.

Il y avait toujours eu deux femmes en elle: l'une qui se pliait à toutes les mystérieuses fatalités de l'existence auxquelles on ne peut rien changer, l'autre qui s'enfouissait dans de profonds tunnels où personne ne pouvait la suivre et où elle cachait ses trésors, où elle reconstruisait son univers.

Or dans la danse les deux femmes se fondaient en une seule. La coupure qui scindait son corps se refermait. Elle se ressoudait, elle était une, entière.

Soulevés, entraînés par un rythme intérieur, par la petite boîte à musique qui jouait dans sa tête, ses pieds l'avaient sortie de la misère et de la stagnation, l'avaient tirée des bourbiers et des miasmes du malheur, lui avaient fait franchir des continents, des océans, pour la redéposer sur les petits pavés d'une place, à Paris, au beau milieu d'une fête foraine, où claquaient à pleins mâts les drapeaux du plaisir parmi les tentes multicolores et les manèges qui viraient comme des derviches tourneurs.

Elle s'engagea dans une rue transversale, frappa à une porte sombre que vint ouvrir une concierge échevelée, et dévala un escalier qui conduisait vers un vaste sous-sol.

En descendant elle entendait déjà la musique du piano, le battement des pieds sur le parquet et la voix du maître de danse. Chaque fois que le piano s'interrompait, on entendait la voix sévère suivie d'un chuchotement de petites voix.

Parfois elle arrivait juste au moment où les élèves sortaient, et une nuée de petits papillons en tutu la dépassaient avec des chuchotements et des rires, tourbillonnant comme des flocons de neige sur leurs chaussons poussiéreux ; une volée de phalènes s'échappait de la pénombre de la salle, les ailes couvertes des gouttes de rosée que l'effort avait fait perler sur elles.

Djuna prenait le couloir à leur suite et pénétrait dans le vestiaire. On se serait cru dans un jardin, parmi les grandes marguerites blanches et vaporeuses des tutus, les capucines et les coquelicots des jupes espagnoles, les roses et les tournesols des jupons, et les toiles d'araignée des résilles.

La petite pièce débordait d'odeurs de cosmétique, de poudre, d'eau de Cologne bon marché, d'éclats de rire, de babillages indescriptibles, de vieux chaussons, de bouquets défraîchis et de tulle chiffonné.

Dès que Djuna laissait tomber ses vêtements de ville, commençait la métamorphose exaltante.

Le son du piano légèrement désaccordé, les vibrations du parquet, les odeurs de transpiration, faisaient s'épanouir l'excitation qui avait commencé à germer dans le jardin fleuri du vestiaire, au milieu des cris et des rires des petites filles de l'Opéra.

Quand Djuna tendait la jambe sur la barre, le maître de danse posait sa main sur elle, comme pour rendre plus précise la flèche de son pied.

C'était un homme d'une quarantaine d'années, au corps droit, stylisé, élancé, mais au visage ingrat. Son unique beauté résidait dans ses gestes et dans son maintien. Ses traits étaient flous, imprécis, comme si la danse, en prenant possession de lui, avait sculpté son corps avec amour, lui donnant forme, grâce, précision, sans estimer utile de songer au visage.

Quand il posait sa main sur elle pour guider un mouvement, le rectifier, l'améliorer, elle avait l'impression que cette main la réchauffait.

Quand il posait sa main sur sa cheville, elle prenait tout à coup intensément conscience de cette cheville, comme si c'était cette main qui envoyait miraculeusement le sang puiser en elle. Quand il touchait sa taille, elle prenait intensément conscience de sa cambrure, comme si avec un ciseau de sculpteur il la creusait lui-même.

Quand il donnait le départ de la danse, cette main, qui lui avait sculpté le corps et fait battre le sang, rassemblait en un seul élément le sang, les gestes, la forme, et la leçon de danse devenait une leçon de vie.

Et elle obéissait, elle dansait, elle cédait à ces mains qui lui assouplissaient le corps, qui le disciplinaient, le réveillaient.

Il devint évident qu'elle était son élève favorite. Il ne la houspillait jamais pendant qu'elle s'habillait, il critiquait moins sévèrement ses fautes et se réjouissait plus visiblement de ses progrès.

Elle savait obéir à ses gestes, mais il éprouvait le besoin, plus souvent qu'avec les autres, de la guider d'une pression de la main ou d'une intonation plus douce.

Souvent même il l'accompagnait du geste, comme s'il sentait qu'elle avait besoin de son exemple pour donner le meilleur d'elle-même.

Et la danse y gagnait, une plus grande perfection naissait de cet accord entre leurs gestes, de cet accord d'une soumission et d'une domination.

Quand le maître était fatigué, elle dansait moins bien. Quand il concentrait toute son attention sur elle, elle dansait magnifiquement.

Les petites filles du corps de ballet, qui savaient à quoi s'en tenir, lui chuchotaient avec des rires : « C'est toi la préférée ! »

Pourtant, jamais elle n'avait vu en lui autre chose qu'un maître de danse. S'il exerçait sur elle, sur son corps, cette autorité magnétique, cet ascendant physique, c'était essentiellement en fonction de la danse, pour la danse.

Un jour, après le cours, quand tous les petits rats eurent disparu en laissant flotter derrière eux l'écho soyeux, neigeux, papillonnant, de leur agitation, il la suivit dans le vestiaire.

Elle n'avait pas encore eu le temps de retirer sa jupe volumineuse ni son jupon bouffant et son collant de danse, de sorte qu'elle eut l'impression, en le voyant entrer, que c'était la leçon de danse qui continuait. Quand il s'approcha d'elle et ploya le genou dans une galante révérence en entourant de ses deux bras la jupe qui se gonflait comme une énorme fleur, c'était encore comme une figure de danse. Elle posa la main sur sa tête, avec le geste d'une reine acceptant l'hommage qu'on lui rend. Il garda le genou en terre, et la fleur, soulevant ses pétales touffus, offrit son cœur pour qu'il y dépose un baiser.

Baiser caché, enfoui dans le secret de la corolle. Puis le maître de danse retourna dans la salle donner des instructions à sa pianiste, pendant que Djuna s'habillait, cachant sous ses vêtements de ville sa chaleur, ses frémissements et ses craintes.

Il l'attendait près de la porte, net, élégant.

Il lui dit : « Voulez-vous venir boire quelque chose avec moi dans un café ? »

Ils sortirent ensemble. La place Clichy était tout près, encore plus animée qu'à l'ordinaire avec la fête foraine du boulevard.

Les manèges tourbillonnaient. Les bohémiennes prédisaient l'avenir dans leurs petites guérites tendues de draperies orientales.

Des ouvriers tiraient à la carabine sur des pigeons d'argile, gagnaient des saladiers en verre taillé qu'ils rapporteraient à leurs femmes.

Les putains, distraites par la fête, faisaient gaiement le trottoir. Les hommes flânaient joyeusement.

Le professeur de danse se tourna vers Djuna : « Djuna… (et brusquement, en l'entendant prononcer son nom, elle sentit frémir l'endroit où tout à l'heure il avait déposé son hommage), Djuna, je suis un homme modeste. Mes parents étaient cordonniers dans un petit village du Midi. J'ai travaillé très jeune dans une fonderie. Les poids très lourds qu'on me faisait porter risquaient de me déformer le corps. Mais pendant l'heure du déjeuner, je dansais. Je ne rêvais que d'être danseur, et je travaillais à la barre en me servant des rampes de fer devant les fours. Et aujourd'hui... Voyez ! » Il lui tendit son étui à cigarettes où étaient gravés les noms d'étoiles célèbres. « Aujourd'hui, reprit-il fièrement, je peux dire que j'ai dansé avec toutes ces femmes. Nous pourrions être heureux ensemble, si vous le vouliez. Je suis un homme très simple, mais nous pourrions danser dans toutes les capitales d'Europe. Je ne suis peut-être plus tout jeune, mais j'ai encore des jambes de jeune homme. Nous pourrions être heureux... »

Les manèges tourbillonnaient, et dans son cœur les sentiments tourbillonnaient aussi, elle enfourchait une fois de plus les chevaux de bois de son enfance dont les rondes, au jardin public, ressemblaient à cette course échevelée de ville en ville, cette galopade après les prix, les bouquets, les articles de presse, la gloire. Elle faisait voler autour d'elle comme un châle écarlate ses désirs secrets de jouissance, et son corps retrouvé, son corps dansant, tournait autour de cette joyeuse musique, au centre d'elle-même, qui ne la quittait plus. (Elle avait si longtemps cherché son corps, qu'un choc terrible lui avait fait perdre autrefois... son corps englouti sous les eaux, qui revenait enfin flotter à la surface, dans ce monde de plaisir où des corps sans infirmités vivent une fête perpétuelle.)

Comment lui expliquer, à cet homme simple, comment lui expliquer ? *Quelque chose est brisé en moi, irrémédiablement.* Jamais je ne pourrai danser, vivre, aimer comme les autres. Si nous faisions ensemble une tournée autour du monde, je finirais inévitablement par me casser une jambe. La fêlure qui est en moi est si peu visible, si peu convaincante, que je n'aurai de cesse que je ne me casse un membre pour que tout le monde comprenne enfin que j'ai quelque chose de cassé. Comment lui expliquer, à cet homme simple, que je ne pourrai jamais danser indéfiniment sans tomber ? Je ne pourrai jamais danser sans basculer dans le piège de la dépression, sans me briser le corps et l'âme à la moindre occasion, perdre mon dynamisme et ma légèreté, abandonner tout le monde, et ma grâce, et ma perfection. Avec moi, quelque chose se détraque toujours. Et personne n'y peut rien… Si nous nous trouvions seuls à l'étranger, dans une chambre d'hôtel étrangère, savez-vous ce qui se passerait ? Pour vous encore, ce ne serait pas une affaire. Vous iriez boire une bière au bar en lisant les journaux, ou parler avec le barman. C'est sans problème. Mais moi, seule dans une chambre d'hôtel, je me sens abandonnée comme un enfant dans le noir. Comme une bête ou un enfant. Une bête peut hurler, un enfant appeler ses parents. Mais moi…

« Il vous en faut un temps pour me répondre ! dit le maître de danse.

– Je ne suis pas assez solide, répondit enfin Djuna.

– C'est aussi ce que j'ai cru, la première fois que je vous ai vue. J'ai eu l'impression que vous ne pourriez jamais vous plier à la dure discipline de la danse. Mais je me trompais. Vous avez l'air fragile, mais vous avez une santé de fer. Cela se voit à votre peau. Vous avez le teint frais et brillant. Oh, vous n'avez peut-être pas une très grande résistance, vous êtes une petite nature, mais vous avez de l'énergie et du tempérament. De toute façon, nous ne voyagerions pas tout le temps. »

Brusquement la musique du manège fut happée en pleine course. C'était une panne du moteur. Les chevaux ralentirent et les rires des enfants retombèrent. Le patron, ennuyé, fit venir un mécanicien qui arriva comme un docteur, sa sacoche à la main.

Toute l'ivresse s'était évanouie.

Dans l'air vide on entendait le claquement sec des carabines et le choc émietté des pigeons derrière la barrière de carton.

À l'époque de l'orphelinat, Djuna s'était tissé des rêves qui lui faisaient comme un filet grâce auquel elle pouvait bondir dans l'espace pour échapper à l'intolérable présent, se retrouver elle-même, se créer un présent parallèle plus conforme à son cœur. Ces rêves, qui s'élaboraient la nuit, se prolongeaient pendant le jour et empêchaient avec une efficacité certaine – elle s'en rendait compte aujourd'hui – certaines réalités de la blesser. Ils étaient devenus de plus en plus envahissants.

Au commencement, les personnages et les cités qui surgissaient dans son esprit étaient clairement distincts de la réalité. C'étaient des défilés d'images qui remplissaient sa tête d'une brume fiévreuse, des aventures imaginaires qui la droguaient, la rendaient insensible au froid, à la faim et à la fatigue.

Quand on avait emmené sa mère à l'hôpital où elle devait mourir, quand son frère, en jouant dans la rue, avait eu l'accident qui devait le mener doucement à la folie, quand elle était elle-même tombée sous la coupe du satyre de l'orphelinat, ces jours-là elle avait remarqué dans son monde imaginaire une activité particulièrement intense.

Si elle pleurait encore, c'était un peu comme on gémit sur la table d'opération juste avant que l'anesthésique fasse son effet. On murmure faiblement « j'ai mal... » mais déjà on ne sent plus rien, le corps se plaint par habitude mais la douleur n'est plus qu'un souvenir et on sombre dans le néant.

Elle avait même trouvé une façon d'arrêter ses larmes.

Les miroirs étaient interdits dans l'orphelinat, mais les jeunes filles avaient trouvé le moyen d'en inventer en mettant une feuille de papier noir derrière les petits carreaux des fenêtres. Une fois par semaine elles installaient leur système et chacune s'y regardait à son tour.

La première image qu'eut Djuna de son visage d'adolescente fut dans ce miroir noir, où elle voyait son teint vermeil comme voilé d'un crêpe de deuil, comme reflété au fond d'un puits.

Pendant longtemps elle eut du mal à se remettre de l'impression qu'elle avait eue en se voyant projetée sur cette eau noire et immobile.

En revanche, elle avait découvert qu'il suffisait, lorsqu'elle pleurait, qu'elle se regarde dans une glace pour que ses larmes cessent de couler. Ce n'était plus ses larmes qu'elle voyait. C'était le visage d'une autre.

Elle croyait donc avoir acquis la faculté de maîtriser toutes ses peines. Chaque fois qu'un sentiment la torturait ou l'exaltait, elle n'avait qu'à le planter devant la glace, le regarder attentivement et le détacher d'elle.

Sous sa fenêtre, elle voyait souvent passer un garçon de son âge, dont le visage fin et expressif, les yeux liquides de tendresse, les gestes doux, l'émouvaient profondément.

Chaque fois qu'il passait, elle se sentait heureuse ou malheureuse, réchauffée ou glacée, enrichie ou appauvrie, suivant qu'il avait pris l'un ou l'autre trottoir, s'était montré attentif ou absent, avait levé ou non la tête vers la fenêtre. C'était de lui que dépendait l'humeur de la journée.

Il lui inspirait une confiance totale, et s'il était venu frapper à sa porte et lui avait demandé de le suivre, elle l'aurait fait sans une hésitation.

La nuit, en rêve, elle se fondait en lui, elle se perdait en lui. Les sentiments qu'elle éprouvait pour lui étaient exactement l'inverse de cette tension douloureuse qui l'habitait presque continuellement et dont elle ignorait la source.

À l'opposé de la tendresse qui la liait aveuglément à ce jeune inconnu, il y avait la peur, la méfiance et la haine qui avaient accompagné sa première expérience de l'homme.

Cet homme, qu'on appelait à l'orphelinat le Gardien, avait une quarantaine d'années, quand Djuna n'en avait que seize. C'était l'amant de la Directrice, et il régnait en maître sur la maison. L'autorité était son attribut majeur. Comme il n'y avait pas d'autre homme que lui, c'était de lui que dépendaient les passe-droits, les faveurs, les permissions spéciales.

Ce rôle exceptionnel lui donnait un prestige immense. Il avait beaucoup d'assurance, de courtoisie, et une certaine élégance impersonnelle qui permettait aux petites orphelines de se faire de lui l'image qu'elles voulaient.

Il correspondait facilement à toutes les descriptions que vous font les cartomanciennes. Avec un peu d'imagination, il pouvait être le grand brun ou le grand blond de votre vie.

Le fait qu'il fût dans les bonnes grâces de la Directrice ajoutait un certain piquant à ses rapports avec les pensionnaires. Chaque fois qu'elles obtenaient de lui une faveur, elles avaient l'impression de prendre leur revanche, de bafouer de façon détournée l'autorité de ce dragon qu'elles détestaient.

Elles lui attribuaient même un pouvoir supérieur à celui de la Directrice, car elles l'avaient vue plusieurs fois, elle qui ne cédait devant personne, baisser la tête devant ses remontrances.

Celle qu'il distinguait des autres acquérait immédiatement pour ses compagnes une beauté, un charme et un pouvoir insurpassables. C'était lui le grand arbitre, le connaisseur, lui qui décernait toutes les palmes.

Être choisie par le Gardien, c'était accéder à un régime de faveur. Personne n'avait le courage d'y résister.

De très loin, Djuna reconnaissait son pas. Jamais elle n'avait entendu personne marcher avec autant de régularité, sans à-coups, sans faux pas. Avec les autres, on pouvait toujours espérer un arrêt, un demi-tour. Mais lui, quand il apparaissait à l'autre bout du couloir, il était impossible de lui échapper. C'était l'autorité absolue.

Il savait à quelle heure Djuna passait toute seule dans tel couloir. Et à l'heure dite il se trouvait exactement à sa hauteur, au centimètre près.

Les yeux fixés sur sa poitrine, il lui tendait un petit objet sans la regarder, comme si c'était à ses seins qu'il offrait un cadeau, et en même temps il murmurait : « Si tu es gentille avec moi, je te laisserai sortir ce soir. »

Alors Djuna pensait au jeune homme qui passait sous sa fenêtre, le cœur battant à rompre elle se disait qu'elle pourrait peut-être le voir, le rencontrer dans la rue, lui parler ; elle avait un si grand désir de lui, de son regard brûlant, débordant de tendresse, qu'elle était prête à tous les sacrifices. Elle se disait que s'il voyait cette scène, il se précipiterait à son secours, mais qu'il n'y avait pas d'autre moyen d'arriver jusqu'à lui, de déjouer l'autorité, sinon en se pliant à cette autorité.

Il n'était pas question de protester contre ce marchandage. L'attitude du Gardien, ses gestes, ses exigences, émanaient d'une autorité qui ne se discutait pas. C'était l'autorité du père. D'un côté il y avait l'homme qui commandait, de l'autre le doux garçon qui ne demandait rien et à qui elle avait envie de tout donner, dont le silence lui inspirait confiance, dont la façon de marcher lui faisait bondir le cœur.

L'homme ne lui inspirait aucune confiance. Mais c'était le « droit du seigneur ».

Et tandis qu'elle faisait glisser le bracelet du Gardien sur la cotonnade défraîchie de sa manche, elle l'entendait qui lui disait : « Plus ta robe est vilaine, plus ton teint est joli, Djuna. »

Bien des années plus tard, alors qu'elle croyait cette image définitivement enterrée, il lui arrivait encore d'entendre résonner les pas du Gardien et de retrouver le même état d'esprit qu'alors, quand elle se trouvait devant lui.

Bien qu'elle ne fût plus un enfant, elle avait encore souvent l'impression qu'elle pourrait facilement se laisser dominer par une volonté plus forte que la sienne, se laisser prendre au piège d'un homme sans pouvoir réagir, sans oser résister à son autorité.

Quand elle était petite, elle avait dû plier devant son père, et elle en avait gardé pour toujours l'impression qu'elle était impuissante à lutter contre la tyrannie des autres. Elle avait beau se savoir aujourd'hui mieux armée, elle continuait à se sentir désemparée devant les hommes d'âge mûr. Et eux ne se faisaient pas faute de profiter de cette régression pour faire valoir leur force et leur supériorité possessive.

On aurait dit qu'elle n'avait pas mûri complètement, de partout à la fois, mais par petits morceaux qui restaient séparés les uns des autres, un peu comme les caissons étanches des navires. Si ses facultés de réflexion et de jugement avaient atteint leur pleine maturité, d'autres parties de son esprit conservaient des réflexes enfantins ; elle se croyait sincèrement incapable de dominer certaines situations, de faire face à l'autorité masculine, et se croyait destinée à en être l'éternelle victime.

Ce ne fut que beaucoup plus tard que Djuna découvrit que ce qu'elle avait pris pour une fatalité n'était qu'une mauvaise évaluation de la toute-puissance des autres.

Mais pendant des années elle s'était sentie vaincue, déchirée, par ces hommes plus forts qu'elle, et avait mis toute sa confiance dans ce jeune homme plein de douceur et de droiture qui la délivrerait de ses persécuteurs.

Depuis le jour du récital de Lillian, où elle avait aperçu par la fenêtre un curieux jardin, Djuna n'avait cessé de désirer avoir un jardin elle aussi.

Aujourd'hui elle l'avait, ce jardin, en même temps qu'une maison ancienne, à la limite de Paris, en bordure du Bois.

Mais il ne suffisait pas de l'avoir, de s'y asseoir ou de s'y promener. Encore fallait-il l'habiter.

Et elle s'apercevait qu'elle ne parvenait pas à l'habiter vraiment.

Il y avait en elle trop de fièvres, trop d'inquiétudes corrosives. Quand elle s'allongeait dans sa chaise longue, elle éprouvait une sorte de malaise.

L'herbe lui apparaissait comme un tapis qui n'en peut plus d'attendre qu'on le piétine, qu'on le surprenne par une fuite précipitée. Tout poussait à un rythme trop lent, les feuilles tombaient trop sagement.

Le bonheur du jardin était fait de sérénité. Elle n'y retrouvait aucune de ses propres tensions. Elle était incapable de communier avec les plantes, avec leur calme, leur langueur. C'était si étranger à son rythme intérieur. Aucune des pulsations de ce jardin ne s'accordait aux siennes, dont le rythme battait toujours comme un tam-tam fiévreux.

En elle, les feuilles n'attendaient pas l'automne pour tomber; des peines imprévues les arrachaient toujours avant leur temps. Elles n'attendaient pas non plus le printemps pour surgir. Ses bourgeons éclataient brusquement, avec de grands foisonnements, comme dans une serre surchauffée. Il y avait aussi en elle de brusques ouragans qui contrastaient avec l'indolence du jardin, et les ravages qu'ils provoquaient n'avaient pas leur équivalent dans la nature.

Le jardin exhalait la paix.

La journée commençait toujours par un bruit de gravier écrasé sous les pneus des voitures.

La petite bonne française repoussait alors les volets et le jour pénétrait.

Les premiers crissements du gravier étaient suivis par l'aboiement du chien de la gendarmerie et par le carillon des cloches de l'église.

Les voitures empruntaient le portail, que la bonne leur ouvrait en grande cérémonie.

Les gens qui étaient à pied prenaient la petite porte verte qui avait l'air d'une petite fille sous sa couronne de lierre. Son père, le grand portail, ne laissait pas traîner de lierre sur lui.

Ce grand portail, que Djuna voyait par sa fenêtre, la faisait souvent penser à une porte de prison. Sentiment totalement injustifié, puisqu'elle avait toute liberté de s'échapper, et qu'elle savait mieux que quiconque qu'on a toujours tendance à projeter sur les objets ou sur les gens ses propres obsessions, en l'occurrence ses entraves secrètes, et que l'obstacle était en elle.

Elle avait beau savoir cela, il lui arrivait de rester devant sa fenêtre à contempler le grand portail fermé comme si elle s'attendait qu'il lui renvoie l'image de sa propre prison, de ce qui empêchait sa vie de s'épanouir tout à fait.

Elle se moquait de lui, de ses airs importants, de ses grincements prétentieux. Sa voix rouillée chantait tellement faux ! Des tonnes d'huile ne viendraient jamais à bout de ses rhumatismes, car il mettait tout son orgueil dans cette rouille historique qui datait d'un bon siècle.

Tandis que la petite grille, avec son lierre qui retombait en mèches folles comme sur le front d'une petite fille qui court, avait un air espiègle et innocent, l'air de n'être jamais vraiment fermée, de dormir d'un seul œil.

Si Djuna avait choisi cette maison, c'était surtout à cause de l'impression qu'elle lui donnait d'être sortie de terre comme un arbre, d'être profondément enracinée dans son antique jardin. Il n'y avait pas de cave et les pièces reposaient à même le sol. On sentait la présence de la terre sous les tapis. C'était un lieu où l'on pouvait prendre racine, faire bloc avec les pierres des murs et le jardin et y puiser sa sève comme une plante.

Elle l'avait choisie également à cause de sa façade symétrique, habillée d'un lattis couvert de lierre et où se découpaient douze fenêtres. L'une d'elles, aux persiennes toujours closes, ne correspondait à aucune des pièces de la maison. Elle avait dû être murée à la suite de transformations intérieures.

Djuna avait adopté cette maison à cause de sa fenêtre murée qui ne donnait nulle part, à cause de cette chambre impénétrable dont elle se promettait de découvrir un jour l'entrée.

Devant la maison se trouvait un bassin qui avait été comblé, et un puits qu'on avait scellé. Djuna fit dégager le bassin, remettre le vieux jet d'eau en état et démurer le puits.

Elle eut alors le sentiment que la maison reprenait vie, que le courant se remettait à circuler.

Le jet d'eau bondissait gaiement, le puits était profond.

Le jardin qui donnait devant la maison était bien ordonné, bien peigné, comme un jardin à la française, mais les anciens propriétaires avaient laissé en friche toute la partie qui s'étendait derrière. C'était une petite jungle. Un ruisseau s'enfonçait sous un fouillis de plantes, et il y avait un petit pont comme un pont japonais de jardin miniature.

Il y avait un gros arbre dont elle ignorait le nom et qu'elle avait baptisé « l'Encrier », à cause de ses baies noires et vénéneuses.

Une nuit d'été qu'elle se tenait dans la cour, elle vit les fenêtres de sa maison allumées toutes ensemble.

Et tout à coup cette façade avec toutes ses ouvertures éclairées – toutes sauf une – lui parut être exactement l'image d'elle-même, d'un être partagé en une multitude de petites cases. Les scènes qui se jouaient dans une pièce, puis dans l'autre, ressemblaient à ce qui se passe dans les compartiments de l'âme que la vie touche à tour de rôle, suivant les circonstances.

La chambre du cœur était rouge comme une laque chinoise, la chambre de l'esprit vert pâle ou brune, couleur de la philosophie, la chambre du corps rose nacré, et le grenier de la mémoire plein de placards où sommeillaient les senteurs musquées du passé.

Dans la nuit elle s'imagina que la maison flambait, elle crut voir son âme s'embraser comme sous le coup d'une passion intense, d'une émotion profonde, quand toutes les fenêtres de l'être s'éclairent à la fois. Elle avait faim de cet embrasement, elle aurait voulu que prennent feu d'un coup toutes les chambres de sa maison et de son âme !

Il y avait aussi en elle une fenêtre aux volets fermés.

Elle ne dormait pas bien dans cette belle demeure ancienne.

Elle était agitée.

Elle entendait des voix sortir de l'ombre. Certains jours de bonne audibilité, des voix s'élèvent du fond de soi, des langues multiples crient des paroles contradictoires. Ce sont des voix qui remontent du passé, qui remontent du présent, les voix de la conscience lucide qui dialoguent avec notre moi à toutes les étapes de la vie.

Elle reconnaissait sa voix de petite fille que le temps n'avait pas étouffée et qui depuis toujours disait : « Je ne veux que du merveilleux. »

Elle reconnaissait la voix grave et simple de cette femme qui s'appelait Djuna et qui disait : « Je veux trouver l'amour. »

Elle reconnaissait la voix de l'artiste cachée en elle et qui disait : « Je veux créer du merveilleux. »

Pourquoi fallait-il que ces désirs s'opposent sans cesse, se détruisent l'un l'autre ?

Le matin, cette femme qui s'appelait Djuna, assise sur le tapis devant la cheminée, raccommodait ses bas puis les rangeait, roulés en paires, dans des boîtes à petits compartiments, gardant précieusement de côté l'unique paire intacte qu'elle réservait pour les grands jours. Elle faisait la même chose dans sa tête, elle rangeait sa vie dans de petits compartiments, faisait le tri (c'était un des moyens secrets pour résister aux peines qui vous brisent), choisissait, reclassait sous des titres plus rassurants un univers perpétuellement fluide, changeant, protéiforme, fait de sables mouvants.

Elle était persuadée, dans sa grande impatience, qu'il fallait faire de grands préparatifs pour le jour où viendrait l'amour, que les dais et les tapis rouges étaient aussi indispensables qu'un état de grâce intérieur.

Elle pensait qu'il fallait d'abord lui construire un monde merveilleux, et que c'était à elle qu'il incombait de recevoir cet hôte de marque avec tous les honneurs qu'il méritait.

« Crois-tu donc que l'amour est aussi exigeant ? disait en elle une petite voix moqueuse. Qu'il a besoin de ces cérémonies, de cette mascarade, de ces fastes orientaux ? »

Elle était comme une éternelle fiancée préparant son trousseau. Mais alors que les autres femmes cousent et brodent et soignent leur coiffure, elle, elle embellissait ses cités intérieures, les repeignait, les décorait, préparait une superbe réception au grand amour qu'elle attendait.

C'était avec la même fièvre qu'elle préparait son domaine terrestre, sa maison, peignant ici un mur pour camoufler des taches d'humidité, suspendant là une lampe dont l'abat-jour projetait des ombres mouvantes comme un petit théâtre balinais, drapant un lit, mettant des bûches dans la cheminée, frottant les meubles pour qu'ils reluisent. Elle donnait à chaque pièce une tonalité différente, pour que l'esprit y chante différemment, comme l'air dans les tuyaux d'un orgue : rouge laque pour la passion, gris pour l'intimité, toute une variété de registres dans cette maison faite d'une multitude de portes, de couloirs, de niveaux.

Elle cherchait sans répit à donner à son intérieur un éclat qui ne fût pas seulement l'éclat immaculé qu'on voit briller dans tous les intérieurs de l'école hollandaise, mais cette sorte de rayonnement profond qui avait inspiré à Jay un commentaire sur l'usage de la poudre d'or dans la peinture florentine.

Alors elle n'aurait plus qu'à rester immobile et se taire, en se disant : « Ma maison parlera pour moi. Ma maison leur dira que je suis chaude et pleine de trésors. Elle leur dira qu'ils trouveront en moi aussi des chambres de laque rouge, de chair nacrée, des couloirs vert turquoise, des bougies allumées, des flambées claires et des ombres chinoises, de grands espaces, des portes entrouvertes, des recoins et des courants d'air. Qu'en moi ils trouveront de la chaleur et des couleurs. »

« Ma maison parlera pour moi. »

Les gens qui venaient la voir étaient charmés. Mais être sous un charme, si merveilleux fût-il, c'est toujours rester à distance. Ils ne sentaient aucune chaleur, aucune intimité. Ils avaient l'impression que cette maison n'était pas habitée par un être de chair. Tout y était trop fragile, trop inhabituel. Elle-même n'avait jamais de poussière sur les mains, pas un ongle cassé, elle échappait au temps et à l'usure.

C'était l'habitation d'un mythe.

Ils étaient sensibles au rituel, ils en appréciaient les goûts et les parfums, mais c'était tellement loin de leurs habitudes qu'ils se sentaient à cent lieues du présent. Ils avaient l'impression de n'être que des hôtes de passage. Ils étaient totalement dépaysés, ils ne savaient plus s'orienter.

Ils se sentaient comme des touristes, qui visitent un pays étranger mais ne s'y arrêtent pas. C'était un voyage en croisière, jamais un port d'attache.

Même dans la salle de bains, on ne voyait sur les étagères aucun flacon clamant ouvertement son contenu : bicarbonate de soude, huile de ricin, crème de beauté. Elle cachait tout dans de vieux bocaux d'apothicaire. Les remèdes les plus anodins prenaient des allures de philtres magiques.

Sa maison était comme un rêve, et Djuna n'était là que pour servir de guide.

Personne n'osait venir près d'elle.

Il y a des maisons, ou des vêtements, qui isolent leurs propriétaires aussi sûrement que ces terriers que creuse la femelle du furet pour échapper au mâle.

Des intérieurs, des parures, qu'on croit faits pour séduire, mais qui sont le plus sûr moyen de tenir les autres à distance.

Djuna ne savait pas encore elle-même ce qu'elle voulait vraiment, jusqu'où elle désirait qu'on s'approche d'elle. Elle faisait tout, apparemment, pour attirer ; mais en même temps son charme demeurait ambigu, elle avait tellement peur d'être envahie, accaparée, dominée ou cernée de trop près qu'elle n'osait pas montrer sa nature simple et chaleureuse. Le décor qu'elle avait planté était tout à la fois un piège séduisant et le plus subtil des barrages.

Personne n'approchait d'elle. Quand tout le monde était reparti, elle se sentait plus seule et plus abandonnée que si personne n'était jamais venu.

Elle était seule comme on est seule quand on s'éveille d'un rêve.

Au creux de sa maison, dans les plis de ses robes élégantes, une petite voix pleurait, qu'elle ne reconnaissait pas. C'était si petit, si modeste comparé à ses échafaudages de sortilèges.

Elle ne comprenait pas pourquoi elle avait toujours faim.

Le rêve, pourtant, se déroulait sans heurts. Tout avait été mis en œuvre pour qu'il soit parfait, jusqu'au silence qu'elle observait chaque fois qu'elle n'avait rien d'important à dire. (Dans les rêves, le silence enveloppe toujours les gestes et les mots les plus chargés de sens, jamais un mot de trop n'est prononcé !)

Le lendemain, sans savoir, elle recommençait.

Elle transvasait le contenu de ses flacons pharmaceutiques dans ses jolis bocaux d'apothicaire, fabriquait ses petits mystères, ses petites métamorphoses.

L'insomnie s'installa. Les nuits devinrent interminables.

Elle attendait celui qui lui dirait: « Je reconnais mon rêve. » Et qui démêlerait les fils de ses pensées, fournirait des réponses à toutes ses interrogations.

Mais les rêves se partagent-ils jamais ?

Entre les draps fiévreux de l'insomnie gisait un être que son rêve avait trompé.

C'était justement quand elle attendait une visite importante, quand elle devait être particulièrement sur ses gardes, que l'insomnie la tourmentait.

Djuna avait le sentiment que tout le monde admirait la légèreté de ses figures de danse, mais que personne ne remarquait jamais quand elle chancelait, quand elle tombait. Personne ne la soutenait, personne ne voyait les efforts qu'elle faisait pour vaincre les difficultés, les difficultés purement techniques de la vie: aimer, danser, avoir la foi.

Quand elle tombait, elle tombait seule. Comme dans son adolescence.

Elle se souvenait d'avoir eu la même impression étant jeune. Son adolescence n'avait été qu'une série d'oscillations entre la force et la faiblesse. Et elle savait aussi que chaque fois qu'elle se sentait prise dans des difficultés inextricables, elle retrouvait immédiatement l'état d'esprit de son adolescence. On aurait dit que, dans le monde trop vaste de la maturité, les obstacles eux-mêmes prenaient des dimensions si effrayantes qu'elle se croyait revenue dans son corps de petite fille, à l'époque où l'immensité du monde l'effrayait, où la violence et le danger la faisaient se recroqueviller sur elle-même pour passer encore plus inaperçue.

Elle retournait dans les déserts de son adolescence, à l'époque où elle se méfiait de l'amour.

Elle marchait dans la neige en tenant devant elle son manchon comme une baguette magique qui a perdu tout son pouvoir, et la neige était un désert où personne n'apparaîtrait jamais.

Le corps emmitouflé dans ses fourrures, ses battements de cœur assourdis comme ses pas, son mal de vivre douillettement étouffé comme dans de somptueux tapis, elle sentait malgré tout quelque chose, comme un fil, qui tirait sur sa mémoire, un fil d'Ariane dont le bout se perdait dans toutes les directions comme les traces de pas sur la neige. Et elle se mit à tirer sur ce fil (fil de soie pour les jours de fête, fil de coton pour le pain quotidien), dévida, dévida, et crut entendre tout à coup le choc vide d'une bobine de bois rebondissant sur le plancher de plusieurs maisons à la fois.

À force de tirer le fil de soie ou de coton, ses doigts meurtris commençaient à saigner. À moins qu'à l'autre bout du fil d'Ariane il n'y eût une blessure ?

Le fil ensanglanté glissait entre ses doigts et la neige perdait sa blancheur.

Tant de neige s'était accumulée sur la bobine d'où elle tentait de dévider le fil serré des souvenirs. De dévider la neige épaisse et dure qui s'était entassée autour des murs rugueux de son adolescence dont le désir de l'homme n'avait pas su trouver la clef.

Les seuls mots qui s'ouvraient un chemin jusqu'à elle étaient ceux des poètes, si rarement prononcés dans la vie. Leur chuchotement doux leur permettait d'entrer sans alerter les sentinelles qui veillaient à la porte, hérissées comme des porcs-épics d'argent de toutes les pointes de la méfiance, et qui défendaient le refuge où se cachaient ses sentiments et ses pensées.

Quand elle avait seize ans, Djuna se retranchait dans le mutisme à la moindre occasion. Devant les gens, les lieux, les paroles ou les situations inhabituels, les sentinelles se hérissaient : Ennemi en vue ! et toutes les portes de son être secret se refermaient hermétiquement.

Aujourd'hui, la femme mûre qu'elle était devenue se rendait compte que, à force de la protéger, ces sentinelles avaient fini par construire autour d'elle une véritable forteresse, et que sous ses dehors timides et doux elle cachait derrière ses meurtrières des armes forgées par la peur.

Nuit après nuit, la neige s'était accumulée autour de son jeune corps.

Adolescence crispée bleuissant sous les neiges.

Les jeunes gens qui voulaient l'approcher, attirés par ses yeux brûlants, étaient surpris de l'âpre résistance qu'ils rencontraient.

Ce n'était pas une manœuvre de coquetterie pour mieux les attirer. C'était une véritable citadelle de neige, où veillait la jeune emmurée, l'avaleuse de rêves dans son palais de givre. La citadelle de la timidité, que rien ne pouvait fondre.

Pourtant, quand elle marchait, emmitouflée dans ses précieux capitonnages, elle avait toujours l'impression d'être deux : l'une qui cherchait par quelles portes secrètes elle pourrait s'évader, l'autre qui attendait, brûlante d'impatience, que quelqu'un entre enfin et brise sa solitude.

Quand Michael entra, elle l'entendit à peine tant sa voix était douce, son pas léger. Rien de commun avec l'allure martiale des chasseurs chevronnés, des conquérants, avec l'assurance mâle des hommes mûrs, l'autorité des pères, la familiarité des frères, rien de commun avec aucun des hommes qu'elle connaissait.

Il n'avait qu'un an de plus qu'elle, et il était entré dans son univers bleu et blanc d'un pas si aérien que les sentinelles n'avaient rien entendu.

Il était entré dans sa chambre d'un pas si frêle, si vulnérable, qu'on eût dit qu'il craignait de froisser les tapis d'une infinie délicatesse. Il marchait sur la mousse sans l'écraser, sur le gravier sans qu'il gémisse, sur les fleurs sans qu'elles courbent la tête, sans que les tiges se brisent.

Il avançait comme en dansant, soulevé par sa douceur, il décrivait dans l'air et le silence des figures de ballet qui s'accordaient toujours à l'humeur de sa partenaire, et ses yeux verts comme les feuilles suivaient ses moindres mouvements, attentifs à en respecter le rythme, à en préserver l'harmonie, à deviner tous les désirs de l'autre.

Ses pas clairs, ses paroles veloutées, se faufilaient miraculeusement entre les piques dressées de la méfiance, et avant que Djuna eût le temps de s'en apercevoir, la douceur avait fait son chemin et s'était installée dans son atmosphère bleue et blanche.

Les brumes de l'adolescence se refermaient sur son passage sans porter trace d'aucune déchirure.

Il arrivait les bras chargés de poèmes, d'adoration et de fleurs qu'il cueillait lui-même dans les bois.

Il ne venait pas en pillard, en envahisseur, en tyran. Il s'approchait avec une douceur extrême des plaines hospitalières de son paysage intérieur, il pénétrait dans ses prairies tranquilles où des fleurs blanches se découpaient sur les feuillages printaniers comme dans un Botticelli.

Quand il entrait, Djuna gardait la tête légèrement fléchie vers la droite comme lorsqu'elle était seule, légèrement alourdie par le poids de ses pensées. En toute autre occasion, sitôt qu'un inconnu apparaissait, elle redressait le cou, prête à faire front.

Il franchissait ainsi sans peine les remparts et les douves de la politesse, et pénétrait dans les espaces fleuris du centre de la citadelle.

Ses cheveux blonds lui faisaient un casque doré comme celui des héros de légende.

Djuna se demandait toujours si cette clarté solaire qui rayonnait de lui lui était propre ou lui venait des rêves qu'elle projetait sur lui. Elle avait remarqué que cette lumière se retirait des gens quand elle cessait de les aimer. Elle se demandait s'il ne se formait pas, entre deux êtres intimement entretissés par des sentiments identiques, une sorte de phosphorescence spontanée, comme les étincelles de leurs noces, à moins que ce ne fût tout simplement l'éclat des rêves que chacun projetait sur l'autre.

Mais qu'elle fût éphémère ou éternelle, naturelle ou magique, en eux ou autour d'eux, cette lumière les illuminait désormais tous les deux et ils se contemplaient, cernés par ses contours éblouissants qui les coupaient du monde.

La voix de Djuna, qui avait tant de mal à percer le cocon de sa timidité, parvenait jusqu'à Michael avec toutes ses nuances, toutes ses colorations, même quand les sons à peine audibles s'égaraient dans les méandres les plus inaccessibles de l'oreille.

Elle qui était secrète et silencieuse dans ses rapports avec le monde, devint intensément vivante et éloquente à l'intérieur du cercle de lumière.

Cette clarté où ils étaient deux lui était familière comme un pays connu.

Ils étaient deux, ils se mouvaient sans le savoir loin du centre brûlant de leur désir, aussi leur danse n'était-elle pas une manœuvre de possession, mais une sorte de menuet qui consistait à ne pas toucher l'autre, à ne rien faire pour le saisir ou pour l'accaparer, mais à chercher plutôt à faire flotter entre les deux danseurs le plus d'espace et d'air possible. À tourner au même rythme sans jamais se heurter, sans jamais se confondre. À décrire de grands cercles l'un autour de l'autre en se faisant des révérences, en riant des mêmes facéties, en regardant danser leurs ombres frêles sur les murs sans qu'elles se mêlent. À danser autour du danger, le grand danger de se confondre ! À danser en restant prudemment chacun sur son orbite. À suivre des trajectoires parallèles. À jouer, pas à pas, la comédie du mariage, à lire ensemble le même livre, à décrire des figures elliptiques sur les lisières du désir, à rester dans les cercles éblouissants de la lumière sans s'approcher du centre incandescent qui mettrait feu à leur planète.

Danse subtile de la non-possession.

Ils s'étaient rencontrés la première fois dans un cocktail, et leur image était restée à tout jamais gravée en eux. Elle avait remarqué sa haute taille, sa démarche harmonieuse et la cascade fluide de son rire. Elle avait tout capté d'un coup : son teint d'ivoire, ses cheveux d'or poli et son corps élancé, modelé en souplesse pour la course et le saut ; ses doigts pleins de délicatesse, qui prenaient chaque objet comme si le monde entier était d'une infinie fragilité ; l'inflexion tendre de sa voix, sans malice, sans moquerie ; ses cils toujours prêts à voiler son regard dès qu'on parlait trop fort autour de lui.

Il avait laissé s'imprimer en lui l'image de Djuna, ses longs cheveux noirs et flottants, ses yeux bleus légèrement obliques, facilement rieurs, toujours mouvants et toujours prêts comme les siens à se voiler, mais plus souvent encore animés d'une sorte de soif qui vous engloutissait comme dans les profondeurs d'un miroir. On avait l'impression que tout ce qu'elle captait dans ses pupilles ne s'en effaçait pas, mais qu'elle buvait avidement tous les reflets qui s'y posaient, qu'elle entraînait au fond d'elle-même les voix et les visages pour mieux communier avec eux.

Elle n'apprit jamais l'art de la conversation. Elle demeura toujours telle que Michael l'avait vue ce soir-là, laissant parler pour elle ses cheveux de naïade, les ailes déployées de ses cils, la flexion de son cou, la fluidité de sa taille et la volubilité de ses pieds.

Jamais elle ne disait qu'elle avait mal. Elle entourait simplement de ses bras la région douloureuse, elle berçait le nerf irrité comme on berce un enfant turbulent pour l'endormir. Jamais elle ne disait qu'elle avait peur. Elle entrait prudemment sur la pointe des pieds, l'œil aux aguets.

Elle savait déjà faire parler son corps. Elle avait l'âme d'une danseuse.

Ils ne s'étaient vus qu'une seule fois, mais Michael, sitôt retourné dans son université, s'était mis à lui écrire.

Dans ses lettres, il la baptisait Isis et Aréthuse, Iseult et les Sept Muses.

Djuna prit des visages multiples.

Mais il manquait curieusement un élément dans ces images. Michael ne se représentait jamais en Osiris ou en Tristan. La figure mâle du couple était toujours absente.

Et il était gêné quand c'était elle qui lui attribuait le rôle mythique de l'amant.

Quand il venait la voir, pendant ses congés, il n'y avait jamais entre eux aucun contact charnel, pas même une poignée de main. On aurait dit qu'ils avaient trouvé un moyen si subtil de communiquer par le truchement de personnages historiques et de passions littéraires, que le moindre rapprochement physique, ne serait-ce que du bout des doigts, risquait de faire voler en pièces leur univers.

Ces substituts ne faisaient qu'augmenter la distance qui séparait leur chair.

Djuna ne s'en alarmait pas. Elle voyait tout cela avec des yeux de femme. Elle se disait que Michael n'échafaudait cet univers mythologique que pour mieux lui bâtir, à la cime de cet arbre insolite, un nid superbe qu'un jour il la prierait de venir partager avec lui. Il la porterait dans ses bras ainsi qu'une épousée, drapée dans les voiles somptueux que lui tissait sa fantaisie, et lui dirait : « Voici notre demeure ! »

Djuna n'y voyait qu'une façon infiniment plus belle de lui faire la cour et ne doutait pas un instant que ce n'était que le prélude à des joies plus intenses. Dans ce domaine, les femmes les plus subtiles sont foncièrement naïves et ne s'aperçoivent pas que les symboles et les mythologies ne sont là que pour remplacer les cimes naturelles de l'amour. Elles n'y voient que des ornements !

Les brumes de l'adolescence enrobaient et prolongeaient cette cour. Michael continuait d'inventer de perpétuels détours, comme s'il était indispensable qu'ils vivent d'abord les grandes histoires d'amour de la légende avant de se consacrer à la leur.

Mais la sérénité de ses yeux verts commençait à troubler Djuna, car dans les siens venaient de s'allumer les lueurs de la fièvre. La nuit, ses seins gonflés lui faisaient mal.

Michael gardait les yeux fixés sur l'horizon inaccessible, alors qu'elle commençait à distinguer des points plus proches et plus présents. Elle s'attardait sur un détail de son visage, ses oreilles par exemple, ou sa bouche pendant qu'il parlait. Quelquefois elle n'entendait plus ce qu'il disait, trop occupée à suivre des yeux et du cœur le dessin mouvant de ses lèvres dont elle croyait sentir comme la caresse sur sa peau.

Pour la première fois elle comprenait pourquoi Carmen avait la bouche aussi vermeille. Carmen mordait la fleur blanche de l'amour. Elle mordait les pétales comme une chair vivante. Elle pressait sur ses lèvres la fleur de seringa, la fleur capiteuse du désir.

Toutes les douves de la forteresse étaient comblées, et Djuna se tenait dangereusement près de Michael, rayonnant de toute la chaleur de son corps. Mais Michael, les yeux toujours braqués vers l'horizon, vers des terres lointaines, ne voyait pas comme elle, certains jours, que l'atmosphère était limpide, la visibilité parfaite.

Michael rêvait Djuna.

Mais elle, Djuna, ne rêvait plus. Elle avait respiré les fleurs capiteuses du désir.

Et tandis qu'elle se tenait là, toute chaude, toute proche, les seins douloureusement tendus, elle s'aperçut avec stupéfaction que le calme vert mousse des yeux de Michael était en train de se décomposer en jalousie avant d'avoir connu la couleur du désir.

Un jour il l'emmena danser, mais ses amis accaparèrent Djuna et pour la première fois, alors qu'une salle pleine de danseurs les séparait, il vit sa bouche. Aussi nettement que Djuna avait vu la sienne. Il la vit toute proche, et il en sentit le goût sur ses lèvres.

Pour la première fois, tandis qu'elle dansait loin de lui, encerclée par d'autres bras, il mesura l'immensité de l'espace où ils avaient flotté ensemble, le mesura avec autant de précision qu'on mesure la distance qui sépare deux planètes.

Combien de kilomètres il avait mis entre lui et Djuna ! Seuls les phares du regard pouvaient balayer cette immensité.

Il comprenait que tous ces personnages, toutes ces images dont il avait peuplé l'espace – le visage clair d'Iseult, les joues brûlantes de Catherine de Russie – n'étaient pas de simples ornements dont il avait cru parer sa joie, mais des obstacles qui l'empêchaient d'arriver jusqu'à elle.

Djuna était perdue pour lui. Elle était prise par d'autres bras qui la faisaient tourbillonner. Qui encerclaient sa taille comme lui-même n'avait jamais osé le faire, qui la faisaient ployer, la faisaient onduler au rythme de la danse, et elle épousait leur cadence, elle s'y abandonnait, elle ne faisait plus qu'un avec son cavalier.

Comme elle passait près de lui, il l'apostropha durement et Djuna vit que le vert tendre de ses yeux virait au violet.

« Djuna, on rentre ! »

Pour la première fois il exprimait sa volonté, et cela plut à Djuna.

Il l'appela encore une fois, les yeux de plus en plus noirs de colère. « Djuna ! »

Elle s'arrêta. Elle revint gentiment vers lui en se disant : « Il me veut pour lui tout entière », et elle était heureuse de lui céder.

Il était à peine plus grand qu'elle, mais il avait une façon de redresser la taille qui lui donnait l'air impérieux.

Tout le long du chemin, il ne dit pas un mot.

Il ne remarquait plus les lèvres de Djuna, et son désir de voyager vers cette bouche s'était évanoui aussitôt qu'elle s'était rapprochée trop concrètement de lui. On aurait dit qu'il ne pouvait envisager l'idée d'une communion que tant qu'un obstacle infranchissable l'en séparait. Sitôt l'obstacle disparu et Djuna près de lui, accrochée à son bras, il ne pouvait plus communier qu'avec ses yeux et l'espace de nouveau s'étirait entre eux.

Il la reconduisit jusqu'à sa porte et la quitta sans une marque de tendresse. Seules des ombres violettes et jalouses traînaient encore comme un reproche dans ses yeux. Mais ce fut tout.

Djuna sanglota toute la nuit, incapable de comprendre le mystère de sa jalousie, de sa colère, de sa réserve.

Elle ne pouvait pas l'interroger. Il ne se confiait pas. Ils avaient rendu impossible toute communication entre eux. Jamais il ne pourrait lui dire que ce soir-là, en voyant les autres danser, il avait découvert un monde intermédiaire d'où les femmes étaient exclues. Un monde de jeunes gens en fuite, comme lui-même, fuyant les mères, les sœurs, les épouses, les maîtresses.

Et Djuna, dans sa grande ignorance et sa grande innocence, n'aurait jamais pu deviner où Michael, en la fuyant, reportait son désir.

Aveuglés par leur propre jeunesse, ils se blessaient sans cesse l'un l'autre. Pour justifier sa froideur envers elle, il lui disait : « Vous êtes trop mince. J'aime les femmes charnues. » Ou bien : « Vous êtes trop intelligente. Je me sens plus à l'aise avec les idiotes. » Ou encore : « Vous êtes trop impulsive, cela m'effraie. »

Elle était tellement innocente qu'elle endossait tous ses reproches sans discuter.

Une étrange comédie se joua alors entre eux. Elle mit son intelligence en sommeil et devint complètement amorphe pour lui plaire. Mais ils savaient tous deux que ce n'était qu'un jeu. Sa pétulance naturelle transparaissait toujours derrière sa prétendue placidité.

Elle avala un nombre incalculable de pilules pour grossir, sans réussir à prendre plus d'une livre ou deux. Quand, toute fière, elle lui fit constater ses progrès, il détourna les yeux.

Un beau jour, il lui dit : « Je sens toujours sur moi votre œil critique, et je sais que vous me mépriseriez si je ne me montrais pas à la hauteur. »

Quelle hauteur ?

Elle ne comprenait pas.

Le temps passa, elle se maria avec un autre, dansa aux quatre coins du monde, et l'image de Michael s'estompa.

Mais elle continua, partout où elle passait, à se lier avec d'autres Michael. Elle reconnaissait chez eux une douceur, une évanescence, un mystère qui touchaient certaines fibres en elle.

C'était toujours Michael qui réapparaissait sous diverses formes, sous divers visages, et chaque fois elle se laissait séduire, chaque fois elle découvrait un autre aspect de son mystère. Et elle finit par le percer à jour.

C'était toujours la même petite danse qui revenait, les pirouettes insolentes qui disaient à la femme : « Je danse pour moi seul, je ne veux appartenir à aucune femme. »

Et les femmes, qui avaient toujours appris à considérer ces danses-là comme un rite de provocation, restaient totalement désemparées devant la danse de ces jeunes gens qui n'attendaient rien d'elles.

Bien des années plus tard, Djuna se trouva un jour dans un café parisien, assise entre Michael et Donald.

Pourquoi entre Michael et Donald ?

Pourquoi les liens ne s'étaient-ils pas tous rompus quand elle s'était mariée et que Michael, de son côté, s'était jeté dans les bras d'une procession de jeunes Donald ?

Quand ils s'étaient retrouvés à Paris, il avait éprouvé le besoin d'inventer une trinité, d'établir une sorte de trait d'union entre Djuna et ces jeunes visages fluctuants.

Comme s'il leur manquait quelque chose.

Donald était svelte et brun comme un jeune Égyptien. Ses boucles noires étaient toujours ébouriffées comme s'il avait couru. L'extrême douceur de ses gestes le faisait quelquefois paraître plus petit qu'il n'était, mais quand il se tenait bien droit, sa silhouette élancée, ses lignes pures et stylisées, lui donnaient l'air d'être très grand.

Il avait de grands yeux extasiés. Sa voix était fluide comme celle d'un médium. Ses paupières lourdes s'abaissaient avec des battements de cils presque féminins. Il avait le nez court et droit, de petites oreilles et de larges mains musclées de garçon.

Quand Michael les quitta un instant pour aller acheter des cigarettes, Donald se tourna vers Djuna et instantanément ses manières féminines disparurent. Il redressa le torse et il la regarda droit dans les yeux.

Devant elle, il avait envie de s'affirmer. Est-ce parce que Djuna était une femme et qu'il se sentait provoqué ? Il avait tout à coup l'air grave d'un enfant qui devient homme.

Avec un sourire de conspirateur, il lui dit : « Michael me traite comme un enfant, ou comme une femme. Il ne veut pas que je travaille, il veut m'entretenir. Il veut que nous allions vivre ensemble dans le Midi, dans un endroit paradisiaque.

– Et vous, de quoi avez-vous envie ?

– Je ne sais pas vraiment si je l'aime... »

C'était exactement ce qu'elle attendait. Cet aveu d'insatisfaction. Dans cette trinité, il y en avait toujours un qui était en fuite, un qui était moins amoureux que l'autre, un qui se lamentait.

Tout cela s'accompagnait du plus beau déploiement de mimiques que Djuna ait jamais contemplé. Il y avait dans son regard et sur ses lèvres des frémissements fiévreux comme s'il était drogué. Mais ce qui le droguait, c'était l'étrange saveur d'une vie aventureuse, les labyrinthes et les détours et l'insatisfaction de ses amours.

Dans les yeux de Donald brillait encore l'excitation de ses longues déambulations nocturnes, de ses intrigues, de ses courses après le plaisir défendu. Tous les rythmes houleux étrangers à la vie quotidienne. Les jeux interdits avaient pour lui une saveur qu'il recherchait avec passion, et l'étrange lumière qui auréolait toutes les expériences nouvelles, insolites et tabous, lui rappelait l'ivresse de son enfance, quand il recherchait en cachette des plaisirs que ses parents lui défendaient.

Mais dès qu'il s'agissait de faire un choix, de s'engager, de se consacrer à un autre avec une sincérité totale et un désir d'enrichissement mutuel, un instinct mystérieux le poussait invariablement à rompre. Une haine pour tout ce qui dure, pour tout ce qui ressemble à un mariage.

Donald expliquait à Djuna que l'univers paradisiaque de Michael allait précisément détruire ces saveurs fortes, douces-amères, qu'il cherchait dans la vie.

Il se penchait vers elle comme un conspirateur, lui parlait à l'oreille. Il cherchait à saper l'univers de simplicité et de paix que Michael rêvait de partager avec lui.

« Si vous saviez, Djuna, ce que j'ai éprouvé la première fois ! Je m'attendais à voir l'univers basculer tout entier, un grand chamboulement de tout, un grand bouleversement. Je m'attendais à retrouver la chambre sens dessus dessous comme après un tremblement de terre, l'escalier disparu, la porte donnant sur le ciel et la fenêtre sur la mer. J'étais dans une telle angoisse, une telle excitation ! J'avais une telle peur de ne pas arriver jusqu'au bout. Mais le reste du temps, j'ai l'impression d'être un prisonnier évadé. J'ai peur d'être repris, d'être puni. Quand il m'arrive de reconnaître, dans un café, quelqu'un de mon espèce, nous nous faisons des signes du regard, comme deux prisonniers qui ont trouvé un code secret pour se parler. Nos messages ont les couleurs violentes du danger. Ce que je trouve dans ces jeux interdits possède une saveur que n'ont jamais les choses obtenues au grand jour. J'y retrouve tout le goût de ces après-midi d'enfance où, cachés dans la pénombre, nous faisions des choses défendues avec la peur terrible d'être punis. Maintenant tout cela m'est devenu familier, cette peur exaltante et ces remords brûlants. Je sais que la société me condamne... Mais savez-vous comment je me venge ? En séduisant l'un après l'autre, lentement, tous ses membres... »

Il y avait dans sa voix une douceur et une jubilation, il choisissait les mots les plus soyeux pour exprimer son rêve d'anéantir tous ceux qui osaient interdire certains actes, certaines formes d'amour.

Quand il parlait de Michael, son visage prenait l'expression qu'ont les femmes quand elles viennent de séduire un homme, une satisfaction moqueuse, une fierté triomphante, le contentement non déguisé de leur victoire. Donald rendait ainsi hommage aux ruses, aux roueries et aux charmes féminins qui lui avaient permis de rendre Michael si amoureux de lui.

Djuna avait le sentiment que Michael n'avait fui les femmes que pour retrouver ailleurs leurs défauts.

Donald se tut, et les inflexions féminines de sa voix claire et modulée, jamais trop grave, flottaient encore dans l'air.

Michael revint s'asseoir entre eux et leur offrit des cigarettes.

Djuna vit aussitôt Donald se métamorphoser, reprendre ses manières féminines, enjôleuses. Son corps ondulait langoureusement, son visage s'ouvrait sans pudeur, ses traits se dissolvaient comme ceux d'une femme qui se donne. Tout en lui exprimait la jubilation, la malice, la vanité, l'enfantillage. Il ressemblait à ces petites actrices quelconques qui battent des cils quand on leur tend des fleurs et dont les regards en biais évoquent irrésistiblement un lit défait ou le bord d'un jupon.

Il avait les mouvements de cou de ces petites linottes de théâtre qui sautillent sur les pointes, l'œil aux aguets, la bouche capricieuse, prêtes à distribuer de tout petits baisers qui ne fracassent pas le cœur. Il redressait la tête et battait des ailes comme un bel oiseau de salon, plumage décoratif et changeant, imitant à la perfection les œillades évanescentes, les petits gestes à la fois effarouchés et aguicheurs des femmes quelconques.

« Vous avez la même taille, tous les deux, dit Michael. Je suis sûr que les costumes de Donald t'iraient parfaitement, Djuna.

– Mais Donald est plus franc que moi », dit Djuna, en repensant à la façon dont il venait de lui avouer qu'il n'aimait pas Michael. Elle, elle aurait pris de multiples détours pour adoucir la vérité.

« Donald est plus franc parce qu'il est moins amoureux », reprit Michael.

Une chaleur dans l'air. Les feuilles printanières frissonnaient, moins par nécessité que par coquetterie. L'amour se glissait entre eux trois, se propageait de l'un à l'autre en vagues contagieuses, offert et partagé. Michael pouvait enfin aimer Djuna sous les traits de Donald, la rejoindre à travers le corps de Donald, s'il ne pouvait directement l'atteindre, et Djuna retrouvait Michael à travers le corps de Donald… La dimension perdue de leur amour s'inscrivait dans l'espace comme l'équation de l'impossible, le drame abstrait de l'inachevé, se dénouant l'espace d'un instant dans cette trinité : une femme entre deux hommes incomplets.

Elle regardait avec les yeux de Michael le corps bien dessiné de Donald, sa taille fine, ses épaules carrées, ses gestes stylisés et ses airs langoureux.

Elle voyait bien qu'il ne révélait pas à Michael son véritable caractère. Il ne lui offrait qu'une caricature des caprices féminins les plus futiles. Il commanda une consommation, puis il changea d'avis et quand on lui apporta son verre il déclara qu'il n'en avait plus envie.

Djuna pensait : « C'est une femme sans les mystères de la matrice où s'élabore l'ultime fusion. Le simulacre d'une union qui ne sera jamais consommée. »

Donald se leva et exécuta un petit ballet d'adieu évaporé, en évitant le regard implorant de Michael. Il salua, se déroba derrière un geste vague et s'envola.

Cette petite danse lui rappela la façon dont Michael prenait congé d'elle-même devant sa porte, quand elle avait seize ans.

Et brusquement elle vit tous leurs mouvements, ceux qu'elle faisait vers Michael, ceux que Michael faisait vers Donald, comme une danse d'irréalité, une danse de non-possession.

« Ils ne savent faire que cela, fuir ! » dit-elle à Michael.

Sur l'air de l'*Île joyeuse* de Debussy, ils exécutaient avec grâce toutes les figures qui mènent à la non-possession.

(Quand cesserai-je d'aimer ces jeunes gens aériens qui se meuvent dans l'univers comme des oiseaux, toujours un peu plus vifs que le reste des hommes, toujours un peu plus haut, un peu plus loin, toujours en fuite, comme s'ils craignaient l'humanité, toujours à la recherche du plein ciel, appréhendant les espaces clos, soucieux de liberté, vibrants de mille inquiétudes, perpétuellement à l'affût du danger...)

« Les oiseaux, écrivait un savant, vivent sur un rythme aussi intense que la coloration de leur plumage ou la stridence de leur chant. La température de leur corps se maintient aux alentours de 40 degrés. Quand on observe un oiseau d'assez près, on constate que les battements violents de son cœur font vibrer tout son corps. On dirait une machine sous pression. Et c'est effectivement le cas. Lorsque l'oiseau respire, l'air pénètre non seulement dans ses poumons, mais également, par une multitude de conduits minuscules, dans des sacs d'air qui remplissent tous les interstices de son corps non occupés par des organes vitaux. Ces sacs d'air communiquent aussi avec certains os creux qui, chez l'oiseau, ne contiennent pas de moelle. Ces réserves d'air fournissent à l'oiseau le combustible indispensable à sa vie intensive, tout en lui donnant une plus grande légèreté pour voler. »

Paul apparaissait comme l'aurore, toujours vaguement embrumé, les gestes flous. Le soleil ne brillait vraiment que lorsqu'il souriait. Alors le bleu de son regard, les cernes sous ses yeux, ses paupières alourdies de sommeil, étaient illuminés par son sourire radieux. La brume, la rosée, les flottements se dissipaient devant la bouche large ouverte, aux contours francs, aux dents solides et bien plantées. Puis le sourire disparaissait, aussi vite qu'il était venu.

Il apportait chez elle ce climat de l'adolescence qui n'est ni plein soleil ni pleine lune, mais une clarté intermédiaire.

Elle remarquait une fois de plus les cernes qui soulignaient ses yeux et dessinaient de tendres halos mauves autour du bleu vif des iris.

Sa timidité l'enveloppait comme un manteau, et ses paupières lourdes étaient comme chargées de rêves. On eût dit que ses rêves y restaient accrochés comme une frange de sommeil hypnotique et qu'ils allaient à tout moment les forcer à se refermer sur des visions surnaturelles et mystérieuses, comme celles qui naissent de la drogue.

Ces passages perpétuels de l'ombre au soleil s'opéraient toujours brusquement. Il était parfaitement immobile, et tout à coup il bondissait, plein de gaieté et de légèreté. Puis de nouveau son visage se fermait, hermétique.

Il passait avec la même soudaineté d'une réflexion profonde à une remarque puérile.

On oubliait souvent qu'il avait dix-sept ans.

Devant cette aventure inhabituelle, il paraissait bien plus préoccupé de résoudre ses propres tâtonnements que de la savourer et de la vivre.

L'incertitude de son comportement l'empêchait de jouir du présent, mais Djuna devinait qu'il était de ceux qui cachent leurs trésors dans des chambres secrètes, et que plus tard il les étalerait devant lui, comme des pipes bourrées d'opium, ces trésors dont l'inquiétude de vivre lui gâchait le plaisir; dans la sécurité du souvenir, il reprendrait entre ses mains les mots et les images et les caresserait, les ferait siens.

Dans la solitude et le souvenir commencerait sa vraie vie. Tout ce qu'il vivait à présent servirait à bourrer plus tard la pipe d'opium dont les volutes légères enchanteront sa solitude quand il s'allongera enfin, tout danger, tout malaise écartés, pour savourer une expérience lavée de tous les grains de sable de l'angoisse.

Il s'allongerait sur sa couche et il pourrait enfin rêver, sans qu'on lui demande d'être là, de parler, de répondre ou d'agir. Il s'allongerait et les images viendraient vers lui comme de fantastiques apparitions sorties d'un conte infiniment plus merveilleux que celui qu'il vivait à présent et qui était défiguré par ses appréhensions.

Pour Paul, pour le rêveur qui s'était fait un univers que la réalité pouvait à tout moment anéantir, il était dangereux de se mouvoir dans la vie. Toute erreur pouvait être fatale, comme le bruit et l'éclat du jour sont fatals pour le fumeur d'opium.

Non seulement il devait protéger son rêve comme une essence subtile qu'un rien peut dissiper, mais il devait aussi veiller à préserver l'image qu'il se faisait de lui à travers l'esprit de Djuna, ce qu'il imaginait qu'elle attendait de lui. Et c'était une contrainte terrible pour un être aussi jeune. Ces exigences qu'il s'inventait lui-même à son insu paralysaient ses gestes et ses paroles et n'étaient en réalité que la répétition, la projection dans le présent, des scènes de son enfance où sa spontanéité naturelle avait été bridée par la sévérité de ses parents, qui lui faisaient perpétuellement sentir que tout ce qu'il disait ou tout ce qu'il faisait n'était jamais conforme à ce qu'ils attendaient de lui. Ils avaient comprimé son âme plus cruellement encore que les Chinois compriment les pieds des nouveau-nés en les serrant dans des mètres et des mètres d'étoffe pour stopper leur croissance. Ces bandelettes tyranniques, si on ne les fait pas craquer un jour, si on ne les tranche pas, finissent par transformer les êtres en momies...

Quand Paul lui raconta l'histoire du cochon d'Inde qu'il avait eu quand il était petit, du cochon d'Inde qu'il adorait et que sa mère l'avait forcé à tuer, Djuna crut voir cette mère elle-même ligoter son petit garçon.

Et quand il ajouta : « J'ai jeté le journal que j'avais commencé à écrire à l'université », elle vit distinctement les bandelettes qui l'étouffaient.

« Pourquoi ? dit-elle.

– J'avais peur que mes parents le lisent pendant que je suis en vacances à la maison. »

Fallait-il qu'il redoute à ce point leur réaction, pour préférer sacrifier des parcelles vivantes de lui-même, cet animal qu'il adorait, ce journal à qui il avait confié toute sa vie intérieure ?

« Tu ne peux pas tout montrer de toi à tes parents.

– Non. » L'angoisse se peignit sur ses traits. On devinait l'intransigeance de ses parents à la façon dont il marchait, dont il s'asseyait, et même au ton résigné sur lequel il lui dit : « Il va bientôt falloir que je m'en aille. »

Djuna le regarda et vit un prisonnier. Prisonnier de ses professeurs, prisonnier de ses parents...

« Mais tu as tout un mois de liberté devant toi.

– Oui », fit Paul, mais le mot « liberté » ne rencontrait en lui aucun écho.

« Que vas-tu en faire ? »

Il sourit. « Je ne pourrai pas en faire grand-chose. Mes parents m'interdisent de fréquenter des danseuses.

– Tu leur as dit que tu venais me voir ?

– Oui.

– Savent-ils que tu as envie de faire de la danse plus tard ?

– Oh, non ! » Et il eut un sourire de détresse. Ses yeux perdirent leur éclat franc et spontané, son regard vacilla comme s'il ne savait plus où il était.

C'était son expression la plus habituelle. Un regard nébuleux qui glissait sur les gens et les choses.

Il ressemblait à un enfant terrorisé par le monde extérieur, et pourtant on sentait qu'il vivait dans un univers bien plus vaste. C'est un petit garçon perdu, pensait Djuna avec tendresse. Un petit garçon égaré dans un monde trop immense. Dans ses rêves flottants, vagues, infinis. Il ne les connaît pas vraiment, il les devine, il ne peut pas les expliquer ; ils lui échappent et il se sent perdu dans leur immensité. Il a peur et ne peut se confier à personne. Il a été si souvent rebuté.

Des flots de tendresse s'échappaient du regard de Djuna. Ils se tenaient assis l'un près de l'autre sans rien dire. Peu à peu, sur le front de Paul les nuages disparurent, comme s'il avait deviné ses pensées.

Juste au moment où il allait partir, Lawrence entra en coup de vent, serra impétueusement Djuna dans ses bras, traversa le studio en deux bonds et tourna le bouton de la radio.

Il était du même âge que Paul, mais on voyait immédiatement qu'il ne portait pas sur le dos cette coquille d'escargot au fond de laquelle Paul se recroquevillait sans cesse. Il arrivait l'œil grand ouvert, épanoui, souriant, impatient, prêt à cueillir tout ce qui se présenterait. Il était constamment en mouvement, se laissait entraîner par toutes ses impulsions.

Il posa au milieu de la pièce une cage qu'il avait apportée, et souleva la housse de toile rayée qui l'encapuchonnait comme une petite tente.

Djuna s'agenouilla sur le tapis pour regarder à l'intérieur et éclata de rire en voyant une souris bleue qui grignotait un biscuit sec.

« Où as-tu déniché cette souris turquoise ? demanda-t-elle.

– Je lui ai fait prendre un bain de teinture, dit Lawrence. Mais elle passe son temps à se lécher et elle redevient complètement blanche en quelques jours. Aussi cette fois je l'ai apportée tout de suite après son bain. »

La souris bleue mangeait avec entrain. La musique inondait la pièce. Djuna était assise par terre avec Lawrence. L'air se mettait à scintiller, à rayonner.

Paul, émerveillé, observait.

(Ses yeux disaient : Cette petite bête, personne ne les obligera à la tuer. Ici, rien n'est interdit.)

Lawrence peignit la cage avec une peinture phosphorescente pour qu'elle brille dans la nuit.

« Comme cela, elle n'aura pas peur de rester seule la nuit ! »

Pendant que la peinture séchait, Lawrence se mit à danser.

Djuna riait derrière le voile de ses cheveux défaits.

Paul les regardait avec envie, puis il dit d'une voix blanche : « Il faut que je m'en aille. » Et sortit précipitamment.

« Qui est ce joli garçon ? demanda Lawrence.

– Le fils de parents tyranniques qui sont très contrariés qu'il fréquente une danseuse.

– Est-ce qu'il reviendra ?

– Il ne m'a rien promis. S'il réussit à s'échapper.

– Nous irons le voir chez lui. »

Djuna sourit. Elle voyait déjà Lawrence arriver chez ces gens si guindés avec sa cage et sa souris, et entendait la mère de Paul lui dire : « Supprimez-moi cette bête ! »

Ou faire des entrechats dans leur salon pour toucher la pointe du lustre, ou leur chanter de ravissantes obscénités.

« C'est une jeune fille en fleur », lança-t-il en français, devinant avec clairvoyance que Djuna, une fois de plus, n'échappait pas à ces reflets de Michael.

Il secoua d'un mouvement d'épaule les inquiétudes de Djuna, et tourna vers elle ses prunelles d'or rouge qui brillaient entre les mèches de sa toison d'or rouge. Leur ardeur était communicative. Il y avait une telle chaleur, une telle vitalité dans son regard, il se projetait avec un tel amour sur les gens et les choses qu'il dissolvait les humeurs les plus sombres.

Aucune tristesse ne résistait à ce cyclone de passion qui se renouvelait quotidiennement. Tous les jours c'était l'enthousiasme pour sa première tasse de café, l'allégresse devant la nouvelle journée, l'emballement pour la première personne qu'il rencontrait, le coup de foudre pour l'homme, la femme, l'enfant ou l'animal qui lui avait attiré l'œil. Jusque dans ses contrariétés, ses malchances, ses difficultés, il passait un courant chaleureux.

Il acceptait tout avec le sourire. Il n'avait pas un sou mais se mettait en quatre pour aider ses amis. Il bondissait avec une générosité sans bornes à la rencontre de l'amour et du désir, de la dépossession et de la possession, de la souffrance et des multiples petites morts qui sont le lot quotidien de chacun. Il aurait mis la même ardeur et le même enthousiasme à mourir, à pleurer, à souffrir, à perdre tout ce qu'il avait. Il était prodigue dans sa pauvreté, il possédait des réserves inépuisables d'une substance mystérieuse et invisible qui tenait à la fois de l'or et du soleil.

Tout était bon pour le faire sauter de joie : un concert, une pièce de théâtre, un ballet, une visite. Oui, oui, oui ! criait tous les matins son jeune corps plein de vie. Pas l'ombre d'une hésitation, d'un revirement, d'une crainte, d'une prudence, d'une économie. Il prenait tout.

Il mettait toute sa joie à bondir, à s'ouvrir, à consentir, à s'épanouir.

Sitôt qu'il arrivait, Djuna se sentait attirée dans un tourbillon. S'ils étaient tristes, ils se souriaient, ils remontaient du fond de leur tristesse en ouvrant plus grands les yeux et le cœur.

« Laisse tes chagrins et viens danser ! »

Ils se guérissaient l'un l'autre en dansant. Dans leur flamme et leur enthousiasme, ils étaient parfaitement accordés.

Les vagues qui l'emportaient au large ne le laissaient jamais s'échouer sur des récifs. Il revenait toujours, un sourire sur les lèvres, raconter ses mésaventures à Djuna. « Tu te souviens de Hilda ? Quand je pense que j'étais fou d'elle ! Sais-tu ce qu'elle m'a fait ? Elle a voulu me refiler un faux billet. Eh oui ! avec ses bonnes manières, ses beaux yeux, sa douceur, elle vient me trouver et elle me dit avec une tendresse irrésistible : “Pourrais-tu me faire de la monnaie sur ce billet de dix dollars ?” Un faux billet. Elle a aussi voulu cacher de la drogue chez moi et j'ai failli me faire prendre. Elle a mis ma machine à écrire en gage, et ma boîte de peinture. Et elle a même fini par s'installer chez moi ! J'ai passé la nuit dans un square, sur un banc. »

Dès le lendemain il avait retrouvé toute sa foi, son amour, sa joie de vivre et son enthousiasme.

Il dansait. Il croyait à la vie.

Djuna, en sa présence, retrouvait des raisons de croire.

De croire dans le regard de Paul, où elle sentait, lové dans de mystérieuses profondeurs, un rêve immense, indéchiffré.

Quand Lawrence eut fini de peindre sa cage, il tira les rideaux et les barreaux phosphorescents brillèrent dans l'ombre. Il décida alors de peindre à la peinture phosphorescente tout ce qu'il était possible de peindre dans la chambre de Djuna.

Le lendemain il arriva avec un immense pot de peinture. Il n'avait pas encore fini de la mélanger quand Paul téléphona : « J'ai la permission de sortir un moment. Puis-je venir ?

– Oh oui, viens, viens ! dit Djuna.

– Je ne pourrai pas m'attarder très longtemps... » Il parlait dans un souffle, comme un malade. Le cœur de Djuna percevait une plainte étouffée dans sa voix.

« Le prisonnier a droit à une petite heure de liberté », dit-elle.

Lorsque Paul arriva, Lawrence lui mit un pinceau dans la main, et sans un mot ils posèrent des touches de peinture partout où ils pouvaient. Puis ils éteignirent la lumière. Et une nouvelle chambre apparut.

Des visages luminescents se dessinèrent sur les murs, des fleurs, des bijoux, des châteaux, des jungles, des animaux, faits de fils de lumière.

Une mystérieuse clarté qui ressemblait à la candeur spontanée de leurs gestes et de leur langage, de leurs élans, de leurs désirs. Leur monde n'admettait pas l'obscurité, l'obscurité de ceux qui ont perdu la foi. La chambre brillait dorénavant d'une lumière perpétuelle, même en pleine nuit.

(Ils me construisent un monde nouveau, pensait Djuna, un monde de plus grande légèreté. Peut-être n'est-ce qu'un rêve, peut-être ne pourrai-je pas rester. Ils me traitent comme si j'étais des leurs parce que je partage leurs croyances, leurs sentiments. Je déteste tout ce qui est père, autorité, puissance, richesse, tyrannie, supériorité. Toutes les fossilisations. J'éprouve les sentiments de Lawrence et de Paul face au monde extérieur où je ne vois que cruautés, dangers et corruptions, où il faut sacrifier son charme, son insouciance, pour se plier à la raideur des disciplines, des devoirs, des contrats, des obligations. Un monde épais, opaque, dépourvu de phosphorescence. J'ai envie de rester à jamais dans cette chambre, avec ces hommes-enfants qui ne sont pas des pères, mais des fils. Avec eux je veux peindre, sculpter, danser, rêver, renaître tous les jours, recommencer la vie, ne pas vieillir, ne pas perdre la foi, garder ma spontanéité et me laisser virer par tous les vents comme un mobile. Je déteste les gens dont le cours est figé, qui ne croient plus à rien, qui ne sentent plus rien. Ceux que rien ne fait fondre ou exulter, qui ne savent plus ni se laisser tromper ni perdre en riant tous leurs biens, qui sont gelés, fossilisés.)

Elle posa sa tête sur l'épaule de Lawrence avec un sentiment de gratitude.

(Nulle part il n'y avait dans l'air une telle iridescence. Nulle part elle ne se sentait plus éloignée des risques de sclérose et de fossilisation. Ici, entre Paul et Lawrence, la vie coulait à flots...)

Djuna peignait lentement ses longs cheveux avec ses doigts en écoutant Lawrence parler une nouvelle fois de ses éternelles difficultés à trouver du travail. Il avait déjà essayé des quantités d'emplois. Mais comment travailler sans perdre ses couleurs, sa flamme, ce qu'on possède de plus cher, sa liberté ? Il était comme un fragile scarabée égyptien ; la routine, la rigueur, la monotonie, risquaient de lui faire perdre son iridescence. Il y a des professions qui tuent, qui rendent infirme pour la vie, qui vous transforment en robot, en être opaque, en croque-mort, en homme de pouvoir, aux articulations paralysées et au cœur sclérosé !

Lawrence travaillait actuellement chez un étalagiste. Il aimait ce travail de nuit, ses expéditions insolites avec un chargement de mannequins ou de chevaux de carton-pâte ; il aimait inventer des jungles, des paysages sous-marins, des bêtes fabuleuses, sur ces petits théâtres miniatures. Flirter avec des mannequins nus qui laissaient échapper leurs bras comme d'autres femmes laissent tomber leurs gants, posaient leur tête sur le plancher et perdaient leur perruque en ôtant leur chapeau. Il était passé maître dans l'art de désarticuler les femmes !

Lawrence vivait dans la couleur et respirait dans la couleur. Il n'y avait aucun danger qu'il périsse de monotonie, car le moindre accident avait toujours du pittoresque, et un pot de gouache renversé était une fête pour les yeux.

Il rapportait à Djuna de petits foulards, des coiffures, des boucles d'oreilles en terre cuite coloriée qui s'émiettaient au moindre choc comme des accessoires de théâtre.

Elle avait toujours eu le goût des choses fragiles. Les objets trop durables l'enchaînaient au temps. Elle n'avait jamais eu envie d'une maison solide, d'un mobilier massif. Pour elle, c'étaient des pièges. On leur appartenait jusqu'à la mort. Elle préférait la pacotille, qu'on peut prendre et abandonner sans regret. Elle tombe d'elle-même en morceaux peu après, et on n'a rien perdu. On ne garde que le souvenir vivace de ses couleurs.

Elle avait un jour entendu une dame se plaindre de ne plus trouver de fauteuils qui durent au moins vingt ans, et elle se souvenait de lui avoir répondu : « Je serais bien incapable d'aimer le même fauteuil pendant vingt ans ! »

Il lui fallait du changement, des mutations, des arcs-en-ciel, et elle adorait les petits cadeaux de Lawrence dont les paillettes et les poudres multicolores s'écaillaient comme la poussière diaprée des ailes des papillons, après avoir donné tout leur éclat.

Paul ciselait une feuille de cuivre. Il découpait de minces effilures de métal et bientôt apparut sous ses doigts aériens un bel oiseau échevelé.

Il monta sur la table et le pendit par un fil au plafond. Au moindre souffle d'air, l'oiseau pivotait doucement.

Paul avait une peau d'enfant, qui paraissait n'avoir jamais été touchée par un objet terrestre, n'avoir jamais connu ni brosse, ni chiffon, ni savon, ni le moindre baiser. N'avoir jamais été frottée, grattée, étrillée, ni même froissée par l'oreiller. La transparence d'une peau d'enfant, d'une peau d'adolescent ! Avant l'inéluctable opacité. De quoi se nourrissent les enfants pour que leur peau ait une telle transparence ? Et que mangent-ils, plus tard, qui la rende si opaque ?

Les baisers de leurs mères dévorent cette lumière.

Le monde magique de l'enfance est baigné de phosphorescence.

Où s'en va-t-elle ? Cette substance luminescente qui émane du corps des enfants comme la phosphorescence du corps des albatros, est-ce leur foi dans la vie ? Et qu'est-ce qui la tue ?

Lawrence avait trouvé, en fouillant le placard de Djuna pour y chercher de quoi se déguiser, un mètre ruban métallique enroulé comme un escargot.

Quand on le dévidait de sa coquille, c'était un long serpent d'acier qui, selon les secousses qu'on lui donnait, pouvait se dresser droit comme une épée, onduler comme une vague argentée, ou filer entre les doigts comme l'éclair.

Lawrence et Paul, avec des gestes d'escrimeurs, s'affrontaient dans un duel de lumière et d'acier.

Le ruban métallique se pliait, puis se tendait entre eux comme une lame rigide qui, dès que l'un d'eux avançait, paraissait transpercer le corps de l'autre.

Quelquefois il perdait complètement sa raideur, se mettait à trembler comme un serpent craintif et retombait mollement en pendant comme une loque ridicule qui les faisait crouler de rire.

Ils apprirent vite à le manier avec dextérité, sans qu'il plie, sans qu'il tremble. C'était comme un éclair entre leurs mains. Paul attaquait avec audace, Lawrence parait avec vivacité.

À minuit, Paul commença à prendre un air inquiet. Sa luminosité se voila, ses gestes redevinrent hésitants. Il s'éloigna du centre de la pièce, quitta le cercle de lumière et de gaieté. D'un pas de somnambule, il déserta le rire.

Djuna l'accompagna jusqu'à la porte. Quand ils furent seuls, Paul lui dit : « Mes parents m'ont défendu de venir ici.

– Tu es heureux avec nous, pourtant ?

– Oui.

– Ici tu es dans ton véritable élément.

– Qu'est-ce qui vous fait dire cela ?

– Tu es doué pour la danse, pour la peinture, pour la poésie. Et tu as tout un mois de liberté devant toi.

– Oui, je sais. J'aimerais tant... J'aimerais tant être libre...

– Si tu le veux vraiment, tu trouveras un moyen.

– Je voudrais partir de chez moi, mais je n'ai pas d'argent.

– À nous tous, nous nous occuperons de toi.

– Pourquoi ?

– Parce que nous croyons que tu en vaux la peine. Nous avons foi en toi.

– Je ne sais pas où aller.

– Nous te trouverons une chambre quelque part. Tu seras sous notre aile. Et pendant tout un mois, tu pourras vivre ta vie.

– Ma vie..., répéta-t-il d'un ton docile.

– Mais il faut que tu en aies réellement envie, que tu sois prêt à tout sacrifier pour cela. Tu sais que tu peux compter sur nous, mais c'est à toi, à toi seul, de prendre la décision. Autrement cela n'aurait aucune valeur.

– Merci. » Il ne lui tendit pas la main comme d'habitude, mais la glissa entre les siennes. Il y blottit son petit poing d'ivoire, lisse et tranquille, confiant, rassuré.

Avant de s'en aller, il regarda une dernière fois la pièce, comme pour emporter avec lui un peu de sa chaleur enveloppante. Il avait tellement ri au cours de la soirée qu'il en était tombé de sa chaise. Djuna avait su le faire rire, et certainement quelques-unes de ses chaînes s'étaient brisées. Il n'y a rien de tel que le rire pour faire craquer les chaînes. Djuna avait connu la plus belle joie de toute sa vie en voyant Paul, ce soir, rire comme un prisonnier qu'on vient de délivrer.

Deux jours plus tard, Paul apparut devant sa porte, une valise à la main.

Djuna l'accueillit joyeusement, simplement, comme s'il arrivait en vacances, lui fit nouer ses rubans de velours aux poignets de sa robe et le conduisit en voiture chez Lawrence, dont les parents avaient une chambre disponible.

Elle aurait préféré le recevoir chez elle, mais elle savait que c'était là que ses parents viendraient le rechercher.

Il écrivit un mot à ses parents pour leur rappeler qu'il n'avait qu'un seul mois de vacances avant d'aller en Inde prendre le poste que son père lui avait choisi, et qu'il entendait le passer à sa guise, avec les gens qui lui plaisaient. Qu'il avait enfin trouvé des amis qui partageaient ses goûts, et se sentait autorisé à agir envers ses parents avec la même intransigeance qu'ils avaient mise à lui rogner sa liberté. Ils n'avaient pas à s'inquiéter, il serait de retour dans un mois et se plierait alors aux désirs de son père.

Il déposa sa valise chez Lawrence, mais ne s'y attarda pas. Une heure plus tard il était de retour chez Djuna. Il était entendu qu'il prendrait ses repas chez elle.

En compagnie de Paul, Djuna n'avait plus l'impression d'être une femme mûre. Elle se retrouvait telle qu'elle était à l'aube de sa vie. Elle retrouvait ses dix-sept ans intacts, inaltérés par l'expérience, comme ces couches géologiques anciennes que des formations plus récentes ont un peu écrasées, mais n'ont pas effacées.

(Il a faim et soif de tendresse, mais je le sens si effrayé. Nous nous trouvons aussi insaisissables l'un que l'autre, et chacun se demande qui osera le premier prendre son vol. Un geste un peu trop vif, et la peur nous sépare. Son innocence m'arrête, et ce qu'il prend pour mon expérience le paralyse. Nous ne savons pas mieux l'un que l'autre ce que nous désirons. Nous restons à distance, prêts à prendre la fuite pour éviter d'être blessés. Il oscille comme moi, il est muet comme j'étais à son âge, il a les mêmes peurs que moi.)

Quand son corps s'approchait du sien, elle percevait en lui comme une vibration. Quand elle venait vers lui, joyeuse, elle sentait à travers ses brumes frémir en lui l'écho de son geste.

Abandonnant paisiblement sa main entre les siennes, il lui dit : « Vous vous donnez tant de mal pour moi. Pensez-vous qu'un jour, quand je serai grand, je saurai faire la même chose pour les autres ?

– Mais bien sûr ! » Il avait dit cela si gentiment, « quand je serai grand », qu'elle vit soudain devant elle un tout petit garçon et ne put s'empêcher de lui tirer d'une main leste la mèche de cheveux qui lui pendait devant les yeux.

Elle eut en même temps un petit rire un peu craintif, comme si elle avait peur qu'il lui rende la pareille, et cela le mit à l'aise.

Tellement à l'aise qu'il répliqua par une prise de judo et ne lui lâcha le bras que lorsqu'elle lui cria : « Tu me fais mal ! » Il s'aperçut alors qu'elle était plus fragile que les garçons sur qui il essayait ses forces, et se sentit soudain plus fort. Il s'aperçut qu'il en fallait si peu pour la vaincre ! Il pouvait lui faire mal si facilement qu'il cessa d'avoir peur quand elle approchait de lui son visage aux yeux démesurément agrandis et brillants, quand, en dansant, ses cheveux venaient lui balayer les joues comme une mèche de soie, ou quand elle s'asseyait par terre pour bavarder au téléphone avec des gens qui voulaient l'inviter. Elle refusait toujours l'invitation pour rester avec lui.

Toute sa peur avait disparu, une lumière brillante envahissait la chambre et les inondait tous les deux.

Il se sentait à l'aise pour dessiner, lire, peindre, ou simplement se taire. Autour d'eux la lumière à présent était chaude, douce, intime.

Avec Paul, Djuna sentait fondre les dix années de sa vie qui les séparaient. Elle retournait sous sa petite tente d'innocence et de foi, et elle s'apercevait que le rôle qu'elle abandonnait n'était pas fait pour elle. Elle ne s'était jamais sentie à l'aise dans ce personnage de femme mûre. C'était de là que venait tout son mal. Et grâce à Paul elle retrouvait des dimensions et une substance plus conformes à sa vraie nature.

Grâce à Paul, elle changeait une maturité feinte contre un état infiniment plus vulnérable, elle quittait son rôle torturant de femme pour se glisser dans un nid de tendresse.

Ils écoutaient ensemble la *Symphonie en ré mineur* de César Franck, et l'espace d'un moment, à travers le regard de Paul, elle passa de l'autre côté du miroir et pénétra à l'intérieur de la petite maison douillettement capitonnée de soie où habite la confiance.

L'art et l'histoire ne sont pour l'homme qu'une façon de vaincre sa peur. L'homme a peur de la mort, il voudrait vivre éternellement, rester éternellement avec les autres. Devant la mort, il est comme un enfant. Les enfants ont peur de la mort, du noir et de la solitude. Et derrière toutes les œuvres humaines, on retrouve ces peurs élémentaires. Un besoin élémentaire de lumière, de chaleur et d'amour. Derrière les constructions les plus élaborées de l'art, toujours ces peurs élémentaires. Observons-les avec calme et douceur, avec le regard d'un enfant. On y verra toujours en filigrane un être seul, inquiet, perdu, désemparé, qui cherche à déguiser sa faim et son besoin des autres, qui n'ose pas dire tout simplement: Je ne suis qu'un homme comme les autres, perdu dans un monde trop vaste, trop compliqué... Malgré tout ce que la science nous a appris, une feuille reste toujours pour nous une feuille. Qu'y a-t-il entre nous et une feuille, une simple feuille, sur n'importe quel arbre, dans n'importe quel square, verte, lustrée, ensoleillée ou ruisselante, ou blanchie par le vent qui se lève ? Regardons-la comme la regarderait n'importe quel sauvage, brillante de pluie ou de soleil, blanche de peur devant l'orage qui monte, argentée par la brume ou accablée par la chaleur d'été, détachée par l'automne, morte et ressuscitant à chaque printemps. Qu'elle nous donne une leçon de simplicité. Malgré tout ce que nous savons de sa structure, de ses nervures, son mésophylle, sa cellulose, son parenchyme, ses papilles, ses stomates... que nos rapports avec la feuille restent humains. Comme avec l'homme, la femme, l'enfant. De la tendresse. Qu'importe que le monde soit immense, complexe, contradictoire, il existe toujours quelque part des hommes, des femmes, des enfants... des feuilles. Avec un peu d'humanité, tout devient chaleureux et simple. Un peu d'humanité. Que des flots de chaleur humaine ruissellent sur les cités abstraites, sur toutes les abstractions de l'art, que ses torrents fassent craquer le roc et fondre la banquise. Ces mondes glacés qui tournent comme des mobiles vides où les cœurs nus sont suspendus dans de petites cages comme les filaments d'une ampoule électrique... Qu'ils éclatent sous la tendre caresse d'une feuille !

Le lendemain matin, Djuna prenait son petit déjeuner au lit quand Lawrence arriva.

« Je suis fauché. Je prendrais bien mon petit déjeuner avec toi. »

Il mordait déjà dans son pain grillé quand la bonne annonça : « Il y a à la porte un monsieur qui ne veut pas dire son nom.

– Allez lui demander ce qu'il veut. Je n'ai pas envie de m'habiller maintenant. »

L'intrus avait suivi la bonne et se trouvait déjà au milieu de la chambre.

Avant que personne ait eu le temps d'ouvrir la bouche, il lança sur le ton le plus désagréablement sarcastique : « Ha ha ! On prend son petit déjeuner ?

– Qui êtes-vous ? De quel droit entrez-vous chez moi ? dit Djuna.

– J'ai tous les droits. Je suis un détective.

– Un détective ! »

Les yeux de Lawrence se mirent à pétiller de plaisir.

« Peut-on savoir ce que vous faites ici, mon jeune ami ? reprit le détective.

– Je prends mon petit déjeuner », dit Lawrence le plus naturellement du monde, en continuant allégrement de boire son café, après quoi il beurra une tartine qu'il offrit à Djuna.

« Magnifique ! dit le détective. Je vous prends sur le fait ! Ainsi monsieur prend son petit déjeuner pendant que ses père et mère se rongent les sangs. Savez-vous que vous n'avez pas dix-huit ans, et qu'ils ont le droit de vous faire réintégrer de force le domicile paternel, et de vous y boucler si bon leur semble ? » Et, se tournant vers Djuna, il ajouta : « Peut-on savoir quel intérêt vous portez à ce jeune homme ? »

Djuna et Lawrence furent secoués d'un fou rire.

« Je ne suis pas le premier », dit Lawrence.

Le détective eut l'air ravi de cette collaboration inattendue. Il n'aurait jamais cru qu'on lui simplifierait à ce point son travail.

« Ah ! Vous n'êtes pas le premier ! »

Djuna cessa de rire. « Ce qu'il veut dire, c'est que tous ceux qui sont fauchés peuvent venir prendre leur petit déjeuner ici.

– Voulez-vous du café ? dit Lawrence avec un sourire insolent.

– Assez parlé, dit le détective. Maintenant, Paul, veuillez me suivre.

– Je ne m'appelle pas Paul.

– Qui êtes-vous ?

– Je m'appelle Lawrence.

– Mais vous connaissez Paul, n'est-ce pas ? Y a-t-il longtemps que vous l'avez vu ?

– Il était ici hier soir. Je donnais une petite soirée.

– Hier soir ? Où est-il allé ensuite ?

– Je n'en sais rien, dit Lawrence. Je pensais qu'il rentrait chez ses parents.

– Et en quoi consistait cette soirée ? » demanda le détective.

Mais maintenant Djuna ne riait plus. « Sortez d'ici immédiatement », dit-elle avec colère.

Le détective sortit de sa poche une photographie qu'il compara au visage de Lawrence, et vit effectivement qu'il n'y avait aucune ressemblance entre eux. Il regarda encore une fois Djuna et lut une telle colère sur son visage qu'il s'en alla.

À peine avait-il disparu que la colère de Djuna s'évanouit et elle éclata de rire avec Lawrence. Mais brusquement une inquiétude balaya sa gaieté. « Tout cela risque de tourner mal, Lawrence. Paul ne pourra plus venir ici. Imagine ce qui se serait passé s'il s'était trouvé à ta place ce matin ! »

Elle vit soudain un autre aspect de la situation qui la toucha douloureusement. « Que sont donc ces gens-là, pour ne pas hésiter à employer la force pour ramener leur fils chez eux ? »

Elle décrocha le téléphone et appela Paul. Sous le choc, Paul s'écria : « Ils ne me feront pas revenir de force à la maison.

– Je ne connais pas la loi, Paul, mais je crois qu'il vaut mieux que tu ne viennes plus chez moi. Nous nous verrons ailleurs… aux ballets, par exemple… jusqu'à nouvel ordre. »

Dans les jours qui suivirent, ils se retrouvèrent aux concerts, aux ballets ou dans des galeries de peinture. Personne n'avait l'air de les suivre.

Djuna vivait dans la crainte perpétuelle de le perdre, de ne plus jamais le revoir. Quand ils se retrouvaient après leurs multiples adieux, c'était toujours avec une inquiétude fiévreuse. Et ils se regardaient comme si c'était la dernière fois qu'ils se voyaient.

Elle avait si peur de le perdre qu'elle le regardait longuement, elle laissait s'imprimer profondément en elle toutes les facettes de son visage, tous ses gestes, toutes les inflexions de sa voix, en prévision de sa disparition. Son image pénétrait au plus profond d'elle-même, s'y incrustait de plus en plus intimement à mesure qu'elle luttait contre son effacement.

Il lui semblait qu'elle percevait aussi distinctement ce qu'il était que ce qu'il deviendrait. Elle lisait sur ses traits les signes de sa force, de sa lucidité et de sa plénitude futures. Tout le présent était illuminé par cette intuition du futur. Les autres ne voyaient qu'un jeune homme qui faisait ses premières expériences, ses premiers pas dans le monde, s'enivrait pour la première fois, oscillait d'une contradiction à l'autre. Djuna voyait l'homme qu'il serait plus tard, elle voyait un Paul inconnu des autres, en pleine possession de lui-même et de cette force qui ne se révélait encore que par intermittence.

Quand les nuages et les brunies de l'adolescence se seront dissipés, il y aura à sa place un homme accompli, riche d'une sensibilité et d'une intelligence qui lui feront choisir le meilleur de la vie, refuser le médiocre et le superficiel, rechercher l'extraordinaire avec un instinct infaillible.

Pour faire intervenir un détective, fallait-il donc que ses parents ne connaissent rien de tout ce qui dormait en lui, de cette mine de tendresse insondable que seule Djuna avait su voir !

Elle vivait avec un Paul inconnu de tous, dans une intimité tellement secrète qu'elle échappait aux plus fins détectives, qu'elle échappait au monde entier.

Sous la voix embrumée de Paul, elle reconnaissait une chaleur secrète, sous ses hésitations, une force inexprimée, et derrière ses angoisses, un rêve tellement immense qu'il ne pouvait encore ni le comprendre ni le réaliser.

Un soir, se retrouvant seule dans sa chambre après avoir passé tout l'après-midi avec lui, elle s'allongea sur son divan, et tandis que l'oiseau de cuivre tournoyait lentement au plafond, des larmes lui montèrent aux yeux si insensiblement qu'elle ne s'en aperçut que lorsqu'elles roulèrent sur ses joues.

Une tendresse intolérable lui fondait l'âme et le corps, une tendresse l'inondait devant ce jeune visage, devant le langage muet de ce corps, la grande douceur affamée de ses tâtonnements, de son cheminement, comme un prisonnier qui s'avance lentement, pas à pas, de porte en porte, de cellule en cellule, de couloir en couloir, vers la lumière. La prison qu'on avait construite autour de lui était une prison de ténèbres. C'était lui-même, ses vrais besoins, sa vraie nature, qu'on avait plongés dans la nuit.

Prison que les parents bâtissaient de leurs mains.

Ce qu'il était lui-même, il l'ignorait. On l'avait empêché de se voir. Ce faisant, on l'avait enchaîné, séquestré. Ses parents et ses maîtres lui avaient imposé une fausse image de lui-même qui leur convenait mieux. Mais ils ne savaient rien de lui, ils ne le connaissaient pas.

Oh, cette tendresse… non, il ne fallait pas. Elle détourna la tête, comme pour fuir son image, et murmura : « Il ne faut pas que je l'aime, il ne faut pas que je l'aime. »

On sonna à la porte. Avant qu'elle ait eu le temps de se relever, Paul entra.

« Oh, Paul, c'est dangereux ce que tu fais là !

– Il fallait que je te voie. »

Il s'arrêta à mi-chemin. Son corps essayait de parler. Que disait-il ? Et que disaient ses yeux ?

C'était trop, il était trop près d'elle, elle se sentait prise par son regard, alors elle se leva d'un bond pour aller préparer du thé, pour mettre entre elle et lui un plateau et quelques tartines, comme ces fragiles remparts de sable que construisent les enfants sur les plages et que la mer a tôt fait d'emporter.

Elle lui parlait mais il n'écoutait pas, elle-même n'écoutait pas ce qu'elle disait, car son sourire la pénétrait et elle aurait voulu s'enfuir.

« Je voudrais savoir... », dit-il, mais ses mots restèrent en suspens.

Il était assis auprès d'elle, trop près, et elle n'en pouvait plus. Elle se sentait fondre, elle se sentait engloutie. Elle cherchait désespérément une porte à refermer entre elle et lui. « Il ne faut pas que je l'aime, il ne faut pas que je l'aime ! »

Elle s'écarta légèrement, mais les cheveux de Paul étaient presque contre sa main et ses doigts, attirés malgré elle comme par un aimant, les caressèrent d'un petit geste mutin.

« Qu'est-ce que tu veux savoir ? »

Avait-il remarqué qu'elle tremblait ? Il ne répondit rien. Il se pencha sur elle brusquement et il lui prit la bouche, dans un grand élan affamé, volontaire et violent, en homme. Par ce baiser il la revendiquait, il se l'appropriait tout entière.

Ils s'embrassèrent à perdre haleine et retombèrent tous deux l'un près de l'autre sur le lit, et elle sentit son corps contre le sien, vigoureux et brûlant, sa passion inflexible.

Il promena sur elle une main hésitante. Tout cela était nouveau pour lui, un cou de femme, une épaule de femme, des crochets, des boutons.

Parfois son geste vacillait, suspendait ses explorations, mais aussitôt les étincelles du plaisir revenaient ranimer sa main.

C'était comme si jamais aucune autre main ne s'était posée sur elle. Sous les doigts délicats de Paul, des cellules inconnues de son corps s'éveillaient et criaient : « Prends, je suis à toi ! »

Celui qui touche un sein pour la première fois touche un sein que personne avant lui n'avait jamais touché.

Le regard bleu de Paul, qui n'avait pas encore pleuré, lavait ses yeux comme une marée qui les rendait brillants et clairs.

Les cils de Paul, encore intacts, se posaient sur les siens, et lui restituaient tous ceux qu'elle avait perdus en pleurant.

Et les cheveux de Paul, jamais noués par les cauchemars ou écrasés contre des oreillers fiévreux, s'entremêlaient aux siens et défaisaient leurs écheveaux de peine.

Dans les grottes profondes que la tristesse avait creusées en elle, il plongeait sa jeunesse joyeuse, il découvrait des sources infinies et brûlantes.

Mais au seuil de l'ultime mystère du corps, il s'arrêta soudain. D'une grande poussée tumultueuse il avait pénétré en elle, et maintenant il restait immobile.

Était-ce ainsi qu'il fallait faire, rester paisiblement couché dans le sanctuaire de la femme ?

Un grand silence les entourait.

Mais la fièvre battait en lui, la sève montait, un besoin furieux de violence tendait leurs corps.

Elle commença à onduler doucement, et aussitôt se déclencha en lui le grand maelström du désir, les épées d'argent du plaisir tournoyèrent.

Quand ils s'éveillèrent de leur transe, ils se sourirent sans bouger. Ils étaient immergés l'un dans l'autre, hanche contre hanche, minceur contre minceur, jambes jumelles.

Leurs corps étaient ensevelis dans le silence, noyés dans une douceur ouatée.

L'immense vague de feu qui les avait roulés ensemble les redéposait tendrement sur le sable dans de petits cercles d'écume.

Sur la table se trouvait un grand vase de tulipes. Djuna s'en approcha. Dans son exaltation, il fallait qu'elle caresse quelque chose, qu'elle déverse sa joie quelque part.

Tout son corps, que les mains de Paul venaient d'ouvrir, brûlait d'ouvrir le monde entier, de le sentir vibrer à l'unisson de son bonheur.

Les tulipes étaient là, closes sur elles-mêmes, comme de mystérieux poèmes, comme une chair secrète. Elle prit chaque fleur entre ses mains, tulipe banale de la vie quotidienne, et, doucement, un pétale après l'autre, écarta la corolle, la força tendrement à s'ouvrir.

Et les fleurs banales se changèrent en bouquet exotique, le cœur secret devint corolle épanouie.

Alors elle entendit la voix de Paul qui lui criait : « Ne faites pas cela ! »

Une voix pleine d'angoisse. Il répéta encore : « Ne faites pas cela ! »

Elle se sentit poignardée d'inquiétude. Pourquoi était-il aussi affolé ?

Elle regarda les fleurs. Puis elle regarda Paul, son visage contre l'oreiller, ennuagé d'angoisse, et soudain elle eut peur. Elle l'avait ouvert trop tôt à l'amour. Il n'y était pas prêt.

Malgré toute sa tendresse, toute la délicatesse de son geste et son immense amour, c'était prématuré. Elle avait trop hâté le temps, comme elle avait hâté la métamorphose de ses fleurs. Il n'y était pas prêt !

Elle comprenait maintenant pourquoi elle avait hésité, pourquoi elle avait eu envie de fuir. C'était lui qui avait fait le premier geste, mais elle, elle qui savait, elle aurait dû lui épargner cette source d'angoisse.

(Mais Paul, en voyant les tulipes écartelées, n'y voyait pas sa propre image. C'est Djuna qu'il voyait, Djuna ouverte. Il avait mal en la voyant forcer ses fleurs comme il avait forcé son corps. Dans l'immense vague du silence, dans l'engourdissement hypnotique du plaisir, il l'avait entendue gémir malgré la joie qui rayonnait sur son visage. Il avait cru l'avoir blessée en se plongeant en elle si furieusement. C'était tellement comme un poignard, cette poussée du désir !)

« Je vais me rhabiller », dit-elle d'un ton léger. Si elle ne pouvait plus refermer les tulipes, elle pouvait au moins remettre ses vêtements. S'enclore, pour le laisser se refermer en paix.

Mais en la regardant, il sentit de nouveau surgir avec violence une poussée de désir plus forte que sa peur. « Ne te rhabille pas encore ! »

Il vit une nouvelle fois sur le visage de Djuna ce sourire inconnu, il en accepta le mystère et s'abandonna lui-même à sa joie.

Le cœur de Paul battait furieusement contre elle, à la fois affolé et joyeux au moment de la prendre. Battements fous de son cœur contre le sien, puis cette houle aveugle et cadencée qui les fondait intimement et les laissait ensuite indissolublement liés.

La tempête apaisée, il resta immobile sur le corps de Djuna, rêveur, comme un bateau qui a touché le port. À bout de souffle, abandonné, extasié. Elle supportait son poids avec joie. Mais au bout d'un moment elle se sentit un peu endolorie et engourdie et elle bougea légèrement. « Je t'écrase ? lui demanda-t-il.

– Tu m'aplatis comme une hostie », répondit-elle en souriant. Il sourit lui aussi, puis il dit en riant :

« C'est pour mieux te manger, mon enfant ! »

Et il la couvrit de nouveau de baisers, comme s'il voulait la dévorer.

Puis il se releva et dans un grand mouvement joyeux, exultant, fit un saut périlleux sur le tapis.

Elle restait allongée, regardant évoluer l'oiseau de cuivre au centre de la chambre.

Ne pouvant contenir sa joie il fit encore une cabriole et revint auprès d'elle en disant :

« Je vais téléphoner à mon père ! »

Elle ne comprenait pas pourquoi. Se penchant par-dessus son corps, il décrocha le téléphone. Une main posée sur la poitrine de Djuna, il composa le numéro.

Elle lut alors sur son visage ce qu'il voulait annoncer à son père. Lui dire ce qui ne pouvait pas se dire, mais que de tout son corps il voulait lui crier : « J'ai pris une femme ! J'ai possédé une femme. Nous sommes à égalité maintenant. Je suis un homme moi aussi ! »

Quand son père répondit, Paul ne put rien dire d'autre que les paroles banales que tous les fils disent à leur père, mais il les prononça avec une arrogance triomphante, comme si son père pouvait le voir, la main posée sur le corps de Djuna : « Papa, c'est moi.

– Où es-tu ? lui répondit son père d'une voix dure. Nous t'attendons à la maison. Tu pourras continuer à voir tes amis si tu veux, mais je te demande de revenir. Fais cela pour ta mère. Elle t'a préparé à dîner. »

Paul éclata de rire. Une main plaquée sur le micro du téléphone, il rit comme jamais il n'avait ri de toute son enfance.

Ce jour-là entre tous, ils comptaient sur lui pour dîner !

Ils étaient aveugles au miracle. Son père aurait pourtant pu voir, entendre, à l'autre bout du téléphone, qu'il venait de connaître une femme. Elle était là, près de lui, souriante.

Comment le père peut-il oser donner des ordres à son fils ? N'entend-il pas cette voix neuve, cette voix d'homme qui vient de naître ?

Paul raccrocha.

Ses cheveux retombaient devant ses yeux brillants. Djuna, par jeu, tira une mèche. Il arrêta son geste. « Non, fini maintenant ! » Et il planta ses dents dans la chair tendre de son cou.

« Tu te fais les dents sur moi, dit-elle, pour tes futures proies. »

Quand le désir fondait sur lui, il avait toujours un moment d'affolement, presque d'angoisse, devant cette marée irrésistible. Avant de pouvoir fermer les paupières et de s'abandonner, il fallait qu'il commence par fermer soigneusement les volets, les fenêtres et les portes.

C'était le plus secret des jeux, et il craignait les yeux du monde. Le monde était plein de regards qui épiaient tous ses actes pour les désapprouver.

Il retrouvait les peurs secrètes de son enfance. L'époque où tous ses rêves et ses désirs, ses moindres actes, ses moindres joies, se heurtaient au regard sévère de ses parents. Jamais il n'avait rencontré dans leurs yeux une seule lueur d'approbation, d'amour, d'admiration. Aussi loin qu'il remonte dans le temps, il ne se souvenait que de leurs réprimandes et de leurs punitions chaque fois qu'il s'exprimait. C'étaient eux qui l'avaient poussé très tôt à tout faire en cachette.

Il avait lu en cachette *Les Mille et Une Nuits*, il avait fumé en cachette, il avait rêvé en cachette.

Ses parents ne l'interrogeaient sur lui que pour mieux le punir.

Il fermait donc volets, rideaux, fenêtres, avant de prendre Djuna dans ses bras. Puis ils fermaient tous deux les yeux sous leurs caresses.

Il y avait sur le divan une couverture tricotée qu'il affectionnait. Il adorait se réfugier dessous comme sous une tente. À travers les mailles du tricot il voyait la chambre et Djuna comme derrière une grille orientale. Il passait une main par-dessous et attrapait avec son petit doigt le petit doigt de Djuna.

Comme dans les rêves d'un fumeur d'opium, ce tout petit geste devenait immense. Leurs deux petits doigts enlacés devenaient un pont fragile qui les reliait l'un à l'autre. Ce petit doigt qui la tirait si doucement prenait possession d'elle comme personne ne l'avait jamais fait jusqu'alors.

Ce geste était plus fort que toutes les violences, il contenait en lui toute la puissance du monde et l'attirait comme dans un songe sous la couverture de tricot.

Là-dessous, ils se sentaient à l'abri des menaces, des pères, des détectives et de tous les tabous inventés par le monde pour séparer les amoureux.

Lawrence fit irruption pour les prévenir qu'on avait vu le père de Paul dans les parages, au volant de sa voiture.

Paul et Djuna devaient dîner ensemble avant d'aller voir un spectacle de ballets.

Lorsque Lawrence entra, Djuna fixait dans ses cheveux un oiseau fantaisie que Paul lui avait fabriqué.

Paul pâlit légèrement, puis il sourit et dit : « Ma petite hostie, est-ce que tu ne pourrais pas te faire moins belle, au cas où mon père arriverait ? »

Djuna effaça tout son maquillage et détacha de ses cheveux l'oiseau léger aux plumes multicolores. Puis ils s'assirent pour attendre le père.

« Je vais te raconter l'histoire de Caspar Hauser, dit Djuna. C'est une histoire qui s'est passée il y a très longtemps, en Autriche. Caspar Hauser avait environ dix-sept ans quand il apparut un beau jour en pleine ville, complètement perdu, incapable de dire d'où il venait. Il avait vécu enfermé dans l'obscurité depuis l'enfance. On ignorait ses origines, comme les raisons de sa séquestration. C'était probablement une intrigue de palais : un enfant qu'on avait voulu écarter du trône, ou peut-être le fils illégitime de la reine… Quoi qu'il en soit, son gardien étant mort, le prisonnier s'était retrouvé libre. Mais dans sa solitude, il était devenu un homme tout en gardant une sensibilité d'enfant. Il faisait toujours le même rêve, qu'il prenait pour un souvenir. Il se voyait vivant dans un château. On le conduisait dans la chambre de sa mère, mais sa mère restait cachée derrière la porte et il ne la voyait jamais. Était-ce un rêve ou un souvenir ? Il voulait retrouver ce château et retrouver sa mère. Les habitants de la ville le recueillirent comme une curiosité. Ils étaient à la fois exaspérés et fascinés par sa candeur et par la spontanéité instinctive des jugements qu'il portait sur eux. Ils voulurent le convertir à leurs idées et faire son éducation. Mais lui sentait trop bien leur fourberie, leur hypocrisie et leur égoïsme. Il ne croyait qu'à son rêve, et il donna toute sa confiance à un homme qui lui avait promis de l'aider à retrouver son château et sa mère. Mais cet homme le trahit et le livra à ses ennemis. Peu de temps avant sa mort, il avait rencontré une femme qui n'avait pas osé l'aimer à cause de sa trop grande jeunesse. Si cette femme avait laissé parler son cœur, peut-être aurait-il été sauvé.

– Pourquoi n'avait-elle pas osé ? demanda Paul.

– Elle n'avait vu que l'obstacle qui les séparait, dit Djuna. La plupart des gens ne savent pas voir au-delà. »

(Il ne peut plus t'arriver aucun mal maintenant, Paul, plus aucun mal. Te voilà libre. Tu as pris un bon départ dans la vie. Tu as été aimé par la première femme que tu as désirée. Tu as été comblé. Moi qui ai si mal commencé, moi qui me suis heurtée dès le départ à une porte close… Toi au moins tu n'as pas souffert, on t'a donné ce que tu désirais, on ne t'a rien refusé. Maintenant c'est moi qui risque de souffrir. Car je sais qu'après t'avoir mis sur la voie il faudra que je te laisse poursuivre ton chemin sans demander davantage.)

Ils attendaient son père.

Lawrence était reparti. Cette attente les mettait mal à l'aise.

Paul apprit à Djuna à manger le riz avec des baguettes chinoises. Puis, après avoir essuyé ses baguettes, il se mit à les faire jouer comme des marionnettes balinaises, leur faisant exprimer les pensées qu'aucun d'eux n'osait formuler.

Ils attendaient toujours son père.

Paul faisait gesticuler ses baguettes comme de petits personnages impertinents. Il leur fit taquiner le corsage de Djuna et déboutonner adroitement un bouton. Ils éclatèrent de rire tous les deux.

« Il faut partir, dit Djuna, ou nous allons manquer le ballet. Ton père ne viendra plus maintenant. »

Mais elle vit le visage de Paul illuminé par le désir.

« Attends, Djuna. » Il défit le second bouton, puis le troisième.

Posant ensuite sa tête sur la poitrine de Djuna, il lui dit : « Ne sortons pas ce soir. Restons ici. »

Paul détestait les petites vagues superficielles. Il lui fallait de larges houles qui s'accordent à l'immensité de ses rêves. Il fallait qu'il possède le monde en conquérant, qu'il se taille un empire, qu'il règne en maître sur de grands territoires.

Il possédait le monde à la manière des enfants, et son royaume était de ceux qui ne figurent sur aucune carte tracée de main d'homme. Seuls des terres inconnues, des horizons illimités, pouvaient le contenter.

Djuna portait en elle des résonances infinies qui prenaient source dans un passé qu'il n'avait jamais fini d'explorer. Il savourait en elle l'étrange parfum qu'avait fait naître la souffrance, le plus pénétrant des parfums. Il devinait l'obscure présence de forêts épaisses, de fleuves innommés, de montagnes énigmatiques, de mines précieuses, de grottes souterraines emplies de connaissances secrètes. Terres bénies pour l'explorateur intrépide.

Mais elle était surtout son océan, et il lui écrivait : « L'homme qui possède une femme possède la mer. »

L'amour d'une femme, vaste houle infinie !

Cet océan avait parfois des tempêtes de passions qu'il ne se sentait pas toujours capable d'affronter.

S'il aimait le danger, l'inconnu, l'immense, il éprouvait aussi quelquefois le besoin de s'enfuir, de mettre entre lui et la mer une distance raisonnable pour ne pas se laisser engloutir.

S'enfuir, se réfugier dans le silence, dans une sorte d'invisibilité grâce à laquelle il pouvait rester là, assis sur le tapis, tout en donnant l'impression d'être ailleurs, totalement absorbé par un livre, un dessin, une musique.

Djuna, les yeux fixés sur le petit doigt de Paul, s'émerveillait de son extrême fragilité, de son extraordinaire délicatesse.

(Un enfant transparent.)

Et devant ce doigt transparent, au modelé si pur et si sensible, à l'ossature si délicate, qui se posait sur les objets avec une légèreté impondérable qui tenait du miracle, devant cette merveille dont elle sentait tout l'éphémère, une vague de passion montait en elle et déferlait comme la mer qui se brise sur le sable, recouvrant le nageur d'une explosion d'écume et le roulant doucement dans son mouvement de va-et-vient mais sans chercher à l'entraîner vers les grands fonds.

Mais Paul, avec l'instinct des nageurs néophytes, savait quand il pouvait se jeter sans danger dans le creux lisse de la vague pour se laisser ensuite porter, soulever en extase jusqu'à la crête et redéposer sain et sauf sur la grève ; ou quand il fallait fuir la lame gigantesque qui s'étirait vers lui et qui dissimulait de dangereux courants contre lesquels, connaissant la mesure de ses forces, il ne pourrait lutter.

Alors il retournait aux jeux moins dangereux de son enfance à peine abandonnée.

Djuna le retrouvait gravement penché sur un dessin. Mais ce n'était pas le travail qu'il faisait qui l'isolait du monde, c'était plutôt sa façon d'être, une façon de se fermer hermétiquement comme ces coffrets chinois dont la surface lisse dissimule parfaitement l'ouverture.

Il restait assis devant son dessin, imperturbable comme un enfant, retranché dans son monde solitaire derrière le rempart magnétique de son indifférence.

Il pouvait également pratiquer, avec autant d'habileté que ses aînés, le grand jeu masculin de l'objectivité. Ce jeu qui consiste à braquer ses regards vers de plus vastes horizons pour éluder ses problèmes personnels. À s'abstraire du présent, du privé, pour se plonger dans les dédales les plus abstrus d'une partie d'échecs, pour commenter Darwin comparant l'œil au microscope, ou disserter sur les particularités des pleuronectidés, autrement appelés poissons plats, et leur remarquable asymétrie.

Djuna suivait ce safari dans les savanes de la science, de la chimie, de la géologie, comme une somnambule. Ce n'était pas une paresse de l'esprit, c'était que la passion qui l'avait envahie était si difficile à contenir, et que l'émerveillement qu'elle avait éprouvé en contemplant le petit doigt de Paul lui semblait aussi grand que celui de l'explorateur devant une nouvelle chaîne de montagnes, ou du savant devant une nouvelle découverte.

Elle savait avec quelle fièvre les hommes vivaient ces moments-là, mais pour elle il n'y avait pas plus de beauté dans un paysage vu d'avion à très haute altitude que dans le paysage délicatement nuancé et mouvant de l'adolescence qu'elle survolait en contemplant le petit doigt de Paul.

Les fouilles archéologiques du Pérou ne l'émerveillaient pas davantage que les rêves de Paul dont elle déterrait patiemment les premières ébauches sous la vague des paroles. Et les forêts les plus riches en essences avaient moins de diversité que les oscillations de ce cœur vulnérable qui cherchait constamment des refuges et des déguisements, qui balançait de façon si touchante entre un immense courage et la peur de souffrir.

L'éveil de sa conscience était pour elle un miracle aussi grand que les plus grandes découvertes de la chimie, et ses sautes de température, ses orages mystérieux et ses calmes soudains n'étaient pas moins intéressants à étudier que les climats lointains.

Mais quand il se trouvait devant une vague trop forte dont le dôme lisse annonçait davantage qu'une simple pluie d'écume extasiée sur le dessin superbe de ses mains, dont la courbe profonde promettait davantage qu'un bref apaisement, qu'un orgasme éphémère, Paul se fermait comme un mystérieux coffret chinois où ni les ruissellements de la tendresse ni les débordements de la passion ne parvenaient à s'infiltrer ; alors, avec une étrange douleur, Djuna sentait son élan se briser en une multitude de petites gerbes frivoles pailletées de lumière, honteuse de n'avoir que sa démesure à offrir à cet adolescent qui lui donnait tout ce qu'il possédait : ses éclairs de virilité, ses rêves immenses et sa peur de s'ouvrir à la vie, sa maturité neuve et son refus de cette maturité qui le chassait des jardins de l'enfance.

Et quand la vague immense s'était brisée en mille petites crêtes ensoleillées et que Paul, rassuré, n'avait plus peur d'être entraîné dans les grands fonds et dépossédé de lui-même – la grande terreur secrète de tous les adolescents –, il rassemblait ses forces retrouvées dans la solitude et revenait de lui-même provoquer, ranimer le désir brûlant de Djuna, prêt à plonger cette fois, à s'immerger en elle avec l'ivresse d'un homme qui a vaincu la mer...

Ensuite il pouvait lui écrire dans un transport de joie: Tu es la mer...

Mais Djuna voyait déjà se former en lui de petites vagues qui prenaient force et se gonflaient en attendant le jour où à leur tour elles engloutiraient les autres.

Et sous le frêle adolescent rêveur elle voyait se dessiner l'homme passionné qui répétait son futur rôle de conquérant.

Il parcourait les rues grises de la ville un foulard blanc autour du cou. Blancheur invulnérable. Sa tête de rêveur flottait sur les plis de l'étoffe immaculée, et il déambulait en ne cueillant, comme un magicien, que ce qu'il désirait voir et entendre, que ce qui répondait à ses besoins profonds. Là enfin il pouvait choisir en toute liberté les matériaux avec lesquels il construirait progressivement, lui aussi, son univers.

Son foulard blanc garantissait qu'il n'avait pas été touché, ni par les arbres asphyxiés, ni par les fenêtres brisées, les mendiants, les infirmes, les graffiti obscènes, les propos orduriers des ivrognes, les miasmes et les pourritures des villes.

Il ne les voyait pas. Il ne les entendait pas.

Il traversait des rues désertes, emmuré dans son rêve intérieur, n'ouvrant soudain les yeux que pour voir devant lui un joueur d'orgue de Barbarie avec son singe.

Il rapportait toujours de ses expéditions un livre ou une peinture, ou un morceau de musique, tout ce par quoi les hommes tentent de sortir de la médiocrité, et qui lui permettait, à lui, d'élargir sa vision du monde.

L'écharpe blanche ne mentait pas.

C'était le pavillon qui convenait à son navire.

Sa tête, portée par la blancheur des plis, échappait à toute corrosion. Il pouvait traverser des égouts, des hôpitaux ou des prisons sans que leur odeur le poursuive. Ses vêtements, son haleine, ses cheveux, continuaient d'exhaler les parfums de son rêve.

Dans cette forêt vierge, il choisissait.

Et quand il revenait, son foulard blanc étincelait de toutes les images refusées, restées prises dans ses plis.

Paul s'étonnait toujours de l'intérêt que lui portaient les personnes plus âgées.

Il n'imaginait pas qu'elles puissent lui envier quoi que ce soit. Il ignorait qu'en le voyant, elles se retrouvaient brusquement confrontées à leurs rêves d'enfant.

En le voyant devant l'entrée du labyrinthe, elles retrouvaient l'endroit précis où elles avaient commencé à se perdre. Les tout premiers méandres par où avait commencé leur voyage. Elles reconnaissaient leurs premiers rêves, leurs premiers projets, leurs premiers désirs.

Elles auraient volontiers pris son écharpe blanche et refait le voyage.

Pourtant Djuna sentait en elle désormais une sorte de pureté nouvelle. Comme une nouvelle innocence, dans le don qu'elle faisait d'elle-même. Elle retrouvait sa pureté en se donnant, comme Paul la retrouvait en s'échappant.

Les larmes de sa mère, l'intransigeance moins excessive de son père, finirent par le ramener chez lui.

Quand arriva son dix-huitième anniversaire, le vrai, le seul que ses parents lui reconnaissent, il ne put le fêter avec Djuna. Mais avec elle il en avait fêté tant d'autres, tant d'autres que ses parents, le connaissant si mal, n'auraient jamais songé à célébrer.

Jamais ils n'auraient célébré l'anniversaire de sa virilité, de son humour, de sa première soûlerie, de ses premiers succès dans le monde ; ni celui de ses premiers pas en poésie, en peinture, en musique ; ni celui de son imagination, de ses premières prises de conscience, ses premières amitiés, ses premières découvertes de lui-même et de toutes ses ressources cachées.

Tous ces anniversaires, qu'il avait célébrés avec Djuna, étaient les plus belles fêtes qu'elle ait jamais connues. Elle avait vu s'épanouir des floraisons insoupçonnées, se briser des coquilles, émerger un homme neuf.

Mais celui-là, le vrai, ils ne le fêteraient pas ensemble.

Sa mère lui fit un bon dîner, son père joua aux échecs avec lui... eux qui l'aimaient si mal, qui l'avaient étouffé, ligoté, empêché d'être un homme.

Sa mère lui avait fait un beau gâteau, magnifiquement glacé, saupoudré de tabous, de prudence, de méfiance, avec une jolie bordure bien nette, comme une clôture de jardin, pour marquer les limites de ses propriétés, barrer la route à l'aventure.

Son père joua aux échecs sans un mot, et la façon froidement calculée dont il bougeait ses pièces laissait entendre combien il condamnait les danses désordonnées du cœur, les caprices du corps, et par-dessus tout l'acte même qui avait permis que Paul soit avec eux ce soir, la pulsion instinctive d'où était né cet être lumineux qui mangeait à leur table.

Le gâteau dont ils le bourraient était pétri d'avertissements : méfie-toi des autres, et méfie-toi tout particulièrement de ceux ou celles qui ne figurent pas dans le Bottin mondain.

Les bougies ne célébraient pas sa liberté future, elles étaient là pour dire : « Hors de ce cercle de lumière, hors du cercle de ta famille, il n'y a pas de vraie sécurité. »

Un petit cercle. Et au-delà : le mal.

Il mangea donc de ce gâteau d'anniversaire que sa mère lui avait confectionné en y mêlant des philtres contre l'amour, l'épanouissement, la liberté, spécialité du vaudou blanc.

Gâteau pour empêcher l'enfant de devenir un homme !

Finies les nuits où l'aube qu'on voit poindre ensemble est la plus belle noce des amants, la seule fête qui leur soit permise.

Un jour pourtant il arriva chez elle, sa valise pleine de linge sale. Tout le linge sale qu'il avait remporté chez lui. Sa mère lui avait dit : « Remporte cela d'où ça vient, je ne laverai pas du linge que tu as souillé avec des gens que je ne connais pas. »

Alors il l'avait tranquillement apporté à Djuna, à celle dont l'amour était assez grand pour veiller avec joie à l'entretien d'un linge sali en apprenant la liberté.

Elle eut le cœur serré devant la petite taille de ses chemises. Elle comprit qu'il était vulnérable et qu'elle ne pourrait pas toujours le protéger. Il était encore si fragile, si jeune, si facile à tyranniser.

Ils écoutaient ensemble la *Symphonie en ré mineur* de César Franck.

Et Djuna, comme chaque fois que la musique croisait sa route, sentit se réconcilier en elle tous ses conflits.

Cette symphonie avait toutes les tonalités de la tendresse.

La première fois qu'elle l'avait entendue, c'était l'année de ses seize ans, un après-midi qu'il pleuvait, et la musique restait liée dans sa mémoire à l'amour qu'elle avait éprouvé pour Michael, un immense amour calme, sans paroxysme. Elle associait cette musique à la première idée qu'elle s'était faite de l'amour : celle d'une incommensurable tendresse.

La symphonie de César Franck exprimait cette exaltation soudaine, cette submersion de l'être dans la douceur, cette rémission totale de la violence. C'était une perpétuelle ascension, une montée fiévreuse de l'âme, indéfiniment répétée sans jamais parvenir jusqu'à l'ultime palier de l'explosion.

Une paix infinie émanait de l'obsédante répétition des thèmes en mineur, et elle avait cru, à seize ans, que tout l'amour tenait dans cette coulée paisible, dans ces spirales délicates, ces vagues et ces ondulations de la musique qui l'enivraient comme une drogue.

César Franck apportait un message de tendresse et d'espoir qui se superposait à la présence de Paul, et elle y déchiffrait la promesse d'une passion sans orage.

Elle avait tant souhaité ces paysages brumeux, ces spirales vertigineuses et sages. Ce doux opium.

Tandis qu'elle écoutait glisser la symphonie dans sa fuite immobile (mystérieuse immobilité de la musique, à la fois mouvante et captive au creux de son sillon comme la chambre secrète de sa maison était murée dans son invisible sommeil), Djuna revit soudain l'obélisque de la place de la Concorde, la flèche de pierre plantée au centre de la place gracieuse et turbulente, rassemblant autour d'elle des jardins, des fontaines et le flot des automobiles. Le javelot de pierre qui transperçait la nuit, la brume, la pluie et le soleil, qui visait sans trembler les nuages.

Elle revit Matilda la Folle, qui venait s'asseoir tous les matins sur le même banc devant la Seine et regardait toute la journée défiler les passants en picorant du bout des doigts, comme un pigeon, de vagues miettes dans un sac en papier. Tout le monde la connaissait, tout le quartier, les agents, les touristes, et si jamais un jour elle avait manqué à son poste, ils en auraient été aussi inquiets, aussi désorientés que si l'obélisque avait disparu.

Hiver comme été, Matilda était là, par tous les temps, qui attendait on ne sait quoi avec une persévérance infinie, comme si l'éternité lui avait donné rendez-vous. Elle répondait de vagues monosyllabes à tous ceux qui l'interrogeaient.

Elle attendait le coucher du soleil pour partir. Mais quelquefois l'agent devait gentiment la pousser.

Comme ni ses vêtements ni sa santé ne paraissaient en trop mauvais état, personne ne se tracassait beaucoup pour elle. On supposait qu'elle devait bien avoir un toit.

Un jour, Djuna était venue s'asseoir près d'elle. Mais Matilda ne paraissait pas décidée à lui parler, elle marmonnait toute seule, elle marmottait, elle chuchotait des phrases incohérentes en s'adressant aux feuilles mortes et aux pigeons. Et tout à coup elle dit clairement, en regardant Djuna : « Mon amoureux m'a dit de l'attendre ici, il va revenir. »

(Elle vient s'asseoir ici depuis vingt ans, avait dit l'agent de police.)

« Depuis combien de temps l'attendez-vous ? demanda Djuna.

– Je ne sais pas. »

Elle mangeottait les miettes qu'elle donnait aux pigeons. Sous les rides qui plissaient son visage, on ne sentait pas la vieillesse. Derrière ses traits fanés transparaissait toute l'impatience de la jeunesse, ses espoirs frémissants, son attente.

« Il va revenir », dit-elle, et pour la première fois une lueur de défi éclaira sa pâleur de recluse, de spectatrice, de femme privée de ces présences proches qui vous fouettent le sang ; une lueur balaya ses traits figés d'avoir tant regardé passer les foules sans y reconnaître un visage.

« Bien sûr qu'il va revenir », lui dit Djuna, incapable de supporter qu'une ombre d'inquiétude voile ce visage.

Et Matilda reprit son masque imperturbable.

« Il m'a dit de l'attendre ici, sur ce banc. »

Le coup mortel qu'elle avait reçu avait brutalement interrompu sa vie sans rien briser en elle. Seule sa conscience du temps avait été paralysée. Elle attendait son amoureux, et les années passaient, immédiatement oblitérées par cette anesthésie de l'âme, ces cellules mortes qui n'enregistraient plus le temps. Les minutes s'étiraient en une éternité, grâce à quoi elle restait vivante, fantôme vivant, avec sa petite pendule intérieure à jamais détraquée. Le cadran n'avait plus de chiffres et les aiguilles marquaient implacablement l'angoisse. La douleur et le temps, ces voisins, ces jumeaux, partageaient la même cellule, intimement unis, coupés de la réalité.

Et il ne restait plus de cette femme qu'une écorce insensible, anesthésiée par le grand choc qui l'avait projetée hors du temps.

Assise auprès de Matilda, Djuna croyait entendre l'écho lointain de ce qui s'était joué un jour sur la petite scène de son être intérieur, ce bruit clair d'un nerf qui se brise, et elle se demandait si elle aussi elle n'avait pas souffert lorsque son père, dans un de ses moments terribles de violence, l'avait quittée. Si quelque chose en elle ne s'était pas atrophié, l'empêchant de s'ouvrir à la vie, de s'épanouir tout à fait.

Son père, en s'en allant, avait tué une parcelle de son être. Et cette trahison d'un monde déjà suffisamment cruel avait fait naître en elle une haine pour tous les pères, tandis que paradoxalement elle conservait le dangereux espoir de retrouver un père dans les hommes qui lui ressemblaient, pour revivre avec eux le drame de la séparation.

Il suffisait qu'un homme possède les attributs du père, la puissance par exemple, pour que la peur lui agrippe l'âme, comme si tout allait se rejouer inévitablement dans les mêmes termes : possession, amour, abandon. Comme si elle allait se retrouver comme Matilda seule sur un banc, attendant le grand dénouement.

Quand elle se retournait sur son passé, elle voyait bien que le cours de sa vie avait été dévié par un choc.

En partant, son père avait dit : « Je reviendrai. » Depuis, chaque fois qu'elle entendait un pas autoritaire, elle avait peur.

Mais Matilda avait été bien plus profondément atteinte. Sa vie s'était tout simplement arrêtée de couler. Elle n'avait conservé en elle qu'une image, la dernière impression reçue : on lui avait dit d'attendre. Les derniers mots de son amoureux étaient devenus un ordre pour l'éternité. « Attends-moi. »

On aurait dit qu'en lui disant cela il l'avait retranchée du monde des vivants, comme savent le faire les vrais hypnotiseurs. Il lui avait retiré l'unique consolation qui reste à ceux qui sont abandonnés : elle ne pouvait même plus reporter son amour sur un autre, passer outre, oublier la première aventure, recommencer à vivre.

Matilda était restée heureusement suspendue dans le temps, insensible à sa peine.

Djuna n'avait pas eu cette chance.

Sa blessure ne s'était jamais fermée, et chaque fois que la vie la heurtait elle confondait sa douleur avec son impatience de vivre. Elle savait maintenant que cette douleur était là pour l'avertir, lui apprendre à ne plus rechercher l'homme-père, mais l'homme-fils.

Elle voyait distinctement en elle toutes les cellules de son être intérieur qu'elle avait épanouies, embellies et meublées contre toute espérance, comme les chambres de sa maison ; mais il restait une petite chambre condamnée, une cellule secrète, où l'on avait soigneusement emmuré la violence de peur des catastrophes.

Il y avait encore en elle, dans une chambre isolée, la petite fille d'autrefois qu'elle voyait quelquefois ressusciter en présence du père. Dans une sourde colère elle se regardait perdre toute son assurance, toute sa force nouvellement acquise, se voyait régresser, retomber dans l'état de dépendance et de soumission qui avait caractérisé son enfance.

Elle savait le danger qu'il y avait à dépendre d'un autre, aussi quand elle trouvait sur son chemin ces hommes de pouvoir, elle se hérissait toute, anxieuse d'échapper à la violence.

En écoutant la *Symphonie en ré mineur* de César Franck, Paul et Djuna se réfugiaient dans une petite chambre de confiance et de tendresse, ils cherchaient une drogue qui leur fasse oublier les trahisons et les blessures, qui préserve de la violence le monde de l'amour.

Elle avait fait alliance avec le fils contre le père. Le père était venu pour interdire, et donc renforcer le désir. Le père était venu, ombre immense et sévère, pour menacer un lien précaire et délicat qu'il n'avait fait que rendre plus désespéré, donnant à chaque rencontre la force d'une victoire sur la mort.

Les mouvements de la symphonie suivaient ceux de son cœur et ceux du cœur de Paul depuis toujours : une succession d'oscillations, d'entrées et de sorties sur les lisières du monde, de figures de ballet qui rendaient invisible au danger, de pirouettes en plein ciel, empruntées à la science des oiseaux, pour éviter le choc de la violence et de l'autorité.

Ensemble ils avaient bondi dans l'espace pour esquiver tous les obstacles.

Le café

Les cafés sont des mines de trésors, des cavernes d'Ali Baba.

Les cafés sont plus riches que toutes ces villes d'Orient où la vie s'étale au grand jour et où tous les métiers du monde s'offrent au spectateur avec leurs bruits et leurs odeurs. Où l'on peut assister à la fabrication de ses souliers depuis le dépouillage de l'animal jusqu'au cirage du cuir; au tissage d'une étoffe, à la teinture des laines dans les baquets multicolores. Où l'on peut voir des écrivains publics écrire des lettres pour les illettrés, des philosophes philosopher, des dévots psalmodier leurs cantiques, accroupis sur le sol, des lépreux se décomposer sous vos yeux, à portée de vos mains.

Dans les cafés, pour le seul prix d'un verre de vin ou d'une tasse de café, on peut entendre des histoires venues du fond de la Pampa, surprendre les secrets du vaudou africain, lire les premières pages d'un roman que l'auteur est en train d'écrire, écouter un poème inconnu, assister aux derniers soubresauts d'un vieil aristocrate, ou se faire raconter par lui-même la vie d'un révolutionnaire. On peut entendre fredonner le thème d'une symphonie, voir les doigts d'un batteur de jazz battre des rythmes sur sa table, se faire inviter par un peintre à aller avec lui au zoo regarder les serpents dévorer leur ration de souris blanches, questionner un hindou sibyllin sur ses voyages dans les sentiers de l'occultisme, rencontrer un explorateur qui vous emmènera faire le tour du monde sur son voilier.

Des petits fourneaux à charbon et des cloisons de verre tempéraient la fraîcheur de l'automne.

Une pluie douce posait sur la ville comme un couvercle de silence, tirait son rideau gris devant le ciel et le soleil pour la fermer comme une chambre intime, allumait tôt les lampes, faisait flamber les cheminées, encourageait doucement les gens à s'enfoncer sous la surface des choses, à faire éclore des paroles, à tirer de leur propre chair des gerbes de couleurs, à se changer en flammes, en fleurs, en fêtes tropicales.

Le café était une serre chaude où flottait la lourde senteur de toutes les essences proscrites, des muscs excommuniés, des fleurs exubérantes dont l'éclosion était accélérée par la chaleur, l'air confiné et les croisements multiples.

Pas d'aubes, pas de couchers de soleil, mais une permanente exposition de peintures, toutes plus vibrantes les unes que les autres. Pas de jardins, mais des fleuves de mots, des forêts de statues, de gigantesques pyramides de personnages.

La ville et ses cafés étaient comme une chambre capitonnée où se brassaient en toute quiétude les paysages intérieurs de chacun, et où se propageaient de table en table comme une onde une foule de désirs secrets ; le garçon transportait sans fin sur son plateau, parmi les verres débordants, des messages et des signes, comme les serviteurs des contes orientaux.

Au crépuscule, jour et nuit se heurtaient tendrement en projetant des étincelles érotiques.

Jour et nuit avaient rendez-vous sur les boulevards.

Sabina brisait tous les moules dans lesquels la vie vous enferme.

Elle n'acceptait pas les frontières, les identités trop précises.

Elle ne supportait pas d'avoir une adresse permanente ni de donner son numéro de téléphone.

Elle n'était jamais plus heureuse que lorsqu'elle se trouvait là où personne ne savait qu'elle était, un bistrot excentrique, un hôtel peu connu, de préférence une chambre dont le numéro était effacé.

Elle s'amusait à changer de nom, comme les criminels qui brouillent leurs pistes.

Elle-même ne savait pas ce qu'elle voulait cacher, quels secrets elle voulait préserver.

Elle détestait qu'on l'interroge sur ses activités. Elle détestait surtout voir figurer son nom sur des registres officiels. Il était difficile d'obtenir d'elle son heure de naissance ou le nom de ses ascendants, et elle avait toujours des démêlés particulièrement confus avec le service des passeports.

Elle vivait dans un état de disponibilité permanente et se laissait toujours guider par l'inspiration du moment. Elle refusait de se laisser étiqueter pour mieux répondre à toutes les images que les autres projetaient sur elle.

Elle évitait d'avoir une identité trop précise, pour mieux ressembler au personnage que les autres lui inventaient.

Sitôt qu'un homme entrait en scène, le jeu commençait.

Elle se taisait. Elle le laissait contempler son visage, elle laissait à ses rêves le temps de se former. Il fallait lui laisser le temps et le silence pour que son imagination s'épanouisse.

Elle attendait que se forme une image. Elle assistait à la naissance de cette image dans son regard. Elle avait peur qu'il la prenne pour une femme comme les autres si elle disait ce qu'elle avait envie de dire.

Elle avait peur que cette image qu'elle voyait vaciller dans ses yeux, l'image d'une femme *pas* comme les autres, s'évanouisse brusquement. Rien n'est plus difficile que de répondre aux rêves d'un homme. Rien n'est plus difficile à combler que ces rêves fuyants, insaisissables.

Elle avait peur de ne pas dire le mot qu'il attendait, de ne pas faire le geste ou le sourire qu'il espérait, et de voir son regard blessé chanceler un instant avant de se figer dans l'éclat dur et froid du désenchantement.

Elle cherchait désespérément à répondre aux rêves les plus impossibles des hommes. Si un homme lui disait qu'il la trouvait perverse, elle rameutait immédiatement tout ce qu'elle pouvait savoir sur la perversité pour lui en donner l'image.

Cela ne lui rendait pas la vie facile. Elle menait l'existence dangereuse et toujours tendue des espions internationaux. Elle était entourée d'ennemis qui cherchaient à la démasquer. Il arrivait toujours un moment où les gens devinaient ses mensonges et s'acharnaient à la percer à jour.

Elle avait terriblement peur qu'on détecte ses ruses.

Elle ne supportait pas l'éclat simple du quotidien. Comme d'autres sont éblouies par le soleil, elle, elle clignait des yeux devant les simplicités quotidiennes et banales de la vie.

Alors c'était une course sans fin. Des yeux en amande de l'un aux mains douces de l'autre, au regard triste d'un troisième.

Tous ceux qui l'approchaient perdaient pareillement leur identité. Ils devenaient l'objet de son désir, l'objet de sa consommation, le bois qui nourrissait son feu de joie. Tout ce qui l'intéressait, c'était leur valeur combustible. Elle les classait en deux catégories : inflammables et ininflammables. Leur âge, leur nationalité, leur classe, leur fortune, leur position sociale, leur profession ou leurs talents étaient sans importance.

Son désir jaillissait instantanément, sans passé ni futur. C'était une flambée immédiate en plein cœur du présent, qu'elle ne cherchait jamais à prolonger.

Ses seins étaient perpétuellement lourds et gonflés. On aurait dit qu'elle portait en eux, pour les retransmettre à son tour, toutes les paroles qu'on lui disait, les livres qu'on lui offrait, les pays où elle voyageait, toutes les expériences qu'elle faisait, dont elle nourrissait ses histoires. Tout ce qu'elle venait de vivre lui servait, dans l'heure même qui suivait, à inventer une nouvelle histoire à un nouvel amant. De chambre en chambre, son corps interminablement transportait le pollen.

Si on lui demandait où elle allait, avec qui elle avait rendez-vous, elle mentait toujours. Elle mentait, parce qu'elle avait le sentiment que ce grand souffle qui la poussait constamment en avant faisait souffrir les autres.

Son appétit se nourrissait quotidiennement du sourire galant de l'agent qui arrêtait la circulation pour la faire traverser, du regard de désir du portier qui faisait tourner pour elle la porte à tambour. Elle cueillait comme un bouquet l'éclair qu'elle surprenait dans l'œil du jeune pharmacien qui lui demandait si elle était actrice, l'hommage admiratif du vendeur qui lui essayait des souliers et lui demandait si elle était danseuse. Dans l'autobus, elle recevait les rayons du soleil sur son épaule comme une caresse amoureuse. Elle échangeait un regard de complicité amusée avec le camionneur qui avait dû freiner brutalement devant elle quand elle s'était lancée étourdiment sur la chaussée, et qui lui souriait.

Le courant ne cessait jamais de passer, la communion s'établissait toujours grâce à la séduction.

Elle revenait les bras chargés d'aventures, comme d'autres rentrent chez elles chargées de paquets. Le corps gonflé des nourritures qu'elle ne prenait que pour nourrir les autres. Le jour se terminait toujours trop tôt, elle n'avait jamais tout à fait épuisé sa fièvre.

À l'aube, les seins pressés contre l'appui de sa fenêtre, elle se penchait sur la rue, espérant encore découvrir tout ce qu'elle n'avait pas encore atteint et possédé. Elle scrutait d'un regard aigu la nuit déjà finie et les premiers passants, comme un voyageur qui n'atteint jamais le terme du voyage, n'atteint jamais tranquillement comme les autres le bout de chaque journée, car il refuse les haltes, les escales, les oasis, les ports.

Il lui fallait le feu. Il fallait qu'elle se trouve au cœur même du danger, au centre des conflagrations. Comme un pompier, elle était toujours prête à se lancer à corps perdu dans la fournaise. Un danger perpétuel pour les rues calmes et les maisons paisibles.

L'incendiaire qu'on ne détectait jamais.

Car elle croyait trouver l'amour au cœur de l'incendie, et elle mettait le feu pour dresser ses échelles. Mais si grandes que fussent ses échelles, elle n'atteignait jamais l'amour.

Et à l'aube elle se retrouvait environnée de cendres.

Elle ne trouvait ni repos ni sommeil.

Dès que l'aube pointait, paisible et lisse, Sabina se glissait dans sa robe de satin noir, assortissait ses ongles aux couleurs de son âme, serrait sa cape noire autour d'elle et partait à l'assaut des cafés.

À l'aube, Jay se retourna vers Lillian qui dormait près de lui et elle perçut vaguement son baiser à travers le filet soyeux de ses cheveux.

Malgré ses yeux fermés et ses nerfs engourdis, elle sentit, sous la caresse de Jay, son corps glisser doucement comme sur une dune et rouler dans des vagues tièdes qui venaient la lécher en faisant frissonner sa peau.

Sous les assauts voluptueux de Jay, la chair profonde s'éveillait; des flammèches brûlantes couraient à la rencontre de ce battement furieux et dru qui faisait éclater l'amande de mercure, projetant des torrents de feu dans les veines. La marée brûlante de l'extase fluait et refluait avec de grands remous et se brisait en ébranlant tout le rivage.

Le martèlement rythmé de Jay lacérait indéfiniment l'extase, et tout à coup un jet de feu gicla sur les parois de chair et le choc se répercuta comme une décharge électrique dans les profondeurs des entrailles.

Les halètements de Lillian s'apaisèrent et son corps, plein de résonances, continua de vibrer en silence... Ses antennes avaient aspiré la sève comme les tiges des plantes.

Jay se réveillait libéré.

Son désir avait tranché net, comme un grand coup de sabre assenant le plaisir à la place de la mort.

Mais Lillian se sentait alourdie, imprégnée.

Elle avait plus de mal à bouger, à se défaire de lui, à se reprendre.

Son corps était gonflé de résidus, de déchets, d'alluvions.

Jay s'éveillait d'un coup et changeait d'univers. Plus il s'était laissé rouler dans les vagues du plaisir, plus vite il rebondissait dans la vie. Aussitôt réveillé, il parlait de peinture; il se réveillait en riant, les yeux plissés de rire, un rire glissant sur ses pommettes, s'accrochant au coin de ses lèvres, le rire de celui qui émerge.

Lillian se réveillait appesantie, lourde de la semence que Jay avait plantée en elle, appréhendant l'instant où il allait s'arracher d'elle comme une plante qu'on déracine et qui laisse dans la terre une plaie béante. Elle redoutait cette rupture, car elle le sentait maître de son acte, libre d'entrer en elle et d'en sortir; alors qu'elle se sentait dépossédée d'elle-même et de sa liberté quand Jay, en s'éveillant, la regardait comme il aurait regardé n'importe quelle autre femme, sans voir que c'était elle, Lillian, qui était là, et la prenait avec une sorte de joie anonyme, comme si n'importe quelle autre femme aurait rendu la chose aussi plaisante et aussi naturelle, Lillian pas mieux qu'une autre.

Déjà il riait dans sa barbe d'une idée qu'il avait pour un prochain tableau, déjà il était prêt à dévorer son petit déjeuner, à ouvrir son courrier, à se faire un troupeau d'amis, impatient de humer l'atmosphère, de voir ce qui avait changé depuis la veille dans sa rue, de s'informer sur la bagarre qu'il avait cru entendre, la nuit, sous sa fenêtre.

Vite, vite, il s'échappait, il méditait déjà les préceptes de Lao-Tseu, les théories de Picasso, il commençait à décrire sa trajectoire géante comme la grande roue dans les foires, sans jamais l'embarquer avec lui, car elle n'était pour lui qu'une nourriture quotidienne, le pain anonyme qu'on mange sans y penser, sans prendre la peine de remarquer s'il est un peu plus tiède que la veille, un peu plus frais, un peu plus sec, s'il manque de sel, de dynamisme, s'il est doré et croustillant.

Ce n'était pas, comme il croyait, pour prendre possession de lui qu'elle tendait la main vers Jay, mais parce qu'elle se sentait trop envahie par lui, par tout ce qu'il avait planté, semé et déposé en elle, et elle avait peur de ne plus pouvoir faire un geste, respirer, vivre, indépendamment de lui. Elle se sentait dépossédée d'elle-même, investie, asservie, livrée à sa merci, et dans son impuissance et son angoisse elle s'accrochait à lui comme quelqu'un qui se noie...

Elle aurait bien aimé que Jay remarque au moins ses changements d'humeur et de saveur, qu'il la goûte comme un pain. Qu'il lui dise : « Tu es mon pain, un pain unique et merveilleux, qui ne ressemble à aucun autre. Si tu n'étais pas là, je mourrais de faim. »

Mais non. S'il avait réussi son tableau, c'était l'air du printemps. S'il était gai, c'était le Pernod. S'il était sage, c'était son petit livre de Lao-Tseu. S'il était exalté, c'était une lettre admirative qu'il venait de recevoir.

« Et moi, et moi ? disait une petite voix inquiète dans le cœur de Lillian. Et moi, où suis-je ? »

Elle ne figurait même pas dans ses tableaux.

C'était Sabina qu'il peignait. Il la représentait en mandragore, avec des racines de chair et une grande fleur pourpre aux pétales lourds comme une chair opiacée qui retombaient en cloche. Il la peignait avec des yeux d'or rouge qui flamboyaient comme ceux des bêtes tapies dans les cavernes, les terriers, les forêts. Il en faisait une créature luxuriante, une plante tropicale, dont la substance trop nutritive ne peut servir de pain quotidien. Elle n'était là que pour représenter ces filles du feu dont il se contentait d'apparitions paraboliques et intermittentes.

Puisqu'elle ne figurait jamais dans sa peinture, Lillian se demandait vraiment où elle était. Quand il avait fini de peindre, Jay se mettait à boire. Et quand il avait bu, il se félicitait de son génie et il en remerciait le Saint-Esprit qui l'inspirait. Il donnait toutes sortes de noms à son inspiration, tantôt c'était le Saint-Esprit, le soleil du printemps, une rasade de Pernod. Mais ce n'était jamais Lillian.

Il ne disait jamais : « C'est toi mon Saint-Esprit. Toi mon printemps. »

Elle aurait tant voulu. Elle aurait tant voulu savoir. Elle avait quelquefois l'impression que Jay peignait avec le regard de Djuna. Quand Djuna était là, il peignait mieux. Mais il ne la prenait jamais comme modèle. Il lui fallait des formes lourdes, des corps massifs, des traits épais. Djuna était trop frêle pour lui.

Mais quand elle était là, il peignait mieux.

Sans rien dire elle accompagnait son travail, sans rien dire elle lui communiquait sa force.

D'où lui venait cette force ? Nul n'aurait su le dire.

Elle restait assise, simplement, et les couleurs semblaient s'organiser d'elles-mêmes sur la toile. Elles devenaient plus vibrantes, comme s'il s'était servi des couleurs mêmes de ses yeux, violets dans la colère, bleus dans le calme, gris dans l'indifférence ou dorés dans l'ardeur et dans la volupté. Ses iris lui servaient de palette.

Il passait des yeux de Lillian, qui lui disaient avec ferveur : « Je suis là pour te réchauffer. »

Aux yeux de Sabina qui lui disaient : « Je suis là pour te consumer. »

Aux yeux de Djuna qui disaient : « Je suis là pour te renvoyer l'image de ton rêve, comme une boule de cristal. »

Pain, feu, lumière, il les lui fallait toutes. Il se nourrissait de Lillian, mais elle n'éclairait pas son œuvre. Il y avait des domaines où elle ne pouvait pas le suivre. Quand une image le tourmentait parce qu'il n'arrivait pas à lui faire prendre forme, c'est Djuna qu'il allait trouver, car il se souvenait de la façon dont un jour, dans la rue, un enfant lui avait tendu un peloton de ficelle enchevêtrée pour qu'elle le lui démêle.

Il aurait voulu qu'elles s'aiment toutes les trois. Ainsi il aurait pu trouver la paix. Quand elles se disputaient pour occuper la première place, il avait l'impression désagréable que son corps était tiraillé par des forces contraires.

Les jours où Lillian acceptait de le voir par les yeux de Djuna, où chacune restait dans son rôle sans chercher à s'approprier celui de l'autre, il se sentait en paix avec lui-même et dormait d'un sommeil profond.

(Comme j'aimerais, pensait Lillian, seule dans le lit défait, me sentir apaisée, libérée, comblée, quand il me quitte. C'est comme si nous étions inséparables, et pourtant rien ne le retient à moi. Il n'est jamais le même. Un jour il est plein de tendresse, le lendemain je lis l'hostilité dans son regard. Parfois, quand il m'embrasse, j'ai l'impression d'être n'importe qui, d'être toutes les femmes qu'il a connues. Ou bien il est comme une cire où je retrouve l'empreinte de tous ceux qu'il a fréquentés dans la journée. Je crois les entendre parler ! Hier soir, il est allé jusqu'à fraterniser avec Edgar, Edgar qui me fait la cour et cherche à m'éloigner de lui. Pourquoi ? Il était dans un de ses grands moments d'exubérance où il se jette dans les bras de tout le monde. Je n'aime pas la façon dont les gens viennent se coller à lui, lui parler sous le nez, respirer son haleine. Tout le monde a ce grand privilège. N'importe qui peut lui parler, coucher chez lui, même moi. Il donne tout ce qu'il a. Djuna prétend que je ne crois pas assez en lui... Est-ce vraiment cela ? Comment guérir ? Vivre et aimer, cela ne suffit donc pas ?)

Lillian, encore au lit, écoutait Jay qui sifflotait en se rasant dans la salle de bains, et se demandait pourquoi elle se sentait à la fois si liée à lui et sans attache véritable et rassurante comme le serait un mariage. Toutes ses conversations avec Djuna, où elle se livrait davantage que dans ses monologues avec elle-même, lui revinrent à l'esprit avant qu'elle se décide à s'avouer ce qui la tenaillait : l'envie de quitter Jay.

La passion ne tire sa violence, son impétuosité, que de l'effort qu'on fait pour atteindre une réalité inaccessible. Car elle repose sur une illusion, elle s'exacerbe de la conscience secrète qu'on a de l'irréalisable, elle s'attaque aux natures romantiques et leur fait préférer cette fièvre à un attachement plus naturel, fait de sentiments partagés. La passion est un désir fou de fondre entre eux des corps dont la nature est totalement incompatible. Et dans cette aventure, les êtres brûlent avec une telle intensité qu'on pourrait presque croire que la fusion va se réaliser, que vont enfin se fondre entre eux l'eau et le feu, le feu et la terre, le roc et l'eau... Mais leurs efforts sont voués à l'échec.

Lillian ne voyait pas clairement tout cela, mais elle le pressentait, et comprenait maintenant pourquoi elle avait tant pleuré à leur première dispute. Ce n'était pas un désaccord superficiel qui l'avait fait pleurer, mais l'intuition secrète que cette divergence banale recouvrait une fissure plus profonde, une incompatibilité fondamentale qui briserait fatalement leur union.

Un jour, dans un de ses accès de folle générosité, Jay lui avait dit : « Si mes amis t'ennuient tellement, on va tous les aligner contre un mur et les descendre. »

Mais elle savait que si Jay sacrifiait aujourd'hui ses amis, demain il en ramènerait d'autres. Il ne pouvait pas s'en passer. Et c'était un aspect de sa nature que Lillian ne supportait pas.

Les larmes de Lillian avaient paru à Jay tellement puériles et disproportionnées. Lui ne voyait rien d'autre qu'une brouille passagère. Mais Lillian, effondrée, avait vu la condamnation de leur amour ; sa foi détruite l'avertissait que cette première fêlure était le signe avant-coureur d'une grande dislocation, elle devinait que désormais leur passion ne serait plus l'affirmation joyeuse d'un attachement indissoluble, mais un combat contre la mort, contre la déchirure.

(Djuna disait : « Tu ne supportes pas l'idée de laisser mourir cet amour. – Mais, Djuna, pourquoi devrait-il mourir ? Crois-tu vraiment que toute passion soit condamnée ? Qu'on ne puisse rien faire pour éviter une rupture ? Une passion ne meurt jamais de mort naturelle. On dit toujours que l'amour meurt, mais c'est nous qui le tuons. » Djuna était d'accord. Djuna disait : « On peut lutter contre les signes avant-coureurs de la rupture sitôt qu'ils apparaissent, se méfier des malentendus, des blessures et des doutes qu'on s'inflige mutuellement, on peut lutter pour qu'une passion reste vivante, on peut faire reculer la mort, la mort n'est pas inéluctable, mais seule, Lillian, seule tu ne pourras rien. Il faut que l'autre y mette aussi du sien, fasse un effort. » Un effort ! Voilà un mot que Jay n'aime pas. Jay déteste l'effort. Il porte en lui les germes de la mort. « Oh ! Djuna ! Djuna, parle-lui ! – Non, ce serait inutile. Il n'aime pas se donner du mal. Il fuit l'effort et la difficulté. Il ne recherche que le plaisir. – Je ne veux pas être possessive, Djuna, mais j'ai besoin de me sentir au centre de sa vie, pour pouvoir lui laisser toute la liberté qu'il désire sans avoir chaque fois l'impression qu'il trahit notre amour, qu'il le tue. »)

Elle était décidée à partir.

Quand Jay la vit mettre sa robe, poudrer ses joues, tirer ses bas, arranger sa coiffure, il ne remarqua rien d'inquiétant dans ses gestes, car elle mettait toujours à s'habiller, à se coiffer, à se poudrer, une sorte d'agitation fébrile. N'était-elle pas toujours aussi rapide, aussi fiévreuse, comme si quelque chose l'effrayait ?

Jay alla dans son atelier, et Lillian s'enferma dans sa chambre et se mit au piano, cherchant dans la musique la plénitude qu'elle ne trouvait pas dans l'amour...

Comme la mer, dont les courants capricieux entraînent parfois à l'improviste sur les plages des épaves, des cadavres, des coquillages, des objets disparus qu'elle a remodelés dans ses mystérieux ateliers, la musique elle aussi transporte des parcelles de soi qu'on croyait noyées à jamais, et les dépose sur nos rivages transformées, remodelées, méconnaissables. Ses lames de fond et ses contre-courants rejettent sans cesse des matériaux inattendus, élaborés dans l'océan de la mémoire à partir de nos vieux déchets.

Bois flottants patiemment façonnés par la mer au rythme fracassé de ses tempêtes, bois noués par l'angoisse, bois inlassablement sculptés par les tortures du doute.

Lillian joua jusqu'au moment où cette marée d'épaves portées par la musique la suffoqua. Elle referma brutalement son piano et se leva pour préparer sa fuite.

Sa fuite. Sa fuite.

Le premier geste qui lui vint d'instinct fut de s'envelopper dans sa cape noire, copiée sur celle de Sabina à l'époque de leur amitié.

Elle serra autour d'elle la cape de Sabina et cercla ses poignets de deux lourds bracelets (un pour chaque bras, refusant désormais d'être l'esclave d'un seul homme, décidant, oui, de scinder en deux son désir, pour sauver de la destruction une moitié d'elle-même).

Et pour la première fois depuis son alliance avec Jay, elle grimpa l'escalier vétuste d'un vieil hôtel de Montparnasse, avec cette sensation d'exaltation que connaissent les fuyards.

Plus le tapis râpé laissait voir son squelette, plus l'odeur de misère était forte, plus la chambre était nue, plus son excitation croissait; tout ce qui aurait rabattu l'enthousiasme d'une autre ne faisait qu'exalter le sien, et tout était transfiguré par la certitude qu'elle avait d'entreprendre un voyage qui l'éloignait à tout jamais des pièges de l'angoisse, des chaînes de douleur qui la liaient à un homme en qui elle n'avait plus foi. L'impression de libération qu'elle éprouvait projetait sur le décor sordide des taches de lumière et de couleur comme dans un tableau impressionniste.

Elle ne reconnut pas tout de suite ce que cette scène avait de familier, cet amant qu'on vient retrouver dans une chambre d'hôtel.

Qui donc pourra lui faire oublier Jay, ne fût-ce qu'un instant ? Edgar ? Edgar avec son regard étonné, qui lui disait : Vous êtes merveilleuse, vous êtes merveilleuse ! Qui se soûlait à répéter : Vous êtes merveilleuse ! quand ils dansaient ensemble sous les yeux mêmes de Jay qui ne les voyait pas, qui ne la voyait pas danser avec Edgar dans cette boîte de nuit, dans la lumière éblouissante des projecteurs; mais quand l'encolure de sa robe s'entrouvrait, elle respirait l'odeur de Jay mélangée à la sienne.

Elle allait se venger de toutes les confidences enthousiastes que Jay lui avait faites sur les plaisirs qu'il prenait avec d'autres.

C'était Jay qui l'avait rendue femme, il avait tenu dans ses mains les racines de son être. Mais il avait tellement tiré sur elles dans ses vagabondages insouciants, ses escapades perpétuelles, qu'à force de souffrance elles avaient cédé tout d'un coup et Lillian s'était retrouvée seule, projetée dans l'espace, accueillant avec gratitude les paroles douces d'Edgar, les bras d'Edgar qui l'éloignaient de Jay, son cadeau dérisoire, ces fleurs entourées de papier d'argent, alors que Jay ne lui avait jamais rien offert. Et elle l'imaginait assistant à la scène, la regardant monter dans la chambre d'Edgar, son petit bouquet à la main ; elle se réjouissait à l'idée de la peine qu'il aurait en la voyant se dévêtir et se coucher avec Edgar. (Tu ne te plais que dans la foule, Jay, et c'est pourquoi je suis ici, couchée avec un homme que je connais à peine. Tu es si amical avec tous ces gens vulgaires qui t'entourent, que je me sens désespérément seule, et me voilà ici avec un inconnu qui ne caresse en moi que ton image, qui se plaint comme une femme en me disant que je ne pense pas à lui, que je ne suis pas totalement absorbée par lui.)

À peine eut-elle laissé tomber sa cape (copiée sur celle de Sabina) qu'elle s'aperçut que cette chambre, cet amant, ses gestes et ses sentiments appartenaient à l'univers de Sabina, à son répertoire d'aventures. Elle ne les avait pas choisis elle-même.

Lillian ne s'était pas débarrassée de Jay, puisqu'elle avait cru bon de l'inviter à assister à cette scène qu'elle ne jouait que pour le punir de son infidélité. Elle ne s'était pas libérée, elle était Sabina, avec l'amant que Sabina aurait choisi. Elle imitait les gestes et les paroles décrits par Sabina dans ses récits brûlants. Elle était si peu affranchie qu'elle se laissait contaminer trop facilement par l'expérience d'une autre.

Elle avait honte, non pas de cette escapade sensuelle, mais de n'avoir pas eu le courage de son acte et d'avoir pris une fausse identité.

Quand l'inconnu lui avait demandé son nom, elle avait répondu qu'elle était Sabina.

Rentrée chez elle, elle laissa glisser sa cape de ses épaules, détachant d'elle son vêtement en même temps que le souvenir de son acte, feignant d'ignorer cette femme qui venait de quitter les bras d'un inconnu.

Faisant tout endosser à Sabina.

Fuir fuir fuir… Comment ? En empruntant la personnalité de Sabina pendant une heure. En s'affublant de l'insouciance de Sabina et de sa cape noire pour jouer une comédie dérisoire en croyant être libre !

Le costume n'était pas à sa taille.

Mais peut-être qu'un jour cette comédie cesserait d'être une mauvaise imitation.

Peut-être qu'un jour Lillian découvrirait que ses désirs profonds sont identiques à ceux du personnage.

Folle de honte à l'idée d'avoir trompé Jay (quand, en réalité, elle lui était encore si attachée qu'elle ne pouvait précisément rien faire sans qu'il occupe toute sa pensée, sans qu'il soit toujours là), elle se débarrassa de tous ses accessoires, de la cape, des bracelets, prit un bain, s'habilla et, costumée en Lillian cette fois, s'en alla au café rejoindre Sabina devant qui s'empilaient déjà un nombre éloquent de soucoupes.

Lorsque Jay était fatigué de peindre, il allait voir Djuna.

Il se sentait envahi de tendresse quand il pensait à elle. Pour lui, elle était davantage qu'une femme. La première fois qu'il l'avait vue, elle l'avait fait irrésistiblement penser à une peinture florentine. Il avait eu le sentiment que, quelles que soient sa vie, ses origines, ses ressemblances avec les autres femmes, elle resterait toujours comme ces toiles enduites d'une première couche d'or, cet or qu'il avait évoqué au cours de leur première rencontre, dont la présence transparaissait éternellement sous les couleurs qu'on posait par-dessus, comme dans les tableaux des maîtres florentins.

Lui qui était si acharné à détruire toutes les illusions, qui tirait quelquefois sur les cils de Djuna pour s'assurer qu'ils étaient vrais, qui inspectait le contenu de tous les petits pots et des flacons de sa salle de bains, qui se méfiait terriblement des subterfuges féminins inventés pour séduire les hommes, il la considérait pourtant comme une femme plus femme que les autres. Il se disait que le moment venu elle saurait dissiper le mystère, laisser tomber le voile et se montrer dans toute sa vérité.

Ce qu'il appelait vérité, c'était tout autre chose que cette limpidité dont elle donnait l'image, et dont il se méfiait. Elle était une merveille d'équilibre, il le reconnaissait lui-même. Il y avait dans toute sa conduite, dans sa vie comme dans ses paroles, une harmonie parfaite. Un ordre grec. Trop parfait... trop limpide pour être vrai. Mais elle, où était-elle pendant ce temps ? Elle s'était retirée bien vite de la surface lisse et claire de son être visible et s'était immergée dans ses fonds sous-marins. Elle n'avait fait surface que pour vous livrer ses pensées. Vous donner l'illusion qu'elle se livrait tout entière. Elle vous offrait une limpidité, une harmonie, puis elle s'en échappait bien vite et vous riait au nez. Ou bien, après s'être échappée, elle tournait vers vous un visage défait où se lisait tout le tragique des profondeurs où elle se retirait sans vous permettre de la suivre, du royaume de désespérance et d'angoisse que seul son regard trahissait.

Quel était le mystère de la femme ? Simplement cette obstination à se dissimuler, cet entêtement à s'envelopper de mystères, comme si on ne devait faire don de ses pensées et de ses sentiments que dans l'intimité amoureuse.

Il était sûr qu'un jour il finirait par rencontrer une femme suffisamment sincère pour dissiper ces brumes. Il n'imaginait pas un seul instant que le mystère était en elles sans qu'elles le sachent.

Il se disait, en ruminant ses réflexions, que Djuna était simplement plus bornée que les autres, mais qu'elle était sincère.

Il avait depuis très longtemps trouvé un bon moyen de neutraliser à ses yeux le pouvoir séducteur des femmes, en leur attribuant à toutes le même insatiable appétit, invariablement situé entre les colonnes pâles de leurs jambes. Même les anges ! disait-il. Les mères, les sœurs, toutes ! C'était une façon de voir les choses qui lui venait de sa petite enfance. Un jour qu'il jouait par terre dans la cuisine, il avait vu entrer une énorme matrone, fraîchement débarquée de son Allemagne natale avec ses gros jupons de paysanne, et qui, dans un incompréhensible jargon, demandait du travail à sa mère. Il y avait quelque chose de si désespérément étranger dans l'accoutrement de cette femme, dans ses tresses, son accent, que tout le monde la regardait avec consternation. Alors, pour montrer ce qu'elle savait faire, elle avait eu recours au geste le plus universel qui soit: elle avait pris la pâte et s'était mise à la pétrir avec ardeur, d'une main experte, sous le regard fasciné de sa mère.

Jay, qui jouait par terre avec des allumettes sans que personne fasse attention à lui, s'était trouvé tout à coup recouvert par l'énorme jupon fleuri comme par une vaste tente multicolore, et son regard levé s'était perdu entre ces deux pâles colonnes, lui révélant à tout jamais l'unique perspective de la femme. C'était grâce à cette ligne de visée, à cet observatoire privilégié, à cet infaillible point de mire, qu'il ne se laissait jamais égarer dans le labyrinthe compliqué des costumes féminins, des races, des classes, des nationalités... L'apparente diversité des femmes ne parvenait jamais à lui faire oublier la connaissance intime qu'il avait de leur architecture la plus secrète.

Il pensait avec une jubilation intérieure à l'expression qu'avait Djuna quand elle lui ouvrait sa porte.

Ces œillères de velours, ces fourrures où s'emmitouflent les rêveurs !

Jay se voyait entrer chez elle et voyait son visage radieux entre les deux œillères qui lui permettaient d'ignorer avec la plus royale indifférence tout ce qui pouvait altérer l'image qu'elle se faisait de lui.

Il distinguait dans son regard le petit sanctuaire où ses rêves l'avaient placé sous les traits d'un grand peintre. Et, entraîné par sa ferveur, il se laissait prendre à ses rêves, l'écoutait avec ravissement transmuer en or pur tous les récits qu'il lui faisait.

S'il avait pris de l'argent dans le portefeuille du Zombie, Djuna disait que c'était l'avarice sordide du Zombie qui l'y avait encouragé. S'il se reprochait de se lever trop tard au lieu de travailler, Djuna disait qu'il ne faisait que rattraper tout le sommeil perdu au temps où il n'avait qu'une salle de cinéma pour tout refuge.

Elle n'entendait que ce qu'elle voulait entendre, elle ne voyait que ce qu'elle voulait voir. (Ah, les femmes !) Il était quelquefois déconcerté par l'espoir et la foi qu'il lisait dans ses yeux, par les excuses qu'elle lui trouvait toujours.

Plus il croyait aux rêves de Djuna, plus il retombait facilement dans ses turpitudes ; il se disait que puisqu'elle lui gardait précieusement son avenir, il pouvait sans danger s'en désintéresser.

Une des rares femmes, se disait Jay en jubilant, qui sache comprendre le paradis artificiel de l'art, comprendre le langage de l'homme.

Il poursuivait sa promenade et la ville peu à peu prenait cette beauté langoureuse qui fait le charme de Paris, plus particulièrement à l'heure du crépuscule, quand les bassins, les jardins, la lumière tendre, les rues mouillées comme des miroirs bleus se fondent dans une brume nacrée avec des coquetteries subtiles, des frémissements provocants.

À la même heure, New York brandissait une beauté masculine, agressive, avec ses éclairages violents, ses flèches d'acier, ses obélisques gigantesques crevant le ciel, cité rigide, verticale, électrique, impitoyable pour les amoureux qu'elle fait traquer jusque dans leurs chambres d'hôtel. À l'heure où, à Paris, on propose dans les restaurants des cabinets particuliers aux couples amoureux, à New York des tonnes d'énergie s'engouffrent dans les carcasses d'acier, le pétrole gicle, l'électricité s'accumule au service de la force, de la puissance.

Jay déambulait paresseusement en ramassant ici et là, comme un chiffonnier, tous les petits moments heureux qu'il rencontrait, triant seulement ce qui l'intéressait, découvrant avec ravissement que le bleu délavé de l'auvent de toile du bistrot s'accordait subtilement au bleu fané du cadran de l'horloge de l'église.

Il vit Lillian et Sabina attablées au café, et, sachant que ses rêves de peintre reposaient en sécurité dans les yeux de Djuna (Ah, les femmes !), il n'hésita pas un instant à se laisser sombrer dans les eaux troubles et fantasmatiques d'un verre d'absinthe.

Quand Djuna s'éveilla, elle émergeait d'un rêve si profond qu'elle crut, en soulevant ses paupières, écarter d'elle des milliers de voiles lourds qui l'étouffaient comme un linceul. Elle avait en même temps la sensation du trapéziste qui sent brusquement sous ses mains, après avoir fendu l'espace, le chanvre rêche de la corde.

Elle s'éveillait avec la conscience pénible que sa journée serait marquée par une humeur qui l'isolerait de la fraternité des autres.

Ces jours-là, elle avait ses plus claires intuitions, elle allait droit au plus profond des âmes, elle devinait leurs peines les mieux cachées.

Mais si elle avait le malheur de dire ce qu'elle voyait, les autres ne le supportaient pas, ils refusaient la vérité. Ils n'aimaient pas cette mise à nu et ils se rebiffaient immédiatement. Ils s'opposaient de toutes leurs forces à cette exhumation d'un moi dont ils ne reconnaissaient pas le visage et qui ne leur plaisait pas. Ils accusaient Djuna d'exagérer, de fabuler.

Ils préféraient ne fréquenter que les couches les plus superficielles de leur être, et les zones profondes qu'elle touchait échappaient totalement à leurs regards. Ils se sentaient à l'aise dans leurs mensonges, et l'intuition impitoyable de Djuna leur faisait l'effet de violer des domaines souterrains dont en temps ordinaire toutes les issues restaient tacitement fermées.

Ils l'accusaient de vivre dans l'illusion, quand eux, bien sûr, vivaient dans la réalité.

Leurs mensonges avaient l'air si solides, si parfaitement ancrés dans le palpable.

Mais Djuna savait bien que c'étaient leurs désirs secrets, leurs peurs intimes et leurs aspirations profondes qui étaient vrais. C'était en eux qu'elle mettait toute sa foi.

Les difficultés qu'elle avait à communiquer avec les autres, elle les attribuait à sa trop grande vivacité d'esprit. Les preuves suivaient toujours trop tard, trop tard pour lui servir dans sa vie extérieure ; elles ne lui servaient plus qu'à bâtir sa cité intérieure, où nul n'avait accès.

Djuna ne s'étonnait jamais de voir les autres trahir cette vérité qu'elle avait vue en eux, qui était l'essentiel de leur être, l'expression maximale de toutes leurs possibilités. Elle ne s'étonnait pas qu'ils préfèrent l'ignorer plutôt que d'être torturés par la conscience de ce qu'ils auraient pu faire, de ce qu'ils auraient pu être. C'était un obstacle au bonheur, à la vie. Elle comprenait ceux qui fermaient les yeux. Mais elle savait aussi qu'un autre supplice les attendait : celui de n'avoir pas réalisé leur rêve.

Elle-même aurait aimé tourner le dos à ses aspirations profondes.

Mais quand elle se laissait aller à renier ses rêves, quand elle fermait les yeux, se laissait dériver, sombrer, glisser dans l'autodestruction, il y avait toujours en elle quelque chose qui transformait l'atmosphère dissolvante qu'elle avait recherchée; il y avait en elle une force qui luttait contre les gens ou les endroits dont l'influence déliquescente et négative aurait dû la contaminer.

Si par hasard elle se laissait empoisonner par ces venins humains que sont la jalousie, l'écœurement, la capitulation, l'aveuglement, il y avait toujours en elle une essence secrète qui agissait comme un contrepoison et transformait le désespoir en espérance, la déception en confiance, les avortements en naissances, la pesanteur en légèreté.

Entre ses mains, tout changeait de substance, de nature, de forme et de destination.

Et cela se faisait malgré elle, sans qu'elle sache bien comment.

Était-ce parce qu'elle abordait chaque journée avec un regard neuf, comme font les enfants, en ayant oublié ses griefs, ses échecs, tous les désastres de la veille ? Quoi qu'il arrive, elle s'éveillait toujours dans l'attente d'un miracle. Ses mains remontaient les premières à la surface des draps, mains sans mémoire, sans blessure et sans pesanteur. Et elles dansaient.

Elle s'éveillait ainsi. Nouveau jour, nouvelle vie. Chaque matin était un recommencement.

Les peines n'avaient pas déposé de sédiments. Une tristesse, peut-être, mais pas ces mares où croupit l'amertume.

Djuna était certaine qu'on pouvait repartir de zéro aussi souvent qu'on le voulait. Il suffisait d'oser.

Le seul acide qu'elle distillait était celui qui dissout les callosités provoquées par la vie sur les âmes trop sensibles.

Chaque jour elle tournait vers les autres un regard plein de foi. Elle en avait une réserve inépuisable à leur disposition. Comme elle se refusait à voir les gens définitivement arrêtés dans leur forme présente, mais les considérait toujours dans leur devenir, elle créait autour d'eux un climat de possibilités infinies.

Sa croyance au miracle l'exposait à d'immenses déceptions. Mais cela n'avait pas d'importance. La peine qu'elle éprouvait, dans son être de femme, quand les autres trahissaient ses rêves en même temps que les leurs, ne comptait pas pour elle. C'était un peu comme les douleurs de l'enfantement.

Elle était convaincue que les hommes étaient dévorés par leurs rêves comme par une insatiable faim. Si l'on faisait des statistiques, on constaterait que les rêves avortés font plus de victimes que les accidents corporels, que les avortements de rêves sont plus mortels que les avortements d'enfants, et que le désespoir provoque plus d'infections inguérissables que les microbes.

Cette connaissance profonde qu'elle possédait lui valait quelquefois en retour d'étranges attaques. Les autres se vengeaient sur elle de leurs rêves ratés. Ils croyaient qu'en la détruisant ils se débarrasseraient du même coup de l'image obsédante de leur moi inachevé.

Un seul être aurait pu la tirer de son univers clos, de cette cité intérieure enfouie sous la surface de son identité.

Jay aurait pu lui apprendre à marcher dans un monde habité, à renoncer à l'implacable sélection que lui imposait son rêve (telle personne correspond à mon rêve, telle autre non).

Le rêveur élimine tout ce qui n'est pas exceptionnel.

Or Jay recherchait le banal. Les gens inaboutis, informes, fragmentaires, lui plaisaient : un mauvais peintre, un écrivain insignifiant, un médecin raté, n'importe quel médiocre.

Djuna voulait toujours un médecin extraordinaire, un écrivain unique, une sommité, dont la réussite éclatante, l'accomplissement exemplaire, prenait pour elle une valeur de symbole.

Jay lui donnait la preuve vivante qu'en acceptant l'ordinaire de la vie, on trouvait le plaisir. Il fallait qu'elle suive son exemple. Qu'elle apprenne à aimer comme lui le pain quotidien. Il lui livrait le monde à l'état brut : la nourriture, les rues, les gens, les cafés, les maisons. Retour à la simplicité des choses.

Quelque part, dans le labyrinthe de sa vie, le pain s'était changé en hostie sur sa langue, avait pris la nature impondérable d'un symbole. Elle n'avait pas mangé la vie comme du pain et du vin, elle avait communié à la vie sous d'autres espèces. L'hostie avait remplacé le pain, le vin avait remplacé le sang.

Jay lui restituerait un monde intransformé et foisonnant. Un jour il s'était gentiment moqué d'elle en lui disant qu'il avait découvert son portrait dans une page du dictionnaire, à la liste des « trans » : transmutation, transformation, transmission...

Le rêveur est toujours solitaire. C'est dans la solitude qu'il connaît ses plus belles joies, ses plus belles exaltations, au moment où il se prépare à vivre. L'action ne lui apporte qu'une angoisse et la conscience de faire un impossible effort pour qu'elle concorde avec son rêve. Il en éprouve une telle fatigue, un tel découragement, qu'il retourne précipitamment dans son monde intérieur. Et là, dans la petite fumerie d'opium de sa mémoire, il retrouve le plaisir.

Qu'est-ce que Djuna cherchait donc à soustraire au flot quotidien de la vie ? Pourquoi ces volte-face soudaines qui la ramenaient dans la cellule solitaire de son rêve ?

Jay l'aiderait à sortir du monde clos de ses cités intérieures.

Elle continuerait comme avant à danser, à s'exercer pendant des heures, à porter ses souliers chez le cordonnier, à retrouver ses amis au café.

Le cordonnier travaillait devant sa fenêtre ouverte sur la rue. Chaque fois que Djuna passait par là, elle le voyait assis sur son petit tabouret, la tête penchée sur son ouvrage, un clou entre les lèvres, un marteau à la main.

Elle lui portait tous ses souliers à réparer, parce qu'il adorait lui aussi les souliers extraordinaires. Elle lui apportait des mules du Monténégro, à la pointe relevée comme une proue de galère, des babouches du Maroc brodées d'or, des sandales du Tibet.

Il levait un regard gourmand vers le paquet qu'elle tenait à la main, comme si elle lui apportait un cadeau. Il en sortait des bottes de Lapon qu'il contemplait avec émerveillement, ému de leur simplicité ; elles étaient cousues à la main avec du boyau de renne. Il lui demandait leur histoire.

Djuna n'avait pas besoin de lui expliquer qu'à défaut des voyages qu'elle ne pouvait pas faire, elle apaisait l'impatience de ses pieds en leur faisant porter des souliers provenant de tous les pays dont elle rêvait. Elle n'avait pas besoin de lui expliquer que lorsqu'elle regardait ses pieds chaussés de bottes lapones, elle croyait marcher dans des déserts de neige.

Ses souliers la menaient partout. Infatigables, ils lui faisaient parcourir le monde.

Le cordonnier les réparait avec une passion de grand voyageur. Il regardait avec respect toutes les marques d'usure, comme si Djuna avait réellement fait tous ces voyages. Ce n'était pas seulement la poussière de Paris qu'il brossait, mais la poussière de l'Inde, de l'Égypte, de la Grèce. Il partait en voyage lui aussi. L'usure des semelles lui évoquait de longues expéditions, les lanières déchirées lui parlaient d'aventures, les talons arrachés lui racontaient des accidents qui n'arrivent qu'aux explorateurs.

Il était tout le temps assis. Par la fenêtre de sa boutique en sous-sol, il ne voyait que les pieds des passants.

« J'adore un pied qui a de l'élégance, disait-il. Il m'arrive quelquefois pendant des jours de ne voir passer que de vilains pieds. Et tout à coup voilà une paire de pieds superbes ! Cela suffit à me rendre heureux ! »

Comme Djuna s'en allait, elle le vit pour la première fois se lever de son tabouret et lui ouvrir la porte en clopinant.

Il avait un pied bot.

Un jour, quand elle était petite, ses parents, ne la voyant plus, l'avaient cherchée partout ; ils avaient fini par la retrouver accroupie dans un coin sous un grand châle et s'étaient mis dans une colère épouvantable.

« Qu'est-ce que tu fais sous ce châle ?

– Je voyage », avait-elle répondu.

La rue de la Santé, la rue Dolent et la rue des Saints-Pères devenaient Bombay, Ladoma, Budapest, Lavinia.

Les cités intérieures étaient comme la cité de Fez, un dédale infini de ruelles mystérieuses impossibles à tracer sur un plan.

Puis elle aperçut Jay assis avec Lillian, Donald, Michael, Sabina et Rango à une table de café, et alla les rejoindre.

Faustin le Zombie, comme tout le monde le surnommait, se réveillait tous les matins dans une chambre qu'il croyait réellement avoir choisie sans intention particulière, mais qui reflétait tellement bien son âme qu'on croyait en voir des petits morceaux transformés en tapis ou en meubles.

On n'y accédait pas directement, mais par un long couloir sombre et tortueux. Et les fenêtres étaient si étrangement masquées par une étoffe glacée, que les meubles, les livres, les objets, faisaient l'effet d'être dans un immense congélateur, mis en sommeil, comme estompés. Ils exhalaient comme un parfum d'hibernation.

On s'attendait à voir tomber de vastes housses sur les fauteuils et le divan. Quelques chaises restaient farouchement dans leur coin, et on sentait qu'il faudrait les tirer de force pour les amener à rejoindre les autres. Les coussins étaient en pleine léthargie, et il y avait dans l'étoffe flasque du divan une totale insensibilité. La table, au centre, empêchait tout passage. Et la lampe répandait une lumière exsangue que les murs se hâtaient d'absorber.

La chambre subissait le contrecoup de l'indifférence de Faustin. Comme les hommes, les objets ont besoin de chaleur humaine pour s'épanouir. Selon la lumière intérieure de chacun, une même lampe peut donner une clarté livide ou radieuse. Même la poussière est habitée par l'esprit de ses maîtres. Dans certains intérieurs, elle scintille. Dans certaines chambres, le désordre lui-même est vivant, il indique qu'on avait mille choses plus importantes à faire. Mais là, dans la chambre de Faustin, il n'y avait même pas ce joyeux désordre causé par des tourbillons d'émotion.

Les cloisons de l'appartement étaient si minces qu'on entendait tout ce qui se passait dans les chambres voisines.

Ce matin-là, il s'éveilla au son d'un éclatant duo entre un homme et une femme.

L'HOMME. – C'est incroyable. Voilà six ans que nous sommes ensemble, et je me fais encore des illusions sur toi ! Cela n'a jamais duré aussi longtemps avec les autres.

LA FEMME. – Six ans !

L'HOMME. – J'aimerais savoir combien de fois tu m'as trompé.

LA FEMME. – Et moi je n'ai pas du tout envie de savoir combien de fois tu m'as trompée.

L'HOMME. – Oh, pas souvent. Seulement quand tu partais et que je me sentais seul. Quand j'étais mécontent que tu sois partie. Un été à la plage… tu te souviens de Colette, le mannequin ?

LA FEMME. – Je ne t'ai rien demandé. Je ne veux pas le savoir.

L'HOMME. – Moi j'ai envie de savoir. Je sais qu'une fois tu es partie avec un chanteur. Pourquoi ? Un chanteur ! Comment peut-on faire l'amour avec un chanteur !

LA FEMME. – Tu as bien fait l'amour avec un mannequin.

L'HOMME. – Ce n'est pas pareil. Je n'y attachais aucune importance. Tu sais bien qu'il n'y a que toi qui comptes pour moi.

LA FEMME. – Si c'était moi qui avais fait la même chose, tu y aurais attaché de l'importance.

L'HOMME. – Pour une femme, c'est différent. Enfin, dis-moi qu'est-ce qui t'as prise avec ce chanteur ? Pourquoi es-tu partie avec lui ? Pourquoi ? Quand tu sais que je t'aime et que je te désire si souvent.

Silence.

LA FEMME. – Je crois que nous ferions mieux de ne pas parler de cela. Je ne veux pas savoir ce que tu as fait. *(Elle pleure.)* J'ai toujours refusé de penser à cela, et voilà que tu me mets des idées en tête.

L'HOMME. – Tu pleures ? Il n'y a vraiment pas de quoi. Je t'assure que j'oubliais tout de suite. À peine deux ou trois fois en six ans. Toi, je suis sûr que cela t'est arrivé plus souvent.

LA FEMME *(toujours en pleurs)*. – Je ne t'avais rien demandé. Pourquoi m'as-tu raconté ça ?

L'HOMME. – Je suis plus franc que toi, c'est tout.

LA FEMME. – Ce n'est pas de la franchise, c'est du dépit. Tu ne m'as dit cela que pour me faire de la peine.

L'HOMME. – Non, c'est uniquement pour t'encourager à être franche avec moi.

Silence.

L'HOMME. – Que tu peux être têtue ! Il n'y a vraiment pas de quoi pleurer.

LA FEMME. – Ce ne sont pas tes infidélités qui me font pleurer !

L'HOMME. – Les tiennes, alors ?

LA FEMME. – C'est l'infidélité en général. Tous ces gens qui ne cessent de se faire de la peine mutuellement.

L'HOMME. – L'infidélité en général ! On se réfugie dans le général pour ne pas avoir à faire face au particulier.

Silence.

L'HOMME. – J'aimerais savoir qui t'a appris à faire l'amour ? Où as-tu appris tout ce que tu sais ? Il y a peu de femmes qui en sachent autant que toi.

LA FEMME. – C'est en parlant avec d'autres femmes que j'ai appris. C'est peut-être aussi un don…

L'HOMME. – J'imagine que c'est surtout Maurice qui t'a appris.

LA FEMME. – Je ne t'ai jamais demandé où tu avais appris, toi. De toute manière, chaque couple invente sa façon de faire.

L'HOMME. – Oui, c'est vrai. Il y a des jours où je te faisais pleurer de joie, tu te souviens ?

LA FEMME *(pleurant)*. – Pourquoi dis-tu cela au passé ?

L'HOMME. – Pourquoi es-tu partie avec ce chanteur ?

LA FEMME. – Si vraiment tu insistes, je vais te raconter quelque chose qui m'est arrivé.

L'HOMME *(d'une voix émue)*. – Avec le chanteur ?

LA FEMME. – Non, avec un autre. Un jour j'ai voulu te tromper. Tu me négligeais, et je me suis emballée pour un type. Tout se serait très bien passé s'il n'avait pas eu exactement les mêmes paroles que toi avant de faire l'amour. Tu sais : « Tu as la peau la plus douce du monde. » Quand il m'a dit cela, exactement comme toi, cela m'a tellement fait penser à toi que je me suis sauvée. Et il n'y a rien eu entre nous.

L'HOMME. – Il a tout de même eu le temps d'apprécier la qualité de ta peau.

LA FEMME. – Je te dis la vérité.

L'HOMME. – Tu peux arrêter tes larmes maintenant. Tu as eu ta revanche.

LA FEMME. – Je pleure sur toutes les infidélités du monde.

L'HOMME. – Je ne te pardonnerai jamais.

LA FEMME. – Une seule fois en six ans !

L'HOMME. – Je suis sûr que c'était avec ce chanteur.

Faustin, qui fumait dans son lit et qui n'en avait pas perdu un mot, brûlait d'envie de leur donner son avis. Il frappa rageusement au mur. L'homme et la femme se turent.

Haussant la voix, il leur dit : « J'ai tout entendu. Et je me permets de vous dire qu'à mon avis c'est l'homme qui est injuste, et c'est la femme qui a raison. Elle a été plus fidèle que lui. Elle est restée fidèle à un sentiment personnel, à un rite personnel…

– Qui êtes-vous ? demanda l'homme, furieux, de l'autre côté du mur.

– Un voisin, simplement. »

Il y eut un long silence. Puis le bruit d'une porte qui claque. Faustin n'entendit plus qu'un léger bruissement de pas dans la pièce. Selon toute apparence, c'était l'homme qui était parti.

Faustin se recoucha, méditant sur ses propres angoisses.

Il avait l'impression d'être une marionnette, et il prit tout à coup conscience qu'il avait déjà eu souvent cette impression. Mais jamais aussi nettement.

Sa vie s'était toujours passée dans la pièce à côté. Il n'avait jamais fait que regarder les autres vivre, et commenter leur vie.

Il avait des remords d'avoir écouté cette conversation. Les mêmes remords que lorsqu'il regardait les autres agir. Il se contentait toujours d'accompagner les autres, les suivre à un mariage (jamais le sien), à l'hôpital ou à un enterrement, à une cérémonie où il n'avait pas d'autre rôle que celui d'accompagnateur.

Il les laissait vivre à sa place, et après il donnait son avis. Il laissait Jay peindre ses toiles, ensuite il écrivait des comptes-rendus pleins d'ironie sur ses expositions. Il laissait Sabina faire des ravages dans le cœur des autres, ensuite il se moquait de ceux qu'elle consumait ou qu'elle abandonnait. Et maintenant il avait honte de n'être pas lui-même abandonné ou consumé. Il s'en voulait de ne rien faire, de laisser Djuna discourir, Michael supporter seul les conséquences de ses déviations amoureuses, de laisser les autres pleurer, gémir, mourir.

Tout ce qu'il savait faire, c'était parler à travers l'écran protecteur d'une cloison, cogner contre le mur et déclarer : vous avez tort, ou vous avez raison.

Troublé par ses méditations, il s'habilla et décida de se rendre au café.

Tout le monde l'appelait Oncle Philip, même ceux qui n'avaient aucune parenté avec lui.

Il avait la démarche cérémonieuse d'un croque-mort, la voix onctueuse d'un chef de rayon.

Ses mains étaient toujours gantées, ses souliers soigneusement semellés, son parapluie toujours roulé dans son fourreau.

Il était impossible de lui imaginer une enfance ou une adolescence. Il allait de soi qu'il n'avait conservé aucune photographie de cette époque, et qu'il avait le bon goût de ne jamais parler de cette facette manifestement absente de sa personne. Il était né les cheveux déjà gris, la taille svelte et l'air distingué.

Avec ses costumes uniformément neutres, il donnait toujours l'impression qu'il venait vous faire part d'un deuil. Mais non, Oncle Philip se contentait tout simplement de vous décrire dans leurs moindres détails les faits et gestes de l'immense famille internationale et pittoresque à laquelle il appartenait.

Impossible de parler d'un pays quelconque, sans qu'Oncle Philip y ait un parent qui...

Impossible de parler de quelque domaine que ce soit, politique, artistique, mondain ou financier, sans qu'aussitôt Oncle Philip y ait un parent qui...

Il ne serait venu à l'esprit de personne de se demander quel était son métier. Il était spectateur professionnel.

Avec une politesse et une ponctualité acrobatiques, Oncle Philip réussissait à se trouver en Inde pour assister à la remise solennelle d'une décoration à un membre de sa famille. De retour, il vous en donnait tous les détails avec un luxe de couleurs et de précisions digne du *Magazine géographique national.*

Et cela ne l'empêchait pas d'assister, quelques jours plus tard, au mariage d'un autre parent en Belgique, d'où il vous rapportait quelques observations sur le parfum tenace de l'encens catholique.

Deux ou trois jours après, il était en Hongrie pour le baptême d'un filleul nouveau-né, puis revenait à temps assister à Paris au premier grand concert d'une autre personne de sa famille.

Aimable, courtois, il se tenait dans les coulisses du spectacle sans jamais se laisser toucher par ses couleurs, sa gaieté, sa solennité. Ni le succès des autres, ni les fleurs, ni les mains qu'il avait serrées, ne déteignaient sur sa grisaille. Il ne tirait de l'événement qu'une fierté historique, qui ne jetait aucun éclat sur sa vie personnelle.

Il était là seulement pour témoigner.

Il n'en tirait ni gloire ni honte. (Il avait assisté aussi à la mort d'un parent plus tristement célèbre sur la chaise électrique.)

Il apparaissait comme par enchantement, comme une sorte de génie familier, et après avoir partagé le vin, le pain, le riz, le sermon, la sentence, s'évanouissait aussi vite qu'il était venu, sans laisser derrière lui aucun souvenir de son passage.

Lui qui avait fait des milliers de kilomètres pour venir soutenir son arbre généalogique, en rassembler tous les rameaux épars, on l'oubliait immédiatement.

Il n'était certes pas bien difficile de suivre l'itinéraire des personnages les plus en vue de la famille, ceux qui pratiquaient mariages et divorces dans les règles et respectaient les traditions classiques : grandes premières à l'Opéra, présentations à la cour d'Angleterre, réceptions à l'Académie française. Tout cela était annoncé dans la presse, et il suffisait à Oncle Philip de lire attentivement tous les matins les colonnes des journaux.

Mais il ne se contentait pas de fréquenter les cimetières, les églises, les salons, les hôpitaux ou les sanatoriums. Son attachement à la famille ne se limitait pas à surveiller les bourgeonnements les plus visibles de son arbre.

Il dépistait avec autant de flair et de justesse ses excroissances les plus secrètes. Quand un lointain parent s'installait avec une maîtresse, Oncle Philip était le premier à lui rendre visite, laissant entendre que tout était parfaitement en ordre et qu'il s'attendait à voir respecter toutes les civilités d'usage.

S'il y avait mystère, c'était plutôt dans la façon dont le brillant de ces cérémonies (jusqu'au spectacle de la chaise électrique, qui avait été en soi un événement puisque l'opération, curieusement, avait échoué) ne laissait aucune trace sur lui. Lui qui évoluait parmi les floraisons épanouies de son arbre généalogique, il se fanait un peu plus tous les ans, se raidissait, se desséchait, prenait l'aspect ligneux d'une statue de bois, l'image d'un irréparable ennui.

Son visage restait immuablement gris, ses costumes se râpaient sagement, ses semelles s'amincissaient régulièrement, ses gants s'usaient doucement, tous les doigts à la fois, comme il se doit.

Mais sa vigilance ne faiblissait pas. Le génie qu'il mettait à pister les pires incartades de sa famille lui valut l'exploit le plus remarquable de toute sa carrière.

Une de ses parentes, désirant traverser l'Atlantique avec un compagnon de voyage qui n'était pas son officiel époux, avait réussi à tromper tous ses amis sur la date de son départ qu'elle avait secrètement avancé d'un jour.

Alors qu'elle arpentait déjà le pont au bras de son compromettant ami, songeant avec regret aux fleurs, aux corbeilles de fruits et aux livres qui seraient livrés sur le bateau du lendemain et qu'elle ne recevrait jamais, elle vit venir à sa rencontre l'Oncle Philip, un petit bouquet à la main, disant d'une voix de circonstance : « Bon voyage ! Rappelez-moi au bon souvenir de la famille quand vous serez en Amérique ! »

Le plus étonnant de l'affaire, c'est qu'il ne se soit pas trouvé à temps de l'autre côté pour leur souhaiter la bienvenue.

« Serait-ce que je vieillis ? » se demanda Oncle Philip à son réveil, en allant chercher son journal et le plateau de son petit déjeuner déposés devant sa porte, et en se remettant au lit.

Son arbre généalogique cessait de l'intéresser.

Il songeait à la faune des cafés, à tous ces gens qu'il observait, qu'il écoutait parler, qui lui faisaient l'effet d'être nés sans parents, sans famille. Ils avaient tous fui leur passé, oublié, tranché les liens. Entre eux il n'était jamais question ni de famille, ni de pays.

S'il essayait de les interroger, ils se fâchaient ou lui tournaient le dos.

Il avait le sentiment qu'il leur manquait des racines, et pourtant ils étaient si étroitement liés les uns aux autres, si intimement apparentés, qu'on aurait dit qu'ils s'étaient inventé de nouvelles attaches, une nouvelle famille, une nouvelle patrie.

C'était lui qui était le plus seul, lui, l'« esprit de famille » !

La sève qui circulait dans son arbre généalogique n'avait pas fait éclore une seule fleur sur sa branche. Celle qui circulait entre ces gens assis autour de la même table était d'une tout autre nature.

Il eut envie de se lever, de s'habiller et d'aller les rejoindre. Une image qu'il avait vue un jour dans un livre de mythologie lui revenait à l'esprit. C'était un arbre immense, rouge et doré, et à l'extrémité de chaque branche se tenait un petit personnage, un homme, une femme, un enfant, un prêtre, un poète, un scribe, un musicien avec sa lyre, un danseur, une déesse, un dieu, tous réunis sur le même arbre par une mystérieuse complicité.

Quand Donald avait été mis à la porte de son appartement dont il ne pouvait pas payer le loyer, ils étaient tous venus la nuit faire la chaîne sous sa fenêtre pour l'aider à déménager ses affaires ; le seul danger de l'opération étant leur irrésistible fou rire, qui faillit les faire repérer.

Quand Jay vendait une de ses toiles, il venait fêter l'événement au café et invitait tout le monde à dîner.

Quand Lillian donnait un concert, ils formaient un bloc chaleureux qui ne ménageait pas son enthousiasme.

Quand Stella était invitée par un de ses amis plus ou moins blasonnés à séjourner dans une propriété de Provence, elle emmenait toute la bande avec elle.

Quand le professeur de danse tomba malade, ils lui apportèrent tous de quoi manger.

C'était une grande famille. Oncle Philip rêvait de découvrir leur généalogie secrète.

Dans cet espoir, il s'habilla et partit au café.

Michael aimait se réveiller le premier et regarder longuement le visage de Donald endormi contre l'oreiller, comme s'il pouvait puiser dans cette présence concrète, ce visage assoupi à portée de sa main, une certitude qui calme son angoisse, une certitude qu'à peine réveillé Donald lui-même se chargerait de grignoter tout au long de la journée.

Quand Donald était éveillé, jamais il n'accordait à Michael le mot ou le regard qu'il attendait de lui, le plus petit geste qui lui aurait prouvé qu'il l'aimait.

Les sentiments de Michael étaient exactement semblables à ceux que Lillian éprouvait pour Jay.

Comme Lillian, il aurait aimé recevoir le moindre petit cadeau, qui lui aurait au moins donné la preuve qu'on avait eu envie de lui faire un cadeau. Comme elle, il attendait un mot qui se loge en son cœur et lui assure que sa place est au centre. Comme elle, il attendait toujours une flambée de passion, comme ces fournaises d'où le métal incandescent émerge purifié, fondu dans sa forme parfaite.

Il lui fallait se contenter d'un visage endormi.

D'une simple présence.

Sitôt qu'il ouvrirait les yeux, Donald tisserait autour de lui un monde aussi impénétrable pour Michael que l'était pour Lillian le monde fluide et protéiforme de Jay.

Cela commençait toujours par une petite chanson sans queue ni tête qui lui servait de diapason pour accorder sa fantaisie, sur un ton trop léger pour l'oreille de Michael. Ce n'était pas pour son plaisir qu'il la chantait, mais pour provoquer Michael, pour le narguer :

Rien ne se perd, rien ne se crée,
Avec le vieux on fait du neuf,
Vieux bout de ficelle fait ficelle neuve...

« Michael, dit Donald, aujourd'hui j'ai envie d'aller au zoo voir cette belette qui était si malheureuse l'autre jour d'être toute seule dans sa cage. »

Comme il est bon de s'apitoyer sur cette belette abandonnée, pensa Michael. Et les sentiments de Donald pour ce petit animal l'encouragèrent à lui demander tendrement : « Serais-tu malheureux, toi aussi, si on t'abandonnait ?

– Pas le moins du monde, dit Donald. Cela me serait tout à fait égal. J'adore être seul.

– Cela te serait égal si je te laissais ? »

Donald haussa les épaules et chanta :

Vieille ferraille fait poêle neuve,
Vieille peau fait soulier neuf,

Vieille perruque fait soie neuve,
Vieille paille fait chapeau neuf…

« De toute façon, dit Donald, ce que je préfère au zoo ce n'est pas la belette, c'est le rhinocéros, à cause de sa peau épaisse. »

Michael était étrangement contrarié que Donald préfère le rhinocéros à la belette. Qu'il admire l'épaisseur de sa peau. Cela lui faisait l'effet d'une trahison, comme si Donald avait souhaité qu'il soit lui-même moins vulnérable.

Comment, mon Dieu, comment Michael aurait-il pu être moins vulnérable, alors que tous les gestes de Donald suivaient un rythme si différent du sien et qu'il restait insaisissable, même quand il se donnait.

Donald chantait :

Derrière l'homme neuf y'a un enfant,
Rien de neuf n'est neuf,
Rien de neuf n'est neuf,
Rien de neuf n'est neuf.

Puis il s'installa pour écrire une lettre. Il avait tellement l'air d'un petit écolier qui s'applique, peu habitué à se concentrer sur ce genre de pensum et impatient d'en avoir terminé, que la petite phrase de sa chanson, à laquelle tout à l'heure Michael n'avait pas prêté attention, prit une résonance particulière et prophétique : derrière l'homme neuf il y a un enfant.

En regardant Donald mâchouiller son stylo, Michael le voyait déjà prêt à virer, à sauter, à danser, à sourire, à exécuter son petit ballet où il n'admettait pas de partenaire.

Craignant que la visite au zoo ne fasse qu'accentuer trop douloureusement tout ce qui les séparait, Michael proposa à Donald une promenade au marché aux puces, sachant que c'était une de ses expéditions préférées.

Sur la chaussée et le long des trottoirs s'étalaient une multitude d'objets, tout ce que l'imagination humaine peut inventer.

Tous les objets possibles, avec cette merveilleuse patine qui leur vient d'avoir déjà servi, d'avoir été aimés et détestés, portés et rejetés.

Michael fouinait méthodiquement et découvrit un livre rare d'astronomie, tandis que Donald dénichait un mécanisme de boîte à musique qui avait perdu sa boîte, un fin squelette de lames métalliques qui jouait délicatement dans le creux de sa main. Donald le porta contre son oreille et dit à Michael : « Achète-moi cette boîte à musique, je l'adore ! »

Avec le bruit du dehors, on entendait à peine la musique. Donald n'eut pas l'idée de l'approcher de l'oreille de Michael, comme si cette musique n'était pas faite pour lui.

Michael la lui acheta, comme on achète un jouet à un enfant, sans espoir qu'il vous le prête. Il s'offrit à lui-même le livre d'astronomie, auquel Donald ne jeta pas même un coup d'œil.

Donald marchait avec sa boîte à musique qui tintait au fond de sa poche. Il eut encore envie de bois de renne, d'un costume Louis XV, d'une pipe à opium.

Michael examinait une vieille gravure avec des gestes las, son attitude tout entière exprimait une tristesse que Donald refusait de voir, qui lui criait : « Prends-moi par la main, fais-moi jouer avec toi. »

Comment Donald ne devinait-il pas, sous l'expression de Michael, l'enfant captif qui désirait follement jouer avec lui, sautiller avec lui, écouter avec lui cette petite musique ?

Ils arrivèrent devant la marchande de ballons, avec son gros bouquet flottant de bulles d'émeraude que Donald eut immédiatement envie d'avoir.

« Tous ? dit Michael, accablé.

– Ils arriveront peut-être à me soulever, dit Donald. Je suis tellement plus léger que la marchande. »

Mais quand il se retrouva avec sa gerbe de ballons au bout du bras et s'aperçut qu'il ne s'envolait pas comme il l'avait imaginé, il les lâcha tous à la fois et les regarda monter avec ravissement, comme si un peu de lui y restait accroché et flottait avec eux dans l'espace.

Michael se rendait compte que le divorce quotidien qui les séparait se creuserait de plus en plus inexorablement tant qu'ils vivraient ensemble. Il désirait impatiemment la nuit, l'obscurité.

Dans la rue, ils croisèrent un couple d'aveugles qui se soutenaient mutuellement. Michael les envia. (Comme j'envie les aveugles, qui peuvent aimer sans voir ! Ne jamais lire dans le regard de l'autre l'absence de lueur, l'absence de mémoire. Ténèbres du désir, où l'on ne connaît rien de l'autre dans l'étreinte que cette pointe incandescente d'où jaillit l'étincelle. Amants aveugles, qui plongent ensemble dans l'abîme du désir, couchés l'un près de l'autre pour une nuit sans aube. Ne jamais voir l'éclat du jour levant sur le corps qu'on a possédé. L'amour peut-il aller plus loin dans cette obscurité ? Plus loin et plus profond, sans avoir à appréhender le réveil douloureux de la lucidité ? Ne connaître de l'autre que la chaleur d'un corps, que la chaleur d'une voix !)

L'obscurité n'était jamais assez épaisse pour épargner à Michael de voir les yeux de son amant se détourner de lui, d'y voir son image absente ; jamais assez épaisse pour dérober à son regard l'agonie de l'amour, sa faillite et l'arrêt de mort du désir.

L'amour n'était jamais assez aveugle pour que cessent les tortures de la lucidité.

« Maintenant, dit Donald, les bras encombrés de cadeaux, allons faire un tour au café. »

Coude contre coude, nez contre nez, pieds emmêlés, ils se serraient autour d'une table de café, pendant que sur le boulevard la foule des passants s'écoulait parmi les éventaires de fleurs et les cris des vendeurs de journaux, et que se célébraient enfin les noces du jour et de la nuit qui se nomment crépuscule.

Un orgue de Barbarie jouait au coin de la rue. On aurait dit une fontaine pleine d'oiseaux mécaniques criant à plein gosier les provocations de Carmen sous le feuillage artificiel de quelque paradis anémique. Le singe faisait cliqueter sa chaîne et les pièces tombaient dans la timbale.

Sans bouger de leurs sièges, ils ne cessaient de graviter les uns autour des autres comme des planètes myopes, de permuter et d'échanger leurs personnalités.

Jay semblait plus proche de la terre que les autres. La rosée du plaisir lui humectait les lèvres, la rougeur du bien-être illuminait ses joues. Il était en contact avec la terre. Il était en contact physique avec le monde, il y mordait à belles dents, il l'avalait, le digérait sans la moindre difficulté. Il avait un appétit d'ogre, un estomac à toute épreuve, tout lui convenait. Cela se voyait à son visage, rayonnant d'un rouge éclatant comme ces faces rubicondes des portraits hollandais, ces faces de bons mangeurs qui tiennent le monde entre leurs dents. Pour Jay, le monde n'était jamais immatériel ni invisible. C'était parce qu'il n'avait pas en lui de petite chambre secrète où l'on rejoue pour soi tous les moments qu'on vient de vivre.

Il n'avait pas de petite chambre intérieure où l'on conserve le présent pour mieux le posséder. Pas d'échos, pas de résidus. Pas de coquille d'escargot, pas de rideaux, pas de capitonnage.

Il entrait et sortait avec autant d'aisance et de fluidité et d'insouciance qu'il s'enivrait. Entre lui et les autres, il ne sentait pas de distance, pas d'espace à combler, jamais d'obstacle à vaincre, jamais d'effort à faire pour les rejoindre.

Il croyait au mouvement naturel des planètes. Il voyait les destins fixés de toute éternité par un astrologue facétieux, si bien qu'il promenait toujours un visage souriant parmi les scènes de lanterne magique de la vie parisienne, ne se sentant jamais lié à rien, jamais freiné, jamais en équilibre sur une corde raide comme les autres.

Depuis qu'à l'âge de quatorze ans il avait définitivement quitté la maison paternelle, tranché net le cordon ombilical qui le liait à sa mère, il n'avait plus jamais connu de liens, de cordages, de lassos, de filets. Il leur avait toujours échappé.

Dans l'espace sidéral des cafés, les autres gravitaient autour de lui pour boire sa gaieté, dans l'espoir d'en capter le secret.

Quel était ce secret ? Était-ce d'avoir admis une fois pour toutes que le refus de tout effort conduisait droit aux quais de la Seine et sous les ponts, et d'avoir décidé que cela lui était égal de dormir sous les ponts, de boire à la fontaine publique, de fumer des mégots et de faire la queue à l'hôpital de la Santé pour recevoir son bol de soupe ?

Son secret ? Était-ce le renoncement, le dépouillement, le détachement de tout, était-ce de n'avoir aucun lien, aucun rêve, de vivre dans l'anarchie totale ?

À vrai dire, il n'en était jamais réduit à la dernière extrémité. Il finissait toujours par rencontrer quelqu'un qui le prenait en charge.

Mais il savait reconnaître du premier coup d'œil les gens qui ne sortaient de leur cocon pendant le jour que pour s'y repelotonner la nuit, ceux qui cherchaient à capturer l'amour dans le lasso d'une indissoluble spirale, ceux qui se lançaient dans le vide en cherchant désespérément une corde pour arrêter leur course vers l'abîme.

Cela lui donnait toujours envie de prendre d'immenses ciseaux et de couper dans toutes ces jolies formes.

Il étalait les gens sur la table du bistrot et les ouvrait sans ménagement, d'une poigne brutale, les débouchait comme ses bouteilles, leur jetait ses questions tranchantes au visage, sa curiosité toute crue.

Et si l'autre faisait des mystères, se dérobait, rentrait dans sa coquille, il l'asticotait de plus belle, faisait le dur d'oreille : Hein ? Quoi ? Qu'est-ce que vous avez dit ?

Pas de secrets ! Pas de cachotteries ! On déballe tout ! On avoue tout, comme dans les confessions publiques.

Il détestait les fuites, les voiles, les coquilles. Cela réveillait ses instincts barbares, cela lui donnait envie de piller, de violer, de tout mettre à sac.

Jetez-vous à l'eau ! Plongez !

N'importe où, *mais plongez* !

Il tranchait sauvagement les amarres à grands coups de ciseaux. Tranchait famille, sécurité, responsabilités. Il expédiait tout le monde vers la haute mer, le chaos, la misère, la solitude et les tempêtes.

Les gens rebondissaient d'abord sans mal sur le matelas élastique de sa bonne humeur. L'enthousiasme de Jay grandissait à mesure qu'il voyait ses timides passagers se lancer sur des mers inconnues et houleuses.

Certains se sentaient soulagés d'avoir été violés. C'était la seule façon de les ouvrir. Ils étaient finalement heureux d'avoir été forcés à se vider de leurs secrets, car les secrets rongent toujours les récipients où on les cache. D'autres au contraire se sentaient ravagés comme une terre envahie, impitoyablement étalés, humiliés de se voir réduits à leur plus simple expression.

Quand Jay avait vidé jusqu'à la lie toute sa bouteille, ou sa victime, il était satisfait.

Allez, disait Jay, montrez-nous ce que vous avez de pire. Il ne faut pas avoir peur d'exhiber ses défauts si l'on veut rire un peu. Les défauts ont leur charme, j'adore l'homme à la sauce nature. Allez, mettons tous nos vices en commun. Je ne crois pas aux héros. Je crois à l'homme nature.

(Maintenant je sais pourquoi Jay est heureux, pensa Lillian. *C'est parce qu'il se moque de tout.* C'est cela, le secret de sa bonne humeur. Il se moque de tout ! Mais c'est une chose qu'il ne pourra jamais m'apprendre à faire. Que je ne pourrai jamais partager avec lui. Il faut que je le quitte. Que je rentre à New York.)

À cette pensée, la corde qu'elle imaginait étroitement enserrée autour d'elle et de Jay, liée pour l'éternité entre eux, la corde, tiraillée par le doute, rongée par l'inquiétude, céda d'un coup et elle se sentit lever l'ancre.

En tranchant les amarres des autres, en cisaillant les nœuds qui les reliaient à leurs devoirs, il avait sans s'en rendre compte coupé la corde qui étranglait Lillian. Sitôt qu'elle eut décidé de prendre le large, elle se sentit ivre de joie.

Toutes les cordes enchevêtrées qui l'attachaient s'étaient évanouies d'un coup, de la première à la dernière, celle de la mère, celle de l'époux, celle des enfants et celle de Jay lui-même qui, tout surpris, entendit résonner le rire de Lillian sur une note inhabituelle. Généralement son rire grinçait comme un sanglot, comme si elle ne savait jamais si elle voulait rire ou pleurer.

À cet instant, sous la coupole de l'Observatoire, les astronomes calculaient avec précision les distances qui séparent les planètes. Djuna, elle, mesurait l'espace en fonction des oscillations de son cœur (Untel est chaud et proche, Untel est froid et loin), comme Michael lui avait appris à le faire, Michael, qui savait si bien mettre des distances entre lui et les autres, et qui précisément venait d'entrer avec Donald. Djuna vit du premier coup d'œil à quel point il souffrait de la distance infranchissable qu'il percevait entre lui et Donald, entre lui et le monde de l'enfance dont il aurait voulu ne jamais s'éloigner. Mais son manque d'insouciance et son manque de gaieté lui en interdisaient l'accès.

Dès que Michael rencontra le regard de Djuna il se sentit redevenir visible, comme si, dans le miroir limpide de sa compassion, il avait retrouvé son corps. En l'excluant impitoyablement de son univers ludique d'adolescent, Donald lui retirait jusqu'à la conscience d'exister.

Il avait suffi que Djuna l'appelle par son nom pour qu'il cesse d'être ce fantôme vaguement protecteur indispensable à l'existence de Donald. Bonjour, Michael ! Djuna voyait l'homme élégant, féru d'astronomie et de mathématiques, savant et cultivé, causeur charmant quand on savait lui délier la langue.

Bonjour, Michael ! et les 100 000 000 000 000 000 000 000 000 de kilomètres qui l'éloignaient des autres ne furent plus qu'une petite addition griffonnée sur un bout de papier, une abstraction insignifiante. Ils cessèrent d'être un état d'âme. Et la réalité s'inscrivit, toute simple : il était au café, et Donald, assis à sa droite, n'était qu'un bel adolescent parmi tant d'autres, lisse et décoratif comme un pigeon d'argile dans un stand de foire. C'était l'impression que Djuna avait eue, la première fois qu'elle l'avait vu, et Michael, vexé, avait pesté contre l'insupportable jalousie des femmes. Bonjour, Michael ! Comment va ton pigeon d'argile aujourd'hui !

Des fils infiniment subtils restaient tissés entre Michael et Djuna. Il savait deviner toutes les nuances de son humeur. Cela faisait son charme, sa qualité ; cette finesse de perception, cette connaissance intime de la femme, ce don de percevoir l'essence des êtres.

Curieux amour que cette liaison désincarnée entre Djuna et les émules de Michael. Curieuse lignée que ces êtres pétris d'une sensibilité qu'ils ne partagent qu'entre eux.

Ils avaient découvert un territoire hors des frontières de la sensualité, et leur conversation pétillante avait pour eux un charme fou, bien qu'ils sachent l'un et l'autre que cet enchantement n'irait jamais jusqu'à sa conclusion normale.

« Djuna, dit Michael, je vois toutes tes pensées éparpillées comme une volée de moineaux. »

Mais il comprit immédiatement que c'était un signe d'angoisse et évita de lui poser la question qui l'aurait meurtrie : « Paul est-il déjà parti en Inde ? »

Il comprit à son attitude qu'elle s'attendait à recevoir un coup mortel.

C'est alors qu'apparurent sur le marbre des tables les taches de vin, la lie des fausses béatitudes.

C'est alors que l'orgue de Barbarie changea de répertoire, cessa d'inonder l'air des roucoulades provocantes de Carmen.

Le rire de Pagliacci, décoloré par le brouillard des villes, s'échappa de la caisse comme un cri de pluvier, et le singe, affolé par cette hilarité sans visage, ni homme, ni singe, secoua sa chaîne avec un désespoir furieux en agitant sa chéchia rouge devant tous les passants, comme pour les supplier de le débarrasser de cet arbre criard auquel on l'avait enchaîné.

Il sautillait avec des gestes suppliants pour qu'on le libère de cet arbre d'où une manivelle faisait voler les ailes noires et battantes des mélodies hachées.

Mais les sous qui pleuvaient autour de lui le rappelèrent à ses devoirs, son rêve d'arbre muet s'effaça de ses yeux, il esquissa un geste de remerciement avec sa petite calotte rouge.

Et Djuna retourna dans le labyrinthe de ses cités intérieures.

Où la musique, comme un fleuve souterrain, emporte dans ses flots nos états d'âme, nos sentiments, nos émotions, les roule, les dissout, forme et reforme à l'infini des mondes de mouvance…

où les maisons n'ont qu'une façade, qu'il est aisé de traverser pour entrer ou sortir

où les rues n'ont jamais de nom, car ce sont les rues de nos peines

où les oiseaux qui chantent sont des oiseaux de paix, sont des oiseaux de paradis, les oiseaux bariolés du désir qui naissent dans nos rêves

ce voyage sans boussole, sans baromètre, sans gouvernail, sans encyclopédie, effrayait bien des gens

mais Djuna, elle, savait qu'en renonçant à son identité on parvenait à s'enfoncer de plus en plus profondément au cœur de la conscience, partant des couches les plus superficielles, la petite zone joyeuse du sol, on descendait toutes les strates géologiques de l'être, ne gardant avec soi que la fragile balance du cœur pour y peser l'impondérable on parcourait les rues de ses chagrins secrets où, allégé de son identité, on se laissait porter et ballotter par une musique anonyme à l'intérieur du temps, ne retrouvant que les moments bénis d'extase…

que les moments privilégiés, restés marqués à tout jamais, l'émotion gravée dans la chair pour résister aux flux et aux reflux de la mémoire

afin que seules les heures vertigineuses de la béatitude resurgissent indéfiniment dans les sources, les ruisseaux et les fleuves de la musique…

Les chambres du cœur

Traduit de l'anglais (États-Unis)
par Élisabeth Janvier

La musique ruisselait comme un alcool.

Rango faisait chanter les cordes de sa guitare avec le cuivre doré de sa peau, le charbon noir de ses prunelles et le buisson vivant de ses sourcils. Il jetait à pleines mains dans la caisse aux blondeurs de miel tous les parfums des grands chemins où le menait sa vie de bohémien : le thym, le romarin, la marjolaine, l'origan et la sauge. Il jetait dans le bois sonore le bercement voluptueux de son hamac tendu dans sa roulotte et les rêves qu'il faisait sur son matelas de crin.

C'était l'idole des boîtes de nuit où hommes et femmes se barricadaient le soir et buvaient de l'alcool à la flamme des bougies ; et buvaient à travers sa voix, à travers sa guitare, les aromates et les essences des grands chemins, les sonnailles de la liberté, l'opium de l'indolence et de l'oisiveté.

À l'aube, non rassasiées de cette vie que les cordes leur avaient infusée, enivrées de sa voix qui circulait encore comme une sève dans leurs veines, à l'aube, les femmes voulaient poser leurs mains sur lui. Mais à l'aube, Rango, sa guitare jetée sur l'épaule, s'en allait.

Seras-tu encore là demain, Rango ?

Demain, en route pour le Midi peut-être, il jouera en chantant pour la queue de son cheval noir qui battra la mesure avec philosophie.

Et Djuna se penchait vers ce guitariste nomade pour ne rien laisser échapper de sa musique, car son oreille y décelait la présence de cette île joyeuse qu'elle cherchait depuis si longtemps. Elle l'avait entrevue un jour, lorsqu'elle était jeune fille, en regardant par sa fenêtre, dans la maison d'en face, une fête où elle n'était pas invitée. Et comme un voyageur perdu dans le désert, elle se penchait avec avidité vers ce mirage musical d'un plaisir ignoré, le plaisir de la liberté.

« Rango, viendriez-vous jouer à ma soirée ? » demanda-t-elle avec douceur, avec ferveur, et Rango qui sortait s'inclina devant elle avec un geste magnifique d'acceptation, un geste qu'il avait fallu des siècles de stylisation et de noblesse pour parfaire, un geste qui disait toute l'ample liberté du corps d'un homme sans contraintes.

« Quand vous voudrez. »

Tandis qu'ils convenaient de la date et de l'heure et qu'elle lui donnait son adresse, leurs pas instinctivement se dirigèrent vers la Seine.

Leurs ombres marchaient devant eux, si différentes l'une de l'autre. Celle de Rango occupait deux fois plus d'espace. Djuna marchait droite comme une flèche, tandis que lui balançait les épaules. Ses mains tremblaient en allumant la cigarette de Djuna. Celles de Djuna ne tremblaient pas.

« Je ne suis pas soûl, fit-il en riant, mais je l'ai été si souvent que mes mains trembleront probablement jusqu'à la fin de mes jours !

– Où est votre cheval, Rango, et votre roulotte ?

– Je n'ai ni cheval ni roulotte. Depuis longtemps. Depuis que Zora est malade. Cela fait des années.

– Zora ?

– Ma femme.

– Elle est bohémienne, elle aussi ?

– Nous ne sommes pas plus bohémiens l'un que l'autre. Je suis né au Guatemala, sur la plus haute montagne du pays. Vous êtes déçue ? Il fallait cultiver cette légende pour les boîtes de nuit. Pour gagner ma vie. Et par mesure de précaution aussi. Ma famille, au Guatemala, aurait honte de moi si elle voyait comment je vis. J'ai quitté l'hacienda de mon père quand j'avais dix-sept ans. J'y ai passé toute mon enfance. Il arrive encore souvent que mes amis me disent: "Où as-tu mis ton cheval, Rango ? Tu as toujours l'air d'avoir laissé ton cheval à la porte..." J'ai vécu quelque temps avec des gitans dans le Midi. Ce sont eux qui m'ont appris à jouer de la guitare. Ils m'ont appris à vivre comme eux. Chez eux les hommes ne travaillent pas; ils jouent de la guitare et ils chantent. Ce sont les femmes qui se débrouillent pour trouver à manger en cachant ce qu'elles chapardent sous leurs grandes jupes. Mais Zora n'a jamais appris. Elle est tombée malade et j'ai dû renoncer à ma vie de vagabond. C'est ici que j'habite. Voulez-vous entrer ? »

Djuna considéra la maison de pierre grise.

Elle avait encore dans les yeux l'image d'un Rango déambulant sur les chemins sauvages. La réalité était douloureuse et elle recula d'un pas, soudain intimidée par ce Rango dépossédé de son cheval et de sa liberté.

Les fenêtres étaient hautes et étroites. On aurait dit qu'elles avaient des barreaux. Djuna n'était pas encore prête à supporter l'idée que cet homme ait pu être capturé, dompté et mis en cage, et elle ne voulait savoir ni par qui ni comment.

Elle lui serra la main, sa grande main chaude de captif, et le quitta si vite qu'il resta sidéré. Il demeura sur place, désorienté et chancelant. Puis alluma d'une main maladroite une autre cigarette, se demandant ce qui l'avait fait fuir.

Il ne pouvait pas deviner que l'île joyeuse venait de disparaître sous les yeux de Djuna. L'image de l'île joyeuse que sa guitare avait fait naître venait de s'effacer. Djuna, qui avait cru marcher vers le mirage de la liberté, se retrouvait dans une forêt profonde, la forêt ténébreuse du regard de Rango au moment où il avait dit: « Zora est très malade. » La forêt ténébreuse de ses cheveux rétifs quand il avait baissé la tête: « Ma famille aurait honte de voir comment je vis. » La forêt ténébreuse de son air égaré, sur le seuil de cette maison où il allait entrer, trop grise, trop lépreuse, trop étroite pour son grand corps fougueux.

La Seine fut le témoin de leur premier baiser, la Seine avec ses gondoles de lumière qui dansaient dans ses plis miroitants, avec les fleurs nimbées des réverbères qui flottaient sur le feuillage noir et luisant des pavés, la Seine avec ses arbres en filigrane d'argent déployés comme des éventails et par-dessus lesquels les yeux du fleuve les regardaient, les obligeant à se cacher avec pudeur, la Seine où s'étiraient d'humides écharpes de brouillard et l'âcre encens des châtaignes grillées.

Tout basculait dans le courant, tout était emporté, sauf le balcon où ils se tenaient tous les deux.

L'orgue de Barbarie accompagna ce long baiser jusqu'à l'ultime mesure de l'air de *Carmen*. C'était déjà trop tard, ils avaient bu le philtre jusqu'à la dernière goutte.

Ce philtre que boivent les amoureux, c'est eux-mêmes qui l'ont préparé.

C'est la somme de toute leur vie.

Tous les mots prononcés dans la vie tissent dans l'être un réseau compact de formes et de couleurs. Parallèlement au sang, circulent dans les veines l'essence distillée de tous les actes accomplis, les sédiments de tous les rêves, tous les désirs, tous les fantasmes, toutes les expériences. Les sentiments vécus dans le passé se combinent pour donner à la peau ses couleurs, aux lèvres leur saveur, rythmer le pouls et forger le cristal du regard.

La fascination qu'exerce un être sur un autre ne provient pas de ce qu'exhale sa personnalité à l'instant même de la rencontre. C'est de la somme de tout son être que se dégage une drogue puissante capable de séduire et d'attacher.

Le charme du présent plonge ses racines profondes dans le passé. Aucun moment de charme ne fleurira jamais d'un sol désert par la seule vertu du hasard, mais ce sera le fruit de grandes peines, d'un travail, d'une évolution.

Et l'amour, ce puissant narcotique, est la serre chaude où tous les êtres s'épanouissent et donnent leurs plus belles fleurs...

l'amour est le révélateur qui rend visibles les substances les plus indécelables dans l'alambic de l'âme

l'amour est un agent provocateur qui révèle au grand jour tous les secrets de l'être

l'amour gante les doigts de clairvoyance, insuffle dans les poumons l'iridescence qui les rendra visibles aux rayons de la transcendance dessine sur la rétine une nouvelle géographie

donne aux mots des voilures de navires, encapuchonne les oreilles de velours

et bientôt le balcon inclina leurs ombres vers le fleuve afin que leur baiser fût baptisé dans les eaux saintes de la continuité.

Le lendemain matin, Djuna longea la Seine en demandant aux mariniers et aux pêcheurs s'ils ne connaîtraient pas une péniche à louer, pour vivre avec Rango.

Tandis qu'elle s'attardait le long du parapet et se penchait pour examiner les péniches, un agent de police l'observait.

(S'imagine-t-il que je veux me noyer ? Ai-je l'air de quelqu'un qui a envie de se suicider ? Faut-il qu'il soit aveugle ! Jamais je n'ai eu si peu envie de mourir, moi qui commence justement à vivre aujourd'hui !)

Il ne la quittait pas des yeux pendant qu'elle dévalait les marches pour parler au patron de la *Nanette*, une belle péniche peinte en rouge. La *Nanette* avait de petites fenêtres garnies de rideaux de perles comme les loges de concierge.

(À quoi bon décorer sa péniche comme un appartement ? Ils ne sont pas faits pour naviguer, ceux-là, pas faits pour l'eau. Ils aiment que leur décor soit le prolongement de la terre ferme, ils aiment le familier, alors que ce que nous voulons, Rango et moi, c'est justement fuir les maisons, les rues, les cafés et la foule. Nous recherchons une île, une cellule solitaire, pour y rêver ensemble en paix. Pourquoi cet agent de police croit-il que je veux me jeter à l'eau, quand jamais je n'ai eu si peu envie de mourir ? À moins qu'il ne soit là pour me reprocher d'avoir quitté hier soir après dix heures la maison de mon père, d'avoir, avec d'infinies précautions, laissant la porte entrebâillée pour qu'il ne m'entende pas sortir, fui sa maison, le cœur battant, car ses cheveux sont blancs et il ne comprend plus qu'on puisse avoir besoin d'amour, lui qui a tout perdu, non par excès d'amour, mais pour avoir joué avec l'amour. Et quand l'amour n'est plus qu'un jeu, on y perd tout. Il a perdu sa femme et sa maison, à présent il s'accroche à moi, il a peur de me perdre aussi, il a peur de la solitude.)

Ce matin-là, à cinq heures et demie, elle s'était réveillée, elle avait doucement désenchevêtré son corps des bras de Rango, à six heures elle était dans sa chambre, et à six heures et demie son père frappait à sa porte en disant qu'il était malade et qu'il fallait qu'elle s'occupe de lui.

(Ali Baba, sois le patron des amoureux ! Donne-leur la chance des brigands et leur absence de remords. Car l'amour rend si grand qu'on ne tient plus dans le cadre des lois. Il n'y a plus ni temps ni place pour les regrets, les hésitations, les reculs. L'amour galope insouciant et libre. Et toutes les petites ruses faites pour épargner aux autres ses brûlures – à tous ceux que pourrait blesser cette surabondance – laissent leurs auteurs charmants et gais, charmants et gais comme Robin des Bois, comme des enfants qui jouent. Anahita, déesse de la Lune, se chargera de les juger et de distribuer les châtiments, monsieur l'agent de police. Attendez donc ses ordres, car je suis sûre que vous ne comprendriez pas si je vous racontais que mon père est délicieusement égoïste et rangé, tendre et menteur, conventionnel et incurable. Il épuise tout l'amour qu'on lui donne. Si je ne quittais pas sa maison la nuit pour réchauffer mon âme entre les mains brûlantes de Rango, je mourrais à la tâche, desséchée, dénudée, vidée de sève, cependant que mon père monologue, évoquant son passé, et que je bâille, bâille, bâille... comme quand on vous montre des photos de famille ou des collections de timbres ! Comprenez-moi, monsieur l'agent, si vous pouvez : si réellement je n'avais que cela, vous pourriez craindre effectivement que je ne me jette à la Seine, et vous auriez à prendre un bain glacé pour me repêcher. Regardez, j'ai de quoi m'offrir un taxi, je chante un hymne de reconnaissance aux taxis qui nourrissent mon rêve et le transportent partout sans jamais le briser, car le rêve est fragile. Un taxi, c'est un peu comme une botte de sept lieues. Grâce à lui je poursuis mon rêve... mon vice, mon luxe. Oh, si vous en avez envie, arrêtez-moi pour crime de rêverie, vagabondage de la plus folle espèce. Sachez pourtant que c'est dans cette petite cellule du rêve, cette cachette capitonnée, mystérieuse et féconde, que tout se crée ; tout ce que l'homme a accompli sur cette terre a été engendré dans cette petite cellule solitaire...)

L'agent de police passa près d'elle sans l'arrêter, alors elle se confia à lui et découvrit toute la richesse de son savoir. Il connaissait quantité de péniches un peu partout. Il y en avait une où on servait aux pêcheurs des frites et du vin rouge, une autre où les clochards pouvaient passer la nuit pour quelques sous, une autre encore où une femme en pantalon sculptait de grandes statues ; ici, une péniche transformée en piscine pour les jeunes, à côté d'elle, une autre signalée par sa lanterne rouge et réservée aux hommes ; et une enfin, là-bas, qui avait servi jadis à une troupe de comédiens pour faire une tournée à travers la France, et qui restait inoccupée depuis qu'elle avait été déclarée impropre à la navigation. Elle n'avait qu'à se renseigner...

Elle était amarrée près du pont, une péniche longue et large, avec une proue massive d'où pendait la lourde chaîne de l'ancre. Il n'y avait pas de fenêtres sur le côté, seulement une écoutille vitrée sur le pont, qu'un vieux gardien lui souleva. Elle descendit un escalier étroit et raide et se trouva dans une vaste pièce éclairée par une verrière au plafond, et qui se prolongeait par une pièce plus petite et un couloir bordé de minuscules cabines.

La grande pièce centrale, qui avait autrefois servi de théâtre, était encore encombrée de vieux décors, de rideaux, de costumes. Les minuscules cabines, de chaque côté, avaient servi de loges aux acteurs ambulants. Elles étaient à présent jonchées de pots de peinture, de bois de chauffage, d'outils, de vieux sacs vides et de journaux. À la proue se trouvait une grande pièce tapissée d'un papier goudronné et luisant. Par les verrières du plafond on ne pouvait voir que le ciel, mais sur un des côtés s'ouvraient, à quelques centimètres de l'eau, deux trappes maintenues comme des ponts-levis par des chaînes. Par là on pouvait voir le quai.

Le gardien occupait une des petites cabines. Il était vêtu, comme un paysan, d'une grande blouse de coutil bleu et portait un béret.

Il lui expliqua : « Autrefois j'étais commandant sur un yacht de plaisance. Le yacht a explosé et j'y ai laissé ma jambe. Mais je peux encore vous rendre service : aller vous chercher l'eau, le bois, le charbon. Pomper la cale. C'est qu'il y a des fuites qu'il faut surveiller tous les jours. Elle est vieille, cette péniche, mais le bois est encore solide. »

Les parois s'incurvaient comme les flancs d'une baleine. Les vieilles travées portaient encore les traces d'anciennes cargaisons : bois, sable, pierres ou charbon.

Comme Djuna s'en allait, le vieux gardien ramassa une longue perche à chaque extrémité de laquelle un seau se balançait au bout d'une corde ; il la posa en bascule sur ses épaules, comme un porteur d'eau japonais, et lui emboîta le pas en sautillant sur une jambe, gardant miraculeusement l'équilibre sur les gros pavés de la berge.

La nuit d'hiver tomba, enveloppant la ville, poudrant les réverbères de brume et de fumée où leur clarté se dissolvait en auréole de gloire.

Quand Djuna retrouva Rango, il était triste de n'avoir pas trouvé d'abri pour leur amour. Djuna lui dit : « J'ai quelque chose à te montrer. Si cela te plaît, ce sera à nous. »

Ils longèrent les quais et, en passant près d'un chantier à côté de la gare, elle ramassa une lanterne rouge qu'avaient laissée les ouvriers et traversa le pont, sa lanterne allumée à la main. À mi-chemin ils rencontrèrent l'agent de police qui lui avait indiqué la péniche. « Cette fois je vais être arrêtée pour avoir volé une lanterne », se dit Djuna.

Mais l'agent de police ne dit rien. Il sourit simplement, sachant où elle allait, et lança un regard appréciateur à la carrure de Rango.

Le vieux gardien fit irruption par l'écoutille et leur cria : « Holà ! Qui va là ? Ah, c'est vous, petite madame. Attendez, je vais vous ouvrir. » Et il ouvrit toute grande la trappe.

Ils descendirent le petit escalier à vis. Rango humait avec délice les odeurs de goudron, et quand il vit la pièce, sa pénombre et ses poutres, il s'exclama : « On se croirait dans les *Contes d'Hoffmann.* C'est un rêve. C'est un conte de fées. »

Le vieux grand-père du fleuve, l'ex-commandant d'un yacht de plaisance, eut un reniflement insolent devant la remarque de Rango et retourna dans sa cabine.

« C'est exactement ce dont j'avais envie », dit Rango.

Il se baissa pour pénétrer dans la minuscule cabine à l'extrême pointe de la péniche, qui ressemblait à une petite prison triangulaire avec ses fenêtres à barreaux. L'énorme chaîne de l'ancre pendait devant les barres de fer. Le plancher, verdi par l'humidité, était presque entièrement rongé et par les trous on pouvait voir briller cette nappe d'eau toujours présente dans la cale de tous les navires comme les doigts possessifs de la mer ou du fleuve revendiquant leur bien.

« Si jamais tu me trompes, dit Rango, je t'enfermerai là. »

Avec ces ombres qui s'allongeaient tout autour d'eux, ces poutres médiévales qui geignaient sur leurs têtes, le clapotis de l'eau, la moisissure des planches et les plaintes grinçantes de la chaîne, Djuna le crut.

« Djuna, tu m'entraînes au fond de la mer comme une sirène.

– Je suis sans doute une sirène, Rango. Je n'ai pas peur des profondeurs, et ce que je redoute le plus c'est de vivre en surface. Mais toi, mon pauvre Rango, toi qui viens des montagnes, l'eau n'est certainement pas ton élément. Tu ne vas pas être heureux.

– Les hommes des montagnes rêvent toujours de la mer, et ce que j'aime par dessus tout c'est voyager. Où partons-nous ? »

Comme il disait ces mots, un chaland passa tout près d'eux, remontant le courant. Toute la péniche se souleva et l'énorme carcasse de bois craqua comme un squelette de monstre.

Rango s'allongea par terre et dit : « Nous naviguons. »

« Nous avons quitté le monde. Tous les dangers qui nous menacent, nous les avons laissés là-bas, derrière nous. » Tous les dangers... Comme tous les amoureux, ils étaient persuadés que ce qui menaçait l'amour ne pouvait venir que du monde, que de l'extérieur ; ils ne soupçonnaient pas que le germe de sa mort pût se trouver à l'intérieur d'eux-mêmes.

« Je voudrais te garder ici, Djuna. Je voudrais que tu ne quittes plus jamais cette péniche.

– Cela ne me déplairait pas. »

(Mais il y avait Zora, Zora qui attendait qu'on lui apporte à manger, qu'on lui apporte ses remèdes, qu'on lui allume son feu.)

« Rango, quand tu m'embrasses, toute la péniche tangue. »

La lanterne rouge projetait des ombres capricieuses, des éclairs rouges, fiévreux, sur leurs visages. Il l'appelait la lampe aphrodisiaque.

Il alluma le poêle. Jeta dans l'eau sa cigarette. Embrassa les pieds de Djuna, lui retira ses souliers et fit glisser ses bas.

Ils entendirent tomber quelque chose dans l'eau.

« C'est un poisson volant », dit Djuna.

Il rit. « Il n'y a pas de poissons volants ici, à part toi. Quand tu es dans mes bras, je sens que tu m'appartiens. Mais tes pieds sont si vifs, si vifs, tes pieds te portent comme des ailes, je ne sais jamais où, ils t'enlèvent, légère, toujours trop vite, trop vite, loin de moi. »

Il ne se frottait jamais la figure avec la paume des mains comme tout le monde. Il se frottait avec ses poings, comme un enfant, un ours ou un chat.

Il caressa Djuna avec une telle ardeur que la petite lanterne rouge se renversa sur le plancher, le verre rouge se brisa et le pétrole gicla en lançant tout autour de lui de petits feux follets. Elle les regardait sans s'effrayer. Le feu la réjouissait toujours, elle aimait frôler le danger.

Quand le plancher épais eut absorbé tout le pétrole, le feu s'éteignit de lui-même.

Ils s'endormirent.

Le vieux grand-père du fleuve, le vieil ivrogne, l'ex-commandant d'un yacht de plaisance, vivait tout seul à bord de la péniche depuis longtemps. Il en était le seul gardien, le seul propriétaire. Rango lui faisait peur avec sa grande taille, son teint d'Indien, ses cheveux noirs toujours hirsutes, sa voix grave et vibrante.

Lorsque Rango, le soir, allumait le poêle de la chambre, le vieux dans sa cabine lui criait des injures, sous prétexte qu'il faisait trop de bruit.

Il en voulait à Rango de ne pas le laisser s'occuper de Djuna lui-même, et quand il avait bu il l'injuriait en argot dans sa barbe.

Un soir, Djuna arriva peu avant minuit. La nuit était venteuse et les feuilles mortes tourbillonnaient. Elle avait toujours un peu peur de s'engager toute seule dans l'escalier qui descendait au quai. L'endroit n'était pas éclairé. Elle trébuchait sur des clochards endormis, sur des putains qui pratiquaient derrière les arbres. Elle essayait de dominer sa peur, elle s'élançait dans l'escalier et courait sur la berge.

Ils avaient finalement décidé qu'elle lancerait un caillou du quai sur le toit de la péniche pour avertir Rango de son arrivée, et qu'il monterait à sa rencontre jusqu'en haut des marches.

Ce soir-là, elle eut envie de braver sa peur et de descendre seule. Mais quand elle arriva à la péniche, il n'y avait aucune lumière dans la chambre, pas de Rango pour l'accueillir, seulement le vieux gardien qui émergea de l'écoutille en titubant, les yeux rouges, la voix empâtée.

« Monsieur est arrivé ? lui demanda Djuna.

– Bien sûr qu'il est ici. Vous n'avez qu'à descendre. Allons, venez, venez. »

Mais Djuna ne voyait toujours pas la moindre lumière dans leur chambre et se disait que si Rango eût été là il serait venu au-devant d'elle en entendant sa voix.

Le vieux gardien tenait la trappe ouverte et disait en tapant du pied et avec une excitation croissante : « Mais venez donc. Pourquoi ne voulez-vous pas descendre ? »

Djuna savait qu'il avait bu. Elle avait peur de lui et décida de s'en aller. Elle était sûre, en voyant la façon dont il s'énervait, que c'était ce qu'elle avait de mieux à faire.

Le vieux lui lança des bordées d'injures derrière son dos.

Elle resta seule en haut des marches dans le silence et dans l'obscurité, envahie par la peur. Que faisait donc le vieux près de sa trappe ? Aurait-il attaqué Rango ? Rango était-il vraiment dans la chambre ? Ils avaient signifié au vieux qu'ils ne pouvaient plus le garder. Peut-être s'était-il vengé ? S'il était arrivé quelque chose à Rango, elle mourrait de chagrin.

Peut-être Rango était-il entre-temps venu par l'autre pont.

Il était une heure du matin. Elle décida de lancer encore un caillou sur le toit, pour voir si cette fois il donnerait signe de vie.

Au moment où elle ramassait son caillou, Rango apparut.

Ils descendirent ensemble et ils trouvèrent le vieux sur la péniche qui marmonnait entre ses dents.

Rango s'emportait facilement et avait la main prompte. Il lui cria : « On vous a demandé de partir. Fichez-moi le camp immédiatement. »

Le vieux alla s'enfermer dans sa cabine, d'où il leur cria des injures.

« Je resterai encore huit jours ici, hurlait-il. J'ai été commandant, et je le serai encore si ça me plaît. Je ne me laisserai pas déloger par un sale moricaud. J'ai le droit de rester ici. »

Rango voulait le jeter dehors, mais Djuna le retint. « Il a bu. Demain il sera calmé. »

Toute la nuit le vieux mena la sarabande, cracha, ronfla, jura, leur cria des menaces, tambourina sans fin sur sa gamelle.

Rango était de plus en plus furieux, mais Djuna se souvenait d'avoir entendu des gens dire : « Il est plus fort qu'il n'en a l'air, le vieux. Je l'ai vu descendre un homme comme rien. » Elle avait beau savoir que Rango était le plus fort, elle se méfiait de la fourberie du vieux. Un coup de couteau dans le dos, une enquête, un scandale. Elle craignait surtout pour Rango, qui risquait d'y laisser la vie.

« Sors et laisse-moi m'occuper de lui », dit Rango.

Djuna l'en dissuada, le calma, et à l'aube ils s'endormirent.

Quand ils sortirent à midi, le vieux était déjà sur la berge à boire le coup avec les clochards. Quand ils passèrent à côté de lui, il cracha ostensiblement dans l'eau.

Le lit était bas, les poutres goudronnées craquaient au-dessus de leurs têtes. Le poêle ronflait, irradiant sa chaleur, le courant caressait les flancs de la péniche et les réverbères du pont renvoyaient dans la chambre une douce lueur jaune.

Quand Rango enleva les souliers de Djuna pour réchauffer ses pieds entre ses mains, le vieux grand-père du fleuve commença à crier, à chanter en cognant ses casseroles contre la cloison :

Nanette offre gratis
Ce que les autres font payer.
Nanette est généreuse,
Sous sa lanterne rouge.

Rango bondit, fou furieux, l'œil en feu, la tignasse en bataille, tous les muscles tendus comme des ressorts, et se précipita vers la cabine du vieux. Il cogna dans sa porte. La chanson s'arrêta un instant, puis reprit :

Nanette mettait un ruban
Dans ses cheveux noirs.
Donnait ce qu'elle avait...

Le vieux tambourina encore un coup sur sa gamelle puis il se tut.

« Ouvrez ! » cria Rango.

Silence.

Alors Rango donna un coup d'épaule dans la porte qui céda et le bois se brisa en éclats.

Le vieux était couché à moitié nu sur un tas de chiffons, son béret sur la tête, la barbe pleine de soupe, un bâton à la main que sa frayeur faisait trembler.

Rango, avec son mètre quatre-vingts et ses cheveux hirsutes, avait tout de Pierre le Grand sur le champ de bataille.

« Sortez d'ici ! »

Le vieux, hébété par l'alcool, refusa de bouger. La cabine dégageait une telle puanteur que Djuna recula. Le sol était jonché de casseroles sales et d'une quantité de vieilles bouteilles d'où émanait une odeur de vinaigre.

Rango força Djuna à retourner dans sa chambre et alla chercher la police.

Djuna entendit Rango qui revenait avec l'agent et lui racontait toute l'histoire. Puis elle entendit l'agent dire au vieux : « Habillez-vous. Le propriétaire vous a demandé de partir. Il faut exécuter ses ordres. Habillez-vous. »

Le vieux, couché par terre, cherchait ses vêtements à tâtons. Il n'arrivait pas à trouver l'entrée de son pantalon et regardait avec étonnement l'ouverture d'une des jambes. Il maugréait tout seul. L'agent de police attendait. Ils n'auraient pas réussi à l'habiller eux-mêmes, il ne se serait pas laissé faire. Il marmonnait : « Qu'est-ce que ça peut bien me faire ? J'ai été commandant sur un yacht, moi. C'était autre chose qu'une vieille péniche pourrie. Un beau bateau que c'était, tout blanc, tout fin. Et moi aussi, j'avais un uniforme tout blanc. Vous pouvez bien me jeter à l'eau, ça m'est égal. J'ai pas peur de crever. Je suis pourtant pas un mauvais bougre. Je vous fais vos commissions, non ? Je vais chercher l'eau, non ? Je vous apporte votre charbon. Je peux quand même bien chanter un peu la nuit.

– Vous ne chantez pas qu'un peu, lui dit Rango. Vous faites un potin de tous les diables quand vous rentrez. Vous cognez dans vos seaux, vous cognez dans les murs, vous criez à tue-tête, vous êtes constamment soûl et vous tombez dans l'escalier !

– Moi, je dormais à poings fermés ! À poings fermés, je vous dis. Et qui est-ce qui est venu défoncer ma porte, hein ? Qui est-ce qui est rentré chez moi ? Je ne sortirai pas. D'ailleurs je ne retrouve pas mon pantalon. Celui-là n'est pas à moi, il est beaucoup trop petit. »

Et il se mit à chanter :

Laissez-moi tranquille,
Je ferai le mort.
Ma chandelle est morte
Et ma femme aussi.

Alors Rango, l'agent de police et Djuna furent pris d'un fou rire. Ils ne pouvaient plus s'arrêter. Le vieux avait l'air tellement innocent, tellement ahuri.

« Je vous permets de rester si vous ne faites pas de bruit, dit Rango.

– Si vous faites trop de bruit, dit l'agent de police, je reviens vous chercher et je vous mets en prison.

– Je ferai le mort, dit le vieux. Ça sera comme si j'étais pas là. »

Il était maintenant totalement assagi, étonné. « Quand même, on n'a pas le droit de vous démolir votre porte comme ça. En voilà des façons ! J'ai peut-être démoli des hommes dans ma vie, mais des portes ça jamais. On n'est plus chez soi. C'est pas des façons. »

Quand Rango retourna dans la chambre, Djuna riait encore. Il écarta les bras. Elle enfouit son visage dans sa veste et lui dit : « Tu ne peux pas savoir comme cela m'a fait du bien de te voir enfoncer cette porte. » Elle se sentait comme soulagée d'une secrète violence accumulée en elle, comme quand on regarde un orage, quand la nature éclate à votre place avec sa foudre et son tonnerre.

« Cela m'a fait du bien de te voir défoncer cette porte », répéta Djuna.

Grâce à Rango, elle avait respiré pour la première fois un climat de violence inconnu. Le geste de Rango lui avait fait toucher un univers insoupçonné.

Les pluies commencèrent à gonfler la Seine. L'eau monta, dépassant le niveau des crues marqué depuis le Moyen Âge dans la pierre. La berge fut d'abord recouverte d'une mince pellicule d'eau, et les clochards quittèrent leur quartier général sous le pont pour leurs quartiers d'été au pied des arbres. Puis le courant s'en vint lécher le bas de l'escalier, monta une marche, puis une autre, et s'arrêta enfin à la huitième. C'était assez pour se noyer.

Les péniches amarrées là montaient en même temps que la crue. Leurs habitants devaient mettre leur canot à l'eau et ramer jusqu'au quai, puis grimper par l'échelle de corde et enjamber le parapet pour trouver la terre ferme. Cette cérémonie divertissait toujours les promeneurs. On aurait dit quelque pacifique invasion de la ville par le peuple des bateliers.

La nuit, la cérémonie devenait dangereuse et les gens avaient quelquefois du mal à diriger l'embarcation. Plus le niveau montait, plus le courant était violent. La souriante Seine dévoilait un aspect inquiétant de son caractère.

L'échelle de corde était antique, et sa solidité passablement affectée par le temps.

Le côté chevaleresque de Rango était à la hauteur de la situation. Après avoir aidé Djuna à enjamber le parapet sans montrer aux badauds plus que le liséré de son jupon, festonné comme un coquillage, il la portait jusqu'au canot. Puis il devait, sans perdre l'équilibre, le repousser du bord avec une perche, car un contre-courant avait tendance à l'entraîner vers l'escalier, après quoi le courant le happait et il devait lutter de toute la force de ses rames.

Le pantalon retroussé à mi-jambes laissait voir ses mollets bruns et musclés. Les cheveux ébouriffés par le vent, les biceps gonflés par l'effort, Rango riait de plaisir à éprouver sa force. Et Djuna, renversée en arrière, souriait comme une femme à qui on vient de sauver la vie, ou comme une grande dame de Venise qu'on promène en gondole.

Rango ne voulait pas laisser le vieux gardien manœuvrer le canot. Il voulait être le chevalier servant qui conduisait sa gente dame à la péniche. Il voulait terrasser pour elle le flot tumultueux, la conduire saine et sauve à bon port, sentir qu'il l'enlevait au monde, à son Paris, pour la mettre à l'abri, pour la cacher dans le château de son amour.

À l'heure de minuit, quand les autres restent au coin du feu dans leurs pantoufles, s'engouffrent dans un taxi au sortir du théâtre, courent après une gaieté factice dans les bars, Rango et Djuna, eux, vivaient un sauvetage épique, affrontaient un fleuve déchaîné, se jetaient dans une aventure périlleuse, une aventure où se télescopaient en un unique instant de plénitude l'amour et sa mise à l'épreuve et son couronnement. Car Djuna savait bien que si Rango tombait et se noyait, elle en mourrait; Rango savait aussi que si Djuna tombait dans l'eau glacée, il donnerait sa vie pour la sauver. Dans cet instant de grand danger, ils comprenaient qu'ils étaient l'un pour l'autre leur unique raison de vivre, et ils s'y jetaient tout entiers, corps et âme.

Rango ramait sans voir la ville, comme s'ils étaient perdus en pleine mer; et Djuna, assise dans la barque, le regardait avec admiration comme si elle assistait à un tournoi où son preux chevalier, en terrassant la Seine, rendait le plus suprême hommage à sa souveraineté de femme.

Dans son adoration, dans son amour pour elle, il ne supportait pas qu'un autre allume son feu, comme s'il voulait être lui-même la chaleur et la flamme qui sécheraient et réchaufferaient ses pieds mouillés. Il la descendait dans ses bras jusqu'à leur chambre humide et froide dans le brouillard d'hiver. Et tandis qu'elle restait debout à grelotter, Rango, tout entier habité du désir de la réchauffer, mettait une telle ardeur à allumer son feu qu'elle croyait voir au lieu d'un simple poêle qui renâclait en crachant sa fumée, et d'un simple mortel essayant de faire prendre son bois avec quelques journaux humides, Siegfried lui-même allumant un brasier dans la forêt des Walkyries.

Ainsi l'amour et le désir redonnaient à de simples gestes leur grandeur. Dans cette simple nuit d'hiver à Paris se recréaient les plus grands mythes.

Quand la première flamme jaillit enfin, Djuna eut un éclat de rire et lui dit : « Tu es le dieu du Feu ! »

Il l'enfouissait au cœur le plus profond de sa chaleur. Il refermait sur eux étroitement la porte de l'amour pour que l'air corrosif du dehors n'entre pas.

Ils se sentaient enfin comblés, ils avaient trouvé l'île déserte dont rêvent tous les amoureux, la cellule, le cocon, où l'on refait le monde ensemble, depuis son premier jour.

Dans le noir ils s'offraient tous leurs multiples « moi », évitant simplement le passé trop récent, les années précédant de trop près leur rencontre, car c'était un terrain dangereux d'où pouvaient surgir des conflits, des soupçons et des jalousies. Dans le noir ils se partageaient les « moi » de leur enfance, innocents, inapprivoisés.

C'était le paradis où tous les amoureux aiment à retourner ensemble, où ils retrouvent une virginité qu'ils s'offrent l'un à l'autre.

Lavés de leur passé par leurs caresses, ils retrouvaient ensemble leur adolescence.

Djuna, dans ces moments, se sentait redevenir petite fille. Elle sentait de nouveau, imprimée sur sa gorge, la petite croix qu'elle portait à son cou autrefois, et ses narines reconnaissaient l'encens des messes. Tout lui revenait, le petit autel posé sur sa table de nuit, l'odeur des cierges, les fleurs artificielles aux tons passés, le visage de la Vierge, et le sens de la mort et du péché inextricablement enchevêtrés dans sa petite cervelle d'enfant. Elle sentait de nouveau ses seins menus sous sa petite robe et ses deux jambes serrées l'une contre l'autre. Puis elle devenait la jeune fille dont il était pour la première fois tombé amoureux, qu'il allait voir à cheval, voyageant toute une nuit dans les montagnes simplement pour l'apercevoir. Elle prenait le visage de cette jeune fille à qui il n'avait jamais pu parler qu'à travers une grille ; le visage qu'il voyait dans ses rêves, celui de ces madones du XVIe siècle qui ont un large espace entre les yeux. C'était elle, celle qu'il épouserait et garderait jalousement enfermée, comme font les maris arabes, et le monde n'entendrait plus jamais parler d'elle.

Au plus profond de leur amour, sous la vaste tente de leur amour, lui aussi, à mesure qu'il disait son enfance, il retrouvait son innocence. Une innocence beaucoup plus vraie que la première, car elle ne naissait pas de l'ignorance ni de la peur ni de l'inexpérience ; elle se formait, comme une pépite d'or pur, après des successions d'épreuves et de choix, après une élimination consciente de toutes les impuretés. Elle renaissait de son courage, après tant de profanations, elle remontait des couches les plus profondes de l'être, où la jeunesse n'avait pas eu accès.

La nuit, Rango parlait. « La montagne sur laquelle je suis né était un volcan éteint. On y était plus proche de la lune. La lune, là-bas, était si grosse qu'elle faisait peur. Elle apparaissait quelquefois entourée d'un halo rougeâtre qui mangeait la moitié du ciel, et tout était éclaboussé de sang... Il existait là-bas une sorte d'oiseau qu'on chassait et qui avait la vie si dure qu'une fois abattu, les Indiens devaient lui arracher deux plumes et les lui piquer dans la nuque pour en venir à bout... Nous allions à la chasse aux canards dans les marais. Un jour je me suis laissé prendre dans des sables mouvants et ne m'en suis tiré qu'en y abandonnant mes bottes et en sautant d'un bond sur la terre ferme... Nous avions un aigle apprivoisé qui faisait son nid sur le toit... Dès l'aube, ma mère rassemblait toute la maisonnée et nous récitions le rosaire... Le dimanche, nous donnions un grand déjeuner qui durait tout l'après-midi. Je me rappelle encore le goût du chocolat épais et très sucré que nous buvions, à la mode espagnole... Nous recevions souvent des prélats et des cardinaux, vêtus d'or et de pourpre. Nous vivions comme dans l'Espagne du XVIe siècle. L'immensité de la nature qui nous environnait nous plongeait dans une sorte d'hypnose. De cette immensité naissait un sentiment de solitude et de mélancolie. À côté du Guatemala, l'Europe me parut si petite, si chétive, avec ses toutes petites maisons, ses tout petits jardins, sa petite lune, sa petite mer. Elle me faisait l'effet d'un jouet d'enfant... Chez moi, il fallait bien six heures de train et trois semaines à cheval pour arriver sur la montagne où nous chassions. Nous y restions des mois en dormant à la belle étoile. Il fallait avancer très doucement, pour ne pas fatiguer le cœur. Les chevaux et les mulets ne pouvaient dépasser une certaine altitude sans que le sang leur sorte par la bouche et les oreilles. Lorsque nous arrivions aux neiges éternelles, le ciel devenait si profond qu'il était presque noir. Du haut de ces à-pics immenses nous regardions, à des milliers de kilomètres sous nos pieds, la petite tache d'un vert intense que formait la forêt tropicale. Parfois, je longeais à cheval une cataracte pendant des heures et le fracas de l'eau finissait par m'hypnotiser. Et tout ce temps, dans les neiges et l'immensité sauvage, je rêvais d'une femme pâle et svelte... À dix-sept ans, j'étais amoureux d'une statuette de Vierge espagnole qui avait, comme toi, ce large espace entre les yeux. Je rêvais de cette femme, qui était toi, et je rêvais de villes, de vivre dans les villes... Là-haut, dans les montagnes où je suis né, le sol n'était jamais horizontal. Il fallait constamment monter des marches. C'était un escalier sans fin dressé contre le ciel. On a du mal à s'expliquer comment les Indiens ont pu faire pour empiler ces gigantesques blocs de pierre; cela paraît humainement impossible. On croirait que ce sont des dieux qui ont construit ces escaliers. Les marches sont bien trop hautes pour une enjambée d'homme, elles sont faites pour des dieux géants, pour les géants que les Mayas sculptaient dans le granit, pour ces dieux qui buvaient le sang des sacrifices et se moquaient des efforts dérisoires des humains s'épuisant à gravir ces blocs monumentaux au flanc de leurs montagnes. Les volcans entraient souvent en éruption et projetaient sur les Indiens des pluies de feu, de lave, de cendre. Des hommes, surpris en pleine descente dans les rochers, l'échine courbée, restaient pétrifiés dans la lave comme si la terre leur avait jeté un sort, comme si une malédiction était sortie de ses entrailles. Quelquefois nous découvrions des empreintes de pieds plus grands que les nôtres. Étaient-ce les bottes blanches des Mayas qui les avaient laissées ? Je suis né là où le monde commença. Je suis né là où des cités sont ensevelies sous la lave, où des enfants qui ne naîtront jamais furent étouffés par les volcans. Nous n'avions pas de mer, là-haut, mais un lac qui avait des tempêtes aussi terribles que la mer. Parfois le vent soufflait si fort qu'il aurait pu décapiter un homme. Des tempêtes de sable déchiraient les nuages, la lave se pétrifiait en étoiles, les arbres se mouraient de fièvre et leurs feuilles tombaient en cendre ; la rosée à peine tombée se mettait à fumer, et des nuées montaient des lèvres calcinées de la terre... C'est là que je suis né. Et mon premier souvenir d'enfant n'est pas celui de tout le monde : c'est un python qui avale une vache... Les Indiens n'avaient pas les moyens d'acheter des cercueils pour leurs morts. Or quand les corps sont ensevelis sans cercueil, il se produit une sorte de combustion qui se manifeste par de petites flammes bleues, comme celles du soufre quand il brûle. C'était étrange et terrifiant de voir jaillir ces petites flammes bleues dans la nuit... Pour arriver chez nous, il fallait traverser un torrent. On arrivait d'abord à un premier patio aussi vaste que la place Vendôme... Puis il y avait une chapelle, qui nous appartenait. Tous les dimanches on envoyait chercher un prêtre à la ville pour dire la messe... La maison était vaste, faite de plusieurs bâtiments, avec de nombreux patios intérieurs. Elle était enduite d'un stuc rose corail. Une des pièces était entièrement garnie d'armes à feu suspendues aux murs. Une autre toute tapissée de livres. Je me rappelle encore l'odeur de cèdre qui flottait dans la chambre de mon père. J'admirais l'élégance de mon père, son courage, sa virilité... Une de mes tantes était musicienne ; elle avait épousé une brute qui la rendait très malheureuse. Elle se laissa mourir de faim en jouant du piano toute la nuit. C'est de l'avoir entendue jouer, nuit après nuit jusqu'à sa mort, et d'avoir retrouvé plus tard ses partitions, qui m'a donné envie d'étudier le piano. Elle jouait Bach, Beethoven, tous les grands musiciens qu'on ne connaissait guère à cette époque dans notre coin perdu. Il n'y avait que des jeunes filles dans les écoles de musique. C'est un art qui passait pour efféminé. Elles se sont tellement moquées de moi que j'ai dû renoncer à y aller et étudier tout seul. J'étais un grand gaillard solide et un peu rude, qui adorait la chasse, la bagarre, le cheval, et pourtant la seule chose qui m'intéressait c'était le piano... Les montagnards rêvent tous de voir la mer. Je n'oublierai jamais la première fois que l'océan m'est apparu. J'étais arrivé par le train à quatre heures du matin. Ce fut un éblouissement, une émotion poignante. Aujourd'hui encore, quand je lis l'*Odyssée*, c'est avec la fascination qu'éprouve le montagnard pour la mer, l'homme des neiges pour les pays chauds, l'Indien sombre et violent pour la douceur et la lumière des Grecs. Et c'est pour cela que tu m'attires, car tu es les tropiques, tu portes le soleil en toi, et la douceur, et la transparence... »

Qu'était-il arrivé à ce corps taillé pour la montagne, pour la violence et pour la guerre ? Une petite flamme bleue, la petite flamme de la musique, de l'art, échappée du corps de la tante morte en jouant Bach au piano, une petite flamme de soufre, infatigable et bleue, s'était glissée dans ce grand corps fait pour la chasse et pour la guerre et pour les joutes amoureuses. Elle l'avait attiré loin de ses terres, vers les grandes villes, les cafés, les artistes.

Mais elle n'avait pas fait de lui un artiste.

Il avait poursuivi un mirage, abandonnant toute autre vie, renonçant à son hacienda, au luxe, à ses parents, au mariage et aux enfants, pour devenir un vagabond, un nomade, errant sans feu ni lieu, sans pouvoir retourner chez lui. « Parce que j'ai honte d'arriver là-bas les mains vides, comme un mendiant. »

La petite flamme bleue de la musique et de la poésie ne brillait que la nuit, pendant les longues nuits d'amour, et c'était tout. Le jour elle était invisible. Dès que le jour apparaissait, son grand corps se levait avec une telle vigueur que Djuna se disait : « Il s'en va conquérir le monde. »

Son corps... il n'était pas sculpté, comme celui d'un citadin, avec toute la délicatesse et le fini d'une statue parfaite, mais paraissait modelé dans une argile compacte, épaisse, à peine dégrossie, un peu comme les sculptures primitives, comme s'il avait gardé quelque chose des formes lourdes des Indiens, des bêtes, des rocs, de la terre et des plantes.

Sa mère lui disait autrefois : « Tu n'embrasses pas comme un petit garçon, mais comme un petit animal. »

Il commençait sa journée en douceur, comme un jeune chiot, en se frottant les yeux avec ses poings fermés, en bâillant sans ouvrir les paupières, et un pli malicieux se creusait de la bouche aux pommettes. Toute sa force restait cachée, comme chez le lion, sous une apparente douceur. Aucun effort visible.

Il commençait sa journée en lenteur, comme s'il s'était débarrassé pendant la nuit de sa conscience d'homme, et devait de nouveau s'y glisser comme dans un vêtement étranger à son corps.

En ville, ce corps fait pour les exercices violents, pour bondir, pour faire face au danger, suivre la cadence d'un cheval, devenait encombrant. C'était comme un manteau dont on n'a plus l'usage. Muscles parfaits, nerfs, instincts, souplesse animale, ne servaient plus à rien. C'était à la tête de jouer, non plus aux muscles ni aux nerfs. C'était une autre forme de conscience qui devait s'éveiller à d'autres formes de dangers, d'autres formes d'efforts, et c'était dans la tête que tout devait se mesurer, s'affronter, se résoudre, à coups d'idées abstraites.

La ville détruisait les euphories du corps. L'air et l'espace étaient comptés. Les poumons se rétrécissaient. Le sang se diluait. L'appétit s'étiolait et se dénaturait.

Les rêves, la splendeur et le rythme du corps étaient immédiatement brisés. Horloges, machines, klaxons, coups de sifflet, encombrements, happaient l'homme dans leurs engrenages, l'assourdissaient, l'abrutissaient. Le rythme de la grande ville lui imposait sa dictature. On ne pouvait rester vivant qu'en devenant soi-même une abstraction.

Rango se rebellait en cherchant par tous les moyens à nier l'ennemi et à le supprimer. Il faisait tout pour ignorer le temps, mais ne réussissait en fin de compte qu'à tout rater. Il inventait de tels détours pour ne pas se laisser imposer le rythme de la ville, qu'il lui fallait parfois des heures pour se raser ou pour s'acheter un bifteck, et que la lettre si importante qu'il aurait dû écrire restait toujours à l'état de projet. Lorsqu'il passait près d'un bureau de tabac, son habitude d'agir à contre-pied était plus forte que ses besoins, il oubliait d'acheter les cigarettes dont il avait pourtant envie, et plus tard, au moment d'aller déjeuner chez l'ami qui l'avait invité, il faisait un immense détour pour acheter ses cigarettes et arrivait tellement en retard que son ami, furieux, était déjà parti. Une fois de plus le rythme et l'ordonnance de la ville étaient rompus, l'ordre était chamboulé, Rango l'était aussi et devait se passer de déjeuner.

S'il pensait retrouver son ami au café, il rencontrait quelqu'un en route et se mettait à discuter reliure avec lui pendant qu'un autre ami, à qui il avait promis son appui, l'attendait vainement à l'ambassade du Guatemala. Et Zora l'attendait à l'hôpital, Djuna l'attendait à la péniche et le dîner qu'elle lui avait préparé se desséchait sur le feu.

Rango pendant ce temps, sans se presser, regardait une estampe chez un bouquiniste, ou bien jouait un verre aux dés au comptoir d'un café, et maintenant qu'il avait bien détruit l'ordonnance de la ville, l'avait bien mise en pièces, il retournait près de Djuna et lui disait: «Je suis épuisé.» Et il laissait tomber sa tête lasse sur la poitrine de Djuna, son corps s'effondrait sur le lit, et tous ses désirs contrariés, ses fragments de vie avortée, pesaient comme des pierres dans ses poches et le lit gémissait sous le poids mort de ses paroles: «Je voulais faire ceci, je voulais faire cela, je veux transformer le monde, je veux aller me battre, je veux...»

Mais il fait déjà nuit, le jour s'est émietté, il s'est désagrégé entre ses mains, Rango est fatigué, il va remplir encore une fois son verre au tonnelet, manger une banane, et il commence à raconter ce qu'il faisait dans son enfance. Il parle de l'arbre à pain, de l'arbre dont l'ombre était mortelle, de l'enfant noir que son père lui avait donné pour son anniversaire, un petit nègre du même âge que Rango, et qui aurait dû être son compagnon de chasse; mais il était né dans la jungle et il mourut presque aussitôt de froid dans les montagnes.

Ainsi, au crépuscule, lorsque Rango avait bien détraqué le rythme de la ville qui détraquait son corps, le jour gisait comme un cimetière plein de cadavres, de refus, de révoltes, de gestes avortés, le jour gisait comme un immense filet où Rango restait pris, comme un enfant se prend dans les mailles d'un système qu'il ne peut pas comprendre et qui l'étouffe... Alors Djuna, pour le sauver de l'asphyxie, s'appliquait tendrement à desserrer les mailles, avec les mêmes gestes attentifs qu'elle avait eus pour ramasser tous les morceaux de ses lunettes...

Ils étaient arrivés au plus haut point de perfection de leur amour. Ils avaient achevé un état d'harmonie et de compréhension parfaites. Ce moment culminant de l'amour resterait à jamais pour eux comme un point de comparaison douloureux lorsque, plus tard, ses propres imperfections naturelles commenceraient à le désagréger.

Les premières dislocations sont à peine sensibles, rien ne peut faire prévoir la désintégration finale. L'image était si transparente, le cristal sans défaut. Tous les gestes et tous les mots y projetaient leur incandescence, apportant lumière et chaleur aux jeunes racines de l'amour. Mais aussi quelquefois les déformant imperceptiblement, contrariant leur croissance.

Allumer la lanterne avant son arrivée pour que, voyant de loin la lueur rouge, elle se sente rassurée, qu'elle ait envie de presser le pas, émue par cette image de sa présence, de son adoration. Lui préparer le feu pour qu'elle ait chaud... Ces rites, Rango ne les respecta pas longtemps. Il était incapable de faire régulièrement l'effort d'arriver en avance. Il avait depuis trop longtemps pris l'habitude inverse de se dérober, de fuir, de ne tenir aucun engagement, aucune promesse, de décevoir tous les espoirs, d'empêcher toutes les cristallisations de se former.

La miraculeuse beauté des gestes simultanés, quand l'autre se précipite vers vous au moment même où vous courez vers lui. La force merveilleuse des retrouvailles à l'instant précis de minuit. L'illusion de vivre au même rythme, gagnée au prix de tant d'obstacles renversés, d'amis abandonnés et de liens défaits... Tout cela réduit à néant par la paresse de Rango, son habitude de n'être jamais là à l'heure, de ne jamais tenir parole, de se complaire dans le désordre et de nager le plus naturellement du monde dans un océan chimérique d'intentions, de promesses, de projets.

Djuna sentait tellement l'importance du rythme qu'elle savait toujours, où qu'elle fût, sans même consulter l'heure, que minuit approchait. Elle sautait dans l'autobus avec un instinct si précis que souvent elle en descendait au moment même où les douze coups de gong retentissaient à la grosse horloge de la gare.

Elle avait tellement conscience de la rareté d'une harmonie entre les êtres, qu'il lui fallait cette certitude de l'heure. Elle était trop pleinement, trop douloureusement consciente que minuit ne sonnait que rarement dans deux cœurs à la fois, que minuit n'éveillait que rarement deux désirs identiques, et que le moindre décalage, la moindre indifférence, était le signe d'une rupture, le signe de la difficulté ou de l'impossibilité d'une fusion entre les êtres.

La légèreté de ses gestes, la liberté de ses mouvements, l'habitude qu'elle avait de disparaître à l'improviste, lui rendaient la fuite plus facile. Rango, lui, ne pouvait jamais s'en aller que lorsque tout le monde était parti, que les bouteilles, la nuit, le bistrot et les rues étaient totalement vides.

Or, pour Djuna, cette incapacité à vaincre les obstacles qui l'empêchaient de la rejoindre enlevait à l'amour de Rango une partie de sa force.

Mais peu à peu elle prit conscience qu'il avait tous les jours deux feux à allumer, un chez lui pour Zora et un dans la péniche. Quand il arrivait tard, trempé, elle se laissait toucher par sa fatigue, par la pensée de tout ce qu'il avait dû faire chez lui, et c'était elle qui allumait le feu pour lui.

Rango aimait se lever tard, alors qu'elle, elle était réveillée par le passage des péniches charbonnières, par les cornes de brume et la circulation ininterrompue sur le pont. Alors elle s'habillait sans bruit, courait jusqu'au bistrot du coin et revenait avec du café et des croissants pour lui faire une surprise.

« Tu penses toujours aux autres, Djuna. Tu es chaude, tu es tendre…

– Que voudrais-tu que je sois d'autre ?

– On dirait qu'à peine née tu as jeté un coup d'œil sur le monde et décidé de t'installer quelque part entre ciel et terre, dans cette région que les Chinois appellent Terre de Sagesse. »

L'immense horloge de la gare d'Orsay qui chassait les gens vers les trains leur montrait le matin son énorme visage comme un reproche vivant : c'est l'heure, l'heure d'aller s'occuper de Zora, l'heure d'aller s'occuper de ton père, l'heure de refaire surface, c'est l'heure l'heure l'heure…

Quand Rango retomba dans sa vieille habitude d'arriver en retard, Djuna, qui avait tant aimé apercevoir de loin la lueur rouge briller derrière la vitre, alluma à son tour la lanterne pour lui, bravant l'obscurité, le vieux gardien ivrogne, les clochards endormis et les silhouettes mouvantes cachées derrière les arbres.

Quand elle comprit à quel point son besoin de boire était irrésistible, jamais elle ne lui dit : cesse de boire. Elle alla acheter un petit tonneau au marché aux puces, le fit remplir de vin rouge et le mit au chevet du lit, à portée de sa main, comptant avec confiance sur leur complicité, leurs aventures, les histoires dont ils se berçaient, pour remplacer le vin. Certaine que la chaleur de leur amour remplacerait la chaleur du vin, qu'il puiserait l'ivresse dans ses caresses plus souvent que dans la barrique...

Un jour il arriva avec une paire de ciseaux dans sa poche. Zora était à l'hôpital pour quelques jours. C'était toujours elle qui lui coupait les cheveux, car il haïssait les coiffeurs. Et il demanda à Djuna de le faire à sa place.

Ces cheveux noirs, bouclés, brillants, épais, que jamais l'eau ni l'huile n'arrivaient à discipliner. Elle les coupa comme il le désirait, et l'espace d'un instant elle eut le sentiment d'être sa femme.

Et puis Zora rentra chez elle et ce fut elle qui de nouveau prit soin des cheveux de Rango.

Pour la première fois Djuna pleura, et Rango ne la comprit pas.

« J'aimerais que ce soit moi qui te coupe les cheveux. »

Il eut un geste d'impatience. « Je ne comprends vraiment pas pourquoi tu y attaches tant d'importance. Cela ne veut rien dire. Je ne te comprends pas. »

Si la musique n'existait pas, il serait facile d'oublier sa vie, de renaître une seconde fois, débarrassée de tous ses souvenirs. Si la musique n'existait pas, on pourrait se promener sur les marchés du Guatemala ou dans les neiges du Tibet, gravir les marches d'un temple hindou, s'habiller autrement, jeter tout ce qu'on possède, en oubliant sans peine tout son passé.

Mais la musique nous poursuit avec une petite phrase qu'on reconnaît, alors c'en est fini du cœur qui croyait battre dans la jungle anonyme des cœurs, c'en est fini du temple hindou, du marché, de la rue. Ce ne sont plus que des décors de théâtre, et on se retrouve en plein cœur d'une tragédie intérieure qui se rejoue inexorablement dans ses moindres détails, comme si la musique était le tissu même du drame et pas seulement son accompagnement.

Le sommeil aurait pu effacer cette scène, et Djuna aurait pu aisément oublier le refus de Rango, s'il n'y avait pas eu, juste à ce moment-là, l'orgue de Barbarie qui jouait perfidement sur le quai et faisait resurgir en elle le souvenir d'une autre scène. Jamais la dérobade de Rango ni son entêtement à défendre les droits de Zora sur ses cheveux ne l'auraient affectée autant s'il n'était venu s'y ajouter toutes les autres scènes que l'orgue de Barbarie avait accompagnées avec la même musique et qu'il ressuscitait en elle. Le souvenir de tout ce qu'on lui avait refusé autrefois.

Comme un magicien diabolique, l'orgue de Barbarie jouant *Carmen* la ramenait inexorablement au jour de son enfance où elle avait demandé à son père un œuf de Pâques aussi grand qu'elle, et où son père, impatienté, lui avait répondu : « Quelle sotte idée ! » Au jour où elle l'avait supplié de lui laisser embrasser ses paupières, et où il s'était moqué d'elle. Au jour où elle avait pleuré en le voyant partir en voyage, et où il lui avait dit : « Je ne comprends pas pourquoi tu y attaches tant d'importance. »

Aujourd'hui Rango lui disait la même chose : « Je ne comprends pas pourquoi cela t'attriste de ne plus pouvoir me couper les cheveux. »

Il aurait dû plutôt ouvrir tout grands ses bras, l'attirer un instant contre lui et lui dire : « Non, ce n'est pas possible, c'est un droit que je laisse à Zora, mais je comprends ce que tu ressens, je comprends que tu te sentes frustrée, que tu aies envie de t'occuper de moi comme si tu étais ma femme… » Pourquoi n'avait-il pas fait cela ?

Elle aurait voulu dire : « Oh, Rango, méfie-toi. L'amour ne meurt jamais tout seul. Il meurt si nous ne savons pas alimenter sa source, il meurt de nos aveuglements, de nos erreurs et de nos trahisons. Il meurt de maladies et de blessures, il meurt de lassitude, de dessèchement, d'oxydation, mais jamais de mort naturelle. Tout amoureux pourrait être accusé d'avoir assassiné l'amour. Quand quelque chose te blesse ou te désole, je m'empresse de l'écarter de toi, de le changer, je cherche à partager ta peine, mais toi tu te détournes avec un geste d'impatience et tu me dis : "Je ne te comprends pas." »

Un conflit est toujours en réalité la somme de plusieurs conflits, comme un fleuve est la somme de tous ses affluents. Mais Rango ne voyait dans cette scène qu'un caprice de Djuna, et il ne voulait pas céder.

Il ne se rendait pas compte que tous les désirs déçus de Djuna affluaient de partout, grossissant le fleuve de sa peine et suppliant une fois de plus qu'on les comprenne.

L'orgue de Barbarie continuait de moudre tous les airs de *Carmen* dans la fosse d'orchestre de son petit théâtre intérieur, tandis que sur la scène apparaissaient non seulement la chambre de la péniche où elle était avec Rango, mais une succession de chambres et une procession de gens qui s'ajoutaient interminablement les uns aux autres, et que s'accumulaient des multitudes de petites déceptions, toutes semblables. Et quand leur nombre fut complet, la musique ininterrompue de l'orgue les fondit toutes en une masse unique. Il n'y eut plus qu'une immense injustice, et la musique, dilatant le cœur comprimé, en soulevait le flot comme un énorme raz de marée contre lequel aucune arche de Noé n'avait jamais été prévue.

Le feu flambait de toutes ses étincelles. Le reflet de ses danses courait joyeusement dans leurs yeux.

Djuna regardait Rango avec appréhension, car il n'était pas rare, dans ces moments de gaieté partagée, qu'il ait une brusque envie de saccager leur joie. Il ne supportait pas d'être avec elle dans cette île de lumière en plein cœur du présent, parce qu'elle lui rappelait toujours que Djuna avait déjà vécu cela sans lui, que d'autres lui avaient appris l'art des caresses, et qu'elle avait déjà souri dans d'autres chambres, en d'autres nuits. Dans ces moments d'extrême bonheur, elle tremblait toujours un peu, appréhendant l'instant où ils seraient happés par la tempête.

Ce soir-là, le danger arriva par surprise alors qu'ils discutaient des peintres qu'ils aimaient. Rango dit brusquement : « Quand je pense que tu prenais Jay pour un grand peintre ! »

Chaque fois que Djuna défendait un ami contre l'ironie mordante de Rango, elle éveillait sa jalousie. Mais cette fois-ci Djuna pensait qu'elle pouvait bien défendre sans danger une opinion sur la peinture.

« Évidemment, reprit Rango, il a fait partie de ta vie, de tes valeurs. Je n'y pourrai jamais rien. Mais à présent je veux que tu penses comme moi.

– Enfin, Rango, comment pourrais-tu respecter quelqu'un qui renoncerait à ses opinions uniquement pour te faire plaisir ? Ce serait de l'hypocrisie.

– Tu admires la peinture de Jay essentiellement parce que Paul l'admirait. Pour lui, il n'y avait pas de plus grand génie.

– Qu'est-ce que je pourrais te dire, Rango ? Qu'est-ce que je pourrais faire pour te prouver que je suis bien à toi ? Paul est loin, tu sais bien que nous ne nous reverrons jamais. Nous n'étions pas faits l'un pour l'autre. Je l'ai totalement oublié. Sans toi je n'y penserais même plus. Il faut toujours que ce soit toi qui me rappelles son existence. »

Dans des moments comme celui-ci, Rango cessait d'être l'adorateur fervent, le grand, le chaud, le généreux Rango. Son visage s'assombrissait. Il gesticulait comme un fou. Il prononçait des mots sans suite, sans forme, où Djuna était incapable de déchiffrer le moindre indice qui lui eût permis de crever le nuage et de détourner la tempête.

Devant l'injustice de cette scène, une rage sourde monta en elle. Pourquoi fallait-il que Rango se serve du passé pour détruire le présent ? Pourquoi s'acharnait-il à se torturer lui-même ?

Elle se leva vivement de table et courut sur le pont. Elle s'en alla s'asseoir près de la chaîne de l'ancre, dans le noir. La pluie tombait sur elle sans qu'elle s'en aperçoive. Elle était totalement désemparée.

Et tout à coup elle le sentit près d'elle. « Djuna ! Djuna ! »

Il l'embrassait, et la pluie et les larmes se mêlaient à son souffle. Il y avait dans son baiser un désespoir si grand qu'elle se sentit fondre. On aurait dit que cette querelle avait détaché d'eux comme une pelure, mettant leur cœur à vif ainsi qu'un nerf sensible qui rendait leur baiser plus intense, plus violent. On aurait dit que la douleur avait taillé en eux une fine incision pour qu'y pénètre plus profondément le plaisir.

« Que puis-je faire ? murmurait-elle. Que puis-je faire ?

– Je suis jaloux parce que je t'aime.

– Mais, Rango, tu n'as aucune raison d'être jaloux. »

Ils étaient tous les deux malades de cette jalousie, et ils cherchaient ensemble à se guérir.

Djuna savait que si elle lui disait : « C'est vrai, Jay n'est pas un bon peintre », Rango sentirait bien tout ce qu'il y avait d'absurde et d'opportun dans ce revirement. Mais comment regagner sa confiance ? Rango, de tout son corps, suppliait d'être rassuré. Mais si tout l'amour de Djuna ne réussissait pas à le guérir, que pouvait-elle lui donner d'autre ?

Quand ils retournèrent dans la chambre, le feu était à demi mort.

Rango était toujours aussi agité. Il remarqua une pile de livres posés près de la corbeille à papier, qu'elle avait l'intention de jeter. Il les ramassa un à un et les examina avec des mines de détective.

Puis il passa en revue ceux qui étaient sur les étagères.

Il en sortit un au hasard et lut sur la page de garde : « De la part de Paul. »

C'était un livre sur Jay, avec des reproductions de ses tableaux.

« Si cela peut te faire plaisir, tu peux le jeter avec les autres, lui dit Djuna.

– On va les brûler, dit-il.

– Brûlons-les tous », fit-elle avec une tristesse amère.

Ce n'était plus seulement un sacrifice qu'elle faisait pour apaiser sa jalousie, c'était un geste de colère qui la prenait devant ces piles de livres dont le contenu ne l'avait jamais préparée à faire face à une pareille situation. Tous ces romans qui camouflaient soigneusement la vérité du moi, ses zones d'ombre, ses enchevêtrements, ses mystères. Des mots, des mots, des mots, jamais une allusion aux abîmes et aux pièges où les hommes se laissent prendre.

Qu'il les brûle tous, ils le méritent.

(Rango s'imagine être en train de brûler mon passé avec Paul. Mais ce qu'il brûle, ce ne sont que des mots, des mots qui taisent l'essentiel, qui taisent les vérités, qui dissimulent le monstre nu qui loge en nous, des mots qui perpétuent l'erreur, qui encouragent l'aveuglement. Des romans qui prétendent vous livrer une expérience, mais qui effleurent à peine la vie, qui ne s'en tiennent qu'aux apparences, aux illusions, aux déguisements et aux mensonges, qui n'ouvrent pas les puits profonds de l'âme et qui sont incapables de vous prémunir contre les crises, les guerres, les chausse-trapes et les pièges de la vie. Qui ne vous apprennent rien, ne vous révèlent rien, vous dérobent au contraire le vrai, le réel, l'immédiat. Qu'il les brûle donc, qu'il les brûle, tous ces livres qui taisent la vérité nue, la cruauté sans fard avec laquelle l'homme et la femme se font souffrir dans le gouffre des nuits solitaires. Leurs omissions et leurs escamotages ne sont d'aucun secours dans les moments de désespoir.)

Elle s'assit à côté de lui près du feu, participant à ce primitif holocauste. Rite d'introduction à une nouvelle vie.

Si Rango continuait ainsi son œuvre de destruction, peut-être finiraient-ils par trouver l'île déserte qu'ils cherchaient, la possession absolue l'un de l'autre. Elle pensait quelquefois que cet absolu que Rango réclamait, ce dépouillement de toutes les enveloppes externes de l'être pour qu'émerge l'image unique de l'homme et de la femme sculptés dans un seul bloc, était peut-être après tout désirable. Que ce serait la fin ultime et décisive de toutes les fièvres, de toutes les inquiétudes de l'amour. L'union parfaite. Peut-être cette union parfaite existait-elle pour ceux qui consentaient à faire table rase du monde. Rango voyait des germes de destruction partout, dans ces livres par exemple, qui lui faisaient sentir leur dissemblance de façon trop criante.

Rango pensait qu'on ne pouvait se fondre totalement l'un dans l'autre qu'en supprimant toutes les différences.

Eh bien, qu'on le brûle, ce passé qui menace leur union !

Rango chassait l'image de Paul tout au fond du cœur de Djuna, dans une chambre étanche sans communication aucune avec les autres. Dans un coin reculé de son cœur, arrosé par le fleuve de l'amour éternel. Dans une région si différente de celle qu'habitait Rango qu'il était impossible qu'ils se rencontrent jamais, dans ces vastes cités intérieures.

« Le cœur… est un organe… qui se compose de quatre cavités. Une cloison étanche sépare les cavités de gauche des cavités de droite, et aucune communication directe n'est possible entre elles… »

L'image de Paul, traquée, se réfugiait dans un alvéole de douceur, pourchassée par Rango qui brûlait tous les livres qu'ils avaient lus ensemble.

(Paul, Paul, ce que tu n'as jamais revendiqué, l'ardeur que tu n'as jamais exprimée, les voici. Tu as toujours été si froid, si léger, si fuyant, jamais je ne me suis sentie encerclée, revendiquée par toi. Tous les mots que j'ai désiré entendre de ta bouche, c'est Rango qui les dit aujourd'hui. Jamais je ne t'ai senti proche de moi, même quand tu me prenais. Tu me prenais comme font les hommes dans les pays lointains, avec des étrangères dont ils ne parlent pas la langue. Tu me prenais en étranger et en silence…)

Quand Rango s'endormit enfin, quand la lanterne aphrodisiaque eut consumé tout son pétrole, Djuna demeura éveillée, encore tout ébranlée par les résonances de cette violence et par la découverte qu'elle venait de faire : il lui faudrait tous les jours regagner la confiance de Rango, car ni l'amour ni l'attention ne guériraient jamais aucune des maladies de l'âme. Le mal gisait à la racine, et tous ceux qui entreprenaient de n'en soigner que les symptômes visibles se lançaient dans une tâche sans fin et sans espoir.

Une expression revenait très souvent sur les lèvres de Rango : « J'ai des ennuis. »

Il cassait tous les verres, renversait le vin, brûlait la table avec ses cigarettes, noyait tous ses projets dans des flots de paroles et sa volonté dans l'alcool, déchirait constamment ses poches, arrachait ses boutons, cassait son peigne.

Il disait : « Je vais repeindre la porte. Je vais aller chercher du pétrole pour la lanterne. Je vais réparer la fuite du toit. » Les mois passaient, et la porte n'était jamais peinte, la lanterne restait sans pétrole, le toit fuyait toujours.

Il disait : « Je donnerais ma vie pour quelques mois de plénitude et d'accomplissement total, pour réaliser quelque chose dont je sois fier. »

Après quoi il buvait encore un peu de vin, allumait une nouvelle cigarette, ses bras retombaient, il allait s'allonger près d'elle et lui faisait l'amour.

Un jour, en entrant avec lui dans un magasin, elle vit un cadenas qui était exactement ce qu'il fallait pour fermer l'écoutille. Elle lui dit : « Nous allons l'acheter.

– Non, dit Rango, j'en ai vu un moins cher ailleurs. »

Elle s'inclina. Et le lendemain elle lui dit : « Je vais dans le quartier où tu m'as dit qu'on trouvait des cadenas bon marché. Donne-moi l'adresse, j'en achèterai un.

– Non, dit Rango. Je passe par là aujourd'hui, je le prendrai. »

Les semaines passaient, les mois passaient, et leurs affaires continuaient de disparaître parce que l'écoutille n'était toujours pas cadenassée.

Leur amour ne portait d'autre fruit, d'autre enfant, qu'une multitude de promesses jamais tenues. Chaque jour un désir avorté, un objet égaré, un livre abandonné sans être lu, et la chambre prenait l'aspect d'un grenier encombré d'objets inutiles.

Rango ne se plaisait qu'à embrasser Djuna sauvagement, à se griser de discours et de vin, et à se lever tard.

Son corps était toujours fiévreux et ses yeux pleins de feu, comme si à l'aube il devait revêtir une lourde armure d'acier pour partir en croisade, comme les amoureux des légendes.

Sa croisade, c'étaient les bistrots.

Djuna aurait tant voulu rire et oublier ce qu'il disait, mais il ne lui permettait pas de rire ni d'oublier. Il exigeait qu'elle se fasse la gardienne d'une image, de l'image qu'il donnait de lui dans ses divagations nocturnes ; gardienne de ses aspirations, de ses résolutions. Chaque jour il lui tendait la toile d'araignée de ses rêves et il lui demandait de la hisser comme une voile sur la péniche et de mettre le cap sur des rivages de gloire.

Elle n'avait pas le droit de rire. Quand parfois elle était tentée d'abandonner toutes ces chimères et d'accepter l'image d'un Rango incurablement inactif, qu'elle lui disait en plaisantant : « Quand je t'ai rencontré, tu avais envie d'être un clochard. Laisse-moi donc être une femme de clochard », Rango fronçait sévèrement les sourcils, lui reprochait de sous-estimer ses projets, de rabaisser son idéal, et lui rappelait qu'elle avait un destin plus austère. Il désirait obstinément qu'elle reste là pour lui rappeler les promesses qu'il voulait tenir envers lui-même et envers elle.

Cette insistance de Rango à se vouloir autre touchait profondément Djuna. Elle se laissait prendre à ses belles paroles, à ses grands rêves. Non seulement il l'avait instituée son ange gardien, mais il avait fait d'elle la dépositaire de ses rêves d'avenir.

Elle aurait aimé quelquefois redescendre de ces hauteurs inhumaines, l'accompagner dans des régions plus accessibles, dans un monde d'insouciance. Elle enviait ses traînasseries dans les cafés, ses amitiés joyeuses, ses déambulations d'autrefois avec les gitans, ses folles aventures. La nuit où, par exemple, avec ses compagnons de beuverie, ils avaient volé un bateau et s'étaient promenés sur la Seine en chantant, à la recherche de noyés à repêcher. Les jours où il se réveillait au diable, tout étonné, sur un banc inconnu, dans un quartier inconnu. Les conversations qu'il avait dans le petit matin loin de Paris, avec des camionneurs qui lui avaient offert une place. Mais dans ce monde-là, elle n'avait pas le droit de l'accompagner.

La présence de Djuna avait réveillé en lui un homme soudain fouetté par ses idéals de jeunesse et qui, pour compenser ce qu'il avait perdu, voulait s'accomplir dans l'action. En conquérant Djuna, il avait cru retrouver ce qu'il était avant, avant son émiettement, car il avait retrouvé en elle l'idéal qu'il avait cherché en vain pendant toute sa jeunesse et auquel il avait renoncé en épousant Zora... Zora, tout l'opposé de ce dont il avait rêvé.

Quel long détour il avait fait en choisissant Zora, qui l'avait entraîné dans la bohème, dans le chaos et dans la destruction.

Mais ce nouvel amour recelait la promesse d'un monde nouveau, du monde qu'il avait cherché autrefois sans parvenir à le trouver et que Zora n'avait pas pu lui apporter.

Quelquefois il disait : « Est-ce possible qu'il y a moins d'un an je n'étais qu'un bohème ? »

Sans le savoir elle avait mis le doigt sur le ressort de sa vraie nature : sa fierté, son autorité naturelle, son ambition à jouer un rôle dans l'Histoire.

Parfois Djuna avait le sentiment que ce n'était pas son âme qui était atteinte, car malgré les dérèglements de sa vie, malgré son anarchie et ses tendances destructrices, le fond même de son être était resté sensible et pur. Mais la façon tumultueuse dont il avait vécu avait probablement brisé en lui certains ressorts, les ressorts de sa volonté.

L'amour pouvait accomplir tant de choses, il pouvait extirper du corps le poison des échecs, des regrets, des trahisons, des humiliations. Mais pourrait-il jamais raccommoder tous ces ressorts que des années et des années d'émiettement, de capitulations, avaient brisés ?

L'amour qu'elle éprouvait pour cette bonté intacte restée cachée au fond de lui était capable de communiquer à l'air une douceur singulière, de donner au balancement des branches une tendresse nouvelle et aux fontaines un rire joyeux, de chasser la tristesse, de faire surgir tous les symptômes d'un retour à la vie...

Rango était comme la nature, bon, sauvage, quelquefois cruel. Il avait toutes les facettes de la nature : sa beauté, sa timidité, sa violence, sa tendresse.

Et qui dit nature dit chaos.

« Là-haut dans les montagnes, reprenait Rango, comme s'il allait encore lui raconter l'histoire de son passé lointain, de celui qu'il aimait, celui dont il pouvait parler sans honte... sur un sommet deux fois plus haut que le mont Blanc, il y avait un petit lac, enchâssé au milieu d'un massif de roches volcaniques polies et noires comme du marbre, en plein cœur des neiges éternelles. Les Indiens y voyaient des mirages. Moi j'ai vu dans ce lac un paysage tropical d'une luxuriance fabuleuse, des palmes, des fruits, des fleurs. Tu es tout cela pour moi, une oasis. Tu es une drogue qui m'apaise et qui me donne aussi des forces. »

(La drogue de l'amour n'est pas une fuite, car elle recèle dans ses spirales des rêves de grandeur qui prennent vie lorsque l'homme et la femme se fécondent au plus profond d'eux-mêmes. Lorsque l'homme et la femme, couchés l'un près de l'autre, partagent l'essence de leurs vies, il s'accomplit toujours quelque germination. Dans la terre labourée des passions, une graine vient toujours à germer. C'est dans les brumes vagues du désir que l'homme est enfanté, et c'est souvent dans l'ivresse des caresses que s'élaborent l'histoire, la science et la philosophie. La femme, tout en passant son temps à coudre, à cuisiner, à dorloter, à protéger, à réchauffer, rêve toujours que l'homme qui la prendra sera plus grand qu'un homme, sera le personnage mythique de ses rêves, un héros, un explorateur, un bâtisseur... Aucun homme ne pénètre impunément dans une femme, à moins qu'il ne s'agisse, bien sûr, d'une putain anonyme. Car là où la semence de l'homme et de la femme se mêlent, au sein des gouttes de sang échangées, s'opèrent les mêmes transmutations que dans les eaux mouvantes du grand fleuve de l'hérédité qui véhiculent du père au fils, du fils au petit-fils, des traits de caractère aussi bien que des traits physiques. Le souvenir d'une expérience se perpétue par les mêmes cellules qui reproduisent le dessin d'un nez ou d'une main, le timbre d'une voix ou la couleur d'un iris. Ces grands courants transmettent les caractères et transportent les rêves de port en port jusqu'à ce que la perfection se réalise et que naissent des êtres, de nouveaux « moi », qui n'avaient encore jamais vu le jour... Les hommes et les femmes ne se doutent pas de tout ce qui s'engendre dans les ténèbres de leurs enlacements ; non seulement des enfants, mais des multitudes de floraisons invisibles, des mouvements de l'âme et des métamorphoses, des épanouissements, des découvertes de richesses ignorées, de fantasmes insoupçonnés...)

Mais lorsque ces pensées faisaient surface dans la conscience de Djuna, elle ne pouvait les partager avec Rango. C'était la grande différence qu'il y avait entre eux. « Sottises mystiques », déclarait-il, et il se moquait d'elle.

Certains jours Rango débordait d'énergie et d'enthousiasme, il fendait le bois, allumait le feu, allait chercher de l'eau à la borne-fontaine, avec un grand sourire de certitude et de plaisir sur le visage, et Djuna se disait : des merveilles vont bientôt naître.

Le lendemain, il traînait au café avec un rire de voyou, et Djuna en passant découvrait un autre Rango, accoudé au comptoir avec l'air provocant d'un ivrogne, riant la tête renversée en arrière, les yeux fermés, sans plus penser à elle ni à Zora ni à la politique ni à l'histoire, sans plus penser à son loyer ni à ses courses ni à ses rendez-vous. Obligations, amis, médecins, remèdes, plaisirs, sa propre vie, son passé, son futur, son présent, tout était oublié dans une amnésie passagère qui le laisserait le lendemain matin dans un état de dépression et d'inertie pénible, en rage contre lui-même, contre le monde, contre le ciel, la péniche, les livres, contre tout.

Le surlendemain, c'était encore un autre Rango, sombre, tourmenté, houleux, acharné à détruire; une sorte de Heathcliff[1], disait Djuna. Après ses séances de soûlographie, c'était toujours la même chanson: une dispute avec Zora ou une bagarre avec le vieux gardien. Quelquefois il rentrait le visage tuméfié après s'être battu dans un bistrot. Ses mains tremblaient. Il avait l'œil vitreux, jaunâtre. Djuna détournait le visage pour ne pas sentir son haleine, mais sa voix chaude, sa voix profonde, l'obligeait à se retourner: « J'ai des ennuis, de sales ennuis... »

Par les nuits de grand vent, les contrevents battaient comme les ailes décharnées d'un immense albatros.

La paroi à laquelle s'appuyait le lit était furieusement léchée par les vagues dont on sentait le clapotis feutré contre les flancs moussus de la péniche.

Dans la profonde obscurité de la péniche, quand les travées de bois grinçaient et que la pluie gouttait dans la chambre par la fente du toit, les bruits de pas résonnaient davantage, étaient plus inquiétants. La Seine semblait déchaîner toute sa furie contre eux.

De brusques changements d'humeur survenaient, coupant la brume cotonneuse des caresses, et la péniche cessait d'être le sanctuaire d'une vie mystérieuse et neuve, le refuge enchanté; il s'y accumulait soudain des rages concentrées, un chargement de dynamite tout prêt à exploser.

Car les colères et les batailles de Rango contre le monde empoisonnaient toute l'atmosphère. Il en voulait à tout le monde. C'était la faute de tout le monde si Zora était née dans la misère, si sa mère était folle et si son père l'avait abandonnée. C'était la faute de tout le monde si elle avait été sous-alimentée, fragile, mariée trop jeune, et s'était ruiné la santé. C'était la faute des médecins si elle

1. Personnage torturé du roman d'Emily Brontë *Les Hauts de Hurlevent*. *(N.d.T.)*

ne guérissait pas. C'était la faute du public si on ne comprenait pas ses danses. Et leur propriétaire devrait leur faire grâce du loyer. L'épicier n'avait pas le droit de réclamer ses dettes. Ils étaient pauvres, on leur devait la charité.

Les cliquetis de chaîne quand quelqu'un détache le canot, la violence du courant en hiver, les désespérés qui se jettent du pont, le vieux qui cogne bruyamment ses seaux en clopinant sur la passerelle, l'eau qui s'infiltre à vive allure dans la cale et que personne ne pompe, l'humidité qui badigeonne souliers et vêtements d'une couche de moisi… Les trous dans le plancher que personne ne répare, où l'on voit l'eau briller comme les yeux du fleuve et où les pieds des chaises se prennent perpétuellement comme les pattes d'un animal dans un piège…

« Un jour ma mère m'a dit : "Comment peux-tu espérer jouer du piano, tu as des mains de sauvage", dit Rango.

– Non, dit Djuna, tes mains sont exactement comme toi. Ces trois doigts-là sont mal dégrossis, un peu sauvages, mais les deux autres sont sensibles et délicats. Ta main te ressemble : un cœur tendre dans une nature violente. Quand tu es en confiance, tu es tendre, délicat, mais quand tu te méfies, tu deviens dangereux et destructeur.

– Je prends toujours le parti des rebelles. Un jour, chez moi, on m'avait envoyé à la tête d'une escouade capturer un bandit qui semait la terreur dans les villages indiens. Là-bas j'ai trouvé le bandit, et nous avons fraternisé, nous avons passé toute la nuit à boire et à jouer aux cartes.

– Qu'est-ce qui a tué ta foi dans l'amour, Rango ? Je ne t'ai pourtant jamais trompé.

– Je n'accepte pas que tu aies aimé quelqu'un avant moi. »

Djuna se taisait. Elle savait bien qu'il n'y avait aucune raison d'être jaloux du passé, que les caresses et les étreintes les plus profondes étaient enfouies dans le grenier du cœur et n'avaient aucune possibilité de revivre, de redescendre dans les chambres ensoleillées du présent. Elles restaient emballées dans la poussière et la pénombre, et si par quelque vieille association d'idées il arrivait qu'une ancienne émotion ressuscite, ce n'était que le temps d'un éclair, comme un écho, intermittent et passager, de mondes évanouis. Nos impressions les plus indélébiles étaient balayées par la vie, noyées dans le Styx de l'oubli. Le corps lui-même avait ses zones profondes et ses périphéries, et sa façon mystérieuse de maintenir les intrus sur ses lisières. Des millions de cellules dressaient un barrage protecteur autour du cœur, contre les revenants et les fantômes des amours mortes.

Le plus sûr moyen d'exorciser le passé était de vivre le présent intensément.

Aussi, chaque fois que Rango se mettait à fouiller comme un inquisiteur dans les souvenirs de Djuna avec l'espoir d'y débusquer l'intrus, d'en chasser Paul, Djuna riait : « Ta jalousie est vraiment nécrophile ! Tu déterres les morts !

– Mais toi tu les adores ! Je suis sûr que tu leur apportes des fleurs tous les jours.

– Je t'assure que je ne suis pas allée au cimetière aujourd'hui, Rango !

– Tant que tu es ici, je sais que tu m'appartiens. Mais dès que tu grimpes ton petit escalier et que tu sors de la péniche, de ton petit pas vif, tu pénètres dans un autre univers et tu m'échappes.

– Mais toi aussi, Rango, quand tu montes l'escalier tu pénètres dans un autre univers et tu m'échappes. Tu appartiens à Zora, à tes amis, à tes bistrots, à la politique. »

(Pourquoi est-il si prompt à crier à la trahison ? Il n'existe jamais deux caresses semblables. Car le corps qu'on étreint dans l'amour est toujours un corps neuf. L'amant lui communique son essence, et on ne retrouve pas deux fois la même essence, on ne retrouve pas deux fois la même saveur...)

« J'adore tes oreilles, Djuna. Elles sont petites et délicates. Toute ma vie j'ai rêvé d'oreilles comme les tiennes.

– Et c'est en cherchant des oreilles que tu m'as trouvée ! »

Il rit de tout son corps en fermant les yeux comme un chat, les deux paupières se joignant au milieu. Son rire faisait ressortir davantage encore ses pommettes, et son visage, par instants, avait l'expression noble des grands félins.

« Je veux jouer un rôle dans le monde. Nous vivons tous sur un volcan. Tu peux avoir besoin de ma force. Je veux pouvoir te protéger.

– Rango, je comprends ce qu'est ta vie. Il y a en toi une grande force, mais quelque chose te freine, te bloque. Qu'est-ce que c'est donc ? Cette grande force explosive qui est en toi reste perdue. Tu donnes l'impression d'être insensible, nonchalant, insouciant, mais je sais bien qu'au fond rien ne te laisse indifférent. Tu me fais parfois penser à Pierre le Grand, capable de bâtir une ville sur des marécages, de protéger les faibles et de charger l'ennemi. Pourquoi noies-tu cette dynamite dans le vin ? Pourquoi as-tu si peur d'agir ? Pourquoi accumules-tu à plaisir les obstacles ? Tu noies tes forces, tu les gaspilles. Tu es fait pour construire quelque chose... »

Elle l'embrassa, cherchant de toutes ses forces à le comprendre, cherchant à attirer sous ses baisers l'être secret qu'elle voulait ramener à la surface, rendre visible et accessible.

Mais il lui révéla le secret de son attitude devant la vie, et ses mots lui crispèrent le cœur : « C'est inutile, Djuna. Zora et moi, nous sommes victimes de la fatalité. Tout ce que j'ai entrepris a toujours échoué. Je n'ai pas de chance. Tout le monde m'a fait du mal, à commencer par ma famille, mes amis, tout le monde. Tout ce que je fais se détraque, tout est inutile.

– Non, Rango, je ne crois pas à la fatalité. Il y a seulement en toi certains traits de caractère qu'il s'agit de découvrir et de modifier. Ce sont les romantiques qui s'imaginent être victimes du sort. Et tu n'aimes pas les romantiques. »

Rango secoua la tête avec véhémence, impatienté. « On ne peut pas transformer sa nature. On est ce qu'on est. On n'a aucun pouvoir sur la nature. On naît avec son caractère, et si c'est cela qu'on appelle la fatalité, comme tu dis, alors il n'y a rien à faire. On ne peut pas changer son caractère. »

Il avait ainsi des illuminations instinctives, des éclairs d'intuition, mais par intermittence seulement, comme la foudre dans un ciel d'orage, et le reste du temps il retombait dans son aveuglement.

La gentillesse qui parfois rayonnait de lui avec un tel éclat était inconsciente elle aussi. Il ne se rendait même pas compte de ses brusques changements d'humeur et ne pouvait pas opposer à l'explosion de ses colères une connaissance de soi qui lui eût permis de les dominer.

Djuna redoutait ces changements. Ce visage tantôt superbe, généreux, proche, et tantôt torturé, cruel, amer. Elle aurait voulu savoir ce qui provoquait ces revirements, afin de prévenir leurs ravages, mais il se refusait à tout effort de compréhension.

Elle regrettait de lui avoir parlé de son passé. Elle savait bien ce qui l'avait poussée à le faire. C'était tout au début de leur aventure, un soir qu'il se penchait sur elle en murmurant : « Tu es un ange. Je ne peux pas croire qu'on puisse te prendre comme une femme. » Et il hésitait à l'étreindre.

Elle s'était empressée de se disculper, elle avait nié farouchement. Elle avait peur qu'on l'accuse d'être un ange, comme d'autres femmes ont peur qu'on perce à jour leurs démons. Elle savait que c'était faux, qu'elle avait, comme tout le monde, son démon elle aussi, seulement elle le tenait en laisse et ne lui permettait jamais de nuire.

Elle avait peur aussi que cet ange qu'il voyait en elle ne prît la place de la femme qui souhaitait de tout son être des liens plus concrets. Elle se disait qu'un ange était la dernière chose qu'on eût envie de mettre dans son lit !

Raconter son passé, cela avait été sa façon de lui dire : « Je ne suis pas un ange, je suis une femme. »

« Un ange sensuel, alors », avait-il fini par admettre. Mais ce qu'il en avait retenu, c'était qu'elle aimait suivre toutes ses impulsions, qu'elle pouvait se donner sans limites, aimer à l'infini, et c'était suffisant pour lui donner dorénavant des motifs de douter de sa fidélité.

« Et toi tu es un Vésuve, avait-elle répondu en riant. Sitôt que je te parle de prendre conscience de toi, de te maîtriser, de te changer, tu déclenches un vrai tremblement de terre. Tu refuses de croire qu'on puisse infléchir son destin.

– L'Indien Maya n'est pas un mystique. C'est un panthéiste. Pour lui, la terre est sa mère. Il a le même mot pour les désigner. Chez moi, quand un Indien mourait, on l'enterrait toujours avec des provisions, qu'on renouvelait régulièrement.

– Les nourritures symboliques n'ont évidemment pas autant de goût que les nourritures terrestres ! »

(S'il est jaloux et possessif, c'est parce qu'il est fils de la terre. Ses révoltes sont celles de la terre. Son corps massif est de même nature que la terre. Il a des genoux de fer, à force d'avoir tant serré les flancs des chevaux sauvages. Son corps contient toutes les saveurs de la terre: épices, gingembre, chutney, musc, piment, vin et opium. Son cou est lisse comme celui des statues, il porte la tête haute comme les Espagnols, et courbe aussi la nuque comme les Indiens. Il a la grâce un peu pataude d'un animal. Ses mains, ses pieds, sont comme des pattes. Il est capable de battre un chat à la course. Il s'accroupit par terre comme un Indien et se relève d'un bond sur ses jambes musclées. J'aime la façon dont ses pommettes se gonflent quand il rit. Lorsqu'il est endormi, ses cils s'étalent, noirs, épais, luxuriants comme ceux d'une femme. Un nez tout rond et tout joyeux. Partout sur lui une sensualité et une force, sauf dans la bouche. Seule la bouche est petite et timide.)

Djuna avait la certitude que ce feu, cette force, allaient jaillir comme d'un volcan et les libérer, lui et elle. Elle était convaincue que ce feu qui faisait rage en lui finirait par consumer ses chaînes. Mais il fallait d'abord le maîtriser, comme le reste. C'était un feu aveugle. Or elle, Djuna, y voyait clair. Elle pouvait l'aider.

Malgré toute sa vitalité, il était sans ressort, il était inhibé, enchevêtré dans ses contradictions. Il pouvait mettre le feu à sa chambre, tout détruire, mais il était incapable de construire quoi que ce soit. Il était buté et aveugle, comme la nature elle-même. Il ne maîtrisait pas sa force, ses mains pouvaient, sans le savoir, briser ce qu'elles tenaient, mais elles ne savaient pas construire. Son chaos intérieur était comme une chaîne qui lui paralysait le corps, il était entravé par cette conviction que l'homme naît esclave de sa propre nature et que ses instincts aveugles le conduisent fatalement à sa perte.

« Que voudrais-tu faire de ta vie ?

– Une révolution de tous les jours.

– Pourquoi, Rango ?

– J'aime la violence. Je veux mettre mes forces au service d'une grande cause.

– Les hommes meurent tous les jours pour de grandes causes qui les trahissent, pour des chefs qui les trompent, pour des idéals illusoires.

– L'amour aussi peut vous trahir, dit Rango. Je ne crois à rien. »

(Mon Dieu, pensait Djuna, aurai-je la force de gagner cette bataille contre la destruction, cette guerre intime dont l'enjeu est l'amour d'un homme ?)

« Je suis comme les chevaux sauvages, dit Rango, j'ai besoin d'indépendance. Je ne supporte pas d'être attelé. Je ne supporte aucune discipline. Toute discipline me démoralise. »

Même endormi, son corps restait houleux, tourmenté, fiévreux. Il rejetait les couvertures, restait nu sur le lit, et au matin c'était toujours un vrai champ de bataille. Que de combats il menait dans ses rêves ! Que d'orages, jusque dans son sommeil !

Il vivait dans un désordre permanent, ses vêtements toujours déchirés, ses livres maculés, ses papiers égarés. Tout ce qu'il possédait – dont quelquefois il se rappelait tout à coup l'existence, lorsqu'il voulait montrer à Djuna un objet qu'il ne retrouvait plus – se trouvait dispersé aux quatre coins du monde, dans des caves de meublés où les propriétaires les gardaient en otages pour les loyers qu'il n'avait pas payés.

Tant de petites flammes brûlaient en lui toutes à la fois, sauf celle de la sagesse, sauf la petite flamme du Saint-Esprit.

Djuna était peinée de voir Rango si impatient d'aller se battre, d'aller défendre ses idées, de se faire tuer pour elles. Elle avait l'impression qu'il était prêt à vivre et à mourir pour une erreur sentimentale, exactement comme font les femmes ; seulement, comme la plupart des hommes, il baptisait cette erreur-là histoire, philosophie, métaphysique ou science. Elle était triste, dans son âme de femme, mais elle souriait aussi de ce jeu masculin qui consiste à parer ses simples convictions, personnelles ou sentimentales, de toute la dignité d'un terme impersonnel. Elle en souriait, comme les hommes sourient de voir les femmes donner à leurs peines de cœur une importance qu'ils jugent démesurée en regard de leur petite vie.

Si Rango prenait le parti de la guerre et de la révolution, elle, elle prenait le parti de Rango, le parti de l'amour.

Les systèmes politiques changent tous les jours, pensait Djuna, les philosophies et les sciences se transforment, seul l'amour demeure immuable. La carte du monde se modifie sans cesse, mais le besoin d'amour reste inchangé. Le grand drame de l'amour, avec ses perpétuelles oscillations entre l'illusion et la vie, ses délicats passages de l'une à l'autre qui quelquefois le brisent. Mais si le cœur de l'homme se brise, l'amour, lui, continue indéfiniment son cours comme la vie.

Elle souriait de l'irrésistible besoin qu'ont les hommes de construire des cités alors qu'il est déjà si difficile de se construire des amitiés solides ; de conquérir de grands empires alors qu'il est déjà si difficile de conquérir un cœur, de gagner l'affection d'un enfant, de rendre autour de soi la vie harmonieuse. Ce besoin d'inventer toujours, de parcourir l'espace, quand on a déjà tant de mal à franchir la distance qui sépare deux êtres ; ce besoin de créer des systèmes philosophiques, quand on a déjà tant de mal à comprendre un seul être, et quand les profondeurs de l'âme sont à peine explorées…

« Il faut que j'aille me battre, disait Rango. J'ai besoin d'action. J'ai besoin de me consacrer à une cause. »

Avec Rango, elle avait la curieuse impression de revivre des scènes, des gestes, de respirer une atmosphère dont sa mémoire portait déjà l'empreinte. Où avait-elle donc déjà vu Rango sur son cheval, en bottes de fourrure blanche, vêtu de peaux de bêtes et de velours côtelé, Rango avec ses yeux de braise, son teint sombre, ses cheveux rebelles ?

Où avait-elle donc déjà vu cette expression d'adoration fervente sur le visage de Rango, comme pour recevoir la communion, l'hostie profane sur sa langue ?

Quand elle voyait Rango couché à ses côtés, c'était comme un souvenir qui surgit lorsqu'on voyage dans un pays lointain où l'on croyait pourtant n'avoir aucune attache et où, à chaque pas, on reconnaît un paysage familier et on a le pressentiment de ce qu'on va trouver quand on aura tourné la rue.

Souvenirs, ou mémoire ancestrale, ou bien réminiscence des contes, des légendes, des ballades entendus dans l'enfance ?

Rango venait en droite ligne de l'Espagne du XVIe siècle, l'Espagne des troubadours, avec toute sa sévérité, sa rigueur, la toute-puissance de l'Église, ses femmes cloîtrées, la splendeur des cérémonies religieuses, et l'immense courant tumultueux et secret de la sensualité qui bouillonnait sous la surface et ne transparaissait que dans ces grandes fêtes de fustigation et d'expiation communes à toutes les races.

Rango recréait pour Djuna un paradis fait de chair et de sang, si différent des paradis artificiels de l'art créés par les enfants des villes. Dans son enfance, vécue non pas dans des forêts mais dans des villes, elle s'était inventé des paradis imaginaires et un langage imaginaire, par-delà les frontières de la vie, un peu comme certains oiseaux construisent leur nid sur la branche la plus inaccessible d'un arbre, hors d'atteinte des catastrophes, mais difficile aussi à préserver.

Le paradis de Rango au contraire était un paradis sans artifice, c'était la forêt, la montagne, les lacs, les mirages, des bêtes inconnues, des arbres et des fleurs étranges, toute une vie chaude à portée de la main.

Elle, qui avait été enfant des villes, avait trouvé le paradis de son enfance dans les contes de fées, les légendes, les mythologies, qui lui cachaient toutes les laideurs du monde, l'étouffement des appartements minuscules et la misère sordide des cours d'immeuble.

Rango n'avait jamais eu besoin d'inventer. Il avait possédé des montagnes d'une magnificence légendaire, des lacs d'une immensité fabuleuse, des bêtes prodigieuses, une demeure d'une infinie beauté. Il avait connu des fiestas qui duraient une semaine entière, des carnavals et des orgies. Il avait trouvé ses extases dans l'air raréfié des hauteurs, ses opiums dans les fastes de l'Église, les plaisirs de son corps dans la lutte, sa poésie dans la solitude, sa musique dans les danses des Indiens, et les contes de sa nourrice indienne l'avaient nourri.

Pour aller voir la jeune fille qu'il aimait, il voyageait toute une nuit à cheval et il escaladait les murs de sa maison en bravant la colère de la mère et le fusil du père. Exactement ce qu'on lisait dans le *Romancero* !

Le paradis de son enfance, à elle, était caché sous une table de bibliothèque recouverte d'un tapis rouge à franges qui descendait jusqu'à terre. C'était cela, sa maison, c'était là qu'elle lisait les livres défendus de l'immense bibliothèque de son père. On lui avait donné un petit morceau de toile cirée sur lequel elle s'essuyait scrupuleusement les pieds avant d'entrer sous cette tente, cet igloo, cette hutte africaine, ce royaume des mythes.

Le paradis de son enfance, elle l'avait trouvé dans les livres.

La demeure de son enfance avait été la demeure de l'esprit. Un esprit toujours en éveil, toujours à l'affût de nouvelles passions, qui ne cessait de construire et d'orner les chambres de son cœur… son cœur multiple… comme un prolongement infini de son corps, et il s'établissait de délicates correspondances entre cette demeure et les portes et les passages de sa demeure terrestre, ses lumières et ses ombres, au point qu'elle finissait par s'y incorporer totalement, par donner aux moindres événements de sa vie une résonance intérieure, par abolir toute frontière entre le monde du dedans et celui du dehors.

(Il y a chez Rango une force obscure que je combats. Si j'aime retrouver la nature en lui et à travers lui, je lutte aussi contre la force destructive de la nature. C'est lorsque je nage en plein ciel, dans les hauteurs vertigineuses de la passion, que ma vie penche le plus dangereusement au bord du précipice. Plus je veux m'évader dans le rêve, dans l'essence, toucher la voûte extrême du firmament, plus la corde de la réalité m'enserre le cou. Vais-je me briser en cherchant à sauver Rango ? Fatigue du cœur et du corps… Par intermittence, je vois l'humidité, la misère, Zora malade, la nourriture qui traîne sur leur table parmi les taches de vin, les cendres de cigarette et les miettes de pain de la veille. De loin en loin je remarque la rouille de mon poêle, la pluie qui goutte du plafond, l'eau qui s'étale sur le tapis, le feu éteint, le vin aigri qui reste au fond d'une tasse. C'est ainsi que je peux, sans tomber dans le piège, descendre indéfiniment par la trappe, car je sais qu'il existe un Rango que je ne peux pas voir, celui qui vit avec Zora et qui un jour apparaîtra dans sa vraie lumière. Mais j'ai peur, j'ai peur de souffrir... Je comprends à présent pourquoi j'ai aimé Paul... c'était parce qu'il avait peur. Quand nous étions couchés l'un près de l'autre, nous la trouvions sous nos caresses, cette peur, et nous la partagions, abrités sous les couvertures. La peur de la violence. Dans le noir nous la reconnaissions avec nos bouches et nos mains. Nous la touchions, nous en étions émus, car c'était un secret que nous ne partagions qu'avec nos corps. Les autres disent : il faut prendre parti, il faut choisir un parti politique, choisir une philosophie, choisir un dogme... Moi je choisis le rêve de l'amour. Si je dois m'engager, c'est à rester étroitement liée à mon amour. Je compte sur lui pour vaincre toutes les catastrophes, pour vaincre la violence. Quand je danse, quand je couds, quand je reprise, quand je fais la cuisine, c'est au nom de ce rêve. Car dans ce rêve, les êtres ne meurent pas, ne sont jamais malades, ne se quittent jamais. J'aime et je danse, mon rêve déployé, confiante dans l'obscurité, confiante dans le labyrinthe, et je me jette dans le grand brasier de l'amour. Certains diront : le rêve est une fuite. Certains diront : le rêve est une folie. Certains diront : le rêve est une maladie, tu t'égares. Le Rango que je vois n'est pas celui que voit Zora ou que les autres voient. C'est cela la magie de l'amour. Quand on opte pour un parti ou pour une religion, on ne s'y trouve jamais seul, mille autres vous entourent. Mais quand on a choisi le parti de l'amour, l'opium de l'amour, on reste seul. Car les médecins baptisent votre rêve symptôme, les historiens fuite, les philosophes drogue, et l'être aimé lui-même refuse d'entreprendre avec vous ce voyage périlleux... Hisse donc seule ton rêve d'amour au mât de cette barque de caresses, comme un drapeau de feu...)

L'ennemi n'était pas au-dehors, comme le croyait Rango.

C'était Rango lui-même qui provoquait par sa violence ce qu'il aurait voulu justement éviter. Il donnait à Djuna envie de le fuir. Il lui faisait regretter Paul et souhaiter son retour, sa présence auprès d'elle. Les colères de Rango, sa méfiance, la façon tendancieuse qu'il avait d'interpréter ses faits et gestes laissaient Djuna dans un tel état de dévastation que quelquefois, comme un enfant qui a besoin de paix et de douceur, elle se réfugiait dans le souvenir de Paul...

Rango commit aussi une autre erreur : il voulut que Djuna et Zora fussent amies.

Djuna se demanda toujours s'il avait espéré, par ce moyen, redonner à sa vie déchirée un semblant d'unité, ou s'il avait simplement voulu partager son fardeau avec elle. Ou peut-être avait-il une telle foi dans le pouvoir salvateur de Djuna qu'il avait espéré qu'elle guérirait Zora et gagnerait son affection, mettant ainsi un terme à la tension qui l'accueillait toujours quand il rentrait chez lui.

Les zones obscures et les dédales de l'esprit de Rango demeuraient pour elle un mystère. Il y avait dans sa nature des nœuds et des méandres qu'elle ne parvenait pas à débrouiller. Il ne savait jamais lui-même ce qui se passait en lui. Il était pétri de contradictions et d'idées confuses, et il ne supportait jamais qu'on examine les mobiles de ses actes, qu'on les démonte, qu'on les sonde.

Un jour, donc, il lui dit : « J'aimerais que tu ailles voir Zora. Elle est très malade, tu pourrais peut-être faire quelque chose pour elle. »

Jusqu'à présent, Rango ne lui avait guère parlé d'elle. Le peu qu'il lui en avait dit était pourtant resté gravé dans sa mémoire : il avait épousé Zora à l'âge de dix-sept ans. Six ans avant de rencontrer Djuna, ils avaient commencé à vivre « comme frère et sœur » et renoncé à tout rapport physique. Zora était perpétuellement malade et Rango avait pitié de sa faiblesse. Djuna se demandait s'il y avait autre chose que cette pitié, autre chose que leur passé, pour les lier l'un à l'autre.

Elle savait qu'en faisant appel à sa bonne âme on l'obligeait à renoncer à son désir de ne jamais être mêlée à la vie personnelle de Rango et Zora, et d'éviter une relation qui ne pourrait que la blesser. On la priait de présenter un des nombreux aspects d'elle-même, comme on prierait quelqu'un de sortir de sa garde-robe telle ou telle robe pour s'en vêtir.

On l'invitait à présenter exclusivement sa bonne âme, en qui Rango avait une confiance totale. Elle en voulait à cette bonne âme à qui on faisait trop souvent appel, qu'on sollicitait trop souvent, pendant que tous ses autres moi, laissés pour compte, attendaient, comme des jeunes filles au bal, qu'on vienne les faire danser. Il y avait une Djuna qui voulait être gaie et insouciante, avoir un amour pour elle seule et une vie harmonieuse, à l'abri des tracas.

Elle rêvait souvent en secret de tous ses autres moi qui s'atrophiaient : le fou, le naturel, le sauvage, le capricieux, le fantasque, l'espiègle.

Mais il est des prières qui sont comme des ordres.

Il existe des mondes héraldiques où règne une aristocratie de l'esprit et du cœur sans rapport avec la morale traditionnelle. On y considère certains actes comme un véritable point d'honneur, et on attend des autres qu'ils donnent le meilleur d'eux-mêmes, les obligeant ainsi à vivre sur des cimes, à respecter leur idéal. Les artistes, qui ont rejeté toutes les conventions, se soumettent à ce code et savent quelle tristesse et quels remords accompagnent tout manquement à ces règles acceptées de plein gré. Il leur arrive à tous, de temps à autre, d'éprouver le même sentiment de culpabilité que les bourgeois, les moralistes, les personnes pieuses, dont ils sont pourtant tout l'opposé. L'incurable mauvaise conscience de ces idéalistes qui voudraient pouvoir être fiers de l'image qu'ils proposent au monde !

Ils n'ont fait que réinventer d'autres communautés, d'autres devoirs, d'autres tabous, auxquels ils se soumettent au prix des plus grands sacrifices.

Djuna se demandait d'où lui venait cette bonne âme que les autres lui attribuaient. Elle avait l'impression qu'on la lui avait plaquée, imposée, qu'elle ne venait pas d'elle naturellement. Elle se sentait beaucoup moins bonne que les autres ne le croyaient. Elle avait l'impression de les tromper, de leur jouer la comédie.

Elle n'avait pas le courage de dire : « Je préfère ne pas voir Zora, ne pas connaître ton autre vie. Je préfère conserver l'illusion que nous sommes seuls au monde. »

Elle se souvenait d'avoir joué dans son enfance à des jeux dangereux. D'avoir couru après les aventures et les difficultés. Elle s'était fabriqué un jour des ailes en papier et elle avait sauté par la fenêtre du deuxième étage, atterrissant indemne par miracle. Quand elle jouait des saynètes avec ses frères, elle détestait interpréter les tendres héroïnes, elle préférait les rôles de reine perfide, tramant de noirs complots. Catherine de Médicis, plutôt que d'insipides et innocentes princesses.

Souvent elle aussi s'égarait dans d'effroyables crises de révolte, dans des colères dévastatrices et des mensonges.

Mais ses parents lui répétaient inlassablement : « Sois sage. Ne salis pas ta robe. Sois polie, dis merci à la dame, ne pleure pas quand tu tombes, ne te sers pas toi-même, ne te fais pas remarquer, ne sois pas fière du beau ruban que tu as dans les cheveux, efface-toi, sois modeste, tais-toi, cède tes jouets à tes frères, ne te mets pas en colère, ne parle pas à tort et à travers, n'invente pas d'histoires, sois sage sinon personne ne t'aimera. » Si elle n'avait pas obéi, ses parents se détournaient d'elle tous les deux et lui refusaient le baiser du matin ou du soir indispensable à son bonheur. Sa mère traitait par la plaisanterie ses hantises d'être abandonnée, elle en faisait un jeu, mais pour Djuna c'était chaque fois une véritable tragédie. Un jour que sa mère se baignait dans un lac, elle avait fait semblant de couler sous les yeux horrifiés de Djuna ; quand elle avait refait surface, Djuna hurlait comme une folle. Une autre fois, dans un grand hall de gare, sa mère s'était amusée à se cacher derrière un pilier, et Djuna, qui n'avait que six ans à l'époque, s'était crue abandonnée, perdue au milieu de la foule, et avait fait une crise de nerfs épouvantable.

Sa « bonne âme » était née de ces terreurs. C'était une floraison artificielle. La peur, comme un incubateur, avait fait éclore sa bonté, parce que Djuna ne voyait pas d'autre moyen de retenir et de capter l'amour des autres.

Il y avait en elle quantité d'autres moi qui l'intéressaient davantage, mais elle avait appris à les dissimuler ou à les étouffer : un moi fantaisiste, inventif, tisseur d'imaginaire, adorant fabuler ; un moi impulsif, dont les colères partaient comme des éclairs les soirs d'été ; un moi violent ; un moi dont les mensonges n'étaient jamais de vrais mensonges mais seulement une façon d'embellir la réalité.

Elle adorait les mots grossiers qu'elle savourait comme du gingembre sur ses lèvres. Mais ses parents disaient : « Ce n'est pas digne de toi, ce langage, pas digne de toi. » Et ils la chargeaient de surveiller ses frères, de veiller à leur faire respecter leurs principes, exactement comme Rango maintenant la chargeait de veiller sur lui pour l'empêcher de se désagréger.

De sorte qu'elle avait fini par apprendre toute seule à compenser, à rétablir un équilibre entre la faute et sa punition. Elle se tournait contre le mur et répétait tout bas : « Merde merde merde merde », à satiété, s'infligeant simultanément pénitence et absolution sans perdre son temps en contrition.

Et maintenant elle ne pouvait plus se débarrasser de cette « bonne âme ». Elle s'était imposée, elle avait sa légende et ses adorateurs ! Chaque fois qu'elle lui cédait, elle se créait de nouvelles obligations. On la sollicitait sans fin.

Si aujourd'hui Rango lui demandait de secourir Zora, c'était parce qu'il savait, ou qu'il avait entendu dire, qu'en plusieurs occasions elle avait efficacement aidé les autres.

Cette « bonne âme » impossible à détruire, insupportable, fallacieuse, qui répondait à toutes les prières : Djuna, j'ai besoin de toi ; Djuna, console-moi ; Djuna, tu es un merveilleux calmant (pourquoi donc avait-elle appris l'art de guérir, de composer des philtres contre la douleur ?) ; Djuna, apporte ta baguette magique ; Djuna, va voir Rango, pas l'homme à la guitare joyeuse et aux chansons brûlantes, non, mais l'époux d'une éternelle malade. Tu en auras le cœur brisé, Djuna au cœur infiniment brisable, ton cœur éclatera, avec un tintement de cloches éoliennes, en mille petits fragments iridescents. Et là où ils retomberont, surgiront instantanément de jeunes pousses, et plus ton cœur se brisera, plus la moisson de nouveaux cœurs brisables sera bonne, car l'artiste, à l'image du croyant, est convaincu qu'en renonçant aux biens de ce monde, en acceptant les peines et les épreuves, on peut engendrer des merveilles : l'art, la sainteté.

(Cette bonté, c'est un rôle qui m'étouffe ; c'est un vêtement que je ne peux plus porter. Il y a d'autres moi qui voudraient naître, d'autres moi qui voudraient enfin se faire entendre !)

C'est ton passé, Djuna, qui t'a conduite à faire ce choix. Tu as prouvé que tu savais soulager les souffrances des autres, aussi la fête n'est-elle pas pour toi.

Prolongement irrévocable du passé, à tout jamais irréversible.

Trop nombreux les témoins de ta pitié, de tes renoncements; tout changement de ton caractère ferait scandale, et ton vieux sentiment de culpabilité se réveillerait. Tourne-toi donc contre le mur ! Cette fois pour que Rango ne lise pas sur ton visage les signes de ta rébellion. La femme de Rango est mortellement malade et tu vas lui porter tes philtres.

Mais elle venait de faire une importante découverte.

Si elle tenait tant à Rango, si elle avait une telle patience envers ses sautes d'humeur, s'il existait une fraternité tacite entre sa propre douceur et la rudesse de Rango, une alliance de la lumière et des ténèbres, si elle se sentait responsable de lui, avait un tel besoin de le défendre, de le soustraire aux contrecoups de ses colères, c'était parce que Rango incarnait dans la vie ce moi qu'elle avait enterré dans son enfance. Tout ce qu'elle avait censuré, réprimé: le chaos, le désordre, les caprices et le goût de la destruction.

Son indulgence s'expliquait. Tout le monde s'émerveillait qu'elle le laissât détruire tout ce qu'elle créait (comment supportes-tu sa jalousie, ses scènes ?), qu'elle pût chaque jour recommencer tout à zéro, comprendre, remettre en ordre, reconstruire, réparer. La raison pour laquelle elle acceptait tous ces désordres, qui n'étaient dus qu'à l'aveuglement de Rango, c'était que Rango justement incarnait la nature dans toute sa liberté, et que depuis le jour où elle avait elle-même enterré sa paresse, sa jalousie et son désordre intérieur, tous ces moi atrophiés attendaient de renaître et ils s'étaient remis à respirer à travers lui. Pour prix de cette complicité dans l'ombre, il était naturel qu'elle en partage les conséquences.

L'univers auquel elle avait voulu se soustraire – ténèbres, chaos, violence, destruction – resurgissait secrètement grâce à Rango. Il en portait le poids sur ses épaules. Elle devait donc aussi en partager tous les tourments. Elle n'avait pas totalement annihilé son moi originel, puisqu'il ressuscitait à travers Rango. Elle était sa complice.

Le ténébreux Rango qui lui ouvrit la porte du studio qu'il habitait en sous-sol n'avait plus rien à voir avec l'insouciant et joyeux guitariste de la première soirée. Ce n'était plus le Rango passionné des rendez-vous nocturnes sur la péniche, le Rango titubant des bistrots, le beau parleur infatigable, l'aventurier bohème. C'était un autre Rango qu'elle ne connaissait pas.

Dans l'obscurité du couloir, elle ne voyait que sa silhouette, son front haut, la masse de ses cheveux et la façon altière, majestueuse, dont il s'inclinait pour la saluer. Il la saluait solennellement dans cet étroit passage, comme si cette cave eût été son château. Il accueillait ses hôtes en grand seigneur. Il émergeait plus fier, plus grand, plus silencieux aussi, du dénuement et de la pauvreté, parce qu'il en avait fait lui-même le choix. S'il n'avait été un rebelle, c'est devant le vaste portail de son hacienda qu'il l'aurait accueillie.

L'escalier plongeait dans le noir. D'une main hésitante, Djuna tâtait le mur pour se guider, mais ses doigts rencontrèrent une surface si rugueuse, si poisseuse, qu'elle retira la main. Rango lui expliqua : « Nous avons eu un incendie. J'ai mis le feu à l'appartement en m'endormant avec une cigarette. Le propriétaire n'a pas encore réparé les dégâts, parce que nous n'avons pas payé de loyer depuis six mois. »

Une légère odeur de moisi s'échappait du studio tout en bas, l'odeur typique qu'ont tous les studios pauvres à Paris. Une odeur de brouillard, où se mêle l'haleine fétide des siècles passés qui s'exhale du fond des caves ; odeur d'air confiné, de vêtements rarement lavés, de rideaux qui moisissent lentement.

Elle avançait en hésitant. Elle remarqua des soupiraux au-dessus de sa tête, mais les carreaux étaient tellement couverts de suie qu'ils ne laissaient filtrer qu'une lumière polaire.

Puis Rango s'effaça, et Djuna aperçut Zora, étendue sur son lit.

Ses cheveux noirs pendaient en mèches désordonnées autour de son visage cireux. Elle n'avait pas une goutte de sang indien, et son teint contrastait singulièrement avec celui de Rango. Elle avait des traits très marqués, épais, la bouche large, charnue, tout étirée, toute en tristesse, avec une expression de chien battu qui ne disparaissait que lorsqu'elle relevait les yeux ; on découvrait alors dans son regard une lueur de ruse qui surprenait.

Elle portait une chemise de Rango sous un kimono visiblement reteint en noir. Les petits carreaux rouges et noirs de la chemise apparaissaient à l'encolure et aux poignets. On distinguait encore sous la teinture du kimono les anciennes rayures jaunes.

Ses pieds disparaissaient dans de grosses chaussettes appartenant à Rango, dont elle avait garni le bout de coton hydrophile, ce qui lui faisait comme des pieds de clown comparés à son corps menu.

Elle se tenait légèrement voûtée, et son sourire faisait penser à un sourire d'infirme, un sourire de bossue. Ses épaules ramenées en avant donnaient l'impression qu'elle cherchait à se faire toute petite, à se tasser pour tenir moins de place. Une attitude craintive.

Djuna se disait qu'elle n'avait jamais dû être particulièrement belle, même avant sa maladie, mais qu'elle avait sûrement du caractère. Pourtant, elle avait des mains molles, des mains de bébé, une bouche sans volonté et une voix infantile.

Le studio était déjà dans la pénombre, et Rango apporta une lampe à pétrole qui fit danser de grandes ombres sur les murs.

L'humidité qui flottait dans la pièce était comme l'haleine des morts qui remontait de terre, faisant pleurer les murs et décollant le papier peint qui pendait en lambeaux comme une vieille écorce. La sueur de longs siècles de misère, l'humidité des tombes et des racines, les moiteurs d'agonie et de mort qui suintaient de ces murs, s'accordaient parfaitement à la peau de Zora, sans vie et sans éclat.

Djuna se laissa toucher par le sourire et par la voix plaintive de Zora qui lui disait : « L'autre jour je suis allée à l'église, j'ai prié désespérément que quelqu'un vienne à notre secours, et vous voilà. Rango est toujours dépassé et incapable de rien faire. » Puis Zora se tourna vers Rango : « Va me chercher ma boîte à couture. »

Rango lui apporta une boîte à biscuits en fer-blanc où se trouvaient des aiguilles, du fil et des boutons rangés dans des boîtes de médicaments portant encore leurs étiquettes : piqûres, gouttes, comprimés.

L'étoffe que Zora s'apprêtait à coudre avait l'air d'un chiffon. Elle la lissait avec ses petites mains d'un geste mécanique, mais plus elle la lissait plus l'étoffe se fripait, comme si le contact de ses doigts avait quelque chose d'oppressant, d'angoissant, comme s'il émanait de sa chair maladive un souffle empoisonné qui desséchait tout ce qu'elle touchait.

Puis elle se mit à coudre, à petits points serrés se chevauchant les uns les autres, si serrés qu'on eût dit qu'elle voulait étouffer le peu qui restait de couleur et de vie dans cette guenille, qu'elle voulait étrangler dans son fil jusqu'à son dernier souffle.

Tout en parlant, elle termina le carré qu'elle avait commencé et puis Djuna la vit découdre tranquillement tout son ouvrage et tout recommencer.

« Djuna, je ne sais pas si Rango vous l'a dit, mais nous vivons tous deux comme frère et sœur. Il y a des années que nous avons renoncé à tout rapport physique... De toute façon, cela n'avait jamais beaucoup compté pour moi. Je savais que tôt ou tard il aimerait quelqu'un d'autre, et je suis contente que ce soit vous, parce que vous êtes sympathique, vous ne me le prendrez pas. J'ai besoin de lui.

– J'espère que... nous nous entendrons bien, Zora. C'est une situation difficile.

– Rango m'a raconté que vous ne lui aviez jamais demandé de me quitter, que vous n'en aviez même jamais parlé. Comment pourrais-je ne pas vous aimer ? Vous m'avez sauvé la vie. Je mourais de faim et d'abandon, et vous êtes arrivée. Je n'aime pas Rango comme on aime un homme. Pour moi c'est un enfant. Il m'a fait tant de mal. Tout ce qui l'intéresse, c'est de boire et de discuter avec ses copains. Si vous l'aimez, j'en suis heureuse, car vous êtes le genre de femme qu'il lui faut, vous avez toutes les qualités.

– Vous êtes vraiment très généreuse, Zora. »

Et Zora se pencha vers elle pour lui murmurer à l'oreille : « Rango est fou, vous savez. Vous ne vous en rendez peut-être pas compte, parce que vous êtes plus solide que lui. Mais sans vous je serais à la rue. Cela nous est déjà arrivé bien souvent. J'étais là, assise sur mes valises au milieu du trottoir, et Rango complètement désemparé se contentait de lever les bras au ciel. Il ne fait jamais rien pour éviter les catastrophes, et après il déclare : "C'est la fatalité." Il a trouvé le moyen de mettre le feu à l'appartement avec sa cigarette. Il a failli brûler vif. »

Il y avait un livre qui traînait au pied du lit. Djuna l'ouvrit pendant que Zora recommençait soigneusement à défaire tout ce qu'elle venait de coudre.

« C'est un livre sur les maladies, dit Zora. J'adore me documenter sur les maladies. Je vais à la bibliothèque et je cherche dans les livres tout ce qui correspond à mes symptômes. Regardez, j'ai marqué toutes les pages qui me concernent. Il y en a beaucoup ! J'ai l'impression d'avoir toutes les maladies possibles ! » Elle rit. Puis elle regarda Djuna avec une expression douloureuse, presque suppliante, et lui dit : « Je perds tous mes cheveux. »

Quand Djuna les quitta, ce soir-là, Rango et elle avaient cessé d'être un homme et une femme enfermés dans la solitude exclusive de leur amour. Ils étaient tout à coup devenus trinité, et les besoins despotiques de Zora commandaient tous leurs gestes, mesuraient tout leur temps, dictaient les heures de leurs séparations.

Rango avait placé Zora sous l'aile de Djuna, et l'amour de Djuna pour Rango devait s'étendre encore pour y inclure Zora.

Zora se confiait à Djuna. Mais Djuna, qui pourtant était venue d'elle-même la voir, prouvant ainsi son dévouement exemplaire, se sentait totalement passive devant son amitié.

C'était Zora qui bavardait, les yeux toujours fixés sur sa couture qu'elle faisait ou défaisait : « Rango est transformé, Djuna, et j'en suis si heureuse. Il est plus gentil avec moi. Avant, il était malheureux et il se vengeait sur moi. Un homme ne peut pas vivre sans amour, et Rango était difficile à satisfaire. Toutes les femmes le courtisaient, mais après une ou deux expériences il rentrait déprimé et ne voulait plus les revoir. Il trouvait toujours quelque chose à leur reprocher. Avec vous, il est comblé. Et moi je suis heureuse, parce que je savais bien que cela arriverait un jour et je me réjouis que ce soit avec vous, parce que j'ai confiance en vous. J'avais toujours peur qu'une femme me le prenne et que je ne le revoie plus jamais. Mais je sais que vous, vous ne me ferez pas cela. »

Djuna pensait : « Mon amour pour Rango est si grand que je veux partager tous ses soucis, aimer tout ce qu'il aime, servir toutes ses causes, croire comme lui que Zora n'est qu'une innocente victime qui mérite qu'on fasse pour elle les plus grands sacrifices. »

C'est ainsi que Rango et Djuna payaient les moments merveilleux vécus ensemble sur la péniche. Tous les grands bonds qu'on fait hors de la vie commune, on les expie en retombant dans des endroits comme celui-ci, cette chambre où Zora cousait et décousait ses guenilles en parlant de ses pellicules, de son insuffisance ovarienne, de ses gastrites, de ses névrites et de sa thyroïde.

Djuna lui avait apporté une robe de coton imprimé, aux couleurs vives, et Zora l'avait aussitôt teinte en noir. Maintenant elle la changeait de forme, et la robe n'était déjà plus qu'un chiffon lamentable. Le châle qu'avait Zora sur les épaules était retenu par une broche dont les griffes avaient perdu leurs pierres et tendaient dans le vide leurs petites baguettes d'argent, image de la désolation. Zora portait quelquefois deux manteaux cousus l'un sur l'autre, et il y en avait toujours un qui dépassait.

Elles cousaient ensemble, et Zora critiquait Rango : « Pourquoi faut-il toujours qu'il s'entoure d'une foule de gens ? »

Djuna, sachant combien Rango aimait passer de longues heures tout seul avec elle, n'osait répondre : « Peut-être a-t-il tout simplement besoin de chaleur, besoin de fuir et d'oublier les maladies, l'obscurité. »

Quand Rango était avec elle, il avait l'air d'un conquérant, plein de fierté, de dignité. Aussitôt qu'il entrait chez Zora, on aurait dit qu'il se recroquevillait. Il conservait quelques instants encore une lueur cuivrée sur le visage, puis très vite la lueur s'éteignait.

« Pourquoi faut-il que les hommes vivent toujours en bande ? » insistait Zora.

Djuna regardait Rango allumer le feu, faire chauffer de l'eau, préparer le dîner. Il y avait dans toute son attitude une mollesse qui paraissait donner raison à l'inventaire qu'avait dressé Zora de ses défauts, une sorte de rapetissement de lui-même que Djuna ne pouvait supporter de voir.

Zora était à l'hôpital.

À présent c'était Djuna qui faisait la cuisine pour Rango. Elle préparait aussi une soupe spécialement pour Zora, qu'il irait lui porter à midi.

En traversant une enfilade de salles communes pour aller voir Zora, Djuna remarqua une femme, assise bien droite dans son lit, qui se coiffait et nouait un ruban bleu dans ses cheveux. Son visage était affreusement ravagé ; pourtant elle s'était poudrée et s'était mis du rouge à lèvres et souriait comme une femme qui va mourir mais qui veut mourir en beauté et déploie pour la dernière fois l'oriflamme de la coquetterie pour son ultime rendez-vous avec la mort.

Djuna était émue par ce courage, par cette volonté d'affronter la mort coquettement coiffée, par ce gentil sourire, forgé depuis des millénaires par l'indéracinable conviction qu'une femme doit toujours plaire, y compris à la mort.

Zora, qui était pourtant moins malade, offrait un spectacle affligeant. Quand Djuna arriva près d'elle, elle vit un être absolument amorphe.

« Le bouillon n'est pas assez clair, dit Zora. Il aurait fallu le filtrer davantage. » Et elle le refusa et secoua obstinément la tête tandis que Djuna et Rango la suppliaient de le boire malgré tout pour reprendre des forces.

Rango était inquiet de la voir refuser de manger, et Zora observait avec délectation cette inquiétude sur son visage.

Il lui avait apporté un pain spécial, mais ce n'était pas celui-là qu'elle voulait.

Djuna lui avait apporté du concentré de foie. Zora prit les flacons et les examina, puis elle dit : « Ils ne sont pas bons. Le liquide est trop foncé. Cela n'a pas l'air frais. Je vais m'empoisonner.

– Mais Zora, la date est marquée sur la boîte. Le pharmacien n'aurait pas le droit de les vendre s'ils étaient périmés.

– Ils sont vieux, c'est visible. Rango, tu vas aller m'en chercher d'autres à la pharmacie de la Muette. »

Il fallait une bonne heure pour aller à la Muette. Rango partit, et Djuna remporta ses flacons.

Quand ils se retrouvèrent le soir, Rango dit à Djuna : « Donne-moi l'extrait de foie. Je vais le rapporter à la pharmacie. »

Ils allèrent ensemble à pied jusqu'à la pharmacie. Le pharmacien se fâcha tout rouge et leur montra la date imprimée sur la boîte.

Djuna était moins étonnée des caprices de Zora que de la façon dont Rango les prenait au sérieux.

Le pharmacien refusa de reprendre les flacons.

Rango était furieux. Djuna était encore bien plus exaspérée par son refus de voir les choses en face. Rentrée à la péniche, elle ouvrit un flacon et en avala le contenu sous les yeux de Rango.

« Qu'est-ce que tu fais ? demanda Rango, stupéfait.

– Je te démontre que ce remède est frais.

– Tu crois le pharmacien mais tu ne crois pas Zora ? dit-il, fâché.

– Et toi, tu crois toutes les lubies d'une malade ! » dit-elle.

Zora ne cessait de parler de sa mort prochaine. Toutes ses conversations commençaient par ces mots : « Quand je serai morte... » Rango était dans un état d'inquiétude constante, il avait peur qu'elle meure et ses journées étaient suspendues à cette menace. « Zora peut mourir », disait-il pour l'excuser d'accaparer son temps.

Au début, Djuna se laissait troubler par les comédies de Zora et elle partageait les angoisses de Rango. Zora faisait des gesticulations si pathétiques que Djuna croyait réellement qu'elle était à l'article de la mort. Mais comme ces contorsions se répétaient jour après jour, semaine après semaine, mois après mois, année après année, Djuna cessa très vite de s'alarmer.

Lorsque Zora disait : « Cela me brûle dans le ventre », elle faisait de grands gestes en se tordant comme si on la brûlait vive.

À l'hôpital, où quelquefois Djuna l'accompagnait, les infirmières et les médecins ne faisaient plus attention à elle, et Djuna surprenait dans leurs yeux une lueur d'ironie.

Zora jouait sur le thème de ses douleurs une sorte de mélodrame permanent. Djuna, après en avoir éprouvé les pires terreurs, avait fini par y devenir totalement insensible.

C'est comme au Grand-Guignol. Une fois qu'on a compris que toute la mise en scène n'a d'autre but que d'effrayer le public, on cesse de s'y laisser prendre et on rit.

Un nouvel incident encouragea Djuna à ne plus s'alarmer. Il y avait cet hiver-là, à Paris, une épidémie de pharyngite. Djuna l'attrapa comme tout le monde. C'était un simple mal de gorge, sans fièvre, et il était tout à fait inutile de s'aliter.

Or ce même jour, Rango arriva précipitamment sur la péniche, catastrophé, désemparé, disant que Zora était affreusement malade et qu'il ne pouvait pas rester. « Viens là-bas avec moi si tu veux. Zora a une crise cardiaque et une angine, elle étouffe. »

Lorsqu'ils arrivèrent, le médecin était là qui examinait la gorge de Zora. Zora était renversée sur son oreiller, toute pâle, toute raide, comme si sa dernière heure était arrivée. Elle portait les mains à son cou, les traits crispés, comme si on l'étranglait.

Le docteur se releva et dit : « C'est une simple inflammation de la gorge comme il y en a beaucoup en ce moment. Inutile de rester au lit. Tenez-vous simplement au chaud et ne buvez que du bouillon. »

Djuna, qui avait le même mal de gorge, était dehors avec Rango.

Pendant toute la première année, Djuna souffrit des mêmes angoisses que Rango. La seconde, elle se contenta de pitié. Et avec la troisième lui vinrent l'indifférence et la sagesse. Mais l'inquiétude de Rango ne diminua jamais.

Un beau matin en s'éveillant Djuna se demanda : « Est-ce que vraiment j'aime cette femme qui multiplie par mille toutes ses maladies et qui est moins préoccupée de les guérir que de savourer leur effet sur les autres ? Pourquoi ces gestes disproportionnés à la moindre douleur, cette façon de se donner en spectacle au monde entier ? »

Plusieurs fois Djuna avait été ébahie de constater que lorsque quelqu'un disait à Zora : « Je te trouve bien meilleure mine », cela n'avait jamais l'air de lui plaire. Elle se renfrognait, elle prenait des airs désespérés.

Un jour, à l'hôpital, Djuna était allée saisir le bras du médecin qui s'éloignait après être resté quelques secondes à peine près du lit de Zora. « Je vous en supplie, docteur, dites-moi ce qu'a mon amie.

– C'est un cas pathologique », avait-il répondu.

Djuna finit par voir l'autre visage de Zora.

Elle avait déjà vu cette expression quelque part, mais elle n'arrivait pas à savoir où. Puis cela lui sauta à l'esprit.

C'était chez les mendiants professionnels. Lorsque Zora énumérait toutes ses souffrances de la journée, c'était comme ces litanies plaintives devenues trop parfaites à force de répétition.

Sous le ton douloureux, on décelait une longue pratique de ce ton douloureux.

Et pourtant Djuna avait honte de douter des souffrances de Zora, comme on a honte de douter de la misère d'un mendiant. Elle se disait, comme on se dit parfois en regardant ceux qui mendient, qu'à force d'imiter la souffrance pour impressionner le public, ils finissent par ne plus pouvoir s'en passer, c'est leur unique moyen de subsistance, leur raison de vivre et de se faire protéger. Leur enlever cela, c'est leur enlever le droit à la pitié.

Pourquoi réserver sa pitié pour les souffrances non exploitées, pour les souffrances récentes et sincères ? La misère du pleurnicheur professionnel était son seul atout.

Djuna préférait ignorer ce qu'elle avait deviné, au nom de cette vieille tradition qui veut que les besoins d'un mendiant ne se discutent pas et qu'on mette son point d'honneur à se dire : son assiette est vide, la mienne est pleine, il n'y a qu'une seule chose à faire. Et même si on devait s'apercevoir que le mendiant n'est pas aveugle, qu'il cache sous sa paillasse un joli petit magot, il est si torturant d'hésiter devant une sébile vide qu'il vaut mieux faire semblant de croire. Il est infiniment plus reposant de se tromper que de douter...

Djuna était parfois déconcertée par la lueur de ruse qu'elle surprenait dans les yeux de Zora lorsque celle-ci lui détaillait toutes ses misères de la journée. Elle en était aussi abasourdie que si elle avait vu, le cœur battant à rompre, un aveugle traverser la rue, risquant mille morts, et puis se retourner soudain vers elle, le regard parfaitement conscient du danger qu'il courait.

Mais Djuna ne demandait qu'à croire, puisque Rango croyait. Elle chassa de son esprit cet autre visage de Zora qu'elle avait aperçu, de même qu'il arrive fréquemment qu'on chasse de son esprit les premières impressions que quelqu'un vous a faites.

Jusqu'au jour où, l'amitié étant morte, l'amour ayant cessé, elles resurgissent des profondeurs où on les avait enterrées, pour nous prouver que si nos instincts animaux ne se trompent jamais et nous avertissent toujours clairement des dangers et des pièges, on préfère plus souvent obéir au besoin inconscient d'aller à l'encontre de son instinct de conservation ; pour nous prouver que si les hommes ont l'instinct du danger, il existe également en eux d'autres désirs, d'autres tendances, qui les entraînent perfidement vers les pièges de l'autodestruction.

Djuna avait l'impression d'être devenue une marionnette. Elle éprouvait le besoin de donner à Rango l'image d'une femme perpétuellement active, perpétuellement enjouée, puisqu'il avait chez lui une femme perpétuellement malade et déprimée. Ses journées prenaient leur coloration, leur humeur, leurs activités, en fonction de Rango. Elle se laissait aveuglément manipuler. Elle se laissait contaminer par les angoisses de Rango pour mieux l'aider à porter son fardeau. C'était Zora qui tirait les ficelles. La préséance était bien établie : lorsque Zora avait un rhume, un mal de tête, Rango devait rester à la maison (même si ce rhume, Zora l'avait cherché en sortant les cheveux mouillés, un jour de plein hiver, après s'être fait un shampooing). Il était interdit de se fâcher ou de mettre en question la source de son mal, ou d'insinuer que Zora pourrait bien quelquefois penser aux autres, penser à éviter ces accidents.

Zora ne savait ni faire la cuisine, ni faire ses courses, ni faire le ménage, et ne supportait pas de rester seule la nuit. Quand des amis venaient la voir, il fallait que Rango soit là pour sauvegarder son amour-propre.

Quand Djuna avait fait la connaissance de Rango, il passait presque toutes ses nuits au café. Souvent il ne rentrait chez lui qu'au petit jour et plus souvent encore ne rentrait pas du tout, quand il passait la nuit avec une de ses maîtresses.

Au commencement, Zora disait : « Je suis heureuse de savoir que Rango ne boit plus, qu'il est avec vous au lieu d'être au café. »

Mais peu à peu elle se trouva de nouveaux sujets d'inquiétude. « Pauvre Zora, disait Rango, elle a peur la nuit. L'autre soir, quelqu'un est venu frapper et est resté interminablement derrière la porte à attendre. Elle a eu tellement peur qu'on vienne la violer qu'elle a empilé tous les meubles devant la porte et n'a pas dormi de la nuit. »

Rango, qui au début passait une nuit sur deux sur la péniche, ne vint plus que deux fois par semaine et, comme Zora récriminait de plus en plus, une seule fois par semaine.

Cette nuit-là, bien sûr, il fallut que Zora arrive et tambourine dans la porte.

Elle prétendit qu'elle souffrait terriblement. Rango se précipita pour la ramener chez elle. Elle se tordait de douleur. Le médecin, qu'on appela, ne put trouver la cause du mal. Ce ne fut qu'au petit matin qu'elle avoua la vérité : elle avait entendu dire que le détergent était bon pour l'estomac, et elle en avait avalé un verre.

Rango laissa Djuna veiller sur elle pendant qu'il allait acheter les remèdes prescrits par le médecin.

Djuna soigna Zora qui souriait innocemment. Comment Zora pouvait-elle être à ce point inconsciente des conséquences de ses actes ?

Quand il leur arrivait d'être seules toutes les deux, une sorte de sincérité s'établissait spontanément entre elles. Djuna se laissait une fois de plus prendre par la pitié et Zora se réfugiait sous son aile. Dans ces moments-là, Djuna s'imaginait qu'une amitié naissait entre elles, fondée sur une générosité mutuelle à laquelle Zora resterait fidèle. Plus tard, elle découvrait ce que Zora avait su obtenir avec ses manigances ; c'était toujours, en fin de compte, une façon détournée de frapper, de tuer les sentiments qui liaient Djuna à Rango.

Mais c'était toujours fait de façon si subtile que Djuna ne soupçonnait rien.

Quand Zora se plaignait devant elle de Rango, on pouvait au premier abord trouver ses doléances bien naturelles et innocentes de la part d'une malade. Elle ne donnait pas l'impression de chercher à nuire à Rango aux yeux de Djuna, mais plutôt de chercher à apitoyer Djuna sur les difficultés qu'elle avait avec lui. Ce n'était que plus tard, quand elle se retrouvait seule, que Djuna se rendait compte des doutes et des motifs de discorde que les jérémiades fastidieuses de Zora avaient réussi à insinuer en elle.

Djuna essayait de résister à ces conversations qui la blessaient en se disant : « Le Rango dont elle parle n'est pas celui que je connais. Celui que j'aime est un autre homme. C'est elle qui est responsable de la façon dont il se comporte avec elle. »

Ce soir-là, apaisée par la sollicitude de Djuna, Zora lui confia : « Vous, vous aimez Rango d'une manière si différente de la mienne. Je ne l'ai jamais aimé physiquement. Je n'ai jamais aimé aucun homme physiquement. J'ignore ce que c'est que de désirer un homme... Quand j'ai mes crises de larmes, je me dis quelquefois que c'est peut-être parce que je suis incapable d'éprouver aucune volupté ; je n'éprouve jamais rien, alors je pleure pour compenser, cela me soulage... »

Djuna fut bouleversée, puis terrifiée, par cette révélation. Rango ignorait tout de la frigidité de Zora. Fallait-il y voir la raison de cet acharnement qu'elle mettait à le détruire ?

Elle n'avait pas du tout envie de se trouver mêlée à leur intimité. Elle désirait surtout échapper à l'emprise de Zora qui ne pouvait plus se passer d'elle.

Elle se tut. Zora recommença sa litanie sempiternelle des défauts de Rango. C'était lui qui l'avait rendue malade. Lui qui avait ruiné sa carrière. Lui qui était responsable de tout.

Zora accusait Rango, et Rango accusait le monde. Ils étaient aussi aveugles l'un que l'autre, aussi incapables de prendre conscience d'eux-mêmes et de leurs responsabilités. Djuna devinait, sans les connaître, les causes de leur échec.

Elle était révoltée de voir Rango aveuglément esclave de l'incurie totale de Zora, mais elle se trouvait à présent dans la même situation, incapable d'échapper à l'esclavage.

Zora ne demandait jamais qu'on lui rende un service. Elle exigeait, après quoi elle entreprenait de critiquer la façon dont on exécutait ses ordres, avec un sens indéfectible de son bon droit et sans manifester la moindre gratitude, le moindre signe de remerciement.

Zora lui parlait à présent de sa carrière de danseuse : « J'ai été la première à présenter au public parisien les danses du Guatemala. J'avais beaucoup de succès, au point qu'un imprésario est venu de New York pour me proposer une tournée. Je gagnais beaucoup d'argent, j'avais beaucoup d'amis. Mais pendant la tournée, une des danseuses du spectacle a voulu me tuer.

– Pas possible !

– Mais si, et sans aucune raison. Elle m'invitait à déjeuner tous les jours avec elle, et me faisait manger des œufs à la tomate qui me rendaient terriblement malade. Elle mettait du poison dedans.

– Ce n'était peut-être pas du poison. C'était tout simplement que vous supportiez mal les œufs à la tomate.

– Je vous dis qu'elle le faisait exprès. Elle était jalouse de mon succès. »

(Elle est réellement folle, pensa Djuna. Si seulement Rango voulait bien en convenir, nous pourrions vivre en paix. S'il pouvait prendre suffisamment de distance pour reconnaître enfin que c'est une grande malade, une déséquilibrée, nous pourrions nous occuper d'elle et la soigner, sans la laisser détruire toute notre vie. Mais Rango déforme tout ce qu'il voit, exactement comme elle. S'il voulait bien *ouvrir* les yeux, nous serions tous sauvés.)

« Ce que je ne comprends pas, Zora, c'est pourquoi, alors que vous aviez un tel succès avec vos danses, que vous étiez devenue une célébrité, que vous pouviez voyager, faire tout ce qui vous plaisait… que s'est-il donc passé ? Pourquoi cette chute ? Votre santé ? »

Zora hésitait à répondre. Djuna, les nerfs douloureusement tendus, attendait sa réponse avec le sentiment que si Zora arrivait à la lui donner, leur vie à tous les trois en serait transformée.

Mais Zora ne répondait jamais aux questions trop directes.

Djuna se reprocha d'avoir parlé de chute. Ce n'était pas ce mot-là qu'il aurait fallu employer, puisque tous les ennuis de Zora et de Rango venaient évidemment de la méchanceté du monde et de son hostilité envers eux.

Zora resta inerte un long moment. Allait-elle trouver un biais, comme faisait Rango, éluder la question, répondre de façon si elliptique que l'essentiel serait noyé dans un dédale de digressions inutiles ?

Elle rouvrit les yeux et reprit son récitatif à l'endroit même où elle l'avait laissé : « À New York, j'ai interrompu les représentations. Mon imprésario est venu me trouver avec un contrat fabuleux. J'aurais pu gagner autant d'argent que je voulais. Manteaux de fourrure, robes du soir, voyages...

– Et puis ?

– Et puis j'ai tout plaqué et je suis rentrée au Guatemala.

– Au Guatemala ? »

Zora éclata d'un fou rire hystérique qui dura si longtemps que Djuna en fut effrayée. Une quinte de toux finit par l'arrêter. « Si vous aviez vu la tête de mon imprésario quand j'ai refusé de signer son contrat ! La tête qu'ils faisaient, tous. Je m'amusais follement. C'était encore plus drôle de voir leur tête que de gagner tout cet argent. Je les ai tous laissés tomber aussi sec et je suis rentrée chez moi. J'avais envie de revoir le Guatemala. J'ai ri pendant tout le voyage, en repensant à la tête qu'ils faisaient de me voir partir.

– Étiez-vous déjà malade, à cette époque ?

– J'ai toujours été malade, depuis mon enfance. Mais cela n'avait rien à voir. J'aime mon indépendance. »

Cela rappela à Djuna une histoire que lui avait racontée Rango. Une de ses amies avait réussi à obtenir pour Zora un engagement, à Paris, pour faire son numéro de danse chez des particuliers. Il avait rendez-vous avec elle dans un café. « Je suis arrivé avec cinq heures de retard. Elle était dans tous ses états ! » Chaque fois qu'il racontait cette histoire, il se tordait de rire. D'imaginer cette amie furibonde l'attendant au café, cela le mettait en joie.

« Je suis restée six mois au Guatemala. Quand je suis arrivée au bout de mon argent, je suis retournée à New York. Mais plus personne ne voulait m'engager. Ils étaient tous au courant de ma rupture de contrat... »

Rango revint avec le remède, que Zora refusa de prendre. Le bismuth aurait calmé ses douleurs, apaisé la brûlure, mais elle le refusa. Elle se retourna contre le mur et s'endormit en les tenant tous les deux par la main, tous les deux enchaînés à ses caprices.

Djuna courbait la tête. Rango lui dit : « Tu dois être épuisée. Rentre chez toi. Je me demande quelquefois si... » Djuna leva vers lui un regard implorant, espérant de toutes ses forces qu'il allait enfin comprendre lui aussi que Zora n'était qu'une instable, une malade, qu'elle avait certes besoin qu'on s'occupe d'elle, mais qu'elle n'avait pas le droit de disposer de leur vie, de les empoisonner.

Rango la regardait, mais il ne voyait pas ce que voyait Djuna. « Je me demande quelquefois si tu n'as pas raison. Zora fait beaucoup de bêtises... » Et ce fut tout.

Il la raccompagna jusqu'à la porte... Elle regarda la rue déserte et blême. L'aube allait bientôt poindre. Elle avait un immense besoin de chaleur, de sommeil. Elle avait besoin de fermer les yeux, comme Rango, pour pouvoir continuer à vivre. Ce qu'elle savait ne lui servait à rien. Cela ne faisait que peser un peu plus lourd sur ses épaules, savoir que tant d'efforts, de soins, de dévouement, étaient dispensés en pure perte, que jamais Zora n'irait mieux, et qu'il était injuste de sacrifier deux vies à une déséquilibrée... Ce qu'elle savait l'éloignait de Rango. Ce fardeau l'écrasait, l'enfermait dans sa solitude. Cette nuit-là elle aurait tant aimé, dans son immense lassitude, laisser tomber sa tête sur l'épaule de Rango, s'endormir dans ses bras. Mais il y avait déjà une autre tête sur cette épaule, qui l'écrasait de tout son poids.

Comme s'il craignait que Djuna ne lui demande de l'accompagner, il dit : « On ne peut pas la laisser seule. »

Djuna se tut. Elle ne pouvait pas exprimer ce qu'elle savait.

Quand il lui arrivait de protester, même gentiment, contre les exigences et les caprices excessifs de Zora, Rango se contentait de dire : « Je suis pris entre deux feux, aie pitié de moi. »

Avoir pitié de lui, cela signifiait céder à Zora, tout en sachant pertinemment qu'elle finirait par briser leur union.

Tous les jours, Djuna devait bâillonner sa conscience et sa lucidité. Rango aurait considéré qu'elle attaquait Zora, cet être sans défense.

Elle mettait donc son point d'honneur à garder le silence, et la conscience qu'elle avait des menaces qui pesaient sur leur amour – cet amour dont Zora était en fin de compte le principal bénéficiaire – ne faisait qu'augmenter sa douleur.

Zora avait mystérieusement gagné sur tous les plans. Rango et Djuna ne pouvaient plus passer ensemble une nuit entière.

Tout ce qu'on dissimule à l'autre finit par corroder l'amour.

Djuna était obligée de taire les doutes qu'elle avait sur la santé mentale de Zora et sur l'utilité de leur sacrifice. Et ces doutes commençaient à creuser entre eux comme une faille. Si Rango avait pu comprendre la situation, simplement, sans dramatiser, il se serait senti moins enchaîné, moins angoissé, et ses liens avec Djuna se seraient resserrés. Mais la servilité avec laquelle il se pliait à toutes les exigences absurdes de Zora, jointe à la façon dont Zora, de son côté, déformait tous leurs faits et gestes, entretenait un perpétuel état d'irritation dans l'esprit de Djuna.

Le silence dans lequel elle accomplissait à présent toutes ses tâches dressait une muraille tout autour de ses sentiments.

Elle éprouvait une impression étrange à faire ses courses, préparer ses repas, chercher des médecins, acheter des vêtements et meubler un nouvel appartement pour Zora, tout en sachant pertinemment que Zora travaillait contre eux et qu'elle ne guérirait jamais parce que sa maladie était son bien le plus précieux, l'instrument même de son pouvoir sur eux.

Mais Rango, lui, avait désespérément besoin de garder la foi. Il était réellement convaincu que chaque nouveau remède et chaque nouveau médecin lui rendraient la santé.

Djuna retrouvait exactement les sentiments qu'elle avait éprouvés dans son enfance quand elle avait cessé de croire à sa religion mais continuait d'assister à la messe et aux cérémonies, et de dire ses prières à genoux pour ne pas contrarier sa mère.

Rango considérait comme une trahison tout désaccord avec ses convictions.

Zora de son côté s'appliquait quotidiennement à faire échouer cette bataille pour sa santé. Quand elle fut installée dans une chambre exposée au soleil, elle empêcha l'air et la lumière d'y pénétrer en gardant ses stores baissés. Quand ils allèrent ensemble se baigner dans la Seine, sur une plage en amont de Paris, le maillot de bain que lui avait donné Djuna était devenu immettable. Elle l'avait décousu pour en changer la forme. Le jour où ils allèrent se promener au Bois, elle mit une robe trop légère et prit froid. Quand ils allèrent dîner au restaurant, elle mangea tout ce qui lui était contre-indiqué en prédisant que le lendemain elle serait obligée de garder le lit toute la journée.

Elle avait de vagues velléités de retravailler ses danses, mais jamais quand elle était seule, uniquement quand Djuna et Rango étaient là pour constater ses courageux efforts. Et comme l'exercice lui faisait battre le cœur plus rapidement, elle disait à Rango : « Mets ta main là. Sens comme mon cœur s'affole dès que je me remets à travailler. »

Le détachement de Djuna, cette espèce d'engourdissement protecteur, était périodiquement réduit en miettes par Rango. Un beau jour, par exemple, il lui dit : « C'est nous qui la tuons.

– Nous qui la tuons ? répéta Djuna, sidérée.

– Oui, elle m'a dit une fois que c'était mon infidélité qui la rendait malade.

– Ton infidélité à quoi, Rango ? Bien avant que j'arrive elle n'était déjà plus ta femme, elle était ton enfant malade. Il était entendu entre vous que vos rapports n'étaient que fraternels, que tôt ou tard tu aurais envie d'aimer une femme...

– Quand il ne s'agissait que de désir, d'une simple passade, Zora n'y attachait pas d'importance... Mais toi, je t'ai donné bien davantage. Et cela, Zora ne peut pas l'accepter.

– Mais Rango, elle-même m'a dit que notre liaison la rassurait, qu'elle en était heureuse parce qu'elle avait le sentiment que nous étions deux à la protéger, et qu'elle savait que je ne te prendrai pas à elle. Elle me disait qu'elle n'avait rien perdu, qu'elle y avait gagné deux amours...

– Ce sont des choses qu'on peut dire. Cela n'empêche pas qu'on se sente trompé, blessé... »

Rango persuada Djuna qu'il fallait expier leur amour. Qu'importe si Zora avait toujours été malade, même depuis l'enfance, qu'importe si leur amour était pour elle une protection, ils devaient expier... expier... expier. Aucun dévouement, si grand fût-il, ne saurait compenser le mal qu'ils lui faisaient... Il ne suffisait pas de se lever au petit matin pour dénicher sur le marché des fruits appétissants qui plairaient à Zora, de lui apporter des robes, de céder à ses moindres caprices, de lui abandonner Rango de plus en plus souvent.

Djuna se dévoua donc à la cause de Zora avec un zèle aveugle, dévorant, abêtissant. Elle devint la rêveuse endormie qui ne cherchait rien d'autre qu'une brève flambée de joie avec Rango, qu'elle expiait tout le reste du temps.

Il arrivait que Rango vienne la chercher en pleine nuit pour lui demander de garder Zora pendant qu'il allait lui acheter des remèdes.

Djuna, la rêveuse endormie, montait la rue de l'hôpital, sous la pluie, dans la boue, apportant son manteau d'hiver à Zora. Elle se dépouillait peu à peu de toutes ses affaires, au point que son père commençait à s'en apercevoir et demandait des explications : « Où est donc passé ton manteau ? Pourquoi ne portes-tu plus de bas ? Depuis quelque temps tu t'habilles comme une clocharde. C'est l'influence de tes nouveaux amis ? Avec qui fraies-tu donc en ce moment ? »

Les baisers de reconnaissance que Rango déposait sur ses paupières étaient la drogue qui lui fermait les yeux, qui l'endormait, et elle faisait croire à son père qu'elle « s'amusait en ce moment à jouer les bohèmes », qu'elle jouait à être pauvre.

Cet après-midi-là, à l'hôpital, Rango la laissa seule avec Zora. À peine eut-il quitté la chambre, Zora lui dit : « Passez-moi le flacon qui est sur l'étagère. C'est un désinfectant. Versez-en un peu dans ma cuvette. L'infirmière est tellement avare, elle en mesure juste quelques gouttes. Elle n'a pas envie que je guérisse. Elle économise ses produits. Je suis sûre que si on m'en donnait davantage j'irais mieux.

– Mais Zora, c'est très fort, ce liquide. Cela va vous brûler la peau. Il ne faut pas en mettre trop. Ce n'est pas par avarice que l'infirmière l'économise. »

Une expression d'extrême méchanceté passa dans le regard de Zora. « Vous avez envie que je meure, n'est-ce pas ? Pour pouvoir vivre avec Rango. C'est pour cela que vous ne voulez pas me donner ce flacon. »

Djuna le lui donna et regarda Zora verser le liquide concentré dans sa cuvette. Elle allait se brûler la peau, mais au moins elle cesserait de croire que Djuna lui voulait du mal.

Bientôt les longs yeux langoureux de Rango aux paupières de chat, ses yeux noirs et fendus en amande, refermeraient les siens sur la réalité, sur toute forme de raison.

Djuna avait remarqué certaines coïncidences qui n'avaient pas frappé Rango. Quand elle s'absentait quelques jours, par exemple, Zora était modérément malade. Le jour où elle revenait, son état s'aggravait et Rango ne pouvait pas venir.

Maintenant, Djuna savait si bien à quoi s'attendre qu'elle se faisait d'avance une raison. Chaque fois qu'elle rentrait de voyage, elle se disait: « Ne te réjouis pas trop à l'idée de revoir Rango. Il est sûr et certain que dès que tu seras là Zora sera terriblement malade et Rango ne pourra pas la quitter... »

Comme Rango ne pouvait pas se fâcher pour une simple maladie (qu'il croyait vraie autant qu'imprévisible), comme il ne pouvait pas non plus comprendre qu'elle était motivée par l'esprit destructeur de Zora, il éclatait injustement et sans raison pour tout autre chose. Djuna avait fini par deviner pourquoi il s'emportait ainsi, elle avait fini par comprendre que c'était une façon de transférer sur des objets extérieurs sa propre agressivité refoulée. Il explosait contre la politique, il critiquait les maladies des autres, il incitait les maris à la révolte, allait même jusqu'à les tirer de chez eux pour les entraîner au café, exactement comme Djuna elle-même se défoulait de temps en temps en se lançant dans des diatribes contre les femmes sans énergie et infantiles, parce qu'elle n'osait rien dire ouvertement contre Zora.

Fuyant les éternelles scènes qu'on lui faisait chez lui, Rango se réfugiait auprès de Djuna. Il laissait retomber sur ses genoux tout le poids de sa tête et de ses bras, et si Djuna se sentait déjà lasse, elle n'en laissait rien voir pour ne pas ajouter au fardeau de cet homme déjà si accablé. Elle masquait ses besoins, ses faiblesses, ses défauts, ses craintes et ses soucis. Elle les lui cachait tous. Ainsi se dessina dans l'esprit de Rango l'image d'une énergie sans bornes et d'une force illimitée capable de venir à bout de tout. La moindre faille dans cette image l'exaspérait comme une trahison. La force de Djuna lui était nécessaire.

Comme il semblait aimer Zora à cause de ses faiblesses, considérer avec indulgence toutes ses incompétences, les efforts maladroits qu'elle faisait pour ouvrir une simple porte, l'incapacité où elle était d'acheter un timbre ou de poster une lettre ou d'aller seule chez des amis, Djuna avait le sentiment d'une profonde injustice, d'une profonde inégalité. Car cet infantilisme extrême de Zora chassait de ses rapports avec Rango toute spontanéité naturelle. Il plaçait les deux femmes à des pôles opposés, non en rivales mais à l'opposé l'une de l'autre, celle qui détruit contre celle qui construit, celle qui prend contre celle qui donne, la faible contre la forte.

Des chocs venaient parfois briser cet état hypnotique, mais Djuna avait perdu tout pouvoir de les interpréter.

Alors qu'elle avait peu à peu abandonné à Zora presque toutes ses affaires, y compris ses bijoux – au point qu'elle en était réduite à renoncer à aller voir certains amis chez qui elle ne pouvait se présenter vêtue aussi négligemment qu'elle l'était à présent –, elle arriva un jour à l'improviste chez Zora et la trouva assise au milieu de six malles grandes ouvertes.

« Je cherche une robe pour mon nouveau numéro de danse », dit Zora.

Les malles débordaient. Il y avait là non seulement des costumes de scène, mais des manteaux, des robes, des bas, de la lingerie et des souliers.

Et devant Djuna stupéfaite, Zora se mit à déballer tout le contenu des malles en lui disant : « J'ai acheté tout cela à New York à l'époque où mes affaires marchaient bien.

– Mais pourquoi ne les portez-vous pas ?

– C'est bien trop beau. Je préfère les conserver sans y toucher et les regarder de temps en temps. »

En attendant, elle mettait des chaussures éculées, des bas pleins de reprises et des robes trop légères pour l'hiver, sans parler de tous les vêtements qu'elle avait soutirés à Djuna.

Cette découverte porta un coup à Djuna. Cela lui confirmait ce qu'elle pressentait confusément depuis longtemps, que le spectacle pitoyable que Zora se plaisait à donner, la pauvresse mal fringuée et frigide, était une comédie qui servait parfaitement ses buts. Que cet air misérable devant lequel Rango s'apitoyait sans fin était soigneusement cultivé, et que Zora, n'importe quand, aurait pu être mille fois mieux habillée que Djuna.

Ce soir-là, Djuna ne put se retenir de demander à Rango : « Savais-tu, lorsque j'ai donné à Zora mon manteau de fourrure cet hiver, qu'elle en avait déjà un dans sa malle ?

– Oui, dit Rango. Zora est comme ces bohémiennes qui gardent leurs trésors pour les grandes occasions et se contentent de les admirer de temps en temps sans oser les porter. »

(Est-ce que je deviens folle ? se demanda Djuna. Ou bien Rango est-il aussi désaxé que Zora ? Il ne se rend pas compte de l'absurdité, de la cruauté de tout cela. Il trouve tout naturel que je me dépouille pour une femme qui ne pense qu'à apitoyer les autres sur son sort.)

Mais comme cet incident risquait d'ébranler sa confiance en Rango, elle s'empressa de refermer les yeux.

Un acteur, lorsqu'il joue, ne souffre pas des attitudes que son rôle l'oblige à prendre, car il sait que sitôt la représentation finie il pourra les abandonner et retrouver la liberté d'être lui-même.

Djuna par contre ne pouvait pas se libérer du rôle que la vie lui imposait. Elle était condamnée à se donner tout entière à une cause à laquelle elle ne croyait pas. Jamais Zora ne guérirait, jamais Rango ne retrouverait sa liberté. Sa souffrance était comparable à des contractures musculaires, car elle savait, tout en tenant les attitudes inconfortables que son rôle la forçait à prendre, toujours donner, toujours céder, que jamais, tant qu'elle aimerait Rango, jamais elle ne retrouverait la liberté d'être elle-même.

Au bord de l'épuisement physique, il lui arrivait quelquefois de s'enfuir. Cette fois-ci elle avait décidé, pour cacher à Rango sa fatigue, de prendre le bateau Calais-Douvres et de se réfugier à Londres quelques jours chez des amis.

Assise sur le pont, par cet après-midi de brouillard, elle s'était endormie de fatigue et de découragement. Fatigue fatigue fatigue... son corps avait sombré dans un profond sommeil sur son fauteuil. Sommeil. Profond sommeil... Tout à coup elle sentit une main sur son épaule, un geste suppliant. Elle n'avait pas envie d'ouvrir les yeux, pas envie de répondre. Elle appréhendait le réveil. Elle fit semblant d'être profondément assoupie et détourna la tête de cette main qui la sollicitait.

Mais la voix insistait : « Mademoiselle, mademoiselle... »

Une voix suppliante.

Elle sentit les embruns sur son visage, le balancement du bateau, et distingua les voix qui parlaient autour d'elle.

Elle entrouvrit les yeux.

Un homme était penché au-dessus d'elle, la main toujours posée sur son épaule.

« Pardonnez-moi, mademoiselle. J'aurais dû vous laisser dormir, je sais. Pardonnez-moi.

– Pourquoi m'avez-vous réveillée ? J'étais si fatiguée, si fatiguée. (Elle n'était pas encore tout à fait éveillée, pas suffisamment éveillée pour se fâcher ou lui faire des reproches.)

– Pardonnez-moi. Permettez-moi de m'expliquer. Je ne cherche pas à flirter, rassurez-vous. Je suis un grand blessé de guerre. Je ne vous raconterai pas toutes mes blessures, sachez seulement que je supporte mal le brouillard, l'humidité, la pluie, la mer. Je suis perclus de douleurs. Partout. Mon travail m'oblige à faire fréquemment la traversée, et c'est une véritable torture. Cette fois je rentre en Angleterre... Quand mes douleurs me prennent, il faut absolument que je parle à quelqu'un. Il n'y a rien d'autre à faire. J'ai regardé tous les visages autour de moi. Je vous ai vue, qui dormiez. Je sais que c'est un peu sans-gêne, mais je me suis dit : voilà une femme avec qui je vais pouvoir parler. Cela me fera du bien. Cela ne vous ennuie pas trop ?

– Pas du tout », dit Djuna.

Et ils parlèrent tout le temps de la traversée, et encore dans le train, jusqu'à Londres. En arrivant à Londres, elle était au bord de l'effondrement. Elle prit une chambre dans le premier hôtel venu et dormit douze heures d'affilée. Puis rentra à Paris.

Finies les interrogations, fini de constamment interpréter, examiner, sonder sa vie. Elle se résignait à son sort. Car c'était cela, son sort. Le grand blessé de guerre, sur le bateau, le lui avait fait comprendre, l'en avait convaincue.

Elle fit donc une pirouette, lourde de tristesse, sur la scène tournante de sa conscience, et elle reprit le rôle pour lequel la nature l'avait faite, pour lequel elle avait modelé son visage jusque dans son sommeil.

Or quand on joue un rôle sous de mauvais prétextes, mû par des inquiétudes et des hantises plus que par un besoin profond, ce qui nous prouve qu'on joue vraiment la comédie et que ce rôle ne convient pas à notre vraie nature, c'est cette tension, cette crispation insupportable qu'on éprouve.

Les moyens dont nous disposons pour mesurer nos insincérités sont peu nombreux, mais Djuna connaissait le plus infaillible de tous : c'était l'absence de joie. Toute tâche accomplie sans joie va à l'encontre de notre vraie nature. Quand Djuna se laissait aller à un geste de générosité extravagante envers Zora, elle n'éprouvait aucune joie parce que son geste était toujours interprété de travers par Zora comme par Rango. S'il y avait chez Djuna une bonté naturelle, elle n'avait plus rien de commun avec cette négation de soi démesurée et autodestructrice.

Mais cette comédie pouvait durer toute une vie puisque Rango, refusant d'y voir clair, interdisait tout espoir de changement, tout espoir de transformation lucide. Ils naviguaient sans gouvernail, à la merci du délire de Zora.

Elle n'en tirait même pas la gloire que s'attirent les acteurs professionnels, car les rôles qu'on joue dans la vie ont ceci de particulier qu'ils ne trompent personne. Les gens les plus obtus et les plus insensibles perçoivent une dissonance, devinent une imposture, et si on respecte l'acteur pour l'illusion qu'il est capable de créer sur scène, on ne respectera jamais ceux qui cherchent à créer dans la vie le même genre d'illusion.

Elle projeta une nouvelle évasion, avec Rango et Zora cette fois. Elle se disait qu'un séjour à la mer, en pleine nature, les guérirait peut-être tous, fortifierait Zora et leur apporterait la paix.

Ce fut une entreprise laborieuse que de faire faire à Zora ses bagages et de sortir Rango de ses situations inextricables. Ils manquèrent non pas un seul train mais plusieurs. Zora traînait deux malles entières d'affaires personnelles. Rango, qui était couvert de dettes, avait du mal à persuader ses créanciers de le laisser partir. Et ils étaient tous les deux incapables de se réveiller à l'heure.

Rango avait emprunté de l'argent pour faire un cadeau à Djuna. Une fine ceinture marocaine en cuir blanc. C'était la première fois qu'il lui offrait quelque chose. Djuna fut folle de joie et toute fière de la porter. Mais quand ils se retrouvèrent à la gare tous les trois, elle s'aperçut que Zora avait la même ceinture. La sienne perdit tout son charme et elle la jeta.

Le petit port de pêche où ils arrivèrent au matin s'étalait au soleil. La rade en demi-lune abritait des yachts de plaisance et des bateaux de pêche venus de tous les coins du monde. Les bistrots s'alignaient tout au long, et tout en buvant leur café ils virent la flottille s'éveiller peu à peu, matelots et navigateurs émerger des cabines. Ils virent s'ouvrir tous les petits hublots, se soulever les écoutilles, se déployer les voiles. Ils virent les matelots commencer à fourbir les cuivres et à briquer les ponts.

Derrière eux s'élevaient les Maures plantées de maisons blanches.

L'endroit était en perpétuelle animation. C'était comme un carnaval permanent. La vibration, le miroitement et la mobilité du port et des bateaux se retrouvaient partout, dans les cafés et sur les promeneurs. Les écharpes des femmes claquaient au vent comme les voiles des bateaux. Les yeux, les peaux bronzées et les sourires luisaient comme les cuivres. Et les colliers de nacre au cou des femmes reflétaient le ciel et la mer.

Rango trouva un logement pour Zora et pour lui sur les hauteurs, dans la forêt. Djuna prit une chambre dans un hôtel, plus bas, non loin du port.

Lorsque Rango redescendit à bicyclette et rejoignit Djuna dans un café du port, le soleil se couchait.

L'eau et le ciel étaient comme un velours profond, une caresse ; des abîmes de douceur s'entrouvraient. Comme les plantes qui exhalent le soir de mystérieuses éclosions, les gens perdaient leur éclatante nature diurne pour revêtir des tons et des parfums mieux accordés à leurs efflorescences secrètes. Ils s'alanguissaient comme les feuilles, comme les ombres, à l'approche de la nuit.

Sur les automobiles qui croisaient, flottaient les oriflammes du plaisir, sourires audacieux, écharpes provocantes.

Les voix se faisaient tendres et complices. La mer, la terre, les corps recherchaient des complicités et arboraient avec audace des couleurs d'aventure, corail, turquoise, indigo et orange. Des corolles humaines s'épanouissaient dans l'ombre, cherchaient à attirer, cherchaient à se faire prendre, en gonflant leurs pétales pour laisser monter et déborder la sève.

Puis Rango dit : « Je dois rentrer. Zora a peur, la nuit. »

Pour lui donner du courage, elle le raccompagna à bicyclette. Mais quand ensuite elle se retrouva seule dans sa chambre, tous les effluves de la mer l'appelèrent de nouveau et elle repartit vers le port, revint s'asseoir à la même table et regarda la foule joyeuse et animée. Elle éprouva soudain le même sentiment qu'étant jeune fille lorsqu'elle voyait par sa fenêtre la fête que donnaient les voisins. L'impression d'un plaisir inaccessible.

Les gens dansaient sur la petite place, entraînés par l'accordéon du postier. Le facteur l'invita. Mais tandis qu'elle dansait elle sentait comme peser sur elle l'œil réprobateur et jaloux de Rango. Toutes les lumières du port, tous les hublots semblaient aussi la regarder d'un œil sévère.

Alors, à dix heures elle quitta le port et ses réjouissances et retourna à bicyclette vers sa petite chambre d'hôtel.

Comme elle arrivait en haut de la côte en poussant sa bicyclette devant elle, elle vit le faisceau d'une lampe de poche dirigé vers sa fenêtre. Elle ne distinguait pas la main qui tenait la lampe, mais, certaine que ce ne pouvait être que Rango, elle cria joyeusement son nom, se disant que sans doute Zora avait fini par s'endormir, qu'il était enfin libre et venait la rejoindre.

Rango, pour toute réponse, lui lança d'une voix furibonde : « Où étais-tu ?

– Oh, Rango, tu es vraiment trop injuste. Je ne pouvais tout de même pas m'enterrer dans ma chambre à huit heures du soir. Il n'est guère plus de dix heures, je ne me suis pas attardée bien longtemps, et je rentre seule. Il n'y a pas de quoi se fâcher ! »

Mais il ne décolérait pas.

« Tu es trop injuste », dit-elle, et, passant devant lui, elle se précipita en courant dans sa chambre et referma la porte à clef.

Les quelques rares fois où elle lui avait tenu tête, par exemple le jour où il était arrivé chez elle à minuit quand il avait promis de venir pour dîner, elle avait remarqué que sa colère retombait vite et qu'il venait ensuite frapper tout gentiment, tout timidement, à sa porte.

C'est ce qui se passa. Djuna fut désarmée par sa timidité.

Elle lui rouvrit sa porte. Et Rango resta avec elle, et leurs étreintes tentèrent une nouvelle fois de ressouder ce que sa violence avait encore brisé.

« Tu ressembles à Heathcliff, Rango. Un jour cela finira mal. »

Il était incurablement jaloux des amis de Djuna, car il voyait en eux les complices de la vie qu'elle menait en dehors de son territoire à lui. C'étaient tous des rivaux en puissance, les témoins, peut-être même les instigateurs, d'éventuelles infidélités. Ceux qui complotaient secrètement de les séparer.

Plus grave encore était sa jalousie vis-à-vis des amis de Djuna qui reflétaient des aspects d'elle qu'il ne voyait jamais, qui restaient étrangers à leur vie amoureuse, une Djuna inconnue qu'elle ne pouvait pas lui donner. C'était une Djuna joyeuse, insouciante, pacifique, qui se plaisait dans l'harmonie et non dans la violence, qui connaissait, hors de l'amour, des états d'âme lumineux, des plages de clarté totalement inconnues de Rango. C'était aussi une Djuna fermement convaincue qu'on pouvait se comprendre à condition de s'en donner la peine, d'analyser ses actes, qu'on pouvait, en étant suffisamment lucide, remodeler sa vie et redresser le cours de son destin.

Elle attirait ceux qui savaient, grâce à leur imagination, échapper au monde de la tristesse. Elle fit ainsi de nouvelles connaissances. C'était toujours comme des prolongements de Paul. Il y en eut un surtout, dont Rango fut aussi jaloux que s'il avait été une réincarnation de Paul. Il avait beau savoir que ce n'était qu'une amitié innocente, il n'en était pas moins exaspéré. Il savait que Djuna trouvait auprès de ce garçon une atmosphère que sa violence à lui et son impétuosité saccageaient constamment.

C'était toujours cette quête inassouvie d'un paradis, d'une contrée qui échappe au chagrin.

Elle allait sur la plage avec ce frère de Paul (pendant que Rango et Zora passaient la moitié du jour à dormir), ils jouaient aux quilles avec des bois d'épave, ils dessinaient des labyrinthes dans le sable, plongeaient pour ramener des algues et se grisaient d'histoires.

Leur unique geste de complicité consistait à se prendre le petit doigt comme avec Paul autrefois, et c'était pour Djuna une résonance du passé, un lien fragile, une sorte de jeu, mais qui, par cette légèreté même, cette délicatesse, lui redonnait la vie.

Heures éphémères, iridescentes, qui déchiraient l'obscurité.

Quand Rango arrivait, englué, encrassé par sa vie croupissante et ses disputes avec Zora, elle se sentait plus forte pour affronter ce déferlement d'amertume.

Elle se mettait une robe aux couleurs éclatantes, indigo et safran ; se brossait longuement les cheveux pour les rendre brillants et affichait dans tous ses gestes une gaieté qu'elle espérait contagieuse.

Mais cette gaieté précisément était une source d'inquiétude pour Rango. Il en soupçonnait l'origine et faisait tout pour soustraire Djuna à l'univers où elle s'était aventurée sans lui, cet univers de paix, de confiance, de douceur, qu'il était incapable de lui donner.

Il était vrai pourtant que ce double de Paul n'avait pris possession que de son petit doigt et n'avait rien revendiqué de plus ; et il était vrai que Rango, lorsqu'il pesait sur elle de tout son corps, était comme la terre elle-même, puissant et chaud, et que, lorsque ses bras, découragés, retombaient aux côtés de Djuna, ils étaient si pesants qu'elle ne pouvait les soulever. Il était vrai aussi que les êtres comme lui, essentiellement pétris de terre et de feu, ne connaissent jamais la lumière, ne s'élèvent jamais en plein ciel, ne se dégagent jamais de la matière, restent inexorablement enchevêtrés aux veines de la terre.

Jour après jour, son rêve de libérer Rango s'émiettait. Elle leur avait offert la mer et le soleil, et ils dormaient toute la journée. Zora avait une fois de plus décousu son maillot de bain pour le rafistoler. Dans dix ans elle sera encore en train de le recoudre.

Il était clair à présent pour Djuna que le cloisonnement de son cœur en chambres incommunicables n'était pas une trahison. C'était un acte nécessaire, et elle avait besoin, pour vivre, de ces contrées privilégiées où Rango n'avait pas accès. Ce n'était pas volontairement qu'elle enfermait l'image de Paul et l'image de Rango dans des chambres distinctes. Mais elle ne voulait pas chasser Paul de son cœur sous prétexte qu'elle aimait Rango... Car il y avait en elle un immense désir d'aborder dans un havre de paix, et elle savait Rango incapable de l'y conduire et d'y débarquer avec elle.

Si, avec le double de Paul, elle cherchait une plage de répit, une plage d'oubli, elle cherchait aussi la nuit, dans l'ombre, quelqu'un qui la protège, qui lui pardonne toutes ses fautes, un être sans défaut.

Et le seul être sans défaut, le seul qui la comprenne et qui possède d'inépuisables flots d'amour, c'était le dieu de son enfance, dieu le père qu'elle avait perdu.

Seule dans la nuit, à bout de forces et de révolte, après avoir en vain lutté, malgré toute sa compréhension, contre l'enfer dans lequel Rango se complaisait, cet enfer qu'il aimait, disait-il, parce que c'était du vrai, du concret, c'était la vie, et le bonheur n'était qu'un idéal médiocre que les poètes, les romantiques et les artistes méprisaient... seule, dans la nuit, quand elle consentait à s'avouer que c'était sans espoir et que jamais Rango ne retrouverait la santé de son âme, qu'il était perverti par son amour de la souffrance, sa conviction que les guerres et les catastrophes rehaussent le goût de la vie et que les scènes exaltent le désir, soudain, comme un feu, à l'instant même où elle touchait le fond de cet abîme de solitude où ses deux aventures l'entraînaient, elle sentait la présence de ce dieu, comme dans son enfance, ou comme le jour où elle avait frôlé la mort.

Elle sentait ce dieu (peu importe le nom qu'on lui donne) la prendre dans ses bras, la serrer tendrement contre lui et la bercer pour l'endormir. Elle se sentait de nouveau protégée, ses nerfs se dénouaient, elle retrouvait la paix. Elle s'endormait, toutes ses angoisses dissoutes. Elle avait tant besoin de lui, elle avait tant besoin de ce sommeil, elle avait tant besoin de paix, besoin de dieu le père.

Dans la lumière orange du petit port où vibraient la nappe indigo de la mer, l'odeur croustillante des croissants et la joie claire des petits matins sur le quai, les scènes de Rango faisaient de plus en plus l'effet d'une hallucination.

Rango, marchant au milieu des roseaux, la peau brune et les yeux brillants, ressemblait à un Balinais.

Lorsque à la nuit tombée ils faisaient un feu sur la plage pour griller des brochettes, Rango, accroupi sur ses jambes musclées, agile de ses gestes, donnait l'image d'une harmonie parfaite avec la nature. Mais quand ils revenaient de longues promenades à bicyclette où ils avaient pendant des heures pédalé contre le vent vif, qu'ils rentraient épuisés, assoiffés, mais grisés de plaisir et en pleine euphorie, le retour de Rango à ses obsessions prenait les proportions d'une véritable maladie.

Djuna savait par cœur comment les scènes commenceraient. Si par hasard pendant leur promenade à bicyclette elle avait ri avec les autres, ou chanté avec eux, ou approuvé plus particulièrement ce que disait l'un d'eux, le lendemain Rango trouvait moyen de dire : « Ce matin j'ai vu ta bicyclette et celle de ton copain appuyées au mur du café l'une contre l'autre, comme si vous aviez passé la nuit ensemble.

– Mais Rango, il est arrivé après moi et a posé tout simplement sa bicyclette à côté de la mienne. Nous prenons tous notre petit déjeuner dans le même café. Cela n'a rien d'extraordinaire. »

Quelquefois, Djuna avait l'impression que Rango s'était laissé contaminer par la folie de Zora. Alors elle avait pitié de lui et elle lui répondait avec patience, comme à un malade.

Elle savait que ce qu'on aime chez les autres, c'est souvent son propre moi refoulé. En consolant Rango et en le rassurant, n'était-ce pas une autre Djuna qu'elle cherchait à consoler, une Djuna qui avait autrefois souffert d'être jalouse sans oser l'exprimer ?

(Nous aimons retrouver chez les autres l'ombre de nos moi secrets. Il a dû m'arriver autrefois d'être aussi jalouse que Rango sans le montrer et sans me l'avouer. J'ai dû connaître la même jalousie dans une zone si secrète de mon paysage intérieur que je n'en ai pas eu conscience. Sinon pourquoi serais-je aussi patiente avec Rango ? Aussi compatissante ? Il nous détruit tous deux avec sa jalousie. Je veux lui en éviter les contrecoups... Il me donne envie de le fuir. Je devrais fuir sans plus attendre, mais je me sens responsable de lui. Quand on voit quelqu'un oser être ce que jamais on n'a osé être soi-même, on se sent des responsabilités envers lui...)

Mais un jour elle se réveilla si épuisée par les tracasseries infernales de Rango qu'elle décida de lui faire peur, de s'en aller, avec l'espoir de le guérir.

Elle fit ses bagages et partit à la gare. Mais il n'y avait pas de train avant le soir. Elle s'assit désespérée, décidée à attendre.

Et voici que Rango arriva. Affolé. « Djuna ! Djuna, pardonne-moi. Je ne sais pas ce qui m'a pris. Je ne t'ai pas dit la vérité. J'ai un ami qui fabrique de l'absinthe dans sa cave. Tous les jours à midi nous en goûtons un peu. J'ai dû en boire un peu beaucoup ces temps derniers. »

Elle lui pardonna. Et elle se dit, cherchant comme toujours à l'excuser : « L'esclavage où le tient Zora avec ses exigences est tellement monstrueux, et lui n'ose pas se révolter. Elle a le don de lui faire sentir qu'il n'en fait jamais assez, et l'art de lui donner mauvaise conscience. C'est sans doute la raison pour laquelle, lorsqu'il vient me retrouver, il faut qu'il se révolte et qu'il se fâche contre n'importe quoi. Qu'il explose. Je lui sers de bouc émissaire. »

Et elle était reliée à lui par ce tube respiratoire, reliée à ses explosions. Un jour peut-être elle finirait par croire, comme lui, que la violence était indispensable pour atteindre les grands fonds de la vie.

Dans la jungle secrète de notre inconscient, dans ce dernier refuge d'une nature que nous avons soumise et dominée jusqu'à l'exterminer presque totalement, il y a de nombreux puits que nous avons murés. Il ne faut pas nous étonner, le jour où nous voulons rouvrir ces puits pour y chercher un flot de vie, qu'il en sorte un flot de colère.

Ainsi Rango, dans sa colère, crachait comme un geyser tout le poison de cette nature emmurée, puis refusait d'admettre que c'était lui qui provoquait le cataclysme. Ses colères éclataient comme la foudre, et chaque fois Djuna se sentait délivrée des siennes.

Mais le soleil noir de sa jalousie éclipsait le soleil méditerranéen, flagellait la douceur turquoise de la mer.

Quelquefois, allongée toute seule sur le sable, elle cherchait à se remémorer ce qu'elle avait voulu capter à travers le corps de Rango, ce qui avait bougé en elle la première fois qu'elle l'avait vu, jouant de la guitare et racontant sa vie de bohème.

Atteindre à travers lui la nature essentielle.

Elle revoyait son premier sourire, ce sourire d'Indien, plein d'ironie, issu du fond des âges, comme le reflet d'un très ancien sourire indien à l'aube des mondes mayas ; sa démarche d'homme de la terre, issue d'une longue lignée de pieds nus qui foulèrent les chemins des plus hautes cimes du monde, des lacs les plus inviolables et des forêts les plus impénétrables.

Les rêves qu'elle faisait de lui la ramenaient aux origines du monde, elle percevait en lui l'écho des pas originels, ceux des premiers chasseurs poursuivant le gibier.

Elle se remémorait toutes ses histoires, surtout celle où il racontait qu'étant un jour assis sur un piton rocheux au sommet d'un glacier, il avait nettement senti tourner la terre !

Elle avait embrassé des yeux encore emplis du souvenir des anciennes splendeurs, des yeux qui avaient vu les Mayas enfouir leurs trésors au fond des lacs pour les soustraire aux pillards espagnols.

Elle avait embrassé les princes indiens des contes de son enfance.

Elle avait, éperdue d'amour et de désir, plongé au cœur de races très anciennes, elle y avait cherché des cimes et des grands fonds et des magnificences.

Et elle avait trouvé... elle avait trouvé des déserts, où les vautours traçaient leurs cercles incessants, confondant indéfiniment les vivants et les morts.

Trouvé une ville à jamais muette, accrochée à ses colonnes en ruine, ses coupoles éventrées, ses tombes où des hiboux hurlaient comme femme en gésine.

À l'ombre des volcans, il y avait des fêtes et des orgies, on dansait au son des guitares.

Mais ce n'était pas là que Rango l'entraînait.

À l'amour il n'offrait que ses angoisses brûlantes. Djuna avait étreint, embrassé, possédé un mirage. Elle avait tant et tant marché, pensant trouver les fêtes et la musique et les rires des Indiens, mais elle s'était enfoncée au cœur de leur volcan…

De jour, le piège était visible.

Ce n'était qu'un filet d'obligations absurdes. Dès que Djuna ouvrait les yeux, l'image de Zora s'imposait, Zora allongée sur son lit, toute pâle, les mains molles, les gestes infantiles. Zora qui ne savait rien faire, qui laissait tout tomber, qui était incapable d'ouvrir une porte et qui se déplaçait avec une lenteur inconcevable, avec des gestes si brumeux, si hésitants, qu'il lui fallait deux heures pour s'habiller.

La pitié qu'éprouvait Djuna n'était en fait qu'une façon de se dissimuler à elle-même le dégoût que lui inspiraient Zora, sa voix geignarde, son allure négligée, ses airs retors, ses accoutrements de clocharde faits pour apitoyer le monde, ses cheveux ternes qu'elle n'avait pas la force de brosser, sa peau morte où le sang croupissait.

Ce qui se passait dans la tête de Zora ne pouvait que lui faire horreur. Elle l'avait quelquefois entendue, dans un demi-sommeil, accuser d'une voix monocorde les médecins, le monde entier, tous ses amis, Rango, Djuna elle-même, de tout ce qui lui arrivait.

Horreur. Les pensées sont parfois aussi répugnantes que les actes. Le piège avait fini par devenir si étouffant, si monstrueux et si dérisoire à la fois, que Djuna en venait à souhaiter chaque jour la mort de Zora. C'était une vie tellement inutile, qui accaparait tout pour elle, les soins, le dévouement, la nourriture, sans jamais rien donner en retour, rien, moins que rien. Une vie inutile distillant le venin et l'envie, une tyrannie étouffante.

Zora morte, Rango reprendrait vie, reprendrait feu, son corps impétueux bondirait, son imagination l'emporterait aux quatre coins du monde. Même dans ses pires moments, il y avait encore en lui une flamme. Zora n'était que glace. Seul son esprit était toujours à l'œuvre, pour déformer, dénigrer, accuser.

Rien d'autre qu'un perpétuel cabotinage. « Regardez mes blessures, voyez comme je souffre. Aimez-moi. »

Mais ce n'est pas ainsi qu'on attire l'amour.

Il n'y a pas moyen de sortir de ce piège. Djuna est poursuivie dans ses cauchemars par le teint jaune et la chair molle de Zora. Elle se lève de bonne heure pour aller lui acheter un pain, une viande ou un légume qui lui conviennent. Lui prend un rendez-vous pour une radiographie des poumons, car cette semaine Zora est persuadée d'être tuberculeuse. Des heures perdues, pour finalement s'entendre dire par le médecin : « Elle n'a rien. Hystérie symptomatique. Elle devrait consulter un psychiatre. »

Il faut encore qu'elle aille au mont-de-piété, parce qu'elle n'a pas de quoi payer l'autre médecin, qui avait fait faire des analyses aussi dramatiques qu'inutiles pour dépister un éventuel cancer. Toutes les ressources dont Djuna disposait pour le mois sont déjà épuisées.

C'est sans issue. Le jour commence à peine à poindre qu'il est déjà en miettes. Le seul arbre qu'elle aura vu aujourd'hui sera l'arbre anémique d'une cour d'hôpital.

Les sacrifices inutiles, avortés, engendrent toujours la tristesse.

La journée est un piège, mais Djuna n'ose pas se révolter. Elle sait que si elle veut sa part de nuit avec Rango, il n'y a pas d'autre moyen. Au bout de la journée, il y aura ses baisers fous, sa passion, son désir, ces morsures affamées sur l'épaule, ces ondes de plaisir qui ébranlent le corps, ces gémissements gutturaux d'homme et de femme retournant à leurs origines premières…

Parfois ils ne prennent pas le temps de se déshabiller. D'autres fois ils se plaisent à retarder par jeu le point critique du plaisir pour le rendre plus fulgurant. Toutes les scories du jour sont consumées.

Si, pendant la journée, il arrive à Djuna de se dire : « Je devrais prendre la fuite, abandonner Rango à la torture qu'il a choisie », le souvenir de ces cimes de feu la retient.

Elle se demande comment Rango peut admirer ce lent pourrissement de Zora. Ce n'est même pas un noble suicide, c'est l'obsession butée de se laisser mourir à petit feu en entraînant les autres à sa suite. Une vie monstrueuse et laide. Quand Zora lave une assiette elle gémit. Quand elle coud un bouton elle pleurniche.

Et Djuna doit encore expier ces pensées, se les faire pardonner. Tiens, Zora, prends ce pain qu'il m'a fallu une heure pour aller chercher, mais il ne te nourrira pas, tu es trop imprégnée de poison. Les premiers mots que tu m'as dits n'étaient qu'hypocrisie, ces prétendues prières que tu faisais pour que quelqu'un te vienne en aide, ce prétendu bonheur que ce fût moi plutôt qu'une autre, évidemment, parce que moi j'étais facile à prendre au piège de la pitié. Tu savais bien que je ferais pour toi ce que jamais tu n'aurais fait pour moi. J'ai essayé de t'imaginer à ma place. C'est impossible. Toi, tu serais impitoyable.

En revenant à la péniche, elle acheta de nouvelles bougies et une couverture de fourrure qu'elle mettrait par terre pour dormir, car Rango prétendait que c'était trop bourgeois de coucher comme tout le monde dans un lit. Ils dormaient donc par terre. Une fourrure, un lit d'Esquimau, trouverait peut-être grâce à ses yeux.

Quand Rango arriva, il jeta un regard soupçonneux aux bougies et à la fourrure, l'air d'un lion qui renifle une feuille de laitue. Mais dès qu'il s'allongea, son désir de bronze s'éveilla et la couche primitive fut baptisée en mémoire des cavernes.

C'est l'heure où les enfants lisent des contes de fées pleins des miracles et des merveilles que Rango et Djuna attendaient de la vie. L'impossible. Rango avait souhaité une vie de loisir et d'insouciance. Djuna s'était voulu une vie de liberté et de désir, préférant au confort la douceur d'aventures merveilleuses, au luxe la beauté, à la sécurité la plénitude, et à la perfection de tout petits moments parfaits comme serait celui-ci… s'il n'y avait Zora, toute prête à se glisser entre eux comme une incube…

Djuna ne s'attendait vraiment pas que Rango fît le premier saut pour sortir de ce piège. Cela se produisit brusquement, à minuit, comme ils allaient se séparer. Noyée dans le brouillard de ses caresses, elle entendit monter sa voix : « Nous vivons comme des égoïstes. Il se passe actuellement beaucoup de choses dans le monde ; nous devrions y participer plus activement. Toi, tu es comme tous les artistes, tu braques tes projecteurs sur le ciel, mais jamais sur la terre, là où les choses se passent. Une révolution est en marche, et je veux la servir. »

Djuna ne croyait pas que le monde ou la révolution pussent avoir besoin de Rango, Rango et son indiscipline, son esprit bohème, sa passion du vin, sa paresse. Elle avait le sentiment que c'étaient les persécutions de Zora qui le poussaient. Il était pris entre une femme qui se laissait mourir et une femme qui voulait vivre ! Il avait espéré réaliser une fusion entre les deux, pour que cesse la tension douloureuse qui écartelait ses deux moi. Il ne pensait qu'à son confort sentimental. Il n'avait pas prévu l'égoïsme féroce de Zora ni la clairvoyance de Djuna. La fusion avait échoué.

Et maintenant il en venait à désirer risquer sa vie pour une cause impersonnelle.

Elle se taisait. Elle leva le visage vers lui et vit une bouche malheureuse, comme blessée, où s'inscrivait le désespoir. Il serrait farouchement les lèvres, comme font les femmes pour retenir leurs larmes. Une bouche si mal accordée à son visage de lion, une bouche d'enfant, petite et vulnérable, qui attendrissait toujours Djuna.

En se quittant au coin de la rue, ils s'embrassèrent éperdument comme s'ils partaient chacun pour un très long voyage. Un mendiant commença à gratter son violon puis s'arrêta, pensant que ces deux amoureux se quittaient pour toujours.

Le sang battait dans ses tympans quand elle s'en retourna, tout son corps éprouvait déjà ce que serait l'arrachement, quand il faudrait déprendre leurs cheveux, désenlacer leurs mains et refermer les lèvres après l'ultime baiser pour le remettre entre les mains d'une maîtresse impitoyable : la révolution.

La terre tournait à une vitesse vertigineuse. Les femmes ne savent pas sortir des pièges de l'amour comme les hommes. Eux ont des guerres et des révolutions qui les attendent. Qu'allait-il se passer à présent ? Elle le savait. Il y avait cinq feuilles à signer, avec un questionnaire précis, effroyablement détaillé, à remplir. Elle avait vu les formulaires. Il fallait dire si son conjoint croyait à la révolution. Tout dire. Rango remplirait ces papiers, posément, de son écriture chaloupée, chamboulée. Tout. Il dirait certainement que sa femme était une grande malade, mais le parti ne tolérerait pas qu'il eût une maîtresse.

Puis brusquement la terre s'arrêta de tourner, le sang ne siffla plus dans ses oreilles. Tout s'immobilisa dans un silence de mort. Elle venait de penser au danger… Elle se souvenait de l'ami de Rango qu'on avait retrouvé la tempe trouée d'une balle près du café où ils se donnaient rendez-vous. Elle se souvenait de cette histoire que racontait Rango, d'un camarade qui militait pour la révolution au Guatemala, qu'on avait enfermé dans une cellule à demi remplie d'eau jusqu'à ce que des lambeaux de chair décomposée se détachent de ses jambes et que ses yeux deviennent tout blancs.

Le soir suivant, Rango était en retard. Djuna, oubliant qu'il était coutumier du fait, se dit : « Il a signé tous ses papiers et on lui a dit qu'un membre du parti ne pouvait avoir de maîtresse. »

Neuf heures. Elle n'avait pas encore dîné. Il pleuvait. Des amis entrèrent au café, bavardèrent un instant avec elle, repartirent. L'angoisse étirait le temps. Désormais ce serait toujours ainsi, attendre, sans savoir si Rango était toujours en vie. Il était si facile à repérer. Étranger, le teint brun, les cheveux en bataille, l'allure typique du révolutionnaire tel que la police l'imagine.

Qu'était-il arrivé à Rango ? Elle attrapa un journal. Un jour Rango lui avait dit : « L'autre jour je ramasse un journal, en première page je tombe sur la photo de mon meilleur ami assassiné la veille au soir. »

C'était ainsi que les choses se passeraient. Rango l'embrasserait un soir, comme la veille au coin de la rue, pendant que le violon jouait; puis le violon s'arrêterait, et ce soir-là précisément…

Elle interrogea son instinct. Non, Rango n'était pas mort.

Elle aurait aimé aller à l'église, mais cela aussi lui était interdit. Le désespoir lui était interdit. Le temps du stoïcisme était venu.

Elle était jalouse de l'admiration que vouait Rango à la mère de Gauguin, une révolutionnaire sud-américaine qui avait abattu son mari parce qu'il avait trahi le parti.

Djuna passa près d'une église et y entra. Elle était incapable de prier, trop attentive à devenir la compagne idéale d'un révolutionnaire. Mais il y avait toujours entre elle et Dieu une sorte de connivence secrète teintée d'humour. Elle savait qu'il aurait toujours un sourire gentiment ironique devant ses actes les plus extravagants. Il verrait ses contradictions et serait indulgent. Il y aurait toujours un pacte entre eux, quand bien même elle serait condamnée par tous les tribunaux du monde. C'était un peu comme la camaraderie qu'elle entretenait avec les agents de police du quartier.

Voici Rango qui vient vers elle ! (Voyez la force de ce pacte ! Dieu lui exauce des souhaits que personne n'aurait jamais crus possibles !)

Rango avait été malade. Il n'avait pas encore signé les papiers, non. Il s'était levé trop tard. Demain. *Mañana.*

Djuna avait oublié l'existence de cette divinité latine : Mañana.

Rango et Djuna prenaient un café à la Rhumerie martiniquaise, non loin de la péniche.

Autour d'eux, la fumée, les visages et les voix formaient une masse compacte, comme une houle dense et sonore qui venait déferler sur eux par instants, les recouvrait, se retirait, puis revenait les engloutir avec un fracas plus étourdissant qui noyait leurs paroles.

Dans cette marée de visages que diluaient les lumières et les ombres et dont l'alcool brouillait légèrement les traits, Djuna était incapable d'identifier quiconque. Rango, lui, pouvait dire immédiatement : « Celui-ci c'est un souteneur, celui-là un boxeur professionnel, celui-là un drogué. »

Deux amis de Rango entrèrent, mains dans les poches, et leur jetèrent un vague regard en biais sous leurs paupières bouffies. Ils avaient des yeux morts. De larges cernes violacés se creusaient sur leurs joues. « Je suis épouvanté de voir à quelle vitesse mes amis se laissent ravager par la drogue, dit Rango. Pour moi, c'est fini, cette vie-là.

– Tu as eu envie de te détruire, autrefois, n'est-ce pas ?

– Oui, mais pas réellement. Quand j'étais jeune, dans mon pays, je plaçais la santé par-dessus tout, l'énergie, la vitalité. C'est plus tard, ici, à Paris, que les poètes m'ont enseigné à mépriser la vie, m'ont persuadé qu'il est plus romantique d'être désespéré, plus noble de se révolter et de mourir que de se résigner à vivre comme tout le monde dans la médiocrité du quotidien. Aujourd'hui tout cela ne m'attire plus. J'ai envie de vivre. Je n'étais pas vraiment moi-même. Zora prétend que tu m'as transformé. Je ne vois pas comment tu as pu le faire. Pourtant je sais que quand nous sommes ensemble j'ai envie d'accomplir des choses, de grandes choses. Je n'ai plus rien à faire de toute cette littérature, de tout ce romantisme qui prétend qu'il n'y a de beauté que dans le désespoir, le danger, l'autodestruction. »

Djuna pensait avec une certaine ironie qu'elle n'aurait jamais cru pouvoir donner naissance à un rebelle. Elle aussi, elle avait changé sous l'influence de Rango. Elle avait pris un peu ses manières de gitan, sa nonchalance et son esprit bohème. Elle s'était jetée à sa suite, tête baissée, dans le désordre, laissant traîner ses vêtements par terre, semant ses cendres de cigarette, se glissant dans son lit tout habillée, vivant dans l'indolence sans s'occuper de l'heure... Elle se plaisait dans ce pays de clair de lune et de chaos. Elle s'y sentait comme dans le ventre de la terre, dans un lieu clos où la conscience ne pénètre pas pour promener son faisceau de lumière sur le tragique de toutes les insatisfactions. Dans le noir, la chaleur, le chaos, on pouvait oublier... Dans le silence aussi. Elle aimait le silence plus que tout. Le silence, où le corps, les sens, les instincts sont plus vifs, plus puissants, plus sensibles ; ont une vie plus capiteuse, plus enivrante, et ne se laissent plus transmuer en pensées, en paroles, en abstractions exquises, en cette mathématique du sentiment qui prend souvent la place des grandes éruptions volcaniques, des explosions de fièvre, de volupté et de désir.

Quelle ironie ! Rango fuyait maintenant cet univers et voulait se jeter dans l'action. Fini le temps de la guitare qui l'avait tant ensorcelée ; plus question d'aller voir, comme il le lui avait promis, le campement des gitans ; plus question de dormir des matinées entières, comme il le lui avait appris, ou de se laisser pénétrer par osmose de son esprit d'indépendance, son individualisme, son insouciance...

Assis à cette table de café, il faisait le procès de sa vie passée. Il regrettait toutes les heures, l'énergie, les années qu'il avait perdues. Il avait soif d'une vie plus austère, avait envie d'agir, d'accomplir quelque chose.

Djuna baissa subitement le regard sur sa tasse de café et des larmes lui vinrent aux yeux, brûlantes ; les larmes d'ironie sont plus caustiques que toutes les autres. Elle pleurait d'avoir fait naître chez Rango l'envie de servir une cause qui n'était plus la sienne, de vivre désormais pour les autres quand déjà il vivait pour Zora et ne lui accordait que si peu de lui-même. Elle pleurait parce qu'elle se sentait si proche de lui, dans le sein obscur de la terre, si proche, dans ce champ magnétique où leurs corps s'attiraient, leurs épidermes, leurs cheveux, et que pourtant jamais leurs rêves ni leurs vies ne pourraient se rejoindre. Elle pleurait sur les innombrables écartèlements de la vie qui empêchent la fusion absolue.

Rango ne comprenait pas cela.

Quand on entrait dans le domaine des idées, il piaffait d'inquiétude et d'énervement comme un cheval sauvage à l'entrée du corral. Il lui avait souvent décrit comment chez lui, à l'hacienda, on parquait les chevaux et les taureaux dans le corral. C'était une lutte sauvage qui le fascinait. Dès qu'il était question d'analyser, d'interpréter, de chercher à comprendre ses actes, il avait l'impression qu'on voulait le parquer et il se méfiait.

Pour le moment elle respirait encore l'odeur de ses cheveux. Elle percevait encore ce courant électrique qui circulait entre eux, entre leur peau, entre leur chair, cette harmonie dans le contraste de leurs teints, de leurs silhouettes, de leurs gestes et de leurs odeurs. Tout, en lui, était excessif et violent. C'était comme Othello et Desdémone.

Mañana il serait inscrit au parti.

Voilà comment on vit, pensait Djuna, une fois qu'on a perdu ses ailes. On achète des bougies pour la réunion qui va se tenir chez vous avec les amis de Rango, mais leur lumière ne vous réjouira pas le cœur parce que vous n'avez pas vraiment la foi.

La tristesse ne l'alourdissait jamais. Elle venait la frapper en plein ciel où elle dansait, spiralant, parmi les flaques d'air, elle la frappait comme une flèche qui, loin de faire tomber l'oiseau qu'elle a touché, fait redoubler d'ardeur ses battements d'aile.

De jour en jour il lui coûtait de plus en plus de redescendre dans la vie quotidienne et banale, car c'était de la terre que venait le danger, c'était sur terre que se cachait l'arc du chasseur, et il était de plus en plus impératif de fuir dans des zones plus sereines.

Sa seule défense contre les dangers qui la menaçaient à présent, c'était une extrême mobilité. Tant qu'on est en mouvement, il est plus difficile de vous atteindre, plus difficile de vous blesser. Elle prenait une mentalité de nomade.

Rango lui avait dit : « Prépare tout pour une réunion ce soir. La péniche est l'endroit idéal. Pas de concierge pour moucharder à la police. Pas de voisins. »

Il avait signé les papiers. Dorénavant il faudrait être plus prudents.

La péniche servirait à un meilleur usage.

Il fallait vivre maintenant dans deux mondes à la fois. (Est-il possible que je possède la drogue secrète qui me permette de continuer à vivre mes extases tout en participant à la marche du monde, à sa vie, à ses contingences ? En marchant dans la rue, je me sens tout à coup envahie. C'est une sensation étrange, comme une ivresse, qui me saisit en pleine rue comme une énorme vague, et une torpeur inonde mes veines. C'est l'engourdissement du merveilleux. Je le reconnais à sa force, à la façon dont il soulève mon corps et dont l'air flotte sous mes pieds. La chambre glaciale que j'ai quittée ce matin, avec son couvre-lit fané, son fourneau plein de cendre froide et les verres sales où aigrit encore un fond de vin, est tout illuminée par mon amour. C'est comme si je savais voler au-dessus des rues et qu'un instant on me permette de le faire... Les couleurs deviennent plus intenses, les caresses plus pénétrantes, chaque minute plus éblouissante... Mais je sais, à l'angoisse que j'éprouve, que cela ne peut pas durer. C'est un état de grâce que d'autres trouvent dans le vin, dans la prière ou dans le jeûne. Moi je le trouve dans l'amour. C'est un état de grâce, mais je ne sais jamais ce qui me le fait perdre. Le danger c'est de perdre de l'altitude, c'est de se réveiller.) Elle savait qu'à présent que Rango s'engageait dans la lutte, elle volait moins haut. L'atmosphère de la politique est chargée de poussière. On veut aller jusque dans les planètes, mais c'est un voyage inutile. Il existe d'autres façons de respirer, de marcher, de regarder le monde, qui projettent l'homme dans l'espace et la transparence. Comment dire l'extraordinaire radiance de ces jeux qui se jouent au-delà des frontières de l'être, des jeux de l'âme sidérale ?...

Elle acheta du bois pour le fourneau. Balaya la péniche. Dissimula le lit et le baril de vin.

Il était entendu que Rango se postait sur le pont pour indiquer à ses amis où était la péniche.

Les uns après les autres, les Guatémaltèques arrivèrent. Ceux qu'un sang indien colorait gardaient un silence très indien, et ceux que pâlissait le sang espagnol montraient une volubilité très espagnole. Mais tous étaient intimidés par l'endroit. Cette vaste pièce leur évoquait les salles clandestines où se réunissaient les premiers révolutionnaires, avec ses craquements de bois, les ombres qui dansaient, les bruits de l'eau, de la chaîne, des rames, les lumières indiscrètes du pont et le balancement du roulis au passage des chalands. Cela ressemblait vraiment trop à un repaire de conspirateurs. Il arrive quelquefois que la réalité soit plus impressionnante que le roman ou le théâtre. C'était le cas. Le décor était plus dramatique qu'ils ne l'auraient voulu. Ils tournaient en rond, mal à l'aise.

Rango n'était pas encore là. Il attendait les retardataires.

Djuna ne savait pas quoi faire. C'était un rôle auquel elle n'était pas préparée. Les politesses ou les conversations banales paraissaient incongrues. Elle se contentait de garnir le poêle, l'œil fixé sur les flammes comme si son regard attentif était indispensable pour les garder en vie.

On a perdu ses ailes, on porte un tailleur sombre acheté dans la boutique la moins chère de Paris pour se rendre anonyme, on supprime ses boucles d'oreilles et son vernis à ongles, espérant donner l'impression qu'on renonce à soi-même, qu'on se consacre tout entière à une cause extérieure, et malgré tout on a le sentiment de n'être pas sincère, de jouer la comédie, parce qu'on attend la conversion comme un miracle, on attend qu'elle arrive par la seule grâce de l'amour qu'on éprouve pour l'un des membres du parti...

Ils savent tous que je fais semblant.

C'est ainsi qu'elle interprétait leur silence.

Elle se jugeait et elle se condamnait elle-même. Elle était la seule femme parmi eux, et ils savaient que ce n'était pas pour les beaux yeux de la révolution qu'elle était là.

Rango arriva enfin, essoufflé et inquiet: « Pas de réunion ce soir. Ordre de dispersion. Sans explications. »

Ils étaient soulagés de partir. Ils s'en allèrent en silence. Sans un regard pour elle.

Rango et Djuna restèrent seuls.

Rango dit: « Ton "ami" l'agent de police était posté en haut des marches. Un clochard avait été trouvé assassiné. Quand les Guatémaltèques ont commencé à défiler, il leur a demandé leurs papiers. C'était trop dangereux. » Il avait commis une erreur en supposant que la péniche serait un bon endroit. Le responsable du groupe l'avait sérieusement blâmé. Il l'avait traité de romantique... « Il est également au courant de ta présence. Il m'a demandé si tu étais du parti. J'ai dû lui dire la vérité.

– Crois-tu que je doive m'inscrire ? demanda-t-elle d'une voix docile de petite fille qui attendrit Rango.

– Si c'est pour moi que tu le fais, cela n'a aucune valeur. Tu dois le faire pour toi.

– Oh, pour moi... Tu sais ce que je pense. Le monde d'aujourd'hui a perdu ses racines. C'est une grande forêt où les arbres seraient plantés la tête en bas. Leurs racines gesticulent furieusement en l'air et elles se dessèchent. Le seul remède, c'est de recommencer le monde à deux; à deux on peut espérer atteindre une perfection qui pourra, à son tour, s'étendre à tous... Mais il faut commencer par la base, la première relation, l'homme et la femme.

– Je vais te donner des livres à lire, à méditer. »

La nouvelle philosophie de Rango allait-elle changer quelque chose à l'indulgence excessive qu'il avait pour Zora, à son attachement servile ? La verrait-il enfin avec d'autres yeux, verrait-il le gâchis et le crime de son égocentrisme monstrueux ? Lui dirait-il à elle aussi : « Il y a des choses plus importantes au monde que tes petites douleurs. Il ne faut pas penser à sa vie personnelle » ? Lui-même allait-il transformer sa vie personnelle mieux que Djuna n'avait pu le faire ? Ses confusions allaient-elles enfin s'éclaircir, ses illusions se dissiper ?

Djuna se mit à espérer. Elle étudia ses livres. Elle nota des analogies entre cette nouvelle philosophie et ce qu'elle avait inutilement tenté d'expliquer elle-même à Rango.

Le parti, notamment, n'admettait pas qu'on sacrifie sa vie par romantisme, par irréflexion ou par imprudence. Il condamnait le gaspillage. Le désordre. L'indiscipline. Il faisait acquérir aux gens une sorte de stoïcisme, il leur donnait une armature interne, une ligne de conduite et de pensée.

Djuna se laissa peu à peu gagner par les principes de cette philosophie, ou plus exactement par sa finalité, mais sans en accepter les dogmes qu'elle trouvait trop rigides.

Le principe essentiel en était constructif. Elle pouvait en gros l'adopter, car il correspondait à la lutte qu'elle menait elle-même sans répit contre la destruction et le négativisme.

Elle n'était plus seule à se battre contre l'influence démoralisante et dissolvante de Zora.

Peut-être le piège commençait-il à s'entrouvrir vers une direction imprévue.

Ce qu'il ne pouvait faire pour elle (parce qu'il avait mauvaise conscience de ne trouver en elle que son plaisir, sa satisfaction égoïste, sa sensualité comblée), peut-être pourrait-il le faire pour le parti, pour la masse du peuple anonyme.

L'entêtement à vouloir l'impossible, c'était cela le piège. Vouloir que Zora change alors qu'elle empirait. Vouloir que Rango change alors que peu à peu il s'asphyxiait.

La passion n'avait pas suffi à le guérir totalement. Mais elle l'avait guéri suffisamment pour qu'il se rende utile au monde.

La péniche, qui n'avait pu servir de lieu de réunion pour les camarades ouvriers de Rango, joua dorénavant un rôle totalement opposé : elle devint le refuge des rêveurs. Plus l'atmosphère de Paris s'alourdissait, plus montait la marée des conflits politiques, des dissensions, des dangers et des craintes, plus ils venaient nombreux chercher asile sur la péniche, comme si c'était une arche de Noé prête à survivre à un nouveau déluge.

Ce n'était plus l'embarcation secrète réservée aux voyages à deux. Les nuits cellulaires étaient finies. Rango n'était plus qu'un amant-visiteur en transit.

Leurs divergences s'accentuaient. Rango participait à des meetings, discutait fiévreusement dans les cafés, cherchait à convertir les gens, à les instruire, à les organiser, travaillant parmi les classes pauvres qu'il avait bien connues et dans le milieu des artistes ; et pendant ce temps-là les amis de Djuna, désespérément cramponnés aux valeurs esthétiques et individuelles, venaient entreposer sur la péniche tous les objets précieux qu'ils croyaient en danger.

Rango revenait avec des histoires exemplaires de sacrifice ou de cruauté. Ramón, qui militait au Guatemala, n'avait pas vu sa femme et son enfant depuis quatre ans. Or sa femme se trouvait gravement malade à Paris et il voulait laisser tomber toutes ses responsabilités là-bas pour venir à tout prix la rejoindre. « Quand je pense qu'il y en a qui sont capables d'oublier tous leurs devoirs à l'égard du parti sous prétexte que leur femme et leur fils ont besoin d'eux ! Sacrifier l'avenir de plusieurs millions d'individus pour deux personnes !

– Tu sais très bien que tu ferais la même chose, Rango. C'est exactement ce que tu fais avec Zora. Tu as sacrifié vingt ans de tes forces à un seul être, alors que toi aussi tu aurais pu faire de grandes choses... »

Un autre jour en arrivant il fut pris de nausée dans ses bras et vomit toute la nuit ; à l'aube enfin, abattu et fiévreux, il avoua ce qui s'était passé. Ils avaient été obligés d'arrêter un traître. C'était un ami de Rango. Le groupe avait été contraint de le juger. Et on avait chargé Rango de l'interrogatoire. Cet homme n'avait pas réellement eu l'intention de trahir. Il avait agi par faiblesse. Il avait eu besoin d'argent pour sa famille. Il était fatigué de travailler pour le parti sans jamais recevoir un sou. Le parti n'avait cure des familles ni de leurs besoins quand il envoyait ses hommes en mission. Il lui avait consacré toute sa vie, et aujourd'hui, à quarante ans, il avait lâché. Il s'était laissé tenter par une bonne place à l'ambassade. Au début il avait eu l'intention d'exploiter sa situation au profit du parti. Mais peu à peu il s'était lassé de prendre des risques. Il n'était plus d'aucune utilité... Rango s'était vu contraint de le dénoncer au parti. Cela l'avait rendu malade. C'était son premier acte de discipline, difficile, cruel. Il n'en dormit pas pendant toute une semaine, il était poursuivi par le visage de cet homme et répétait sans cesse: « Un homme fatigué, c'était un homme fatigué, usé, quarante ans, plusieurs années de prison, la misère, il n'en pouvait plus. Depuis l'âge de dix-sept ans qu'il était au parti, il avait été courageux, efficace, mais maintenant il est à bout de forces. »

Tous les jours, il revenait avec une histoire semblable. Quand la tension devenait insupportable, il se mettait à boire. Djuna, elle, n'avait pas ce recours. Quand toutes ces histoires lui brûlaient le cœur, elle se réfugiait dans le rêve, comme elle faisait dans son enfance. Elle savait qu'il existait un autre monde qu'un œil exercé pouvait voir, un monde où il était facile de pénétrer, de s'installer, une chambre secrète où seuls les initiés pouvaient vous suivre.

(Monde fluant qui fuit comme le fleuve à la recherche de la mer et de l'espace et de la profondeur. Monde de mouvance qui livre son secret dans le bercement régulier des vagues, dans le fil ininterrompu du courant. L'amour est un délire qu'on vit à deux, l'amour est le cristal où s'opère la fusion. Monde où Rango accepte de s'abandonner au rêve de l'amour. Cité unique. Couple unique. Monde où les gros souliers cloutés que Rango vient d'acheter deviennent des sabots de centaure, les sabots de fer du centaure dont la tête touche au firmament pendant qu'il court au grand galop sur les champs de bataille.)

Il existe des drogues pour échapper à la réalité; pour ne pas voir Rango vomir devant la cruauté des autres ou l'accuser durement d'être sentimentale. S'il était juste envers lui-même, il condamnerait son propre sentimentalisme, sa propre faiblesse humaine. Mais comme il est aveugle, il s'en prend à Djuna et lui reproche de détourner la face et de se dérober devant l'horreur. Il boit, mais il ne considère pas cela, bien sûr, comme une porte de sortie sur l'infini, une drogue mineure pour calmer ses souffrances... Par contre, si Djuna se mêle d'astronomie ou héberge des artistes sur sa péniche, il condamne sans pitié ces drogues-là, qui transforment simplement la réalité en une chose supportable...

« Pour moi, c'est le monde de l'Histoire qui me paraît plein de folie, de mensonges, de contradictions, dit Djuna.

– Au Guatemala, dit Rango, avec un rictus ironique que Djuna détestait, on guérissait les fous en les mettant devant la rivière. Si tous tes fous ne veulent pas guérir, il n'y a plus qu'à faire un trou dans le plancher et les noyer.

– Je pourrais bien me noyer avec eux ! »

Un jour, en se promenant sur la berge, ils remarquèrent, assis au pied d'un arbre, un clochard affublé d'un béret écossais et d'un plaid.

Rango contrefit son plus bel accent écossais et lui dit : « D'où tu viens comme ça, l'ami ? »

Le clochard le regarda d'un air ahuri et répondit dans le plus pur français de Montmartre : « Ben quoi, m'sieur, je suis pas un étranger, moi. Qu'est-ce qui vous fait croire ça ?

– Votre béret et votre plaid, dit Rango.

– Ah ! Ça, m'sieur, c'est que j'ai l'habitude de faire les poubelles de l'Opéra-Comique, c'est là que j'ai dégotté c't accoutrement. C'était bien le seul possible, croyez-moi, les autres étaient un peu trop fantaisie, je dirais même indécents. »

Il sortit de sa poche un vieux « sporran[1] » en piteux état. « Vous pourriez me dire à quoi ça sert, ce truc-là ? »

Rango éclata de rire. « C'est une perruque. L'habitude du kilt provoque chez les Écossais une calvitie précoce d'un type particulier. Gardez-la précieusement, vous pourriez en avoir besoin un jour... »

Sabina, en marchant, posait la plante de ses pieds bien à plat sur le sol, ce qui donnait à son corps plutôt lourd le port biblique d'une porteuse d'eau.

1. Le sporran est une sorte de petite bourse de fourrure, que les Écossais portent suspendu à la ceinture, devant le kilt. *(N.d.T.)*

Djuna la sentait faite de la même matière que Rango et se disait qu'ils pourraient bien s'éprendre l'un de l'autre. Déjà elle se représentait la scène, elle se voyait quitter Rango, abandonner sa crinière noire à la lourde chevelure lisse de Sabina, sa peau de terre de Sienne brûlée à la peau d'or incandescent de Sabina, ses mains rudes et sèches aux fortes mains de paysanne de Sabina, son rire au rire de Sabina, sa ruse indienne aux labyrinthes sémiotiques de Sabina. Ils allaient reconnaître l'un chez l'autre le même climat de fièvre et de chaos et s'étreindre instantanément.

Djuna fut stupéfaite de ne pas voir sa prédiction se réaliser. Devant l'ardeur et la violence de Sabina, Rango se retrancha. Ils s'affrontèrent comme deux guerriers en armes, et le besoin qu'avait toujours Rango qu'on s'abandonne à lui, son immense besoin de chaleur, ne rencontra chez Sabina qu'une inflexible armure. Elle ne s'abandonna qu'au tout dernier moment, pour une brève étreinte sensuelle, puis reprit aussitôt son attitude guerrière. Aucune brèche où la tendresse pût pénétrer, où la secrète timidité de Rango pût se couler comme elle se coulait dans le cœur de Djuna. Impossible de se blottir dans cette femme.

Ils cherchaient un terrain pour se battre en duel. Rango détestait la voir avec Djuna et aurait bien voulu la chasser de la péniche.

Un jour qu'ils étaient ensemble au restaurant, avec Djuna et deux autres amis, ils se jetèrent un défi : combien de petits piments rouges seraient-ils capables d'avaler ?

Ils s'observaient avec une insolence provocante, les yeux dans les yeux, en mangeant leurs piments. D'abord avec le riz et les légumes, puis avec la salade, enfin tout seuls.

Ils seraient morts plutôt que de capituler. Chacun de ces petits piments était un véritable concentré de feu qui leur arrachait les entrailles.

De temps en temps ils ouvraient la bouche toute grande et respiraient à petits coups rapides comme pour se rafraîchir le fond de l'estomac.

On eût dit des mangeurs de feu à un festin de flammes, comme dans les anciens mythes. Des larmes montaient aux grands yeux noirs de Sabina. Des touches de sépia coloraient les joues rieuses de Rango. Mais ils préféraient tous les deux s'écorcher l'estomac plutôt que de céder.

Heureusement le restaurant fermait, les garçons perfidement commençaient à laver le plancher à l'ammoniaque entre leurs pieds, empilaient des chaises sur leur table, et mirent le point final à ce marathon en éteignant les lampes.

Djuna descendant l'escalier de la péniche : plusieurs femmes descendaient ensemble. Djuna femme multiple, faite de couches successives, les unes façonnées par ses parents et son enfance, les autres par son travail et ses amis, d'autres encore modelées par l'histoire, la géologie, le climat, la race et l'économie du pays, et marquées par les innombrables décors de la vie : le ciel et la nature du sol, les sources claires de la naissance, la présence d'un arbre, un mot prononcé par hasard, une image, et toutes les sources corrompues que sont les livres, l'art, les dogmes, les amitiés suspectes et tous les lieux putrides d'où l'homme revient blessé, écrasé, mutilé...

Les gens passent en revue toutes leurs misères physiques : un orteil écrasé, un doigt coupé, une marque de brûlure, la fièvre, le cancer, les microbes, les infections diverses, les plaies et les fractures. Mais ils ne font jamais le compte des meurtrissures et des cicatrices qui tapissent l'envers de leur être et constituent un univers en soi, un miroir où le monde extérieur se reflète diversement pour chacun, après avoir traversé le kaléidoscope de la mémoire et les multiples plaques sensibles du psychisme. Chaque mot, chaque événement, chaque expérience sont soumis à l'action chimique des sentiments qui les filtrent, les digèrent, les transforment, avant de les reprojeter dans l'univers des autres.

Mouvement simultané de toutes les couches de l'être, comme dans le tableau de Marcel Duchamp *Nu descendant un escalier*. Moi multiple diversement construit, non d'un seul jet, non d'une seule poussée, mais de la superposition de nos moi successifs qui affleurent, comme les stratifications à la surface de la terre, laissant voir les spirales infinies de l'âme, une constellation de sentiments qui se déploient à l'infini aussi mystérieusement que la lumière et que l'espace dans le monde intersidéral.

L'homme dirige son télescope vers les espaces lointains, mais ne voit pas l'être qui s'élabore à l'autre extrémité de la lunette, qui se construit subtilement par l'accumulation de particules et de dépôts, d'incrustations, de concrétions.

La femme, elle, dirige son télescope vers le proche et le chaud.

Djuna sentait venir une crise, une mutation, un besoin de sortir de ce moi qui était né de ses rapports avec Rango et Zora, un besoin de ressusciter sous une autre forme. Elle était incapable de partager les convictions de Rango, et aussi incapable de vivre en paix son rêve que de diriger sa péniche sur la Seine en furie.

Elle se surprit à défendre Sabina contre les sarcasmes cinglants de Rango. À défendre la philosophie de Sabina, son refus de l'Amour Exclusif et sa recherche des amours multiples.

(Rango, tu n'as pas lieu de te fâcher contre elle. Sabina ne fait rien de plus que ce que font la nuit, en rêve, toutes les femmes. Je me sens solidaire de ses actes, car lorsque nous nous promenons ensemble et qu'elle me raconte ses aventures, ce ne sont pas ses histoires que j'entends, mais je revois, au plus secret de ma mémoire, des scènes qui me sont familières. Je reconnais mes propres rêves, par conséquent mes propres actes. Car ce qu'on fait en rêve, on le commet vraiment. Dans mes rêves j'ai été Sabina. J'ai échappé à ton amour torturant, j'ai caressé tous les amants interchangeables du monde. On ne peut pas jeter la pierre à Sabina pour avoir fait ce dont rêvent tant de femmes, sous le prétexte que toutes les autres ne le font qu'en cachette, au plus secret d'elles-mêmes. Dans les secrètes et minuscules vibrations de leur chair, elles se font les complices muettes de Sabina. Nous nous sommes toutes débattues, la nuit, dans nos fièvres et nos désirs pour de beaux inconnus. De jour, nous nous moquons de Sabina, nous l'insultons. Toi, elle t'irrite parce qu'elle vit ouvertement tous ses désirs comme tu faisais toi-même. Aimer l'ardeur de Sabina, son impatience, son art de déjouer les pièges dans les jeux de l'amour, c'est être Sabina. Être pendant la nuit ce qu'elle ose être au grand jour, assumer notre rêve secret de fuir dans des amours multiples la torture d'un amour exclusif.)

Assise à califourchon sur une chaise, Sabina rejetait des deux mains ses cheveux en arrière et riait.

Elle donnait toujours l'impression, dans ces moments-là, qu'elle allait soulever le voile. Elle avait l'art de mettre en condition, de créer l'atmosphère propice aux confidences intimes. Elle avait l'art aussi de s'échapper. Sa vie était comme un grand tableau noir où elle pouvait, quand l'envie lui prenait, griffonner rapidement quelques mots, que vite elle effaçait avant qu'on les ait lus. Ce qu'elle disait faisait l'effet d'une fumée qui s'échappait des lèvres et des narines, d'un épais rideau de fumée destiné à la protéger. Parfois pourtant, quand elle sentait qu'on ne la jugerait pas, elle vous déballait une histoire avec une franchise renversante, en coup de poignard...

« Notre aventure dura... le temps d'un voyage en ascenseur ! Et ce n'est pas une figure de style ! On a été pris tout d'un coup d'un désir fou, un de ces feux de paille qui n'attendent pas. Une véritable boulimie de cannibale, sans aucune conséquence, mais d'une urgence irrésistible. Les circonstances n'étaient guère favorables. Nous déambulions dans les rues, avec notre faim dévorante. Nous avons fini par entrer dans un ascenseur, et il s'est mis à m'embrasser... Premier étage, deuxième étage, il m'embrassait toujours, troisième étage, quatrième étage, quand l'ascenseur s'est immobilisé, c'était trop tard... nous ne pouvions plus nous arrêter, ses mains étaient partout, sa bouche... J'ai appuyé sur le bouton comme une folle, l'ascenseur est redescendu et nous nous embrassions toujours... Au rez-de-chaussée les choses ont empiré... il appuyait sur le bouton et nous recommencions à monter, à descendre, monter, descendre, comme des fous, pendant que les gens appelaient l'ascenseur... »

Et de nouveau elle éclata de rire, elle riait avec tout son corps, ses pieds frappaient le sol, battant la mesure de sa jubilation, comme ceux d'un spectateur ravi, tandis que de ses fortes cuisses elle balançait sa chaise comme le cheval de bois d'une amazone.

Un soir que Djuna attendait Rango sur la péniche, elle entendit un bruit de pas qui n'était ni celui du gardien ni celui de Rango.

Elle alla vers la porte et cria : « Qui est là ? », tandis que les bougies faisaient danser sur le papier goudronné des murs tout un théâtre d'ombres balinais.

Silence total, comme si le fleuve, la péniche et le mystérieux visiteur s'étaient donné le mot pour se taire en même temps. Mais il y avait dans l'air une sorte de tension dont elle sentait les vibrations lui traverser le corps.

Elle ne savait que faire, s'enfermer dans sa chambre en attendant Rango, ou fouiller la péniche. En restant tranquillement dans sa chambre, elle pourrait le guetter, l'avertir par la fenêtre, et à eux deux ils surprendraient l'intrus.

Elle attendit.

Les ombres sur les murs ne bougeaient plus, mais dehors les reflets des lampadaires dansaient à la surface de l'eau comme une sarabande de feux follets. La flamme des bougies tremblait plus fort que d'habitude. À moins que ce ne fût l'angoisse de Djuna ?

Quand les poutres cessaient de grincer, elle entendait les pas qui se rapprochaient de sa chambre, prudemment, pas assez légers cependant pour empêcher les planches de craquer.

Djuna sortit son revolver de dessous son oreiller, un petit revolver qu'on lui avait donné mais dont elle ne savait pas se servir.

Elle cria : « Qui est là ? Si vous approchez, je tire. »

Elle savait seulement qu'il y avait un cran de sûreté. Elle souhaitait que Rango arrive vite. Lui ignorait la peur physique. La seule chose dont il avait peur, c'était la vérité, c'était de regarder en face les mobiles de ses actes, d'explorer et de déchiffrer le domaine de ses sentiments, de ses pensées, mais il n'avait pas peur d'agir, il n'avait jamais peur du danger matériel. Djuna, elle, était l'intrépidité même pour sonder sa conscience, mettre douloureusement son âme à nu ; elle pratiquait avec une audace incroyable la chirurgie de l'âme, mais la violence physique lui faisait peur.

Elle attendit encore un long moment, mais de nouveau c'était un silence total, comme suspendu.

Rango n'arrivait pas.

À bout de forces elle se coucha, tenant toujours son revolver. Les portes et les fenêtres étaient bien fermées. Elle attendit, épiant le pas saccadé de Rango sur le pont.

Les bougies moururent l'une après l'autre, rendant leur dernière flamme dans un soupir, projetant une dernière fois sur le mur de longs squelettes suppliciés.

La Seine berçait la péniche.

Les heures passaient, Djuna sombra dans un demi-sommeil.

Le verrou glissa peu à peu, forcé de l'extérieur, et Zora apparut dans l'entrebâillement de la porte.

Djuna la vit soudain penchée au-dessus d'elle et elle poussa un cri.

Zora brandissait une grande épingle à chapeau d'autrefois, dont elle cherchait à poignarder Djuna. Djuna parvint à lui saisir les poignets, mais Zora était dans une telle fureur que ses forces en étaient décuplées. La haine lui convulsait les traits. Elle se libéra brusquement et frappa Djuna plusieurs fois, au hasard, l'atteignant à l'épaule, puis elle leva encore une fois le bras et, les yeux bien ouverts, elle visa la poitrine. Mais Djuna évita le coup, la repoussa et parvint à la maîtriser.

« Qu'est-ce que je vous ai donc fait, Zora ?

– C'est à cause de vous que Rango s'est inscrit au parti. S'il s'engage dans la vie politique, c'est pour vous qu'il le fait. Pour que vous soyez fière de lui. Il n'en a jamais fait autant pour moi. Il n'a jamais eu honte de sa paresse... C'est votre faute s'il est toujours dehors... c'est votre faute s'il risque sa vie tous les jours. »

Djuna dévisagea attentivement Zora et eut une fois de plus le sentiment, comme elle avait avec Rango, qu'il était peine perdue de discuter, d'expliquer, d'éclaircir les choses. Zora et Rango étaient de la race des fanatiques.

Elle secoua Zora par les épaules, comme pour l'obliger à l'écouter, et lui dit : « Vous ne voyez donc pas que cela ne servirait à rien de me tuer ? Nous sommes les deux faces du caractère de Rango. Si vous me tuez, il restera une part de lui qui cherchera à retrouver l'âme sœur, et il est sûr qu'une autre femme prendra ma place. Rango est profondément divisé, une part de lui est destructrice et l'autre constructive. Tant qu'il restera divisé, il y aura deux femmes dans sa vie. Moi aussi, autrefois, j'ai souhaité votre mort, mais depuis j'ai compris. Je croyais que Rango serait sauvé si vous disparaissiez. Et maintenant c'est vous qui vous imaginez que je mets sa vie en danger. Mais c'est lui-même qui le cherche, le danger. Il a honte de son inutilité. Il ne supporte plus son être divisé dont il voit le reflet vivant en nous deux. Il recherche un troisième moyen de retrouver son unité perdue. Si nous avions pu nous entendre, vous et moi, il lui aurait été plus facile de faire la paix dans son esprit. Mais il ne s'est jamais demandé si nous pouvions sincèrement nous aimer. Nous n'y sommes pas arrivées. Vous avez été trop égoïste. Nous sommes diamétralement à l'opposé l'une de l'autre. Je ne vous aime pas, et vous ne m'aimez pas non plus. Même s'il n'y avait pas Rango, nous ne pourrions jamais nous aimer, vous et moi. Si vous me faites du mal, Zora, vous serez condamnée, on vous enfermera et vous ne verrez plus jamais Rango... Et Rango sera furieux contre vous. Si c'est vous qui mourez, ce sera la même chose, Rango ne m'appartiendra pas davantage, car je ne suffis pas à satisfaire son goût de destruction... »

Des mots, des mots, des mots... Tous ces mots qu'elle avait si souvent retournés dans sa tête, les nuits de solitude, Djuna les déballait d'un coup, sans réfléchir, et sans se demander si Zora comprendrait. Mais il y avait une telle angoisse, une telle véhémence dans sa voix que Zora, même si le sens des mots lui échappait, fut touchée par leur accent de vérité et de supplication, et sentit se dissoudre sa haine et sa fureur.

Dès qu'elles se regardaient, leur antagonisme fondait. Devant Djuna, devant la tristesse de ses traits, la sveltesse de son corps, la douceur de sa voix, Zora sentait retomber sa colère. Et Djuna, devant l'air hagard de Zora, ses cheveux négligés, le tremblement incontrôlé de ses lèvres, perdait toute son hostilité.

Quelles que fussent leurs querelles, il y avait toujours dans leur tristesse une sincérité qui les attachait l'une à l'autre.

À ce moment précis Rango entra. Il regarda avec effarement les deux femmes.

« Qu'est-ce qui se passe ? Djuna, tu saignes !

– Zora a voulu me tuer. Elle ne m'a pas fait grand mal. »

Djuna une fois de plus espérait que Rango allait dire : « Zora est folle », et que son cauchemar prendrait fin.

« Tu voulais que nous soyons amies, cela t'aurait rendu la vie plus facile. Nous avons essayé, mais ce n'est pas possible. J'ai sans cesse l'impression que Zora sape tous les efforts que je fais pour créer quelque chose avec toi ; et elle, elle s'imagine que c'est moi qui te pousse à risquer ta vie dans la politique… Nous ne nous comprendrons jamais. »

Rango ne trouvait rien à dire. Il fixait la tache de sang qui s'étalait sur la chemise de Djuna. Elle lui montra que les blessures étaient superficielles et que la pointe n'avait touché que des régions charnues sans faire grand mal.

« Je reconduis Zora et je reviens. »

Quand il fut de retour, il resta silencieux, accablé, la tête basse.

« Zora perd quelquefois la tête, dit-il. Ces temps derniers elle a menacé des gens dans la rue. J'ai peur qu'un jour la police la ramasse et qu'on l'enferme dans un asile.

– Mais les gens qu'elle risque de tuer, cela t'est égal n'est-ce pas ?

– Non, cela ne m'est pas égal. Si elle t'avait tuée, je crois que je n'aurais jamais pu lui pardonner. Mais toi, tu n'as pas l'air fâchée. Tu aurais pourtant toutes les raisons de l'être. Tu es généreuse, tu es bonne…

– Non, Rango, ne crois pas cela. Ce n'est pas vrai. J'ai souvent souhaité la mort de Zora, mais je n'ai jamais eu le courage d'aller plus loin… Une nuit, je me suis vue en rêve en train de la tuer avec une longue épingle à chapeau. Tu vois où elle a pris l'idée de l'épingle à chapeau ? C'est moi-même qui lui ai raconté mon rêve. Elle s'est montrée plus courageuse, plus franche que moi, en m'attaquant. »

Rango se prit la tête dans les mains et balança son corps comme s'il souffrait. Un sanglot sec sortit de sa poitrine.

« Oh, Rango, je ne peux plus supporter cette situation. Je vais m'en aller. Tu resteras en paix avec Zora.

– Il est arrivé autre chose aujourd'hui, Djuna. Quelque chose qui est venu confirmer ce que tu m'as dit si souvent. C'était tellement pénible que je n'avais vraiment pas envie de venir te voir ce soir. Je ne sais pas quel instinct du danger m'a poussé à venir malgré tout. Mais ce qui m'est arrivé est tellement pire que la crise de Zora. Tu sais qu'une fois par mois ceux qui militent pour le parti se réunissent par petits groupes pour faire ce qu'ils appellent leur autocritique. Cela fait partie de la discipline. Cela se passe toujours avec beaucoup de gentillesse, d'objectivité et d'équité. J'ai déjà assisté à ce genre de réunion. On étudie la façon de travailler de chacun, on analyse son caractère. Hier soir c'était mon tour. Ils étaient tous en cercle autour de moi, des gens que je côtoie tous les jours, le boucher, le facteur, l'épicier, le cordonnier du coin. Le chef de cellule est un conducteur d'autobus. Ils avaient déjà hésité à m'inscrire. Ils savaient que j'étais un artiste, un bohème, un intellectuel. Mais comme ils m'aimaient bien... ils m'avaient accepté. Cela fait maintenant deux mois que je travaille pour eux. Et hier soir... »

Il s'arrêta, comme s'il n'avait pas le courage de revivre cette scène. Djuna glissa sa main dans la sienne. Il s'apaisa, mais il parla sans relever la tête : « Hier soir ils m'ont parlé de moi, d'une façon très tranquille, très mesurée, comme savent le faire les Français... Ils ont fait ma critique, analysé mes méthodes de travail. Ils m'ont dit certaines choses que tu m'as souvent dites toi-même. À propos de mon caractère. Ils ont tout épluché, le bon et le mauvais. Ils m'ont dit que j'étais paresseux, désordonné, indiscipliné, que je faisais passer ma vie privée avant les intérêts du parti, que je traînais dans les bistrots, que je parlais à tort et à travers, que j'étais un irresponsable... Mais ils ont aussi fait le compte de toutes mes qualités, ce qui était encore pire car ils me démontraient que je me sabotais moi-même. Ils ont souligné l'influence que j'exerce sur les autres, mon éloquence, mon énergie, mon dynamisme, mon enthousiasme communicatif, ma force de persuasion, le don que j'ai de soulever les foules... Ils ont tout passé en revue. Ils ont aussi parlé de mon fatalisme. Ils ont parlé, comme toi, de la nécessité de transformer mon caractère. Ils ont même été jusqu'à me conseiller de mettre Zora dans une maison de santé. Ils étaient au courant de ce qu'elle avait fait. »

Pas une seule fois il n'avait relevé la tête.

« Quand c'était toi qui me disais ces choses-là gentiment, je n'en souffrais pas. Cela restait entre nous, et je pouvais toujours te contredire ou me fâcher. Mais quand ils ont sorti tout cela devant les autres, j'ai compris à quel point c'était vrai, et surtout je me suis dit que si je n'avais pas été capable de me transformer avec tout ce que tu as fait pour moi, toutes ces années d'amour, de dévouement, le parti ne me changerait pas non plus... N'importe qui d'autre, avec tout ce que tu m'as donné, se serait transformé de façon spectaculaire… n'importe qui, sauf moi. »

Ancrée au port de la désespérance, la péniche ne voguait plus.

Rango s'étira en disant : « Je suis mort de fatigue… épuisé… épuisé… » Il s'endormit presque instantanément, les poings serrés, les bras repliés sur la tête, comme un grand enfant.

Djuna d'un pas léger alla jusqu'à la cabine de la proue, regarda un instant à travers les barreaux des hublots, grillagés comme des fenêtres de prison, puis elle s'agenouilla sur le plancher moisi et arracha une lame de la coque, invitant le déluge à couler cette arche de Noé qui ne naviguait plus.

Le bois qui était vieux, presque pourri, et recouvrait déjà une partie avariée de la coque, avait cédé facilement, mais la voie d'eau se trouvait en partie étanchée par une couche de coquillages et d'algues amalgamés contre la coque et que Djuna n'arrivait pas à attraper.

Elle revint s'allonger à côté de Rango, sur leur couche à même le sol, attendant patiemment la mort.

Elle voyait le fleuve sinuer vers la mer, et elle se demandait si eux-mêmes descendraient sans encombre jusqu'à elle.

Sous la surface de l'être s'étend un océan, un océan dont une goutte seulement circule dans nos veines ; mais parfois nous sombrons bien au-delà du seuil connu de la conscience, et la goutte se transforme en une énorme vague, la mémoire se soulève comme une houle, les émotions remontent des profondeurs…

Sous le sol des cités intérieures coulaient des fleuves innombrables roulant des multitudes d'images…

Toutes les femmes qu'elle avait été laissaient flotter leur chevelure en auréole à la surface de l'eau, étendaient de multiples bras comme les divinités de l'Inde, et leur essence filtrait des rêves sinueux des hommes ou s'y instillait goutte à goutte…

Djuna flottait, le visage tourné vers le ciel, pareille à une fleur de nénuphar sur un lac amniotique. Djuna flottait au fil de l'eau et l'orgue de Barbarie jouait une pavane pour une infante défunte, une infante d'Espagne qui n'accéda jamais au trône de la maturité, qui demeura l'éternelle prétendante…

Et pour Rango tous les tambours allaient battre la charge et tous les chevaux peints du carnaval danseraient la polka...

Elle voyait défiler leur vie, interminablement, et tout à coup une vérité lui apparut, qui n'était pas unique et divisible mais fluctuante, insaisissable, et qu'elle voyait pourtant distinctement depuis ces régions sous-marines où elle avait depuis longtemps coutume de vivre : toutes les femmes qu'elle avait été ruisselaient d'elle comme des fleuves et couraient avec elle vers la mer...

À travers ce voile d'eau elle les voyait passer, personnages plus grands que nature, que distinguait plus nettement le cœur dans sa marche plus lente à l'approche de la mort. Elle les voyait comme sur une scène où les répliques s'enchaînent sans une hésitation, sans un trou de mémoire...

Le brouillard de ses sentiments se dissipait. Dans la lumière plus vive que projetait sur eux la mort, elle voyait ces visages qui l'avaient tant désespérée prendre des airs charmants de pitre facétieux. Zora, attifée comme un clown, les pieds noyés dans les immenses chaussettes de Rango, avec ses kimonos reteints, ses chiffons étranglés et ses broches embrassant le vide, jouait une comédie...

... sur cette scène qui descendait au fil de l'eau à la rencontre de la mort, les acteurs dérivaient doucement et l'amour cessait d'être un piège... *le piège c'est de cesser de croître, de rester prise dans le filet de ses obstinations et de ses obsessions*...

... il fallait croître comme les algues qui s'allongent et s'alourdissent dans l'eau, et que leur propre poids entraîne d'un courant jusqu'à l'autre...

... j'avais peur de grandir, Rango, j'avais peur de bouger, je n'osais pas t'abandonner en pleine tourmente, mais maintenant je sais que ton choix t'appartient comme le mien m'appartient...

... toute fixité est mort... toute mort est fixité...

... sur cette embarcation précaire, d'où nous avons arraché les tentures de l'illusion, nous pouvons continuer notre voyage vers demain...

... j'aperçois maintenant l'immensité du monde, tous les pays où je ne suis jamais allée, toutes les choses que je n'ai jamais faites, je vois enfin à quoi pourra servir cette singulière cargaison de mes chagrins d'hier, enfin mûrs pour les transmutations...

... comme un aventurier intrépide, le messager de mort précipite mon cœur vers de grandes mutations, de grandes transformations...

... elle se laissera couler, de plus en plus profond, et dans la nuit toutes les femmes qu'elle a été fusionneront en perdant leur identité; elle apprendra de Sabina l'art de faire l'amour en riant, et de Stella l'art de mourir et de renaître en un clin d'œil, comme les enfants qui ressuscitent au moindre signe d'encouragement...

... de la mort dans les eaux à la naissance dans les eaux, le voyage sera bouclé... des origines du monde à la naissance, de la naissance au fleuve de la vie...

... elle quittera son corps pour se couler au sein d'un corps plus vaste, comme au commencement des temps, et reviendra chargée de vies nouvelles prêtes à éclore...

... elle reverra, flottant à côté d'elle, la poupée disloquée de son enfance, l'œuf de Pâques enveloppé de papier rouge qui l'avait tant déçue, les débris de ses rêves...

... elle sortira des eaux de l'inconscient et comprendra comment, en s'amplifiant outre mesure, sa propre peine avait elle-même provoqué le déluge...

... il y avait encore des pays qu'elle n'avait jamais vus...

... cette idée suspendit un instant sa dérive...

... il y avait aussi peut-être des amours qu'elle n'avait pas encore vécues...

... sa péniche était emportée dans le courant de la désespérance, et des gens sur la berge lui faisaient de grands gestes désolés, car ils avaient compté trouver refuge sur son arche...

... elle voyageait en solitaire...

... elle qui avait voulu faire de sa péniche tout autre chose qu'une chapelle ardente...

... une guerre approchait...

... devant l'agitation croissante du monde, elle s'était efforcée de préserver un petit univers de perfection individuelle, de conserver sa foi comme un cocon et d'en faire pour les autres un symbole, un refuge...

... le rideau de l'aurore se lèverait sur un fleuve déserté...

... sur un couple de déserteurs...

... devant l'imminence de la mort, elle atteignait cette zone intermédiaire de l'âme où se revivent les peines antérieures et où se préfigurent les peines à venir...

... dans ce théâtre sublimé, leurs vies apparaissaient avec leurs vraies couleurs, car il n'y avait plus aucun témoin pour déformer leurs confessions les plus intimes, leurs inventions les plus absurdes...

... dans son ultime rôle, Djuna s'affranchissait enfin des voies étroites de la simulation, des impostures et des jeux de miroirs...

... et ce qui lui avait paru jadis immensément réel lui fit l'effet d'une comédie...

... *dans le théâtre de la mort, on s'aperçoit enfin que l'importance exagérée que l'on donnait aux choses est la source du désespoir...*

... si je voyais flotter aujourd'hui près de moi le petit œuf de Pâques qui m'avait tant déçue lorsque j'étais enfant parce que j'avais imaginé qu'il serait aussi grand que moi, j'aurais enfin l'esprit d'en rire...

... j'avais choisi la mort parce que je ne supportais pas de voir les choses rapetisser, s'affadir, de voir ce que le temps ferait de nos rêves de splendeur; mais le temps comme l'eau effaceront les peines, les abandons, les déceptions, le temps et l'eau estomperont le visage de Zora, le temps et l'eau assourdiront l'écho de la voix de Rango cognant contre mon cœur...

... l'orgue de Barbarie jouera toujours, mais sa musique ne sera plus le contrepoint tragique d'une scène de séparation...

... l'orgue de Barbarie jouera toujours, mais les images auront changé, les sentiments auront changé aussi, les gestes de Rango seront moins fous et mes peines se détacheront de moi comme des feuilles, fertilisant mon cœur pour un nouvel amour...

... l'orgue de Barbarie moudra plus vite ses arabesques voluptueuses, accompagnant les « Mimosa ! Mimosa ! » des marchands ambulants sur l'air de la *Berceuse* de Brahms...

... « Couteaux ! Couteaux à aiguiser ! » sur l'air de *Madame Butterfly*...

... « Pommes de terre ! Pommes de terre ! » sur l'air du *Boléro* de Ravel...

... « Bouteilles ! Bouteilles ! » sur l'air de *Tristan et Isolde.*

Elle se mit à rire.

... demain la ville bouillonnera de nouvelles catastrophes, les crieurs de journaux s'égosilleront comme des possédés, des foules s'attrouperont pour commenter l'actualité, les trains emporteront les lâches...

... les lâches...

... et elle qui flottait au fil de l'eau...

... avec cette péniche, qui devait être un havre d'espérance autant qu'un sanctuaire d'amour...

... et elle sabordait l'espérance...

... quand il aurait fallu plutôt consolider ce royaume flottant avec sa cargaison de valeurs éternelles...

(« L'univers personnel le plus parfait, disait Rango, ne résiste jamais à la réalité, à la guerre, aux révolutions. »)

« Rango ! Réveille-toi réveille-toi réveille-toi, on prend l'eau ! »

Il était lent à s'éveiller, ses rêves de grandeur et de magnificence alourdissaient son corps comme une chape royale. Mais le visage qu'il offrit à l'aube était celui de l'innocence, comme tout homme présente au jour naissant. Djuna y déchiffra ce que jusqu'à présent elle avait refusé d'y voir, l'autre face de Rango, son visage d'enfant qu'on avait fait la mauvaise farce de cacher dans un grand corps d'adulte.

Tout cela n'avait été qu'un jeu : « Regarde-moi, Djuna, c'est moi le roi, le rédempteur. Ne bouge pas, admire-moi quand j'entrerai en scène. » Maintenant elle éclatera de rire et lui dira : « Vraiment, tu sais, je crois que je préfère un clochard qui joue de la guitare. »

Elle rira aussi quand il refusera de reconnaître que Zora est folle, car elle aussi elle refusait de reconnaître la folie de Rango, ses comédies, ses inventions, ses illusions...

Face à la mort, la péniche diminuait de taille, Rango cessait d'envahir tout l'espace et Zora devenait minuscule...

Face à la mort, leur vie n'était qu'une sorte de jeu. Zora disparaissait dans le lointain, grotesquement entortillée dans ses oripeaux de théâtre, pataugeant dans la confusion, le désordre, le marasme, battant des mains devant le rouge sanglant des catastrophes comme les enfants devant les voitures de pompiers.

Djuna se rappelait ce qu'elle faisait quand leur irréflexion, leur apathie morbide la torturaient : elle se vengeait en entrant dans leur jeu, en rajoutant à leurs soucis. Un jour elle avait raconté à Rango que son père allait être obligé de partir vivre dans le Midi à cause de sa santé, et que par conséquent elle allait bientôt devoir les quitter. Habitués qu'ils étaient à s'incliner devant l'inévitable, ils avaient cru qu'elle ne ferait rien pour empêcher cette séparation. Rango, comme un écorché vif, s'était contenté de bondir, et Zora avait dit, non sans y mettre une délicate touche de venin : « Cela devait arriver. Tôt ou tard, elle te quittera. »

Et puis elle était allée voir Zora, Zora dont les petites mains molles avaient des gestes lents et maladroits, Zora avec son air perdu, qui n'en était pas moins la plus forte des trois parce qu'elle savait tirer parti de sa faiblesse. Zora dit à Djuna que Rango n'avait rien mangé de la journée. Il avait passé son temps à tourner en rond et à lui dire des méchancetés. Il lui avait dit : « Si Djuna part dans le Midi, je te renvoie dans ta famille.

– Toute seule ? avait-elle répondu. Et toi ?

– Oh moi... », avait-il fait en haussant les épaules. Et Zora ajouta : « Il se tuera. »

Son petit jeu avait cessé de l'amuser. Elle se sentait plus mûre. Après une semaine de tracasseries, le décor était prêt pour une grande scène d'amour. Elle savait à présent que si elle quittait Rango, il ne se consolerait pas avec Zora. C'était tout ce qu'elle avait voulu savoir. Peut-être qu'après tout elle n'était pas tellement plus raisonnable qu'eux... Peut-être qu'elle-même n'avait pas une bien grande foi dans l'amour... Peut-être y avait-il en elle une Zora en quête de protection et un Rango inquiet qu'il fallait constamment rassurer... Et peut-être était-ce pour cela qu'elle les aimait, peut-être qu'après tout Zora avait raison de croire à son amour, comme il lui arrivait quelquefois de le faire dans ses rares moments de compréhension...

Face à la mort, Rango paraissait moins violent, Zora moins tyrannique, Djuna moins raisonnable...

« Rango, réveille-toi réveille-toi réveille-toi réveille-toi, on coule ! »

Rango ouvrit les yeux et se leva d'un bond : « Ah, j'ai oublié de pomper l'eau hier. »

Les deux visages de Rango au réveil. Aussitôt après sa première expression d'innocence étonnée, venait une détresse immense. La détresse absolue que partagent les enfants et les adolescents lorsqu'ils se font de la réalité une image disproportionnée et voient le monde plus monstrueux, plus menaçant qu'il n'est vraiment. Seuls les enfants et les adolescents connaissent ce sentiment de désespoir total. Pour eux, toute blessure est fatale et irréparable, chaque minute qui s'écoule est toujours la dernière, la mort et le danger étendent au-dessus d'eux leur ombre immense, comme dans la tête de Djuna cette nuit...

Rango répara la voie d'eau sans traîner, après quoi ils sortirent sur le quai. Le jour était à peine levé. Quelques pêcheurs étaient déjà en place, le courant lisse étant favorable au poisson. L'un d'eux venait de ramener au bout de sa ligne quelque chose d'insolite qu'il tendit à Djuna en riant.

C'était une poupée.

C'était une poupée qui s'était suicidée pendant la nuit. L'eau avait effacé ses traits. Sa chevelure auréolait son visage d'une lueur cristalline.

L'arche de Noé avait survécu au déluge.

Une espionne dans la maison de l'amour

Traduit de l'anglais (États-Unis)
par Anne Metzger

Le détecteur de mensonges fut réveillé en sursaut par la sonnerie du téléphone. Il crut d'abord que c'était son réveil, puis il ouvrit les yeux et se rappela les devoirs de sa charge.

La voix qu'il entendit était rauque, comme déguisée. Impossible de discerner ce qui l'altérait : l'alcool, la drogue, l'angoisse, la peur... C'était une voix de femme, ou peut-être d'adolescent imitant une femme, ou de femme imitant un adolescent.

« Qu'est-ce qu'il y a ? demanda le détecteur de mensonges. Allô... allô... allô !...

– Il fallait que je parle à quelqu'un ; je ne peux pas dormir. Il fallait que j'appelle quelqu'un, n'importe qui.

– Vous avez quelque chose à confesser ?...

– À confesser ? répéta la voix avec, cette fois, des inflexions montantes indiscutablement féminines.

– Ne savez-vous pas qui je suis ?

– Non ! J'ai fait un numéro au hasard. C'est bon d'entendre une voix au milieu de la nuit.

– Pourquoi celle d'un étranger ? Vous pouviez appeler un ami !

– Un étranger ne pose pas de questions.

– Vous croyez ?... C'est justement mon métier de poser des questions.

– Qui êtes-vous ?

– Un détecteur de mensonges. »

Un long silence suivit cette déclaration. Le détecteur espérait que sa correspondante allait raccrocher, mais il entendit tousser à l'autre bout du fil.

« Vous êtes encore là ?

– Oui.

– Je pensais que vous alliez raccrocher. »

Un rire résonna dans l'appareil, un rire détendu, léger, en volutes.

« Mais vous n'exercez pas votre métier au téléphone ! s'exclama la voix.

– Exact. Pourtant permettez-moi de vous dire que vous ne m'auriez pas appelé si vous étiez innocente. Le fardeau de la culpabilité est de ceux que les humains ne peuvent porter seuls. Dès qu'un crime est commis quelque part, le coupable lance un appel téléphonique ou se confesse à des inconnus.

– Il n'y a pas eu crime.

– Le seul soulagement : se confesser, se faire prendre, juger, punir... C'est l'idéal de tout criminel. Mais ce n'est pas si simple. Seule une moitié de soi-même souhaite payer pour se libérer des remords ; l'autre moitié, elle, veut rester libre. Une moitié crie : « Attrapez-moi », cependant que l'autre moitié accumule les obstacles et cherche à fuir. C'est un jeu de cache-cache avec la justice. Si la justice a l'esprit vif, elle se lance sur la piste avec l'aide du criminel. Sinon, le criminel prend lui-même soin de son châtiment.

– Dans ce cas, est-ce pire ?

– Je le crois. Nous sommes à nous-mêmes les plus sévères des juges. Nous jugeons non seulement nos actes, mais nos pensées, nos intentions, nos hontes secrètes, nos haines... »

La femme raccrocha. Le détecteur de mensonges demanda au central de retrouver l'origine de l'appel. Cela venait d'un cabaret où il fit son entrée une demi-heure plus tard. Il s'assit sans laisser son regard errer dans la salle, afin que seules ses oreilles fussent attentives... Quand la voix commanda une boisson, il abandonna le journal dans lequel il s'était plongé.

Vêtue de rouge et d'argent, la femme évoquait irrésistiblement l'éclair fulgurant des voitures de pompiers qui fendent les rues de New York en faisant résonner dans les cœurs le gong des catastrophes. Entièrement vêtue de ce rouge et de cet argent qui écorchent la chair comme le hurlement des sirènes. Aussitôt qu'il la vit, le détecteur eut l'impression qu'il allait assister à un incendie.

De ce rouge et de cet argent jaillissait un long cri d'alarme. Et la femme lançait dans l'espace une échelle inattendue au poète qui sommeille en chacun, et à ce poète elle disait : « Monte ! »

Dès qu'elle apparaissait, l'ordre habituel de la cité s'évanouissait devant cette échelle insolite dressée vers le ciel comme celle du baron de Münchhausen.

Mais son échelle, à elle, menait au feu.

De nouveau, le détecteur de mensonges la regarda en prenant le visage sévère que lui imposait sa profession. Elle était incapable de rester tranquille. Elle parlait avec volubilité, fébrilement, sans reprendre haleine, comme effrayée par le silence. Elle semblait mal supporter d'être assise, mais, quand elle dut aller acheter des cigarettes, elle s'empressa de regagner son siège. Toujours sur ses gardes comme si elle avait peur d'être attaquée, inquiète, impatiente, elle buvait avec précipitation. Elle souriait si fugitivement que le détecteur n'était jamais certain qu'elle eût souri ; elle n'écoutait que d'une oreille et, lorsque quelqu'un installé au bar se pencha en criant son nom, elle ne répondit pas tout de suite, comme si ce nom n'était pas le sien.

« Sabina ! » cria l'homme du bar en se penchant sans toutefois lâcher le dossier de sa chaise de peur de basculer, et quelqu'un d'autre, assis plus près d'elle, répéta le nom qu'elle finit par reconnaître.

Au même instant, le détecteur de mensonges secoua la torpeur que la nuit, la voix, le sommeil et l'apparition de la femme avaient fait naître en lui, et il conclut que Sabina manifestait des signes évidents de culpabilité : la façon dont elle surveillait la porte comme si elle guettait le moment de fuir, son bavardage sans suite, ses gestes désordonnés, brusques, sans rapport avec ses propos, l'incohérence de ses phrases, ses silences soudains…

Quand des amis, venus s'asseoir à sa table, s'en allèrent plus loin, elle fut obligée d'élever le ton (elle parlait généralement à voix basse) pour dominer les blues. Elle parlait d'une soirée où divers incidents s'étaient produits, scènes embrouillées dans lesquelles le détecteur ne parvint à distinguer ni l'héroïne ni la victime; elle parlait comme dans un rêve entrecoupé de brusques silences, de contradictions, de retours en arrière, avec une fantaisie débridée. Et brusquement elle fut au Maroc, dans un bain maure, avec les femmes indigènes; elle utilisait leur pierre ponce, et les prostituées lui apprenaient à se peindre les yeux avec du khôl acheté au marché. « C'est de la poussière de charbon; il faut la mettre dans l'œil. La première fois, cela brûle et donne envie de pleurer, mais c'est justement ce qu'il faut: la poussière s'étale tout autour des paupières et leur fait un ourlet noir et brillant.

– Tu n'as jamais eu d'inflammation ? » lui demanda, à sa droite, quelqu'un que le détecteur de mensonges voyait mal, un personnage falot qu'elle ne regarda même pas en lui répondant: « Oh non ! Les prostituées font bénir leur khôl à la mosquée. » Puis, chacun s'étant esclaffé à cette réplique qu'elle ne trouvait pas drôle, elle éclata de rire elle aussi et, soudain, comme si ses paroles avaient été écrites sur un immense tableau noir, elle effaça d'une simple phrase, comme d'un coup d'éponge, tout ce qu'elle venait de dire. On ne sut plus qui était réellement allé au bain maure, si elle avait vécu cette histoire ou si elle l'avait entendu raconter dans un café; et, dès que son récit fut effacé dans l'esprit de ses auditeurs, elle en entama un autre...

Les traits et les silhouettes de ses personnages n'étaient qu'esquissés et, quand le détecteur de mensonges commençait à en entrevoir quelques-uns, aussitôt, comme dans un rêve, un autre visage, une autre silhouette s'interposaient entre eux et lui. S'il croyait qu'elle parlait d'une femme, voici qu'il s'agissait d'un jeune homme, et, quand le détecteur croyait voir se préciser les traits du jeune homme, il était contraint d'avouer qu'il avait mal entendu: en réalité, ce jeune homme ressemblait à une femme qui s'était occupée de Sabina pendant un temps, et il se métamorphosait bientôt en un groupe de personnes qui s'étaient moquées d'elle un soir.

Il était impossible de rien retenir des gens qu'elle avait aimés, haïs, dont elle s'était libérée, comme il était impossible de suivre les transformations de la jeune femme elle-même. « En ce temps-là, j'étais blonde... À cette époque, j'étais mariée », disait-elle. Le détecteur ne savait plus qui avait été oublié ou trahi ; et, lorsqu'en désespoir de cause il tenta de se raccrocher à certains termes qui revenaient souvent dans sa conversation, il lui fallut admettre que ces répétitions, loin d'apporter un quelconque éclaircissement, constituaient un tissu de contradictions fondamentales. Ainsi, le mot « actrice » revenait avec persistance ; pourtant, après des heures d'attention, le détecteur eût été incapable d'affirmer si Sabina était actrice, si elle désirait le devenir ou si elle prétendait l'être.

Elle était dévorée par une fièvre de confession qui la forçait à soulever un coin du voile, mais elle s'effrayait dès qu'on l'écoutait trop attentivement ; elle prenait son éponge géante et effaçait ce qu'elle venait de dire. Elle entraînait dans son univers celui qui l'écoutait, puis elle brouillait les pistes pour qu'on ne puisse la démasquer.

L'aurore apparut à la porte et elle se tut. Elle serra sa cape autour de ses épaules, comme pour faire face à une ultime menace, au plus redoutable de ses ennemis. Elle n'offrirait pas à l'aurore ses discours fiévreux. Elle fixa le jour d'un regard courroucé et quitta le cabaret.

Le détecteur de mensonges la suivit.

Lorsque Sabina sortait du sommeil, ses yeux n'étaient que deux minces fentes d'où filtrait un éclat dur de pierre précieuse : la lueur pure, vert sombre, du béryl que la fièvre n'avait pas encore réchauffée. Puis, brusquement, elle était éveillée et sur ses gardes.

Elle ne s'éveillait pas graduellement, confiante, abandonnée au jour naissant. Dès que la lumière ou le bruit effleurait sa conscience, elle se sentait environnée de menaces, s'apprêtait à braver le danger. Son visage exprimait d'abord une crispation nerveuse qui lui ôtait toute beauté. L'angoisse qui annihilait sa vigueur donnait aussi à ses traits des contours vagues, tremblés, sans charme, comme une image qui n'est pas au point.

Lentement, elle devait s'accorder au jour nouveau, mettre au diapason son corps et son esprit. Elle avait du mal à rassembler les diverses parties de son être dispersées par la nuit, et, telle une actrice, il lui fallait se composer une physionomie, une attitude pour aller à la rencontre de la journée.

Si elle soulignait ses sourcils d'un trait de crayon noir, ce n'était pas seulement pour en déguiser la blondeur, mais pour redonner forme et symétrie à une ligne chaotique. Elle se maquillait, se poudrait, non point pour faire ressortir son teint de porcelaine, pour cacher les bouffissures du sommeil, mais pour effacer les sillons creusés par les cauchemars, pour raffermir le dessin de ses joues, pour mettre fin aux luttes internes qui brouillaient l'architecture de son visage et en ternissaient la pureté.

Il lui fallait remodeler sa figure, lisser ses sourcils inquiets, séparer ses cils emmêlés, anéantir les traces des larmes secrètes, versées intérieurement, accentuer sa bouche afin d'y hisser, comme un pavois, un sourire éclatant, car son chaos intime se devinait derrière les désordres du visage, de la chevelure, des vêtements, semblable à ces volcans ignorés, toujours en quête d'une fissure, qui bouleversent soudain les sillons d'un champ paisiblement labouré.

Alors, une fois ces manœuvres terminées, son miroir lui montrait des yeux clairs, un visage rose, souriant, calme, beau. Les multiples gestes qui avaient présidé aux artifices du maquillage avaient apaisé son anxiété; sa véritable beauté réapparaissait dès qu'elle se sentait en mesure d'affronter le jour, et elle pouvait enfin choisir ses vêtements.

Parce que Sabina croyait que les menaces surgissent aussi bien des objets que des gens, elle examinait sa garde-robe en supputant les dangers qu'elle était susceptible de courir, exactement comme elle l'avait fait quand la lumière du jour avait forcé sa porte et ses volets clos. Quelle robe, quelles chaussures, quel manteau exigeraient moins de son corps et de son cœur en déroute ? Un habit peut être un défi, une discipline, un piège pour l'acteur qui le revêt.

Ce matin-là, elle se décida pour une robe dont la manche était trouée. La dernière fois qu'elle l'avait portée, au lieu de s'écrier: « Je n'ose pas entrer ici », devant le restaurant de grand luxe où elle avait peur de pénétrer, elle avait pu dire: « Je ne peux pas entrer avec une manche trouée. »

Elle décida aussi de mettre sa cape, plus sûre, plus enveloppante qu'un manteau.

La cape enfermait dans ses plis quelques-unes de ces qualités que Sabina imaginait exclusivement masculines: une certaine témérité, une certaine liberté refusée à la femme. Les feintes provocantes du toréador, l'oriflamme des cavaliers médiévaux montant à l'attaque, la voile claquant au vent, le bouclier protecteur levé au milieu de la bataille, Sabina sentait tout cela dès qu'elle posait sa cape sur ses épaules. Une cape largement étalée, c'était la tente des nomades, le drapeau de l'aventure, l'équipement des courses, des combats, des tournois. Les faiblesses de la nuit n'avaient plus qu'à disparaître et le rideau pouvait se lever sur un personnage armé pour combattre.

« Tu es prête », lui dit son miroir. « Tu es prête », lui dirent ses chaussures. « Tu es prête », lui dit sa cape.

Debout, Sabina contempla son image reflétée par la glace ; une image qui n'annonçait pas un rendez-vous paisible et confiant avec l'existence.

Aussi, n'éprouva-t-elle aucune surprise en apercevant par la fenêtre l'homme qui l'avait suivie, immobile au coin de la rue, apparemment plongé dans un journal. Elle ne fut pas surprise, car c'était la matérialisation d'une impression qu'elle avait depuis des années : l'impression qu'un Œil l'observait tout au long de sa vie.

Sabina descendit vers le fleuve en longeant la 18e Rue. Elle avait une démarche légèrement saccadée, comme si elle manquait de souffle ; elle faisait de grandes enjambées, le buste incliné en avant.

La rue était bordée de garages routiers qui, à cette heure, ouvraient leurs lourdes portes de fer, et d'énormes camions en sortaient, obscurcissant le soleil. Leurs roues étaient aussi hautes que Sabina.

Ils s'alignaient en file si serrée que bientôt la promeneuse ne vit plus les maisons de l'autre côté de la rue. Sur sa droite ce n'était plus qu'un mur de moteurs vrombissants, de roues géantes prêtes à se mettre en mouvement. Sur sa gauche, d'autres portes s'ouvraient, d'autres camions avançaient lentement, comme pour engloutir tout ce qui était sur leur route, intimidants, inhumains, si monumentaux qu'on ne pouvait voir leurs conducteurs.

Terrorisée par le bruit, Sabina sentit son corps se recroqueviller. Les camions grossissaient toujours, semblables à des monstres ; le mouvement de leurs roues devenait hallucinant. Elle était comme une enfant dans un monde de géants menaçants. Ses os lui parurent frêles dans ses sandales ; elle se sentit cassante, friable, entourée de dangers, anéantie par ces démons mécanisés.

Elle se sentait à ce point fragile qu'elle sursauta lorsque apparut à sa gauche une femme qui marchait à sa hauteur, du même pas qu'elle. Elle jeta un coup d'œil en biais et fut réconfortée par la taille de l'inconnue, par sa démarche assurée; elle aussi était vêtue de noir, mais elle avançait sans frayeur.

Puis la femme disparut. Sabina avait dépassé le miroir où elle venait de voir sa propre image. Une image vivante, de taille normale, qui avait un moment cheminé à côté de l'image intérieure, rabougrie, que Sabina avait d'elle-même; une image qui venait de révéler à Sabina, une fois encore, le fossé qui séparait ses sentiments de la réalité extérieure.

Alors qu'elle avait l'impression d'être toute petite face à des dangers démesurés, elle venait de voir une femme forte, grande, épanouie, à l'échelle de ce qui l'environnait. Dans le miroir, elle avait vu l'image de ce qu'elle était devenue, l'image qu'elle offrait au monde. Et, pourtant, il suffisait parfois d'une roue de camion pour balayer son être profond...

C'était toujours au moment précis où ses forces l'abandonnaient que lui apparaissait Alan, son mari. Il fallait cette faiblesse en elle, ce déséquilibre, cette outrance de ses frayeurs, pour que surgisse le fantôme d'Alan, tel un point fixe dans l'espace. Un visage tranquille, une allure tranquille, une taille si haute qu'elle dénonçait sa présence dans une foule et qu'elle confirmait Sabina dans son sentiment de posséder un mari unique au monde.

Lorsqu'elle le voyait en esprit, Sabina imaginait toujours Alan immobile, comme sur une photo. Elle ne se rappelait ni le contact de son corps ni le son de sa voix; elle le voyait figé dans une attitude familière, la tête un peu inclinée à cause de sa haute taille, avec quelque chose de calme dans le maintien qui faisait songer à une bénédiction. Elle ne parvenait pas à l'imaginer enjoué, souriant, nerveux ou insouciant. Il ne parlait jamais le premier, il n'imposait pas ses humeurs, ses goûts ou ses dégoûts, mais il attendait, comme un confesseur, les paroles ou les états d'âme des autres. Il avait les qualités passives de ceux qui écoutent, qui reflètent leurs semblables, et, pour Sabina, il était incapable de désirer ardemment quelque chose – sauf que sa femme revienne à la maison.

Généralement, elle voyait de lui deux « photographies » qui montraient deux faces de son personnage, sans pour autant être opposées : sur l'une de ces photos, il écoutait debout, attentif, sagace, lointain ; sur l'autre, il était assis et méditait, en spectateur. Et, chaque fois qu'un incident provoquait en Sabina un mouvement de panique (en l'occurrence, cette banale promenade dans la 18e Rue), elle voyait reparaître ces deux images d'Alan et elle avait envie de rentrer chez elle.

Elle regagna la chambre où elle s'était éveillée quelques heures plus tôt, tira sa valise de dessous le lit et emballa ses affaires. Lorsqu'elle redescendit, le caissier de l'hôtel lui sourit bizarrement au passage. Sabina se demanda si ce sourire était une interrogation, l'expression d'un soupçon, et, comme l'employé à la réception regardait la valise qu'elle portait, elle s'approcha et dit en hésitant : « Est-ce que mon… mon mari n'a pas réglé la note ?

– Votre mari s'est occupé de tout », répondit l'employé.

Sabina rougit de colère ; elle eut envie de crier : « Alors pourquoi me regardez-vous fixement ? Pourquoi cette ironie mal dissimulée ?… » Ah ! Pourquoi avait-elle hésité sur le mot « mari » ?

L'air narquois du personnel de l'hôtel accrut sa mauvaise humeur et sa fatigue ; sa valise lui sembla plus pesante. Quand elle était ainsi envahie par une impression de solitude, chaque objet devenait plus lourd, chaque pièce plus étouffante, chaque besogne plus écrasante. Et surtout le monde lui semblait rempli d'yeux qui la condamnaient. Ah ! quelle ironie dans le sourire de ce caissier, et quelle animosité dans le regard de l'employé…

Le havre de grâce ne se trouvait que deux ou trois rues plus loin, cependant la distance lui parut énorme et les difficultés insurmontables. Elle héla un taxi et lui demanda de la conduire au 55 de la 5e Avenue.

« Ce n'est qu'à deux rues d'ici, vous pouvez y aller à pied, non ? Vous n'avez pas l'air d'une mauviette », répondit le chauffeur indigné avant de démarrer en trombe.

Sabina se mit à marcher lentement. L'immeuble où elle pénétra était luxueux, mais sans ascenseur, comme beaucoup de maisons du quartier, et il n'y avait personne pour porter ses bagages. Les deux étages qu'elle dut gravir lui apparurent comme l'escalier sans fin des cauchemars. Ces marches allaient lui ôter ses dernières forces…

Mais je suis en sûreté, maintenant. Il sera endormi. Il sera heureux de mon retour. Il m'ouvrira les bras. Il me fera de la place. Je n'aurai plus à lutter.

Avant d'atteindre le palier du deuxième étage, elle aperçut un rai de lumière sous la porte et une joie chaude l'envahit. *Il est là. Il est réveillé.*

Oui ! Ce qu'elle venait de connaître n'avait été qu'une succession d'épreuves ; elle parvenait enfin au refuge, au pays du bonheur.

Je ne peux pas comprendre ce qui m'a poussée à partir. C'est là qu'est le bonheur.

Derrière la porte, elle savait qu'il y avait un monde immuable où les meubles n'étaient jamais déplacés, où les lumières étaient tamisées et douces comme les lampes d'un sanctuaire. Alan se tenait sur le seuil, et ce fut son sourire que Sabina aperçut en premier.

Il avait des dents larges et régulières dans un visage long et étroit. Ses paupières, à demi closes, laissaient à peine filtrer une lueur fauve. Il se tenait très droit, presque au garde-à-vous, et à cause de sa haute taille on eût dit qu'il se penchait non pour regarder Sabina mais parce que sa tête, trop lourde, était entraînée par son propre poids.

C'est ainsi qu'il accueillait toujours sa femme, avec une tendresse qui semblait sous-entendre qu'elle sortait de grands ennuis. Il se précipitait pour la consoler, la choyer. Ses bras ouverts, sa voix paraissaient dire : « Avant tout, il faut que je te calme, que je te réconforte ; avant tout, je veux que tu te retrouves. Tu es trop malmenée par le monde. » Et la tension continuelle, étrange, presque douloureuse, que Sabina ressentait lorsqu'elle était au loin disparaissait tout de suite.

Posément, tranquillement, il prit la valise et la mit dans un placard. Tous ses mouvements paraissaient s'ordonner à partir d'un axe inébranlable et obéir aux lois parfaites de la gravitation. Ses sentiments, ses pensées se mouvaient autour d'un centre fixe, comme dans un système planétaire bien organisé.

Rendue confiante par cette voix unie et bien timbrée, à la fois chaude et claire, par ces attitudes harmonieuses exemptes de brusquerie ou de violence, par ces paroles toujours soigneusement pesées, par ce qu'elle devinait de la vie intérieure d'Alan, Sabina courut à lui, reconnaissante, abandonnée. En son cœur, Alan avait une place à part, il était différent des autres hommes, il était unique ; c'était le seul point fixe dans le flot mouvant de ses sentiments.

« Fatiguée, mon petit ? Le voyage a-t-il été pénible ? La tournée a été une réussite ? »

Il avait trente-cinq ans, cinq ans de plus qu'elle, et pourtant ses tempes s'argentaient et il lui parlait comme un père. Lui avait-il toujours parlé ainsi ? Elle essaya de le revoir à vingt-cinq ans. Mais elle ne pouvait se le figurer différent de ce qu'il était. Déjà, à l'époque, il se tenait de la même manière, il parlait de la même manière, il disait aussi : « Mon petit ».

Un instant, à cause de la caresse contenue dans la voix de l'homme, à cause de l'amoureuse joie qu'il manifestait en l'accueillant telle qu'elle lui revenait, elle fut tentée d'avouer : « Alan, je ne suis pas l'actrice que tu crois. Je ne suis pas partie en tournée. Je n'ai pas quitté New York. J'ai tout inventé. J'ai vécu à l'hôtel avec... »

Elle retint son souffle. C'était sa façon de faire : elle retenait son souffle, et la vérité ne franchissait pas ses lèvres. Jamais la vérité ne parvenait à sortir, ni quand elle était avec Alan ni dans les chambres d'hôtel où ses amants l'interrogeaient sur son mari. Elle retint donc son souffle pour étrangler la vérité et elle s'efforça d'être cette actrice qu'elle niait être ; elle s'efforça de jouer le rôle qu'elle n'avait pas joué, de décrire le voyage qu'elle n'avait pas fait, d'inventer cette femme qui avait voyagé huit jours, pour que le sourire demeure sur le visage d'Alan, pour ne pas briser sa confiance et son bonheur.

Le court moment où elle retint son souffle lui permit d'opérer la substitution : bientôt Alan eut en face de lui une actrice qui ressuscitait à son profit la semaine écoulée.

« La tournée a été épuisante, mais la pièce a bien marché. Au début, tu le sais, je n'aimais pas mon rôle. Mais j'ai commencé à entrer dans la peau de Madame Bovary et, le second soir, j'ai bien joué. J'ai même rendu les particularités de la voix du personnage et de ses attitudes. Je me suis complètement transformée. Tu sais combien la voix se fait plus aiguë, plus ténue, et comme on multiplie les gestes quand on est nerveux, n'est-ce pas ?

– Quelle comédienne tu fais ! dit Alan. Tu es encore en train de jouer. Tu es entrée dans ce rôle si profondément que tu ne peux en sortir. En ce moment même, tu fais plus de gestes que tu n'en as jamais fait et ta voix a changé. Pourquoi gardes-tu ta main devant ta bouche ? On croirait que tu retiens quelque chose que tu serais tentée de dire.

– C'est ce qu'elle faisait, elle. Il faut que je perde ce tic. Je suis si fatiguée... Je ne peux pas m'empêcher d'être mon personnage.

– Mais moi, je veux retrouver ma Sabina ! »

Parce que Alan avait dit qu'elle jouait un rôle, parce qu'il avait déclaré qu'elle n'était plus Sabina, pas la vraie, celle qu'il aimait, Sabina sentit peu à peu que la femme qui s'était absentée huit jours..., celle qui avait vécu avec son amant dans un petit hôtel, celle que l'étrangeté de cette nouvelle rencontre avait jetée dans une angoisse exprimée par mille gestes inutiles, vains comme le tumulte des eaux ou du vent... Sabina sentit que cette femme-là était réellement une autre personne, différente d'elle-même, un rôle joué au cours d'une tournée. Ainsi s'expliquaient la valise qu'elle portait un instant plus tôt, le sentiment de provisoire, d'irréel qui émanait de ces huit jours. Ce qui s'était passé ne concernait pas Sabina elle-même, seulement sa profession. Elle, elle était revenue indemne au foyer ; elle pouvait répondre par la franchise à la franchise, par la confiance à la confiance, par un amour unique à l'amour unique que lui portait Alan.

« Il me faut ma Sabina à moi, reprit-il. Je ne veux pas de cette femme qui fait des gestes étranges qu'elle n'avait jamais faits auparavant, qui se cache la bouche comme si elle allait dire quelque chose qu'elle ne veut pas dire, qu'elle ne doit pas dire. »

Il posa encore quelques questions et elle cessa alors de discourir sur son rôle pour décrire la ville où elle avait joué, l'hôtel où elle était descendue, ses compagnons de tournée. Et tout en parlant, elle sentit l'angoisse lui étreindre le cœur, elle sentit monter en elle le flot invisible d'une honte brûlante comme une fièvre, qui soudain la recouvrit, pénétra ses mouvements, assombrit sa beauté, aveugla son regard.

Chacun des récits qu'elle inventait pour Alan, chacun de ses mensonges était toujours suivi non par le remords mais par une impression de métamorphose : aussitôt après avoir parlé, Sabina croyait voir sa robe se faner ; ses yeux se troublaient, elle devenait laide, elle perdait le pouvoir de plaire et d'être aimée.

Pourquoi Alan m'aime-t-il ? Son amour persistera-t-il ? Il aime quelqu'un que je ne suis pas. Je ne suis pas assez belle, je ne suis pas assez bonne, il ne devrait pas m'aimer, je ne le mérite pas. Il existe tellement de femmes avec des visages radieux et des yeux clairs. Alan dit que j'ai de beaux yeux, mais moi, je les déteste ; ce sont des yeux qui mentent. Et ma bouche ment. Il y a seulement quelques heures, un autre l'embrassait... Alan embrasse cette bouche qu'un autre embrassait ; il embrasse les yeux qu'un autre adorait... Des mensonges, rien que des mensonges... Mes vêtements qu'il suspend dans ce placard avec tant de soin ont été caressés, arrachés par un autre si impatient qu'il a déchiré ma robe. Et c'est cette robe qu'Alan suspend avec tant d'amour... Ah, puis-je oublier hier, oublier ce vertige, cette folie ? Puis-je revenir à la maison et reprendre ma place à mon foyer ? Il m'est presque impossible de supporter ces brusques changements ; je ne puis passer sans secousses d'un partenaire à l'autre. Des lambeaux de mon être s'arrachent de moi. Je perds des parties essentielles de mon être ; un fragment de moi-même est encore dans la chambre d'hôtel, un fragment de moi-même fuit ce lieu d'asile où je me trouve, un fragment de moi-même suit un homme qui marche seul dans la rue. Mais peut-être n'est-il pas seul ? Quelqu'un peut prendre ma place à côté de lui pendant que je suis ici. Ce sera ma punition. Et quelqu'un prendra ma place ici, quand je repartirai. Je me sens pleine de remords à l'idée de laisser ces deux hommes seuls chacun de son côté ; je suis responsable de leur solitude et deux fois coupable envers eux... Où que je sois, je me retrouve en morceaux et je n'ose pas rassembler ces morceaux, pas plus que je n'oserais réunir les deux hommes qui sont dans ma vie. En ce moment, je suis ici, en sûreté, et pendant quelques jours au moins, aucune parole, aucun geste ne me blessera. Mais je ne suis pas là tout entière ; il n'y a qu'une moitié de moi à l'abri... Oui, Sabina, tu n'es qu'une actrice ratée. Tu as refusé la discipline, la routine, la monotonie, les répétitions, les efforts soutenus, et maintenant, tu dois changer de rôle tous les jours afin d'éviter qu'un être humain ait de la peine par ta faute. Lave tes yeux menteurs et ton visage menteur, revêts les habits que tu as laissés à la maison, ceux qui appartiennent à Alan, ceux que ses mains ont les premières connus, et joue un rôle de femme sans complications. D'ailleurs, c'est ce que tu as toujours désiré être ; et, en conséquence, ce ne sera pas tout à fait un mensonge.

Alan n'avait jamais compris pourquoi sa femme, lorsqu'elle rentrait à la maison, se précipitait pour prendre un bain, éprouvait l'urgent besoin de changer de robe et de maquillage. C'est parce qu'il ne savait pas qu'au moment où elle entrait dans l'univers de son mari, Sabina se sentait délivrée de l'angoisse, de la honte issues de son écartèlement.

À ce moment précis, une force extérieure la pousse à devenir la femme qu'il cherche, qu'il désire, qu'il crée. Quoi qu'il demande d'elle, elle veut le combler. Elle refuse de se sentir plus longtemps responsable de ce qu'elle a été. Son visage, son corps, ses gestes, sa voix se transforment. La voici devenue la femme qu'Alan aime. Elle est tout amour, tout dévouement, toute adoration ; ses sentiments créent un courant puissant sur lequel elle flotte, ils engloutissent tous ses doutes. Ses yeux étroitement fixés sur le but à atteindre ont l'éclat du diamant. Alors qu'en général ses pupilles dilatées semblent ne rien voir du présent, elles se font plus aiguës, plus précises, cependant que la bonne épouse travaille à tisser ses mensonges donneurs de vie, et elles brillent d'une clarté plus limpide que la vérité.

Sabina veut être la femme qu'Alan veut qu'elle soit...

Parfois, Alan n'est pas sûr de ce qu'il désire réellement. Alors l'orageuse Sabina, la tumultueuse Sabina attend, incroyablement immobile, tout son être attentif aux moindres caprices d'Alan.

Elle lui dédie une créature nouvelle, née pour lui, plus innocente qu'aucune jeune fille, car c'est une image pure, abstraite, un être idéal, engendré par leurs désirs conjugués. Elle va même jusqu'à lui sacrifier son rythme de vie, sa fébrilité ; elle renonce à son goût pour les objets pesants, les grandes salles ; elle renonce à ses improvisations et à son mépris des horaires. Pour l'amour de lui, elle pose plus doucement ses mains vigoureuses sur les choses.

« Tu as toujours voulu être une actrice, dit Alan. Je suis heureux que tu aies réalisé ce souhait. Cela me console de tes absences, Sabina. »

Et, pour faire plaisir à son mari, Sabina invente les événements de la semaine passée à Provincetown, les faits et gestes de la troupe, les erreurs de mise en scène, les réactions du public, les divers incidents techniques : plombs sautés, panne de magnétophone. Elle invente, et, durant tout ce temps, elle est tentée de crier la vérité. Elle a envie d'appuyer la tête sur l'épaule protectrice d'Alan, de s'appuyer sur cette force si peu exigeante et qui a d'elle une si parfaite connaissance que le pardon suivrait certainement. Elle souhaite qu'il puisse juger les actes qu'elle accomplit comme il juge les actes des autres, avec sagesse et détachement ; elle souhaite qu'il puisse l'absoudre, comme il absout des inconnus après avoir compris les raisons de leurs gestes.

Si elle désire aussi ardemment ce pardon, c'est avant tout pour pouvoir dormir. Elle sait que l'attend une veillée angoissée. Après avoir écouté le récit imaginaire de la semaine écoulée, après avoir embrassé sa femme avec reconnaissance et avec une faim accrue par son absence, Alan est tombé dans un sommeil profond, plein de confiance en cette nuit qui a vu le retour de Sabina. Mais Sabina, elle, est restée éveillée. Elle se demande si elle n'a pas fait d'erreurs dans ses inventions, si la description de l'hôtel de Provincetown, faite d'après des on-dit, n'est pas fausse. Et puis, se rappellera-t-elle ce qu'elle a inventé ? Alan ne risque-t-il pas de rencontrer un membre de la troupe et d'apprendre qu'elle n'a pas participé à la tournée ?

Comme sur une scène plongée dans l'obscurité, chacun de ses mensonges ressort avec plus d'acuité au milieu de la nuit. Environnés d'ombre, ils deviennent les divers moments d'un rêve et constamment on sent, tout autour, la présence des abîmes qui cernent les cercles de lumière. Sabina sent qu'au-delà de cette chambre, de ce lit, existe un noir abîme. Aujourd'hui, elle a pu échapper au danger. Mais d'autres dangers l'attendent demain.

C'est toujours pendant la nuit qu'elle se demande pourquoi elle a un tel besoin, un besoin désespéré de tendresse. Jeune fille, tandis que ses amies espéraient trouver des amoureux riches, beaux, puissants ou romantiques, elle avait prié avec ferveur pour que celui qu'elle aimerait fût bon.

D'où lui vient ce besoin de tendresse ? A-t-elle une infirmité ? Que serait-ce si elle avait épousé un homme violent, cruel ?

Au seul mot de cruauté, elle sent son cœur battre plus fort. Ce mot représente pour elle de tels dangers qu'elle n'ose même pas les imaginer. Elle avait désiré, elle a obtenu la tendresse de son mari. Et, maintenant qu'elle l'a trouvée, elle risque de la perdre chaque jour, à chaque heure, en se lançant dans d'autres quêtes...

À ses côtés, Alan dort paisiblement. Il conserve sa sérénité jusque dans le sommeil. Le ferme dessin de son nez, de sa bouche, de son menton, les lignes anguleuses de son corps, tout est sculpté dans un matériau qui ne peut s'amollir. Aux heures du désir même, il n'a jamais, comme les autres hommes, le regard fiévreux ou la chevelure en désordre. Jamais il ne délire dans le plaisir, jamais il ne pousse ces sons inarticulés quasi inhumains, qui rappellent la jungle et les origines animales de l'humanité.

Est-ce ce calme qui donne à Sabina une telle confiance ? Alan ne ment jamais. Il peut tout dire à Sabina de ce qu'il pense, de ce qu'il ressent. Et Sabina à son tour pourrait se confier, se confesser à lui... À cette idée, elle se laisse presque engloutir par le sommeil, mais voici que soudain sur l'ombre de la nuit se projette une autre image d'Alan : l'image d'un Alan secoué de sanglots, tel qu'il s'est montré à la mort de son père. Cette évocation réveille Sabina, la secoue d'horreur et de pitié. Et de nouveau elle songe : « Je dois veiller sans cesse à protéger son bonheur, je dois veiller sans cesse sur mon ange gardien... »

Dans l'obscurité, Sabina revécut entièrement les huit jours passés à Provincetown.

À la recherche de la maison d'O'Neill, elle s'était engagée dans les dunes de la plage et elle avait perdu son chemin. Sous le soleil, le sable était si blanc qu'elle avait eu l'impression de se trouver solitaire au sommet d'un glacier.

En bas, la mer bouillonnait, luttait pour remporter le sable dans ses profondeurs ; chaque fois qu'elle se retirait, elle en entraînait un peu et le rapportait à marée haute, construisant selon un plan géologique une mer immobile de sable, un ensemble de vagues pétrifiées.

Sabina s'arrêta, ôta son maillot de bain et s'étendit nue au soleil. Le sable soulevé par le vent déposait sur son corps une légère mousseline. Elle se demanda s'il finirait par la recouvrir entièrement et par l'engloutir dans ce tombeau naturel. L'immobilité appelait toujours en elle l'image de la mort, ce qui la poussait à se lever et à s'affairer. Le repos, pour elle, ressemblait à la mort ; mais ici, baignée de lumière et de chaleur, le visage levé vers le ciel, tandis que la mer s'enroulait et se déroulait à ses pieds, elle n'avait pas peur. Immobile, elle observait le dessin du vent sur le sable et ne ressentait ni angoisse ni fièvre. Elle accueillait avec reconnaissance ce moment de paix, car la splendeur rassurante du soleil et l'incessante activité de la mer lui avaient apaisé, détendu les nerfs.

C'est alors qu'elle entendit un chant. Ce n'était pas l'une de ces chansons que n'importe qui peut fredonner en se promenant au bord de la mer. La voix était puissante, avec un beau timbre grave, accoutumée aux grandes salles. Ni le sable, ni le vent, ni la mer, ni l'espace ne parvenaient à l'assourdir. Le chant montait avec assurance, semblant défier tous les éléments, comme un hymne de vie aussi puissant qu'eux.

Puis l'homme apparut. Son corps était en pleine harmonie avec la voix, parfait écrin pour un tel instrument ; le cou était fort, la tête imposante avec un grand front, les épaules larges, les jambes longues. Un coffre magnifique et qui doit offrir une bonne résonance aux cordes vocales, pensa Sabina, attentive à ne faire aucun mouvement, avec l'espoir que l'inconnu passerait sans la voir et sans interrompre les plaintes de Tristan. Et, tandis que la mélodie continuait, elle se retrouva bientôt au milieu de la Forêt-Noire, dans cette forêt dont parlaient les contes qu'elle avait lus avec avidité dans son enfance. Elle retrouva les arbres géants, les chevaliers et les châteaux démesurés de sa mémoire enfantine.

Le chant montait, s'enflait, enveloppait le ressac de la mer et la féerie rutilante du soleil, rivalisait avec le vent, lançait ses notes les plus hautes dans le ciel comme l'arche d'un arc-en-ciel flamboyant. Puis le chant magique s'arrêta.

L'homme avait vu Sabina.

Il hésita.

Le silence de la jeune femme était aussi éloquent que les plaintes de Tristan, son immobilité aussi envoûtante que l'avait été un instant plus tôt la voix se déployant sur la mer.

(Plus tard, il lui avoua : « Si vous aviez parlé, je serais parti. Vous avez su laisser parler votre présence. C'est à cause de ce silence que je suis allé à vous. »)

Elle le laissa poursuivre son rêve.

En silence, elle le regarda gravir avec aisance la dune de sable. Ses yeux avaient la couleur de la mer. Un moment plus tôt, Sabina contemplait les mille diamants des flots, et voici que maintenant il n'y avait plus que deux diamants encore plus bleus et plus froids, qui venaient vers elle. Et si la mer, le sable et le soleil avaient pu s'unir pour créer un homme qui incarnât la joie de l'après-midi, ils auraient fait naître un homme comme celui qui approchait.

Lorsqu'il fut devant elle, il s'arrêta, lui cachant le soleil et il sourit tandis qu'elle se couvrait de ses vêtements. Le silence continuait à lui servir de messager.

« Les airs de *Tristan et Isolde* paraissent plus beaux ici qu'à l'Opéra », dit enfin Sabina. Et elle remit tranquillement son costume de bain et son collier comme pour ponctuer la fin de l'acte qu'ils venaient de jouer, lui avec sa voix, elle avec le silence de son corps.

Il s'assit à ses côtés.

« Il n'y a qu'un endroit au monde où ils sont encore plus beaux, dit-il, dans la Forêt-Noire, qui est leur pays natal. »

Grâce à son accent, Sabina comprit qu'il en venait et que sa ressemblance avec le héros wagnérien n'était pas fortuite.

« J'ai chanté Tristan là-bas très souvent. Il y a comme un écho dans ces forêts. J'ai souvent l'impression que mon chant s'y enfouit et qu'il jaillira à nouveau longtemps après ma mort. »

Sabina songeait à ces lieux où l'homme cachait l'écho de ses chants, où tout le passé était comme un vaste écho. Ici au contraire on avait besoin de supprimer les souvenirs, de vivre dans le présent, sans l'encombrant bagage de la mémoire. Voilà ce qu'il avait voulu dire ; Sabina le comprenait.

Puis elle fut reprise par son désir de remuer : « Marchons », dit-elle impatiente.

Il lui répondit : « J'ai soif. J'ai laissé là-bas un sac d'oranges. Allons le chercher. »

Ils dégringolèrent les dunes de sable comme s'ils avaient skié sur ses pentes neigeuses, puis ils marchèrent sur le sable mouillé.

« Je connais une plage où chaque pas fait jaillir des étincelles phosphorescentes, dit Sabina.

– Oh ! regardez les sittelles de mer, s'écria brusquement le chanteur, sans qu'il y eût aucun oiseau dans les parages, et Sabina ne put s'empêcher de rire à son imagination fantaisiste.

– Je suis venu me reposer ici avant l'ouverture de l'Opéra », avoua-t-il.

Ils mangèrent les oranges, nagèrent et marchèrent encore. Ils ne s'étendirent sur le sable qu'au coucher du soleil. Sabina attendait de son compagnon un geste violent, en harmonie avec son corps vigoureux, ses bras musclés, son cou puissant. Mais il tourna vers elle ses yeux d'un bleu glacial maintenant, au regard impersonnel, qui semblait regarder au-delà d'elle toutes les femmes réunies provisoirement en une seule. C'était le regard de tous les don Juan qu'elle avait rencontrés, et elle le redoutait. Elle craignait cette alchimie créée par le désir qui faisait d'elle pour un instant l'incarnation de toutes les femmes et qui pouvait aussi bien l'instant suivant désagréger son être.

La femme « unique », la Sabina qu'aimait Alan, était menacée. Elle eut peur du regard de l'inconnu et, sentant son sang se glacer, elle jeta un coup d'œil vers l'homme pour voir s'il avait deviné sa nervosité, deviné que chaque minute augmentait cette nervosité et la paralysait.

Mais, sans avoir le geste violent qu'elle attendait, il lui prit le bout des doigts dans ses mains harmonieuses comme pour l'inviter à faire un tour de valse et dit : « Vous avez les mains froides. » Puis il lui caressa le bras, lui embrassa le creux du coude, les épaules et dit encore : « Vous avez la peau en feu. Est-ce à cause du soleil ? »

Pour le rassurer, elle répondit étourdiment : « C'est le trac. »

Alors il rit, moqueur, incrédule, comme si elle avait avoué qu'elle avait peur de ce qu'il désirait. Un seul homme savait qu'elle avait peur, et elle aurait aimé pouvoir courir vers Alan, fuir cet étranger qu'elle avait essayé de tromper par son attitude, par ses silences savants, par ses regards provocants. C'était trop difficile pour elle ; elle était au bord de l'échec. Effrayée et tendue, elle ne savait plus comment regagner un peu de prestige auprès de cet étranger, puisqu'elle avait étalé une faiblesse que démentait son attitude. Ce rire moqueur, il lui faudrait l'entendre encore une fois, plus tard, lorsque le chanteur lui présenterait son meilleur ami, son compagnon d'aventures, son frère, un autre don Juan aussi doux, aussi aimable et plein d'assurance. Tous deux alors la considéreraient comme quelqu'un de leur espèce, une aventurière, une tigresse, une femme invulnérable, et elle en serait profondément blessée.

Quand l'homme vit qu'elle ne partageait pas son humeur joyeuse, il reprit son sérieux, mais Sabina se sentait encore irritée et son cœur battait à se rompre.

« Il faut que je rentre », dit-elle en se levant et en secouant violemment le sable qui la couvrait.

Il se leva lui aussi, avec empressement, révélant ainsi une longue soumission aux caprices féminins. Il s'habilla, jeta son sac de cuir sur son épaule, et se mit à marcher avec une courtoisie tranquille et pleine d'ironie. Puis il demanda :

« Voulez-vous venir dîner avec moi au *Dragon* ?

– Je ne suis pas libre pour dîner, mais je viendrai un peu plus tard. Vers dix ou onze heures. »

Il s'inclina, toujours ironique, et reprit sa marche indifférente. Son assurance était telle qu'il savait obtenir à l'ultime seconde ce qu'il désirait, et Sabina haïssait et enviait à la fois cette assurance.

Lorsqu'ils furent en ville, tout le monde se retourna sur leur passage. Comme le Joyeux Messager des contes de fées de la Forêt-Noire, il s'avançait, très droit, le torse bombé, avec un sourire de fête. Et Sabina se sentait légère et gaie, et elle était fière de marcher à ses côtés, comme si elle brandissait un trophée. C'était sa vanité, son goût de la conquête qui se trouvait flatté. Elle avait l'illusion d'être puissante et forte : n'avait-elle pas charmé et conquis ce don Juan ? Cela la rehaussait à ses propres yeux, mais elle savait cette sensation aussi fugitive que l'extase alcoolique, elle savait que le lendemain elle serait plus faible, vaincue, chancelante et vidée jusqu'au tréfonds.

Car il suffisait d'un mot rude, d'une offense, d'une critique pour arrêter son cœur toujours angoissé, hésitant devant les difficultés, hanté par l'image de la catastrophe, l'obsession de la catastrophe, qu'elle retrouvait si bien exprimée dans la *Valse* de Ravel. C'était une valse qui menait aux abîmes : des jupes pailletées tourbillonnent sur les parquets cirés, vont vers le gouffre et les tons mineurs, tout en simulant la légèreté, rappellent sans cesse aux humains que leur destin s'achève dans les ténèbres dernières.

Momentanément le cœur de Sabina était soutenu par la vanité, parce que l'homme qui marchait à ses côtés était d'une éclatante beauté et parce qu'elle était enviée par tous ceux qui les regardaient.

Quand ils se séparèrent, l'homme s'inclina vers sa main, à l'européenne, avec un respect moqueur. Toutefois la voix chaude insista : « Vous viendrez, n'est-ce pas ? » Jusqu'à cette minute, ni sa beauté, ni sa perfection, ni sa nonchalance ne l'avaient véritablement touchée, mais cette légère question la troubla. À cause de cette seconde d'incertitude, elle le considéra soudain comme un être humain proche d'elle parce que vulnérable.

Elle dit : « Des amis m'attendent. »

Alors un sourire, lent à éclore mais éblouissant, éclaira le visage de l'inconnu ; il se redressa et salua de toute sa hauteur : « La relève de la garde à Buckingham Palace ! »

À l'ironie qu'il avait mise dans sa réplique, elle comprit qu'il ne croyait pas aux amis invoqués, mais qu'il pensait plutôt à un autre homme, à un autre amant. Et il n'aurait jamais pu croire qu'elle désirait rentrer chez elle pour ôter le sable de ses cheveux, enduire de crème son visage brûlé par le soleil, repeindre ses ongles et revivre chaque détail de leur rencontre tout en prenant son bain, comme elle aimait à le faire chaque fois qu'elle connaissait une exaltation nouvelle.

Pour pouvoir rejoindre l'homme dans la soirée, il suffisait à Sabina de prévenir d'un mot la fille dont elle partageait la chambre. Mais justement ce soir-là une troisième personne devait passer la nuit avec elles : une amie d'Alan. Sa sortie serait donc plus difficile à expliquer. Une fois encore, il lui faudrait se contenter d'un plaisir volé, d'une aventure clandestine.

Elle attendit que les deux femmes fussent endormies et sortit silencieusement. Elle ne prit pas le boulevard où se promenaient ses amis les artistes ; elle sauta par-dessus la balustrade du quai, se laissa glisser le long des échafaudages de bois, en égratignant ses mains, en accrochant sa robe aux bernacles, et parvint à la plage. Elle contourna la baie et se dirigea vers les quais brillamment éclairés où le *Dragon* proposait sa façade de néon aux explorateurs nocturnes assoiffés.

Aucun de ses amis ne pouvait se permettre le luxe de ce cabaret, où le piano débarrassé de son couvercle ajoutait à l'ambiance générale le rythme de son mécanisme mis à nu, où le pianiste non content de régner sur les abstraites notes de musique réglait également les diverses phases d'un ballet que des figurines de jeu d'échecs dansaient sur de vibrantes tiges métalliques.

Pour atteindre la boîte de nuit, Sabina dut escalader de grandes échelles de fer posées sur un ponton de bois glissant. Elle arriva essoufflée comme si elle venait de plonger et de s'arracher à l'étreinte des algues, mais personne, à part Philip, ne fit attention à elle, car le projecteur n'éclairait que la chanteuse de blues.

Philip rougit de plaisir sous son hâle. Il avança une chaise et se pencha en murmurant : « J'avais peur que vous ne veniez pas. En passant devant votre studio, je n'ai vu aucune lumière. Je me suis approché, j'ai frappé à la fenêtre, pas trop fort parce que je vois mal la nuit et que je craignais de m'être trompé... Personne n'a répondu. J'ai fait les cent pas en trébuchant dans l'obscurité... j'ai attendu !... »

Terrorisée à l'idée que Philip aurait pu réveiller ses amies, à l'idée du danger évité de justesse, Sabina fut envahie par la fièvre de la peur. À la lumière du soir, son compagnon lui parut d'une beauté ensorcelante et elle se sentit désarmée, troublée, en l'imaginant tel qu'il devait être durant sa quête aveugle, tâtonnante, sous la fenêtre, dans l'obscurité. Ses yeux, qu'elle avait cerclés de khôl comme les femmes arabes, luisaient d'un éclat sombre. Les paupières légèrement bleutées et l'ombre des sourcils non épilés donnaient à son regard une profondeur qu'il n'avait pas pendant le jour.

Longuement, elle se délecta en contemplant le modelé expressif du visage de son compagnon, en détaillant le contraste qu'il y avait entre la tête puissante et les mains aux longs doigts lisses couvertes d'un fin duvet. Quant à lui, tout en caressant le bras de la jeune femme, il paraissait jouer en musicien averti sur les cordes cachées d'un instrument qu'il connaissait bien, et il disait : « La beauté de votre bras est exactement celle de votre corps. Si je ne l'avais déjà contemplé sur la plage, je le désirerais rien qu'à voir la forme de votre bras. »

Le désir était pour eux comme une île volcanique sur laquelle ils gisaient, dans l'extase, en épiant les mouvements souterrains qui se laissaient deviner. Autour d'eux tout dansait, la table et le sol, les blues énervés, déracinés par l'appel sensuel, et leurs corps étaient secoués de frissons. Sous la peau fine, sous les duvets secrets, sous les rondeurs et les plis de la chair coulait la lave volcanique, incandescente du désir, et les blues devenaient des cris rauques et déchirants, des cris d'oiseau sauvage ou de bête fauve, cris de plaisir, cris d'alarme, cris de peur, cris d'enfantement, cris de douleur, qui montaient des abîmes insondables de la nature.

L'approche du désir faisait trembler leurs mains, leurs corps ; elle rendait la danse insupportable, l'attente insupportable, les cigarettes et le bavardage insupportables. Bientôt viendrait le temps des irrépressibles étreintes, des épilepsies heureuses.

Ils fuirent les yeux du monde, ils fuirent les préludes prophétiques et brûlants des blues. Ils descendirent les échelles rouillées qui mènent au plus profond de la nuit propice, au plus profond de cette nuit que connurent le premier homme et la première femme dans les commencements du monde, au plus profond de cette nuit où les êtres se possèdent sans avoir besoin de parler, sans sérénades, sans cour préalable, sans tournois, sans accessoires secondaires, sans ornements superflus, sans bijoux, sans couronnes à conquérir, où il n'y a plus rien que le rituel heureux, heureux, heureux de la femme qui s'immole, qui s'empale sur le mât dressé de la volupté masculine.

Quand Sabina ouvrit les yeux, elle se retrouva au fond d'une barque, sur le manteau de Philip qui la protégeait de la vase, des infiltrations d'eau de mer et des coquillages. Philip, couché à côté d'elle, la dépasse seulement de la tête et des pieds. Il dort et respire très profondément, avec bonheur. Sabina se redresse dans le clair de lune ; elle est furieuse, car encore une fois c'est elle la vaincue. Sa fièvre est allée jusqu'à la limite, puis s'est évanouie, la frustrant de son désir. Une fièvre folle sans plaisir !... Et maintenant reste la colère. La colère contre ce cœur que rien ne peut faire taire, alors que Sabina rêve d'être comme un homme, libre de posséder un être inconnu, de désirer l'aventure. Son corps refuse de s'abandonner, refuse d'obéir aux caprices de la liberté et elle se sent volée. La fièvre, l'espoir, le mirage, le désir inassouvi, tout cela demeurera en elle pendant la nuit et la journée du lendemain, tout cela se consumera en elle et fera dire aux autres : « Comme elle est sensuelle ! »

Philip se réveilla et sourit avec reconnaissance. Il avait pris, il avait donné, il était satisfait.

Sabina songea que sans doute elle ne le reverrait plus et souhaita désespérément le revoir. Il lui parla de son enfance, de son amour pour la neige ; il avait adoré le ski. Puis une image vint troubler ces souvenirs idylliques et il déclara sans transition : « Les femmes ne me laissent jamais tranquille. »

Sabina rétorqua : « Si jamais tu as envie d'une femme qui n'attende pas constamment que tu lui fasses la cour, viens à moi, je comprendrai.

– Tu es merveilleuse de dire cela, Sabina. Les femmes se vexent si l'on n'est pas toujours prêt à jouer les amants romantiques, surtout lorsqu'on en a le type. »

À cause des dernières paroles de Sabina, Philip revint le lendemain, bien qu'il lui eût avoué n'avoir jamais passé plus d'une soirée avec une femme, « parce que, après, elles deviennent trop exigeantes ». Il revint et ils allèrent vers les dunes. Philip bavarda avec indifférence. En secret, Sabina attendit un mot qui percerait la carapace où elle enfermait sa sensualité, un mot qui la forcerait enfin à répondre et briserait sa résistance. Mais elle comprit soudain l'absurdité de cette espérance. Quelle autre union rechercher alors qu'elle avait fait avorter leur union sensuelle, la seule qui lui eût permis d'atteindre à la liberté masculine, de connaître la jouissance sans esclavage, de se libérer des angoisses qu'elle croyait inséparables de l'amour ?

Ses angoisses ressemblaient à celles des drogués, des alcooliques, des joueurs. Elle ne pouvait pas résister à sa sensualité, elle connaissait les mêmes tentations irrésistibles, la même passion impérieuse, la même fièvre. Et quand elle avait succombé, c'était toujours le découragement, l'amertume, le dégoût… et de nouveau la tentation.

Trois fois, la mer, le soleil et la lune, témoins moqueurs, assistèrent à ses efforts pour posséder véritablement Philip, pour dominer cette aventure et cet homme que les autres lui enviaient.

Et voici que, aujourd'hui, Philip lui avait téléphoné et que par les rues de la ville qu'empourprait l'automne elle se rendait chez lui. Les clochettes de l'anneau indien qu'il lui avait donné tintaient joyeusement.

Sabina se souvenait de la crainte qu'elle avait eue de voir son amant s'évanouir avec l'été. Il ne lui avait pas demandé son adresse. La veille de son départ, il avait reçu la visite d'une amie dont il avait parlé avec réserve, et Sabina avait compris que cette femme était celle qui comptait par-dessus tout. C'était une cantatrice. Philip lui avait donné des leçons, la musique les liait et, quand il parlait d'elle, c'était avec un certain respect dans la voix, un respect qui ne la rendait pas jalouse, mais qui lui évoquait les inflexions qu'avait Alan lorsqu'il parlait de son épouse. Philip avait pour sa cantatrice l'affection qu'Alan éprouvait pour Sabina. Il parlait tendrement de la mauvaise santé de son amie, et Sabina songeait à tous les efforts qu'elle avait faits pour cacher à Philip ses frissons après la nage, sa fatigue après une trop longue marche, sa fièvre après un trop long bain de soleil.

Tout en allant à son rendez-vous, Sabina se proposa à elle-même une sorte de pari : elle renoncerait à Philip si la cantatrice était vraiment belle. Sinon, si cette femme était de celles qu'on aime avec constance, alors elle, Sabina, pourrait demeurer auprès de son amant, être pour lui la fantaisie, la drogue, la fièvre.

Quand elle aperçut l'amie du chanteur, elle fut stupéfaite. Elle n'était pas belle ; elle était pâle, effacée. Mais, près d'elle, Philip semblait heureux, adouci, soumis à son bonheur, moins hautain, moins arrogant, plein de sérénité. Nulle trace d'éclairs dans ses yeux d'un bleu de glace ; au contraire, un doux rayon matinal les éclairait.

Sabina comprit alors que, lorsque Philip voudrait de nouveau connaître la fièvre du désir, il l'appellerait, elle ; il appellerait Sabina.

Durant ses longues insomnies, Sabina reprenait toujours le fil d'Ariane qui la guidait à travers le labyrinthe de sa vie, et elle essayait de découvrir à quel moment de son existence elle avait perdu son chemin.

Cette nuit-là, elle se souvint de ses bains de clair de lune comme s'ils avaient marqué les débuts de son existence plus que ses père et mère, plus que son école ou le lieu de sa naissance. Comme s'ils avaient déterminé son destin plus que l'héritage ancestral ou l'exemple de ses parents. Dans ces bains de clair de lune se cachaient sans doute les motifs secrets de ses actes.

C'est à seize ans que Sabina prit ses premiers bains de lune; d'abord parce que tout le monde prenait des bains de soleil, ensuite parce qu'on lui avait dit que c'était dangereux, que cela produisait peut-être des effets opposés aux effets des rayons solaires.

La première fois, elle avait eu peur. De nombreux tabous interdisaient de regarder la lune, de nombreuses légendes insistaient sur les conséquences néfastes du sommeil au clair de lune. Sabina savait que les fous supportaient mal la pleine lune, que certains se mettaient alors à hurler comme les animaux, et elle savait que l'astrologie plaçait le subconscient sous l'influence de cette planète.

Mais, depuis toujours, elle préférait la nuit au jour.

En été, le clair de lune tombait juste sur son lit. Elle restait étendue, nue, pendant des heures avant de trouver le sommeil, en se demandant quel changement produirait cette lueur blanche sur sa peau, sur ses cheveux, sur ses yeux et sur ses sentiments.

Lorsqu'elle eut observé ce rite pendant quelque temps, il lui sembla que sa peau prenait peu à peu un éclat lumineux particulier, un éclat nocturne, une luminosité qui rayonnait surtout la nuit, à la lumière artificielle. Les gens le remarquèrent et lui en demandèrent la raison. Quelques-uns chuchotèrent qu'elle se droguait.

Son goût du mystère en fut augmenté. Elle se mit à rêver de cette planète dont une moitié restait dans l'ombre. Elle se sentait apparentée à cet astre des amoureux. Son attrait pour la lune expliquait à ses yeux sa répulsion pour la vie familiale. Elle était sûre de savoir comment vivaient les habitants de la lune ! Sans enfants, sans foyer, sans attaches, ils vivaient comme des amants entièrement libres l'un vis-à-vis de l'autre.

Les bains de clair de lune cristallisèrent les aspirations de Sabina. Jusqu'alors, elle n'avait ressenti qu'une simple révolte contre les existences qui l'entouraient ; mais, quand elle commença à discerner d'autres formes de vie, d'autres couleurs de vie, d'autres domaines inconnus, plus vastes, plus profonds, elle comprit que son refus de la vie quotidienne avait un sens : il allait l'envoyer comme une fusée vers d'autres existences. Sa révolte était une étincelle électrique qui avait accumulé suffisamment d'énergie pour la lancer dans l'espace.

Elle comprit pourquoi elle enrageait en entendant les gens dire qu'on n'avait qu'une seule vie. Elle, elle était certaine de posséder des myriades de vies. Elle perdit la notion du temps et ressentit vivement, douloureusement, la brièveté de l'existence physique. La mort était terriblement proche et le chemin vers la mort vertigineux si on considérait l'existence quotidienne des gens, si on acceptait leurs horaires, leurs emplois du temps, leurs mesures. Ils faisaient tout pour restreindre le temps. Pour eux, il y avait la naissance, l'enfance, l'adolescence, l'amour, le mariage, l'âge mûr, la vieillesse, la mort et ils transmettaient à leurs enfants ce cycle monotone. Mais Sabina, excitée par les rayons de lune, sentit bientôt naître en elle le pouvoir d'étirer le temps, de le ramifier dans des myriades de vies et d'amours, d'allonger le chemin jusqu'à l'infini en d'innombrables détours qui étaient comme les dépositaires d'innombrables désirs. Les rayons de lune avaient fécondé en elle les semences de multiples femmes parce qu'ils étaient fils de cette nuit sans limites dont nous n'avons conscience que dans les songes. La nuit a des racines qui plongent jusqu'aux richesses du passé, afin de les mettre au présent et de les projeter dans le futur.

Sous le regard de la lune, Sabina avait acquis la certitude que la profondeur d'une émotion, la multiplicité des aventures peuvent élargir le temps, et cette idée s'était mise à brûler en elle comme une flamme. Elle se reflétait dans ses yeux, sur sa peau, à tel point que sa mère, fâchée, lui disait : « Tu as l'air d'une tuberculeuse. » La fièvre sourde qui la faisait vivre à un rythme accéléré irradiait sur son visage et attirait les gens, comme les lumières de la vie nocturne attirent les passants.

Et, lorsque enfin elle trouvait le sommeil, c'était le sommeil agité du veilleur de nuit. Constamment sur ses gardes, elle ne pouvait oublier les trahisons, les tricheries du temps qui permet aux pendules de sonner les heures pendant que l'on dort, alors qu'on ne peut jouir de ce que contiennent ces heures.

Sabina regardait Alan fermer les volets ; elle le regardait allumer les lampes, verrouiller la porte d'entrée. Quelle douceur dans cet univers clos… Et pourtant, au lieu de s'abandonner à cette chaleur accueillante, Sabina se sentait agitée, instable, comme un navire qui tire sur ses amarres.

Ce navire rétif, craquant, oscillant sur les vagues, elle le retrouva dans les vagues de *L'Île joyeuse* de Debussy. Autour d'elle, la mélodie tissa un ensemble de brumes fantomatiques errant sur des îles lointaines. Les notes lui arrivèrent comme des caravanes chargées d'épices, de mitres dorées, de calices et de ciboires porteurs de messages de volupté, qui enveloppaient les membres dans des flots de miel et dressaient comme des minarets le désir des hommes étendus sur le sable. Puis des débris de vitraux ballottés par la mer, dispersés par les rayons du soleil et par les courants de la sensualité recouvrirent tous les corps, désirs innombrables cachés au creux de chaque vaguelette comme les mille éléments d'une aurore boréale qui aurait déployé son immense éventail dans le sang. Sabina vit encore une salle de bal inaccessible où les hommes et les femmes étaient vêtus de couleurs rutilantes, et se mouvaient dans une joie et une splendeur incomparables.

Son désir de vivre ces rêves merveilleux lui fit ressentir le monde palpable qui la cernait, comme un obstacle. Ce monde retardait son départ vers la vie lumineuse, vers les personnages incandescents qu'elle faisait attendre.

Le présent – Alan, ses poignets couverts d'un fin duvet brun et soyeux, son long cou toujours incliné vers elle comme l'arbre même de la fidélité – fut poignardé par le rêve insistant qui chantait en elle, par les mirages qui glissaient dans la musique de Debussy, appels incessants, irrésistibles. Ces appels devenaient plus sourds, plus légers si elle n'écoutait pas de tout son être, mais leurs promesses de plaisirs se faisaient plus précises quand ils pénétraient directement les régions intimes et sensibles de son corps en lui apportant sur un dais aérien toutes les oriflammes des gondoles et des fêtes galantes.

Le *Clair de lune* de Debussy luisait aussi sur d'autres villes... Sabina rêva de Paris, la cité des amoureux où les agents de police ont des sourires complices, où les chauffeurs de taxi n'interrompent jamais un baiser...

Le *Clair de lune* de Debussy luisait sur beaucoup de visages inconnus, sur beaucoup d'Îles joyeuses, sur des festivals de musique en Forêt-Noire, sur des marimbas en prière au pied de volcans fumants, sur les danses frénétiques de Haïti. Et Sabina n'y était pas ; elle se trouvait dans une pièce aux volets clos, sous un abat-jour.

La musique se lassa de l'appeler, les touches noires saluèrent ironiquement son apathie sous la forme d'une pavane pour une infante défunte et s'évanouirent. Elle n'entendit plus que l'appel des sirènes de brume dans la baie d'Hudson, sirènes de navires où elle n'embarquerait jamais.

Une semaine plus tard, Sabina, en robe mauve, attendait dans la 5e Avenue l'un des autobus où il est permis de fumer. Une fois assise, elle ouvrit son sac à main, bourré à craquer, en sortit un anneau indien orné de minuscules clochettes, le glissa à son doigt à la place de son alliance et enfouit l'alliance au fond du sac. À partir de cet instant, chacun de ses gestes fut accompagné du tintement des clochettes.

À la 64e Rue, elle sauta de l'autobus avant qu'il ne fût arrêté. Il y avait quelque chose de changé dans sa démarche rapide, vigoureuse, précise. Elle posait le pied à plat sur le sol comme les Latins et les Noirs. En allant chez son mari, elle courbait les épaules; maintenant elle les rejetait en arrière, elle respirait profondément et sentait sa gorge gonfler la robe mauve.

Les ondulations de sa marche partaient des hanches et se transmettaient par vagues jusqu'aux pieds d'où elles remontaient vers les genoux, les hanches et la cambrure de la taille. Elle marchait avec tout son corps, comme pour le préparer à un événement auquel il devrait participer en entier. Plus d'égarement sur son visage, mais une impétuosité qui forçait les gens à la regarder, attirés par une sorte de magnétisme.

Les lumières du soir s'allumaient, et Sabina se sentait pareille à la cité: toutes ses lumières s'allumaient à la fois en elle. Il y avait des lumières sur ses cheveux, sur ses yeux, sur ses ongles, sur les plis de sa robe qui peu à peu virait au noir.

Quand elle arriva à l'appartement de Philip, elle se rendit compte qu'elle ne savait pas encore s'il vivait seul.

Il la conduisit dans une pièce qui lui ressemblait et qui avait été aménagée exclusivement pour lui. Ses trophées de ski ornaient les murs ; une armée de soldats de plomb en formation de combat se déployait contre un rideau de damas broché. Des piles de partitions musicales gisaient en désordre sur le piano et, au centre de la pièce, sous un parapluie ouvert suspendu au plafond, se dressait un télescope en construction.

« J'ai envie de regarder les étoiles avec un télescope fabriqué de mes mains. Je suis en train de polir les verres ; cela demande beaucoup de temps et de patience.

– Et le parapluie ? demanda Sabina en riant.

– Des enfants gambadent dans l'appartement au-dessus du mien et des particules de plâtre tombent sans arrêt sur ma loupe. Le plus petit grain de poussière peut anéantir le travail d'une journée de polissage. »

Sabina comprenait que Philip veuille regarder les étoiles avec un télescope fait de ses mains. Elle avait hâte que l'instrument soit terminé, et elle demanda combien de temps cela prendrait encore. Absorbés par le télescope, ils bavardèrent en amis et oublièrent un moment les ruses et les passes d'armes des approches nouvelles.

Toujours dans ce même état d'esprit, ils se déshabillèrent. Philip ne cessait d'inventer des grimaces, comme un enfant. Il adorait faire le pitre, comme pour se reposer d'être toujours si impeccablement séduisant. Il imitait parfaitement Frankenstein.

Sabina riait, un peu inquiète cependant. Elle craignait de ne plus aimer Philip si sa beauté le quittait. Elle avait conscience de la fragilité et du manque de consistance de son amour. Si le chanteur de *Tristan et Isolde*, si le messager de la Forêt-Noire disparaissait, que lui resterait-il à aimer ?

Tout à coup Philip perçut l'intensité du regard de Sabina. Il en fut troublé ; son indifférence fondit sous tant d'ardeur. Il n'aimait pas que les femmes se livrent à des manifestations d'exubérance, mais il aimait savoir qu'elles en étaient capables. Il aimait les troubler au plus profond de leur chair, mais il ne voulait éveiller aucun sentiment qui pût lui être un lien. Il rêvait souvent de prendre une femme qui aurait les mains jointes derrière le dos. Et un jour en voyant un lourd nuage d'orage se poser sur les deux cimes jumelles d'une montagne et les embrasser étroitement, il s'était écrié : « Quelle merveilleuse union ! La montagne est sans bras ! »

Puis, fatigué de faire des grimaces, ayant retrouvé le modelé parfait de son visage, Philip se pencha sur Sabina afin de rendre hommage à ce corps étendu à ses côtés. Et alors le miracle se produisit : la pulsation que les musiciens les plus exaltés n'ont jamais pu rendre, ni les œuvres d'art les plus achevées, ni les travaux de la science ou de la guerre, ni les beautés les plus royales de la nature, la pulsation du plaisir qui transforme le corps en une haute tour de feu d'artifice, jaillit peu à peu, à travers les sens de Sabina, en fontaines de délices. Elle ouvrit les yeux pour contempler la joie éclatante de sa libération : elle était libre, libre comme le sont les hommes ; libre de jouir sans aimer, sans aucune chaleur au cœur ; elle avait enfin connu la volupté auprès d'un étranger. Et elle se souvint d'avoir entendu des hommes déclarer : « Ensuite j'ai envie de m'en aller. »

Elle jeta un regard à l'inconnu allongé à côté d'elle. Il était comme une statue qu'elle n'avait plus envie de toucher. Il gisait comme une statue, loin d'elle, étranger, et quelque chose qui ressemblait à de la colère monta, la submergea ; elle eut presque envie de reprendre le don qu'elle venait de faire, d'en effacer les traces, de se détacher de cet homme rapidement et définitivement, de désunir ce qui avait été confondu un moment : leurs souffles, leurs peaux, leurs odeurs, leurs corps.

Elle se glissa hors du lit où Philip dormait, s'habilla dans un silence total et se dirigea sur la pointe des pieds vers la salle de bains.

Elle aperçut sur une tablette une boîte de poudre, un peigne, du rouge à lèvres enveloppés dans des mousselines roses. Sabina sourit. À qui appartenaient ces accessoires ? À l'Épouse, à la Maîtresse ? Comme il était agréable de les contempler sans le moindre petit frisson de regret, d'envie ou de jalousie. C'était là le signe de la liberté. Sabina, désormais, était libre de tout lien, de toute dépendance ; elle était délivrée de la possibilité de souffrir. Elle prit une profonde respiration et comprit qu'elle avait trouvé pour de bon la source du plaisir. Pourquoi avait-ce été si difficile ? Si difficile qu'elle avait souvent simulé ce plaisir.

Tout en se coiffant, en se noircissant les cils, Sabina se dit que cette salle de bains était reposante, c'était une zone neutre où l'on se sentait en sûreté. Au cours de ses déplacements d'un homme à l'autre, d'un amant à l'autre, elle entrait toujours avec bonheur dans ces zones neutres (l'autobus, le taxi, la rue, ici la salle de bains), à l'abri de la souffrance. Si elle avait aimé Philip, comme elle aurait souffert en voyant chacun de ces objets : poudre, épingles à cheveux, peigne !...

On ne peut faire confiance à Philip. Pour lui, je ne suis qu'une passante. Je vais partir ailleurs, là où il ne pourra me trouver, me réclamer. Comme c'est bon de ne pas aimer : je me rappelle les yeux remplis de panique de la femme qui nous a rencontrés, l'autre jour, Philip et moi. Et sa panique disparut lorsqu'il me présenta : « Voici doña Juana. » Au ton de sa voix, la femme avait compris et la peur avait quitté son regard.

C'est avec une assurance toute neuve que Sabina laça ses sandales, jeta sa cape sur ses épaules et lissa ses longs cheveux. Elle était libérée du danger et par conséquent libre de s'en aller « ni vu ni connu », comme elle disait. (Philip prétendait qu'il n'avait jamais vu une femme s'habiller aussi vite, s'emparer aussi prestement de ce qui lui appartenait, sans rien oublier.)

Elle avait si bien appris à faire disparaître les lettres d'amour dans les toilettes, à ne laisser aucun cheveu sur le peigne emprunté, à ramasser toutes les épingles, à effacer les taches de rouge à lèvres, à essuyer les nuages de poudre ! Son regard était celui d'un espion ; ses habitudes, celles d'un espion. Elle savait mettre tous ses vêtements sur une seule chaise pour être sûre de ne laisser aucune trace de son passage au cas où elle devrait s'en aller à la hâte. Elle connaissait toutes les tricheries de l'amour.

Et elle possédait aussi ce qu'elle appelait ses zones neutres : le moment où elle n'appartenait plus à personne, où elle se retrouvait elle-même ; le moment de répit loin de l'amour et du désir ;

le moment où elle fuyait si son compagnon avait trop admiré une passante ou parlé trop longtemps d'un amour ancien. Elle savait que les plus petites offenses, les plus petites blessures, les moindres marques d'indifférence ou d'infidélité n'étaient que le prélude à de plus grandes trahisons, et elle se préparait de somptueux contrepoisons. En prévision de l'infidélité future, elle préparait une infidélité égale, ou pire, ou plus totale encore. C'étaient ses issues de secours. Elle accumulait les trahisons pour être prête quand viendrait le choc: «Je n'ai pas été prise à l'improviste, je ne suis pas tombée dans le piège à cause de ma naïveté, de l'aveuglement de ma confiance: j'avais déjà trahi.» Être toujours en avance, un peu en avance sur les trahisons possibles de l'existence. Être toujours prête la première...

Philip dormait encore lorsqu'elle revint dans la chambre. C'était la fin de l'après-midi, la pluie envoyait des bouffées d'air frais sur le lit, mais Sabina n'éprouva aucun besoin de couvrir ou de protéger l'homme endormi.

Elle avait quitté Alan depuis cinq jours seulement, mais à cause de toutes les émotions qu'elle avait ressenties, de toutes les expériences qu'elle avait vécues, de toutes les aventures survenues dans sa vie intérieure au cours de ces cinq jours, elle eut brusquement l'impression d'être partie loin de chez elle depuis très longtemps. L'image d'Alan avait reculé dans le passé, et une grande peur de l'avoir perdu la saisit soudain. Ces cinq jours, qui avaient apporté tant de changements en son corps, avaient distendu le temps, avaient mis d'innombrables kilomètres entre elle et Alan. Ainsi, certains chemins, que l'on a choisis sous l'empire de l'émotion, semblent parfois, sur la carte du cœur, conduire à l'exil.

Poussée par ces pensées, elle retourna chez lui.

«Sabina! Que je suis heureux! Je ne t'attendais pas avant la semaine prochaine! Que s'est-il passé? Rien de grave?»

Il était là! Cinq jours n'avaient changé ni sa voix, ni l'expression enveloppante de son regard. L'appartement était le même; le même livre était encore ouvert sur le lit, les mêmes revues que l'on n'avait pas encore jetées. Alan n'avait pas mangé tous les fruits qu'elle avait achetés avant de partir. Sabina caressa le cendrier trop plein, dessina de simples rivières sur la couche de poussière de la table. Ici, la vie avait un rythme régulier sans descentes ou remontées vertigineuses.

Le reste de son existence lui apparut comme un grand caprice. Elle chercha la main d'Alan et la tache de rousseur sur son poignet. Puis elle ressentit un besoin impérieux de prendre un bain avant qu'il la touchât, de laver sur son corps les traces des autres mains, des autres odeurs, des autres lieux.

Alan avait acheté pour elle – il voulait lui en faire la surprise – des enregistrements de tam-tams et de chants de *L'Île joyeuse*. Ils écoutèrent le roulement des tambours, d'abord lointain, comme étouffé dans les lianes de la jungle. On eût dit des pieds enfantins courant dans de la paille sèche, puis vinrent des pas plus lourds sur des planches, puis ce fut le battement de doigts vifs et puissants, et soudain éclata un crépitement si rapide qu'on n'avait pas le temps d'en entendre l'écho. Sabina voyait les corps d'ébène lisse aux reflets de cannelle, à l'ossature invisible, lustrés par les bains dans les mers sauvages, bondir et danser avec des mouvements aussi rapides que l'égrènement fou de leurs tambours, avec leurs pagnes vert émeraude, bleu indigo, rouge vermillon, couleurs de fleurs et de fruits, comme de flamboyants eucalyptus de chair.

Il existait des lieux dans le monde où seule la pulsation du sang rythmait la vie, où se confondaient la vitesse du vent, le tumulte des vagues et les orgies du soleil. Les voix pleines de sève chantaient joyeusement... Cascabelles... Guyabana... Chinchinegrites !...

« J'aimerais que nous allions ensemble là-bas », dit Sabina.

Alan la contempla d'un air de reproche, blessé d'avoir à lui rappeler : « Je ne peux pas laisser mon travail en ce moment. Un peu plus tard peut-être... » Le regard de Sabina s'immobilisa ; Alan crut y discerner une déception et il ajouta : « Un peu de patience, je t'en prie, Sabina. »

Mais le regard de Sabina n'avait que la fixité du visionnaire. Elle voyait naître un mirage, voler des oiseaux aux noms nouveaux : « cuchuchito », « pito royal ». Ils se posaient sur des arbres appelés « liquidambars » et sur sa tête s'étendait un toit de feuilles de palmier liées par des roseaux. *Plus tard, c'était toujours trop tard ; ce qui venait tard n'existait plus.* Atteindre à l'inaccessible n'était qu'une question de distance. Ils étaient venus, les tambours, dans une odeur de cannelle. Bientôt, ils inviteraient Sabina à la danse et elle ne saurait refuser.

Alan remarqua que sa femme avait baissé les paupières comme pour marquer sa soumission. La docilité l'avait donc emporté ! Il ne se rendit pas compte que cette quiétude n'était qu'une forme d'absence : Sabina se trouvait déjà sur l'Île joyeuse.

C'est peut-être la raison qui la fit s'arrêter un jour qu'elle entendit des bruits de tam-tams en passant dans la rue McDougall. Elle s'engouffra dans l'escalier qui descendait et entra dans une sorte de cave, aux murs peints d'orange vif, et s'assit sur un des tambours recouverts de fourrure. Les musiciens étaient absorbés dans le rituel de leur jeu, à la poursuite de leurs propres transes. Une odeur d'épices venait de la cuisine et les anneaux d'or, qui se balançaient aux oreilles, dansaient au-dessus des plats fumants. Au bout d'un instant, des voix entonnèrent une incantation au dieu Alalle. Puis ce fut comme des chants d'oiseaux, des appels d'animaux, des chutes d'eau sur des rochers, des chuchotements de roseaux dont les racines s'enfonçaient comme des doigts dans une lagune. Les tambours se mirent à battre si vite que la pièce se transforma en une forêt aux feuillages dansants, un vent tourbillonnant monta vers Alalle, le dispensateur du plaisir.

Parmi les visages sombres, il y en avait un plus clair. Une grand-mère venue de France ou d'Espagne avait ajouté à l'ébène une nuance de blanc nacré. Les cheveux sombres avaient un reflet profond pareil à celui d'un miroir noir. La tête était ronde, le front large, les joues pleines, les yeux doux et brillants. Sur la peau du tambour, les doigts alertes et fluides jouaient avec une violence qui faisait onduler l'homme des hanches aux épaules.

Sabina l'imagina accroupi auprès d'un feu sur la plage, en train de nager, de bondir, de grimper aux arbres. Rien d'osseux dans ce corps ; rien que cette peau lisse propre aux habitants des mers du Sud, et des muscles vigoureux mais invisibles, comme ceux des chats. Et la goutte de sang blanc qui lui avait éclairci le visage avait aussi donné à ses gestes une fermeté tranquille très différente du staccato nerveux des autres batteurs. Il venait de l'île de la douceur, aux vents légers et aux flots tièdes, où la violence est sous-jacente et n'explose que selon un certain cycle. La vie y est trop berceuse, trop endormeuse pour entretenir une tension continuelle.

Quand les musiciens s'arrêtèrent, ils vinrent s'asseoir à une table voisine de celle de Sabina et se mirent à parler dans un espagnol colonial du XVIe siècle, raffiné et solennel, dans cette langue compassée des vieilles ballades. Ils usaient d'une politesse exquise qui la fit sourire. Le style imposé par les conquérants aux profondeurs de l'âme africaine était comme une ornementation baroque sur une hutte de palmiers. L'un des joueurs, le plus coloré, portait un col blanc empesé, et un parapluie à long manche était appuyé à sa chaise ; il tenait avec soin son chapeau sur les genoux et, pour ne pas déranger les plis de son costume bien repassé, il avait joué uniquement avec les poignets, en remuant la tête de gauche à droite dans son col raide, comme un danseur de Bali.

Sabina eut envie de troubler cette politesse, de briser la surface de cette courtoisie par une extravagance. Quand elle secoua la cendre de sa cigarette, l'anneau indien que lui avait donné Philip tinta, et le joueur au visage pâle se retourna en lui souriant, comme si ce frêle tintement avait été une réponse insolite à son jeu.

Lorsqu'il revint à ses chants, une toile invisible était déjà tissée entre leurs yeux. Sabina ne regardait plus les doigts sur la peau de l'instrument, mais la bouche du chanteur. Ses lèvres étaient pleines, fermement dessinées et, à la manière dont il les ouvrait, on eût dit qu'il faisait l'offrande d'un fruit. Ces lèvres ne se fermaient jamais complètement, elles ne se contractaient pas, elles restaient offertes.

En fait, l'homme offrait à Sabina ces chants qui s'échappaient de la coupe de ses lèvres et elle les buvait ardemment, sans répandre une seule goutte de cette incantation sensuelle. À chaque note, elle sentait sur sa bouche la caresse de la bouche masculine. Puis le chant enfla, le tambour se fit plus sourd, plus âpre ; il battit sur le cœur et le corps de Sabina. Elle devint le tambour lui-même, sa peau tendue résonnait sous les doigts du musicien et les battements se répercutaient dans son corps tout entier. Partout où l'homme posait les yeux, Sabina sentait battre ses doigts :

sur son ventre, ses seins, ses hanches. Les yeux se posèrent sur ses pieds nus, et les pieds en réponse battirent au même rythme; ils se posèrent sur le creux de la taille, là où les hanches commencent à s'épanouir, et Sabina se sentit investie par le chant. Quand l'homme cessa de jouer, il laissa les mains à plat sur la peau de l'instrument comme s'il ne voulait pas les ôter du corps même de Sabina. Un moment, ils continuèrent à se regarder puis ils détournèrent la tête de peur que les autres ne devinent le désir qui les liait.

Puis ils dansèrent et l'homme changea d'attitude. Il plaça ses genoux entre ceux de Sabina d'une manière directe, impérieuse, comme s'il plantait en elle l'ardeur de son désir. Il la tenait si serrée que chacun de leurs mouvements semblait procéder d'un seul corps. Leurs têtes semblaient soudées pour l'éternité. L'homme n'était pas beaucoup plus grand que sa partenaire, mais il se tenait très droit et quand elle levait les yeux vers lui, il lui répondait par un regard empreint d'une si franche sensualité qu'elle n'en pouvait supporter le rayonnement. La fièvre du désir brillait sur le sombre visage comme un clair de lune. Et, en même temps, Sabina devinait dans ce visage une curieuse vague de colère qu'elle ne pouvait comprendre.

Quand la danse s'acheva, l'homme s'inclina dans un salut d'adieu aussi précis que l'avait été l'expression de son désir, puis retourna à ses chants, mais cette fois sans en faire l'offrande à la jeune femme. Pourtant Sabina savait qu'il l'avait désirée. Alors pourquoi renonçait-il à son désir maintenant ? Pourquoi ?

L'angoisse de Sabina devint si forte qu'elle fut sur le point d'interrompre la musique et la danse. Mais elle domina son impulsion, car elle était certaine que cela n'aurait fait que l'éloigner d'elle davantage. Il était orgueilleux; il y avait en lui un étrange mélange de passivité et d'agressivité. Livré à la musique, il s'était montré radieux, doux, généreux; dans la danse, tyrannique. Elle n'avait qu'à attendre, respecter les rites.

Le morceau terminé, l'homme vint s'asseoir à sa table et lui offrit un sourire crispé par la souffrance.

«Je sais, dit-il, je sais...

– Vous savez ?

– Je sais, mais ce n'est pas possible », reprit-il gentiment. Et puis soudain sa colère déborda : « Pour moi, c'est tout ou rien. J'ai déjà connu cela... avec une femme comme vous. Vous me désirez, oui, mais ce n'est pas *moi* que vous voulez ! *Vous ne me connaissez pas.* Ce qui vous attire, c'est ce pouvoir sensuel que possède ma race. »

Il prit Sabina par les poignets et lui parla presque dans le visage : « Cela me tue. Toujours le désir, et au moment du don total, le refus. Parce que je suis africain. Que savez-vous de moi ? Que je chante, que je joue du tambour et que vous me désirez. Mais je ne suis pas un chanteur de cabaret. Je suis mathématicien, compositeur et écrivain. » Il la regarda d'un air sévère ; ses lèvres pleines se contractaient difficilement, presque incapables d'exprimer la colère, mais ses regards étaient cinglants : « Vous ne viendriez pas avec moi à l'Île joyeuse, vous refuseriez d'être ma femme, de me donner des enfants noirs, et de vous occuper avec patience de ma grand-mère noire. »

Sabina lui répondit avec la même violence, en rejetant ses mèches de cheveux en arrière et en baissant la voix pour qu'elle sonnât comme une insulte : « Je vais vous dire une chose. Je ne cherche pas seulement ce à quoi vous pensez. Je l'ai connu et cela ne m'a pas suffi. C'était magnifique, mais ce n'était pas assez. Vous détruisez tout avec votre rancœur, vous êtes aigri parce que vous avez été humilié...

– Oui, c'est vrai ! J'ai été blessé par une femme qui vous ressemblait. Quand vous êtes entrée, j'ai cru que c'était elle...

– Je m'appelle Sabina.

– Je n'ai aucune confiance en vous. »

Cependant lorsqu'elle se leva pour danser, il lui ouvrit les bras et toute trace de colère et d'amertume avait disparu quand elle appuya la tête sur son épaule.

Le studio de Mambo était situé place Patchen, dans une rue sans issue. Une grille de fer en fermait presque l'entrée, comme une grille de prison. Les maisons de l'impasse, toutes identiques, ajoutaient à l'impression que l'on avait de se trouver devant une institution où tout écart de conduite par rapport aux normes admises serait considéré comme une excentricité ou un symptôme de désagrégation.

Sabina détestait cette rue. C'était pour elle une chausse-trape. Elle était sûre que le détecteur de mensonges surveillait ses entrées et ses sorties. Il pouvait si facilement découvrir qui habitait cette rue, qui elle allait voir, de quelle porte elle sortait le matin.

Elle l'imaginait en train d'inspecter toutes les maisons, de lire les noms sur les boîtes aux lettres : E. E. Cummings, Djuna Barnes, Mambo, du fameux cabaret Mambo.

À l'aube, le détecteur de mensonges en personne la verrait sortir drapée dans sa cape pour se protéger de la fraîcheur matinale, les cheveux légèrement en désordre, les yeux pas tout à fait ouverts.

Une fois, au début de l'été, elle avait été réveillée par une pénible tension nerveuse. Toutes les fenêtres étaient ouvertes. L'aurore était proche. La petite rue était silencieuse. Puis un chat miaula. Pourquoi s'était-elle réveillée ? Y avait-il du danger ? Alan guettait-il à la porte ?

Elle entendit une claire voix de femme appeler :

« Betty, Betty ! » À quoi une voix encore ensommeillée répondit : « Qu'est-ce que c'est ?

– Betty ! Un homme est caché dans l'une des allées, je l'ai vu entrer.

– Eh bien, que veux-tu que j'y fasse ? C'est un ivrogne qui rentre chez lui.

– Non, Betty. Il a essayé de se dissimuler quand je me suis penchée à la fenêtre. Dis à Tom d'aller voir. J'ai peur.

– Ne fais pas l'idiote ! Dors. Tom a travaillé tard la nuit dernière, je ne veux pas le réveiller. De toute façon, ce bonhomme ne peut pas s'introduire dans la maison à moins que tu ne presses sur le bouton qui ouvre la porte.

– Mais il sera encore là à attendre quand je sortirai travailler. Appelle Tom !

– Non ! Va dormir ! »

Sabina se mit à trembler. Elle était sûre que c'était Alan. Alan guettait en bas pour la voir sortir. C'était la fin de tout. Alan était le cœur de sa vie. Le reste, les moments de fièvre, n'étaient que des nuages sans consistance, évanouis à peine nés. Mais si Alan la répudiait, c'était la mort de Sabina. Son existence sous le regard d'Alan était sa seule existence réelle. « Alan m'a chassée » signifiait pour elle « Alan m'a tuée ».

Les caresses de la nuit avaient été exquises : étincelles multicolores d'un ingénieux feu d'artifice, explosions de soleils et de néon à travers tout le corps, étoiles filantes dirigées vers tous les centres de plaisir, feux de joie éclatants… Et, pourtant, pouvait-elle affirmer : « Je resterai ici et je vivrai dorénavant avec Mambo » ? Non, ce n'était qu'un jeu comme celui de ces enfants qui essaient de rester sous les averses des feux d'artifice et dont les étincelles, lumineuses un instant, les couvrent ensuite de cendre.

Deux souvenirs la visitèrent : le souvenir d'Alan en train de sangloter comme il avait sangloté à la mort de son père, et le souvenir d'Alan furieux, comme il savait l'être non point avec elle, mais avec les autres. Ces deux images, également intolérables, l'anéantirent. Et le jour n'en finissait pas d'arriver. Qu'allait-elle faire ? Son angoisse était si grande qu'elle ne pouvait plus rester couchée.

Comment expliquer à Mambo un départ aussi matinal ? Néanmoins, elle se leva silencieusement, se glissa tout doucement hors du lit et s'habilla. Elle tremblait, ses vêtements lui échappaient des mains... Il fallait, coûte que coûte, qu'elle sache qui se cachait dans l'allée. Elle ne pouvait plus supporter l'angoisse de l'attente.

Elle quitta l'appartement, lentement, doucement. Elle descendit l'escalier, pieds nus, en tenant ses sandales à la main. Lorsqu'une marche craquait, elle s'arrêtait. Des gouttes de sueur perlaient à ses sourcils, une sensation de faiblesse extrême la faisait frissonner. Elle atteignit enfin la porte et aperçut une silhouette masculine à travers le verre dépoli. L'homme fumait la pipe, comme Alan. Le cœur de Sabina s'arrêta. Elle savait maintenant pourquoi elle avait toujours détesté cette impasse. Elle resta immobile dix bonnes minutes, paralysée par la terreur, la honte et le désespoir.

« C'est la fin de tout ! » murmura-t-elle.

Comme si elle allait mourir, elle fit le bilan de son existence : ses passions les plus exaltantes s'évanouirent devant la perte d'Alan dont l'amour était le cœur de sa vie.

Lorsqu'elle formula cette pensée, son angoisse devint si insupportable qu'elle ne put plus y tenir : elle ouvrit brusquement la porte.

Devant elle se dressait un étranger, les yeux injectés de sang, les jambes flageolantes. Effrayé par l'apparition soudaine de Sabina, il recula en bredouillant : « Peux plus trouver mon nom sur la sonnette, m'dame ; pourriez pas me donner un coup de main ? »

Sabina lui jeta un regard furieux et s'en fut en lui fouettant le visage de sa cape.

Constamment Mambo lui répétait : « Tu ne m'aimes pas. » Il le sentait, les baisers qu'elle lui donnait s'adressaient à la musique, aux légendes, aux arbres, aux tambours des îles d'où il venait ; il sentait qu'elle cherchait à posséder ardemment à la fois son corps et son île, qu'elle lui offrait sa chair comme elle l'eût offerte aux vents des tropiques et que les mouvements ondulants de leur plaisir ressemblaient aux mouvements des nageurs dans les mers du Sud. Ce qu'elle savourait sur ses lèvres, c'étaient les senteurs épicées de son île, et c'était effectivement l'île qui avait appris à Mambo les caresses soyeuses, sans brusquerie ni violence, caresses semblables à son lisse corps d'insulaire.

Sabina s'abreuvait aux sources des tropiques sans le moindre remords ; mais elle connaissait un remords plus subtil : celui d'apporter à Mambo une Sabina hypocrite, qui faisait semblant de n'aimer que lui. Le soir, tandis que le philtre des caresses les emportait dans ses voluptés et les projetait dans l'espace, libérés de toute entrave, pour une fusion parfaite, elle aurait voulu lui offrir une Sabina vraie.

Alors que leurs corps étaient couchés côte à côte, le silence se faisait peu à peu, et dans ce silence tous deux se mettaient à tisser doucement la toile de leur séparation, afin de désunir ce qui avait été un, de reprendre, chacun pour soi, ce qui avait été, pour un temps, partagé. Certaines caresses étaient d'une qualité telle qu'elles défaisaient les isolements les plus tenaces, qu'elles filtraient à travers les défenses les plus épaisses, mais aussitôt après l'échange du plaisir, il fallait en détruire les effets, comme il fallait détruire les germes de la vie.

Avec ténacité, avec patience, Mambo renouvelait alors ses secrètes accusations : Sabina ne souhaitait que le plaisir, elle n'aimait en lui que l'homme des îles, le nageur, le joueur de tambour ; elle n'avait jamais cherché à atteindre, elle n'avait jamais vraiment désiré l'artiste, ce côté de lui-même dont il faisait le plus de cas, le compositeur qui distillait dans sa musique les thèmes barbares de ses ancêtres. Pourtant, il était un exilé, il avait besoin qu'on le ménage, il recherchait les douceurs protectrices et les équilibres nuancés de la musique de Debussy. Sabina supprimait fiévreusement tout souci de délicatesse et disait : « Joue, Mambo, joue. Joue pour moi. »

De son côté, Sabina s'évadait, elle aussi, de l'instant brûlant qui avait effacé leurs différences. Il lui fallait une fois de plus déguiser son être secret qui gisait nu et sans voiles entre les bras de Mambo, car elle entendait dans le silence les accusations muettes de son amant. Avant l'échange des mots qui blessent, tandis que Mambo préparait son acte d'accusation, elle préparait sa métamorphose, afin de pouvoir abandonner, comme un déguisement, la Sabina qu'il frapperait, et dire : « Ce n'est pas moi. » À ce moment-là, ils ne l'atteindraient plus, les mots destructeurs que Mambo adresserait à la première Sabina, celle qu'il avait possédée. Elle serait déjà hors de la jungle de leurs désirs ; son cœur serait loin, invulnérable, protégé par la fuite. Il ne resterait d'elle qu'une défroque vide, en tas sur le sol de la chambre de Mambo.

Sabina se souvenait d'avoir vu un jour une ville ancienne d'Amérique du Sud ravagée par un tremblement de terre. Seules subsistaient les façades de granit des maisons, comme dans les toiles de Chirico ; les portes et les fenêtres à demi arrachées ne s'ouvraient plus sur une famille installée autour du foyer, mais sur des gens qui campaient à la belle étoile, protégés des regards étrangers par un seul mur et une porte.

C'était cela, cet espace sans frontières qu'elle espérait trouver dans les chambres de ses amants. Un espace fermé au monde sur un seul côté, ouvert partout ailleurs sur la mer et les montagnes; un foyer sans toit ni murs, dressé au milieu des arbres, un plancher où pousseraient des fleurs sauvages aux corolles souriantes, une colonne où nicheraient les oiseaux perdus, et, dans le lointain, des temples, des pyramides et des églises baroques. Mais, quand elle apercevait les quatre murs et le lit poussé dans un coin comme s'il venait de heurter un obstacle en plein vol, elle ne disait pas comme les voyageurs habituels: « Me voici arrivée à destination, je puis quitter ma tenue de voyage », mais: « Me voilà prisonnière, il faudra que je m'échappe tôt ou tard. »

Aucun lieu sur terre, aucun être humain ne résiste au regard critique de l'être épris d'absolu, pour lequel ils ne sont que des entraves empêchant d'atteindre l'idéal rêvé par l'imagination. Sabina condamnait les chambres de ses amants en se posant cette simple question: « Est-ce qu'il me faudra vivre ici toujours ? » Chaque chambre était un symbole d'immobilisation irrévocable; c'était une sorte de vieillissement prématuré, accéléré. Cette concentration du temps était comme un rayon de la mort qui aurait tout anéanti sur son passage, à la vitesse de cent années-minute.

Devant la ville dévastée, Sabina comprit son péché, son crime, aussi effroyable qu'un assassinat. C'était sa maladie secrète, qu'elle jugeait incurable et innommable. Puis, après avoir effleuré la source de la mort, Sabina revint à celle de la vie. Dans *L'Oiseau de feu* de Stravinski, elle retrouva son autobiographie musicale, la Sabina perdue, la révélation d'elle-même.

Dès les premières approches sensuelles de l'oiseau orangé, traces phosphorescentes dans les forêts de magnolias, elle reconnut ses premières sensations, ses émotions adolescentes, ou plutôt elle n'en vit d'abord que les ombres, elle ne perçut que l'écho de leur éblouissante présence, tandis qu'elle n'osait pas encore entrer dans le cercle de feu.

Puis ce furent les valses préliminaires, les peintures sur verre qu'efface le moindre contact avec une main vivante, les halos lunaires autour des têtes sans visage, les préparatifs de festivités, les tambours sauvages qui préludent à la danse des cœurs et des sens. Ce furent les attentes écarlates, les exaltations qui accélèrent le pouls, le souffle qui passe à travers le col de cygne des trombones et dessine dans l'air ses hiéroglyphes.

Les pièces des feux d'artifice sur leurs armatures de fer agitaient des bras amoureux, dansaient du bout des pieds sur les langues pourpres du Saint-Esprit et bondissaient vers la liberté, ailes orangées du dieu Mercure glissant sur des torches aiguës et sifflant dans l'espace, tels des javelots lancés à travers les nuages, vulves écarlates de la nuit.

En général, les soirs où Sabina allait chez Mambo, ils ne sortaient pas. Quand elle avait décidé de rentrer chez elle à minuit, il n'était ni très difficile ni très dangereux d'expliquer à Alan qu'elle avait passé la soirée avec un ami. Mais il y avait des soirs (lorsqu'elle désirait passer quelques nuits entières avec son amant) où elle quittait Alan en lui annonçant qu'elle partait en tournée. Alors, si Mambo suggérait d'aller au cinéma, le conflit éclatait en elle. Elle refusait d'avouer qu'elle avait peur de rencontrer son mari, et elle se sentait comme une enfant qu'on surveille, car ses sentiments pour Alan ressemblaient moins à ceux d'une femme qui veut rester fidèle qu'à ceux d'une adolescente qui s'échappe de chez elle pour un jeu défendu. D'un côté elle voyait en Alan un bon père, mais un père capable de la punir pour ses mensonges ; d'un autre côté, elle savait que, si elle parlait à Mambo des droits qu'Alan avait sur elle, elle devrait aussi lui confesser la dualité de ses affections. Parfois ses mensonges lui semblaient non une traîtrise bien organisée, mais le plus subtil des systèmes défensifs, parfois elle était tentée de tout raconter à Alan, mais elle savait que, si elle était pardonnée, il exigerait d'elle un changement de vie, et cela arrêtait son élan.

En définitive, elle acceptait d'aller au cinéma comme on fait un pari. Elle examinait non pas tant les qualités du film suggéré par Mambo que les quartiers où il se donnait, l'intérêt qu'il pouvait présenter pour Alan. Si au contraire elle accompagnait Alan, elle devait se souvenir des films que Mambo avait vus, de ceux qu'il désirait voir et, connaissant son fanatisme pour tout ce qui touchait au cinéma, estimer qu'il serait capable de voir deux fois telle ou telle bande. En dernier ressort, comme un joueur, elle interrogeait son instinct.

Une fois qu'elle était installée dans son fauteuil à côté de Mambo, son anxiété augmentait. Peut-être Alan avait-il suffisamment aimé ce film pour désirer le revoir ? Peut-être un ami avait-il réussi à l'emmener en ville ? Et, quand elle était avec Alan, elle songeait que Mambo, lui aussi, était peut-être dans la salle et l'avait vue entrer.

Certains soirs, elle écartait son inquiétude en la mettant sur le compte de la nervosité. D'autres fois, elle allait aux toilettes dès le début du film, pour pouvoir faire lentement le tour de la salle et examiner minutieusement les spectateurs avant de rejoindre Mambo ou Alan. Son angoisse était alors calmée, jusqu'à ce qu'un détail du film la réveillât : un mensonge, une situation fausse, une confession. Elle était surtout sensible aux histoires d'espionnage. La vie menée par les espions la rendait consciente de la tension exceptionnelle à laquelle elle était elle-même soumise. Cette crainte constante de se trahir, en dormant trop profondément, en parlant en songe, en se trompant d'accent ou en faisant un geste irréfléchi... Ce besoin perpétuel de déguisement, de justifications improvisées, d'explications rapides... Sabina avait l'impression qu'elle aurait pu être d'une grande utilité dans un service d'espionnage.

Je suis une espionne internationale dans la maison de l'amour.

Lorsque son angoisse devenait par trop intolérable, elle la transmuait en enjouement. Les dangers et l'énervement prenaient l'apparence d'un jeu passionnant et hautement humoristique. Sabina jouait à l'enfant qui trompe sa surveillante et s'amuse de sa propre malice. Elle se mettait à discourir, poussée par le besoin de se vanter, et elle se vantait si ouvertement, elle décrivait ses tricheries avec tant de gaieté qu'elle choquait ses auditeurs. L'angoisse et le rire étaient interchangeables à ses yeux. Quand elle était d'humeur à se moquer, ses mensonges, ses escapades devenaient de joyeux efforts pour protéger ceux qui l'entouraient des cruautés d'une existence dont elle n'était pas responsable. Pourquoi ne pas jouer la comédie quand il s'agit de cacher aux hommes les vérités insupportables ?

Mais aucun de ses auditeurs ne partageait ses brusques gaietés ; elle lisait dans les regards une condamnation. Son rire sonnait comme une profanation de ce qui devait rester dans le domaine du tragique. Elle lisait dans les yeux le souhait de la voir tomber du trapèze incandescent où elle balançait de fines ombrelles japonaises, parce que aucun coupable n'a droit à tant d'adresse, aucun coupable n'a le droit d'exister sous prétexte qu'il a le sens de l'équilibre, qu'il sait se maintenir bien au-dessus des lois rigides de la vie. Personne ne partageait son ironie, sa façon de se moquer des lois de l'existence (ces lois qui interdisent de mener plusieurs vies) et personne n'applaudissait si elle réussissait par son adresse à en outrepasser les limites permises.

Lorsqu'elle se tenait ainsi sur un sommet humoristique au-dessus des crevasses du danger, des marécages du remords, tous l'abandonnaient, refusaient de l'absoudre. Chacun attendait l'heure où elle serait punie d'avoir vécu comme une espionne dans la maison des nombreuses amours sans jamais se faire démasquer, d'avoir déjoué la surveillance des sentinelles qui gardent les frontières de ce qui est autorisé, d'avoir voyagé sans passeport d'un amour à un autre.

Toute vie d'espion finit par une mort ignominieuse.

Sabina attendait sur le trottoir le changement de feux au carrefour qui menait à la plage.

Un cycliste stoppa à côté d'elle, et Sabina fut éblouie par l'éclat extraordinaire de ses yeux immenses. Ils brillaient d'un éclat humide, argenté, presque effrayant parce qu'ils révélaient en pleine lumière une panique intérieure. L'éclat de cet argent en fusion troublait comme celui de réflecteurs aveuglants sur le point de s'anéantir dans l'obscurité. Sabina se sentit contaminée par cette panique pareille à l'eau transparente et tremblante d'une pierre précieuse qu'un cyclone encore caché s'apprête à aspirer.

Elle ne remarqua que plus tard les traits délicatement ciselés, le nez court, la bouche au doux modelé contrastant avec le trouble profond exprimé par le regard ; une bouche de très jeune homme, un ensemble de lignes pures sur un visage non encore asservi aux sensations. Le jeune homme avait des gestes libres et légers, des gestes d'adolescent. Les yeux seuls contenaient toute la passion de son être.

Conduisant sa bicyclette comme une voiture de course ou un avion, il était arrivé sur Sabina comme s'il n'avait vu ni les arbres, ni les voitures, ni les gens et il avait presque brûlé le feu rouge.

Pour se délivrer du malaise que lui avait provoqué ce regard, Sabina chercha à en minimiser la cause. « Ce garçon a de beaux yeux, sans plus, se dit-elle. Il a des yeux pleins de passion, ce qui est rare chez les jeunes gens, non, disons seulement que ses yeux sont plus vivants que ceux des autres. » Mais à peine avait-elle cherché à échapper à leur envoûtement que son instinct ajoutait : « Il a vu quelque chose que les autres n'ont pas vu. »

Le feu rouge passa au vert et le cycliste embraya sauvagement ; mais Sabina n'eut pas le temps de poser le pied sur la chaussée que déjà il stoppait tout aussi brusquement et lui demandait, hors d'haleine, le chemin de la plage. Sa voix ressemblait à son regard et contrastait avec sa peau hâlée, lisse, saine.

Il avait demandé son chemin comme si la plage devait lui être un abri contre de terribles dangers. Il n'était pas plus beau que les autres jeunes gens de la ville, mais son extraordinaire regard avait mis Sabina en état de rébellion contre l'endroit où elle séjournait. Avec une ironie amère, elle se souvint de ruines qu'elle avait visitées au Guatemala et de l'exclamation d'un visiteur américain : « Je déteste les ruines, je déteste les déserts, les tombeaux. » Cette station balnéaire était bien plus immobile, bien plus désagrégée que les ruines les plus anciennes. Des nuages de monotonie, de conformisme étaient suspendus au-dessus des demeures neuves et propres, au-dessus des pelouses impeccables, des meubles de jardin bien époussetés. Sur la plage, les hommes et les femmes, tous semblables, dépourvus de tout magnétisme, étaient les zombies de notre civilisation, avec de beaux vêtements et des yeux morts.

Que faisait-elle dans cette ville ? Elle attendait Alan. Alan qui avait promis de venir dès que son travail serait terminé. Mais elle avait la nostalgie d'autres lieux, et cette nostalgie la tenait éveillée. Alors elle se mit à déambuler dans les rues. Sur sa route, elle se heurta à un panneau sur lequel on lisait : « Voici l'emplacement de l'église la plus coûteuse de Long Island. » Elle continua à marcher. À minuit, la ville fut déserte. Chacun était rentré chez lui muni de bouteilles dans lesquelles tous espéraient trouver une gaieté qui avait été mise en bouteilles ailleurs.

« On dirait qu'ils veillent un mort », songea Sabina en jetant un coup d'œil dans les bars où de molles silhouettes s'accrochaient à des bouteilles remplies d'oubli.

À une heure du matin, elle se mit à chercher une pharmacie pour acheter un somnifère : les pharmacies étaient fermées. Elle marcha encore. À deux heures, elle n'en pouvait plus, mais elle subissait toujours le tourment de cette ville qui se refusait aux fêtes de la rue, aux bals publics, aux feux d'artifice, aux orgies de guitare, aux marimbas, aux cris de joie, aux déclamations poétiques et aux sérénades.

À trois heures, elle se dirigea vers la plage pour demander à la lune pourquoi elle permettait à l'une de ses enfants de se sentir si totalement perdue dans cette cité morte depuis longtemps.

Une voiture stoppa à côté d'elle et un agent de police irlandais, très grand, à cheveux blancs, lui demanda poliment : « Puis-je vous ramener chez vous ?

– Je n'arrivais pas à dormir, dit Sabina, je cherchais une pharmacie pour acheter un somnifère ou de l'aspirine. Les pharmacies sont toutes fermées. Alors j'ai essayé de marcher jusqu'à ce que le sommeil vienne…

– Chagrin d'amour ? » demanda l'agent de police.

Il s'appliquait à garder la tête très droite, avec panache, comme pour témoigner non d'une rectitude qu'on lui aurait enseignée en lui apprenant son métier, mais plutôt de la profonde fierté qu'il avait de posséder en lui une rectitude intérieure, symbole de l'orgueil érotique de l'homme. Cependant, Sabina ne trouvait pas de mots pour dire ce qu'elle aurait voulu dire et elle craignait de s'attirer des commentaires puérils, car les paroles maladroites de l'homme démentaient son apparente maturité. Elle dit au hasard : « J'ai la nostalgie de toutes les plages que j'ai connues : Capri, Majorque, la Côte d'Azur, Venise, la Riviera italienne, l'Amérique du Sud.

– Je vous comprends, dit l'homme ; moi aussi j'ai eu le mal du pays lorsque j'ai quitté l'Irlande.

– Il y a un an, je dansais au bord de la mer sous les palmiers. La musique était sauvage et les vagues nous arrosaient les pieds.

– Oui, oui, je vois… J'ai été garde du corps chez un richard. Toutes les nuits on traînait dans les cafés du port. Tous les soirs c'était la fête. Allons, venez ! Je vous emmène à la maison. Ma femme et mes gosses seront endormis, mais je vous trouverai de l'aspirine. »

Sabina monta dans la voiture. L'homme conduisait admirablement. Il lui parla de la vie qu'il avait menée quand il était garde du corps ; il avait fait le tour du monde, dit-il.

« Je déteste cette ville », s'écria Sabina, soudain véhémente.

Son chauffeur avait stoppé sans secousse devant une gentille villa blanche. « Attendez-moi », dit-il en quittant la voiture.

Il revint avec un verre d'eau et deux comprimés d'aspirine. Les nerfs de Sabina se décontractèrent. Elle avala sagement les deux comprimés.

L'homme dirigea le faisceau de sa puissante lampe de poche sur un buisson du jardin : « Regardez », dit-il. Dans l'obscurité elle aperçut des fleurs de velours avec des cœurs noirs et des yeux d'or.

« Comment appelle-t-on ces fleurs ? dit-elle pour faire plaisir à son compagnon.

– Des roses de Sharon, répondit-il gravement, avec le plus pur accent irlandais. Elles ne poussent qu'en Irlande et à Long Island. »

La révolte de Sabina s'apaisait. Elle se sentit pleine de tendresse pour les roses de Sharon, pour la gentillesse prévenante de l'agent de police. Quel mal se donnait-il pour lui faire oublier les fleurs exotiques dont elle rêvait, pour mettre un peu de beauté dans cette nuit !

« Je vais dormir maintenant, vous pouvez me déposer à Penny Cottage, dit Sabina.

– Non, dit l'agent en reprenant le volant, nous allons suivre le bord de la mer jusqu'à ce que vous tombiez de sommeil. »

Sabina ne prêta qu'une vague attention aux histoires que l'homme lui raconta ; elle ne se réveilla que lorsqu'il dit : « Vous êtes deux aujourd'hui dans le coin à avoir le mal du pays et à me donner du souci. L'autre, c'est un jeune Anglais de l'armée de l'air. Il a été aviateur pendant toute la guerre. Il s'était engagé à dix-sept ans. Et maintenant il ne peut pas se consoler de ne plus voler. Il ne tient pas en place, il fait de la vitesse et n'observe pas le code de la route. Les feux rouges le rendent fou. Quand j'ai compris la situation, je ne lui ai plus collé de contraventions. Il est habitué à voler ; c'est dur pour lui d'être à terre. Je le comprends. »

Sabina sentit monter du sol les brumes du sommeil que parfumaient les roses de Sharon. Dans le ciel luisaient les yeux de l'aviateur qui ne s'habituait pas à la vie terre à terre, aux horizons rétrécis ; un verre d'eau et deux comprimés d'aspirine à la main, un aimable agent de police veillait sur tous les autres êtres qui essayaient, eux aussi, de prendre leur vol. Et Sabina allait s'endormir. Elle allait s'endormir et tandis que la lampe de poche éclairerait le trou de la serrure, que l'auto s'en irait doucement, que les cheveux blancs lui diraient bonne nuit, elle retrouverait son lit…

… À la cabine téléphonique, Alan venait de l'appeler et de lui dire qu'il ne pourrait pas venir. Sabina eut envie de se laisser glisser à terre et de pleurer sur sa solitude. Elle pensa rentrer à New York, mais Alan lui avait demandé d'attendre encore. Il avait dit : « Tu peux bien attendre un jour encore. Je serai là demain. Sois raisonnable. »

Aurait-elle pu lui expliquer que les pelouses impeccables, les églises coûteuses, le ciment neuf et la peinture fraîche peuvent constituer un vaste tombeau sans dieux de pierre à admirer, sans bijoux, sans urnes, sans hiéroglyphes à déchiffrer, que certains lieux dans le monde sont semblables à ces antiques nécropoles où une seule journée vaut un siècle de non-existence ? Les fils du téléphone ne transmettent que les mots des messages, jamais les cris de désespoir ou la détresse du subconscient. Tels les télégrammes, ils se contentent d'assener les faits comme des coups : les arrivées, les départs, les naissances et les morts. Ils ignorent les messages fantaisistes tels que : Long Island est une tombe ; un jour de plus à Long Island, c'est la mort par étouffement. L'aspirine, l'agent de police irlandais et les roses de Sharon sont un traitement trop doux contre les risques de suffocation.

« Moi aussi je suis descendue de mon ciel sur la terre », pensa Sabina.

Juste avant de glisser au fond de la cabine téléphonique, au fond de sa solitude, elle aperçut l'aviateur qui attendait que la cabine fût libre. Il paraissait désemparé, comme incapable de s'habituer au temps de paix. Mais il sourit en reconnaissant celle qui lui avait indiqué le chemin de la plage.

« Vous avez trouvé facilement ? Est-ce que ça vous a plu ? demanda Sabina.

– C'est un peu plat pour mon goût. J'aime les rochers et les palmiers, comme sur les côtes de l'Inde où je me trouvais pendant la guerre. »

La guerre était encore une abstraction dans l'esprit de Sabina. Elle ressemblait aux gens qui ont besoin de sentir la forme de l'hostie sur leur langue pour concevoir pleinement les dogmes de leur religion. La guerre, comme une hostie placée sur sa langue par le jeune aviateur, lui fut soudain très proche ; elle allait être entraînée dans le cycle infernal de la guerre, dans ce monde où l'inconnu se trouvait à son aise. Et, quand il lui dit : « Prenez votre bicyclette et je vous montrerai une plage plus agréable, un peu plus loin », elle comprit que ce n'était pas seulement pour échapper à toutes les gravures de mode couchées sur le sable, aux joueurs de golf et aux mollusques humains collés aux comptoirs humides des bars. C'était pour la plonger dans son univers infernal. Dès qu'ils furent en route, le long de la baie, il se mit à parler.

« J'ai fait cinq ans de guerre. Deux ans aux Indes. J'ai été en Afrique du Nord, j'ai dormi dans le désert, j'ai eu plusieurs blessures, j'ai été envoyé en mission une centaine de fois, j'ai vu toutes sortes de choses... Des hommes qui meurent, des hommes qui hurlent dans des avions en flammes, les bras carbonisés, les mains comme des griffes. La première fois que j'ai été envoyé sur l'aérodrome après un accident... Oh ! l'odeur de la chair qui brûle. Ça donne envie de vomir et ça vous colle dessus pendant des jours. On ne peut pas chasser cette odeur ; elle vous hante. Pourtant, on s'amusait bien, on riait tout le temps. On attrapait des prostituées et on les fourrait dans les lits de ceux qui n'aimaient pas les femmes. On se payait des soûleries qui duraient des jours entiers. J'aimais cette vie. Ah ! les Indes !... J'aimerais y retourner. La vie d'ici, ce que les gens disent, ce qu'ils font, tout ça me rase. J'aime dormir dans le désert. Une fois j'ai vu une Noire accoucher... Elle transportait de la terre pour une piste d'envol en construction. Elle s'est arrêtée pour mettre son enfant au monde sous l'aile d'un avion, et puis elle a emballé son gosse dans un bout de chiffon et elle est retournée à son travail. Vraiment drôle de voir la scène : le gros avion moderne, la négresse à demi nue, en train d'accoucher dessous et après, de nouveau, la femme avec ses seaux pleins de terre. De toute notre escadrille, nous ne sommes que deux, vous savez, à être revenus vivants. Et qu'est-ce qu'on a pu faire comme blagues... Les copains m'avaient prévenu. "Ne deviens pas un rampant. Une fois à terre, on est fini." Mais il y avait trop de canonniers arrière dans le service, et je n'avais pas envie de rentrer chez moi. Qu'est-ce que c'est, la vie civile ? C'est bon pour les vieilles filles. Toujours les mêmes ornières. Les filles rigolent pour rien, les gars se moquent de moi. Il ne se passe jamais rien. Ils ne savent pas rire et ils ne savent pas hurler. Ils ne se font ni tuer ni blesser, mais ils ne savent pas rire non plus. »

Pendant que le jeune homme soliloquait, Sabina devinait dans ses yeux quelque chose qu'elle ne pouvait pas déchiffrer, quelque chose qu'il avait vu et dont il ne voulait pas parler.

« Vous me plaisez parce que vous détestez ce coin et parce que vous ne riez pas bêtement », lui dit-il en lui prenant gentiment la main.

Infatigables, ils marchèrent longtemps le long du golfe et bientôt il n'y eut plus de maisons, plus de jardins soignés, plus de gens, et la plage devint sauvage et ne montra plus de traces de pas, mais seulement des épaves rejetées par la mer. « Comme la collection d'un musée bombardé », dit-il. Puis il ajouta : « Je suis heureux d'avoir trouvé une femme qui marche à mon pas et qui hait ce que je hais. »

Au retour, sa chair était lisse, rose de soleil et de joie. Le léger tremblement de ses gestes avait disparu. Les lucioles étaient si nombreuses qu'elles leur volaient au visage.

« En Amérique du Sud, dit Sabina, les femmes portent des lucioles dans leurs cheveux, et elles ne cessent de secouer la tête pour tenir les bestioles éveillées, car elles ne luisent plus dès qu'elles dorment. »

John se mit à rire.

À la porte de Sabina, il hésita. Il devinait que sa compagne avait loué une chambre dans une villa particulière. Sabina ne fit pas un mouvement pour le retenir, mais elle regarda fixement de ses yeux grands ouverts aux pupilles de velours les yeux du jeune homme comme pour en chasser la crainte.

Il dit à voix très basse : « Je voudrais rester avec toi. » Et il se pencha pour déposer sur sa joue un baiser fraternel.

« Tu le peux, si tu le veux, répondit-elle.

– *Ils* vont m'entendre.

– Tu es fort instruit des choses de la guerre, dit Sabina ; moi, je connais celles de la paix. Si tu t'y prends bien, ils ne t'entendront pas.

– Tu crois ? » murmura-t-il.

Mais Sabina s'aperçut qu'il n'était pas rassuré, qu'en étalant sa science des roueries elle s'était transformée pour lui en une redoutable adversaire. Elle eut un geste de renoncement et ébaucha un mouvement vers la villa. C'est alors qu'il la saisit, qu'il l'embrassa avec désespoir, en lui enfonçant ses doigts frêles et nerveux dans les épaules, dans les cheveux, comme s'il allait se noyer.

« Laisse-moi entrer.

– Enlève tes souliers, murmura-t-elle. Ma chambre est au premier étage. Dans l'escalier, marche à mon pas. On croira que je suis seule. »

Souriant, il la suivit. Une fois dans la pièce et la porte fermée, il inspecta les lieux pour s'assurer qu'il n'était pas tombé dans un piège.

Ses caresses effleuraient Sabina, si légères qu'elle craignait de leur ôter toute réalité en y répondant. Ses doigts la frôlaient, éveillaient ses sens, puis se retiraient ; son visage, son corps s'approchaient et puis s'évanouissaient dans le noir. Le jeune homme pressait contre Sabina son corps svelte et chaud, puis il s'immobilisait et la laissait dans l'attente. Quand il lui prit la bouche, il lui écarta les mains, et quand elle répondit à la pression de ses genoux, il s'éloigna. Ainsi, il essayait chaque contact, il goûtait à chaque parcelle de la peau de Sabina et les abandonnait l'une après l'autre. On eût dit qu'il voulait seulement embrasser la jeune femme et éluder l'acte final. C'était une danse de tous les sens, une danse frémissante, enivrante, tour à tour ardente et subtile, à l'image de l'attitude qu'il avait eue au long de la journée. La lumière de la rue éclairait leur nudité, mais les yeux de

John restaient dans l'ombre, et Sabina se sentait transportée à un tel degré d'exaltation que l'attente du plaisir lui était presque insupportable. Son corps s'était mué sous les caresses en un buisson de roses de Sharon, prêtes à souffler leur pollen, prêtes pour la volupté.

Si longtemps attendue, si longtemps promise, la possession vint et compensa l'attente par une extase prolongée, profonde, bouleversante.

C'était Sabina qui tremblait maintenant ; elle avait fait siennes les angoisses de son partenaire ; elle avait absorbé sa peau lisse, ses yeux éblouis.

À peine l'extase évanouie, John s'éloigna en murmurant : « La vraie vie, c'est voler dans les airs.

– Il est d'autres manières de quitter la terre », dit Sabina.

Mais elle vit que le corps de John ne frémissait déjà plus et elle sut qu'elle demeurait seule avec son émoi, que le moment qu'elle venait de vivre lui avait permis de voler aussi haut, aussi vite qu'elle le désirait, mais qu'elle ne volerait jamais plus haut, jamais plus vite.

Presque aussitôt, John se mit à parler dans le noir, d'avions en flammes, de corps épars, de cadavres sur lesquels on bute.

« Il y en a qui meurent en silence. Leurs regards seuls disent qu'ils vont mourir. D'autres hurlent, et il faut se détourner et ne pas regarder leurs yeux. À l'entraînement, la première chose qu'on m'a dite, c'est de ne jamais regarder les yeux d'un mourant.

– Et tu l'as fait ? interrogea-t-elle.

– Non ! Non !

– Si ! Je le sais. Je le vois dans tes yeux. Tu as regardé les yeux d'un homme qui mourait. La première fois peut-être... »

Elle l'imaginait nettement, à dix-sept ans, encore adolescent, avec sa peau de fille, ses traits fins, son nez droit et court, sa bouche féminine, son rire timide, cette tendresse de tout son visage et de tout son corps, regardant droit dans les yeux des mourants...

« L'homme qui a dirigé mon entraînement m'avait dit : "Ne regarde jamais les yeux des mourants ou tu deviendras fou." Crois-tu que je sois fou ? Est-ce cela que tu veux dire ?

– Non, tu n'es pas fou. Tu as été blessé, effrayé, désespéré, et tu crois que tu n'as pas le droit de vivre et d'être heureux parce que tes amis sont morts ou parce qu'ils volent encore.

– Je voudrais être là-bas, boire avec eux, voler avec eux, voir de nouveaux pays, de nouveaux visages, dormir dans le désert; on sait qu'on peut mourir à tout moment; alors il faut se dépêcher de boire, de se battre et de rire. Je voudrais être là-bas, au lieu d'être ici à faire le mal.

– Faire le mal ?

– Ce n'est pas le mal, ce que nous avons fait ? Tu peux dire le contraire ? »

Il se leva et s'habilla. Ses mots avaient détruit la joie de Sabina. Elle remonta le drap jusqu'au menton et se tut. Quand il fut prêt, avant de mettre ses chaussures, il se pencha sur elle et, de la voix tendre d'un jeune homme qui joue au papa : « Veux-tu que je te borde avant de partir ? demanda-t-il.

– Oui, oui, dit Sabina tandis que son chagrin fondait, oui. »

Elle était éperdue de reconnaissance, non seulement parce que John avait pensé à faire ce geste protecteur avant de s'en aller, mais parce qu'il n'aurait jamais proposé de la border s'il avait pensé qu'elle était une mauvaise femme. *On ne borde pas une femme de mauvaise vie*. Et ce geste signifiait peut-être aussi qu'il la reverrait.

Il la borda gentiment, avec l'adresse d'un aviateur entraîné à camper. Sabina se laissa faire. Mais ce qu'il bordait si gentiment ce n'était pas un corps satisfait par une nuit de plaisir : c'était un corps dans lequel il avait injecté le poison dont il mourait lui-même. Il avait injecté dans le corps de Sabina la honte qu'il éprouvait à vivre et à aimer. Il avait mêlé le poison à chaque goutte de plaisir, à chaque baiser. À chaque brûlure de volupté, il avait associé la brûlure de la lame qui tue ce qu'elle aime, la brûlure du remords.

Le lendemain, Alan arriva avec son éternel sourire, son humeur égale ; pour lui sa femme était toujours la même. Sabina avait espéré que cette venue la délivrerait de l'obsession qui s'était emparée d'elle la nuit précédente, mais Alan était trop étranger au chaos où elle se débattait, et la main qu'il tendait vers elle, l'amour qu'il lui offrait n'étaient pas assez forts pour anéantir le sortilège qu'elle subissait, le plaisir qui avait pris possession de son corps en même temps que le poison aigu, intense, qui y était mêlé.

Elle voulait sauver John de sa folie. Elle voulait lui prouver que le remords qui le rongeait était une aberration, qu'en voyant le mal partout, dans ses propres désirs, en Sabina elle-même, il ne faisait que manifester une sensibilité maladive.

L'angoisse, l'ardeur dévorante, la panique contenues dans le regard de John étaient passées en elle. Si seulement elle n'avait pas regardé dans ces yeux fous ! Sabina éprouvait le lancinant désir de sauver le jeune homme parce que, sans savoir comment, elle avait sombré avec lui dans le sentiment du péché. Il lui fallait le sauver, et elle avec lui. Il l'avait empoisonnée, il lui avait transmis sa malédiction. Elle deviendrait folle à son tour si elle ne le sauvait pas et ne changeait pas la vision qu'il avait du monde.

S'il ne l'avait pas bordée, elle se serait peut-être indignée, elle l'aurait détesté, elle aurait détesté l'égarement où il se trouvait. Mais ce geste de tendresse avait aboli toutes ses défenses : il était aveugle, apeuré, tendre, cruel, perdu, et elle était tout cela avec lui, par lui, à travers lui.

Elle ne pouvait même plus rire de ses obsessions d'ex-aviateur. Les avions dont rêvait John ne différaient pas des aventures dans lesquelles elle cherchait d'autres pays, des visages inhabituels, l'oubli, l'étrange, la fantaisie des contes de fées.

Elle comprenait la révolte qu'il avait dû éprouver lorsqu'on l'avait affecté à un service au sol. Ne la ressentait-elle pas chaque fois qu'elle retournait auprès d'Alan ? Si seulement il ne l'avait pas bordée, comme un enfant, l'enfant qu'il était lui-même, perdu dans un monde chaotique et terrifiant. Si seulement il l'avait quittée brutalement en lui jetant sa honte au visage, cette honte d'homme dont la femme souvent doit supporter la violence, cette honte que l'homme jette, comme des pierres, à la face de celle qui l'a tenté et séduit ! Alors elle aurait pu le haïr, l'oublier. Mais il l'avait bordée et il reviendrait sûrement. Il n'avait pas dit : « Tu es une mauvaise femme. » On ne borde pas une femme de mauvaise vie.

Puis, Sabina aux côtés d'Alan rencontra John par hasard et, au regard qu'il lui jeta, elle comprit qu'il avait désormais réussi à la charger de sa honte, qu'il pensait : « Oui, tu es une mauvaise femme », qu'il ne reviendrait plus, et qu'elle demeurait seule, avec le poison dans ses veines, sans espoir de contre poison.

Alan reparti, Sabina essaya de revoir John. Elle le chercha en vain dans les bars, les restaurants, les cinémas, sur la plage. Elle s'informa là où il louait sa bicyclette : les gens ne l'avaient pas revu mais il n'avait pas encore rendu la bicyclette.

En désespoir de cause, elle alla s'enquérir auprès de la femme à qui il louait sa chambre. La chambre était payée pour toute la semaine, mais il n'était pas rentré depuis trois jours, et la logeuse se faisait du souci parce que le père de son locataire avait téléphoné plusieurs fois.

C'est au bar qu'on l'avait vu pour la dernière fois, avec un groupe d'étrangers qui étaient partis avec lui…

Alors, Sabina se dit qu'il lui fallait rentrer à New York et oublier cette aventure. Mais en pensant à la tendresse du visage de John, à la détresse de son regard, elle s'accusa de désertion.

Soudain, le souvenir du plaisir qu'il lui avait donné l'enflamma comme si une coulée de mercure brûlant était montée dans ses veines. Elle vit le souvenir de ce plaisir flotter au creux des vagues où elle nageait, et les vagues devinrent les mains de John ou bien le corps de John abandonné entre ses mains, et elle s'arracha à ces vagues, à ces mains. Sans y réussir d'ailleurs, car le sable chaud c'était encore le corps de John sur lequel elle s'étendait ; c'était sa peau sèche et ses gestes rapides et légers. Et elle se mit à fuir le sable et ses caresses.

Mais dès qu'elle fut sur sa bicyclette, elle eut le sentiment qu'il la poursuivait, qu'elle entendait les appels joyeux du jeune homme, dans le vent : plus vite... plus vite... Oui, le visage de John la poursuivait – ou peut-être était-ce le contraire : était-ce elle qui poursuivait constamment ce visage...

Ce soir-là, elle leva les yeux pour regarder la lune, et ce mouvement réveilla sa peine parce que, pour recevoir les baisers de son amant, elle avait dû lever le visage de la même façon, mais alors deux mains masculines emprisonnaient ses tempes. Seule dans la nuit, elle entrouvrit les lèvres pour recevoir le baiser de John ; ses lèvres se fermèrent sur le vide. Elle faillit hurler de douleur, hurler à la lune, la sourde et l'impassible déesse de l'amour qui brillait, moqueuse, sur une nuit vide, sur un lit vide.

Elle se décida à repasser une fois encore devant chez lui, bien que ce fût tard, bien qu'elle redoutât de voir encore une fois la face vide, morte, de sa fenêtre.

La fenêtre était éclairée et ouverte !

Sabina se cacha derrière un buisson proche et murmura : « John ! » Elle ne voulait pas faire de bruit. Elle avait peur du regard que le monde ne manquerait pas de lancer à cette femme qui attendait sous la fenêtre d'un jeune homme.

« John ! John ! »

Il apparut à la fenêtre, les cheveux ébouriffés, le visage brûlant, les yeux hagards dans le clair de lune.

« Qui est là ? dit-il du ton de quelqu'un qui craint une embuscade.

– Sabina ! Je voulais seulement te demander... Comment vas-tu ?

– Très bien ! Je rentre de l'hôpital.
– De l'hôpital ?
– Un peu de malaria.
– De la malaria ?
– Ça m'arrive quand j'ai trop bu…
– Puis-je te voir demain ? »

Il rit doucement : « Demain mon père arrive.

– Si nous ne pouvons pas nous voir, je ferais mieux de rentrer à New York.
– Je te ferai signe quand je serai à New York moi aussi.
– Peux-tu descendre pour me souhaiter bonne nuit ? »

Il hésita : « On va m'entendre et on le dira à mon père.

– Eh bien, au revoir ! Bonne nuit !…
– Au revoir », dit-il à la fois indifférent et heureux.

Mais Sabina ne pouvait pas quitter Long Island ! John l'avait prise dans les rets d'un plaisir qu'elle voulait ressentir de nouveau ; il l'avait emprisonnée en créant une nouvelle Sabina qu'elle aurait voulu anéantir, il l'avait attachée à lui en lui versant ce poison dont il était seul à pouvoir la délivrer ; il lui avait donné la sensation qu'ensemble ils avaient commis un péché que seul un acte d'amour pouvait transformer en autre chose qu'une banale rencontre d'une nuit.

La lune ricanante la suivit jusqu'à son lit vide. Jamais Sabina n'avait remarqué cette grimace moqueuse, jamais avant cette quête d'amour. *J'ai compris sa folie, alors pourquoi me fuit-il ? Je me sens proche de lui, pourquoi ne se sent-il pas proche de moi ? Pourquoi ne voit-il pas notre ressemblance, la ressemblance de nos folies ? Je cherche l'impossible, je veux ne pas cesser de voler, je hais la vie quotidienne, je cours au-devant des dangers de l'amour comme il court au-devant de la guerre. Il me fuit, la guerre lui inspire moins de terreur que la vie…*

Mais John et la lune ne purent exorciser la folie de Sabina, une folie qui ne se manifestait que lorsqu'on reprochait à la jeune femme de ne pas lire les journaux : « La guerre ne vous intéresse donc pas ?

– Je *sais* ce qu'est la guerre ; je sais tout sur la guerre.
– Vous ne paraissez cependant pas très au courant. »

Oui, j'ai dormi avec la guerre, toute une nuit j'ai dormi avec la guerre. J'ai été gravement blessée, et vous pas, et je ne serai jamais décorée pour ce haut fait d'armes.

Au milieu de ses pérégrinations amoureuses, Sabina était prompte à reconnaître les échos de ses véritables amours. Les véritables amours – si elles n'ont pas péri de mort naturelle – ne disparaissent jamais tout à fait, elles laissent des traces ; interrompues, étouffées accidentellement, elles poursuivent des existences fragmentaires et se répercutent sans fin en échos de plus en plus faibles.

Aux résonances érotiques qui s'éveillaient en elle, Sabina savait déceler immédiatement, au milieu d'une foule, dans une soirée, chez l'un ou l'autre, telle ou telle particularité qui avait appartenu à Philip ou à John : la forme de la bouche, le timbre de la voix, une vague ressemblance. Ces résonances prenaient leur source dans les profondeurs des sens, mystérieux ensemble orchestral qui garde longuement le souvenir d'une sensation, comme les instruments de musique gardent le souvenir du son qu'ils viennent d'émettre. Le corps reste vulnérable à certains retours du passé longtemps après que l'esprit croit avoir tout oublié...

Ainsi le dessin d'une bouche suffisait pour rétablir chez Sabina un courant interrompu, pour réveiller en elle les vibrations créées longtemps auparavant par une autre extase amoureuse. Ses sens étaient comme des rivières où s'accumulaient les sédiments, le superflu, le trop-plein de la première expérience. Une ressemblance partielle réveillait ce qui lui restait d'un amour dont les racines avaient été incomplètement arrachées, et qui n'était pas mort de sa mort naturelle. Car tout ce qu'on extirpe du corps, tout ce qu'on coupe, laisse dans les profondeurs des racines fallacieuses, vivantes, prêtes à refleurir au moindre rappel du passé.

Lorsque Sabina aperçut la silhouette élancée de Donald, ce cou long, ce nez court, d'anciennes émotions ressuscitèrent en elle, assez puissantes pour que leur écho lui donne l'illusion d'un désir nouveau.

Elle ne remarqua pas les différences, la peau plus transparente, les cheveux plus soyeux ; elle ne vit pas que Donald manquait de dynamisme, qu'il traînait légèrement les pieds, qu'il avait une voix indolente, presque geignarde. Elle pensa simplement qu'il parodiait à merveille les gestes ailés des femmes ou la séduction fleurie de leurs lèvres.

Elle souriait avec indulgence quand il disposait sur le lit ses membres, sa tête, ses mains comme un bouquet dans lequel on aurait envie de mordre.

Elle riait quand il étirait langoureusement ses phrases, quand il prenait soudain un ton sévère comme un enfant qui s'amuse à singer l'arrogance paternelle ou les exhalaisons du charme maternel.

Quotidiennement, Sabina recevait comme un aliment le sourire aimable de l'agent de police qui arrêtait la circulation pour elle, l'expression du désir de l'homme qui poussait pour elle la porte tournante ; elle accueillait le regard d'adoration du pharmacien qui lui demandait si elle était actrice, le bouquet du marchand de chaussures qui lui demandait si elle était danseuse. Assise dans l'autobus, elle recevait les rayons de soleil comme une visite intime, personnelle. Elle se sentait de connivence avec le conducteur de camion qui avait freiné brutalement devant elle et qui avait souri parce qu'elle était Sabina et qu'il était heureux qu'elle ait traversé son champ visuel.

Pour Sabina, ces hommages étaient un apanage féminin, mais, à son grand étonnement, elle se rendait compte que Donald croyait qu'ils lui étaient destinés. Il multipliait les pantomimes ; il gonflait le thorax devant l'agent de police, il ondulait des hanches pour imiter la femme qui marchait à leur hauteur.

Sabina riait. Elle attendait la fin de ces comédies et la découverte du véritable Donald...

Lorsqu'ils furent installés au restaurant, face à face, Donald entreprit d'incarner de nouveaux personnages : il commanda le menu du ton tyrannique de l'homme d'affaires et courtisa la serveuse de l'air d'un homme d'État qui a peu de temps pour faire du charme. Puis il se mit à ridiculiser les femmes et leurs absurdités cycliques en imitant avec exactitude leurs caprices, leurs contradictions, et en commentant leur asservissement aux lois de la mode avec une science qui dépassait largement les connaissances de Sabina. En comparant ses goûts et ceux de son compagnon, elle commença à se demander si elle était une vraie femme. Il aimait les petites roses, les bijoux délicats alors qu'elle se plaisait à porter des colliers barbares et détestait les petites fleurs et les bleus pastel.

Elle pensait : « Bientôt il cessera ses enfantillages et nous rirons ensemble de son ridicule costume, de sa chemise qui a la couleur de ma robe, de sa montre rococo, de son portefeuille féminin, de sa mèche teinte en gris argent parmi ses beaux cheveux dorés d'adolescent. »

Mais il continuait ses grimaces. Il possédait une très complète galerie de portraits féminins. Il avait soigneusement exclu de cette galerie les héroïnes du type Jeanne d'Arc, les femmes de science comme Mme Curie, les Florence Nightingale, les Amelia Earhart, les femmes chirurgiens, médecins, artistes, les épouses qui servent de collaboratrices à leur mari. En ses figures de cire féminines étaient concentrées toutes les puérilités et toutes les traîtrises.

« Où as-tu donc trouvé ces femmes répugnantes ? » lui demanda Sabina un jour. Et, brusquement, elle cessa de rire. La caricature n'est-elle pas une expression de la haine ?

C'était dans la gentillesse même de Donald que résidait sa perfidie. Il endormait les gens par sa douceur, sa soumission, et c'est alors qu'il recueillait les matériaux pour ses caricatures. Il regardait toujours un peu en dessous, comme un enfant écrasé par les silhouettes monumentales de ses parents. Pour saper le pouvoir de ces tyrans, il est nécessaire de les parodier subtilement, de singer la mère, empanachée de plumes et de fourrures, toujours occupée de gens sans importance, tandis que l'enfant pleure de solitude et combat les démons de ses cauchemars.

La mère de Donald dansait, flirtait, gémissait, elle tourbillonnait sans se soucier des chagrins de son fils. Sa voix caressante distillait les contradictions les plus angoissantes : elle lisait des contes de fées et, au moment où l'enfant se mettait à y croire, à organiser sa vie sur ses modèles enchanteurs, la même voix plongeait dans un bain corrosif tous les souhaits, tous les espoirs qu'il avait pu former, et lançait des paroles pires qu'une gifle, qu'une porte claquée ou qu'un dîner sans dessert.

Et voici qu'aujourd'hui, à côté de l'adolescent, il y avait Sabina, une Sabina persuadée qu'elle arriverait à éliminer l'influence corrosive de la mère à force d'être le contraire, de prêter une pleine attention aux vœux secrets de Donald, en refusant de danser, de flirter, en lui consacrant le clair amour de son cœur. Mais, pour Donald, Sabina n'était pas seule à côté de lui ; il y avait également une autre femme, toujours présente. Et Donald, Sabina et cette femme formaient une espèce de ménage à trois, de triangle indestructible. La silhouette de la mère se dressait ainsi constamment entre eux ; elle interceptait l'amour attendu par Sabina ; elle transformait, par sa seule présence, les termes des messages amoureux que Sabina adressait à Donald et rappelait à son fils que la femme, c'est aussi, pour les hommes, les premières déceptions de l'enfance, les trahisons, les péchés que commet une mère contre son enfant.

Donald s'agenouilla pour rattacher la sandale dénouée de Sabina. Son geste n'avait pas la délicatesse d'un homme amoureux, mais la soumission d'un enfant devant une statue, d'un enfant attentif à la parure féminine mais dépourvu de désir. Dans cette soumission, il satisfaisait son goût secret pour le satin, les plumes, les frivolités, les bijoux, et ses caresses n'allaient pas au pied de Sabina, mais à cette chose qu'il lui était enfin permis d'effleurer sans enfreindre le tabou ultime, le corps de sa mère : la soie qui le recouvre, les cheveux qui l'enveloppent, les fleurs qui l'ornent.

Soudain, Donald releva le visage avec l'expression d'un aveugle qui vient de recouvrer la vue et s'écria : « J'ai ressenti un grand choc, comme une secousse électrique, pendant que je rattachais vos sandales. » Puis, avec la même rapidité, ses traits se recouvrirent à nouveau de la lumière voilée des émotions tamisées et il reprit l'expression vague qui lui était familière : celle d'un être primitif, ayant à peine connaissance de l'existence de la femme, une expression imprécise sur laquelle ne surgiraient jamais les reflets de l'érotisme. Donald adorait les frôlements, les hommages des yeux, les pressions du bout des doigts, mais Sabina ne connaîtrait jamais le poids de la main du jeune homme sur son épaule, elle devait se contenter de caresses furtives, des effluves et des volutes d'un encens délicatement parfumé.

La secousse électrique glissa dans le subconscient de Donald.

En touchant le pied nu de Sabina, il avait ressenti en lui une unité de tout son être, semblable à l'unité première du monde. Il n'avait plus fait qu'un avec la nature, avec sa mère ; il avait eu le vague souvenir d'une existence protégée par la chaleur naturelle d'un vaste amour. En touchant le pied de Sabina, il avait franchi l'espace désertique où il entassait ses refus émotifs, cette zone impénétrable hérissée de plantes épineuses qui le séparait des autres, même lorsque aucun obstacle physique ne se dressait entre eux et lui. Même dans l'acte sensuel, il n'avait jamais ressenti cette impression de flux soudain qui passa entre ses mains et le pied nu de Sabina, entre l'essence de son être et le cœur de Sabina. Le cœur de Sabina devint pour lui l'image du refuge ; quant à l'essence de son être qu'il n'avait jusque-là considérée que comme le rapport pur et dur d'une chair adolescente, il découvrit qu'en présence de la jeune femme elle s'adoucissait, devenait vulnérable.

Il prit conscience d'un seul coup de sa fragilité, de sa dépendance vis-à-vis de Sabina, de son besoin d'elle. Sabina fut brusquement plus proche, son visage se mit à grandir tandis qu'elle se penchait avec un regard brillant, de plus en plus ardent, devant quoi il sentait fondre son hostilité.

C'était terriblement agréable d'être aussi nu, face à Sabina. Comme toujours sous le climat tropical de l'amour, tout prit une allure plus douce : la peau de Donald fut plus tendre, son duvet plus soyeux et ses nerfs, tendus comme des fils de fer, s'apaisèrent. La tension due à ses comédies continuelles tomba. Il se sentit rapetisser, il reprit sans douleur sa taille normale, comme dans les contes de fées, pour pouvoir entrer tout entier dans le refuge du cœur de Sabina, renonçant ainsi aux efforts nécessaires pour accéder à la maturité. Mais, dans le même temps, il se sentit envahi par toutes les humeurs enfantines : le sentiment d'être désespérément seul, d'être totalement désarmé, l'angoisse d'être entièrement à la merci des autres.

Donald se dit qu'il lui fallait se soustraire à cette invasion de chaleur émanée de Sabina, qui endormait sa volonté et ses réflexes coléreux ; il se dit qu'il devait arrêter net cette fusion d'esprit qu'il avait déjà connue avec sa mère et qui avait été si douloureusement, si brusquement interrompue par l'inconstance et la frivolité maternelles. Le corps de Sabina était un calice, un ciboire, un puits d'ombre. Sa robe de coton gris se plissait en éventail autour de ses pieds, et chaque méandre d'étoffe était plein de la poussière d'or du mystère – chemin semé d'embûches où l'homme se laisse attraper, capturer.

Donald abandonna le pied de Sabina et se redressa avec raideur. Il reprit la vie là où il l'avait laissée ; il recommença ses pitreries d'adolescent. Sa gentillesse se mua en mollesse ; lorsqu'il aida Sabina à retirer sa cape, il tendit une main sans énergie, comme coupée du reste de son corps.

Puis il se mit à suivre Sabina tout en parlant et en portant sa cape. Il se tenait dans son ombre, assez près pour se réchauffer à la chaleur qui émanait de ce corps féminin, la chemise entrouverte comme un défi à ses mains, mais il détournait la bouche. Il mettait en évidence sa belle ceinture pour faire admirer la sveltesse de sa taille, mais le reste était hors d'atteinte. En somme, il prenait la succession de John, mais ses caresses demeuraient abstraites, un écho dans le vide.

Supplice de Tantale, ces nuits passées à rechercher toutes les sources de plaisir en évitant tout ce qui pourrait ressembler à une union. Sabina demeurait dans un état d'attente insupportable, et sa sensualité affolée lançait dans l'espace de vaines étincelles.

Elle se disait que, dans ses singeries, Donald agissait comme un enfant jaloux imitant une maturité qu'il ne pourrait jamais connaître.

« Sabina, vous êtes triste, lui dit-il un jour. Venez, je vais vous montrer quelque chose. » Et, comme s'il l'enlevait sur le gyroscope de son imagination, il l'emmena voir sa collection de cages vides.

Les cages remplissaient sa chambre : il y avait des cages en bambou des Philippines, des cages dorées, travaillées d'arabesques, venant de Perse, et il y en avait de pointues comme des tentes de nomades, d'autres comme des huttes africaines en feuilles de palmier. À quelques-unes de ces cages, il avait lui-même ajouté de petites tours moyenâgeuses, des trapèzes et des échelles, de petites baignoires en glaces et une jungle miniature suffisamment réaliste pour donner l'impression de la liberté aux oiseaux sauvages ou mécaniques qui seraient plus tard emprisonnés derrière ces barreaux.

« Je préfère garder mes cages vides, Sabina, jusqu'à ce que j'aie trouvé l'oiseau unique que j'ai aperçu une fois en songe », murmura Donald.

Alors Sabina plaça *L'Oiseau de feu* sur l'électrophone et très loin résonnèrent les pas légers de l'Oiseau. Chaque pas faisait jaillir des étoiles phosphorescentes, chaque note, comme un clairon d'or, annonçait la joie. Puis ce fut une forêt de queues de dragons battant le simulacre de l'amour, un brasier de prières charnelles, et enfin les innombrables petits miroirs étincelants qui ornent les fontaines de l'amour.

Sabina souleva brusquement le bras de l'électrophone et interrompit la mélodie.

« Pourquoi ? Pourquoi ? Pourquoi ? » cria Donald comme s'il avait reçu un coup.

Elle avait fait taire les oiseaux flamboyants du désir et maintenant elle ouvrait les bras, comme des ailes, des ailes qui n'étaient pas couleur de feu, et Donald s'abandonna à leur étreinte protectrice. La Sabina qu'il embrassait était celle dont il avait besoin, la dispensatrice des nourritures, celle qui tenait ses promesses, qui raccommodait, tricotait, celle qui vous procurait le confort, qui s'occupait des couvertures, des radiateurs, des médicaments, des potions, de tout ce qui réconforte.

« Tu es l'Oiseau de feu, Sabina ! Voilà pourquoi toutes mes cages étaient vides jusqu'à ta venue. Je t'attendais pour te capturer », dit le jeune homme. Puis avec une tendresse douce, soumise, il baissa les yeux et ajouta : « Je sais que je n'ai aucun moyen de te garder, que je n'ai rien qui puisse te retenir... »

La poitrine de Sabina ne fut plus brûlée de fièvre ; ce fut la poitrine d'une mère d'où coule un flot de vie. Elle renia ses autres amours pour répondre aux besoins de Donald et elle se dit : « Je suis une femme, je suis tendre, féconde, et je suis bonne. »

Une grande sérénité lui vint de cet état maternel. Elle se rappela son enfance et les humbles travaux qu'accomplissait sa mère.

Elle trouvait souvent des petits mots rapides, griffonnés, où Donald lui expliquait où il était, quand il serait de retour, et toujours il terminait ainsi : « Tu es merveilleuse, tu es merveilleuse et douce. Tu es généreuse et bonne. » Et ces mots calmaient l'angoisse de Sabina plus que la jouissance sensuelle. Elle se dépouillait des autres Sabina et elle croyait ainsi se dépouiller de son angoisse. Chaque jour elle portait des robes aux couleurs moins vives, elle prenait une démarche moins animale. Du fait de la captivité, son plumage étincelant paraissait perdre son éclat. Elle ressentait sa propre métamorphose. Elle savait qu'elle muait. Mais elle ne savait pas ce qu'elle perdait en se conformant au besoin que Donald avait d'elle.

Un jour, en montant chez Donald, chargée d'un lourd filet à provisions, elle aperçut sa silhouette dans un miroir terne, une image floue qui ressemblait à sa propre mère. En capturant l'Oiseau de feu dans le filet de son imagination (et en assombrissant subtilement son plumage par absence d'érotisme), Donald n'avait pas seulement réussi à combler ses besoins ; il avait amené Sabina à se confondre avec l'image qu'elle avait de sa propre mère : l'image d'une femme infiniment bonne, douce, chargée de nourrir et de consoler. Aussi, sur le miroir taché d'humidité, Sabina vit-elle un reflet de sa mère avec son filet à provisions. Elle portait les vêtements incolores de l'oubli de soi, les parures fanées du sacrifice, l'uniforme de la bonté. Et, dans cet univers maternel, Sabina connut un répit, le remords avait cessé de la ronger. Tout à coup, elle sut ce qu'elle allait dire à Donald pour effacer en lui le sentiment qu'il avait de sa médiocrité et de la médiocrité de ce qu'il lui donnait. Elle lui dirait :

« Donald ! Donald ! Ce que tu m'as donné, personne ne pouvait me le donner. Tu m'as donné l'innocence ! Tu m'as aidée à retrouver le chemin de la paix spirituelle, le chemin de mon enfance. Quand j'étais jeune, un peu plus jeune que tu ne l'es maintenant, après m'être droguée pendant des mois de lectures, de jeux, de rencontres, d'amitiés passionnées, d'évasions loin de la surveillance des parents, de journées passées à faire tout ce que l'on qualifie de mal, j'ai découvert qu'en aidant ma mère, en faisant la cuisine, le raccommodage, le nettoyage et toutes les corvées que je détestais le plus, je pouvais apaiser cette conscience tyrannique et toujours affamée. Il n'y a pas de crime, Donald, à ce que tu sois resté un enfant. Dans les plus anciens contes de fées, tu le sais, on voit souvent des adultes redevenir tout petits, comme Alice au pays des merveilles qui avait rapetissé pour retrouver son enfance. Alors n'aie pas honte. Nous, nous ne sommes capables que de mentir ; nous prétendons être grands et forts. Toi seul tu ne mens pas. »

Lorsqu'elle fut chez Donald, elle trouva une lettre sur la table.

Elle lui avait dit, un jour qu'il était d'humeur par trop contradictoire : « L'adolescence ressemble à un cactus. » Il avait répondu : « Je t'écrirai un jour une lettre au lait de cactus. » Et la lettre était là.

Lettre à une actrice : « D'après ce que tu m'as expliqué hier soir, je me rends compte que tu ne connais pas ton pouvoir. Tu es comme quelqu'un qui se consume à aimer, à donner, et qui ne sait rien des miracles qui en résultent. Je l'ai compris hier au soir en te regardant jouer Cendrillon. Tu étais tout entière ce que tu jouais ; tu en es au point où l'art et la vie se touchent, où il n'y a plus que ce que l'on EST... Je ressentais ta faim et tes rêves, tes élans de pitié et tes désirs cependant que tu éveillais tous les miens. Tu ne jouais pas, tu rêvais tout haut. Nous tous qui te regardions jouer, nous pouvions désormais quitter le théâtre et passer magiquement sans transition à un autre bal, une autre tempête de neige, un autre amour, un autre rêve. Devant nos yeux, tu brûlais d'amour. L'ardeur de tes yeux, de tes gestes était un joyeux brasier de foi et d'oubli de soi. Tu as un pouvoir magique. Ne dis jamais que c'est de l'exhibitionnisme. Te voir jouer est une révélation. Toi, tu peux dire ce que l'âme n'arrive pas à dire, la plupart du temps, par le canal du corps, car notre corps n'est pas assez souple; généralement il trahit l'âme. Tu es contagieuse; tu communiques l'émotion par tes gestes habilement nuancés, par l'expression de tes lèvres, et par la palpitation soyeuse de tes cils. Et aussi par ta voix, ta voix plus qu'une autre enchaînée à ton souffle, ta voix qui sait traduire l'oppression des émois si bien que tu nous laisses le souffle suspendu, que tu nous emportes dans le silencieux domaine des souffles suspendus. Tu as tant de pouvoir, Sabina ! La souffrance que tu éprouves après avoir joué n'est pas celle d'une exhibitionniste ou de quelqu'un qui a échoué, comme tu aimes à le répéter. C'est une souffrance spirituelle semblable à celle qui suit les grandes révélations mystiques de la charité, de l'amour et des illusions secrètes. Tu attends, après cette communion avec les autres, une sorte de réponse comme dans une cérémonie religieuse. Ce doit être un choc quand rien ne se produit, que l'auditoire reste immobile. Mais pour ceux qui te répondent, comme je l'ai fait, tu transcendes l'acteur. Pour moi, une sorte de miracle s'est produit. Parmi les acteurs, tu paraissais la seule vivante. Ce qui te fait mal, c'est que tu ne joues pas, et que la fin de la pièce est comme un rêve brutalement arrêté. On devrait te préserver de transitions si brutales. On aurait dû te porter hors de la scène pour que tu ne t'aperçoives pas du changement; on aurait dû te porter de la scène à la rue, de la rue chez toi, et de là à une autre soirée, à un autre amour, à une autre tempête de neige, à une autre paire de pantoufles de vair.

Il faut certainement un grand courage pour offrir à beaucoup de gens ce que l'on réserve à l'être aimé : une voix altérée par l'amour, par le désir, le sourire d'une tendresse dévoilée. Au théâtre, nous sommes admis à contempler publiquement des sentiments habituellement réservés à celui qu'on aime : tendresse, colère, faiblesse, désespoir, caprices. C'est pour cela que nous aimons les actrices. Elles nous offrent leur être intime, qui ne s'offre jamais que dans l'acte d'amour. Nous sommes comblés de mille trésors : le regard qui caresse, l'intimité du geste, les intonations secrètes de la voix amoureuse. J'ai eu ainsi, sur la scène, la révélation du mystère de l'amour total qui m'est refusé par la vie quotidienne... Maintenant, Sabina, je ne pourrai plus supporter les amours médiocres. Et pourtant, je ne peux t'exiger pour moi seul et te voir chaque jour, immense, entière, alors que je ne suis qu'un être en lambeaux, un fragment d'être errant à l'aventure... »

Sabina toucha la lettre qu'elle pressait sur sa poitrine; les angles des pages la blessaient... « Que puis-je te donner ? » avait-il demandé. « Qu'ai-je à te donner ? » avait-il crié, désespéré, pensant que son incapacité à donner était la seule cause de l'absence de Sabina disparue depuis trois jours. La jeune femme se souvint d'une autre de ses réflexions : « Je ne puis que te mordiller », lui avait-il dit en riant et il avait planté dans son épaule ses petites dents parfaites...

Elle revoyait l'envol léger des danseurs sur la scène, leurs bonds gracieux avant de retomber sur terre, et cette image lui rappela la minuscule ombrelle japonaise en papier qu'elle avait aimé autrefois à porter dans ses cheveux. Elle était si jolie, si fine ! Quand il pleuvait et que les gens ouvraient leurs parapluies, il était temps pour Sabina de fermer son ombrelle.

Un jour, un vent violent l'avait déchirée et, dans le quartier chinois où Sabina essayait d'en trouver une autre, une bonne femme dans une boutique lui avait crié : « Ça vient du Japon, jetez-la à la rigole ! »

Sabina avait regardé l'ombrelle innocente et fragile, façonnée dans un moment de paix par un artisan qui rêvait de paix; elle était faite comme une fleur, elle pesait moins lourd que la guerre et la haine. Sabina sortit de la boutique, regarda le ruisseau et ne put se résigner à y jeter son ombrelle. Elle la referma doucement, en emprisonnant dans ses plis les tendres jardinets qui y étaient dessinés, fragiles échafaudages du rêve, rêves de paix d'un artisan innocent qui n'avait jamais fabriqué de balles. La guerre et la haine confondent toutes les valeurs, la haine tombe sur les cathédrales, les tableaux, les livres précieux, les enfants, les passants innocents.

Sabina plia la lettre de Donald comme elle avait plié l'ombrelle japonaise, pour la protéger de la haine et de la violence. Elle ne pouvait pas suivre le pouls coléreux du monde. Elle tournait dans une orbite plus petite, qui allait dans un sens contraire à celui de la guerre. Il y avait des vérités que les femmes étaient chargées de protéger tandis que les hommes faisaient la guerre. Quand tout serait anéanti, une ombrelle de papier montrerait le bout de son nez au milieu des ruines, et l'homme se souviendrait de la paix et de la tendresse.

Alan croyait faire plaisir à Sabina en l'emmenant au théâtre, et de fait, au début de la pièce, elle semblait illuminée par une attente joyeuse. Mais inévitablement par la suite elle s'agitait, se troublait, s'inquiétait ; parfois elle se mettait même à pleurer dans l'obscurité et elle devait s'échapper à l'entracte pour ne pas offrir en spectacle un visage ravagé.

« Mais qu'as-tu, qu'as-tu donc ? demandait impatiemment Alan, la soupçonnant d'être jalouse des autres acteurs. Tu pourrais être la plus merveilleuse comédienne de notre époque si tu consentais à consacrer au théâtre ta vie entière, mais tu n'aimes pas assez la discipline et la régularité.

– Cela n'a rien à voir, cela n'a rien à voir », répondait Sabina laconiquement.

Comment expliquer qu'elle enviait l'aisance avec laquelle les acteurs quittaient leur rôle, s'en débarrassaient une fois la pièce terminée et redevenaient eux-mêmes ? Elle aurait aimé que les métamorphoses de son être obéissent aux mêmes règles, ne se manifestent que sur la scène, et une fois dans les coulisses, elle aurait voulu retrouver une Sabina toujours semblable à elle-même.

Mais, lorsqu'elle cessait de jouer un personnage et tentait de redevenir elle-même, elle avait l'impression de commettre une trahison, et le personnage qu'elle abandonnait luttait, se défendait pour continuer à subsister. Même dans la vie, quand elle jouait un rôle avec les gens qu'elle connaissait, il lui était presque impossible d'en changer. Si par miracle elle y réussissait, elle ne savait pas davantage où retrouver la vraie Sabina quand elle avait fini de jouer.

Si elle se révoltait contre le rôle que lui faisait jouer Donald, si elle écoutait de nouveau le disque de *L'Oiseau de feu*, si elle laissait se réveiller les pulsations de ses sens, les langues de feu, si elle reniait la mère qui était en elle, revenait-elle à la vraie Sabina ?

Quand elle remit l'aiguille sur le disque et retourna à son rendez-vous avec le désir, elle crut voir son père marcher à côté d'elle et diriger ses pas. Ce père qui quittait la maison après avoir mangé les plats préparés par la mère, après avoir mis la chemise qu'elle avait repassée, après avoir embrassé le front sans beauté, humide de sueur, après avoir permis aux mains usées de faire le nœud de sa cravate, ce père qui quittait Sabina et sa mère pour aller se pavaner dans le voisinage où sa beauté et ses aventures étaient bien connues.

Combien de fois Sabina n'avait-elle pas été arrêtée par une belle inconnue fardée et parfumée qui l'embrassait et lui caressait les cheveux en lui disant : « Tu es Sabina ! Tu es sa fille. Je connais *si bien* ton père. » Et ce qui alarmait l'enfant, ce n'étaient pas les paroles prononcées, c'était le coup d'œil complice, la voix évocatrice d'alcôves ; c'était l'étincelle qui luisait dans les yeux de ces femmes quand elles parlaient du père, l'étincelle prometteuse de plaisirs défendus. Tout enfant, Sabina avait compris ce que les inconnues parfumées voyaient en elle : une enfant née de la fougue amoureuse du père, la vivante manifestation d'un rite dont la mère de Sabina avait été exclue pour toujours.

« Je connais si bien ton père », disaient ces belles dames, et elles se penchaient sur la petite fille, elles lui faisaient respirer leurs parfums détestés, contempler leurs jupons empesés, leurs chevilles provocantes. Sabina aurait aimé se venger de ces humiliations ; elle aurait aimé punir son père pour avoir permis que tant de soirées d'été fussent profanées par ces femmes qui s'arrogeaient le droit de l'admirer, elle, Sabina, comme si elle était une des leurs. Elle en voulait aussi à sa mère de ne pas s'insurger, de préparer le père, de l'habiller pour ces intruses.

Était-ce Sabina qui courait maintenant vers les anciens rites du plaisir ? Ou était-ce son père en elle ? Était-ce le sang de son père qui la guidait dans la maison de l'amour et lui dictait ses ruses perpétuelles ? Ce sang auquel elle était inexorablement liée par les fils de l'hérédité et dont elle ne pourrait jamais se défaire afin de savoir quelle femme était la vraie Sabina et de quelle femme elle avait assumé le rôle par l'alchimie du mimétisme.

Où donc était Sabina ?

Elle leva les yeux vers le ciel et aperçut le beau visage de John fuyant dans les nuages, perdu dans la fumée des bûchers célestes; elle aperçut le doux éclat nocturne du regard de Mambo qui disait: « Tu ne m'aimes pas », tout en se penchant sur elle; puis apparut Philip, avec son rire conquérant, dont le charme s'évanouit devant le visage pensif et réservé d'Alan. Le ciel entier n'était qu'un manteau de regards et de bouches tournés vers elle; l'air était plein de voix tantôt encore rauques de désir, tantôt tendres et reconnaissantes, tantôt incertaines, et Sabina eut peur. Car elle s'aperçut que Sabina n'existait pas, du moins la Sabina qui se voulait UNIQUE. À sa place existait une multitude de Sabina couchées, abandonnées, démembrées, éclatées dans toutes les directions et brisées. Il y avait une toute petite Sabina fragile, portée sur une immense vague qui la dispersait à tous les vents. Le ciel au-dessus de sa tête n'offrait pas la moindre protection; ce n'était ni une voûte de cathédrale, ni un abri, c'était une immensité sans limites à laquelle Sabina criait en pleurant: « Si seulement quelqu'un me retenait... pour que je ne continue pas à courir d'un amour à un autre, à me détruire... *Je veux être à un seul...* »

À l'aube, la poitrine pressée contre l'appui de la fenêtre, Sabina regardait toujours au-dehors, cherchant en vain ce qu'elle n'avait jamais eu. Elle regardait la nuit finissante et les passants avec l'anxiété du voyageur qui n'arrivera jamais à destination alors que les gens ordinaires atteignent paisiblement le bout de chaque journée, car ils consentent au repos, aux haltes, aux déserts. Sabina, elle, n'y avait jamais consenti.

Sabina se sentit perdue. La boussole affolée à laquelle elle avait toujours obéi, qui lui donnait tumulte et mouvement en guise de direction, s'était brisée brusquement et elle ne retrouvait plus les grandes lois de la nature, le temps des flux et des reflux. Elle s'était trop dispersée.

Comme une flèche, la douleur la pénétra. Jusqu'alors, elle s'était déplacée si rapidement que la souffrance avait passé à travers elle comme à travers un tamis, lui laissant à peine de petits chagrins, semblables à des chagrins d'enfant, vite oubliés. Elle ne s'était jamais accordé de repos.

Et voilà que maintenant sa cape n'était plus cette voile de navire gonflée par la brise, le symbole de ses sentiments jetés aux quatre vents; voilà que maintenant sa cape pendait, immobile, que sa robe pendait, immobile.

Maintenant, Sabina n'était plus rien; aucun vent ne l'emporterait plus, ne la pousserait plus. Et pour elle, l'immobilité, c'était la mort.

L'angoisse s'installa en elle, impossible à chasser. La petite passoire d'argent qu'elle portait en elle depuis sa naissance et qui permettait à toutes les peines de s'écouler, s'était bouchée; la souffrance était là à demeure, inéluctable.

Sabina pensa qu'elle avait dû s'égarer quelque part entre ses inventions, ses histoires, ses caprices et son être véritable. Les frontières s'étaient effacées, les sentiers avaient disparu, elle marchait au hasard dans un univers chaotique. Elle avait cru enfourcher le coursier sauvage des héros d'opéra ou de légende, et elle se retrouvait sur un cheval de carton-pâte. L'illusion théâtrale s'était brusquement dissipée.

Sabina avait perdu sa cape, son cheval, ses bottes de sept lieues, elle avait tout perdu à la fois. Elle était échouée dans la demi-obscurité d'un soir d'hiver.

Alors, comme si brusquement toute son énergie et toute sa chaleur lui refluaient au cœur, abandonnant son enveloppe extérieure, le regard brouillé, les oreilles bouchées, la langue épaissie, tous les mouvements du corps ralentis, elle eut très froid ; elle frissonna comme frissonnent les feuillages d'automne et, pour la première fois de sa vie, elle sentit des feuilles fanées se détacher de son être.

En entrant dans le cabaret de Mambo, elle remarqua sur les murs de nouveaux tableaux et elle se crut soudain revenue sept ans en arrière, à Paris, lors de sa première rencontre avec Jay, à Montparnasse : elle avait immédiatement reconnu sa peinture.

Aujourd'hui comme autrefois, lors de ses expositions parisiennes, il appliquait au corps humain et à l'expression des sentiments les procédés scientifiques de la fission de l'atome. Ses silhouettes éclatées, dispersées en tous sens, formaient un vaste puzzle, chaque fragment ayant volé assez loin pour sembler irrécupérable et cependant pas assez loin pour être dissocié de l'ensemble. Par un effort de l'imagination, on pouvait reconstruire une créature humaine complète avec ces fragments qu'un fil invisible empêchait de se perdre dans l'espace. Un seul effort de concentration et tous ces morceaux pouvaient encore s'amalgamer en un corps féminin.

La peinture de Jay n'avait donc pas changé, mais Sabina avait changé, elle qui, pour la première fois, en comprenait le sens. Elle pouvait contempler, sur ce mur, un portrait véridique d'elle-même telle qu'elle se sentait intérieurement.

Jay avait-il vraiment pensé à elle en peignant, ou bien était-ce tout simplement un de ces phénomènes qui inspirent brusquement les artistes, comme c'est le cas des découvertes scientifiques ?

Les peintres avaient découvert tous les acides corrosifs, toutes les lois de la désintégration, toutes les alchimies de l'éclatement. Mais quand ils révélaient ce qui se passe à l'intérieur du corps ou dans les sentiments de l'homme, on les laissait mourir de faim, ou bien on leur donnait à décorer les vitrines de la 5e Avenue : là, devant une toile de fond représentant Paris « by night », la mode leur permettait de faire flotter aux quatre coins de l'espace des sacs à main, des chapeaux, des souliers, des ceintures, prêts à se rassembler sur une femme non désintégrée.

Sabina contempla longuement les peintures de Jay et elle finit par y retrouver les détails les plus infimes des actes qu'elle avait accomplis, ceux qu'elle avait considérés comme sans importance et qui cependant avaient provoqué les menues érosions de sa personnalité. Un geste sans importance ; un baiser donné à un jeune homme à cause de sa ressemblance avec un John évanoui ; une main abandonnée dans un taxi à une main masculine non parce qu'on la désirait, mais parce que l'homme avait réclamé la main de l'autre femme présente, parce que Sabina ne pouvait pas supporter de voir sa main sans emploi sur ses genoux et que c'était un affront à son pouvoir de séduction ; un compliment fait au sujet d'une toile non parce qu'on l'aimait mais de peur que le peintre ne dise : « Sabina... Oh ! Sabina ne connaît rien à la peinture... »

Tous ces petits mensonges avaient sapé son être comme d'invisibles ruisselets d'acide. Les érosions successives avaient fragmenté Sabina. Chacun de ces fragments avait été dispersé dans des sphères différentes comme les débris qui résultent des collisions de planètes, aucun d'eux n'étant assez puissant pour voler comme l'oiseau, ni assez complet pour engendrer une nouvelle vie, pour tourner sur son axe propre.

La peinture de Jay était comme un ballet d'épaves ; c'était aussi un portrait de la Sabina actuellement en vie. De la Sabina qui avait vu échouer tous ses efforts pour souder ses fragments dans le feu, dans la fournaise du plaisir, pour les fondre en un amour unique, en une femme unique.

Sabina se détourna des tableaux et aperçut Jay lui-même, assis à l'une des tables, le visage plus que jamais pareil à celui de Lao-Tseu.

Son crâne chauve était ourlé du givre blanc de ses cheveux; ses yeux étroits, à demi fermés, riaient.

Quelqu'un qui s'interposait entre Sabina et Jay se pencha vers le peintre pour lui faire compliment de ses vitrines de la 5e Avenue. Jay se mit à rire joyeusement. « J'ai le don de les abrutir et, pendant qu'ils sont assommés par l'art moderne, les agents de publicité peuvent faire leur travail d'empoisonneurs. »

Il fit signe à Sabina de venir s'asseoir près de lui.

« Tu as vu ma pile atomique ? Hommes et femmes sont atomisés afin qu'ils puissent découvrir en eux-mêmes la source mystérieuse de la puissance, une nouvelle source d'énergie. » Il parlait comme si les années n'avaient pas passé depuis sa dernière rencontre avec Sabina dans un café parisien. Il continuait toujours la même conversation, commencée on ne savait quand, peut-être à Brooklyn où il était né, peut-être ailleurs, dans l'un des endroits qu'il avait fréquentés jusqu'au moment où il avait découvert l'univers des cafés, cet univers où il rencontrait son public et où il pouvait tout à la fois peindre et parler.

« As-tu trouvé ta puissance propre, ta nouvelle source d'énergie ? lui demanda Sabina. Moi pas.

– Moi non plus, lui répondit Jay d'un air de fausse tristesse. Je viens de rentrer à cause de la guerre. À Paris, on nous a demandé de partir pour ne pas avoir de bouches inutiles à nourrir. Le consulat a donc décidé de rapatrier les inutiles. En un jour, tous les artistes ont quitté Paris comme sous l'effet d'une menace d'épidémie. Je n'aurais jamais cru que les artistes occupaient un si grand espace ! Il n'y avait pas d'autre choix: la faim ou les camps de concentration. Te souviens-tu de Hans, Sabina ? Ils voulaient le renvoyer en Allemagne. Bien sûr ce n'était qu'un Paul Klee de second plan, mais il méritait un sort meilleur. Et Suzanne a été renvoyée en Espagne; elle n'avait pas de papiers, et son Hongrois de mari qui avait la polio a été mis dans un camp. Te souviens-tu du carrefour Montparnasse-Raspail où nous restions des heures à nous dire bonsoir ? À cause du couvre-feu, plus personne n'avait le temps de se dire bonsoir. À peine hors du café, on était happé par la nuit. Il n'y avait plus rien d'innocent dans aucun de nos actes. Notre état normal de révolte contre la société était devenu un crime politique. La péniche de Djuna a été réquisitionnée pour transporter du charbon. On pouvait tout réquisitionner, sauf les artistes. En quoi pouvait-on convertir ceux qui ne savent que désorganiser l'ordre passé et présent, les éternels dissidents, les dépossédés de l'actualité, les ingénieurs de la bombe atomique spirituelle, ceux qui cherchent à engendrer de nouvelles forces et un nouvel état d'esprit au moyen de bouleversements continuels ? »

Le regard de Jay, posé sur Sabina, semblait dire qu'elle n'avait pas changé, qu'elle était encore pour lui le symbole même de la fièvre, l'incessante quête de la rébellion et de l'anarchie qu'il avait connues à Paris, sept ans auparavant.

Un autre individu vint s'asseoir près de Jay : « Je te présente Cold Cuts, Sabina. C'est notre meilleur ami ici. Quand les gens sont transplantés, ils réagissent exactement comme les plantes, qui commencent par se flétrir, se faner, et qui parfois meurent. Nous en sommes tous à la période critique, nous souffrons d'un changement de sol. Cold Cuts travaille à la morgue. Son intimité journalière avec les suicidés et les descriptions terrifiantes qu'il nous en fait nous enlèvent toute envie de les imiter. Il parle seize langues, il est donc seul à pouvoir s'entretenir avec nous, tout au moins au début de la soirée. Ensuite, quand il est complètement ivre, il ne parle plus que l'espéranto des ivrognes – les balbutiements hérités de nos ancêtres animaux. »

Satisfait de cette présentation, Cold Cuts les quitta et alla s'affairer autour du micro. Mais, bien qu'il ne fût que neuf heures, Cold Cuts avait déjà des difficultés avec ses réflexes. Il s'efforçait de maintenir avec le micro des rapports verticaux, mais l'appareil se pliait, cédait, se balançait sous l'étreinte de l'homme comme un jeune roseau flexible. On avait l'impression, à voir leurs étreintes désespérées, qu'ils allaient bientôt se trouver enlacés sur le plancher comme des amants impatients.

Pourtant, dans un moment d'équilibre provisoire, Cold Cuts devint volubile et se mit à chanter en seize langues (y compris l'espéranto des ivrognes) et il fut successivement chanteur de rue parisien, chanteur d'opéra allemand, chanteur viennois d'orgue de Barbarie. Puis il revint s'asseoir auprès de Sabina et de Jay.

« Ce soir, Mambo m'a coupé les vivres plus tôt que d'habitude. Je me demande pourquoi. Je ne devrais pas lui rester si fidèle. Mais il ne veut pas que je perde ma place. À minuit, il faut que je sois capable de recevoir poliment les morts ; je ne dois pas bégayer ou bafouiller. Les morts sont très sensibles. Oh ! j'ai un suicide parfait à raconter aux exilés : une cantatrice européenne qui était choyée et encensée dans son pays. Elle s'est étranglée avec une corde faite de toutes ses écharpes multicolores nouées les unes aux autres. Peut-être a-t-elle voulu imiter Isadora Duncan ?

– Je ne le crois pas, dit Jay ; j'imagine très bien ce qui s'est passé. Ici, elle n'avait aucun succès. Sa vie était morne. Elle était oubliée et pas assez jeune pour se refaire un nom… Elle a ouvert sa malle pleine de ses anciens triomphes, pleine de coupures de journaux, pleine de critiques élogieuses sur sa voix et sa beauté, pleine de fleurs séchées, de lettres d'amour jaunies, pleine d'écharpes de soie aux couleurs des succès passés, et le contraste avec sa vie actuelle lui est devenu insupportable.

– Tu as parfaitement raison, dit Cold Cuts, je suis sûr que ça s'est passé ainsi. Elle s'est pendue au cordon ombilical du passé. » Il postillonna comme si l'alcool dont il était imbibé s'était mis à bouillonner en lui, puis il se tourna vers Sabina : « Savez-vous pourquoi je reste fidèle à Mambo ? demanda-t-il. Je vais vous le dire. À cause de ma profession les gens ne demandent pas mieux que de m'oublier ; personne ne tient à ce qu'on lui rappelle la mort. Peut-être n'est-ce pas moi qu'ils désirent ignorer, mais la compagne qui est la mienne… Cela m'est égal tout au long de l'année sauf à Noël. Quand Noël vient, je suis le seul à ne pas recevoir de cartes postales. C'est une chose que je ne puis supporter. Alors, une année, quelques jours avant Noël, j'ai dit à Mambo : "Ne manque pas de m'envoyer une carte postale à Noël ; il faut que j'en reçoive au moins une ; il faut que je sache que quelqu'un pense à moi le jour de Noël comme si j'étais un être humain semblable aux autres." Vous connaissez Mambo… Il a promis, il a souri, puis il s'est mis à taper sur son tambour… C'est sa boisson, on ne peut l'en priver… Pendant une semaine, je n'ai pas fermé l'œil en me disant que Mambo oublierait et que le jour de

Noël je me sentirais mis à l'écart *comme si j'étais mort*... Eh bien ! Mambo n'a pas oublié. »

Il se tut, puis, d'un geste rapide et inattendu, il sortit un klaxon d'automobile de sa poche, le fixa à sa boutonnière et le pressa avec l'ardeur d'une femme qui presse un vaporisateur à parfum. « Entendez le langage futur, s'écria-t-il. Un jour les mots disparaîtront, et voici comment les créatures humaines communiqueront entre elles ! » Là-dessus, il s'inclina en maîtrisant merveilleusement les ondes envahissantes de l'alcool qui luttaient contre sa politesse et se prépara à rejoindre son travail à la morgue, tandis que Mambo se mettait à jouer du tambour.

Sabina prit l'air fiévreux et traqué qu'elle avait lorsqu'elle avait rencontré Jay pour la première fois.

Vêtue de rouge et d'argent, elle évoquait irrésistiblement l'éclair fulgurant des voitures de pompiers qui fendent les rues de New York en faisant battre les cœurs au rythme précipité des catastrophes.

Entièrement vêtue de rouge et d'argent, elle évoquait le long hurlement des sirènes qui écorchent la chair.

La première fois qu'il la vit, il eut l'impression qu'il allait assister à un incendie.

De ce rouge et de cet argent jaillissait un long cri d'alarme. Et la femme lançait dans l'espace une échelle inattendue au poète invisible qui sommeille en chacun, à l'enfant oublié, et elle lui disait : « Monte ! »

Dès qu'elle apparaissait, l'ordre habituel de la cité s'évanouissait devant cette échelle insolite dressée vers le ciel comme celle du baron de Münchhausen.

Mais son échelle, à elle, menait au feu.

Jay se mit à rire et secoua la tête. Sabina n'avait pas changé. En sept ans, elle n'avait pas appris à rester tranquille. *Elle parlait avec volubilité, fébrilement, sans reprendre haleine, comme effrayée par le silence. Elle semblait mal supporter d'être assise, mais, quand elle dut aller acheter des cigarettes, elle s'empressa de regagner son siège. Toujours sur ses gardes comme si elle avait peur d'être attaquée, inquiète, impatiente, elle buvait avec précipitation. Elle souriait si fugitivement qu'on n'était jamais certain qu'elle eût souri; elle n'écoutait que d'une oreille, et, lorsque quelqu'un installé au bar cria son nom, elle ne répondit pas tout de suite, comme si ce nom n'était pas le sien.*

La façon dont elle surveillait la porte comme si elle guettait le moment de fuir, ses bavardages sans suite, ses gestes désordonnés, brusques, sans rapport avec ses propos, l'incohérence de ses phrases, ses silences soudains, tout indiquait qu'elle se sentait coupable…

Dans la douce clarté des bougies, à travers le brouillard des fumées de cigarettes et les tendres résonances des blues, Sabina se rendait compte que Jay pensait à elle. Mais elle ne lui poserait aucune question, c'était trop dangereux. Jay était un satiriste et tout ce qu'elle obtiendrait de lui serait une caricature qu'elle n'était pas en état de prendre à la légère, une caricature qui ajouterait au poids déjà lourd qui l'entraînait dans les bas-fonds.

Chaque fois que Jay hochait la tête, avec la lourde gentillesse d'un ours, Sabina savait qu'il allait dire quelque chose de catastrophique; c'était ce qu'il appelait son honnêteté de brute. Sabina ne pouvait courir ce risque. Aussi entama-t-elle l'histoire rapide, compliquée, d'une soirée au cours de laquelle s'étaient déroulés de multiples incidents où il était difficile de distinguer l'héroïne de la victime. Lorsque Jay crut reconnaître l'endroit où se situait ce récit (c'était à Montparnasse, il y avait sept ans de cela; Sabina, jalouse de la solide liaison de Jay et de Lillian, avait essayé de briser ce lien au cours de la soirée), elle avait déjà changé de sujet. Elle parlait comme dans un rêve entrecoupé de brusques silences, de contradictions, de retours en arrière, avec une fantaisie débridée.

Brusquement elle fut au Maroc, dans un bain maure, avec les femmes indigènes; elle utilisait leur pierre ponce, les prostituées lui apprenaient à se peindre les yeux avec du khôl acheté au marché.

« *C'est de la poussière de charbon*, expliquait Sabina, *il faut la mettre dans l'œil. La première fois cela brûle et donne envie de pleurer, mais c'est justement ce qu'il faut; la poussière s'étale tout autour des paupières et leur fait un ourlet noir et brillant.*

– *Tu n'as jamais eu d'inflammation ?* demanda Jay.

– *Oh non, les prostituées font bénir leur khôl à la mosquée.* »

Tout le monde se mit à rire : Jay, Mambo qui se tenait debout près de là et deux individus assis à la table voisine qui avaient rapproché leurs chaises pour écouter. Seule Sabina ne riait pas. Un autre souvenir marocain l'occupait. Jay voyait les images défiler dans son regard comme un film qui passe à la censure. Il savait qu'elle faisait un tri parmi les histoires qui lui venaient à l'esprit, que peut-être elle regrettait d'avoir raconté celle du bain maure. Et soudain, comme si ses paroles avaient été écrites sur un immense tableau noir, elle effaça d'un coup d'éponge tout ce qu'elle venait de dire, en ajoutant : « En réalité, cette aventure ne m'est pas arrivée à moi. C'est une amie qui me l'a racontée. » Et avant que personne ait pu demander : « Voulez-vous dire que vous n'avez jamais été au Maroc ? », elle brouilla encore plus les pistes en déclarant qu'elle avait lu cette histoire quelque part ou qu'elle l'avait entendu raconter dans un café. Et, aussitôt après avoir ainsi effacé dans l'esprit de ses auditeurs tous les faits qu'ils auraient pu être tentés de lui attribuer, elle commença une autre histoire...

Les traits et les silhouettes de ses personnages n'étaient qu'esquissés, et Jay essayait de retrouver les détails manquants (en parlant de l'homme qui polissait lui-même son télescope, Sabina n'en avait pas trop dit de peur que Jay n'identifie Philip qu'il avait connu à Vienne), mais déjà Sabina superposait à un visage un autre visage, une autre silhouette, comme on le fait en rêve, et lorsque Jay péniblement en arrivait à conclure qu'il s'agissait de Philip (il était sûr qu'elle avait eu une liaison avec lui), voici qu'il ne s'agissait plus du tout de l'homme qui polissait la lentille de son télescope sous un parapluie pendu au milieu de la pièce, mais d'une musicienne qui avait continué à jouer de la harpe à Mexico, pendant la révolution, tandis qu'on tirait sur les ampoules électriques de la salle du concert, car cette musicienne avait compris qu'en continuant de jouer elle empêcherait la panique des spectateurs ; mais voici que Jay se rappelait que cette histoire était arrivée à Lillian, et qu'il ne s'agissait pas de harpe mais de piano. Et Sabina, à son tour, se rendit compte qu'elle ne tenait pas à rappeler Lillian à Jay, parce que cela pouvait lui faire de la peine, et parce que au fond elle, Sabina, avait été jusqu'à un certain degré, en tentant de séduire Jay, responsable du départ de Lillian. Et elle changea si vite de sujet que Jay en vint à se demander s'il avait des hallucinations auditives ou s'il n'avait pas trop bu et n'avait fait qu'imaginer Sabina en train de raconter l'histoire de Lillian, car tout à coup il remarqua qu'elle parlait d'un jeune homme, un aviateur à qui on avait recommandé de ne jamais chercher à regarder les yeux des mourants.

Jay ne pouvait rien retenir des gens que Sabina avait aimés, haïs, dont elle s'était libérée, pas plus qu'il ne pouvait suivre les transformations de Sabina elle-même. « En ce temps-là, j'étais blonde et j'avais les cheveux coupés très court », disait-elle. Ou : « Cela se passait avant mon mariage, j'avais alors dix-neuf ans. » (Elle lui avait raconté une autre fois qu'elle s'était mariée à dix-huit ans.) Il était véritablement impossible de savoir qui elle avait trompé, oublié, épousé, abandonné ou suivi. Il en était de même de son métier. La première fois qu'il l'avait interrogée, elle avait répondu : « Je suis actrice. » Même en la pressant de questions, il n'avait pas réussi à découvrir quelles pièces elle avait jouées, si son jeu avait été apprécié ou non. Il s'était même demandé si Sabina n'avait pas simplement rêvé d'être actrice sans y parvenir faute d'avoir jamais travaillé avec assez de constance ou de sérieux, faute d'y avoir consacré le même talent qu'elle déployait en ce moment à changer de personnalité avec la rapidité vertigineuse d'un kaléidoscope.

Alors il tenta de se raccrocher à certains termes qui revenaient souvent dans sa conversation, pensant qu'ils pourraient lui fournir des clés ; mais il dut convenir que, si les mots : « actrice », « miraculeux », « voyage », « aventure » revenaient fréquemment, il restait impossible de savoir si Sabina leur donnait un sens symbolique ou un sens littéral, car pour elle c'était la même chose. Un jour, après l'avoir entendue déclarer : « Quand on a été blessé, on s'en va aussi loin que possible du lieu de la blessure », n'avait-il pas découvert qu'elle avait simplement changé de quartier et s'était installée à une cinquantaine d'immeubles de son ancienne demeure à New York ?

Sabina était dévorée par une fièvre de confession qui la forçait à soulever un coin du voile, mais elle s'effrayait dès qu'on l'écoutait trop attentivement, surtout si l'auditeur attentif était Jay, ce

Jay en qui elle n'avait pas confiance, qui ne trouvait la vérité que dans les fautes, les faiblesses, les vices. Quand elle découvrait que Jay l'écoutait, Sabina s'emparait de sa gigantesque éponge et effaçait tout ce qu'elle venait de dire. Elle entraînait dans son univers celui qui l'écoutait, puis elle brouillait les pistes pour qu'on ne puisse la démasquer.

« Ce ne sont que faux mystères, disait Jay furieux, déçu et irrité par ses feintes. Mais que cherche-t-elle à cacher derrière ces faux mystères ? »

La conduite de Sabina éveillait toujours en lui (à cause de son obsession de la vérité, de la franchise, de la révélation brutale) un désir qui ressemblait au désir que ressent l'homme de violer une femme qui lui résiste, de violer une virginité qui est un obstacle au besoin de possession. Il avait le désir violent d'arracher à Sabina ses mensonges, ses voiles, pour découvrir l'être vrai qui échappait à toute détection par sa mobilité perpétuelle.

Il avait bien fait de peindre Sabina en mandragore, avec des racines de chair et une grande fleur pourpre aux pétales lourds comme une chair opiacée, qui retombaient en cloche. Il avait bien fait de lui donner des yeux d'or rouge qui flamboyaient comme ceux des bêtes tapies dans les cavernes ou les forêts ; il avait bien fait de la représenter sous les traits d'une créature luxuriante, d'une plante tropicale, dont la substance trop nutritive ne peut servir de pain quotidien. Il l'avait peinte comme un témoin de ce monde de feu, dont il se contentait d'apparitions paraboliques et intermittentes.

« Sabina, te souviens-tu de notre expédition en ascenseur à Paris ?

– Mais oui.

– Nous ne savions pas où aller. Nous avions erré par les rues. C'est toi qui as eu l'idée d'entrer dans un ascenseur. »

(Nous étions fous l'un de l'autre, je me rappelle, Sabina. Nous sommes entrés dans l'ascenseur et je t'ai embrassée. Premier étage. Deuxième étage. Je ne pouvais plus me détacher d'elle. Troisième étage. Quand l'ascenseur est arrivé au dernier étage, c'était trop tard, je n'aurais jamais pu lâcher Sabina même si tout Paris avait été là à nous observer. Elle a appuyé comme une folle sur le bouton et nous avons continué notre baiser tandis que l'ascenseur redescendait. Une fois en bas, les choses ont empiré ; il a fallu remonter. Nous montions et descendions sans arrêt pendant que les gens essayaient d'arrêter l'ascenseur.)

Au souvenir de la témérité de Sabina, Jay éclata de rire. Ce jour-là Sabina avait été dépouillée de son mystère et Jay avait compris ce qu'il cachait : la plus folle frénésie du désir.

L'aurore fit une timide apparition à la porte et ils se turent. La musique avait cessé depuis longtemps, ils ne s'en étaient pas aperçus. Leur bavardage l'avait remplacée.

Sabina serra sa cape autour de ses épaules, comme si la lumière du jour était le plus terrible de ses ennemis. Elle n'offrirait pas à l'aurore ses discours fiévreux. Elle fixa le jour d'un regard courroucé et quitta le cabaret.

Il n'y a pas d'heure plus désolée dans la vie d'une grande ville que celle où se croisent ceux qui n'ont pas dormi de la nuit et ceux qui vont à leur travail. Pour Sabina, il existait sur cette terre deux races d'hommes et de femmes : la race qui appartient au jour, celle qui appartient à la nuit, et ces deux races ne se rencontraient jamais en dehors de cette heure incertaine. Sabina voyait toujours se décolorer à l'aurore les vêtements, si brillants qu'ils fussent, de sa soirée. L'expression déterminée de ceux qui se rendaient à leur travail lui était un reproche. Sa lassitude n'était pas la leur ; elle marquait son visage comme une longue fièvre, elle mettait des ombres violettes sous ses yeux. Sabina avait envie de cacher son visage à la race du jour ; elle inclinait la tête pour que ses cheveux la leur voile.

Son impression de solitude persistait. Pour la première fois, elle ne pouvait revenir auprès d'Alan. Trop d'histoires gardées secrètes, trop de souvenirs pesaient sur elle, trop de fantômes troubles la suivaient, trop d'expériences encore incomprises l'accablaient et trop de blessures et d'humiliations qui ne s'étaient pas guéries. Si, de retour auprès d'Alan, elle prétextait une fatigue extrême et réussissait à s'endormir, ce serait d'un sommeil agité et elle risquait de parler en dormant.

Cette fois-ci, Alan n'aurait pas assez de pouvoir pour rompre le maléfice. Elle ne pourrait pas lui confier ce qui la tourmentait le plus : le souvenir de cet homme qu'elle avait vu quelques mois auparavant de la fenêtre de sa chambre d'hôtel, debout sous sa fenêtre, plongé dans un journal comme s'il attendait qu'elle sorte. Elle l'avait retrouvé de nouveau sur son chemin en se rendant chez Philip. Elle l'avait revu à une station de métro et il avait laissé passer plusieurs rames afin de prendre celle où elle était montée. Ce n'était pas un amoureux en perspective. Il n'essayait pas de lui parler. Il paraissait occupé à consigner des observations objectives. Chez Mambo, il s'était assis à quelques tables de la sienne, avait pris des notes dans un carnet. N'est-ce pas ainsi que l'on surveille les criminels avant de les arrêter ? Était-ce un détective ? Que lui voulait-il ? Faisait-il à Alan un rapport sur la conduite de Sabina ? À Alan ou à ses parents ? Ou bien portait-il son rapport dans l'un de ces affreux immeubles où l'on poursuit des enquêtes de tout genre et peut-être recevrait-elle un de ces jours un papier lui enjoignant d'avoir à quitter les États-Unis et à retourner dans sa Hongrie natale, parce que la loi n'autorisait pas qu'on vive à la Ninon de Lenclos ou à la Madame Bovary ? Si elle disait à Alan qu'elle avait été suivie par un homme, il sourirait et lui dirait : « Eh bien ! Ce n'est pas la première fois, n'est-ce pas ? C'est la rançon de la beauté. Tu ne serais pas contente si cela ne t'arrivait plus. »

Pour la première fois, dans le petit matin blême de New York, dans les rues encore souillées des mégots et des bouteilles d'alcool vides abandonnés par les gens de la nuit, Sabina comprit la signification de la toile de Marcel Duchamp qui représentait une femme nue descendant un escalier. Il y avait une dizaine de silhouettes de la même femme, comme une série de coupes successives du personnage, séparées et disposées les unes à côté des autres, descendant ensemble les marches.

Si Sabina se rendait maintenant chez Alan, elle obligerait l'une de ces silhouettes à quitter les autres et à aller son chemin toute seule. Seulement, cette silhouette se révélerait alors comme un simple contour, un dessin que l'œil peut voir mais dont le contenu a fui. Oui, Sabina était une femme divisée, divisée en un nombre incalculable de femmes et, en ce moment, elle pouvait apercevoir l'une de ces femmes, abandonnée, désespérée, marchant le long des rues en quête de café chaud. Cette femme, c'était celle qu'Alan avait recueillie, c'était la jeune fille pure et transparente qu'il avait épousée dix ans auparavant, qu'il avait juré de chérir et qu'il avait chérie ; seulement il y avait erreur : Alan n'avait cessé de chérir la jeune fille qu'il avait épousée, toujours la même, la première Sabina, la première forme de Sabina, celle qui avait été livrée entre ses mains, la première version de cet ensemble complexe formé des multiples femmes qui étaient nées ensuite et que Sabina n'avait pu remettre entre les mains de son mari. Chaque année, comme un arbre ajoute à son tronc un nouvel anneau de bois vif, elle aurait dû pouvoir dire : « Alan, voici une nouvelle version de Sabina, ajoute-la à celles que tu as déjà, fonds-la dans ce que tu as déjà. Et, quand tu l'embrasseras, tiens bien l'ensemble dans tes bras, sans cela, séparée, solitaire, chacune des Sabina vivra sa propre vie et il n'y aura plus une seule, mais six ou sept ou huit Sabina. Parfois elles iront à l'unisson, après un grand effort de synthèse, parfois séparément. L'une écoutera les battements sourds des tambours dans les forêts noires et chevelues, dans des abîmes de volupté, l'autre visitera avec Philip la Vienne d'avant-guerre, une autre encore sera couchée aux côtés d'un jeune homme fou, et une autre ouvrira des bras maternels à un Donald effrayé et tremblant. » Avait-elle commis un crime en cherchant le compagnon de chacune de ces Sabina, en cherchant une vie à tour de rôle en harmonie avec chacune de ses personnalités ?

Oh ! comme elle était lasse ! Et ce n'était pas le manque de sommeil, ou le fait d'avoir trop parlé dans une pièce enfumée, ou d'avoir fui les caricatures de Jay, les reproches de Mambo et la méfiance de Philip, ou encore parce que les enfantillages de Donald lui faisaient sentir qu'à trente ans elle était en âge d'être grand-mère. Sabina était lasse de lutter contre son éparpillement. Et puis cette compréhension soudaine des peintures de Jay ! C'était peut-être dans un moment pareil, un moment de semblable solitude que Madame Bovary s'était empoisonnée. C'était le moment où la vie cachée court le danger d'être étalée au grand jour, et aucune femme ne supporte d'être ainsi clouée au pilori.

Mais qu'avait-elle à craindre, elle, Sabina ? Alan était à cette seconde même profondément endormi, ou il lisait paisiblement.

Alors pourquoi éprouvait-elle cette anxiété si douloureuse ? Parce que la silhouette du détecteur de mensonges était toujours attachée à ses pas ? Le fardeau de la culpabilité est de ceux que les humains ne peuvent porter seuls.

Après avoir bu une tasse de café, Sabina se rendit dans un hôtel où elle était connue ; elle prit un somnifère et se réfugia dans le sommeil. En se réveillant, à dix heures du soir, elle entendit la musique de la boîte de nuit de Mambo de l'autre côté de la rue.

Comme elle avait besoin d'un confesseur ! Allait-elle en trouver un dans cette communauté d'artistes ? À travers le monde entier, les artistes avaient leurs lieux de réunion, leurs relations, leurs règles d'honneur, leurs domaines, leurs chefs, leurs communications secrètes. Ils professaient la même foi en certains peintres, en certains musiciens, en certains écrivains. Eux aussi, c'étaient des personnes déplacées, des indésirables, que leur famille même avait répudiés. Ils se constituaient alors de nouvelles familles, avaient leur propre religion, leurs médecins, leurs communautés.

Sabina se souvenait d'avoir entendu un jour quelqu'un demander à Jay : « Si je fais preuve d'un goût excellent, serai-je admis parmi vous ? »

Et Jay avait répondu : « Ce n'est pas assez. Consens-tu à devenir un exilé, un bouc émissaire ? Nous sommes les boucs émissaires tout désignés, parce que nous vivons dans nos journées ce que les autres ne vivent qu'en rêve la nuit, parce que nous avouons ouvertement ce que les autres ne confient qu'à leur médecin sous le sceau du secret professionnel. Et, de plus, on ne nous paie pas ! Parce que nous sommes amoureux de notre travail et qu'il n'est pas nécessaire de payer quelqu'un qui fait ce qu'il aime. »

Les artistes ont également leurs criminels. Il y a des gangsters dans le monde de l'art aussi, qui créent des œuvres corrosives nées de la haine, qui empoisonnent ou qui assassinent. Une toile, un livre sont des armes qui tuent parfois.

Sabina était-elle aussi une criminelle ? Qu'avait-elle tué ?

Elle entra chez Mambo. Les palmiers artificiels lui parurent moins verts, les tambours moins violents, le parquet, les portes et les murs un peu fanés par l'usure du temps.

Au même moment Djuna arriva, l'imperméable jeté sur son collant noir de danseuse, les cheveux retenus par un ruban d'écolière.

C'est ainsi que les danseurs classiques apparaissent sur la scène, mystérieusement, et, lorsqu'ils disparaissent derrière les colonnes ou dans l'ombre, personne ne leur demande leurs papiers d'identité ou leurs passeports. Djuna arriva comme une véritable ballerine. Elle venait de quitter sa barre d'exercices quelques étages au-dessus de la boîte de nuit. Elle apparaissait de même à Paris quand elle étudiait le ballet à l'Opéra. Sabina ne fut pas étonnée de la voir. Elle se rappelait non le talent de Djuna, ses merveilleuses jambes lisses et nerveuses, mais un certain art de la compassion que la danseuse savait merveilleusement manier comme si elle l'exerçait chaque jour sur une invisible barre de souffrance.

Djuna savait deviner qui avait volé, qui avait trahi, ce qui avait été volé, ce qui avait été trahi. Et grâce à Djuna, Sabina allait peut-être cesser de tomber de ses trapèzes en flammes, de ses échelles d'incendie. Ils étaient tous frères et sœurs, ceux qui se mouvaient sur la scène tournante de l'inconscient et qui, sans avoir jamais l'intention de se mystifier ou de mystifier les autres, étaient pris dans le ballet de leurs erreurs et de leurs déguisements. Mais Djuna, elle, savait distinguer entre l'illusion, la vie et l'amour. Elle savait détecter jusqu'à l'ombre du crime. Elle saurait reconnaître le criminel. Sabina n'avait plus qu'à attendre.

Les tambours avaient cessé de jouer comme étouffés par la végétation inextricable de forêts immenses. L'angoisse de Sabina avait cessé de battre à ses tempes et de la rendre sourde aux bruits du dehors. Son sang avait repris un rythme normal et ses mains reposaient paisibles sur ses genoux.

En attendant que Djuna fût libre, elle se mit à songer au détecteur de mensonges qui avait surveillé ses derniers faits et gestes. Il était là encore, seul, assis ; il écrivait sans arrêt dans un carnet. Sabina se prépara à être interrogée.

Elle se pencha vers lui et l'appela : « Bonsoir, êtes-vous venu m'arrêter ? »

Il ferma son carnet, se leva, alla jusqu'à la table de Sabina et s'assit à côté d'elle. Sabina parla : « Je savais que mon heure viendrait, mais je ne la croyais pas si proche. Asseyez-vous donc. Je sais exactement ce que vous pensez de moi. Vous dites en vous-même : voici la femme falsificatrice, voici l'espionne internationale dans la maison de l'amour (ou dois-je spécifier dans la maison des multiples amours ?). Mais je dois vous avertir : il faut me saisir avec délicatesse ; je m'enveloppe d'un manteau irisé aussi fragile que le pollen des fleurs, et, bien que je consente à me laisser arrêter, si vous prenez possession de moi trop rudement, vous risquez de perdre de nombreuses preuves de ma culpabilité. Je n'ai pas envie que vous salissiez ce manteau délicat peint aux couleurs merveilleuses créées par mes illusions ; aucun peintre n'a jamais su le reproduire. Il est étrange, n'est-ce pas, qu'aucun produit chimique ne puisse communiquer à un être humain ce rayonnement irisé que lui prêtent les illusions. Donnez-moi votre chapeau. Vous avez l'air guindé, mal à l'aise. Alors, en fin de compte, vous avez dépisté tous mes personnages ? Vous rendez-vous compte du courage et de la témérité que réclame ma profession ? Très peu de gens ont ce don. Chez moi, c'est une vocation. Elle s'est manifestée de très bonne heure par mon habileté à me tromper moi-même. J'étais de celles qui appellent une cour un jardin, une location meublée un foyer. Si je rentrais en retard chez moi, pour éviter de me faire gronder je savais immédiatement imaginer et raconter à mes parents des aventures tellement hallucinantes qu'ils avaient besoin de plusieurs minutes pour en secouer le charme et revenir à la réalité. Je pouvais sortir de mon être habituel, de ma vie quotidienne et changer fréquemment de personnage sans me faire remarquer. Je veux dire que mon premier crime, vous serez peut-être surpris de l'apprendre, je l'ai commis contre moi-même. Ma faute, ce fut de corrompre un jeune être qui était moi-même. J'ai altéré ce qu'on appelle la réalité afin de créer un monde plus beau. J'ai constamment amélioré la réalité. On ne m'a pas arrêtée pour ce crime. Il ne concernait que moi. Mes parents ne furent pas assez avisés pour comprendre que de tels dons de prestidigitation pouvaient donner naissance à une grande artiste, ou du moins à une grande actrice. Ils m'ont battue pour chasser la poussière de mes illusions. Mais, assez curieusement, plus mon père me battait, et plus la poussière s'accumulait et elle n'était ni grise, ni brune, comme la poussière de tous les jours, elle était couleur de l'or. Les aventuriers connaissent bien le mirage de l'or... Donnez-moi votre manteau. Pour votre enquête, cela vous intéressera sans doute d'apprendre que, pour ma défense, j'accuse tous ceux qui écrivent des contes de fées. Je n'accuse ni la faim, ni la cruauté, ni mes parents, mais toutes les merveilleuses promesses de ces contes. Ne disent-ils pas que l'on peut s'endormir dans la neige sans attraper de pneumonie, que le pain ne rancit jamais, que les arbres fleurissent en toute saison, qu'avec du courage on peut tuer des dragons, qu'un souhait suffisamment ardent est toujours exaucé ? Les souhaits intrépides, disent les contes de fées, sont plus efficaces que le travail. La fumée qui s'élève de la lampe d'Aladin m'a caché la réalité, et mes premiers mensonges, ce sont les contes de fées qui me les ont appris. Disons que j'avais des tendances perverses : je croyais à tout ce que je lisais. »

En terminant, Sabina se mit à rire et Djuna pensa qu'elle avait trop bu. Elle se retourna :

« Qu'est-ce qui te fait rire, Sabina ?

– Je te présente le détecteur de mensonges, Djuna. Il va m'arrêter.

– Oh ! Sabina ! Tu n'as rien fait qui mérite une arrestation. »

Djuna observait le visage ardent de Sabina. L'intensité et la fièvre qu'elle y avait toujours vues n'étaient plus celles d'une vie brûlante ; on décelait maintenant une contraction des traits et de la peur dans le regard.

« Il faut que je te parle, Djuna... Je ne peux plus dormir...

– J'ai essayé de te trouver lorsque je suis arrivée de Paris. Mais tu changes d'adresse si souvent et même de nom...

– Tu sais que j'ai toujours aimé briser les moules dans lesquels la vie vous enferme si on la laisse faire.

– Mais pourquoi ?

– Je n'accepte pas les frontières, les identités trop précises, tout ce qui fixe quelqu'un à jamais dans une forme, dans un endroit, sans espoir de métamorphose.

– C'est le contraire de ce que l'on désire habituellement, n'est-ce pas ?

– Oui ! J'ai souvent dit que j'avais des problèmes de logement; en réalité je n'avais pas envie d'une maison. J'aurais préféré un bateau, une caravane, quelque chose qui se meut librement. Je ne me sens à l'abri que lorsque personne ne sait où je suis, lorsque je suis dans une chambre d'hôtel sur la porte de laquelle on a effacé le numéro de la chambre.

– À l'abri de quoi ?

– Je ne sais pas ce que j'essaie de cacher, sinon que je suis coupable d'avoir plusieurs amours, de nombreuses amours au lieu d'un seul.

– Ce n'est pas un crime.

– Mais les mensonges, les mensonges qu'il faut que j'invente !… Tu sais ce que racontent les criminels : “Je n'ai jamais pu me procurer ce que je désirais autrement que par le vol.” Moi j'ai souvent envie de dire : “Je n'ai jamais pu me procurer ce que je désirais autrement que par le mensonge.”

– En as-tu honte ? »

Sabina prit un ton effrayé : « À chaque nouvelle rencontre, il arrive toujours un moment où je me sens toute seule.

– À cause des mensonges ?

– Oui… Mais si je ne mentais pas, non seulement je me sentirais seule, mais je le serais réellement et je ferais beaucoup de mal. Comment dire à Alan qu'il ne m'est qu'un père ?

– C'est là la raison pour laquelle tu l'as abandonné si souvent, comme on abandonne ses parents. C'est la règle.

– Tu as l'air de me justifier.

– Je justifie tes rapports avec Alan, dans lesquels tu as agi comme un enfant.

– Alan est le seul en qui j'ai confiance, le seul dont l'amour est infini, inlassable, et toujours miséricordieux.

– Ce n'est pas un amour d'homme que tu décris ainsi, ni même un amour paternel. C'est un amour paternel chimérique, idéalisé, inventé un jour par un enfant malheureux. L'amour dont tu as besoin, Alan te l'a donné. Et tu as raison d'avoir confiance dans cet amour. Mais tu le perdras un jour, car il y a d'autres Alan, comme il y a d'autres Sabina, et ils demandent aussi à vivre et à aimer. L'ennemi de l'amour n'est jamais à l'extérieur, ce n'est pas tel homme ou telle femme, c'est ce qui nous manque intérieurement. »

Sabina avait incliné la tête sur sa poitrine comme pour un acte de contrition.

« Ne crois-tu pas que cet homme est là pour m'arrêter ?

– Mais non, Sabina ! C'est toi qui l'imagines. Tu as chargé cet homme de ta faute. Tu vois probablement le reflet de ta faute sur chaque agent de police, chaque juge, chaque parent, chaque individu pourvu d'autorité. Tu le vois à ta façon, comme un reflet de ta pensée. Les yeux du monde sur tes actes, c'est toi qui les vois. »

Sabina releva la tête. Un tel flot de souvenirs se déversa sur elle et si brusquement qu'elle en perdit le souffle. Elle ressentit une douleur violente, une douleur semblable au « choc » que connaissent les plongeurs lorsqu'ils remontent à la surface trop rapidement.

« Dans le monde que tu t'es fabriqué, Sabina, les hommes sont soit des chevaliers du temps des croisades prêts à se battre en ton nom, soit des juges qui ont pris la relève de tes parents, soit des princes enfants qui ne peuvent être des maris.

– Libérez-moi, dit Sabina au détecteur de mensonges, libérez-moi. J'ai dit cela à tant d'hommes. » Elle se mit à rire : « J'étais prête à vous le dire aussi.

– C'est à vous de vous libérer vous-même. Cela viendra avec l'amour, dit le détecteur de mensonges.

– Oh ! j'ai assez aimé ! J'ai beaucoup aimé. Regardez votre carnet. Je suis sûre qu'il est plein d'adresses.

– Vous n'avez pas encore aimé, dit le détecteur de mensonges, vous avez seulement commencé à aller vers l'amour. La confiance n'est pas l'amour, le rêve n'est pas l'amour, le désir et l'illusion ne sont pas l'amour. Ce sont des chemins qui vous ont aidée à sortir de vous-même, c'est vrai, et vous avez cru qu'ils vous conduisaient vers les autres, vers un autre. Mais vous ne l'avez jamais rencontré, cet autre. Vous êtes seulement en chemin. Est-ce que vous voulez maintenant découvrir les autres visages d'Alan, ceux que vous n'avez jamais cherché à contempler, à accepter ? Voulez-vous découvrir l'autre visage de Mambo, celui qu'il a pris tant de soin à vous cacher ? Voulez-vous faire l'effort nécessaire pour découvrir l'autre visage de Philip ?

– Est-ce ma faute s'ils ne m'ont montré qu'un seul de leurs visages ?

– Vous êtes un danger pour les autres. Vous revêtez vos amours de formes mythiques. Pauvre Philip, il est Siegfried, il doit toujours chanter juste et rester éternellement beau. Savez-vous où il est en ce moment ? À l'hôpital avec une cheville brisée. Il a beaucoup grossi à cause de cette immobilité forcée. Vous détournez la tête, Sabina ? C'était le mythe que vous aimiez. Et si Mambo faisait taire son tambour et s'en allait soigner sa vieille mère malade, partiriez-vous avec lui ? Et si une autre femme aimait Alan, oublieriez-vous votre besoin enfantin de sentir sur vous sa protection ? Voulez-vous devenir une véritable actrice, cesser de jouer les Cendrillon dans les théâtres d'amateurs ? Cesser de garder sur votre nez, pour vous amuser, le flocon de neige artificielle de la tempête de neige longtemps après la fin de la pièce, comme pour dire : "Pour moi il n'y a aucune différence entre la neige qui tombait sur la scène et celle qui tombe dans la 5e Avenue." Oh ! Sabina, vous avez constamment pipé les dés dans les jeux de l'amour, pour être sûre de toujours gagner ! Celle qui ne pense qu'à gagner n'a pas encore aimé ! »

Sabina se tourna vers le détecteur de mensonges : « Si je fais tout ce que vous me demandez, cesserez-vous de hanter ma vie, cesserez-vous de prendre des notes dans votre carnet ?

– Je vous le promets, Sabina.

– Mais d'où tenez-vous tout ce que vous savez sur ma vie ?

– Vous oubliez, Sabina, que c'est vous qui m'avez appelé au secours. Vous m'avez donné le droit de juger vos actes. Vous l'avez donné, ce droit, à tant de gens : à des prêtres, des agents de police, des médecins. Vous vous sentiez à l'abri, protégée par votre conscience, à l'abri de la folie. Seule une moitié de votre être souhaite payer pour se libérer des remords ; l'autre moitié, elle, veut être libre. Une moitié se livre, crie "Attrapez-moi", cependant que l'autre moitié cherche à s'enfuir. Ce n'est qu'un jeu de cache-cache, un jeu de cache-cache avec la justice. Et maintenant, Sabina, vous êtes en fuite, vous fuyez le tourment des amours divisées, vous fuyez le crime de ne pas aimer. Pauvre Sabina ! Vous avez cherché votre unité dans la musique... Votre drame, c'est de ne pas pouvoir aimer... Pourtant, Sabina, si vous aviez été emprisonnée, jugée, vous auriez subi un châtiment moins sévère que celui que vous vous réservez. Nous sommes à nous-mêmes les plus sévères des juges. Nous jugeons nos intentions, nos pensées secrètes, nos rêves même... Vous n'avez jamais envisagé les circonstances atténuantes. Vous ne vous êtes jamais demandé quel choc ancien vous a fait perdre la foi en un amour unique. Vous avez multiplié l'amour par mesure de sécurité. Il y avait de nombreuses sorties de secours entre le cabaret de Mambo, la Vienne de Philip, le monde silencieux d'Alan, ou l'univers évanescent de Donald. La mobilité en amour est devenue une condition de votre existence. Il n'y a aucune honte à rechercher des mesures de sécurité. Votre peur était grande...

– Mes sorties de secours m'ont trahie.

– Viens avec moi, Sabina », dit Djuna.

Les deux femmes montèrent au studio de Djuna, d'où l'on entendait encore le tambour de Mambo.

Comme pour le faire taire, Djuna mit un disque sur l'électrophone.

« Sabina... », commença-t-elle. Mais un quatuor de Beethoven dit à Sabina ce que Djuna ne serait pas parvenue à exprimer. Que la vie est continuité et qu'il faut continuellement traverser des chaînes de cimes et de sommets pour atteindre cette continuité. Qu'en s'élevant, l'esprit parvient au mouvement perpétuel qui transcende la mort et rencontre du même coup la continuité de l'amour en touchant à ce qui constitue l'essence impersonnelle de l'amour absolu. Que cette essence est la somme de toutes les alchimies par lesquelles s'élaborent la vie, les enfants, les œuvres d'art, les découvertes scientifiques, les actes héroïques et les actes d'amour. Que les couples n'ont pas une individualité éternelle mais au contraire interchangeable, afin que soient protégés les échanges des esprits, la transmission des caractères, toutes les fécondations à venir. Que la fidélité n'est autre chose que cette recherche de la continuité, d'un amour constamment grandissant et dont la cristallisation s'achève dans des moments d'exaltation comparables aux sommets de l'art ou des religions...

Sabina se laissa glisser à terre, la tête appuyée contre l'électrophone. Sa large jupe flotta un instant comme un parachute prêt à se reployer, puis s'affaissa et mourut dans l'ombre. Sur son visage, les larmes se mirent à couler, non pas rondes et distinctes comme les larmes ordinaires, mais en un fin voile d'eau. On eût dit que la jeune femme s'enfonçait jusqu'au fond de la mer alourdie par la musique. On assistait à une dissolution complète de ses yeux, de ses traits, comme si elle était en train de perdre ce qui faisait l'essentiel de son être.

En la voyant ainsi, le détecteur de mensonges tendit les mains d'un geste léger, comme s'il voulait la sauver non d'un chagrin véritable mais d'un chagrin qu'elle eût mimé en une danse gracieuse.

« Il existe un remède homéopathique, dit-il, pour ceux que la musique fait pleurer : Pulsatilla. »

La séduction du Minotaure

Traduit de l'anglais (États-Unis)
par Anne Metzger

Les voyages prennent parfois naissance dans l'empreinte d'un rêve, certains au contraire obéissent au désir impérieux de le démentir. Le rêve de Lillian, et qui revenait sans cesse, lui montrait un navire échoué dans les rues de la ville. Elle le poussait à grand-peine vers la mer, mais en vain. Pour donner définitivement au bateau de son rêve l'élément qui lui était nécessaire, Lillian s'était décidée à traverser l'océan.

Elle avait débarqué à Golconda… Pays de lumière, le soleil y baignait d'or toutes choses, le fil de ses pensées, ses valises usagées et les bestioles les plus insignifiantes. Golconda : l'âge d'or, l'étoile d'or, l'aigle royal, la poule aux œufs d'or, la toison d'or, la verge d'or, le canari chanteur, les noces d'or, le cyprin doré, la paillette d'or, le fil d'or, l'or de la joie.

Dès sa première gorgée d'air, Lillian y but l'oubli, philtre que connaissent bien les coureurs d'aventures.

Tropique en grec signifie tourner. Lillian tourna son regard vers la lumière et se trouva métamorphosée sous la caresse légère de la chaleur en écheveau de soie. Chacun de ses gestes, même celui qu'elle fit pour soulever sa valise, en devint plus souple et plus agréable. Ses nerfs, dont elle avait jusqu'ici toujours eu une conscience aiguë, n'étaient plus maintenant que fils soyeux enroulés le long de ses muscles.

Mais un fonctionnaire des douanes était là et l'interrogeait: « Combien de temps comptez-vous séjourner ici ? Combien avez-vous d'argent ? Quelles devises ? Avez-vous pris votre billet de retour ? » Il fallait rendre compte de chaque déplacement, départ, arrivée. C'était la conspiration contre l'improvisé, possible peut-être seulement dans le jazz.

Guitares et chansons ouvrirent le feu et Lillian eut soudain l'impression que sa peau se mettait à respirer, à s'épanouir. Une épaisse bouffée de parfums venait de la jungle sur sa droite et un embrun léger jaillissait des vagues qui déferlaient sur le rivage à sa gauche. Les indigènes se balançaient dans des hamacs de roseaux, bercés par les chants d'amour des douces voix mexicaines.

Dans le pays que Lillian venait de quitter, les bijoux seuls avaient droit aux coffrets capitonnés de satin, ici c'étaient les pensées et les souvenirs que l'air, les parfums, la musique matelassaient de douceur.

Le fonctionnaire de l'aéroport, celui qui justement posait des questions épineuses, ne portait pas de chemise, le porteur non plus, aussi Lillian décida-t-elle de ne se montrer polie qu'envers le plus lisse des torses et de ne respecter que les muscles les plus forts. L'absence d'uniforme rendait au corps sa dignité. Ils avaient tous, avec leurs pieds nus, une allure sauvage et libre, et l'accueil des voyageurs n'était pour eux qu'un métier temporaire: les hamacs, les chansons, la mer les attendaient. Le travail était une des absurdités de l'existence. « Ne le pensez-vous pas, *señorita* ? » disaient les yeux rieurs qui la parcouraient des pieds à la tête. Ils la considéraient en toute franchise, avec l'intensité du regard d'un enfant ou d'un animal, ils ne voyaient que par ses attraits physiques, son charme, sa vivacité, indifférents à ses titres, ses biens ou ses occupations. Les étrangers ne savaient pas toujours répondre à la plénitude de ce sourire dont l'éclat et la brusque chaleur les aveuglaient comme un rayon de soleil éblouissant. Ils portaient des verres de couleur pour se protéger des rayons solaires, mais, pour préserver leur intimité de la franchise pénétrante de ces sourires et de ces regards, ils n'accordaient que des demi-sourires condescendants. Lillian était différente. Ses lèvres pleines et charnues avaient toujours rendu sourire pour sourire. Elle savait répondre à cette curiosité simple, à cet intérêt sans détour, à cette intimité. C'est avec cette même attention passionnée que les enfants et les animaux savent vous regarder. Les indigènes n'avaient pas encore appris de l'homme civilisé l'art d'échapper au présent, les procédés scientifiques pour analyser la chaleur humaine et la transformer en produit chimique et faire de l'homme un symbole abstrait. Les Blancs avaient inventé les verres qui rendent les objets trop proches ou trop lointains, les caméras, les télescopes, les longues-vues, tout ce qui met une vitre entre la vie et le regard. Ils ne recherchaient que l'image et non la chaleur vivante de la réalité, du contact humain.

Les indigènes, eux, ne voyaient que l'immédiat. La complicité de leurs regards et de leurs sourires était envoûtante. Les gens que Lillian avait fréquentés jusqu'alors prenaient bien soin de ne pas se voir. Les enfants seuls savaient encore l'examiner avec cette curiosité non déguisée. Malheureux homme blanc qui avait honte de son regard, isolé dans son orgueilleuse conception d'une dimension qui rendait les corps invisibles à l'œil nu. Déjà Lillian se sentait réincarnée, en pleine conscience de son propre corps parce que le porteur de bagages avait lui aussi conscience du sien et que cette attention centrée sur le présent immédiat n'admettait aucun court-circuit, aucune coupure de courant dans les contacts corporels. Lorsque Lillian quitta le porteur, ce fut pour trouver un chauffeur de taxi dont le sourire semblait dire : « Je suis là. Mais je ne tiens pas à faire une course. On est tout aussi bien ici pour le moment... » Il portait un maillot de bain autour du cou et se passait la main dans les cheveux...

Les guitares jouaient toujours joyeusement. Les mendiants, les aveugles, les infirmes encombraient l'aéroport. Ils souriaient. La nature généreuse les baignait d'or et endormait leurs souffrances.

Golconda, c'était le nom secret que Lillian avait donné à cette ville qu'elle espérait préservée des agences de publicité et de tourisme. Chacun de nous ne possède-t-il pas en lui une cité secrète, différente de celle que voient les autres, comme aussi nous possédons parfois en nous des images différentes de la même personne ? Il semblait impossible à Lillian d'aimer une ville dont le nom serait intimement connu de milliers de personnes. À l'origine, cette cité n'était, il est vrai, qu'un simple village de pêcheurs de perles. Un bateau japonais y avait fait naufrage, des galères y avaient amené des Africains, d'autres navires y avaient apporté des épices, et des Espagnols avaient appris aux pêcheurs l'art du filigrane et de la dentelle. L'épave d'une galère espagnole avait un jour éparpillé sur la grève un lot de robes de baptême que les femmes avaient adoptées comme coiffure.

La légende racontait ensuite que, lorsque les pêcheurs de perles japonais avaient été chassés, il avaient détruit les caches d'huîtres perlières, et Golconda alors ne fut plus qu'un village de pêcheurs. Puis les artistes étaient venus, montés sur des ânes, et ils avaient découvert la beauté du site. Les agents immobiliers et les hôteliers avaient suivi. Mais rien ne pouvait détruire Golconda. Le vent y était de velours, le soleil de radium et la mer aussi chaude que le sein maternel.

Les bagages des voyageurs n'étaient pas encore tous distribués que déjà les porteurs s'en allaient. Ils avaient gagné suffisamment, juste assez pour la journée, leur nourriture, leur bière, une baignade, un tour de danse avec une fille et cela leur suffisait. Alors les petits garçons de dix ou douze ans, qui n'attendaient que leur départ, se précipitaient pour se charger de bagages plus gros qu'eux.

Dans son vieux taxi, le chauffeur que rien ne pressait, voyant sa voiture se remplir, décida qu'il était temps de mettre sa chemise bleue, toute propre.

Trois hommes avaient déjà pris place dans le véhicule. Était-ce à cause de leurs vêtements de ville ou parce qu'ils ne souriaient pas qu'ils paraissaient dans tout ce décor les seuls éléments que le soleil ne parvenait pas à éclairer ? Pourtant la lumière réfléchie par une mer métallisée avait réussi à pénétrer jusqu'au fond du vieux taxi et à transformer en cheveux d'ange d'arbres de Noël le bourrage qui s'échappait des antiques coussins de cuir craquelé.

Un des hommes aida Lillian à monter en voiture et, s'inclinant à la manière courtoise des Espagnols, se présenta lui-même : « Docteur Hernandez. » Il avait le visage large des statues mayas, les pommettes hautes et rondes, le nez aquilin, les lèvres pleines aux commissures tombantes tandis que les yeux remontaient vers les tempes. Le teint d'une pâleur olivâtre révélait un mélange de sang espagnol et indien. Le sourire large et franc, pareil à celui des indigènes, avait cependant quelque chose de fugitif et laissait comme une ombre sur le visage.

Lillian regarda par la portière. Tout lui paraissait neuf et fait pour le plaisir. Le vert du feuillage ne ressemblait à aucun autre : il était profond, humide, laqué. Les feuilles étaient plus lourdes, plus pleines, les fleurs plus grandes. Elles paraissaient gorgées de sève et de vie comme si elles n'avaient jamais à souffrir du gel ou seulement d'une nuit plus fraîche ; comme si elles n'avaient jamais à se fermer pour dormir.

Les huttes en feuilles de palmier rappelaient celles d'Afrique. Quelques-unes se terminaient en pointe et elles étaient posées sur pilotis ; d'autres avaient des toits moins raides et les palmes débordaient assez pour faire de l'ombre tout autour.

À gauche de la route, la lagune étalait sa surface d'argent qui virait parfois au sépia. Elle était à demi couverte de fleurs d'eau flottantes. Arbres et buissons paraissaient posés sur pilotis avec leurs longues racines entremêlées comme des algues à nu dans l'eau. Des hérons méditaient sur une patte. Des iguanes glissaient et les perroquets avaient des accès de gaieté hystérique.

Lillian reporta son regard sur le visage du docteur. Il semblait préoccupé. Elle se retourna donc vers son autre voisin, un ingénieur américain nommé Hatcher (c'est ainsi qu'il s'était présenté), venu au Mexique pour construire des routes et des ponts. Il n'avait plus quitté le pays et avait épousé une Mexicaine. Il parlait un espagnol parfait et sa peau était tannée comme celle des indigènes. Mais le climat tropical n'avait pas détendu l'expression figée et dure de sa mâchoire saillante et ses épaules raides. Le négligé même de ses vêtements, chemise à col ouvert, sandales mexicaines aux semelles découpées dans de vieux pneus, paraissait sur lui un uniforme de conquérant plutôt qu'une façon de se soumettre au climat.

« Golconda vous semble peut-être beau, mais le site est déjà gâté par le tourisme. Un peu plus loin, j'ai découvert un endroit beaucoup plus beau. Pour y parvenir, j'ai dû me frayer un chemin à la machette. La plage est d'un sable si blanc qu'il fait mal aux yeux comme un champ de neige. Je construis là une maison. Je vais à Golconda une fois par semaine pour faire mes achats. J'ai une jeep. Si vous voulez, je puis vous emmener un jour. À moins que comme la plupart des Américains vous ne soyez venue ici que pour boire et danser...

– Je n'aurai pas le temps de boire et de danser. Je suis venue pour jouer tous les soirs dans l'orchestre de jazz.

– Vous êtes donc Lillian Beye, dit le passager qui n'avait pas encore parlé. »

Grand Autrichien blond, il s'exprimait avec autorité en un espagnol rocailleux.

« Je suis le propriétaire de *La Perle Noire.* C'est moi qui vous ai fait venir.

– Monsieur Hansen ? »

Il serra la main de Lillian sans l'ombre d'un sourire. Le soleil des tropiques n'avait pas réchauffé son teint clair, ni fondu la glace de ses yeux bleus.

Lillian eut alors l'impression que ces trois hommes intervenaient en quelque sorte dans sa découverte de Golconda. Ils voulaient lui donner une image de Golconda qu'elle ne désirait pas. Le docteur lui faisait remarquer la misère des enfants, l'Américain l'aspect touristique irritant du village, et le propriétaire de *La Perle Noire* son côté « boîte de nuit ».

Le taxi stoppa pour prendre de l'essence. Un énorme Américain, lourd de graisse avec une barbe de plusieurs jours, sortit de son hamac pour les servir.

« Hello, Sam ! fit le docteur Hernandez. Comment va Maria ? Tu ne l'as pas amenée pour sa piqûre. »

Sam appela une femme que l'on apercevait vaguement dans l'ombre de la hutte. Elle apparut à la porte, un bébé niché comme dans un hamac dans les plis de son long châle noir. Sam répéta la question du docteur. Elle haussa les épaules : « Pas le temps », dit-elle, et elle appela :

« Maria ! »

Maria se détacha d'un groupe d'enfants, elle tenait à la main un bateau taillé dans une noix de coco. Petite pour son âge, sa silhouette menue au modelé délicat faisait penser à une miniature, semblable en cela à beaucoup d'enfants mexicains. La plupart des peintres mexicains nous donnent de ces êtres délicats aux mains et aux pieds minuscules, à la taille fine, au cou élancé, des images plus grandes que nature, et leur octroient des muscles de géants. Aux yeux de Lillian, ils n'étaient que délicatesse et fragilité. Aux yeux du docteur, ils n'étaient que des enfants malades.

L'ingénieur se tourna vers Lillian :

« Sam a été envoyé ici il y a une vingtaine d'années pour construire des ponts et des routes. Il a épousé une indigène. Il ne fait plus que boire et dormir.

– Ce sont les tropiques, dit Hansen. Sous les tropiques, tous les Blancs s'abandonnent et dégénèrent. »

Lillian protesta :

« Je l'ai entendu dire, mais je ne l'ai jamais cru. Pas plus que je ne considère tous les coureurs d'aventures voués à un sort funeste. De telles croyances ne sont que l'expression de la peur, peur de l'expatriation, peur de l'inconnu.

– Je suis d'accord avec vous, dit le docteur. Celui qui devient dégénéré sous les tropiques serait arrivé au même résultat n'importe où. Mais dans un pays étranger, on le remarque davantage.

– Et puis, chez nous, si quelqu'un désire s'abandonner et cède au désespoir, il y a tant de gens pour tenter de l'en empêcher ! Les parents et les amis freinent toutes ses tentatives. Il reçoit des conseils, secours ou menaces, et on arrive même à le sauver... »

L'Autrichien se mit à rire :

« Je ne peux m'empêcher de songer aux encouragements que vous recevriez ici !

– Quant à vous, monsieur Hatcher, les tropiques ne semblent pas avoir eu sur vous d'action corrosive ! »

Hatcher répondit solennellement :

« Non, je suis un homme heureux. J'ai réussi à vivre et à réagir comme un indigène.

– Est-ce là le secret ? Ce sont donc ceux qui n'arrivent pas à assimiler la manière de vivre indigène qui sombrent dans la solitude et vont jusqu'à se détruire eux-mêmes ?

– Peut-être, répondit, pensif, le docteur. Il se peut aussi que, pour vous autres Américains qui vivez dans le culte du travail, ce travail soit la structure qui vous tienne debout et non, comme pour les indigènes, la simple joie de vivre. »

Le chant d'une guitare accompagnait sa réponse. Dès qu'elle se tut, une autre prit le relais pour tisser le voile musical qui vous maintenait en plein vol, hors de portée de la tristesse dans un royaume féerique. Des fleurs géantes éclataient dans les arbres comme des fanfares et jouaient des gammes chromatiques colorées, des vocalises et des trilles de rouge et de bleu, et les vêtements indigènes rivalisaient avec elles, indigos plus profonds encore, oranges plus flamboyants, blancs platinés, couleur de mangue ou rose chair de la grenade. Des plantes grimpantes aux fleurs en forme de cloches jouaient des coloratures sur les toits des maisons. À l'intérieur ou sur les seuils, les guitares reprenaient le chromatisme coloré et jouaient des airs qui évoquaient les goyaves, la papaye, les figues de Barbarie, l'anis, le safran et le poivre rouge.

De grosses jarres de terre cuite, des ânes lourdement chargés, des chiens maigres et efflanqués évoquaient des scènes bibliques. Toutes les maisons étaient ouvertes et Lillian voyait les bébés endormis dans les hamacs, les images saintes avec de vieilles palmes datant du jour des Rameaux épinglées sur les murs blanchis à la chaux et les photographies des membres de la famille, de vieilles gens qui se balançaient dans les chaises à bascule.

Le soleil se couchait avec ostentation dans un décor somptueux de soies brodées et de tentures mandarine orientales. Les palmiers, avec une élégance dépouillée, élevaient leurs palmes géantes comme de langoureux plumeaux chargés de balayer le ciel tropical et de le rendre aussi limpide qu'un coquillage marin.

Les restaurants avaient mis le couvert dehors, en plein air. Sur la longue table commune, on voyait le bol de soupe et la friture de poissons. À l'intérieur des maisons, les lampes à huile s'allumaient.

Le docteur parlait maladies :

« Il y a une quinzaine d'années, cette région était particulièrement dangereuse, infestée par la malaria, la dysenterie, l'éléphantiasis ou par d'autres affections dont vous n'avez jamais entendu parler. Il n'y avait ni médecin, ni hôpital avant mon arrivée. J'ai dû lutter tout seul contre la dysenterie et apprendre aux gens à ne pas coucher avec leurs bêtes.

– Qu'est-ce qui vous a amené dans ce pays ?

– Pour obtenir un diplôme en médecine à Mexico, les étudiants doivent faire un stage dans un village qui manque d'assistance médicale. Je n'avais que dix-huit ans à mon arrivée ici. Je ne me sentais aucune responsabilité et j'étais un peu vexé d'avoir à m'occuper de pêcheurs qui ne savaient ni lire, ni écrire, ni suivre aucune instruction d'aucune sorte. Pendant mes moments de loisir, je lisais des romans français et je songeais avec nostalgie à la vie des grandes villes. Peu à peu, pourtant, je me suis mis à aimer mes pêcheurs. Une fois mon stage terminé, j'ai choisi de rester. »

Le long de la route, les gens les regardaient passer, ils avaient des regards brûlant de vie. Accroupis comme des Orientaux, ils présentaient fruits et légumes dans de larges paniers plats disposés avec goût évoquant les dessins de tapis persans. Des guirlandes de piment rouge festonnaient les toits, piment pour réveiller les rêveurs bercés par les rythmes, les senteurs et la chaleur qui tombait du ciel comme la plus moelleuse des couvertures. Le crépuscule lui-même n'apportait pas le moindre changement de température ou la moindre altération dans la douceur de l'air.

Lillian écoutait la musique rythmée des guitares, mais aussi la musique rythmée des corps : mouvements rythmés des femmes qui soulevaient les cruches d'eau, les posaient sur la tête et allaient à pas lents ; marche rythmée des bergers derrière les agneaux et les vaches. La population tout entière autant que le climat exprimait la vie.

Hansen regardait par la portière d'un air ennuyé et indifférent. Il ne voyait pas les gens. Il ne prêtait pas attention aux enfants sur le bord de la route. Avec leurs franges noires et leurs yeux bridés, ils avaient l'air parfois de petits Japonais. Hansen se renseignait auprès de Lillian sur les entraîneuses. Lesquelles devait-il engager ? Devait-il les faire venir de Londres, de Paris ou de New York ?

L'hôtel se trouvait au sommet de la colline, face à la mer ; il y avait un bâtiment principal et de petites villas dissimulées dans les oliviers et les cactus. L'océan lançait à l'assaut de la falaise des vagues bouillonnantes qui s'engouffraient dans les crevasses du rocher et faisaient jaillir de longs jets d'écume, furieuses d'avoir été prises au piège.

La réceptionniste de l'hôtel portait une robe de soie rose qui signifiait que le fait de recevoir les clients et de leur donner une clé faisait partie des festivités. Le gérant s'avança vers Lillian et lui tendit une main paternelle (sa large carrure lui donnait un air de patriarche) et lui dit : « Distrayez-vous ce soir. Vous n'avez pas besoin de jouer avant demain soir. Avez-vous vu les affiches ? » Il la conduisit dans l'entrée où sa photographie agrandie lui fit l'effet d'une étrangère. Elle ne se reconnaissait jamais sur les affiches. « Quel visage sévère ! » songea-t-elle.

On dansait sur une terrasse à côté de l'hôtel. La musique arrivait par bouffées car le vent l'emportait et le bruit de la mer la couvrait aussi parfois, si bien que le son était fragmenté et que les mambos prenaient une distinction abstraite à la manière d'Erik Satie. Et les couples paraissaient suivre tantôt le rythme de la musique, tantôt celui de leurs corps.

Un garçon, pieds nus, s'empara des valises de Lillian et la conduisit le long de sentiers sinueux. Des fleurs lui caressaient le visage au passage. La musique et le bruit de la mer s'estompaient tandis que Lillian et son compagnon gravissaient la colline. Les petites villas se dressaient çà et là sur une sorte de corniche rocheuse et disparaissaient sous les feuillages et les bougainvillées. Le garçon de l'hôtel s'arrêta devant une maisonnette au toit de palmes. Une longue terrasse la bordait et un hamac de chanvre y était suspendu. À l'intérieur, un lit, une table et une chaise constituaient tout le mobilier. Un arbre géant aux feuilles en forme d'éventail ombrageait la hutte. Le coucher de soleil et le lever de lune conjugués irisaient tout le paysage.

Lillian découvrit dans le tiroir de la table un nid de pétales de magnolia d'où s'échappa une petite souris. Elle prit sa douche et s'habilla à la hâte, avec l'impression que la beauté veloutée de la nuit n'allait pas durer et que, si elle la faisait attendre, elle deviendrait froide et sévère. Elle mit la seule tenue qui fût en harmonie avec l'éclat des fleurs, une robe de coton vermillon. Puis elle leva le store qui servait de porte. La nuit était là, immuable, sereine, pleine de murmures étranges. Le feuillage, les oiseaux, la brise de mer possédaient une musicalité inconnue des pays du Nord. Le carrelage sous ses pieds nus était chaud. Le parfum dont elle s'était aspergée s'évanouissait sous les odeurs lourdes des œillets et du chèvrefeuille.

Lillian descendit vers la terrasse de l'hôtel où les gens sur des chaises longues s'attendaient les uns les autres pour aller dîner.

Le ciel s'étendait à l'infini comme une toile immense où les images humaines paraissaient absurdes et disproportionnées. La puissance des forces de la nature était telle que Lillian se sentit absorbée. C'était bien le philtre de l'oubli. Les gens qui l'entouraient lui paraissaient proches et amicaux au même degré que les étoiles et la lune. Le fond sonore des vagues emportait la moitié des paroles. Conversations et rires devenaient un accompagnement occasionnel comme un chant d'oiseau. Les mots ne pesaient plus rien. Ils flottaient dans l'air, comme des ballons, simples ornements dans l'ambiance veloutée. Ils n'avaient plus de signification abstraite, n'étant reçus que par les sens, le toucher, l'odorat, la vue, et les gens semblaient les acteurs d'un vaste tableau vivant. Une épaule brune émergeant d'une robe blanche, la limpidité d'un sourire sur un visage hâlé, la tension musculaire d'une jambe étaient plus parlantes que les voix.

C'en est trop, songeait Lillian. Tout est excessif dans ce spectacle, mais je me sens bien. C'est le climat que j'ai toujours essayé de créer parce que j'aime tout ce qui est excessif, des fleurs trop grandes, des paroles chaleureuses, des amitiés trop ferventes. Ici, la nature agit pour moi, c'est elle qui crée l'atmosphère dont j'ai besoin, je n'ai plus qu'à m'abandonner, à boire le philtre de l'oubli comme une drogue… une drogue…

Tout en s'abandonnant au rythme berceur de Golconda, Lillian restait consciente de certains mystères. Elle songeait aux soucis du docteur Hernandez. Elle songeait à la peur que les tropiques inspirent. « Tous les aventuriers connaissent la faillite. » Peut-être n'ont-ils pas su faire le saut, convertir en vie des sens la vie de l'esprit, l'esprit submergé par la puissance de la nature, et qu'ils se sont anéantis dans l'alcool. De son fauteuil, elle vit arriver le docteur Hernandez muni d'une sacoche de médecin qu'il déposa au bureau de l'hôtel. Puis il se dirigea vers Lillian. C'était bien elle qu'il cherchait.

« Vous n'avez pas encore dîné ? Allons à *La Perle Noire*, vous ferez ainsi connaissance avec la salle où vous allez jouer tous les soirs. »

Le cabaret, en bois flotté, comportait une série de terrasses qui surplombaient la mer. Des lanternes rouges éclairaient un orchestre qui jouait pour quelques danseurs. La rumeur de la mer emportait les notes aiguës, accentuant par là même le grondement de la grosse caisse qui en paraissait plus sonore, elle battait comme un cœur géant. La mélodie, les notes légères, les sanglots du trombone s'élevaient telle l'écume de la mer et se dispersaient. Les musiciens, conscients de ce phénomène, lançaient les fugues ascendantes, antennes légères dans les vastes espaces de la joie, ils escamotaient la tristesse de la mélodie par la rapidité de leur jeu, essayaient tous les thèmes sans jamais couvrir la pulsation des tambours pareille au battement du sang dans les artères.

Le docteur examina le visage de Lillian :

« Mon bavardage sur la maladie vous aurait-il inquiétée ?

– Non, docteur. La maladie ne m'inquiète pas. En tout cas, pas celle du corps. Celle qui m'effraie est inconnue à Golconda. Et je suis une convalescente. C'est une maladie qui n'inspire pas la sympathie. »

Elle avait parlé d'elle-même avec une légère insouciance, et pourtant une ride apparut sur le front du docteur. Inquiétude ? Crainte ? Elle ne savait pas déchiffrer ce visage d'une impassibilité de sculpture indienne. Même lorsqu'un spasme de souffrance ridait la peau, le regard ne révélait rien et la bouche gardait son dessin.

Lillian se sentit poussée à demander : « Qu'y a-t-il ? Êtes-vous souffrant ? Avez-vous quelque souci ? » Elle savait qu'il était dangereux de questionner ceux qui ont pour mission d'interroger et de rassurer (Lillian avait bien des raisons de savoir que les consolateurs, les guides, les soignants se sentent mal à l'aise lorsqu'ils changent de place avec leur interlocuteur), mais elle prit ce risque-là.

Le docteur répondit en riant :

« Non, non, mais si cela peut éveiller votre intérêt, je consens à être malheureux. J'ai vraiment manqué de tact en vous parlant maladies dans ce lieu créé pour le plaisir. J'espère n'avoir pas gâché le *vôtre*. Je me rends compte que vous n'avez pas encore eu votre part de joie. Ceux qui en ont trop me donnent la nausée et je me réjouis quand ils attrapent la dysenterie ou un sérieux coup de soleil. J'essaie de croire à une distribution honnête du plaisir. Et vous, par exemple, vous avez le droit d'en jouir pleinement, car vous n'en avez pas eu beaucoup jusqu'à présent.

– Je ne savais pas que cela était aussi visible.

– Certes pas, mais permettez-moi de vous dire que je suis très clairvoyant. L'habitude du diagnostic. Vous *paraissez* libre, intacte, pleine de vitalité. Mais voici notre fournisseur professionnel de plaisir. Sans doute sa présence vous sera-t-elle plus bénéfique que la mienne. »

Hansen s'assit à leur table et se mit à dessiner sur la nappe :

« Je vais ajouter une autre terrasse et ferai illuminer les arbres et les plongeurs. J'éclairerai aussi la statue de la Vierge afin que tout le monde puisse voir les garçons qui prient avant de plonger. »

Le regard de Hansen était froid, un regard d'homme d'affaires. La mer, la nuit, les plongeurs, tout, à ses yeux, appartenait à son cabaret. Il allait tirer un divertissement de cette vieille tradition de la prière avant le plongeon dans la fente étroite de la falaise.

Lillian détourna le visage et prêta l'oreille à la musique.

C'était une musique charnelle. La respiration du corps humain passait à travers les tubes de cuivre et d'aluminium des instruments de l'orchestre, les plaintes et les gémissements des cordes étaient ceux du corps même de l'homme, ils passaient par les doigts des musiciens. Le thème sous-jacent reconnu des seuls musiciens était comme le mystère secret de chaque vie. Nous n'offrons aux autres que des improvisations périphériques. Le thème musical et son développement comme celui de notre vie jamais ne deviennent mots, ils n'existent qu'à l'état de musique, ils réveillent ou ils endorment, ils exaltent ou ils désespèrent, mais ils n'ont pas de nom.

Pendant qu'elle méditait ainsi, Hansen s'en était allé, alors Lillian se tourna vers le docteur :

« Cet endroit agit comme un narcotique…

– Il y a tant de sortes de narcotiques. Il y en a pour le souvenir, il y en a pour l'oubli. Golconda est pour l'oubli. Mais un oubli provisoire. Nous croyons oublier une personne, une ville, un état d'âme, un passé, mais tout ce que nous entreprenons vise, en réalité, à créer un nouveau cadre pour le même drame, nous cherchons l'image la plus proche de l'ami, de l'amant, du mari que nous nous efforçons d'oublier. Un jour nous ouvrons les yeux, et nous voilà dans la même situation en train de revivre la même histoire. Comment pourrait-il en être autrement ? La trame du drame est en nous. »

Les yeux de Lillian se remplirent de larmes. Voilà qu'elle avait donné son amitié non pas à un pays neuf, magnifique, envoûtant, mais à un homme habile à sonder les mystères du labyrinthe humain, labyrinthe dont elle tentait justement de s'évader. L'insistance du docteur l'irritait. Il aurait dû respecter son désir de n'avoir pas de passé. Devons-nous revivre jusqu'à la fin la répétition des expériences vécues ?

« Vous chercherez sans cesse l'ordinaire dans l'extraordinaire. Vous errerez comme ces touristes à la recherche d'odeurs qui vous rappelleront le pays, vous réclamerez du Coca-Cola au lieu de tequila, des céréales au lieu de papaye. Et le philtre se dissipera. Vous comprendrez, si vous ne tenez pas compte de quelques petites différences dans la couleur de la peau, les habitudes et le langage, que vous vous êtes liée avec les mêmes sortes de gens, parce que tout vient de vous et que vous tissez vous-même votre toile d'araignée. »

Des gens dansaient autour d'eux, tellement soudés l'un à l'autre et soumis au rythme qu'on aurait dit des algues flottant au gré des flots, oscillant avec les vagues colorées des longues jupes. Les vêtements masculins servaient de cadre aux bouquets des robes, des cheveux, des bijoux et des ongles laqués. Le vent cherchait à entraîner les danseurs loin de l'orchestre, mais ils restaient dans le cercle du son comme les ballons japonais reliés par des cordelettes aux instruments de musique.

Lillian réclama encore un verre de tequila. Tout en buvant, elle se rendit compte qu'une goutte de la clairvoyance du docteur était tombée dans sa boisson. Une partie de ce qu'il avait dit se réalisait déjà. Le premier ami qu'elle s'était fait à Golconda, celui qu'elle avait préféré à l'ingénieur et au gérant de *La Perle Noire*, ressemblait, du moins dans le rôle qu'il venait de jouer, à un homme qu'elle avait connu autrefois et qui portait le surnom de « Détecteur de mensonge ». Cet homme s'était mêlé à la vie d'un groupe d'artistes durant plusieurs mois, de tous il avait obtenu sans effort des confessions complètes et il avait subtilement fait dévier le cours de leur vie.

Pour répondre au défi lancé par le docteur, Lillian, à son tour, interrogea :

« Suis-je pour vous, docteur, une répétition ? Avez-vous quelqu'un à oublier ? »

Le docteur répondit simplement :

« Ma femme a horreur de Golconda. Elle y vient rarement. Elle habite Mexico sous prétexte que les enfants ont besoin de bonnes écoles. Elle est jalouse de mes malades – malades imaginaires, dit-elle. Et elle n'a pas tout à fait tort. Les touristes s'effraient facilement. Ils ont recours à moi parce qu'ils ont peur, peur de la nouveauté, de la nourriture étrange, des odeurs ou des piqûres d'insectes. Ils m'appellent pour des raisons insignifiantes. Mais la peur est-elle insignifiante ? Et puis mes malades indigènes ont terriblement besoin de moi... J'ai fait bâtir une magnifique maison pour ma femme, mais je ne peux pas la retenir ici. Et j'aime ce coin, les gens d'ici. J'y ai tout créé. L'hôpital est mon œuvre. Si je m'en vais, le commerce de la drogue reprendra de plus belle, alors que j'ai réussi à l'endiguer. »

Les paroles du docteur avaient cessé de blesser Lillian. Il souffrait et c'était sa souffrance qui le rendait conscient des difficultés des autres.

« C'est une situation douloureuse, dit-elle. »

Elle cherchait à s'étendre sur ce sujet, mais elle fut interrompue par un petit messager aux pieds nus venu chercher le docteur pour un cas urgent.

Lillian et le docteur avaient pris place dans une pirogue faite d'un seul tronc d'arbre creusé à la main. On pouvait suivre dans le bois la pression de la main de l'homme sur le couteau. Les entailles inégales accrochaient l'ombre et la lumière comme les facettes d'un coquillage. Les arêtes ensoleillées et les creux ombreux donnaient au bois qui avait été peint ensuite en bleu une surface tachetée comme une toile impressionniste. Le pêcheur la menait doucement à la pagaie sur les eaux changeantes qui passaient du sépia sombre à un gris d'argent lorsque les algues triomphaient de la vase, au jaune d'or lorsque le soleil les inondait, au violet sombre à l'ombre. Le pêcheur pagayait d'une seule main. Il avait perdu l'autre à dix-sept ans en apprenant à pêcher à la dynamite.

La pirogue avait connu un beau bleu vif dans les temps anciens, qui avait viré au bleu enfumé des vieux murs mayas, un bleu que le temps seul pouvait créer.

Les arbres de la lagune étaient dressés sur leurs racines nues comme sur des pilotis. Un foisonnement de racines d'argent aussi fluides sous l'eau qu'entremêlées au-dessus formaient à l'avant de la pirogue des ombres si denses que Lillian ne pouvait croire qu'elles allaient s'ouvrir et se désenlacer pour les laisser passer. Des flèches et des frondes d'émeraude jaillissaient d'un inextricable guêpier de lianes et de rameaux. C'était comme un exploit de magicien que de se frayer un chemin dans le fouillis des racines, tandis qu'au-dessus de leurs têtes les branches dessinaient des paraboles d'un vert métallique et des banderoles satinées.

L'embarcation faisait frissonner les plantes aquatiques et les herbes à longues plumes et voguait au milieu des reflets des nuages. La terre restait invisible, la forêt tout entière flottait.

Les hérons d'un blanc de neige et les flamants roses méditaient sur une patte, yogis du monde animal.

De temps à autre, une habitation isolée se montrait sur le bord de la lagune, hutte de palmes provisoire perchée sur de frêles pilotis, une pirogue amarrée à une jetée d'enfant. Devant chaque hutte, une femme souriante et une troupe de marmots regardaient passer l'embarcation au fil de l'eau. Derrière eux se fermait comme un rideau le fouillis dense de la verdure. La jungle n'admettait les êtres humains, avec les papillons, les libellules, les mantes religieuses, les perroquets et les mouches, qu'en lisière.

Un bout de rivage apparut, et Lillian vit sur la terre l'empreinte d'un crocodile venu étancher sa soif. Lillian n'identifiait les iguanes que lorsqu'ils se mettaient en mouvement. Leur carapace écailleuse avait exactement la teinte cendrée des racines et des troncs d'arbres, et ils savaient rester aussi immobiles que des pierres, comme pétrifiés par le soleil.

La pirogue poussait doucement les molles laitues d'eau, les orchidées, et les feuilles géantes du trèfle aquatique.

Lillian, au fil de l'eau, se libérait enfin du rêve obsédant du bateau sur lequel elle avait pris place et qui se trouvait échoué en pleine ville, en pleine jungle ou en plein désert. Parfois, le pont supérieur du navire atteignait les derniers étages des maisons et Lillian devait descendre dans la rue et pousser le navire jusqu'au port. Malgré des efforts surhumains, elle n'atteignait jamais son but. Sur les pavés ou l'asphalte, l'embarcation bougeait à peine, et, de toute manière, elle savait qu'elle n'atteindrait jamais la mer. Si le bateau de son rêve était de petite taille, il lui était plus aisé de le pousser, néanmoins elle n'arrivait jamais non plus au lac, à la rivière ou à la mer. Une fois, le bateau fut coincé entre des rochers, une autre fois il échoua sur un banc de vase.

Aujourd'hui ce rêve avait pris fin. À Golconda, Lillian voguait au fil de l'eau. Elle vivait le rythme fluide de l'existence des indigènes. Eux n'étaient pas échoués dans le passé à attendre un hypothétique avenir. Comme des enfants, ils vivaient entièrement le présent.

Lillian se souvint de quelques croyances égyptiennes : après la mort, les pharaons rejoignaient une caravane céleste éternellement en route vers le soleil. Et effectivement, en Égypte, dans une chambre souterraine, des archéologues avaient découvert deux barques solaires qu'ils avaient identifiées d'après les textes anciens et les peintures funéraires. Dans la chambre si bien scellée qu'on n'y avait trouvé ni air, ni poussière, ni toile d'araignée, il n'y avait que ces deux barques : l'une destinée au voyage nocturne vers la lune, l'autre au voyage diurne vers le soleil. Nous avons aussi dans nos rêves ces deux barques solaires. L'une, enlisée dans la glaise de l'angoisse, ne peut naviguer ; l'autre flotte sur le fleuve de la vie. La barque immobile fait le voyage des souvenirs, tandis que la barque flottante va vers d'incessantes découvertes.

Lillian laissait glisser sa main dans l'eau de la lagune en songeant que cette pirogue, aimantée par le soleil et qui naviguait sans peine et sans effort, était sa barque solaire.

Les pensées du docteur avaient-elles aussi erré ? Se trouvait-il à Mexico auprès de sa femme ? Auprès de ses trois jeunes enfants ? S'attardaient-elles dans le monde de ses souvenirs ? Ses études de médecine à Paris et à New York ? Son premier livre de poèmes publié à l'âge de vingt ans ?

Lillian lui sourit comme si elle avait deviné son voyage secret.

Ils revinrent ensemble au présent.

« Golconda possède un charme qui n'est pas dû à sa seule beauté, dit Lillian. Est-il dû à la douceur de l'air qui annihile toute réflexion et prépare le corps au plaisir ? À la musique continuelle qui empêche les pensées d'arrêter le cours de la vie ? J'ai vu d'autres arbres, d'autres rivières. Ils n'avaient pas ce pouvoir. Est-ce que vous ressentez cette même impression ? Est-ce que tout le monde la ressent ? Cet étrange pouvoir d'intoxication paralyse-t-il les explorateurs et les empêche-t-il de rentrer chez eux ?

– Il n'agit pas de la même manière sur tout le monde, dit le docteur, un peu amer. »

Lillian comprit qu'il pensait à sa femme. Était-ce là le secret du docteur Hernandez ? Cette femme qu'il ne pouvait amener à la ville qu'il aimait, à la vie qu'il désirait ? Lillian espéra qu'il en dirait davantage, mais il se tut, et le visage de son compagnon reprit son impassibilité. Lillian sentit alors la nécessité de sortir sa main de l'eau où elle tentait de communier avec le courant vital de la lagune. Elle devait retirer de l'eau sa main pour montrer au docteur qu'elle partageait son angoisse et sa tristesse. Il lui fallait renoncer à sentir couler en elle le flot de la vie pour partager l'anxiété de son compagnon.

Tandis qu'elle levait la main et laissait retomber les gouttes d'eau de ses doigts, on entendit un coup de fusil et une gerbe d'eau l'éclaboussa. Ils s'immobilisèrent tous trois, figés…

« Des chasseurs ? » demanda-t-elle.

Elle voulait se lever, crier pour se faire connaître des chasseurs.

Le docteur déclara tranquillement :

« Ce ne sont pas des chasseurs. Il ne s'agit pas d'une erreur. Ils avaient l'intention de me tuer et ils m'ont manqué.

– Mais pourquoi ? Pourquoi ? Vous êtes l'homme le plus nécessaire ici, le plus aimé...

– Je refuse de leur donner de la drogue. Comprenez-vous ? En tant que médecin, je peux m'en procurer. Ils veulent m'obliger à leur en vendre. De la drogue pour oublier. Je n'ai pas le droit de le faire, sauf dans les cas de très grandes souffrances physiques. C'est pourquoi j'ai été un peu amer lorsque vous avez comparé Golconda à un narcotique. Il y en a pour qui Golconda ne suffit pas. »

Le pêcheur ne comprenait pas leur conversation. Il dit en espagnol, d'un air résigné :

« De bien mauvais chasseurs ! Ils ont manqué le crocodile. J'aurais pu l'avoir avec un couteau et mes mains nues. Sans fusil. Quels mauvais chasseurs ! »

La piscine, en contrebas de l'hôtel, à quelques mètres seulement au-dessus de la mer, résonnait du rugissement des vagues qui se jetaient contre les rochers. Elle ne ressemblait pas à une piscine, mais à une baie minuscule qui se serait creusée dans la falaise et échappait par miracle et pour quelques instants au bouillonnement de l'océan. Elle n'avait pas l'air d'une piscine faite de ciment et alimentée par des conduites d'eau, elle avait l'air d'un état d'âme de la mer, d'un de ses moments de paix.

Entourée de feuillages épais, laqués, et de fleurs aux tiges si frêles que leur propre poids les faisait basculer dans l'eau au milieu des nageurs où elles flottaient comme des bateaux d'enfants, c'était une oasis d'eau claire et chaude. Un homme pourtant y avait cherché le repos éternel en se jetant d'une des fenêtres surplombantes de l'hôtel. Depuis cette nuit, on fermait toujours la piscine à minuit. Et seuls venaient ici terminer la soirée ceux qui savaient que le gardien préférait aller regarder danser les gens sur la place et qu'il était facile d'enjamber le portillon. L'endroit n'était pas fait pour de bruyantes réunions, mais il se prêtait aux rendez-vous secrets.

C'était aussi un des coins favoris de Lillian. La douceur de l'eau, sa chaleur l'apaisaient et la berçaient, lui procurant l'ambiance bienfaisante dont son adolescence avait manqué. Elle avait un besoin inavoué de recevoir l'assurance que le monde était chaleureux et bon, et non pas comme il le paraissait à la lumière du jour, froid et cruel. Les adultes ne pouvaient plus recevoir cette assurance. Aussi Lillian ne parlait-elle à personne du rôle que la piscine jouait dans sa vie à Golconda. C'était le même rôle que le veilleur de nuit de son enfance au Mexique. Le veilleur de nuit, personnage issu du Moyen Âge, parcourait les rues de la ville en chantant : « Tout va bien. Tout est calme et tranquille. Tout va bien. » Lillian, alors âgée de dix ans, attendait toujours le passage du veilleur de nuit pour s'endormir. La journée avait pu être terrible, des catastrophes avaient pu se produire à l'école, dans la rue, ou à la maison, elle savait que le moment viendrait où le veilleur de nuit ferait résonner dans la nuit noire son pas solitaire en balançant sa lanterne et ses clés, et où il chanterait sur un ton monotone : « Tout va bien. Tout va bien. Tout est calme. » À peine entendait-elle sa voix et le tintement de ses clés, à peine avait-elle aperçu l'éclair de sa lanterne sur le mur de sa chambre qu'elle tombait aussitôt dans le plus profond sommeil.

D'autres venaient aussi à la piscine à ces heures tardives : ceux qui aimaient transgresser les lois, voler leurs plaisirs. Ils savaient qu'à tout moment le gardien pouvait apparaître en haut des marches qui menaient à la piscine, mais ils savaient aussi que sa voix ne dominerait pas le fracas des vagues et qu'il était trop paresseux pour descendre le long escalier de pierre. Il éteindrait seulement les lampadaires comme si cela pouvait suffire à disperser les délinquants. C'était pour eux un plaisir supplémentaire que de nager dans l'obscurité et de sortir de l'eau en pleine nuit. Dans le noir, on sentait mieux l'épaisseur veloutée de l'air, le battement de son cœur, la joie du mouvement. Chacun alors se dépouillait de ses déguisements et les paroles délivrées de l'usure conventionnelle recouvraient une sorte de pureté originelle.

Le docteur venait parfois à la piscine après avoir déposé sa sacoche au bureau de l'hôtel. Il se mettait alors à parler pour oublier que tout le monde avait besoin de lui et qu'il avait peu de temps à consacrer aux loisirs. Mais il ne lui était pas possible d'échapper à l'habitude du diagnostic. Il ne croyait personne exempt de souffrance et il n'était tranquille que lorsqu'il avait mis le doigt sur la plaie. Un soir que Lillian jouait avec les cordelettes blanches de son fauteuil et semblait composer une chanson sur les cordes d'une harpe, le docteur l'observait :

« Je n'arrive pas à distinguer quelle drogue vous est le plus nécessaire, celle de l'oubli ou celle du souvenir. »

Lillian abandonna son siège en forme de harpe et se laissa glisser à l'eau. Elle flottait immobile sur le dos :

« Golconda m'apporte l'oubli, et c'est ce dont j'ai besoin, dit-elle en riant.

– Certains souvenirs pénètrent dans les chairs comme des échardes, et il faut opérer pour les extraire. »

Lillian se mit à nager pour ne plus entendre le docteur, puis elle se rapprocha des marches où il était assis et dit :

« Est-ce que je donne l'impression de quelqu'un qui a une écharde dans la chair ?

– Vous vous comportez comme un fugitif. »

Pour ne pas ressentir le choc du mot, Lillian plongea en eau profonde, pour laver son corps de tout souvenir, pour effacer le passé. Elle ressortit ruisselante, lisse, mais non pas délivrée. Le mot avait pénétré, elle se sentait mal à l'aise comme si elle manquait soudain d'oxygène. La quête de la vérité est comme un plongeon en eau profonde ou une ascension à très haute altitude. Dans les deux cas, le problème est un problème d'oxygène. Toute atmosphère étrangère à celle à laquelle on est habitué amène une difficulté de respiration. Peut-être est-ce pour cette raison que les mystiques pratiquent des exercices respiratoires à chaque degré de leur expérience ascétique.

Oppressée, Lillian vint s'asseoir auprès du docteur. Elle prit sa voix la plus légère, avec le secret espoir de décourager le sérieux de la pensée de son compagnon, pour déclarer :

« J'étais le genre de femme qui ne supporte pas la moindre échelle à son bas et que cela empêchait de danser durant toute une soirée...

– Il ne s'agit pas d'une échelle à un bas...

– Vous voulez dire… qu'il y a d'autres choses… dont j'ai honte… vaguement…

– Si vous n'aviez pas eu honte d'autres choses aussi, vous ne vous seriez pas souciée d'une échelle à votre bas…

– Je n'ai jamais pu décrire ou comprendre mes sentiments. J'ai cédé à mes impulsions, sans savoir ce que je désirais, j'ai détruit sans savoir pourquoi, abandonné sans savoir pourquoi, toujours vaincue, me blessant moi-même et blessant les autres. Ma souffrance irraisonnée était autour de moi comme une forêt vierge dans laquelle je m'égarais sans cesse. C'était le chaos.

– Le chaos est une bonne cachette pour les fugitifs, pour ceux qui fuient la vérité.

– Pourquoi vouloir m'obliger à me souvenir ? Le charme de Golconda n'est-il pas l'oubli ?…

– Certaines religions orientales enseignent qu'à la porte du Ciel chaque homme doit faire examiner la somme de ses expériences vécues sur terre. Les officiers des douanes célestes décident alors de diriger les uns vers de nouvelles aventures et de ramener les autres sur terre, où ils sont condamnés à revivre encore et encore les mêmes drames, la condamnation ne prenant fin que lorsque l'individu a compris et surmonté sa souffrance.

– Vous pensez donc que je suis condamnée à la répétition ?

– Oui, à moins que vous ne sachiez exactement ce que vous fuyez…

– Je ne crois pas que cela soit nécessaire, docteur. Je crois qu'ici je puis repartir à zéro.

– Alors vous replongerez dans le chaos, le chaos semblable à la jungle qui borde la lagune.

– Mais je me sens véritablement neuve… »

Le docteur prit un air perplexe. N'était-il plus très sûr de son diagnostic ? Ou bien avait-il fait une découverte si grave qu'il ne voulait pas l'inquiéter en lui en faisant part ? Il avait eu un mouvement de recul inattendu quand elle avait prononcé le mot « neuve ». Enfin il se mit à sourire, haussa les épaules et dit :

« Il se peut que la toile de fond seule ait changé. »

Lillian considéra la piscine, la mer, la végétation. Ce n'était pas une toile de fond. Elles étaient trop chargées d'essences pénétrantes qui altéraient, semblables aux drogues les plus neuves, la composition chimique même du corps. Leur douceur imprégnait les nerfs, leur beauté enveloppait et cernait les pensées. Il n'était pas possible que dans un tel lieu se reproduisît le schéma de sa vie passée, comme les paroles du docteur semblaient l'impliquer. L'être intérieur caché sous l'apparence visible choisit-il réellement toujours les mêmes caractères, sous une variété de surface, attentif à rejouer sans cesse le même thème dramatique comme un acteur bien entraîné au répertoire limité ?

Les tropiques avaient un pouvoir de métamorphose et Lillian en voulait pour preuve les nouvelles rencontres qu'elle avait faites et qui paraissaient n'avoir aucun trait commun avec les êtres qu'elle venait de quitter. Golconda les lui avait données. Elles étaient destinées à la guérir d'autres amitiés, d'autres amours, d'autres lieux.

Elle avait d'abord rencontré Fred, étudiant à l'université de Chicago et adepte de l'auto-stop. Il avait obtenu un travail de traduction à la réception de l'hôtel. Lillian l'avait surnommé Noël. En effet, à chacune de ses découvertes – coucher de soleil de cuivre rouge, flamant rose, jeune fille en robe blanche mexicaine, bougainvillée en pleine floraison – il s'écriait : « C'est aussi beau qu'un cadeau de Noël ! »

Fred était grand et blond, mais il avait des gestes incertains comme s'il n'était pas très sûr que ses bras et ses jambes lui appartinssent réellement. Il en était à ce stade de l'adolescence où les garçons sont empêtrés, cherchant à sortir de leur coquille. Il regardait la vie comme un ordre religieux dans lequel il fallait entrer après initiation. C'était un homme du Nord, des soleils de minuit. Le soleil des tropiques ne le hâlait pas, il ne faisait qu'irriter sa peau. Il avait parfois l'air d'un ange officiant dans une messe noire. Il souriait avec innocence et pourtant il donnait l'impression d'avoir, en rêve, déshabillé tous les anges et tous les enfants de chœur et de les avoir courtisés. Il avait le demi-sourire du dieu Pan. Son regard reflétait l'angoisse du large désert qui s'étend entre les êtres humains, et sa bouche la peur de la communication. Seul son corps rayonnait de chaleur ; le regard, au contraire, signifiait « Ne m'approchez pas », et la contraction de la bouche révélait une immense timidité.

Il s'émerveillait de chaque découverte sans cesser cependant de les comparer aux joies de son enfance. Chaque journée était le Noël de ses jeunes années. Les œufs de tortue servis au petit déjeuner étaient le cadeau de Noël des Mexicains, la noix de coco arrosée de rhum était du sucre d'orge.

Pourtant, sa préoccupation essentielle était le problème de son voyage de retour. Il n'avait plus assez de temps pour rentrer en faisant de l'auto-stop. Par ce moyen-là, il avait mis un mois plein à arriver à Golconda. Il n'avait pas d'argent. Aussi avait-il décidé de travailler sur un cargo pour payer son passage. Chacun s'offrit à l'aider, pour faire durer son Noël. Mais une semaine après son arrivée, il se mit déjà à la recherche de son cargo. Il voulait rentrer à temps pour ses études et pour sa fiancée, Shelley.

Pour ce qui était de Shelley, expliquait-il, ce n'était pas pressé. Il avait un peu peur de sa fiancée, et c'est pour cette raison qu'il avait décidé de passer son été à voyager (Fred montrait volontiers la photographie de la jeune fille, et il n'y avait véritablement rien, dans le petit nez retroussé, le sourire et la douce chevelure, qui puisse effrayer quiconque). Mais Fred avait besoin de temps, du temps pour l'aventure, du temps pour devenir adulte.

« Est-ce que Shelley ne peut pas justement vous aider à entrer dans le monde des adultes ? » s'enquit Lillian.

Mais Fred haussa les épaules :

« Une fille ne peut pas aider un garçon à devenir un homme. Il faut que je me sente homme *avant de me marier.* Et j'ignore tout de moi-même… des femmes et de l'amour. Je pensais que ce voyage me serait bénéfique. Mais je découvre que j'ai peur de toutes les filles, et pas seulement de Shelley.

– Quelle est donc la différence entre une femme et une jeune fille ?

– Les filles passent leur temps à rire. Elles se moquent, et c'est ce que je ne peux pas supporter.

– Elles ne rient pas de vous, Noël. Elles rient pour cacher leur propre timidité, pour paraître libres et légères, pour que vous ne pensiez pas qu'elles vous prennent au sérieux. Ou bien elles rient pour le plaisir, ou pour vous encourager. Songez donc combien vous seriez inquiet si elles ne riaient pas, si elles vous regardaient gravement comme si leur destinée était entre vos mains, comme si c'était une question de vie ou de mort... Ce serait bien plus terrible, n'est-ce pas ?

– Oui, certainement.

– Voulez-vous que je vous dise la vérité ?

– Oui, Lillian, vous avez une façon de dire les choses qui me rassure.

– Et... si c'était parce que vous êtes encore un jeune garçon, et non pas un homme, que justement votre fiancée vous aime ? Elle vous aime tel que vous êtes maintenant, et non pas tel que vous serez plus tard. Peut-être vous aimerait-elle moins si vous changiez...

– Qu'est-ce qui vous a donné cette idée ?

– Si vous désiriez tellement vous transformer et devenir un homme accompli, vous ne seriez pas si pressé de repartir. Or vous ne songez qu'aux heures de départ des cargos ! »

Lorsqu'ils arrivèrent ensemble à la piscine, Noël tenait dans chacune de ses mains ses deux souhaits contradictoires, Lillian du moins le discernait, et, tout occupé à jongler avec sans perdre l'équilibre, Fred ne ressentait plus la souffrance de sa paralysie devant la vie. Plein de reconnaissance, il sourit à Lillian qui songeait à la sagesse des rites d'initiation des peuples primitifs : le garçon entrait dans le monde des adultes à une date fixe déterminée par le calendrier. Fred, lui, employait toute son énergie à accomplir des rites de son cru : passer maître en l'art du ski nautique, devenir champion de nage et de plongeon, initier les Mexicains à la musique de jazz, conquérir le premier prix de danse, et pour cela se passer de sommeil.

Mais il n'oubliait pas ce que Lillian lui avait dit : « Il ne faut pas traiter la peur à la légère. Il faut faire la liste de toutes vos craintes, les regarder en face l'une après l'autre, la plupart s'évanouiront. Femmes inconnues, pays inconnus, nourritures inconnues, maladies inconnues. »

Tandis que Fred plongeait et replongeait consciencieusement, Diana fit son entrée.

À dix-sept ans, munie d'une bourse pour étudier la peinture, Diana était arrivée au Mexique. Elle y était restée. Elle s'était mariée et avait fait bâtir une maison à Golconda. Elle vivait seule la plupart du temps ; son mari voyageait pour son travail. Elle ne faisait plus de peinture, mais elle collectionnait les tissus, les tableaux et les bijoux. Elle passait la matinée à s'habiller. Elle ne s'installait plus devant un chevalet, mais devant sa coiffeuse, et pratiquait l'art de se couvrir de tissus et de bijoux mexicains. Et c'était, à la fin de la matinée, un véritable tableau vivant qui descendait l'escalier de l'hôtel. Le corps de Diana, recouvert de toutes les couleurs des palettes de Diego Rivera et d'Orozco, attirait à lui tous les regards. Parfois, sa robe semblait peinte à larges coups de pinceau, parfois grossièrement teinte comme celles des pauvres gens, ou encore elle paraissait vêtue de fragments de fresques mayas, hardis dessins géométriques aux couleurs passées soulignées de noir de charbon. De lourdes boucles d'oreilles empruntées aux guerriers aztèques, des bracelets, des colliers de coquillages, des médaillons dorés ou argentés, des amulettes de toutes sortes, têtes sculptées ou os d'animaux, accrochaient la lumière à chacun de ses mouvements. Trop impatiente pour brosser longuement une toile, elle employait sa passion de la matière colorée à en couvrir son propre corps.

Au cours d'un bal costumé, Diana était apparue avec un cadre de tableau autour de son cou élancé. Elle avait substitué à la toile son propre visage au teint bronzé, ses yeux couleur de terre et ses cheveux bouclés. Et cette apparition de Diana dans un cadre vide était le symbole exact de sa vie.

Ainsi parée de couleurs et d'éclats métalliques, une fois arrivée en haut de l'escalier, elle s'efforçait d'attirer tous les regards sur son visage au modelé délicat, fait pour une créature aérienne et curieusement posé sur un corps plein et voluptueux qui évoquait irrésistiblement les courtisanes des tableaux réalistes. Une fois sûre de son effet, elle se livrait à la seconde phase de son activité.

Avant tout, elle redressait le buste pour affirmer la vie généreuse et palpitante de son corps et assurer qu'elle n'était pas une toile morte. Le langage de son visage aux traits aigus, serti d'une chevelure légère, était en complète contradiction avec celui de ce corps, qui parlait la langue du strip-tease. Diana, dans l'attitude du nageur qui s'apprête à plonger, se mettait à onduler doucement et, bien que l'on ne puisse pas suivre le passage de la main sur les différentes parties du corps, comme une spécialiste du strip-tease, elle appelait mystérieusement l'attention sur la rondeur de l'épaule, le creux de la taille. Et, provocante, elle se préparait à se dépouiller peu à peu de ses bijoux et de ses vêtements, jouant ainsi le rôle du retour à la vie primitive.

Avant tout, elle détachait ses lourdes boucles d'oreilles et frottait les lobes meurtris. Les regards ne pouvaient se détacher de ce spectacle. Elle ôtait ensuite un léger boléro et apparaissait en robe d'été à dos nu.

Après le déjeuner, installée sur une chaise longue, avec une agitation fébrile, elle préparait son apparition sur la plage. Elle ôtait ses bracelets, se frottait les poignets, quittait sa robe, et lorsqu'elle se levait, même son costume de bain avait cessé d'être visible. Par une sorte de prestidigitation, bien qu'elle fût vêtue comme les autres femmes, elle semblait nue, pareille aux femmes des toiles tahitiennes de Gauguin.

Il n'avait pas manqué de sagesse et de clairvoyance, celui qui avait accordé à Diana cette bourse d'études.

Contre toute attente, ce fut grâce à Diana que Fred cessa de craindre les femmes qui rient. Le rire de Diana était continuel, et il parut à Fred, comme le son des guitares, l'accompagnement normal de son séjour à Golconda.

Fred demandait quotidiennement à Diana et à Lillian de l'accompagner au port à la recherche d'un cargo qui accepterait de le prendre à son bord. Un capitaine accepta le voyageur, mais son bâtiment n'était pas encore prêt à appareiller. On le chargeait de noix de coco, de poisson séché, de peaux de crocodiles, de bananes et de corbeilles tressées, et cela prenait du temps.

Les trois amis se promenaient alors le long du quai et regardaient les pêcheurs lancer leur ligne ou poser sur le dos la tortue géante pour qu'elle ne puisse s'échapper avant l'heure de la soupe.

Fred surveillait les petits bateaux qui mettaient à la voile, interrogeait le capitaine moustachu comme un brigand, le mousse toujours à moitié nu, sans obtenir la moindre précision quant à la date du départ du cargo, et son anxiété allait croissant. Fred jouissait de son aventure mexicaine, mais il cherchait à y mettre un terme. Un jour, le capitaine l'engagea à visiter son navire, et du pont du cargo Fred contemplait Diana et Lillian restées à terre, qui agitaient les mains en signe d'adieu. Pour la première fois alors, il admira les deux jeunes femmes, la luminosité de leurs visages, la chevelure si pleine de vie de Lillian (chaque boucle s'enroulait d'elle-même autour des doigts), la sveltesse du cou de Diana, la caresse de leurs jupes virevoltantes. Derrière elles se dressaient les douces collines violettes de Golconda. Et lui, Fred, n'avait encore eu d'intimité réelle avec aucune de ses deux amies, ni avec cette ville, et déjà il les perdait. Alors il souffrit et désira ardemment rester auprès d'elles. Il avait brusquement envie de descendre en courant la rambarde, de bousculer les dockers, pour ressentir à nouveau les palpitations que lui causait la présence des deux jeunes femmes.

Mais elles ne vinrent pas à son secours. Elles souriaient gaiement sans l'ombre d'une mélancolie, elles ne le suppliaient pas de descendre à terre. Dans son for intérieur, Fred réalisa qu'elles l'obligeaient à prendre seul ses décisions et à entrer ainsi dans le monde des adultes. C'était une des phases de l'initiation. Elles ne voulaient pas lui voler son enfance, c'était à lui seul d'y renoncer. Il les aimait toutes deux: Diana incarnait la couleur, les parfums, le piment de Golconda; Lillian était pour lui comme un courant d'eau vive.

En gravissant la planche d'embarquement, sorte de répétition générale de son départ, il avait compris qu'il n'était pas prêt pour ce départ, et lorsqu'il se retrouva à terre auprès de ses amies, il sut qu'il n'était pas mûr non plus pour la vie qu'elles lui offraient. Il ne pouvait pas suivre Diana dans l'existence étrange et fantastique des sens, Diana, cette femme nue, offerte, de Gauguin. Qui l'emporterait d'elle ou du navire en partance ?

Un jour où, comme tous les autres, il se rendait au port vers quatre heures de l'après-midi, il s'aperçut que le bateau était parti. On ne voyait plus qu'une petite tache noire sur la ligne d'horizon, qu'un léger panache de fumée n'arrivait pas à cacher. Le capitaine, le mousse et les hommes qui chargeaient la cale du navire avaient-ils compris que Fred n'était pas prêt à partir ?

Lillian aimait à faire le tour du marché de Golconda semblable à un bazar oriental. On y trouvait des filigranes d'or espagnols, des écharpes de soie indienne, des robes brodées japonaises, des poteries vernies africaines, des cuivres gravés marocains, des sculptures égyptiennes, des herbes et de l'encens d'Arabie. Golconda avait été jadis un port important. Chaque pays y débarquait quelques-unes de ses richesses. Lorsque les bateaux étrangers n'y firent plus escale, les Mexicains se mirent à fabriquer eux-mêmes les denrées autrefois importées.

Des toiles rayées qui évoquaient les tentes des anciens maharadjah protégeaient les cages des oiseaux des tropiques. Les maharadjah avaient enseigné autrefois aux Mexicains à dresser les oiseaux. Ils savaient choisir du bec, dans la main, de petits bouts de papier qui contenaient des prédictions et des maximes. Lillian donna quelques sous au possesseur de l'une des cages. L'oiseau, avec beaucoup de délicatesse, piqua, parmi toute une poignée de petits bouts de papier, celui qui portait le message suivant : « Vous trouverez ce que vous cherchez. » Lillian sourit. L'oiseau saurait-il lui indiquer ce qu'elle cherchait ? Elle se décida à donner à l'homme encore quelques centimes. Mais celui-ci se refusa à un nouvel essai.

« Il est mauvais d'interroger deux fois la destinée, dit-il. Si elle vous donne deux réponses différentes, à laquelle croirez-vous ? »

Lillian remarqua alors la présence du guide bien connu des étrangers à Golconda. Elle n'éprouvait aucune sympathie pour cet individu. Ce n'est pas qu'elle condamnât son commerce, il vendait Golconda aux gens qui n'arrivaient pas à découvrir la ville par eux-mêmes ; elle n'avait rien non plus contre ces touristes qui voulaient participer aux fêtes des autres, aux noces des autres en hôtes payants, mais, partout où se trouvait cet homme, que ce fût dans le hall de l'hôtel, au bureau de l'agence, à l'entrée des arènes, il affichait partout un air d'entremetteur honteux. Golconda n'était pas pour lui une cité radieuse, mais un paquet de cartes postales obscènes. Lillian avait détesté la manière dont il l'avait abordée la première fois : « Voulez-vous assister à une vraie noce mexicaine ? », comme s'il avait dit en réalité : « Voulez-vous que je vous procure un beau jeune homme ? » Le teint jaune de cet homme, son regard sournois, ses lèvres qui marmottaient sans cesse quelque prière étaient pour Lillian l'image du voyeur, de celui qui est en dehors du jeu et qui espionne.

Pourtant, il me faudrait bien un guide pour mon labyrinthe secret, songeait Lillian. Dire que j'attends d'un oiseau dressé qu'il oriente ma vie intérieure.

Elle leva alors les yeux sur le guide avec plus d'indulgence. L'homme sentit faiblir les défenses de la jeune femme et murmura en direction de l'épaule qu'il atteignait à peine :

« J'ai quelque chose à vous montrer qui vous intéressera sûrement. Ce n'est pas un spectacle pour touristes. Je vais vous conduire auprès d'un Américain qui est dans la peine. Vous êtes américaine, n'est-ce pas ? On m'a parlé de vous. Votre père était ingénieur au Mexique. Vous parlez espagnol couramment et vous connaissez nos coutumes. Je vous ai aperçue à l'église, vous aviez un mouchoir sur la tête. Mais vous êtes américaine, je le sais. Ne voulez-vous pas venir en aide à un Américain qui a de grands ennuis ? »

Lillian luttait contre sa méfiance envers le guide dont les yeux couleur de lézard fixaient ses épaules.

« Dans quels genres d'ennuis se trouve-t-il ?

– Il est en prison depuis un an. On l'a arrêté parce qu'il circulait en car sans papiers.

– Un an ? Et personne n'a rien fait pour lui ? »

Le guide parut réfléchir, puis il marmonna et mâchonna ses mots sans les prononcer réellement :

« Un Américain, qui ne sait pas l'espagnol, en pays étranger ? Vous pourriez au moins lui parler ?

– Et personne n'a rien fait ? Personne n'a rien fait ? N'a-t-il pas fait avertir le consulat des États-Unis ? »

Le guide manifesta son indifférence en haussant les épaules comme pour se débarrasser de ce fardeau, montrer qu'il s'en lavait les mains, et, pour bien notifier qu'il se désintéressait de ce problème, il s'éloigna de quelques pas. Il jouait l'indifférence que Lillian était prête à manifester.

« Où est la prison ? »

Il se mit à marcher furtivement, la précédant de peu. Avait-il honte de conduire les étrangers au cœur de son village, avait-il honte d'être payé pour offrir aux touristes les enterrements et les mariages des siens ? En tout cas, il se conduisait comme s'il menait les gens dans les endroits les plus mal famés. Les touristes, en général, le traitaient avec cordialité. Ils se sentaient isolés et cet homme représentait un lien entre les indigènes et eux-mêmes. Ils fraternisaient avec lui et le considéraient comme un médiateur autant qu'un interprète. Ils buvaient avec lui et lui donnaient de grandes tapes dans le dos. Mais Lillian le voyait comme un miroir déformant qui faussait tous les rapports entre les indigènes et les étrangers. Seul le malheur du prisonnier américain la poussa à suivre l'individu dans les rues qu'elle ne connaissait pas, au-delà du marché et des arènes.

Ils étaient maintenant dans les faubourgs, on ne voyait que cabanes faites de bric et de broc, journaux collés sur des morceaux de boîtes de conserve, feuilles de palmier, planches, cartons et bidons d'essence. Les sols étaient sales et les hamacs servaient de lits. Mais si pauvres que fussent les maisons, elles étaient enfouies sous les fleurs et à chaque fenêtre un oiseau chantait dans une cage. Peu importait la pauvreté du linge suspendu, il offrait aux regards la plus riche palette que puisse rêver un peintre mexicain.

Pourquoi la fâcheuse situation de cet Américain troublait-elle Lillian à ce point ? Était-ce le fait de le savoir prisonnier dans un pays dont il ne connaissait pas la langue ? L'imaginait-elle dans sa cellule, buvant l'eau polluée qui donne la dysenterie, piqué par les moustiques qui donnent le paludisme ? Tous les instincts protecteurs de Lillian étaient soudain en éveil. Le guide ne lui paraissait plus l'entremetteur vendant au plus offrant la vie intime de Golconda, mais un homme bon qui comprenait que les étrangers étaient parfois dans la peine et ne se présentaient pas toujours comme des gens absurdement riches et puissants.

Une église en ruine servait de prison, on avait simplement garni de barreaux les fenêtres ogivales. Le lavis ocre et rouge corail subsistait sur les murs et donnait un air de fête au bâtiment. Les cloches de l'église annonçaient aux prisonniers les heures des repas, celle du coucher ou parfois une évasion. Le guide connaissait bien les lieux. Les gardiens n'interrompirent pas leur partie de cartes quand il entra. Ils n'étaient pas rasés et, n'étaient leurs uniformes, on aurait pu les prendre pour des prisonniers. Une odeur d'encens traînait encore et se mêlait à celle du tabac. Des vestes et des fusils emplissaient les niches qui avaient autrefois contenu les statues saintes ; des ceinturons garnis de cartouches reposaient sur le bénitier. Une seule statue de Vierge, une Vierge noire de la Guadeloupe, avait été conservée pour protéger la prison.

« *Buenos dias.*

– *Muy buenos dias.*

– La dame vient voir le prisonnier américain. »

Un des gardiens, à moitié endormi, sortit ses clés en hésitant. Il songea à donner les clés au guide et à retourner à sa sieste, mais son amour-propre soudain s'éveilla et il se décida à jouer son rôle avec même une certaine arrogance. Les murs avaient été peints en bleu ciel et les plafonds exhibaient encore quelques fresques, anges nus ou jeunes femmes jouant de la harpe parmi des nuages. Des prisonniers dormaient sur des bat-flancs. L'Américain se tenait derrière la porte de fer de sa cellule, guettant l'arrivée du visiteur. Il serrait à les briser de ses doigts maigres les barreaux de fer. Mais il y avait sur son visage non rasé l'ombre d'une lueur d'ironie que Lillian interpréta comme une marque de courage.

« C'est gentil d'être venue me voir.

– Que puis-je faire pour vous ? Voulez-vous que je téléphone au consulat ?

– D'autres l'ont déjà fait, mais le consulat ne se dérange pas pour si peu. Nous sommes trop nombreux.

– Trop nombreux ?

– Mais oui, il y a trop d'Américains sans papiers, qui fuient leur pays, leur travail, leur femme et la pension à verser à l'épouse abandonnée, des criminels évadés, des personnes déplacées qui se prétendent américaines, des ex-hommes politiques, des ex-gangsters...

– Qu'avez-vous fait de vos papiers ?

– J'avais un jour laissé mes vêtements sur la plage pour me baigner. Lorsque je suis sorti de l'eau, mes vêtements avaient disparu et mes papiers avec. Voilà pourquoi je suis ici. »

Le prisonnier fixait le visage de sa visiteuse de ses yeux rouges. L'inflammation de la cornée était-elle due au manque de sommeil ? La lueur ironique du regard exprimait-elle le courage ?

« Que puis-je faire pour vous ? Comment vous sortir de là ? Je ne suis pas riche. Je suis pianiste à *La Perle Noire* et n'ai qu'un petit salaire. »

Le regard suppliant était en contradiction avec le ton rapide et sec des paroles qui suivirent :

« Le meilleur moyen de m'aider consiste à donner cinquante dollars au guide. Est-ce que vous pouvez trouver cette somme ? Il se débrouillera pour me sortir de prison. Il connaît les ficelles. Cela vous est-il possible ?

– Sans doute. Mais une fois dehors, de quoi vivrez-vous, et comment pourrez-vous rentrer chez vous sans papiers ?

– Je ferai de l'auto-stop jusqu'à Mexico, et là je me rendrai au consulat. Je me débrouillerai si vous me sortez de là. »

Lillian réussit à rassembler la somme demandée. Elle se sentit alors extrêmement légère, comme si elle avait libéré quelque chose en elle. Le prisonnier aurait hanté ses pensées. Elle avait ressenti une certaine parenté entre la condition du prisonnier et la sienne. Sa pitié était allée non à un compatriote, mais à un compagnon de captivité. Apparemment, elle était entièrement libre. Pourtant n'avait-elle pas, elle aussi, perdu ses papiers d'identité ? Ne voyageait-elle pas comme cet oiseau d'Amérique du Sud qui marche sur le sable en effaçant ses traces avec une plume de sa queue ?

La violence de la lumière de Golconda avait aveuglé l'œil du souvenir et effacé son passé. Le cadre étranger dans lequel elle vivait lui avait apporté la liberté ; aucun des objets qu'elle touchait n'avait de pouvoir évocateur. À partir du moment où elle ouvrait les yeux, elle apercevait un monde neuf. Les couleurs chaudes et lumineuses de Golconda ne rappelaient en rien les gris perle et les teintes pastel du ciel de son pays. Le petit déjeuner consistait en un plateau de fruits frais, juteux, pulpeux comme elle n'en avait jamais goûté auparavant, et même le pain n'avait pas le même goût. Les boulangers de Golconda brûlaient une herbe dans le four avant d'y mettre le pain, ce qui lui donnait un léger parfum anisé. Le premier être humain qu'elle apercevait à travers les volets de bambou à demi fermés était le jardinier. Il ratissait sans hâte les allées comme si c'était la plus agréable des occupations, comme s'il avait envie de prolonger son plaisir. Il s'arrêtait de temps en temps pour bavarder avec une petite fille solitaire en robe blanche qui jouait à la corde autour de lui en lui posant des questions auxquelles il répondait gentiment.

« Pourquoi certains papillons ont-ils de si belles couleurs sur leurs ailes et d'autres pas ?

– Ceux qui n'en ont pas avaient des parents qui ne savaient pas peindre. »

Au cours de la journée, si par hasard des objets familiers se présentaient à la vue de Lillian, ils ne se trouvaient pas à leur place habituelle. Ainsi, l'énorme bouteille de Coca-Cola en bois placée au milieu de l'arène devenait une image surréaliste grotesque. Lillian s'attendait toujours à voir le taureau la charger à son entrée en scène. Mais juste avant l'irruption de la bête, les surveillants (habituellement chargés d'emporter le cadavre du taureau et de balayer le sable taché de sang) renversaient l'énorme bouteille en bois et, en se mettant à six, ils la chargeaient sur leurs épaules – défaite du trophée publicitaire !

Ainsi tout était liberté : les heures, le temps et même la musique qu'elle improvisait chaque soir selon ses humeurs changeantes.

Pourtant, il y avait une heure de la journée qui était différente, et c'est sans doute cette heure-là qui lui avait donné ce sentiment de parenté avec le prisonnier. C'était le moment qui précédait le dîner. Lillian venait de prendre un bain et de s'habiller pour la soirée. La splendeur de la nuit l'environnait et elle rêvait ; « Maintenant la soirée commence, maintenant je vais rencontrer quelqu'un qui me fera la cour, je vais commencer le jeu du caprice et du désir, et tout en jouant peut-être trouver l'amour. »

Lillian jetait alors un dernier regard à son miroir, et soudain, le léger rideau qui fermait sa chambre lui paraissait la porte d'une prison, sa chambre une cellule où elle vivait prisonnière de son angoisse : l'idée d'avoir à rencontrer des gens, à créer de nouvelles relations, la paralysait. Y aurait-il quelqu'un pour l'inviter à danser, pour songer à elle ? Serait-elle oubliée et abandonnée par les groupes qui se formeraient, joyeux, pour passer la soirée ensemble ? Ce soir, en arrivant sur la terrasse de l'hôtel, ne trouverait-elle pour tout partenaire que le P.-D.G. des conserves de viande de Chicago ? Ne serait-elle que spectatrice ? Verrait-elle Noël en proie aux provocations de Diana, verrait-elle de loin les couples monter dans les cars pour se rendre aux fiestas, ou gravir la colline pour assister aux danses du dimanche soir sur la falaise ? Verrait-elle de loin le docteur Hernandez poursuivi par une vedette de cinéma certaine d'avoir attrapé la malaria ?

C'était l'heure de vérité. Lillian avait là la preuve qu'elle restait prisonnière de ses angoisses. Elle n'était pas une véritable aventurière, une joueuse capable de perdre avec le sourire, capable de demeurer imperturbable devant une soirée creuse ou en compagnie d'un homme ivre qui insistait à lui décrire les boucheries de Chicago.

En réalité, ces catastrophes ne se produisaient jamais. Ils étaient toujours nombreux à se rassembler autour du piano quand elle jouait, à lui offrir à boire quand elle s'arrêtait, et à lui demander de se joindre à leur groupe. Pourtant, rien ne la délivrait de cette angoisse et de sa peur de la solitude.

Lillian aurait aimé revoir le prisonnier, elle le pensait en route pour Mexico. Elle descendait parfois dîner au restaurant espagnol de la place du village, qu'elle préférait à celui de l'hôtel. À l'hôtel, elle dînait seule. Sur la place, elle dînait avec la ville entière et partageait une multitude de vies. La place était le cœur de Golconda. Elle s'ouvrait d'un côté sur l'église aux portes grandes ouvertes, et sur les autres côtés sur des cafés, des restaurants en plein air, un cinéma ; au centre se trouvait un kiosque à musique entouré d'un petit jardin avec des bancs. On y voyait des amoureux, des clochards, des hommes qui lisaient le journal tout en se faisant cirer leurs chaussures. Il y avait aussi un cercle de marchands avec leurs paniers pleins de fruits confits, de jus de fruits colorés, de cigarettes rouges et jaunes et de revues. De vieilles femmes paisibles, enveloppées dans leurs châles noirs, allaient et venaient sous le porche de l'église, des enfants mendiaient, des musiciens jouaient sur leur marimba devant chaque café aussi longtemps que les sous pleuvaient. Des chanteurs se faisaient aussi entendre. Des petites filles vendaient des colliers et des boucles d'oreilles en coquillages. Les prostituées faisaient onduler leurs robes de taffetas, des fleurs dans leurs cheveux noirs.

Les mendiants n'étaient jamais les mêmes. Ils pratiquaient l'art d'échanger leurs infirmités. Lorsqu'ils en avaient assez de simuler la cécité, ils apparaissaient avec une jambe de bois. Quant aux véritables infirmes, c'étaient des créatures de cauchemar : enfant ratatiné et desséché posé sur une planche avec des roues qu'il poussait de ses petites mains fanées ; vieille si tordue qu'elle ressemblait aux racines d'un très vieil arbre ; beaucoup d'aveugles dont les yeux n'étaient plus que plaies purulentes. À ce que disait le docteur Hernandez, ils refusaient tout secours médical. Ils voulaient rester dans la rue, assister aux processions, aux feux d'artifice, aux concerts et au défilé des touristes.

Et, non loin d'eux, assis à une table proche de la sienne, Lillian aperçut le prisonnier américain en compagnie du guide.

Le ton aigu de leurs voix, le nombre de bouteilles de tequila vides sur la table, renseigna aussitôt Lillian sur l'usage du don qu'elle leur avait fait. Ils ne pouvaient déjà plus la reconnaître. Le regard vague, les gestes incertains, la langue pâteuse, les mots qui semblaient passer sur des rouleaux huilés, les brusques geysers de rires, tout montrait que les deux compagnons étaient déjà partis au pays de l'ivresse, pays des tourbillons, des chambres noires, des miroirs déformants, des vols planés, des motocyclettes qui filent comme le vent et défient la mort.

À peine Lillian était-elle assise qu'un Irlandais s'approcha, la salua et lui demanda la permission de s'asseoir à sa table. Son visage sans âge, ses yeux ronds et totalement fixes lui donnaient un air d'extrême innocence. Il portait le pantalon blanc mexicain, une chemise à col ouvert et des espadrilles espagnoles. Il se mit à parler sur un ton si brusque et monotone qu'il était difficile de le comprendre. Il sortait de ses poches toutes sortes de petits objets, têtes, bras, jambes, serpents, poteries indiennes d'origines diverses et provenant de fouilles clandestines. Il montrait les objets un à un dans le creux de sa main et en racontait l'histoire. Il n'offrait jamais de les vendre, mais si quelque acheteur se présentait, il acquiesçait tristement comme si l'objet faisait partie de sa collection privée et qu'il était un hôte bien élevé.

Chaque fois qu'il apercevait Lillian, il lui montrait une de ses trouvailles. Il lui apprit ainsi l'historique de ces objets, il lui enseignait à distinguer les différentes matières utilisées aux différentes époques, l'évolution dans la forme des yeux, des coiffures, des motifs des bijoux. Peu à peu, Lillian apprenait l'histoire du Mexique. O'Connor ne parlait jamais d'autre chose. Quand il avait fini son exposé, il s'abandonnait à la béatitude tropicale. Les petits drames qui se jouaient sur la place suffisaient à son bonheur : querelle de matelots, rendez-vous d'amoureux, famille célébrant l'élection de leur fille comme reine de beauté du carnaval, joueurs d'échecs accrochés à leurs pions. Il vivait de la vie des autres. Il se tenait sur sa chaise comme un corps vide. Il observait jusqu'à devenir le sujet observé. Pour le distraire, Lillian lui raconta l'histoire du prisonnier américain. Mais il ne songea pas à rire de la naïveté de son interlocutrice. Pour la première fois, Lillian vit le regard d'O'Connor perdre sa fixité de verre et devenir humide.

« Si seulement j'avais pu vous prévenir... Je ne pouvais imaginer. Quand je pense que vous avez délivré le seul prisonnier qui ne le méritait pas ! Je ne vous l'ai jamais dit... mais lorsque je ne fais pas d'archéologie ou d'anthropologie, je m'occupe des étrangers en difficulté – marin qui s'est pris de querelle avec un Mexicain, touriste dont la voiture a tué un âne sur la route, etc. S'ils sont pauvres et qu'ils ont frappé un indigène, ils risquent de finir leur vie en prison. L'endroit est plein de gens qui ne se soucient pas de ce qui peut arriver aux autres. Ils sont venus ici pour leur plaisir. Ils refusent de prendre des responsabilités. Et voilà que vous êtes venue en aide au seul prisonnier qui a fait de son état une profession. Il partage avec le guide ce que les touristes lui donnent ; ils en vivent, et puis l'Américain retourne en prison et recommence son manège. »

Lillian se mit à rire sans pouvoir s'arrêter.

« Je suis content de vous entendre rire, dit l'Irlandais. Je crois que je prends la vie trop au sérieux pour ma part. C'est pour moi un besoin vital que de libérer les prisonniers, je ne sais pourquoi. J'oublie cette nécessité lorsque je pars en expédition un jour ou deux. Mais je reviens toujours à la prison, aux prisonniers.

– Il est possible que, dans votre ardeur à délivrer les autres, vous cherchiez à vous libérer vous-même.

– Je n'y ai jamais songé... Je travaille avec frénésie à cette double tâche, ouvrir les portes des prisons et retrouver les civilisations disparues. C'est une double passion que je ne domine pas. Je n'ai jamais réfléchi au sens de tout cela. En réalité, je suis venu ici pour m'oublier moi-même. Je m'imaginais qu'en m'engageant dans des activités impersonnelles, en renonçant à ma vie privée, en m'intéressant à l'histoire du Mexique et à la libération des prisonniers, j'arriverais à me débarrasser de moi-même.

– Au fond, vos activités apparemment impersonnelles sont une représentation du drame que vit votre personnalité profonde. Est-ce que cela vous peine de le réaliser ? Est-ce que cela vous peine de savoir que vous jouez votre tragédie intime par le truchement des autres ?

– Oui, j'en ai de la peine. Cela me donne le sentiment d'un échec. Je savais d'ailleurs que je n'avais pas réussi ma propre évasion. Je n'avais pas atteint cet état de bonheur que connaissent ceux qui ont fait véritablement don d'eux-mêmes. Au contraire, j'ai l'impression d'être un fantôme sans âme, un homme sans personnalité, un zombie ; comme l'homme qui a perdu son ombre.

– En réalité, on ne se débarrasse jamais de soi-même, on s'exprime seulement de manière différente.

– Si vous savez ce que signifient mes deux obsessions, dites-le-moi, j'aimerais bien en être informé. Je sais que je n'ai fait que me mentir à moi-même. Avant de commencer cette conversation, ce soir, en m'asseyant auprès de vous, je me disais : "Je vais encore bavarder en homme qui ne vit pas, en guide professionnel, de mes trouvailles..."

– Nous ne pouvons chasser notre être intime. Quand il est en détresse, il appelle au secours à travers nos actes.

– Voulez-vous dire que je suis un de ces prisonniers que je cherche à délivrer ?

– Oui, je crois que vous êtes par moments en captivité, au sens figuré, ou que du moins vous ne pouvez faire ce dont vous avez envie, il y a un frein à votre liberté...

– C'est juste.

– Et chaque fois que vous ouvrez la porte de la prison vous réglez son compte à un ancien geôlier...

– C'est très vrai. À quinze ans, j'avais une telle passion pour l'archéologie que je me suis sauvé de chez moi pour aller au Yucatán. La famille me fit rattraper par la police. Depuis lors j'ai toujours été surveillé. »

O'Connor ramena son regard sur la place et abandonna son introspection. Ses yeux bleus reprirent leur rondeur et leur fixité. Il faisait penser à certains animaux qui prennent la teinte et l'immobilité d'un tronc d'arbre ou d'un buisson pour échapper aux regards. Lillian tenta de lui adresser un sourire, mais il était déjà loin d'elle. Il ne venait pas de lui parler. Il ne la connaissait plus. La surveillance dont il avait été l'objet au cours de son adolescence l'avait privé de la communication avec les siens. Il avait alors perdu sa langue, un élément vital, et il avait beau sortir de terre et restaurer des quantités de statues, rajouter bout à bout des fragments d'histoire, il ne retrouverait peut-être jamais cette partie de son être.

Les joueurs de marimba s'interrompirent comme une boîte à musique qui ne fonctionne qu'avec un certain nombre de pièces de monnaie, et ils se mirent à faire la quête.

Dès le matin, la radieuse lumière des rayons solaires reflétés par la mer pénétrait la hutte de feuilles de palmier et réveillait Lillian. Les aurores avaient le faste des cérémonies de cour d'un royaume des *Mille et Une Nuits.* La voûte céleste s'embrasait d'un seul coup ; des lamelles corallines recouvraient les teintes légères et nacrées qui avaient précédé le lever du soleil et tout l'horizon n'était plus que le duel du feu et du platine. La mer entière semblait en flammes. Puis l'incendie peu à peu s'éteignait. Des brocarts aux tons d'une subtile douceur remplaçaient les teintes flamboyantes, et tout le paysage se couvrait de mousselines d'une transparence égale à la soie des plus fins saris. Après une telle ouverture, le reste de la journée aurait pu paraître terne, mais rien n'était jamais terne à Golconda. Tout au long du jour, la terre et la mer allaient orchestrer la pluie de couleurs que le ciel avait répandue à l'aurore sur les fruits, les fleurs et les vêtements. Toutes ces taches colorées brillaient, vivaient comme un regard humain, comme la chair elle-même.

Comme les mélodies, les couleurs à Golconda s'enchaînaient en une synchronisation ininterrompue. Les fleurs déployaient des étalages de pierreries rutilantes ou d'enluminures païennes, puis les fruits reprenaient l'orchestration. En mangeant un fruit, il était arrivé à Lillian de s'arrêter la bouche ouverte avec l'impression de mordre dans l'aurore elle-même.

De son hamac, elle apercevait tout à la fois la mer, le soleil et les rochers en bas entre les palmes étoilées qui oscillaient doucement. Elle pouvait voir aussi le jardinier qui accomplissait sa tâche avec la tendresse que les Mexicains mettent à ce qu'ils font. Le jardinier ne travaillait pas seulement pour de l'argent, il avait de l'amour pour les plantes, il avait des caresses pour les boutons de fleurs et le rythme qu'il imprimait à son râteau faisait du ratissage un acte rituel.

Lillian était libre jusqu'à l'heure des cocktails et de la danse. Autrefois, la fête ne commençait pour elle qu'avec la soirée et le jazz. À Golconda, elle commençait avec les extravagances solaires et elle se terminait sur une nuit qui ne repliait pas les pétales des fleurs, qui n'endormait pas les jardins et n'assoupissait pas les oiseaux, la tête sous l'aile. La nuit arrivait à pas de velours, elle était si douce que tout se mettait à refleurir. La mer devenait phosphorescente et des étincelles jaillissaient sous les pas dans le sable humide.

Par moments, Lillian avait l'impression de nager dans une nappe de mercure irisée, qui collait à la peau. Elle nageait sur le dos et elle pouvait ainsi voir venir les musiciens, alors elle gagnait aussitôt le rivage.

Le guitariste, le violoniste, le violoncelliste et le chanteur s'installaient sous un parasol de plage. Le chanteur se mettait à chanter avec tant de douceur et de tendresse que tous les hamacs s'immobilisaient. Il envoûtait les baigneurs et les autres musiciens eux-mêmes ; le violoncelliste fermait sur son regard ses paupières lourdes et jouait d'une main si légère que son bras brun ne semblait pas maintenu en l'air par la pression de la main sur l'archet, mais par une sorte de mouvement miraculeux qui tenait du yoga. La chemise des Îles qu'il portait ne recouvrait ni nerfs ni muscles. Il manquait une corde au violon, mais comme la mer emportait parfois quelques notes, personne ne remarquait celles qui manquaient au jeu du violoniste.

Les vagues, attirées par la musique, lançaient des langues soyeuses chaque fois un peu plus près des musiciens ; elles visaient la pointe du violoncelle bien enfoncée dans le sable. Le violoncelliste se contenta de soulever son instrument et poursuivit son jeu sans s'interrompre. Les vagues vinrent lui lécher les pieds, alors il s'en alla.

Les enfants, portant sur la tête des paniers de fruits et de friture de poissons, les remplacèrent. Puis ce fut le tour du vieux photographe avec son appareil d'autrefois à soufflet et un grand voile noir sur la tête. Sa tenue impeccable, sa moustache bien peignée lui donnaient l'air de sortir d'un album de photographies. Une baguette magique avait transformé le vieil homme en cette image abstraite noir et blanc.

Lillian, qui n'aimait pas être prise en photo, se sauva à la nage. Mais le bonhomme attendait silencieux, tassé sur lui-même, fragile et raide, symbole d'une patience sans limites. Un sourire de commande perpétuel avait creusé sur son visage des rides toutes ascendantes. Comme le vieux jardinier, il avait une telle dévotion pour son métier, une telle dignité dans l'attente que Lillian renonça à sa fuite et sentit qu'elle lui devait des excuses :

« Je suis désolée de vous avoir fait attendre.

– Il n'y a pas de mal, pas de mal, dit-il gentiment en essayant de poser l'appareil en équilibre sur le sable. »

Il ajouta avant de disparaître sous le voile noir :

« Nous avons tous beaucoup plus de temps que nous n'avons de vie ! »

Lillian aperçut alors les cheveux roux et le visage couvert de taches de rousseur d'Edward, un ancien violoniste. Il assistait en spectateur à la scène, sur les marches de la roulotte qu'il habitait sur la plage. Le calendrier des événements mondiaux suivait la chronologie de ses nombreux mariages. « L'explosion du yacht dans la baie ? Oh oui, c'était à l'époque de ma seconde femme. » Quelqu'un cherchait-il à se souvenir de l'année où le champion de nage américain avait plongé au milieu des rochers de la falaise ? « Ah oui ! je me suis marié quatre fois depuis. » Les femmes disparaissaient, mais demeuraient les enfants, petits êtres si bronzés qu'on les distinguait à peine des enfants indigènes. Edward bricolait ici et là : il créait des modèles de tissus, ou bien il tenait une boutique d'orfèvrerie, ou encore il bâtissait une maison pour un client. À l'époque de sa rencontre avec Lillian, il distribuait des calendriers publicitaires Coca-Cola dans tout le Mexique. À son grand étonnement, les gens aimaient bien ces calendriers et les accrochaient aux murs de leurs maisons. Le dernier en date représentait un sacrifice humain maya, et Edward se mit à le dérouler pour faire sensation parmi les baigneurs. La pyramide du Yucatán y était représentée plus petite que la femme qu'on allait sacrifier. Cette dernière ressemblait à Gypsy Rose Lee. Le prêtre qui s'apprêtait à accomplir le sacrifice, mince, bien rasé, paraissait absolument incapable de réduire à néant une telle plénitude corporelle. Le volcan en éruption à droite de l'image avait le volume d'un sein de la vierge promise à l'acte expiatoire.

Edward aimait bien la tequila, qui provoquait automatiquement chez lui une profession de foi anti-art. Il expliquait avec force qu'il avait renoncé de sa propre volonté au monde musical. « Ici, disait-il, la musique est superflue. Golconda regorge de musique spontanée, musique pour danser, musique pour chanter, musique pour vivre. Les mélodies des marchands des quatre-saisons valent mieux que n'importe quelle composition musicale moderne. Les gens chantent en travaillant, la vie tout entière n'est que rythme. Les concerts et mon propre violon ne me manquent pas du tout. »

Le second verre de tequila, pourtant, ramenait les souvenirs des salles de concerts et du musée d'Art moderne, où il semblait avoir vécu avant d'aboutir à Golconda. Au troisième verre, le public avait droit à un sermon sur l'inutilité de l'art :

« Par exemple, à Golconda, avec la lagune et la jungle, les collages de Max Ernst, ses lagunes et ses marécages artificiels ne sont d'aucune nécessité. Les déserts et les dunes, les os des vaches et des ânes qui blanchissent sur le sable remplacent avantageusement les ossements blanchissants et les paysages désertiques de Tanguy. Et qu'avons-nous à faire des colonnades de Chirico ? Nous avons les ruines de San Miguel. Il ne manque rien ici. Si ce n'est une femme prête à vivre de bananes et de lait de noix de coco.

– Lorsque je me sentais frileuse, autrefois, dit alors Lillian, je me rendais au rayon des oiseaux et des plantes tropicales à Sears Roebuck. Il y faisait une chaleur humide et âcre. Ou alors j'allais voir les plantes exotiques au Jardin botanique. Je cherchais déjà Golconda. Je me souviens d'un palmier géant qui avait atteint le dôme vitré de la serre, et je le regardais s'écraser contre la verrière dans un effort pour conquérir la liberté. Je pense souvent à ce palmier en cage tandis que je contemple ceux de Golconda qui balaient la voûte céleste. »

Après le troisième verre, le bavardage de l'ancien violoniste perdait son dynamisme et son regard se portait sur le doigt qui manquait à sa main gauche. Tout le monde savait, mais Edward n'en parlait jamais, que cet accident avait brisé sa carrière de violoniste.

Quant aux enfants d'Edward, chacun à Golconda les aimait, les nourrissait, les protégeait, et ceux-ci avaient mystérieusement accepté des mères interchangeables, à visages multiples et qui parlaient des langues différentes. Pour le moment, ils avaient adopté Lillian. Ils semblaient avoir compris qu'il y avait en elle un refuge secret pour les enfants, un refuge autrefois habité et où ils se sentaient à l'aise. Lillian s'émerveillait de leur don de seconde vue. Ils avaient deviné qu'elle avait une fois possédé, puis perdu, des enfants du même âge.

Comment savaient-ils qu'elle avait déjà embrassé des taches de rousseur semblables sur un pareil petit nez, des épaules aussi pointues, qu'elle avait mis en tresse des cheveux aussi emmêlés et su retrouver les souliers perdus ? Non seulement ils lui permettaient de jouer à la mère absente, mais surtout ils cherchaient en elle la place vide des enfants absents.

Il y avait dans leurs étreintes le désir réciproque de combler une absence, et leurs rapports affectueux y trouvaient une intimité que les enfants n'avaient jamais ressentie avec les autres mères provisoires.

À Lillian seule, ils confiaient leur souci au sujet de la prochaine épouse de leur père. Ils observaient gravement la nouvelle venue, jaugeant ses qualités, et ils remarquaient infailliblement : « Si c'est nous qu'elle préfère, père n'est pas content ; si c'est lui, alors elle n'a que faire de nous. »

La reine de beauté d'une compagnie aérienne débarqua un beau matin sur la plage. Elle s'avançait comme un mannequin constamment sur la scène, avec un minimum de gestes pour que chacun pût l'admirer et la photographier du regard. Elle avait l'air de sortir tout droit d'une affiche pour encourager les jeunes gens à aller à la guerre. Immaculée, sereine, avec son front lisse et son regard vide, elle ignorait les autres. Elle ne transmettait ou ne recevait aucun message ni par ses sens, ni par ses centres nerveux. Elle n'émettait aucune onde chaude ou froide. Ses cheveux, sa peau, ses dents éclatantes, son corps formaient un tout si parfait qu'elle n'avait pas le droit de se rider, de se flétrir ou même de pleurer. Elle était une synthèse de matières artificielles.

Elle inquiétait les enfants d'Edward, persuadés que leur père serait envoûté par cette image parfaite, les yeux bleu clair, les cheveux légers, le profil sans défaut. Mais la reine de beauté fit bientôt son propre choix et prit pour compagnon un ancien fusilier marin qui s'était offert autrefois pour être soumis à une expérience de bombe atomique. Il recevait une pension en raison de lésions internes. Personne n'osait lui demander ni même imaginer la nature de ses blessures. Il était, quant à lui, très laconique sur le sujet : « J'ai des lésions internes. » On ne voyait apparemment rien. L'homme était grand, fort, blond, avec un teint trop sanguin pour prendre le soleil. Il n'aimait pas raconter son aventure. Quand il avait bu, il disait seulement : « Je me suis proposé comme volontaire pour être placé le plus près possible... et j'ai été blessé... c'est tout.» Ses yeux bleus étaient assortis à ceux de la reine de beauté américaine. Tous deux étaient calmes et se laissaient admirer.

Ils n'avaient pas fait de gestes l'un vers l'autre, mais comme ils évoluaient dans les mêmes sphères, à la même altitude, avec le même détachement, ils se rencontrèrent et continuèrent leur promenade de concert. Ils ne se regardaient pas les yeux dans les yeux comme les amants mexicains.

Ils portaient tous deux des appareils photo et photographiaient méthodiquement tout ce qu'ils voyaient. Mais quant à leur propre personne, on aurait dit qu'ils étaient convenus de n'en rien révéler ni par une seule parole ni par un seul geste. Edward ne s'intéressait guère à eux et les considérait comme des affiches ambulantes, des découpages à une seule dimension. Mais Lillian pensait que leur apparence extérieure n'était qu'un déguisement.

«Ils n'ont simplement pas encore fait connaissance avec eux-mêmes, disait-elle.

– Voulez-vous les présenter l'un à l'autre ? demanda ironiquement Edward.

– Ce serait très dangereux. Ils ne se reconnaîtraient plus. Ils me traiteraient d'intruse et se traiteraient eux-mêmes de cambrioleurs.

– Il est dangereux de confronter les gens avec une image d'eux-mêmes qu'ils ne désirent pas connaître.»

Ces mots réveillèrent en Lillian le sentiment d'insécurité et de malaise qu'elle ressentait toujours en présence du docteur Hernandez. Elle se souvint de ses dernières paroles: «Je commence à en avoir assez de la maladie corporelle que je combats depuis quinze ans. Comme un détective amateur, je me délecte à surprendre les vies secrètes de chacun.»

Ne lui avait-il pas dit aussi, un autre jour:

«J'ai parfaitement conscience que vous m'avez aiguillé sur une fausse piste en me faisant découvrir les vies secrètes de tous vos amis à la place de la vôtre. Mais je vais vous dire une vérité qui vous choquera. Ce n'est pas le soleil de Golconda qui vous baigne et vous endort, mais la passivité et le fatalisme des gens de mon pays. Ils croient qu'on ne peut modifier le caractère de l'homme. L'homme est comme la nature, imprévisible, incontrôlable. Ils croient que l'homme doit s'accepter comme la pauvreté, la maladie, la mort.

L'idée même de l'effort à faire pour obtenir une modification ne les effleure pas : Vous naissez pauvre, bon ou mauvais, ou génial, et vous vivez toute votre vie avec cela comme avec votre famille.

– Sont-ils sujets à des crises de folie furieuse, comme à Bali, en Afrique ou dans les îles des mers du Sud ?

– Oui, cela arrive. Lorsque ceux qui ont fondé toute leur existence sur la résignation, la patience, l'humilité et la passivité se trouvent pris dans un piège, dans une situation sans issue, ils ne savent pas comment s'en sortir ; ils ne savent alors que s'emparer d'un couteau, d'un revolver, et ils tuent.

– Ils ne réfléchissent jamais, ils ne tentent pas de forcer le destin ?

– Jamais. Moi, j'ai tenté de le faire, et j'aurai à le payer. Quiconque touche à cette identification de l'homme avec l'animal, à cette osmose avec la lumière, à cette absence complète d'une pensée, devient un objet de haine de la part de tous pour avoir éveillé l'homme à prendre conscience de lui-même.

– Mais, docteur, vous usez bien d'anesthésiques pour la souffrance physique. N'y en a-t-il pas pour l'inquiétude ?

– Non, aucun médicament ne peut la guérir. »

Sur le yacht du général mexicain, le bal costumé battait son plein. Des feux d'artifice jaillissaient du pont du navire et les rameurs qui amenaient les invités à la coupée naviguaient courageusement sous une pluie d'étincelles.

Le général seul n'était pas déguisé. Il attendait ses hôtes à la coupée et les accueillait par une accolade chaleureuse. Sa taille avait une telle circonférence que, lorsque Lillian voulut répondre à son étreinte, elle réussit tout juste à embrasser une des médailles qui ornaient sa poitrine.

Elle s'avança parmi la foule des invités. Sous les masques, les plumes, les couches de peinture et les paillettes, elle ne distingua que des yeux, yeux couleur de mer, yeux d'animaux, yeux couleur de terre ou de pierres précieuses. Fixes ou mobiles ou fuyants, certains répondaient à l'appel d'un regard, d'autres se détournaient, tous semblables à de fugitives étincelles.

Lillian reconnut le docteur à sa voix. Il portait un costume de guerrier aztèque. Son visage et son corps étaient entièrement peints. Il tenait une lance à la main et des flèches acérées étaient suspendues à son cou. À son tour ce soir d'infliger de graves blessures comme celles qu'il était las de soigner. Cette nuit, son déguisement interdisait aux femmes de poser leur tête sur son épaule et de le prendre comme confident.

Diana faisait son entrée avec Noël dans son sillage et le docteur de déclarer :

« Lorsque mes malades souffrent d'une malnutrition de leurs sens, je les envoie à Diana. »

Diana portait un masque violet et ses cheveux étaient couverts d'algues. Sa tête sortait d'un cadre de tableau. Elle se mit à danser avec Noël déguisé en habitant d'une autre planète. Ce symbole d'éloignement ne suffisait pas à décourager Diana. Elle embrassa Noël et le cadre du tableau glissa autour de leurs deux épaules comme une ceinture de sauvetage qui les maintenait sur l'océan étrange des sens, océan dont la musique de jazz et les lueurs du feu d'artifice augmentaient encore la houle.

Un couple s'appuyait au bastingage, et Lillian entendit la voix de la femme qui criait : « Même si tu ne le penses pas, dis-moi que tu m'aimes, juste une fois, ce soir. Je ne te le rappellerai jamais, je ne te reverrai plus jamais, mais, ce soir, ce soir seulement, dis-moi que tu m'aimes, dis-moi que tu m'aimes ! »

Suffisait-il de cette garantie de liberté, de ce dégagement de toute responsabilité pour faire d'un homme un amant, un poète, pour entraîner une confidence aussi intime ? À la lueur verte des fontaines lumineuses, Lillian voyait l'homme hésiter à donner l'illusion, même pour une seule nuit. Et Lillian se dit qu'il méritait le déguisement du plus avaricieux des hommes.

La femme en quête d'illusion s'évanouit dans la foule des danseurs.

Tout le monde dansait maintenant les figures compliquées du mambo, qui ne mettait pas seulement les corps en mouvement, mais encore le langage – certains mots n'auraient pu être prononcés sans les gestes qui les accompagnaient.

Le docteur était complètement transformé par son déguisement ; Lillian en restait stupéfaite. Il ne se comportait plus en consolateur des corps et des âmes, mais en amoureux ardent. Avec quelques remarques ironiques, il avait séparé Diana de Noël et il avait abandonné une femme qui s'en était allée s'asseoir solitaire sur les cordages enroulés à l'avant du bateau comme des serpents endormis.

En buvant son champagne, Lillian avait l'impression qu'elle avalait aussi la douceur veloutée de la nuit qui s'infiltrait dans ses veines comme une drogue étrange. Lillian absorbait tout, les ténèbres et les averses d'étincelles des feux d'artifice dont elle sentait son être tout entier illuminé, et le champagne et les cris joyeux des jeunes garçons indigènes qui plongeaient du pont du yacht à la poursuite d'une pièce d'argent lancée par quelque danseur et qui grimpaient ensuite le long de la chaîne de l'ancre.

Golconda avait de multiples visages. Il y avait le village dont on voyait au-dessus de l'horizon les collines sombres ornées de colliers de lumières ; il y avait son reflet dans le miroir satiné de la baie ; il y avait le Golconda des lampes à huile dans les cases indigènes, le Golconda des bougies, celui du néon, celui de la croix de néon de l'église ; il y avait le regard de néon du futur, regard glacé. Mais tous ces Golcondas étaient également beaux lorsqu'ils se reflétaient dans la lagune.

La femme avec laquelle le docteur Hernandez dansait maintenant rappela à Lillian un tableau de Man Ray : une énorme bouche qui occupait toute la toile. Le jeune homme que cette femme avait délaissé pour le docteur paraissait isolé et perdu. Sa pâleur frappa Lillian : était-il ivre, malheureux, jaloux, solitaire ? Elle lui adressa la parole :

« Dans tous les Luna Park il y a toujours une table tournante sur laquelle les gens tentent de s'asseoir. Comme elle tourne de plus en plus vite, ils ne peuvent plus se retenir de leurs mains sur la surface bien cirée et ils sont projetés hors de la table.

– Pour tenir bon, il y a un secret; il suffit de cracher dans ses mains.

– Eh bien, je crois qu'il nous faut tous deux cracher tout de suite dans nos mains, nous avons été éjectés en même temps ! »

À la façon dont le jeune homme serra les lèvres, Lillian craignit un accès de colère. Mais le sourire, contraint, vint comme une grimace. Ils se reconnurent en proie au même désenchantement : les cris des enfants qui plongeaient, les sources de lumière aveuglantes, le charivari des feux d'artifice et le martèlement des pieds des danseurs ne les atteignaient plus.

« Il m'arrive parfois, dit Lillian, au cours d'une soirée, au milieu de la foule, de me sentir soudain hors du jeu. J'ai l'impression d'une accalmie, ou d'avoir échoué… je ne sais comment dire…

– C'est une impression qui ne me quitte pas. Si nous sortions du jeu pour de bon ? À quatre heures d'ici, je possède une très belle maison dans une vieille cité. Je me présente : Michael Lomax. Je sais votre nom, je vous ai entendue jouer. »

Lillian s'endormit dans la jeep et rêva d'un tombeau aztèque à l'entrée duquel se tenait un guide au torse nu et brun. Il tenait une machette à la main et proposait la visite de la tombe. Lillian s'apprêtait à refuser l'invitation lorsqu'elle s'éveilla : la jeep se comportait comme un chameau sur un chemin accidenté. Elle pouvait entendre le ressac de l'océan.

« Quel âge avez-vous, Michael ? »

Il se mit à rire :

« J'ai vingt-neuf ans et vous avez autour de trente ans, alors ce n'est pas la peine de prendre ce ton protecteur.

– L'adolescence est semblable à un cactus », répondit-elle, et elle se rendormit.

Cette fois-ci, les toiles de Chirico peuplèrent son sommeil : interminables suites de colonnes en ruine hantées de fantômes, les uns de la taille des statues antiques, les autres comme de minuscules silhouettes irréelles.

Mais Lillian ne rêvait pas. Il commençait à faire jour et la jeep roulait sur la chaussée caillouteuse d'une ville détruite.

Pas un édifice n'était entier. Une splendide architecture baroque gisait là en ruine, engloutie dans le silence depuis que la dernière éruption du volcan qui la dominait l'avait à moitié ensevelie sous les cendres et les coulées de lave.

Des Indiens vivaient là silencieusement derrière les murs écroulés. Chaque famille occupait un patio intérieur et gardait clos les volets des fenêtres qui donnaient sur la rue. Pas un bruit, pas un souffle de vent ; la ville semblait une cité fantôme.

Rangées de colonnes sans entablement, églises ouvertes sur le ciel, un théâtre aux sièges vides contemplant une multitude de statues que la lave triomphante avait jetées dans l'arène, un couvent sans portes exposant les cellules des nonnes, les prisons, les escaliers dérobés.

« Voici ma demeure, dit Michael. C'est le monastère qui dépendait de l'église. L'église, ce qu'il en reste, a été classée monument historique. »

Lillian et son guide traversèrent le patio intérieur bercé par la musique de sa fontaine et pénétrèrent dans une pièce très haute de plafond et chaulée de blanc. Des poutres de bois sombre, des rideaux rouge sang et des grilles de fer forgé aux fenêtres faisaient avec la blancheur tranquille de la pièce le contraste dramatique qui est l'essence même du tempérament espagnol : austérité et passion, poésie et discipline. Les hauts murs parlaient de pureté et de spiritualité, le rouge profond et voluptueux symbolisait la passion instinctive, le bois sombre représentait la noblesse austère ; quant aux grilles, elle marquaient cette séparation d'avec le monde nécessaire au développement de la personnalité.

Les cloches de l'église tintaient sans cesse. Elles n'appelaient pas à la messe, elles sonnaient pour ceux que l'éruption volcanique avait ensevelis il y avait des années.

Tout en parcourant les rues silencieuses avec Michael, Lillian s'étonnait de voir maintenant Espagnols et descendants des Mayas vivre ensemble paisiblement sans que l'étranger puisse discerner des traces de leurs combats anciens. Ni les touristes ni même les Espagnols ne pouvaient déceler l'antagonisme latent de la population maya tant il était subtil et indirect. Michael répétait souvent : « Ce sont les plus obstinés des peuples. »

Les Indiens ne manifestaient aucune hostilité directe, mais les Blancs ne percevaient jamais dans les regards sombres, comme assoupis, la moindre lueur d'approbation. Le silence seul accueillait le visiteur blanc, et les yeux des indigènes, brillants comme des obsidiennes, ou comme le vernis noir de leurs poteries, avaient le don de ne rien révéler de leurs sentiments. Les Blancs pouvaient exprimer leurs desiderata quant à la cuisson de leurs aliments, la construction de leurs maisons ou la confection d'une robe, ils rencontraient une absence totale de coopération et les sourires mayas trahissaient un mépris subtil pour les manières compliquées de tous les étrangers. Ils acceptaient de travailler pour eux, mais ils méprisaient leurs excentricités. Lorsqu'ils faisaient preuve de désobéissance, on pouvait croire que c'était par ignorance ou incompréhension. C'était en réalité par une sorte de résistance passive totale. C'est ainsi qu'ils préservaient leur manière de vivre de toute influence extérieure.

Les cloches de l'église catholique continuaient à se faire entendre, les Indiens en souriaient. Les jours de fête, ils ajoutaient leurs totems aux statues des saints, les épices indiennes à l'encens catholique et les mets sacrés mayas à l'hostie. Ils aimaient les cantiques, l'orgue et la lumière des cierges, les dentelles et les belles étoffes, ils s'amusaient des images saintes comme de leurs colliers d'os.

Le silence de la ville morte était si extraordinaire et si tangible qu'il en était gênant. Pourquoi un tel silence ? Lillian le sentait au-dessus de sa tête aussi menaçant que les bruits étranges de la jungle qu'elle venait de traverser.

Elle ne comprenait pas ce que Michael trouvait d'attrayant à vivre ainsi au milieu des ruines. Certes, sa destruction même avait rendu à la cité une certaine poésie. En peinture aussi les artistes laissent des blancs, permettant ainsi au public de remplir les omissions à sa manière. L'imagination y projette ses rêves, ses mythes, son monde souterrain.

Une cité en ruine, comme celle-ci, possède un pouvoir d'éducation plus grand du fait même de sa destruction. Chacun peut la reconstruire à son gré, lui donner une beauté idéale que la réalité de la vie quotidienne ne peut ternir et qui ne révélera pas à l'usage ses défauts internes.

Pour atteindre à de telles altitudes, il était nécessaire d'apprendre auprès des artistes à synthétiser, à laisser de côté les détails qui pèsent sur l'imagination et l'obligent à s'écraser au sol.

Les prisons même de la ville morte, où pourtant, personne ne l'ignorait, des scènes d'horreur avaient eu lieu, acquéraient, sous le soleil et sous les frondaisons de lierre qui les envahissaient peu à peu, une sérénité, une passivité, un aspect résigné qui disait l'oubli des crimes de l'homme envers l'homme. Avec le temps, l'homme oublie jusqu'aux crimes les plus cruels. La valeur intrinsèque des individus qui les ont subis ou commis est abolie quand cessent d'exister ceux qui donnaient à ces vies leur importance, leur caractère unique, le père, la mère, le fils ou la fille, le frère ou la sœur... Le temps, incapable d'amour pour l'homme, l'efface promptement. Ses chagrins, ses souffrances, sa mort deviennent l'histoire impersonnelle, et transpirent parfois dans les souvenirs poétiques que viennent chercher les touristes parmi les colonnes brisées. Ils fixent de leurs caméras les tombeaux vides sans entendre la leçon des ruines qui leur disent le peu d'importance de chaque être et les préparent à leur propre disparition.

La découverte de la ville ancienne serrait le cœur de Lillian. Elle n'était pas préparée à ces voyages dans le passé. Toute cette ville lui paraissait veiller sur ses morts, même si elle ne pleurait que des inconnus. Elle était semblable aux toiles de Chirico.

« Mais pourquoi le silence est-il si pesant ? demanda-t-elle à Michael.

– Le vent ne souffle pas dans cette vallée. »

C'était vrai. Et cette absence de vent donnait aussi au paysage une immobilité de tableau.

Mais Lillian découvrit une autre raison à ce silence, tandis qu'elle prenait après le déjeuner son bain de soleil, seule sur la terrasse. Le soleil la pénétrait comme un narcotique; elle s'était endormie et fit un rêve. Un immense vautour planait en larges cercles au-dessus de la terrasse où elle se trouvait, brusquement il plongea et elle sentit le bec de l'oiseau sur son épaule. Elle se réveilla en criant, s'assit et comprit qu'elle n'avait pas rêvé, car la bête avait marqué sa chair et elle la vit qui s'éloignait en volant bas et pesamment.

Partout où vivent les vautours, ils tuent les oiseaux chanteurs. L'absence de chants d'oiseaux, plus que celle du vent, donnait à l'atmosphère ce silence épais.

Lillian prit en grippe la ville en ruine. Le volcan la menaçait directement et ses pentes étaient si escarpées que le sommet se perdait dans les nuages. « Je suis monté jusqu'en haut, lui dit Michael, et j'ai vu bouillir les entrailles de la terre. »

Le lendemain, dimanche, Michael déclara à Lillian :

« Je voudrais que vous passiez ici tous vos jours de repos, chaque semaine. »

Ce soir-là, Lillian et lui et quelques invités étaient assis dans le patio, lorsque soudain quelque chose comme une étoile filante apparut dans le ciel, et explosa en une gerbe d'étincelles.

Lillian n'eut qu'une pensée : « C'est le volcan ! »

Ils coururent tous aux fenêtres. Une foule de jeunes gens en costumes sombres et chemises blanches étincelantes bavardaient et riaient dans la rue. L'éclat des feux d'artifice illuminait par moments les visages lisses et sombres. Les marimbas lançaient en l'air des notes légères et gaies comme des éclats de rire. On aurait dit un concert de pianos d'enfants. Les différentes pièces du feu d'artifice étaient étagées en forme de grands arbres et devaient être mises à feu peu à peu, une branche après l'autre. Des étoiles, des fleurs, des roues pendaient aux extrémités des rameaux. Elles prenaient feu l'une après l'autre et éclataient dans l'espace d'où elles retombaient en étincelles. Il semblait que le soleil, la lune, les astres des cieux déversaient leurs trésors, leurs joyaux sur la terre. Lorsque les étincelles retombaient en pluie d'or, les enfants s'y précipitaient. Espéraient-ils que ce bain d'or changerait leurs haillons et leurs vies en sources lumineuses ?

Michael, à la fenêtre auprès de Lillian, ne prenait aucun plaisir au spectacle. Il observait les étudiants et Lillian vit sur le visage de son compagnon une expression affamée et sauvage, l'expression du chasseur qui vise avant de tuer.

« C'est une fête pour hommes, Lillian. Ici les hommes s'aiment librement. Regardez, ils se prennent par la main. »

Lillian songea que c'était aussi peut-être la secrète envie de Michael.

« Ils aiment être entre hommes, seuls, sans femmes. »

Il regarda sa compagne avec une sorte de malveillance, épiant sur son visage l'effet des paroles qu'il venait de prononcer.

« J'ai vécu, Michael, enfant au Mexique. Les femmes ne sont pas autorisées à aller dans les rues, les cafés, elles restent à la maison. Mais cela ne signifie pas ce que vous croyez... »

Ils observaient les jeunes gens si bien mis dont les visages étaient tous tournés vers le feu d'artifice. Puis ils aperçurent en face de la maison de Michael une fenêtre brillamment éclairée et, s'appuyant à la balustrade de fer forgé, une très jeune fille vêtue de blanc. La pièce derrière elle était pleine de monde et les marimbas jouaient.

Le silence se fit alors. Un des étudiants s'avança sous la fenêtre de la jeune fille avec une guitare et il improvisa une ballade dans laquelle il chantait le regard, le sourire et la voix de la demoiselle.

Elle lui répondit d'une voix claire et légère, le remerciant pour le compliment. L'étudiant chanta de nouveau et demanda à être reçu par la jeune fille.

Encore une fois elle répondit en souriant de sa voix claire, mais elle n'invita pas le jeune homme à entrer. Cela signifiait qu'elle n'avait pas jugé la ballade assez belle.

Dans ce tournoi poétique annuel des étudiants, seule comptait l'habileté dans la versification. Les mauvais poètes étaient abandonnés à eux-mêmes et condamnés à danser entre eux dans la rue.

Une des ballades plut enfin à la jeune fille et elle introduisit l'étudiant chez elle et le présenta à sa famille au milieu des applaudissements de ses camarades.

« Je vais aller danser dans la rue avec les mauvais poètes, déclara Lillian.

– Non, dit Michael, c'est impossible !

– Pourquoi ?

– Cela ne se fait pas, ici.

– Mais je suis américaine. Je n'ai pas besoin de me plier aux coutumes du pays. »

Dès que Lillian apparut dans la rue, une sorte de stupeur figea les étudiants. Puis ils découvrirent, joyeux, qu'elle était américaine :

« Elle peut donc danser dans la rue ! »

Un étudiant moins timide que les autres l'invita. Elle partit avec lui. Les marimbas jouaient des airs de boîte à musique, avec des résonances de cloches tibétaines, ou de cymbales balinaises. Le feu d'artifice illuminait les visages et le ciel.

D'autres étudiants se pressaient autour de Lillian, attendant leur tour. Ils lui offrirent une fleur à mettre dans ses cheveux. Discrètement, ils la protégeaient en dressant un mur entre elle et ceux qui étaient ivres. Elle passait des bras d'un étudiant à ceux d'un autre. Tout en dansant, elle apercevait le visage renfrogné de Michael à sa fenêtre.

Les danses se faisaient plus rapides et les partenaires de Lillian changeaient plus souvent. Ils lui chantaient des ballades à l'oreille.

Il se faisait tard et elle commençait à se lasser. Les petits galets qui pavaient la rue lui blessaient les pieds. Les étudiants s'enhardissaient immodérément. Lillian tenta donc, tout en dansant, de se diriger vers la maison où Michael l'attendait. Les garçons comprirent qu'elle cherchait à s'échapper, et ceux avec qui elle n'avait pas encore dansé se mirent à l'encercler. Mais elle était hors d'haleine, elle avait perdu un de ses talons, et elle se hâta vers la porte de la maison. Michael l'ouvrit et la referma aussitôt. Les étudiants tambourinèrent sur la porte et Lillian craignit un moment qu'ils n'en vinssent à l'enfoncer.

Elle remarqua alors que Michael tremblait. Il avait le visage pâle, les traits tirés, l'air si malheureux qu'elle s'enquit tendrement :

« Qu'y a-t-il, Michael ? Qu'y a-t-il ? Êtes-vous fâché que j'aie dansé dans la rue ? Êtes-vous fâché que votre hypothèse d'un monde sans femmes se soit révélée fausse ? Pourquoi ne m'avez-vous pas suivie ? Nous sommes invités à la maison de la reine.

– Je refuse de m'y rendre.

– Je ne vous comprends plus, Michael. C'est vous qui le désirez, ce monde sans femmes !

– Vous, je ne vous considère pas comme une femme.

– Alors, pourquoi vous vexer de ce que je sois invitée à une soirée dansante ?

– Cela m'ennuie tout de même. »

Lillian se souvint en cet instant qu'elle était allée à Michael parce qu'il était dans la peine. Elle désirait le consoler et non le blesser.

« Très bien, dit-elle, je resterai avec vous. »

Ils s'installèrent dans le patio.

La ville où nous choisissons de vivre représente notre état d'âme. Michael avait choisi un vaste tombeau pour vivre parmi les ruines de ses amours passées. Sa magnifique demeure, ses vêtements, ses tableaux, ses livres étaient de même nature que les bijoux, les vases, les parfums, les objets d'or que l'on déposait dans les tombes des pharaons.

« Je me suis promis, il y a bien longtemps, dit Michael, de ne plus jamais tomber amoureux. Faire l'amour est pour moi désormais un acte quelconque.

– Ne rien ressentir… ne pas aimer… c'est vivre en homme mort, Michael. »

Quelque chose était mort en Michael. Il portait en lui le cadavre raidi de son affectivité et, malgré son teint clair, son visage vivant et l'élégance de sa tenue, il cadrait avec la ville morte.

« Ce sera bientôt la saison des pluies, ajouta Michael. La maison va devenir froide et humide. Les routes seront impraticables. Votre contrat avec *La Perle Noire* ne durera-t-il pas jusqu'à cette époque ?

– Pourquoi ne pas rentrer alors à Golconda ?

– Ce cadre vieilli sied à mon humeur actuelle. La gaieté et l'animation de Golconda me blessent comme une lumière trop vive blesse l'œil.

– Quelle étrange conversation, Michael, dans ce patio de rêve. La scène évoque un conte des *Mille et Une Nuits* – la fontaine, le palmier, les fleurs, le dallage de mosaïque, la lune extraordinaire, le parfum des roses. Tout est en place. Et nous bavardons assis là comme un frère et une sœur atteints d'une étrange maladie. La danse et le plaisir sont là, à notre portée, et nous en sommes exclus – par notre propre volonté. »

La chambre à coucher de Lillian ressemblait de nuit à une cellule de couvent avec ses murs blanchis à la chaux et ses barreaux aux fenêtres. Elle ne pouvait pas séjourner ici et accepter de se retirer du monde avec Michael.

Dans le silence de la nuit, elle entendit soudain des bruits de voix assourdies. Michael parlait avec une violence contenue, et quelqu'un disait : « Non, non. » Michael essayait-il de séduire un des jeunes étudiants ? N'avait-il pas murmuré comme en passant à Lillian : « Tout ce que je demande, puisque je ne peux pas vous garder ici, c'est que lors de votre réincarnation vous preniez le corps d'un garçon, et alors je vous aimerai » ?

Lillian rentra à Golconda. Un jour, en voyant passer l'autocar de San Luis, elle se souvint que Hatcher lui avait dit s'être installé près de cette localité. Elle monta dans l'autocar.

Il était plein à craquer, hommes et femmes, sacs de céréales, poulets liés ensemble, paniers remplis de dindons, prie-Dieu en velours rouge, du courrier dans un sac et des bébés dans les bras.

À côté du chauffeur, sur le siège avant, se trouvait le jeune toréador que Lillian avait acclamé dans l'arène le dimanche précédent. Il était très jeune et très mince. Il portait les cheveux flottant sur les épaules et non tirés et noués comme le veut la coutume des toréadors. Dans l'arène, il lui avait paru tendu, volontaire et nerveux. Dans cet autocar, avec son pantalon blanc mexicain et sa chemise ouverte, il faisait tendre et vulnérable. Or Lillian l'avait vu foncer sur le taureau comme un enragé parce que la bête, au cours de l'une des passes du toréador, avait, d'un coup de corne, déchiré l'étoffe de son pantalon. Elle l'avait en quelque sorte déshabillé en public. Ce petit espace de peau que le pantalon de brocart turquoise avait laissé voir, cette chair humaine chaude, satinée, avait donné au combat entre l'homme et l'animal quelque chose de sensuel, elle en avait fait un duel entre un agresseur et une victime, et la lutte n'était plus qu'une mêlée sexuelle.

Cette vulnérabilité soudain apparue avait troublé les femmes dans l'arène et avait blessé l'orgueil du toréador devenu tout à coup plus passionné et plus sauvage.

Maintenant, le chauffeur de l'autocar taquinait son voisin qui prétendait aller voir ses parents à San Luis. Le chauffeur affirmait qu'il allait rendre visite à Maria. Mais le toréador n'était pas en humeur de bavarder. À côté de lui, une vieille femme, tout en noir, somnolait, un panier d'œufs sur les genoux. Au premier arrêt de l'autocar, un voyageur monta, les bras chargés de candélabres.

« Est-ce qu'on déménage toute l'église ? demanda l'homme aux dindons. »

Il était debout et n'osait pas s'asseoir sur un des prie-Dieu de velours. Il proposait un échange à l'homme aux poulets. À chaque chaos de la route, le sac de blé tressautait. Finalement, la toile de chanvre se déchira et les grains de blé commencèrent à se répandre. Les poulets se mirent à tendre le cou au risque de s'étrangler. Le propriétaire du sac chercha en vain à remédier au dégât et finit par s'asseoir par terre, la main bouchant le trou.

Une institutrice anglaise était assise au fond du car à côté d'une jeune Mexicaine. Les vêtements de l'étrangère étaient râpés, parsemés de pièces et de raccommodages, mais elle n'avait jamais consenti à les échanger contre une tenue mexicaine. Un casque colonial emprisonnait ses rares cheveux jaunes. Elle tenait à la main des livres jaunis, fripés, aux coins rognés, à la jaquette en lambeaux.

À chaque arrêt, le chauffeur distribuait courrier et messages. En échange, on lui offrait un verre de bière. « Dis à Josepha que sa fille a eu un fils hier. Elle écrira plus tard. Elle veut que tu viennes pour le baptême. »

Un vendeur de figues de Barbarie, le pantalon retenu par des ficelles, monta dans le car. On aurait dit que des vaches avaient brouté les bords de son chapeau de paille jusqu'à la zone peu appétissante que la sueur avait tachée. Sa chemise n'avait certainement jamais connu de lavage.

À l'arrêt suivant, on vit arriver à bicyclette un curé, sa soutane remontée avec des ficelles pour qu'elle ne se prît pas dans les roues. En sautant de son engin pour courir vers l'autocar, il oublia de se détacher et tomba de tout son long dans la poussière. Personne ne se mit à rire. Mais chacun s'empressa pour l'aider à sortir ses prie-Dieu du car ainsi que ses candélabres. Des femmes s'en emparèrent, les posèrent en équilibre sur leur tête et se mirent en route dans le tourbillon de poussière soulevé par la bicyclette du curé.

Après cet incident, l'autocar repartit. Il sautait sur la route caillouteuse comme un cheval sauvage et Lillian avait quelque peine à demeurer sur son siège de bois lisse et dur. Le toréador s'était endormi et ne ressemblait en rien à la créature orgueilleuse qui avait été symboliquement dénudée devant des milliers de spectateurs.

Une petite fille de sept ans, qui ressemblait à Lietta, la fille aînée d'Edward, babillait avec le chauffeur et sa voix claire résonnait comme un marimba. Lillian se sentit fondre de tendresse à la pensée de Lietta, une enfant qui avait gardé une transparence et une clarté d'âme chères à Lillian malgré son hâle aussi foncé que celui des enfants mexicains. Les enfants sont comme phosphorescents, ils laissent voir la lumière qui brille en eux. Lumineuse enfance ! La fille de Lillian avait eu aussi cette transparence. Et puis un jour, comment, pourquoi... les enfants perdent cette qualité. Un jour, sans raison apparente, ils cachent leurs pensées, ils voilent leurs sentiments, et on ne lit plus rien sur leurs visages. Lumineuse enfance ! Quel bonheur de pénétrer des sentiments et des pensées mises à nu.

La petite fille bavardait sans se soucier de savoir si le chauffeur l'écoutait. Elle avait de si grands yeux qu'ils lui permettaient une vision élargie des gens et des choses. Frangés de longs cils noirs, ils étaient fixés sur la route.

Lillian elle-même, n'avait-elle pas été aussi une enfant lumineuse un jour, et comment s'étaient donc dressés autour d'elle ce rempart, ces murs de prison, ces silences ? Inconscient de cette grande perte, la perte de la transparence enfantine, chacun se mue en comédien dont l'art consiste à si bien maquiller son propre visage que les autres croient y lire à livre ouvert. Illusion. Combien Lillian avait aimé la rage orgueilleuse du jeune toréador, ce tendre adolescent qui dormait maintenant si gentiment, cette folie furieuse qui l'avait presque jeté sur les cornes du taureau !

Quand donc l'opacité s'établit-elle ? Lorsque naissent la défiance de soi, la peur du jugement d'autrui. L'autocar passait maintenant dans un tunnel.

Lietta. Était-ce Lietta, ou bien ses propres enfants, ou encore la Lietta qu'elle avait été, que Lillian essayait de retrouver ? Elle n'aurait pu le dire. Comme elle aimait le froncement presque imperceptible du nez minuscule de Lietta lorsque quelque chose l'effrayait, par exemple lorsqu'une créature éblouissante approchait son père. Merveilleuse transparence enfantine.

L'autocar bondissait dans l'obscurité du tunnel comme un cheval sauvage. N'allaient-ils pas tous être éjectés ? L'image de Lietta en costume de bain bleu disparut et Lillian se retrouva elle-même à cet âge, entourée de ses camarades de jeu au Mexique à l'époque où son père construisait des ponts et des routes. Elle entendit soudain siffler sa mère ; c'était le signal du retour à la maison. Sa mère sifflait très fort et, si loin qu'ils fussent, les enfants l'entendaient. Ils jouaient alors dans un terrain vague où l'on avait creusé des tunnels pour établir des rues souterraines comme aux États-Unis, puis le projet avait été abandonné. Ce monde souterrain devint le domaine des enfants, leur ville secrète qui s'étendait sous les maisons, sous les jardins, sous les rues des adultes. Lorsque le souterrain se trouvait sous une rue de la ville terrestre, on voyait sur la voûte des ouvertures grillagées pratiquées pour l'écoulement de l'eau, mais la plupart du temps, elles ne laissaient passer qu'une lumière diffuse. Les gens marchaient au-dessus des enfants sans savoir qu'ils passaient au-dessus d'une autre ville. Les enfants des alentours avaient apporté là des nattes, des bougies, des jouets, des couvertures ; ils vivaient là plus intensément que sur la terre, d'une vie cachée, secrète. On leur avait interdit de pénétrer dans le souterrain, on leur avait décrit des puits dangereux, des égouts, des rivières souterraines. Aussi les enfants restaient-ils ensemble. Ils ne s'aventuraient pas au-delà des passages éclairés par peur de se perdre.

De tous les coins de la ville souterraine, Lillian pouvait entendre appeler sa mère lorsque c'était l'heure de rentrer. Elle n'avait jamais imaginé qu'elle pourrait une seule fois désobéir à cet appel sifflé. Pourtant, un jour un camarade mexicain lui montra comment découper des animaux et des fleurs de papier pour une fête, et Lillian était si émerveillée des formes qui naissaient sous ses doigts que, lorsque le coup de sifflet se fit entendre, elle décida de ne pas l'écouter. Ses frères et sœurs la quittèrent. Elle resta seule à découper des bateaux, des étoiles, des lanternes, des soleils et des lunes. Et soudain sa bougie s'éteignit.

Emportant tous ses rubans de papier découpé, Lillian se mit en marche vers l'entrée du souterrain qui débouchait sur le mur de leur jardin. Elle se fiait à sa mémoire. Il faisait très sombre, mais Lillian avançait en toute tranquillité sur le sol argileux, sec et doux. Brusquement, le sol devint humide sous ses pieds nus. Elle ne se souvint pas avoir jamais joué sur un sol humide. Elle eut peur, et les histoires de puits et d'égouts lui revinrent à la mémoire. L'idée que les gens passaient juste au-dessus de sa tête sans savoir qu'elle était emprisonnée là ne faisait qu'augmenter son angoisse. Elle n'avait encore jamais songé à la mort. Et soudain elle réalisa que c'était cela la mort. Au-dessus d'elle, les membres de sa famille se mettaient à table. Elle entendait vaguement leurs voix. Mais eux ne pouvaient l'entendre. Ses frères et sœurs avaient juré le secret et ne diraient pas sa cachette.

Elle se mit à crier par les ouvertures grillagées, mais la rue était déserte et personne ne répondit. Elle fit encore quelques pas et sentit ses pieds s'enfoncer davantage dans l'argile humide. Elle trébucha sur un morceau de bois. Elle cogna sur la voûte avec le bâton qu'elle avait ramassé tout en appelant. Un peu de boue lui tomba sur la tête. Alors elle s'assit et se mit à pleurer.

Et, juste au moment où elle sentait qu'elle allait mourir, sa mère arriva avec une bougie, suivie de ses frères et sœurs.

(Si tu ne réponds pas à l'appel du devoir et de la discipline, tu risques la mort dans la solitude des cités perdues. Si tu t'abandonnes à la joie de créer des animaux, des tours, des bateaux et des hampes étoilées, tu risques la solitude et le malheur.

Si tu choisis de jouer dans un domaine caché aux yeux des parents, tu risques la mort.)

Il était des gens pour qui Golconda était la ville du plaisir. Se rendre dans cet endroit de perdition, s'y plaire, méritait un châtiment. Était-ce là le secret de ces exils volontaires et maudits ?

Lillian n'avait jamais vu sourire son père. Il avait beaucoup de poils noirs, même sur les doigts. Il buvait et se mettait souvent en colère, surtout contre les indigènes. Le climat des tropiques, l'amour du plaisir étaient ses ennemis personnels. Ils gênaient la construction des ponts et des routes. Les routes et les ponts étaient les créatures les plus importantes de son existence.

Lillian n'avait pas vu non plus sa mère sourire. Leur maison était la maison des sans-sourire. En effet, pour son père la construction des ponts et des routes était une chose grave que les indigènes ne voulaient pas prendre au sérieux, et sa mère se désolait, elle, de voir ses enfants pousser comme des « sauvages ». Ils n'apprenaient qu'à chanter, danser, peindre des masques, adopter des chèvres ou des ânes errants et sourire. Quand les enfants mexicains souriaient, ils offraient avec leur sourire tout ce qu'ils possédaient, ils s'offraient eux-mêmes. Dans sa maison, on ne parlait que d'« économies ». On y faisait même l'économie des sourires, on n'y donnait que des demi-sourires, des sourires de côté, des miettes de sourires.

Un cyclone emporta l'un des ponts de l'ingénieur. Le père de Lillian se sentit personnellement offensé. La nature n'avait pas respecté son œuvre et se moquait de lui. Un courant d'eau souterrain sapa une de ses routes. Encore un affront personnel de la part de la nature. Est-ce pour ces raisons que le père de Lillian rentra dans son pays ? Ou n'appréciait-il guère les coups de feu qui éclataient facilement dans les rues, embryons de révolutions ?

Un jour que Lillian jouait un morceau de piano à l'occasion d'un concert donné par son école, on tira dans la salle. Le coup de feu était destiné au Président, mais il ne réussit qu'à éteindre les lumières. Tandis que les gens se précipitaient dehors en criant, Lillian avait tranquillement terminé son morceau. Si elle avait continué à vivre au Mexique, aurait-elle été différente de ce qu'elle était aujourd'hui ?

Chacun habite-t-il deux cités à la fois, comme elle, une sur terre baignée par le soleil de Golconda, l'autre sous terre ? Chacun peut-il de temps à autre retrouver son enfance ?

Quelqu'un existe sûrement quelque part pour chacun d'entre nous, quelqu'un avec qui chacun peut avoir une conversation totalement fidèle aux pensées qui le hantent.

Il existe une frontière au-delà de laquelle chacun voile ses sentiments. Le mot clé : la transparence. Lietta était transparente. L'enfant qui bavardait avec le chauffeur du car était transparente. Le chauffeur ne l'écoutait pas ; l'enfant, elle, cherchait à se faire limpide, à laisser voir son âme.

L'autocar s'arrêta auprès d'une large rivière, non loin de San Luis. Il attendit là l'arrivée du bac. Ce bac, radeau fait de poutres attachées les unes aux autres et poussé par deux hommes qui maniaient de longues gaffes de bambou, se trouvait à mi-chemin entre les deux rives.

Une vieille femme avait installé à l'arrêt du car un étalage de jus de fruits et de Coca-Cola. Le toréador sauta de l'autocar le premier.

« Est-ce que tu vas voir ta famille, Miguelito ?

– Oui, répondit-il d'un ton boudeur. »

Il n'avait pas envie de parler.

« Qu'y a-t-il, Miguelito ? D'ordinaire ta langue marche aussi vite que ton poignard... »

Le toréador habitait aussi deux domaines différents. Se trouvait-il encore dans l'arène, en colère contre le taureau ? Se préoccupait-il du prix d'un nouveau costume ?

Le radeau approchait. Il transportait la jeep de Hatcher. Ce dernier sourit en apercevant Lillian :

« Est-ce que vous veniez me voir, Lillian ? J'aurais dû aller vous chercher.

– J'avais envie de prendre le car.

– Je charge quelques bouteilles d'eau minérale et nous partons. Où est votre valise ?

– Je n'en ai pas. Je ne suis partie que pour le week-end, cédant à un coup de tête.

– Ma femme sera heureuse de vous voir. La solitude commence à lui peser. »

On chargea les bouteilles d'eau sur la jeep. Puis car et jeep embarquèrent sur le bac.

Lillian observait Hatcher. Il avait des poils sur les mains, comme son père. Comme lui, il aimait à commander. Le bac lui appartenait, les hommes étaient à lui, le voyage était son affaire. Il avait même tenté de changer l'itinéraire du radeau, itinéraire établi depuis des siècles. Il n'offrait qu'un quart de sourire, comme s'il n'avait pas le temps d'aller jusqu'au bout.

Déjà Lillian regrettait d'être venue. Ce n'était pas un voyage dans sa barque solaire. C'était un voyage nocturne dans le passé. L'impulsion qui l'avait entraînée était celle du passé, du souvenir, de l'habitude. Elle n'avait pas pu vivre plus de trois mois une vie nouvelle dans une ville neuve sans être reprise par une sorte de cordon ombilical et ramenée auprès de la figure de son père. Hatcher était comme l'écho du passé.

La jeep débarqua pour s'engager dans la jungle. La piste était poussiéreuse et juste assez large pour le véhicule. Les cactus et les feuilles de bananier leur balayaient le visage au passage. En pleine forêt et loin, semblait-il, de tout village, ils aperçurent un jeune homme qui attendait au bord de la piste. Il tenait une petite sacoche semblable à celle d'un médecin et portait des lunettes noires.

« Je suis le docteur Palas, dit-il. Est-ce que vous pouvez me prendre ? »

Il s'assit à côté de Lillian et expliqua :

« Je viens d'accoucher une femme. J'habite à Kulacan. »

Il tenait à la main un roman français. Sans doute, à son âge, le docteur Hernandez en lisait-il un semblable.

Était-il déprimé ou indifférent ou déjà dévoué à ses malades ? Lillian avait envie de le lui demander. Il parut deviner la question :

« Je n'ai pas fermé l'œil la nuit dernière. Un ouvrier est venu me trouver vers minuit. Il avait une écharde dans l'œil. J'ai essayé de le renvoyer. Je pensais qu'il se lasserait d'attendre, je ne voulais pas me lever. Mais il est resté là sur le perron jusqu'à ce que je me lève. Dans mon sommeil même, je l'entendais qui m'appelait. Ils m'appellent comme les enfants appellent leur mère. Et il va falloir que je le supporte pendant toute une année ! »

On apercevait de temps en temps entre les arbres un ouvrier avec une machette : pantalon blanc, torse nu, sandales et chapeau de paille, il était penché sur son travail. Quand il entendait la voiture, il se redressait et considérait les voyageurs de ses yeux sombres.

L'un d'eux fit signe à Hatcher de s'arrêter. Lillian sentit la brusque nervosité de son compagnon. L'ouvrier poussait devant lui un enfant tout effrayé :

« Est-ce que vous pouvez le prendre ? Il est trop petit pour faire à pied tout le trajet.

– Grimpe sur les bouteilles, dit Hatcher. »

Mais l'enfant était trop craintif. Il s'accrocha à la roue de secours à l'arrière et, lorsque la jeep ralentit avant un ravin profond, il sauta et disparut dans la forêt.

« Voici mon domaine », dit Hatcher.

La jeep tourna à gauche sur une colline et atteignit un plateau. Sur cet espace découvert, on apercevait un toit posé sur pilotis et un pan de mur. Une femme mexicaine faisait la lessive. Elle s'approcha lorsque Hatcher l'appela. Elle était petite et lourde avec un visage triste, mais elle dédia à Hatcher un regard tendre et un sourire clair et chaleureux. Elle accueillit les visiteurs avec une politesse de commande :

« Excusez-nous, la maison n'est pas terminée. Mon mari travaille seul et il a beaucoup à faire.

– Apporte le café, Maria. »

Ils s'assirent sur la terrasse et contemplèrent la plage d'une blancheur incroyable, et l'écume éblouissante des vagues qui aspergeait une végétation gigantesque, envahissante, qui poussait à la limite même du sable. Les oiseaux chantaient à gorge déployée et les singes poussaient des cris de clowns dans les arbres. Les couleurs avaient une pureté originelle et tout le site paraissait inhabité.

Maria apporta une Thermos de café. Hatcher lui caressa l'épaule et la considéra d'un air reconnaissant.

« C'est la plus merveilleuse des femmes, dit-il.

– Et il est un merveilleux mari, dit Maria. Les maris mexicains ne racontent jamais qu'ils sont mariés. À Golconda, Harry ne cesse de parler de moi. »

Puis, se tournant vers Lillian, elle ajouta à voix basse tandis que Hatcher s'entretenait avec le jeune médecin :

« Je ne sais pas pourquoi il m'aime. Je suis si petite et si grosse. Il avait épousé autrefois une femme comme vous. Elle était grande et elle avait les ongles peints et pointus. Il ne parle jamais d'elle. J'ai d'abord été sa secrétaire. Nous allons construire une maison magnifique. Nous venons seulement de commencer. »

Ils avaient installé leur lit contre l'unique mur. Lillian n'avait pas de peine à les imaginer ensemble. Elle était sûre que Hatcher reposait la tête sur la poitrine de sa femme. Elle était chaude, accueillante, docile.

Étaient-ils véritablement heureux ? Lillian se le demandait. Hatcher tenait tellement à affirmer son bonheur. Incapable de rester tranquille, il leur signala toutes les beautés de son domaine. Lorsqu'il fit allusion à l'Amérique, sa bouche prit un pli amer. Il ne regrettait rien, dit-il. « Les Américaines... » Il se tut comme s'il prenait conscience pour la première fois que Lillian était américaine. Il posa les yeux sur les mains de Lillian. « Je déteste les ongles peints », dit-il. Jusque-là, il avait été très amical. Un détail, une ombre de ressemblance, un souvenir l'avait expédié soudain dans la cité souterraine, dans les chambres closes du souvenir. Mais il revint aussitôt au présent et se mit à décrire tout le travail qui l'attendait.

« Comme vous pouvez le voir, l'installation est encore très primitive. »

Sur la terrasse, quelques lits de camp étaient dressés les uns à côté des autres, comme dans un baraquement militaire, séparés cependant par des paravents.

« J'espère que vous ne craignez pas de dormir en plein air. »

Le docteur mexicain prenait congé :

« Je retourne à Golconda demain avec des amis. Si vous le désirez, nous passerons vous prendre. »

Lillian laissa les Hatcher discuter du menu du dîner et s'en alla vers la plage. Elle suivit un sentier qui descendait le long de la colline. Les fleurs semblaient ouvrir à son passage leurs corolles de velours pourpre éloquemment expressives. Le sable, poussière de cristal, reflétait la lumière. L'écume des vagues était d'une blancheur immaculée. La mer enveloppa Lillian de ses plis soyeux, lui caressa les jambes, puis les hanches et les seins, sculpteur liquide, mains chaudes de l'océan sur tout son corps. Elle ferma les yeux. Lorsqu'elle sortit de l'eau, Lillian se sentit comme neuve, elle venait de renaître. Elle avait clos le regard du souvenir. Elle avait l'impression d'être semblable aux fleurs de velours pourpre, capable de parler simplement avec la texture de sa peau, avec ses toisons les plus intimes, détendue et libre. Elle rêvait d'une vie primitive, de faire la cuisine sur un feu de bois, de se baigner tous les jours, de dormir en plein air sur un lit sans draps, juste enveloppée d'une couverture de laine mexicaine. Elle se voyait pieds nus, le corps libre sous une robe légère, les cheveux lavés par l'eau de mer et bouclés par le vent, les ongles nus.

Maria avait mis la table. Une guirlande de faibles ampoules l'éclairait. On entendait marcher la génératrice électrique. Mais les arbres étaient pleins de lucioles, de grillons, et l'air sentait bon les épices.

« Si vous voulez vous rincer à l'eau douce, lui suggéra Hatcher, il y a un estuaire de la rivière tout de suite à gauche qui forme un petit lac. Prenez une torche.

– Merci, j'aime sentir le sel sur ma peau. »

Des plats de haricots noirs, du riz, des *tamales* et une Thermos de café étaient préparés sur la table.

Après dîner, Hatcher emmena Lillian faire une visite complète de leur installation. Elle vit la chambre à coucher avec ses murs blanchis à la chaux et ses rideaux à fleurs. Et de l'autre côté de la chambre, Hatcher lui montra un vaste hangar à provisions, véritable entrepôt.

« Il est très fier de ses provisions, dit Maria. »

L'entrepôt occupait toute la largeur de la future maison, il était grand comme un supermarché. Des rayonnages montaient jusqu'au toit. Tout était rangé, numéroté, catalogué.

Il y avait là toutes les marques de boîtes de conserve, toutes les sortes de médicaments, de vêtements, de verreries, de gants de travail, d'outils, de revues, de livres, de fusils de chasse, d'articles de pêche.

« Voulez-vous une conserve de pêches de vigne, des asperges, de la quinine ? (Hatcher rayonnait d'orgueil.) Des revues, des journaux ? »

Lillian remarqua une paire de béquilles suspendues à l'angle d'un rayon. Les yeux de Hatcher suivirent son regard et il dit sans le moindre embarras :

« C'est pour le cas où je me casserais une jambe. »

Lillian se sentit submergée par la dépression. Elle ne savait pas pourquoi. Une immense lassitude l'envahit. Maria et son mari se retirèrent dans leur chambre à coucher, heureux semblait-il d'être laissés à eux-mêmes. Et Lillian s'assit sur le lit de camp qui lui était destiné et se déshabilla derrière le paravent.

Dire qu'elle avait cru que Hatcher était un homme libre ! Elle l'avait vu vivre comme un homme qui a conquis sa liberté, capable de vivre comme un indigène une existence primitive avec peu de besoins. Or il n'était pas délivré de son passé, délivré de sa première femme, l'Américaine. La bonté de Maria, sa chaleur, son dévouement ne servaient qu'à souligner le contraste qu'elle offrait avec *l'autre.* Lillian avait senti qu'il l'avait aussi comparée, elle, à sa femme mexicaine. *L'autre* existait toujours dans sa pensée. C'était même peut-être la raison pour laquelle il avait invité Lillian dès le premier jour dans le taxi qui les avait chargés à l'aéroport.

Lillian ne trouvait pas le sommeil, la pensée du cordon ombilical qui attachait Hatcher à son pays l'obsédait. Pour lui, l'Amérique était encore la sécurité. L'Amérique seule pouvait offrir des béquilles à celui qui se cassait une jambe, l'Amérique seule pouvait guérir le paludisme ; l'Amérique père, l'Amérique mère étaient là sur des rayons de vivres, mis en boîtes et en bouteilles. Il n'avait pas pu subsister nu, sans possessions, sans provisions, soigné par la seule nourrice mexicaine, les fruits frais, les légumes, le lait de chèvre et les produits de la chasse.

Comment clore les yeux du souvenir… elle-même, était-elle vraiment libre ? Les racines du passé étaient encore vivantes. Les craintes de Hatcher avaient éclairé les étranges carrefours de la mémoire, ses faces multiples. Une photographie prise dans un temple maya revint à l'esprit de Lillian. Par suite d'une erreur dans le maniement de l'appareil, Lillian y était représentée à la fois debout et couchée, la tête prise dans la mâchoire d'un énorme serpent royal en pierre, et les marches de la pyramide s'étageaient sur son propre corps,

Plus Lillian parcourait de contrées étrangères, plus se précisait en elle la carte de ses cités secrètes.

Le domaine de Hatcher ne ressemblait à rien de ce qu'elle avait vu jusqu'à présent, avec sa colonnade de troncs de palmiers, ses falaises rocheuses en arrière-plan, ses toits ondulés de feuillages où les singes faisaient les clowns. La nuit, les cactus prenaient des silhouettes de vieillards arthritiques, sortes d'épouvantails barbus tropicaux, et les palmes se mouvaient sans cesse sur un rythme d'éventails ou de hamacs qu'on berçait.

N'existait-il aucune route dégagée, directe, unique ? Lillian devrait-elle toujours traverser plusieurs mondes à la fois, se perdre au milieu de carrefours multiples ? Elle ne pouvait pas traverser un petit village sans évoquer un autre petit village dans un autre pays, ou encore le petit village dont elle avait rêvé et qu'elle n'avait jamais vu.

Vision double de la mémoire. Un lac une fois entrevu en Italie se coulait dans la lagune de Golconda. La maison inachevée de Hatcher se reliait par une sorte de câble imaginaire à un hôtel de Suisse dans une station de montagne, et ce lit pliant derrière son paravent mexicain rappelait des centaines de lits dans des centaines de chambres à New York, Paris, Florence, San Francisco, La Nouvelle-Orléans, Bombay, Tanger, San Luis.

La carte du Mexique étalée sur les genoux, Lillian n'y distinguait pas le trait épais, unique, de son exploration du monde. Le trait se divisait en un écheveau de deux, quatre, six ou huit brins. Elle suivait selon un rythme égal plusieurs chemins poussiéreux : elle était l'enfant avec ses parents, l'épouse qui conduit son mari, la mère qui emmène ses enfants à l'école, la pianiste qui court le monde – et toutes ses routes se croisaient sans bruit et sans heurt.

Lillian suivait les pas glissés de la valse hésitation entre la drogue qui procure l'oubli et celle qui avive la conscience. Elle ferma les yeux et sombra dans l'oubli total.

À son réveil, elle aperçut au premier plan les flammes orangées des fleurs d'un casuarina. Entre les branches de l'arbre fleuri, s'élevait le petit filet de fumée du brasero de Maria. Celle-ci confectionnait des crêpes bien américaines tout en aplatissant des tortillas entre ses mains avec des tapotements bien rythmés.

« *Señorita*, j'ai des tortillas *a la americana* pour vous ! » s'écria-t-elle en voyant apparaître Lillian.

Elle avait mis la table au soleil avec des assiettes de Woolworth, une toile cirée et des serviettes en papier.

Le jeune docteur se trouvait là avec ses amis, tenant sa promesse de ramener Lillian à Golconda.

Maria, songeuse, considérait Lillian en silence. N'était-ce pas une femme de cette sorte qui avait un jour si profondément blessé son mari qu'il n'en parlait jamais ? Elle tentait d'imaginer la nature de cette blessure. Elle savait qu'il n'aimait plus cette femme. Mais elle savait aussi qu'il la haïssait encore, et qu'elle existait dans les pensées de Hatcher.

Lillian aurait aimé parler à Maria, l'aider à exorciser le pouvoir de cette Américaine aux ongles peints. Hatcher, cependant, avait un besoin vital de ses souvenirs, il serait malheureux sans ses asperges en boîte, sans ses béquilles « made in U.S.A. ». Aimait-il véritablement les cheveux noirs huilés, le corps maternel, le regard aimant de Maria ? N'aimait-il Maria que parce qu'elle n'était pas cette première femme ?

Il considérait en ce moment Lillian sans douceur. Lui en voulait-il de ne pas rester chez lui ? Pouvait-elle lui expliquer qu'elle n'avait pas dormi sous la voûte odorante et berceuse de la nuit tropicale, mais dans les cités intérieures du souvenir ?

Le docteur Palas avait été dérangé au cours de la nuit et il n'était pas de bonne humeur. Ses amis avaient trouvé que le nouvel hôtel de la plage manquait de confort.

« Une énorme tache au milieu du lit nous a fait songer à un crime. La moustiquaire était trouée et nous avons été dévorés par les moustiques. Ce matin, nous n'avons eu qu'un seau d'eau pour nous laver. Nous avons donné quelques pièces à des enfants si impatients qu'ils nous ont égratigné les mains, et pour le petit déjeuner nous n'avons mangé que du poisson et des haricots noirs.

– Lorsque mon installation sera terminée, dit Hatcher, mon domaine attirera du monde, et en particulier les cinéastes.

– Mais je croyais que vous étiez venu ici pour connaître la solitude, pour mener une vie primitive et simple...

– Ce n'est pas la première fois qu'un être humain éprouve des désirs diamétralement opposés », déclara le docteur Palas.

Sur le chemin du retour, sous un soleil brûlant, personne dans la voiture ne dit mot. La lumière engorgeait les yeux, les nerfs, les os, et ils ne sortirent de cette anesthésie solaire que sous le couvert des arbres. À l'ombre, au bord de la rivière, des femmes lavaient leur linge, des enfants nus se baignaient, des vieillards se reposaient assis sur les clôtures, des hommes plus jeunes labouraient ou conduisaient d'énormes chariots tirés par les taureaux de Brahma au pelage blanc. Dans les yeux des Mexicains, on ne lisait ni curiosité ni révolte, on ne lisait que résignation, passivité, endurance, patience. Sauf lorsque l'un d'eux devenait fou.

Parfois, Lillian éprouvait ce sentiment de passivité. Certains états d'âme ressemblaient au monde d'avant la création, un monde informel, un agglomérat, le chaos. Les montagnes, la mer et la terre étaient des nébuleuses non différenciées. Aucun rayon X spirituel ne pouvait faire apparaître ces états d'âme-là, touffus, inaccessibles aux gens raisonnables. C'est dans ce monde premier que Lillian avait parfois envie de se perdre. Chaque fois qu'elle éprouvait une angoisse ou un doute, elle courait à la mer pour renaître. Et au contact de l'océan son corps lui était rendu. Son visage était de nouveau un visage de chair, chaud, brûlé de soleil, et non un masque. Elle avait à nouveau un cou ferme, vivant, palpitant, et non cette chose raide qui n'était qu'un simple support à une tête lourde de fièvre et de problèmes. Son corps tout entier lui était restitué, lisse, lavé de toute pensée.

Lillian avait envie de se mêler à ces gens simples pour connaître le silence, la méditation, la contemplation. Elle laverait son linge dans la rivière pour ne plus sentir que le courant de l'eau et le soleil sur son dos. La lumière éclairerait chaque recoin de son esprit et ses sens battraient les rythmes de la mer et des chants mexicains.

Foin des pensées subtiles pareilles aux doigts du chirurgien habiles à sonder ici et là, à dénicher la douleur, la cause du mal, la cellule blessée, le miroir brisé qui déforme l'image de la vie !

Le chaos était riche, à la fois destructeur et protecteur comme la jungle qu'ils traversaient. Elle voulait retrouver les marais crépusculaires d'un monde instinctif, inarticulé, se sentir à l'abri de l'inquisition.

Mais, dans cette jungle même, un regard l'avait suivie, l'avait trouvée. Le regard de sa mère. Ce regard lui avait donné sa première vision du monde, sa première vision d'elle-même. Les enfants sont semblables à des chatons aveugles à leur naissance, ils ne voient que leur reflet dans les yeux de leurs parents. Lillian se voyait dans les yeux de sa mère.

Grande dame aux robes immaculées, elle portait des voiles, mettait des parfums et tirait toujours sur ses gants. Le vent ne dérangeait jamais sa coiffure et elle réprimait toujours les élans de tendresse de Lillian parce qu'ils menaçaient cet ordre impeccable. « Ne froisse pas ma robe. Tu vas déchirer mon voile. N'ébouriffe pas mes cheveux... » Et, un jour que Lillian avait enfoui son visage dans les plis soyeux de la robe maternelle et s'était écriée « O mère, que tu sens bon ! », sa mère avait grondé : « Allons, ne fais pas la sauvage ! » Si c'est cela une femme, avait songé Lillian, alors je ne veux pas être femme. Lillian avait une nature tumultueuse, et les interdictions maternelles n'avaient fait qu'exagérer son impétuosité.

Elle jetait ses vêtements un peu partout, elle tachait et fripait ses robes. Ses cheveux étaient toujours en désordre. Et elle savait qu'elle réagissait ainsi contre le sang-froid de sa mère. Elle ne voulait pas de cette froideur. Elle préférait être désordonnée, bégayer, dire des sottises et garder sa chaleur. Lorsqu'elle désobéissait ou piquait des crises de nerfs, elle avait le sentiment d'arracher sa vie aux mains froides de sa mère. Et, tout à la fois, elle se désespérait de savoir qu'elle ne serait jamais comme ELLE et que personne ne l'aimerait. Lillian se prit de passion pour la musique et, dans ce domaine aussi, son ardeur sauvage, son manque de discipline la gênèrent. En musique, l'ordre était nécessaire. Elle savait qu'elle était désordonnée et fantaisiste, mais aujourd'hui, en traversant ce pays simple et chaud, tandis qu'elle plongeait ses yeux dans des regards qui ne la critiquaient pas, elle découvrit soudain qu'elle ne s'était jamais regardée avec ses propres yeux. Elle ne s'était jamais vue que par les yeux de sa mère, une très grande femme au regard sévère du même bleu électrique que celui de Lillian. C'est dans ces yeux que Lillian cherchait le reflet de toutes choses. Ils étaient son miroir de la vie. Elle pensait pouvoir tout y lire, et ce qu'elle y lisait la mettait mal à l'aise. Sa mère n'utilisait pas d'autre langage que celui des yeux. D'un regard, elle savait arrêter la petite fille qui cherchait à se rapprocher d'elle. Beaucoup plus tard, sa mère lui avait dit qu'elle était maladroite, impulsive, désordonnée, impétueuse, émotive, et qu'elle savait qu'elle ne pourrait pas en faire une enfant bien élevée. Tels furent les mots de sa mère.

Lillian ne s'était jamais vue de ses propres yeux. Les enfants n'ont pas de vision propre. C'est l'image que la mère a de lui que l'enfant retient sur sa rétine fragile, comme la première, la seule image authentique.

Les voyageurs avaient atteint maintenant un coin d'ombre au bord d'une rivière et ils devaient attendre la grosse barque qui les transporterait de l'autre côté. Ils sortirent de la voiture pour s'asseoir sur l'herbe. Une femme suspendait sa lessive aux branches basses d'un arbre, et les pièces bleues, orange et roses semblaient des fleurs géantes délavées par les pluies tropicales.

Une autre femme s'approcha, un panier sur la tête. D'un geste précis, calme, elle le prit et déposa devant eux un échafaudage bien construit de poissons frits.

« Avez-vous de la bière ? » demanda le docteur Palas.

Les maisons du village du bord de la rivière n'avaient pas de murs. Elles étaient faites de grandes palmes appuyées sur quatre troncs. Une femme endormait son bébé en balançant le petit hamac sur un rythme monotone. Des enfants jouaient nus dans la poussière.

Les amis du docteur Palas remarquèrent alors que le radiateur de la voiture fuyait abondamment. Ils n'arriveraient jamais à Golconda ainsi. Avec beaucoup de chance, ils pourraient atteindre San Luis de l'autre côté de la rivière.

Lillian songeait qu'en ce moment même, Diana, Noël et ses autres amis préparaient leur safari coloré sur la plage.

La barque glissait lentement, langoureusement. Les hommes appuyés sur leurs gaffes essuyaient la sueur sur leurs épaules. Des paillettes d'or luisaient dans leurs yeux fauves. Reflets de soleil ou traces d'un humour indien ancestral. Le moindre accident les faisait rire. Le rire faisait-il partie d'un rituel religieux ignoré des Blancs ? Un chien à demi noyé. Un radiateur percé, des touristes en détresse. Or, on était à la veille du jour de l'An. Les voyageurs allaient manquer le feu d'artifice de Golconda et le bal sur la place.

Les rues et les ruelles sales de San Luis étaient parcourues de bandes de cochons qui cherchaient leur nourriture dans les immondices, et de bandes d'enfants qui mendiaient. L'unique place s'ornait d'une église décorée de mosaïque bleu et or, d'un café, d'une épicerie et d'un garage. Le docteur Palas y conduisit la voiture et traduisait à ses amis la discussion avec le garagiste. Lillian était d'ailleurs à même de suivre la palabre. Il s'agissait, du côté indien, de ne jamais donner une réponse franche à une question simple : « Quand la voiture sera-t-elle prête ? » Comme si une réponse directe pouvait amener quelque colère divine ou quelque châtiment magique. Ce n'était pas possible de le dire. Les voyageurs voulaient-ils en attendant s'asseoir à la terrasse du café ? Il était quatre heures de l'après-midi. Ils restèrent assis jusqu'à six heures. Le docteur Palas se rendit plusieurs fois au garage. Entre-temps, il cherchait à entamer avec Lillian une conversation intime en espagnol, langue que ne parlaient pas ses amis. Il ne cessait de lui faire compliment de ses yeux, de ses cheveux. Il ignorait le courant des pensées de sa compagne fixées sur le thème des yeux, les yeux de sa mère avec lesquels Lillian se considérait elle-même. Son regard ne lui appartenait pas lorsqu'elle le fixait sur elle-même, mais elle savait voir, regarder les autres avec amour, avec pitié, et les voyait tels qu'ils étaient. Elle considérait le couple américain, ami du docteur Palas, et elle le sentait mal à l'aise, incapable de supporter le mélange de crasse et de gaieté, de comprendre les enfants qui s'amusaient à chasser les cochons en imitant les cris des bêtes.

Lillian voyait aussi que le docteur Palas ne s'était pas encore pris d'amour pour les pauvres comme le docteur Hernandez.

« Danserez-vous avec moi ce soir ?

– Oui, si nous arrivons à Golconda, répondit Lillian en riant. J'espère que le violoniste hongrois saura si bien entraîner les danseurs qu'ils ne remarqueront pas mon absence ! »

À sept heures, la nuit tomba et les rues se firent silencieuses. Le propriétaire du café, un Espagnol au teint clair, s'efforçait, en bon entremetteur, de les aider à passer le temps. Il avait fait chercher une guitare et un chanteur. Il leur avait préparé un dîner.

Lorsque tous comprirent qu'ils n'avaient pas la moindre chance de quitter San Luis dans la soirée, que la voiture paraissait, au fil des heures, de plus en plus mal en point, le cafetier vint leur tenir tout un discours :

« San Luis vous semble calme maintenant parce que les gens sont en train de s'habiller pour la Saint-Sylvestre. Bientôt, ils seront tous dans les rues pour danser et s'amuser. Mais les hommes boiront ferme. Je vous conseille vivement de ne pas vous mêler à eux. Les femmes du pays savent à quel moment il est temps pour elles de rentrer à la maison. Elles disparaissent peu à peu avec les enfants. Les hommes alors continuent à boire, et puis ils sortent les fusils et se mettent à tirer sur les miroirs, les verres, les bouteilles, sur n'importe quoi. Parfois, ils se tirent dessus. Je vous en supplie, *señores* et *señoras*, restez ici. J'ai des chambres bien propres que je puis mettre à votre disposition cette nuit. Restez dans vos chambres. Je vous le conseille vivement… »

Les chambres qu'il leur montra donnaient sur un patio plein de fleurs et de fontaines. Lillian, pourtant, avait envie de sortir pour danser au moins une fois avec le docteur Palas. Mais celui-ci se posa en protecteur de la femme et refusa obstinément de prendre ce risque. À dix heures, les feux d'artifice, la musique, les cris et les disputes débutèrent. Lillian et ses compagnons gagnèrent leurs chambres. Encore une fois, celle de Lillian était comme une cellule de religieuse. Murs blanchis à la chaux, couchette enveloppée dans une moustiquaire blanche, sans draps ni couvertures. Pour faire courant d'air, les murs ne montaient pas jusqu'au plafond, la porte était à claire-voie et tous les bruits de la rue pénétraient dans la pièce. Après les feux d'artifice, les coups de feu éclatèrent. Le cafetier avait été sage.

Dans sa chambre, Lillian se sentait désespérément prisonnière. Dehors, au soleil, quand elle nageait ou dansait, elle se sentait en liberté. Mais dès qu'elle était seule, dans ces chambres austères, elle retrouvait la cité souterraine de son enfance, et la formule magique qu'elle connaissait ne jouait pas : la vie n'est qu'un rêve, un cauchemar dont on s'éveille et dont les monstres sont le fruit de l'imagination.

Lillian avait envie de danser avec le docteur Palas, de rester dans le domaine de l'illusion, de laisser ce nouvel ami poser une main légère sur son bras, de se donner une fête de l'amitié.

Ils souffraient tous quatre du mal des voyages. Le couple américain avait peur de l'inconnu. Le docteur Palas, comme elle, de la solitude.

C'est dans une mauvaise vision du monde et de ses vraies dimensions que gît le secret de nos craintes. Je le sais. Je le sais. Nos peurs grossissent les monstres, diminuent notre œuvre et nos amours. Nous rapetissons ou nous grandissons les choses de ce monde au gré de notre vision capricieuse sans référence à un modèle fixe. Les dimensions du monde dans lequel nous vivons sont relatives et personnelles. Les objets et les gens varient dans chaque ŒIL.

Autrefois, Lillian avait pris sa mère pour la femme la plus grande de la terre et son père pour l'homme le plus lourd. Les souvenirs reprenaient possession de Lillian. Sa mère était là sans un faux pli sur sa robe, sans une boucle en désordre, en train de mettre ses gants comme un chirurgien qui va opérer. Cette présence était antiseptique et elle tranchait tout particulièrement sur tout ce que la vie à Mexico avait d'humain, existence résignée aux erreurs, aux taches, aux rides. Certes, les enfants transforment tout ce qu'ils voient, mais les parents aussi, ils continuent à voir leurs enfants petits.

Lillian avait trop froid pour s'endormir. Le vent des montagnes avait envahi San Luis dès le coucher du soleil.

Les parents ont pris maintenant leur taille normale, songeait Lillian. Mon père devait ressembler à Hatcher. Le pays étranger qui le faisait vivre l'effrayait. Mais je me demande encore comment le coup de sifflet de ma mère pouvait pénétrer tous les méandres du souterrain ? Il devait y avoir un écho.

Il y en avait aussi dans son âme. Mais Lillian commençait à prendre possession de ses propres yeux, et c'est avec ces yeux-là qu'elle retournerait chez elle.

Le patio était plein d'oiseaux en cage que le bruit de la fête tenait aussi éveillés. Comment les ombres du souvenir, ses éclairages furtifs, ses passages souterrains avaient-ils encore le pouvoir d'obscurcir son être intérieur ? Avait-elle pénétré si profondément sous la surface de la terre, semblable à ces spéléologues descendus à plus de trois cents mètres et qui avaient découvert des grottes couvertes de peintures et de reliefs ? Mais Lillian n'avait ni lampe de poche ni provisions de bouche, rien que l'hostie réservée à ceux qui croient au symbolisme, une hostie en guise de pain. Elle était à la poursuite des inscriptions à demi effacées de ses rêves, hiéroglyphes à peine visibles sur des statues brisées, et pour la guider dans l'obscurité, juste un reflet lumineux dans des yeux de pierre.

Au matin, elle revint à la vie terrestre. Dans le patio, il y avait une table avec une cuvette et de l'eau de source dans une cruche. Le miroir au-dessus de la table était brisé et la serviette avait déjà servi. Mais, après la solitude de son voyage nocturne, Lillian retrouvait sans déplaisir une serviette collective et un visage en deux morceaux. Elle avait fait un long voyage, au pays du sourire et des yeux. On ne décorait pas ce genre d'explorateur. Le voyage de Lillian avait, en réalité, duré trois mois. D'après le calendrier, il avait duré le temps d'un contrat avec une boîte de nuit. Elle allait rentrer à Golconda pour boire une dernière coupe d'or liquide, d'eau irisée, de soleil et d'air, pour emballer ses trésors, ses découvertes archéologiques, ses statues qui prenaient une telle expression, une fois rendues au jour.

La fête, la Saint-Sylvestre était finie lorsqu'ils arrivèrent à Golconda. Les rues étaient encore jonchées de confetti. Les marchands ambulants dormaient enroulés dans leurs ponchos auprès de leurs paniers vides. L'air sentait encore l'encens et les pièces calcinées des feux d'artifice.

Lillian descendit la colline pour se rendre dans le centre de la ville. Elle passa devant la vieille femme en noir qui vendait des jus de fruits de toutes les couleurs et du sucre de noix de coco, devant l'église toutes portes ouvertes. On apercevait les bouquets de cierges et les femmes qui priaient tout en éventant leurs visages. Chats et chiens entraient et sortaient. Des ouvriers travaillaient sur un échafaudage pendant que le prêtre disait la messe. Des mères portaient leurs bébés dans les grands châles noirs accrochés comme des hamacs à leurs épaules et nourrissaient leur progéniture quand elle se mettait à pleurer.

Un soleil éblouissant annihilait toute tentative de réflexion. Lillian marchait d'un pas ferme, en nu-pieds comme les indigènes, consciente du poids de son corps, qu'elle sentait, bien que selon la balance il n'eût pas varié, plus lourd que lors de son arrivée à Golconda. La nage quotidienne, le soleil, l'air, tout avait contribué à modeler un corps ferme, élastique, bien équilibré et libre de ses mouvements.

Lillian se préparait à rencontrer le docteur Hernandez et à lui confesser ce qu'il avait réclamé dès le premier jour. Elle s'était éveillée ce matin-là en songeant au docteur, dont la forte personnalité l'avait frappée dès son arrivée. Elle admirait cet homme soucieux de la santé des gens de son village, conscient des différents caractères et des différents besoins, et marqué par le secret douloureux de sa propre vie. Il avait sondé la vie de Lillian avec la conviction qu'il faisait son métier de médecin.

Elle l'avait vu chez lui, en milieu espagnol; elle avait rencontré sa femme au cours d'un bref séjour de cette dernière. Sous une apparence d'épouse latine, soumise, attentive à servir à boire à son mari, à lui épargner les appels téléphoniques, on sentait en elle le mépris pour le métier de son mari, le mépris pour les malades de Golconda. Son attitude avait gagné les enfants, qui « jouaient au docteur » différemment des autres enfants, avec une sorte d'ironie. Aussi bien la femme du docteur que ses enfants ignoraient totalement les malades des classes pauvres, ceux qui étaient en proie aux maladies incurables de la sous-alimentation.

Lillian et le docteur Hernandez avaient regardé un jour les enfants jouer au docteur. Le patient était une magnifique vedette de cinéma et le rôle était tenu par la fille du médecin. Elle était allongée et couverte de pansements. Dès qu'elle aperçut son père, elle arracha tous ses bandages, se jeta sur lui, l'embrassa et déclara : « Maintenant que tu es là, je ne suis plus malade du tout. » Et le regard du docteur s'était assombri exagérément à cette caricature enfantine de l'acte médical.

Tout en marchant, ce matin-là, Lillian rassemblait les souvenirs qu'elle avait du docteur, et ces souvenirs lui révélaient maintenant un homme angoissé dont l'obstination à confesser les autres était en réalité une sorte d'autodéfense.

Aujourd'hui, elle comprenait les règles de ce jeu. Et, même s'il lui fallait (pour jouer le jeu comme le docteur le souhaitait) se confier entièrement à lui, elle était prête à le faire, parce qu'ainsi, elle le délivrerait du secret qui le rongeait. Le rôle de confesseur lui était coutumier, il ne pouvait se plier à aucun autre.

La route menait à mi-pente de la colline, là où se trouvait le cabinet de consultations. Un patio avec des chaises d'osier placées entre des palmiers en pots et des caoutchoucs servait de salle d'attente. Des bougainvillées écarlates et roses recouvraient les murs. Une servante en savates épongeait le dallage de mosaïque. L'infirmière n'était pas en blanc, elle portait, comme toutes les filles de Golconda, une robe de taffetas rose, une robe de fête qui paraissait la destiner à s'occuper davantage des plaisirs des clients du docteur que de leurs maladies. Elle était parée de rubans dans les cheveux et de coquillages aux oreilles.

« Le Docteur n'est pas encore là », dit-elle à Lillian.

Il lui arrivait souvent d'être en retard. Il était sans cesse dérangé, à n'importe quel moment de la journée ; en outre, les indigènes pratiquaient une ignorance complète de l'heure. Ils refusaient obstinément d'obéir à quelque pendule, et le caprice seul guidait leurs agissements.

Cependant, Lillian ressentit ce matin-là une sorte de malaise qui la poussa à reprendre sa promenade. Elle erra le long des quais, regardant rentrer les barques de pêche. Les pêcheurs heureux avaient attaché des bannières à leur grand mât. Le vent jouait dans les banderoles, creusant des vagues et des ondulations, comme il jouait sur terre avec les jupes des femmes et les rubans de leurs cheveux.

Lillian s'assit à la terrasse d'un petit bistrot et but un café très noir. Les bateaux déchargeaient et les familles des pêcheurs promenaient les enfants sur le quai. Ils vivaient la plénitude de l'heure présente, curieux de la vie du port, sans souci d'horaire de travail, ou de ménage à faire. Ils se laissaient aller au rythme du vent qui animait les écharpes et les cheveux, et chaque ondulation, chaque flot de couleur les plongeaient dans un ravissement béat.

Le jour baissait lorsqu'elle reprit le chemin du cabinet du docteur.

Les malades ne manifestaient aucune impatience. Pourtant, l'infirmière dit à Lillian : « Je ne comprends pas. J'ai téléphoné chez le docteur. Il est parti il y a une heure, disant qu'il allait directement à son cabinet… » Elle tourna le commutateur pour donner de la lumière ; celle-ci s'éteignit aussitôt. Les pannes d'électricité étaient fréquentes à Golconda, mais aujourd'hui, la panne accrut l'angoisse de Lillian qui décida, pour se calmer, d'aller à la rencontre du docteur.

L'électricité était revenue, mais l'angoisse de Lillian ne se calmait pas avec la marche. Le chemin montait le long de la colline, les maisons s'espaçaient, les jardins se faisaient plus sombres et plus touffus.

Elle atteignit un plateau désert où elle vit une voiture écrasée contre un pylône électrique. Les gens s'étaient rassemblés autour.

Dans l'obscurité, elle ne distinguait pas la couleur du véhicule. Mais elle entendit bientôt les cris de la femme du docteur.

Lillian s'aperçut qu'elle tremblait. *N'avait-il pas essayé de la préparer à cela ?*

Elle se mit à pleurer tout en marchant vers le lieu de l'accident. La femme du docteur se dégagea de la foule et courut à elle. Lillian la prit dans ses bras et la soutint, mais la femme s'arracha à son étreinte. Les cris s'étranglaient maintenant dans sa gorge et aucun son ne sortait de sa bouche grande ouverte. Elle tomba sur les genoux et se cacha le visage dans la jupe de Lillian, qui consola la femme comme on calme le chagrin excessif d'un enfant. Elle ne pouvait croire à la mort du docteur Hernandez. Elle entendit venir l'ambulance, cette ambulance pour laquelle le docteur avait en personne fait la quête en ville. Lillian vit les médecins et les gens autour de la voiture. Elle comprit soudain que c'était le heurt de la voiture contre le pylône qui avait provoqué la panne d'électricité. La femme prononçait maintenant des paroles sans suite :

« Ils l'ont tué... ils l'ont tué en fin de compte... ils l'ont tué et la voiture s'est jetée contre le pylône. Je ne voulais pas qu'il reste ici. Qui donc a osé tuer un tel homme ? Qui ? Dites-le moi. Dites-le-moi... »

Qui a osé tuer un tel homme ? Qui ? Lillian songeait à tous les malades qui avaient besoin de lui et ne le trouveraient plus, elle songeait à la bonne humeur avec laquelle il acceptait d'interrompre ses courts moments de loisir. Elle songeait au bonheur qu'il éprouvait à soigner, à guérir, à tous ses efforts pour contrôler le trafic de la drogue. Il refusait de dispenser l'oubli que procure le poison. Il avait passé bien des nuits à étudier les philtres indiens, excitants de la mémoire. Il avait été le médecin du port, et là, il avait exploré des bas-fonds que ni Lillian ni sa femme ne pouvaient soupçonner, mais la femme du docteur avait flairé le danger que son mari courait en y pénétrant.

Lillian aidait maintenant cette femme à remonter le chemin en pente qui conduisait à la demeure du docteur, cette femme qui avait détesté la ville aimée, choisie par son mari, et dont la haine se trouvait désormais justifiée.

« Que vais-je dire aux enfants, ils sont si jeunes ? Que peut-on dire de la mort aux enfants ? »

Lillian n'avait pas le désir de savoir comment le docteur avait été blessé, s'il avait beaucoup saigné. Lui seul savait, lui semblait-il, panser, arrêter l'hémorragie, guérir.

Le son strident de la sirène de l'ambulance s'éloignait. Les gens marchaient en silence derrière elles.

S'il était vrai que tout ce que nous cherchons à donner aux autres représente justement ce que nous souhaiterions recevoir, le docteur avait donc désiré, envié pour lui-même tout ce qu'il donnait si généreusement.

Mais il n'avait rien pu confier de ses désirs secrets à cette femme avec ses chaussures à talons trop hauts, ses cheveux noirs strictement enroulés sur la tête, ses yeux noirs et jaloux, l'étroitesse de ses mains et de ses pieds, elle qui dès le premier jour avait tourné le dos à la ville que le docteur avait choisie et aux malades qu'il aimait.

Lillian ne pouvait croire à la mort du docteur Hernandez, et, cependant, le coup de fusil qui l'avait tué résonnait à ses oreilles, elle ressentait dans toute sa chair la vibration provoquée par le heurt de la voiture contre le pylône, elle savait l'heure de la mort comme s'il s'agissait de sa mort à elle.

Le docteur avait encore quelque chose à dire qu'il n'avait pas dit, et il emportait son secret dans la tombe.

Si seulement il n'avait pas remis à plus tard les paroles intimes qui remontent du fond de l'être et s'expriment dans les songes, s'il avait crié à travers toutes les ouvertures des monuments de pierre, s'il avait clamé sa solitude à travers les yeux des statues de nos cités intérieures… mais il n'avait lancé que les signaux de détresse des sourds-muets… si seulement entre les interstices des volets de la mémoire, entre les rais de lumière et d'ombre, la conscience était apparue… si seulement les êtres humains ne fermaient pas toujours les volets, ne se déguisaient pas et ne vivaient pas isolés dans des cellules portant toutes la mention : ce n'est pas l'heure de la confession… si seulement elle avait avec lui exploré les souterrains de l'âme avec des pics, des lanternes et des cordes, des masques à oxygène, des rayons X, des vivres, en suivant les fossiles des profondeurs géologiques de l'être intérieur secrètement emprisonné…

Puisque le mot « tropique » signifie tourner, changer, Lillian céda à l'injonction des tropiques, elle fit demi-tour, elle changea de chemin et passa de la drogue de l'oubli à celle du souvenir, selon le rythme de balançoire des hamacs, le rythme obsédant du jazz, le rythme mouvant de l'océan changeant.

Voici Lillian sur le chemin du retour.

Les autres voyageurs de l'avion étaient encombrés de paniers mexicains, de châles, de bijoux d'argent ciselé, de figurines de terre cuite peinte et de chapeaux mexicains.

Lillian n'avait rien emporté. Aucun objet n'aurait pu incarner ce qu'elle rapportait : la douceur de l'air, la tendre mélodie des voix mexicaines, la caresse des couleurs, le murmure du monde souterrain des souvenirs qui s'était fait entendre à chacun de ses pas sur la terre mexicaine et qui était ce passé dont elle n'avait pu faire table rase. Son mari et ses enfants avaient fait avec elle le voyage des tropiques. Ce prisonnier à qui elle avait offert la liberté, n'était-ce pas Larry ? Ce Larry debout derrière la grille du jardin de sa jeunesse, qui la regardait danser avec les camarades qu'elle avait invités pour son dix-huitième anniversaire. Ce Larry, le seul qu'elle avait oublié d'inviter, n'était-ce pas la première image qu'elle conservait de son mari ? Il avait posé ses mains sur le grillage comme le prisonnier de la geôle mexicaine, prisonnier de son propre silence et de sa timidité. C'était Larry et non ce faux prisonnier qu'elle avait voulu délivrer. N'avait-elle pas aimé ses propres enfants dans les enfants d'Edward, embrassé les boucles de Lietta parce qu'elles étaient celles de sa fille Adele ? N'avait-elle pas passé des soirées avec eux parce que leur solitude était celle de ses propres enfants ?

Des images nouvelles de Larry surgissaient maintenant, comme si au cours de ce voyage quelque photographe avait développé avec un nouveau procédé chimique les anciens négatifs et fait surgir des détails passés inaperçus. La nouvelle Lillian, imprégnée de douceur, de charme paisible, d'une certaine aptitude mexicaine au bonheur, revenait avec une vision plus précise, une oreille plus fine. Maintenant que les tourments de son âme étaient apaisés, sa vision du monde extérieur était plus claire. Elle réalisait qu'en l'absence de Larry, ou bien elle se confondait avec son image, ou bien elle la cherchait chez les autres.

Le docteur Hernandez avait voulu ramener à la surface de sa mémoire ce qu'il devinait de son mariage à demi manqué, et c'est la raison pour laquelle elle n'avait pu se confesser à lui.

Le docteur Hernandez. Elle ne pouvait déjà plus retrouver les traits de son visage, mais elle le voyait sortant de sa sacoche les bandages et les pansements. Elle ne lui avait pas donné la confiance qu'il réclamait d'elle, et il s'était éloigné. Pensée fugitive comme un reflet dans un miroir entrevu puis disparu, évanoui dans la lumière.

Lillian entendait encore les paroles de Diana à l'aéroport au moment de son départ: «Je crois savoir la véritable raison de la mort du docteur Hernandez. Il était trop solitaire, séparé de sa femme, ne fréquentant que des gens de passage. La balle du fusil n'a pas suffi à le tuer. Il connaissait trop bien le combat de la mort pour admettre, accepter le suicide. Mais il a pris des chemins détournés, il s'est arrangé avec beaucoup de subtilité pour se tromper lui-même et penser qu'il n'avait pas mis la main à organiser sa propre mort. IL AURAIT PU ÉVITER DE DÉCLARER LA GUERRE AUX TRAFIQUANTS DE DROGUE. Ce n'était pas de son ressort. Il aurait pu laisser cette tâche à la police mieux équipée pour ce genre d'affaires. Quelque chose le poussait à chercher le danger, à affronter ces truands. AU POINT DE LES INVITER EN QUELQUE SORTE À LE TUER. Je l'avais mis en garde, il ne faisait que sourire de mes admonestations. Je savais ce qui le minait réellement: une série d'échecs; il savait que sa femme n'aimait en lui que le médecin et non l'homme. Est-ce que tu savais, Lillian, qu'elle était à deux doigts de la mort quand il l'a rencontrée ? Il l'a guérie. Après leur mariage, elle devint jalouse des soins qu'il donnait aux autres malades. Tu croyais peut-être que tout le monde l'aimait ? Mais lui, il savait que tout l'amour qu'on lui manifestait allait à l'homme à la sacoche aux miracles. À Golconda, on ne noue que des amitiés changeantes, les gens vont et viennent et restent peu de temps. Le docteur Hernandez m'a souvent reproché amèrement ma mobilité et mes changements d'humeur. "Vous ne vous accrochez jamais, disait-il, le courant qui passe vous emporte au gré de ses caprices. Je voudrais quelque chose qui dure et qui soit plus profond. Plus il y a de rires autour de moi, plus je me sens isolé." »

Lillian n'avait sans doute rien fait pour effacer ce sentiment. Elle ne lui avait pas donné sa confiance, don qui peut-être lui aurait procuré une assurance nouvelle. Il souffrait de refus qu'elle ne soupçonnait pas. Comme il devait être las de toutes ces allées et venues ! Les gens venaient à Golconda, ils s'asseyaient au bord de la mer avec lui, ils dînaient avec lui, ils lui parlaient le temps d'une consultation, et puis ils s'en allaient. Quel soulagement pour lui d'avoir été enfin celui qui part !

Diana ne doutait pas qu'il n'eût insidieusement cherché la mort. À cette image du docteur, Lillian maintenant en rapprochait d'autres qui formaient un tout. L'image de sa détresse faisait surgir une série d'impressions restées floues jusqu'à présent. Le regard du médecin s'ouvrait enfin, révélant l'angoisse, le découragement, l'isolement que le cadre d'or, de turquoise et de vermillon de la ville de plaisir rendait plus sombre encore. Le docteur paraissait cependant vivre de la vie de Golconda. Mais Lillian n'avait vu que la surface visible. Et soudain, inopinément, les régions périphériques secrètes émergeaient maintenant. Et tous les aspects cachés de la vie du médecin et de la sienne, et d'autres encore, ressortaient de l'ombre, ces aspects que seul distingue le psychisme et que l'être dans sa totalité refuse de reconnaître. Or, ce sont eux qui sont l'être véritable, alors que le personnage visible sur la scène n'est qu'un pantin ou un somnambule. Lillian commençait maintenant à entrevoir le véritable docteur Hernandez, solitaire, écarté de tous par la jalousie de sa femme et la haine qu'elle portait à Golconda, et plongé dans la vie trouble et tragique d'une ville de plaisir. En même temps, et pour la première fois, elle distinguait autre chose à côté de la silhouette unidimensionnelle de Larry : elle voyait le mari qui part à son travail, le père penché sur ses enfants, elle découvrait toute la richesse d'une personnalité multiple. Il était aussi Larry, le prisonnier qu'elle avait délivré le jour où elle avait rendu visite au prisonnier frauduleux. Entre les barreaux de la prison mexicaine, elle avait lu les messages muets de Larry. Parfois, sa vision devenait double ou triple, comme dans un kaléidoscope qui brise l'image et la répète en la variant à l'infini. Elle distinguait maintenant au moins deux Larry. L'un exprimait la faim et la passion, celui-là l'avait, le jour de son anniversaire, plus profondément marquée que tous ses joyeux danseurs. L'autre était le père généreux de ses enfants et le mari qui offrait des cadeaux, apportait ses soins, sa tendresse, peut-être à la manière du docteur Hernandez, tout en espérant un bonheur hors d'atteinte.

Une autre image de Larry apparut encore sur la vitre épaisse du hublot de l'avion : Larry, debout derrière la cloison vitrée d'un studio de télévision. Lillian venait de jouer avec un orchestre pour un enregistrement auquel Larry avait assisté dans une autre pièce vitrée. Oubliant qu'elle ne pouvait pas l'entendre, à la fin du morceau, il s'était levé et avait manifesté son enthousiasme par ses paroles, ses sourires et ses gestes. À la vue du visage perplexe de Lillian, il avait exagéré sa mimique, cherchant à s'exprimer sans l'aide du langage, par les mouvements de son visage et de son corps, ce qui était fort contraire à ses habitudes.

À l'époque, Lillian avait jugé la scène ridicule ; aujourd'hui seulement, elle comprenait. Ces deux images contradictoires de Larry offraient comme un condensé du malentendu de leur mariage. Lillian avait d'emblée répondu à l'appel muet de Larry, mais elle n'avait pas su comprendre ce qu'il avait à dire. Elle avait pris pour un éloignement le silence qui enveloppait Larry comme une prison. Larry, de son côté, avait répondu à son appel à elle. Pourtant, il était impossible d'attendre d'un être humain ce que Lillian exigeait de l'amour. Elle réclamait un amour capable de neutraliser ses complexes, un amour occupé nuit et jour à recréer une Lillian digne d'être aimée, création qu'elle se hâtait d'ailleurs de mettre aussitôt en pièces ; un amour qui saurait avec une précision mathématique maintenir l'équilibre entre la caricature qu'elle se faisait d'elle-même et une créature acceptable. Un amour qui ne cessait de répéter : « Tu es belle, Lillian, tu es merveilleuse, tu es généreuse et bonne et pleine de vie », tandis qu'elle, Lillian, à l'autre bout de l'échelle des valeurs, préparait son monologue : « Tu es coléreuse, injuste, irréfléchie, tu fais du mal aux autres, tu manques de patience avec ton enfant. »

Éternelle révision de comptes.

Et, lui, Larry, que désirait-il ? Il avait accepté une sorte de renoncement à l'existence et il paraissait comblé de voir Lillian vivre à sa place dans le monde des musiciens (lui-même, dans sa jeunesse, avait désiré faire de la musique et n'avait pas pu réaliser ce souhait). Il paraissait satisfait de vivre dans le silence, satisfait de voir Lillian jouer et participer au monde de la musique. Cette vie périphérique lui paraissait normale. Mais cette division du travail prit une allure de comédie. Ils se lassèrent tous deux de leurs rôles et ne surent pas les échanger (Lillian se lassa de la passivité spectatrice de son mari et Larry se lassa de voir toujours Lillian dans le rôle principal). Larry se cristallisa dans sa position, privé de courant vital, d'oxygène. Lillian et lui étaient comme deux jumeaux avec une seule paire de poumons. Et Lillian, pour se maintenir en vie, cherchait le mouvement dont elle avait besoin auprès d'autres compagnons. Mais aucun être ne la satisfaisait. C'était avec Larry qu'elle voulait vivre, et en dernier ressort, c'était encore Larry qu'elle recherchait chez les autres.

Ce dernier voyage qu'elle venait d'effectuer sans son mari lui avait ouvert les yeux sur ses véritables besoins. Elle s'était fait des illusions en croyant que les poumons, l'élan vital lui appartenaient en propre. Elle avait, en réalité, emporté avec elle de nombreux aspects du caractère de Larry et, bien souvent, elle avait laissé Larry agir à sa place. Elle s'était tue comme lui pour laisser bavarder les Mexicains, pour laisser le docteur Hernandez monologuer. Elle avait gardé ses distances avec les habitudes de vie de la ville de plaisir, excepté les moments où elle s'était abandonnée à la drogue apaisante de la nature. Elle avait adopté le comportement de Larry. Son ardeur, son élan vital n'existaient en réalité que par contraste avec ses renoncements. Qu'avait-il fait sans elle ? Il avait probablement incorporé à sa vie la Lillian qu'il portait en lui. Vers quel Larry retournait-elle maintenant ?

N'était-ce pas un acte d'amour que d'incarner le bien-aimé ? Un acte de la même nature que les étranges « possessions » qui se produisent parfois à la mort d'un parent. Lorsque la mère de Lillian mourut, Lillian *devint* sa mère durant toute une année. Cette « occupation » de Lillian par sa mère s'accomplit de manière imperceptible. Lillian n'était pas de ceux qui dramatisent ces « possessions » par des actes liturgiques, des cérémonies au cours desquelles l'esprit du mort entre dans le corps des vivants, esprit du père ou de la mère « occupant » le fils ou la fille jusqu'à ce qu'il en soit chassé par la prière ou par la force. Selon toute apparence, il n'y avait pas de rapport entre ces croyances primitives et ce qui arriva à Lillian. Pourtant, l'esprit de sa mère passa en elle. Peut-être avec le dé et la machine à coudre qu'elle avait légués à sa fille (or Lillian ne savait pas coudre). Sans s'en apercevoir, Lillian prit certaines humeurs, certaines attitudes de sa mère. Elle crut simplement qu'en prenant de l'âge on résiste moins bien aux influences familiales.

Lillian avait observé en touriste moqueuse les cérémonies de « possession » primitives à Haïti. Il existait, cependant, une Lillian primitive qui voulut compenser la perte de sa mère par un désir de s'approprier certaines des manières et des habitudes de sa mère (celles-là même qui la révoltaient lorsque sa mère était en vie, celles-là même qui avaient blessé son enfance). Elle se mit à coudre, elle utilisa le dé et la machine, elle se mit à siffler pour appeler ses enfants, elle les gronda pour les mêmes défauts que sa mère lui avait reprochés autrefois : négligence, impulsivité, caprices. Étrange façon de dresser un monument à la mémoire de sa mère, pour perpétuer son souvenir.

De la même manière, elle avait aussi été « possédée » par Larry. C'est lui qui avait protesté contre le goût non sélectif de Diana, lui qui avait choisi les relations de Lillian à Golconda. Comme Larry, elle avait préféré la solitude à la société de gens qui ne l'intéressaient pas.

Sur le chemin du retour, Lillian se demandait si les rôles que Larry et elle avaient tenus ne leur avaient pas été imposés par des besoins qui leur étaient au fond étrangers. Ces rôles créés pour satisfaire un besoin deviennent vite routine et lassent. Il faut que tout l'être, et non un besoin de l'être, participe au jeu. Lillian et Larry n'avaient épousé qu'une partie d'eux-mêmes. De même, le docteur Hernandez avait épousé une femme qui n'aimait en lui que le médecin et qui n'avait rien su de l'homme qu'il était. Et lui avait cherché à se défaire de son rôle en pénétrant dans le monde dangereux des truands pour se sentir au cœur même de la vie, même au prix de la mort.

Lillian, dans les premiers moments, s'était sentie en partie responsable de la mort de son ami. Maintenant, elle prenait conscience que ce n'était pas une responsabilité personnelle. De même qu'en ne vivant qu'avec une fraction de Larry, elle avait condamné automatiquement l'autre fraction à l'indifférence et à l'oubli, de même en avait-il été pour le docteur Hernandez.

La balle du fusil n'avait pas cherché le docteur. Il s'était placé lui-même sur la trajectoire de la balle. Son intelligence et sa connaissance de la nature humaine avaient certainement prévenu le docteur Hernandez qu'il flirtait avec la mort lorsqu'il refusait de fournir de la drogue ou d'écrire de fausses ordonnances pour en procurer davantage.

Lillian savait aussi que ce n'était pas l'absence d'amour ou la fin d'un amour qui l'avait éloignée de Larry, mais le manque de communion entre les divers aspects de leur être, ces aspects que chacun craignait de découvrir chez l'autre. Les émotions parcourent notre corps en des voies étroites qui se congestionnent à la moindre maladie, le passage devient de plus en plus étroit, l'apport du sang et de l'oxygène diminue et la mort s'ensuit. Les voies de communication entre Larry et elle s'étaient engorgées. Chacun avait choisi et fixé pour toujours la première vision qu'ils avaient eue l'un de l'autre sans penser à l'évolution de la vie. Ils avaient mis cette image sur leur bureau et dans leur cœur, les images d'un Larry muet et passionné à la grille d'un jardin et d'une Lillian en détresse parce qu'à cause de ses parents elle avait perdu, dès le jeune âge, sa confiance en elle.

S'ils avaient suivi ensemble le courant de la vie, ils n'auraient pas laissé s'installer entre eux ces zones vides où d'autres avaient pénétré. Si le docteur Hernandez avait été heureux et aimé à Golconda, il aurait trouvé un moyen pour échapper à ses ennemis (Diana avait des preuves qu'on l'avait averti, qu'on avait proposé de lui venir en aide, et qu'il n'avait tenu aucun compte de ces avertissements et de ces propositions).

La manière dont Lillian, à Golconda, avait dressé des murs autour d'elle révélait qu'elle agissait comme Larry, fermant la porte à l'aventure, et cherchant à vivre selon un modèle préfabriqué.

Diana disait du docteur Hernandez : « On l'appelle quand on a besoin de lui. On ne l'invite pas à des soirées. Je savais que ce qu'il donnait aux autres, il désirait passionnément le recevoir lui aussi. Ce partage avec ceux qui sont dans la peine. Je crois, oui, vraiment, qu'il était le plus malheureux de nous tous. »

La mort du docteur réveilla en Lillian la conscience d'un danger. Cette mort soudaine avait mis en lumière la fragilité de l'amour humain et de la vie humaine. Et cette révélation redonna paradoxalement à Lillian le sens de la vie. Toutes les négations, les renoncements, les indifférences parurent autant de prémices de mort. Lillian eut une vision d'un monde sans Larry et sans ses enfants, et elle sut qu'elle avait aimé Golconda parce qu'elle savait que son séjour mexicain ne durerait pas.

Les paroles du docteur lui revinrent à l'esprit et leur signification l'atteignit clairement : « On croit oublier quelqu'un, un endroit, un état d'âme, un passé, mais tout ce que nous faisons consiste à choisir de nouveaux acteurs qui seront la copie conforme de l'ami, de l'amant, du mari que l'on tente d'oublier pour rejouer le même drame encore une fois. Et un jour, nous ouvrons les yeux et nous découvrons que nous sommes en train de revivre la même histoire. Comment peut-il en être autrement ? Le schéma est en nous. Il est intérieur. C'est ce que les anciens mystiques appellent le karma, expérience spirituelle ou émotionnelle répétée jusqu'à ce qu'elle soit comprise, accomplie, achevée. »

Tous les personnages étaient en place, représentés par une série d'images. Le prisonnier avait rappelé la première image de Larry à la grille de fer du jardin. Le prisonnier avait beau avoir été un faux prisonnier, il avait suffisamment bien joué son rôle pour réveiller en Lillian les sentiments que la première vision de Larry avait provoqués, un Larry dans la peine, et c'est cette peine qu'elle avait voulu partager et épouser non seulement par sympathie, mais par affinité. Et, pour cacher cette affinité, elle s'était jetée dans la vie et les mondanités en affichant un caractère passionné et audacieux. Il avait fallu le souffle de liberté de Golconda, son ruissellement de vie pour la mettre en face de son propre esclavage, de sa propre inquiétude. Elle était plus assortie à Larry qu'elle ne l'avait pensé.

Elle éprouvait les mêmes angoisses que lui, angoisses qui provoquaient son activité fébrile, ses fuites, ses amours, ses recherches, tandis que les mêmes angoisses enfermaient Larry dans sa solitude. En perdant cette première connaissance instinctive, elle avait perdu tout lien entre eux, et également sa propre vérité. Elle s'était abandonnée au mythe de son audace, de son ardeur à vivre. Et sa foi dans ce mythe l'avait amenée à juger sévèrement l'immobilisme de Larry en oubliant sa propre passivité réelle.

Un soir, à Golconda, le docteur Hernandez, Fred, Diana et Edward l'emmenèrent dans les bals indigènes dans un quartier de ruelles non pavées derrière la place du marché. Ils durent sauter par-dessus un égout à ciel ouvert pour entrer dans la salle, et ils prirent place à une table recouverte de toile cirée rouge. Des plantes tropicales dans de vieux bidons les isolaient en partie de la rue. Les guirlandes d'ampoules peintes en rouge jetaient des ombres charbonneuses et des lueurs couleur de flamme sur les visages et les bras nus des danseurs. Un piano faux rendait un son de verre brisé. Les tambours, obsédants comme ceux d'Afrique, dominaient toujours les voix des chanteurs ou les mélodies des juke-box. Les musiques des différentes maisons du quartier, ouvertes comme des jardins couverts, se mêlaient toutes, guitares, orchestre de danse cubain, voix de femme. Mais les danseurs n'obéissaient qu'aux tambours.

Les visages et les bras nus offraient un camaïeu de tons bruns : chocolat, café ou bois ; on voyait beaucoup de costumes et de robes blanches, et des robes fleuries aussi éloignées de nos robes imprimées qu'une nature morte de fleurs ou de fruits peinte par une vieille fille d'autrefois l'est d'une toile de Matisse ou de Braque. Quant aux repas, ils présentaient la même apparence et la même nourriture que ceux de tous les jours.

Tous les gens que Lillian avaient rencontrés à Golconda se trouvaient là : chauffeurs de taxi, policiers, boutiquiers, camionneurs, marins des bateaux de sauvetage, photographes, marchands de citrons, et le propriétaire du bateau à fond de verre. Les hommes dansaient avec les prostituées de Golconda. Lillian avait vu, dans la journée, ces mêmes jeunes filles coudre sagement à leur fenêtre ou vendre des fruits au marché. Elles apportaient d'ailleurs à leur travail nocturne la même passivité tranquille, elles baissaient les paupières avec la même simplicité, et parlaient avec la même douceur. Elles avaient seulement échangé leurs vêtements contre des tenues plus voyantes qui exhibaient, sans aucune provocation d'ailleurs, les bras et les épaules nus. Les hommes buvaient et le ton montait. Les policiers avaient attaché leurs fusils au dossier de leurs chaises.

Les indigènes dansaient pieds nus et Lillian se débarrassa elle aussi de ses sandales. Le plancher sale était chaud et sec, et comme la nuit où elle avait dansé sur la plage tandis que la mer venait lécher ses orteils, elle se sentait en contact avec la terre, le même rythme et la même sève montaient à la fois dans le sol et dans son corps, sève d'or ou sève verte, fluide ou brûlante.

Tout le monde s'adressait au docteur Hernandez, jusqu'aux ivrognes titubants qui s'inclinaient avec respect. La tequila aromatisée de sel et de citron coulait à flots. Les voix devenaient rauques et les visages flous. Les pieds nus martelaient le plancher crasseux et les corps perdaient leur individualité pour se fondre dans la danse, obéissant au seul rythme. La chaleur montait des entrailles de la terre.

Le docteur Hernandez n'était pas content : « Lillian, remettez vos sandales ! » Il prenait le ton paternel du médecin. Mais Lillian se sentait d'humeur à résister à quiconque tenterait d'intercepter ce contact magnétique qu'elle ressentait avec les autres, avec la terre, avec la danse et cette sensualité qui circulait entre eux. Un chanteur modulait sur le mode du plain-chant mexicain une complainte d'amour.

Fred aussi l'irritait. Pourquoi avait-il le visage pâle, les traits tirés ? Il restait spectateur et ne voulait pas entrer dans le jeu. Il n'avait pas ôté ses chaussures et même le solo lancinant de joie du chanteur ne put entraîner cet étranger qu'il restait. Pour Lillian, il n'était pas seulement Fred, le spectateur passif, le rabat-joie, mais il représentait tous ceux qui s'opposaient toujours à ce qu'elle atteigne enfin le cœur brûlant de son être intime.

Les plantes vertes s'inclinaient vers la piste de danse et caressaient les épaules des danseurs, messagères inattendues de la jungle. L'odeur épicée de la tequila, les cris de la rue semblables aux cris des bêtes, des oiseaux et des singes de la forêt, les yeux brûlants des gamins qui regardaient entre les feuilles, phosphorescents comme les yeux des chats sauvages, les eaux sales des rigoles qui coulaient en cascade, les lueurs intermittentes des phares des taxis sur les danseurs, signaux d'alarme de la houle tumultueuse des sens, la sueur sur le dos des chemises, le toucher des orteils plus intime que celui des mains, les tables rondes qui se mettaient à tourner pour délivrer des messages troublants, doux comme des caresses, tout cela, cette orchestration de la richesse et de la splendeur des tropiques, contrastait violemment avec tous les autres moments de l'existence, moments ternes, incomplets, incapables d'épanouissement ou d'accomplissement.

Larry et Lillian s'étaient rencontrés en un point seulement, pour le reste leur union était restée incomplète. Ils avaient peu reçu, peu donné, et, à la longue, ils avaient perdu tout contact. Lillian savait désormais que l'on n'est jamais entièrement maître de tout son être. Il pouvait vous échapper en partie. C'était aussi ce qui arrivait à Fred, incapable de participer à la sensualité du lieu et des gens.

« Remettez vos sandales, Lillian ! » répétait le docteur Hernandez cherchant à la protéger de contacts douteux. Il avait joué son rôle. Mais Lillian n'acceptait pas de courts-circuits. Elle voulait encore mettre Fred au défi. Fred devenait aux yeux de Lillian, semblable en cela aux créatures entrevues en songe sans identité précise, tous ceux qui n'avaient pas répondu à son amour à elle, et d'abord le premier de tous, Gerard. Lorsque Fred se mit à danser avec elle, gauchement, sérieusement, Lillian regarda ses chaussures qui lui étaient une injure personnelle, et elle le repoussa en disant : « Vos souliers me font mal aux pieds. »

Lillian avait connu une époque où la crainte du péché lui faisait fuir son propre corps, où le plaisir éprouvé à recevoir un baiser dans le creux du coude au cours d'une danse la faisait s'échapper aussitôt. Mais ce temps n'était plus. Personne maintenant ne pouvait s'opposer à sa fusion intime avec Golconda. Elle avait trompé Larry avec toutes les textures voluptueuses, les odeurs épicées et le plaisir.

Les prostituées avaient remarqué que Lillian ne voulait pas danser avec Fred ; elles vinrent s'asseoir auprès de lui. L'une portait une robe de satin noir, un volant de dentelle blanche dépassait légèrement, évoquant indiscrètement un jupon. Une autre retenait sans cesse un châle qui glissait de ses épaules nues, une troisième prenait des airs d'écolière bien sage, ses cheveux encore mouillés par son bain de mer pendaient raides comme ceux d'une Tahitienne. Une autre encore posait en souriant une petite main fine sur le genou de Fred, et elle se pencha vers lui pour murmurer quelque chose à son oreille. La question posée amena le rouge au visage de Fred, dont tout le corps, paniqué, se raidit. Une fille qui se trouvait à sa gauche tenait entre ses doigts, comme une cigarette, sa médaille de la Vierge en émail bleu, elle avait de petites boucles d'oreilles qui frissonnaient sur ses joues. Elle ajouta : « Avec nous deux en même temps ? C'est plus amusant ? »

Fred jeta à Lillian un regard de détresse. Lillian riait. Une fille mordillait le lobe de l'oreille du garçon, l'autre glissait sa main sous la chemise.

« Lillian, au secours ! »

Il ne pouvait plus s'en sortir. Il avait vu ces filles sur la plage, elles vendaient des coquillages, du poisson, des dentelles. Il les avait vues à l'église, des voiles noirs sur les cheveux.

Lillian comprit la profondeur du désarroi de Fred. Elle s'approcha et déclara : « Il fait trop chaud pour danser. Allons prendre un bain. » C'était vrai, leurs vêtements étaient collés à leur peau et leurs cheveux paraissaient sortir de l'eau.

Les filles s'accrochèrent à Fred :

« Toi, tu restes ! »

Lillian s'approcha d'elles et leur dit en espagnol :

« Un autre soir. Aujourd'hui, il a envie de rester avec moi. »

Les mains des filles retombèrent des épaules de Fred.

Le taxi qu'ils prirent descendit cahin-caha les ruelles pleines d'immondices.

Fred ne sut pas que cette nuit, aux yeux de Lillian, il avait perdu sa véritable identité. Il était devenu Gerard ; Gerard, son premier échec. Un Gerard dont elle comprenait maintenant l'attitude de paralytique, un Gerard qu'elle ne désirait plus. On ne peut pas avoir faim d'un mur, d'un obstacle, d'une masse inerte, pourtant elle avait été séduite par sa tranquille gentillesse, bienfaisante à sa nervosité d'alors. Elle ignorait dans ce temps-là que cette passivité recouvrait une angoisse plus profonde que la sienne. Elle avait éprouvé pour lui (Gerard) un désir violent parce qu'elle savait d'instinct qu'il ne répondrait pas à ce désir. Elle l'avait aimé sans retenue (et elle était fière de sa spontanéité propre) parce que Gerard avait déjà mis le frein moteur. Elle avait été libre de céder à son élan amoureux sachant qu'il n'amènerait aucune fusion des corps. Pourquoi se refuser un verre d'eau si l'on a soif ? Ce serait absurde. *Pourtant, si ce verre d'eau était le symbole de tous les risques de l'amour ?* À seize ou dix-sept ans, Lillian considérait l'accomplissement de l'amour comme un risque, l'amour lui-même comme un risque, l'amour partagé comme un esclavage. C'était se mettre à la merci de quelqu'un. (De même, aujourd'hui, Fred avait peur de se mettre à la merci d'une prostituée.) Lillian avec Gerard, en aimant celui qui ne la désirait pas, pouvait laisser en elle brûler son propre désir et penser alors que la vie l'habitait et qu'elle était capable d'amour. Comme elle jugeait lâche le pauvre Gerard !

Aujourd'hui, Lillian se sentait bien soulagée de n'avoir pas cédé aux supplications muettes de Fred et à ses refus. Elle était reconnaissante de n'avoir pas débuté une pauvre intrigue amoureuse, mais d'avoir découvert que le secret de tout échec amoureux réside dans le choix que l'on fait, d'un choix qui est dû à la crainte. C'était donc la crainte qui avait décidé de sa vie, et non le désir ou l'amour.

Lillian songeait que, si le taxi n'arrivait pas trop tôt à la petite baie secrète où voulait les emmener le docteur, elle aurait le temps de tirer les conclusions inévitables des découvertes de sa pensée. Elle avait choisi Larry et Larry l'avait choisie, et tous deux avaient joué leurs rôles respectifs de façon à ne pas découvrir leurs craintes secrètes. Comment pouvaient-ils se critiquer alors qu'ils avaient occupé les places qu'ils s'étaient eux-mêmes assignées ? Toi, Larry, tu es l'immuable, l'éternel, l'inaltérable amour. Toi, Lillian, tu es le changement et le mouvement qui doit maintenir dans le couple l'apparence de la liberté.

Fred avait peur de la nuit, peur de Diana qui, pour se rafraîchir, écartait son corsage de la poitrine et l'agitait devant elle comme un éventail; il avait peur de Lillian qui éventait son visage avec le bas de sa robe, découvrant ainsi le jupon de dentelle.

Le taxi les déposa en haut de la colline et le docteur les guida à travers les broussailles et les rochers jusqu'à sa crique secrète.

Fred avait peur de la nuit, peur de perdre le contrôle de son corps, de le voir s'échapper et se dissoudre dans la nuit de velours aux yeux de pierres précieuses, la nuit tropicale qui n'est pas muette comme une toile de fond, mais pleine de bruissements et dont le feuillage mouvant est semblable à des bras.

La beauté du paysage les soûlait comme une drogue. La baie brillante étalait son mercure à leurs pieds. Ils se dévêtirent au milieu des rochers. Les vagues emportaient les paroles, on entendait parfois un éclat de rire, un appel. Diana, baignée de clair de lune, marchait dans les vagues, Vénus phosphorescente. On voyait trembloter les lampes à huile des bateaux de pêche semblables à des flammes de bougies. Les néons de la ville adoucis par la brume jetaient des rayons sur la baie et semblaient les lueurs d'un phare miniature.

Fred paraissait aux prises avec les sirènes d'Ulysse. Il ne se déshabilla pas. Le docteur nageait déjà au loin, chaque écueil de la crique lui était familier. Edward et Lillian nageaient près du rivage. La fatigue et la chaleur de la danse avaient disparu comme par enchantement. La mer, hamac de soie, les berçait. Ils faisaient peau neuve. La houle de l'océan se confondait avec leur propre respiration, les nageurs et l'élément liquide avaient le même poumon.

Dans la plénitude de la nuit tropicale, veloutée, inondée de clair de lune, sous le scintillement des étoiles, une femme naissait enfin, accomplie dans sa plénitude féminine. C'en était fini d'une personnalité dispersée, éparpillée, se nourrissant parfois d'autrui.

Fred restait à l'écart, prisonnier de ses serrures, de ses pendules, de ses zones périphériques, de ses îlots, de ses ponts. Le chauffeur de taxi avait allumé une cigarette et fredonnait la complainte de l'amour.

La silhouette de Fred, assis sur un rocher, immobile, ignorant l'immersion baptismale de ses compagnons, imposa à l'esprit de

Lillian celle de Larry et de son immuabilité. Mais lorsque change le psychisme, il crée une autre sémantique. L'« immuabilité » avait pu être considérée comme une qualité, une qualité que Lillian avait recherchée, désirée, aimée, car elle signifiait le contraire de son chaos et de ses incertitudes, la sécurité éternelle. Un amour immuable. Combien il était injuste qu'elle donnât maintenant à ce mot un autre sens, alors que la constance de cet amour avait été la serre où elle était devenue femme ! Était-il désormais possible de reprendre une vie nouvelle en connaissant les réponses aux charades que l'on s'était posées ? Lillian pourrait-elle arracher les masques derrière lesquels Larry et elle avaient joué à cache-cache, les masques qu'elle avait ajustés elle-même sur le visage de son époux ? Elle connaissait maintenant la part de responsabilité qu'elle avait dans le naufrage symbolique de leur mariage.

Lillian était sur le chemin du retour. L'exploration du labyrinthe où elle avait pénétré ne l'avait pas déçue, mais elle lui avait ouvert des horizons insoupçonnés. Les archéologues des âmes ne reviennent jamais les mains vides. Lillian connaissait l'existence du labyrinthe sous ses pieds, semblable au souterrain de son enfance au Mexique, mais elle avait jusqu'ici craint de pénétrer dans le labyrinthe et de rencontrer le Minotaure et de se faire dévorer. Or, maintenant, elle en était venue à regarder le Minotaure en face et il ressemblait à quelqu'un de connu. Ce n'était pas un monstre. C'était un reflet dans un miroir, une femme masquée, Lillian elle-même, ou, du moins, cette partie d'elle-même qu'elle avait jusqu'à présent ignorée et qui avait conduit sa vie. Elle tendit la main à ce tyran qui ne pouvait plus désormais lui faire de mal. Elle voyait son reflet sur la vitre ronde du hublot, tandis que l'avion traversait les nuages, vision fugitive, son propre visage que l'obscurité vint clairement dessiner.

L'avion la ramenait à White Plains. Son engagement comme pianiste à l'*Hôtel de la Plage* à Golconda était terminé. Soudain, la vue d'une petite fille qui pouvait avoir six ans, courant dans le couloir central de l'aéroplane, ramena Lillian à sa propre enfance au Mexique, lorsque son père, qui avait été dérangé dans la journée par des indigènes énigmatiques, par des cataclysmes naturels, rentrait le soir chez lui dans le seul royaume où ses ordres n'étaient pas mis en question. Il écoutait alors la mère de ses enfants lui faire le rapport de la journée, et quelle que fût la manière dont elle faisait ce rapport, dont elle atténuait les fautes des enfants, il trouvait toujours une raison pour faire monter les enfants au dernier étage de la maison, dans un grenier rempli d'objets poussiéreux. Et là, l'un après l'autre, il leur donnait la fessée.

En temps ordinaire, il ne parlait jamais à ses enfants, il ne jouait pas avec eux, ne les cajolait pas, ne leur chantait pas de chansons, ne leur lisait pas d'histoires ; il vivait comme s'ils n'existaient pas. Alors, cet instant dans le grenier provoquait toujours en Lillian deux émotions contradictoires : une humiliation en même temps que le plaisir d'une intimité avec son père. Elle en était venue à considérer le grenier comme le lieu des fessées, mais aussi l'endroit où elle partageait quelque chose avec son père. Des années durant, lorsqu'elle racontait ces scènes de fessées, elle avait insisté sur l'injustice et la honte. Elle avait décrit le jour où elle s'était ouvertement révoltée au point que son père, effrayé, avait renoncé à la punition.

Or, un jour qu'elle déambulait sous les Arcades à Paris, elle vit des gens regarder un film dans une boîte à sous avec un plaisir si évident qu'elle s'arrêta, attendit son tour et glissa elle aussi un franc dans la fente. Une petite scène apparut sur l'écran, saccadée et gauche comme dans les films de 1920. On voyait une famille à table. Il y avait le père (avec une moustache), la mère dans une robe à fronces et trois enfants. La servante, jeune et jolie, servait le potage. Elle était vêtue d'une robe noire très courte qui montrait un jupon blanc bordé de dentelle. Elle avait aussi un papillon de dentelle dans les cheveux. D'un geste maladroit, elle versa un peu de potage sur les genoux du père de famille. Le père se leva, en colère, et quitta la table pour aller se changer, et la servante dut aller l'aider pour expier sa faute.

Lillian se levait pour quitter l'endroit, amusée mais un peu déçue, lorsque la machine fit entendre un déclic : un autre film commençait. On était cette fois dans une salle de classe. Les élèves étaient des petites filles de six ou sept ans (l'âge de Lillian à l'époque des fessées). Les petites filles portaient des robes à volants et à fronces. Le professeur, excédé par leurs rires et leurs moqueries, les appela l'une après l'autre pour les punir et leur donner la fessée. (Il faisait aligner les enfants exactement comme le père de Lillian avant de leur faire monter l'escalier du grenier.) À cette scène, le cœur de Lillian se mit à battre sauvagement. Elle s'apprêtait à revivre la honte et l'humiliation de son enfance.

Mais lorsque le maître prit la première petite fille sur ses genoux, releva la jupe, descendit la culotte et se mit à la fesser, ce que Lillian ressentit après vingt ans, ce ne fut pas de la peine, mais une bouffée de joie sensuelle. Comme si les fessées étaient au fond les seules caresses qu'elle eût jamais reçues de son père. La souffrance s'était intimement mêlée à la joie, joie de la présence de son père; le contact brutal, par une étrange alchimie, s'était mué en plaisir. Le rite de la fessée, voulu punition, était devenu l'unique intimité avec le père; la colère et les larmes remplaçant la tendresse.

Lillian eut brusquement envie d'être à la place de la petite fille. Elle se sauva, tremblante de joie, comme si elle venait d'assister à une scène érotique.

C'était donc cette quête d'une composition chimique, tant d'onces de souffrance, mêlées à tant d'onces de plaisir, qui avait guidé, organisé, programmé sa vie. L'échec était venu d'une trop grande différence entre ses besoins et ses désirs plus profonds. Les besoins étaient nés d'un agrégat de reniements et d'altérations. Lors de son aventure avec Jay, Lillian se crut en proie à la passion, alors qu'elle était aux prises avec une nécessité. Ses séjours parisiens, qu'elle croyait déterminés par le désir, avaient en réalité leur source dans son enfance mexicaine.

Dans son mariage avec Larry, la mesure de souffrance avait été trop juste.

Dans les laboratoires, les savants tentent d'isoler le virus du cancer. Djuna croyait, elle, qu'il était possible d'isoler le virus destructeur de l'amour: alors chacun de protester que ce serait la fin des illusions, tandis que ce n'était que le commencement. Djuna avait appris à Lillian que chaque cellule, si elle est isolée de la cellule malade, est capable de vivre une nouvelle vie.

Il s'agissait maintenant d'effacer les ornières. Ce n'était pas que Lillian fût restée attachée à son père et incapable d'autre affection. Mais ses rapports avec son père étaient devenus un moule, une ornière qui lui était familière et que ses pas suivaient automatiquement, l'ornière familière de la peine et du plaisir mêlés, de l'intimité acquise au prix de la souffrance.

Les paroles de Djuna revenaient sans cesse à la mémoire de Lillian : « Lorsqu'une créature humaine sombre et se laisse aller, c'est qu'elle subit une sorte de rupture. Il faut alors chercher et isoler les cellules destructrices, en sorte qu'après rupture, chaque partie de l'être reste vivante et active, dans l'espoir d'une nouvelle fusion. »

Était-ce la raison des larmes que Lillian ne pouvait se retenir de verser chaque fois qu'elle assistait à un mariage ? Elle sentait obscurément que chacun des deux partenaires resterait enveloppé dans son propre mythe, dans le moule créé par les émotions vécues, qu'il ne pourrait suivre que les ornières tracées par son propre passé.

Jay lui était apparu la première fois comme le distributeur de joie ; elle avait aimé sa façon de communier avec l'univers, d'accepter l'animal affamé et gourmand qui était en lui. Il avait des œillères pour tout ce qui n'était pas le plaisir, il savait éviter les responsabilités, les devoirs, se maintenir à la surface des événements, tout en côtoyant les abîmes. Préférant le nombre à la qualité, il allait n'importe où, pourvu que ce soit vers la vie ; sans aucune fidélité à un individu ou à une idée. Il suivait le flot de la vie sans regarder ni en avant ni en arrière.

Il parlait de violence, et cela plaisait à la nature tumultueuse de Lillian. Pourtant, il lui avait fait l'amour avec délicatesse et lui avait ensuite demandé : « Est-ce que tu t'attendais de ma part à plus de brutalité ? » Que savait-elle de cet homme ? La première chambre où il l'avait emmenée était misérable. Jay lui avait dit : « Regarde comme le tapis est usé ! » Mais elle n'avait vu que la lumière dorée du soleil derrière le rideau. Elle n'avait entendu que les paroles de son amant : « Lillian, tes yeux sont pleins d'émerveillement. Tu voudrais un miracle chaque jour ! » Il avait accroché sa chemise brune derrière la porte, il n'y avait qu'un verre à dents et une montagne d'esquisses et de cahiers de dessins que plus tard elle tria, recouvrit de soie pour en faire le fameux Portefeuille de Jay. Lui n'avait pas le temps de rester tranquille. Il y avait trop de choses à voir dans les rues. Il venait de découvrir la rue d'Alger avec son parfum de safran et les mélopées algériennes qui sourdaient de porches sombres et médiévaux.

Lillian crut qu'ils allaient vivre quelque chose de neuf ensemble. Ils s'étaient rencontrés pour la première fois à New York, au moment où Lillian venait de quitter Larry. Jay était ensuite parti pour Paris, pour vivre auprès des peintres qu'il aimait. Lillian elle-même faisait pour ses concerts de fréquents séjours parisiens. Avec Jay, tout était neuf pour Lillian, en particulier cette acceptation de la vie entière avec sa laideur, sa pauvreté, sa sensualité. Jay refusait toute sélection, toute discrimination. Elle le considérait un peu comme un bon « sauvage », un cannibale dévorant. Elle abdiqua devant lui, attitude à laquelle la maternité l'avait préparée. Elle adopta tous les emballements et les enthousiasmes de son ami. Elle prit l'habitude de s'asseoir à ses côtés au café pour contempler une horloge au cadran orange ou la prostituée à la jambe de bois ; elle joua aux échecs au *Café de la Régence*, à la table où Napoléon et Robespierre avaient joué. Elle nota avec Jay les cinquante manières de paraître ivre.

Lillian abandonna la musique classique pour ne plus jouer que du jazz, qui convenait mieux aux caprices, au rythme, aux improvisations de son amant.

Elle veilla sur le travail de Jay, parcourut les boutiques parisiennes à la recherche du meilleur tube de peinture, elle apprit même à faire de la couleur avec d'anciennes rognures de tableaux. Elle pourvoyait aux besoins de Jay. Elle recouvrit donc de soie son cahier d'esquisses et porta ses fameux Portefeuilles à New York et les vendit. Les gens lui posaient des questions sur l'auteur de ces dessins. Ils aimaient les feuilles détachées, les dessins imprévus, et avaient l'impression de feuilleter un carnet intime, privé, le leur peut-être.

Les chambres où vivait Jay restèrent pareilles : un lit de fer, des oreillers durs, un seul verre. Elles étaient illuminées par les orgies :

voyons combien de temps nous pouvons faire l'amour, combien d'heures, de jours, de nuits…

Lorsqu'elle le quittait pour aller voir ses enfants à New York, il lui écrivait : « Je suis toujours en vie, mais malheureux ; j'ai absolument besoin de toi. Il faut que je te voie bientôt. Je sais que tu es belle, mais il faut que je te voie de façon plus intime. Je t'aime. J'ai aimé ta façon de venir t'asseoir sur le bord du lit, tout cet après-midi, comme une brume chaude. Sois plus proche de moi. Je t'assure que ce sera magnifique. J'aime ta simplicité et ta soumission aussi. Jamais je n'abîmerai cela. C'est une femme comme toi que j'aurais dû épouser. »

Cette petite chambre si vilaine, comme une alcôve secrète, et tout de suite remplie de la voix chaude de Jay, de sa chaude approche qui savait éveiller dans son corps de nouveaux centres de plaisir. « Comme c'est bon, bon, murmurait Jay. T'attendais-tu à plus de brutalité de ma part ? À cause de la violence de ma peinture ? » Questions qui laissaient Lillian sans réponse. Que s'imaginait-il de l'attente des femmes à son endroit ?

Dans ses toiles, tout était plus grand que nature. Voulait-il rivaliser en amour avec ses propres créations ? Peut-être, démuni des verres grossissants qu'il portait pour peindre, se voyait-il tout petit ?

Il écrivait encore dans la même lettre : « J'ignore ce que j'attends de toi, Lillian. Sans doute une sorte de miracle. Je vais tout te demander, même l'impossible, car je te sais forte. »

Lillian se mit à souffrir alors de sa faiblesse secrète. Il lui fallait regarder dans un miroir l'image d'elle-même qui plaisait à Jay. Ou se mettre sur un piédestal comme une statue de culte. Une Lillian unique, irremplaçable (ce qu'elle avait été pour Larry). Mais avec Jay, c'était impossible. Il lui fallait le monde entier à la fois. Lillian trouvait parfois, assise à sa place, ou couchée dans son lit, la plus minable des créatures, laide, efflanquée, sale. Jay l'avait ramassée dans un bistrot et rien ne pouvait expliquer sa présence dans leur chambre, sinon le fait qu'elle était le contraire de Lillian. Jay avait donné à la créature le manteau que Lillian avait laissé dans la chambre. Une fois, la femme avait apporté un horrible petit chien et Jay, qui avait horreur des animaux, se montrait aimable avec ce bâtard grisâtre qui perdait ses poils.

Car la bonté de Jay était parfaitement anarchique. C'était souvent un acte de défiance vis-à-vis de ce qu'il aimait pour garder sa liberté. Il lui était impossible d'offrir quelque chose à Lillian alors qu'il se montrait généreux envers des étrangers à qui il ne devait rien. Il offrait des toiles à des gens qui ne connaissaient pas la peinture, il servait à boire à un ivrogne déjà saturé de vin, donnait son temps à qui n'en mesurait pas la valeur, et la toile que Lillian préférait au premier venu.

Il donnait comme un défi à toute estimation, à toute sélection, pour affirmer la valeur de ce que les autres négligeaient ou méprisaient. Son meilleur ami était naturellement le plus médiocre des artistes, une sorte de réduction caricaturale de Jay lui-même. Il chantonnait en parlant, comme Jay, secouait la tête de la même manière et riait quand il riait. Ensemble, ils s'initiaient au dadaïsme : l'existence était absurde, ce n'était qu'un canular. Jay se lançait parfois dans une louange frénétique de l'œuvre de son compagnon (que Lillian avait surnommé Sancho Pança).

Lillian demandait alors avec naïveté :

« Est-ce que vraiment tu l'admires à ce point ? Est-il un plus grand peintre que Gauguin, que Picasso ? »

Jay riait de son sérieux :

« Mais non, je me suis laissé entraîner par mes paroles. Je pensais en réalité à ma propre peinture. J'adore la confusion, la contradiction, la mystification. Au fond de moi, tu le sais bien, je ne crois à rien du tout.

– Mais les gens vont croire ce que tu dis.

– De toute façon, ils aiment la mauvaise peinture.

– Tes absurdités ne font que les ancrer dans leurs jugements. »

Lillian avait le sentiment que Sancho n'avait pas d'existence réelle. Certes, il avait un visage, un peu asiatique, mais si elle lui demandait qui il était, il ne savait que répondre d'un sourire énigmatique, reflet du sourire de Jay. Son attitude était polie, un peu obséquieuse comme celle d'un maître d'hôtel ou d'un valet, il changeait d'opinion à la moindre opposition ; il était comme un fantôme en haut d'un escalier. Son regard ne transmettait aucun message, son contact était fluide, évanescent. Il ne contredisait jamais son ami, il imitait tous ses caprices. Il était la laine de la pantoufle, le bourrelet de la fenêtre, le feutre de la touche du piano, l'amortisseur de la voiture. Il était l'homme invisible, et Lillian ne pouvait comprendre la camaraderie de Jay et de Sancho. Elle souffrait de voir cette copie réduite de Jay.

« Comment as-tu pu, dit-elle un jour à son amant, amener ici, juste après que nous nous soyons aimés, cette horrible femme ?

– Oh !... C'est que Michel (Sancho) me trouve ingrat, amoral, cynique. Il considère que je suis le plus fortuné des hommes parce que je te possède. Ses sermons m'agacent. Alors je joue la comédie pour le choquer. Je lui parle de prostituées et il en bave de me voir si cynique à ton sujet. Comprends-tu ? Je sais bien que ce sont des enfantillages. Ne prends pas cela trop au sérieux. »

« Hé ! Sancho ! » Et Sancho se mettait à rire hystériquement. Cette scène se reproduisait. Lillian l'appelait la scène de l'Idiot du village. Elle riait avec eux, mais à demi seulement.

« Je suis à la recherche de mon propre univers, continuait Jay, un univers d'EXISTENCE pure, végétal, instinctif. La non-volonté. Un monde de totale indifférence, celle de l'hindou qui reste immobile pour que la graine puisse lever en lui et s'épanouir. Je cherche un moyen terme entre la volonté de l'Européen et le karma de l'Oriental. Je ne veux connaître d'autre joie que celle de l'illuminé, de la révélation de ce que je vois dans le monde. Ne ressentir que des vibrations. Être susceptible de tout vivre. Tout accepter. Tout recevoir. ÊTRE. N'est-ce pas le rôle de l'artiste ? Conduire à l'extase. Ma vie n'est que résistance à la volonté. Je veux laisser les choses se produire. J'ai esquivé le travail, les responsabilités, et je désire exprimer dans mes toiles l'abandon de la volonté et ma soumission à la joie. »

Tel était le climat de l'existence de Jay, et Lillian s'adapta à ce climat, elle cédait son corps, elle assouplissait ses gestes, se faisait fluide, guidée, nourrie par le plaisir et la joie de le procurer aux autres. Lorsque quelque événement menaçait son plaisir, Jay s'évadait. Il semblait avoir réussi une vie que n'atteignaient pas les angoisses de son époque. Lillian pressentait cependant un défaut à la cuirasse. Elle ne savait pas lequel.

Elle allait bientôt découvrir que ce monde que Jay s'était inventé était un monde enfantin, qu'en réalité il dépendait des autres, du dévouement des autres, du sacrifice des autres. Il reçut un jour une lettre de sa première femme : elle lui écrivait que leur fille, âgée de quatorze ans, montrait des dons exceptionnels pour la peinture. Cela fit pleurer Jay : « Je ne peux rien pour elle. » La seule idée de la paternité lui répugnait et il avait déclaré à sa petite fille, lorsqu'elle avait cinq ans : « Souviens-toi que je suis ton grand frère, je ne suis pas ton père. » La paternité menaçait son goût de la liberté et de la jeunesse durable.

« Invite-la à venir partager notre existence, lui proposa Lillian.

– Non, il me faut ma liberté entière. J'ai trop de travail. Il faut que j'enlève tous les cadres de mes tableaux. Je veux qu'ils deviennent partie intégrante du mur, qu'ils forment une frise ininterrompue. Mes couleurs ont envie de sortir de la toile, je ne peux pas les en empêcher. »

Et tandis que Lillian préparait leur dîner dans la petite cuisine, Jay s'endormit. À son réveil, il avait oublié sa fille et son sentiment de culpabilité.

« Est-ce que le dîner est prêt ? As-tu du bon vin ? »

Si seulement son indifférence était contagieuse..., songeait Lillian. Jay peut oublier sa fille et je ne peux pas oublier mes enfants. Chaque nuit, je quitte Jay en secret pour aller embrasser mes enfants de l'autre côté de l'Océan et leur dire bonne nuit. Je donne à Jay le même amour que celui que je donnais à mes enfants. Comme si je ne connaissais pas d'autres formes d'amour que celles de l'attachement et du dévouement.

Elle passait son temps à consoler les amis déçus de Jay, à régler ses dettes, à l'empêcher de payer trop cher ses révoltes.

Lors de leur première rencontre, Jay faisait des corrections pour un journal. Ses toiles ne se vendaient pas encore. Son travail lui faisait mal aux yeux. Dès qu'il rentrait chez lui, il devait baigner ses paupières enflammées. Lillian le regardait faire, elle observait les yeux rougis, si rieurs d'ordinaire et maintenant fripés et larmoyants. Ces yeux de peintre qu'il gâchait à corriger de mauvais caractères sur un papier grisâtre et sous un mauvais éclairage. Ces yeux qui lui étaient si nécessaires pour absorber le monde et sa profusion d'images.

« Jay, lui dit-elle un jour en lui tendant un verre de vin rouge, buvons à la fin de ton travail au journal. Tu n'auras plus jamais à le faire. Je gagne assez pour deux si je joue chaque soir. »

Jay prenait parfois des allures de gnome, de satyre, et parfois d'« intellectuel à lunettes ». La violence de ses gestes faisait paraître quelquefois son corps fragile. Son appétit de vivre était colossal. Adolescent, il avait mis dans sa poche tout l'argent que ses parents lui avaient donné pour entrer à l'université, et il était allé à la découverte de l'Amérique. Il faisait de l'auto-stop, se liait avec des clochards, travaillait au ramassage des fruits, à la plonge dans les restaurants, prenant l'ouvrage qui se présentait, cherchant l'aventure et les expériences nouvelles. Il resta plusieurs années sans revoir ses parents. Il avait totalement rompu avec son enfance, son adolescence, son passé.

Quelle richesse dans sa personnalité, songeait Lillian, quel torrent ! Dans le monde raisonnable et froid, sa peinture jaillissait semblable à une flamme et faisait immédiatement monter la température ambiante.

« Lillian, buvons au souvenir de mon époque du Pissoir. J'ai peint la joie d'uriner. C'était merveilleux d'uriner en contemplant le Sacré-Cœur ou en songeant à Robinson Crusoé. Ou mieux encore, d'uriner dans le Jardin des Plantes tandis que rugissaient les lions et que les singes perchés sur les arbres observaient le spectacle et cherchaient à m'imiter. Tout est bon dans la nature. »

Jay se plaisait au milieu de l'animation des rues. Il avait appris comme un amoureux les noms des rues de Paris. Il les connaissait intimement, il notait celles qui disparaissaient et les noms des nouvelles rues. Il conduisit Lillian rue d'Ulm dont le nom sonnait comme un poème d'Edgar Poe, rue des Feuillantines qui bruissait comme une verdure. Ils allèrent quai de Valmy regarder les chalands patients dans l'écluse tandis que les femmes étendaient la lessive sur le pont, arrosaient les pots de fleurs et repassaient les petits rideaux de dentelle qui donnaient aux péniches un air de villa de campagne. Rue de la Fourche, trident de Neptune ou trident du diable. Rue Dolent et son nom funèbre qui longeait la prison. Impasse du Mont-Tonnerre ! Comme il l'aimait, celle-là. À l'entrée, un petit café, trois tables rondes sur le trottoir. Un portail de fer rouillé fermait autrefois l'impasse, on l'ouvrait pour laisser passer les voitures; il restait maintenant béant. Un hôtel regorgeait d'Algériens qui travaillaient dans une usine proche. Voix rauques des Algériens, refrains monotones, cris, odeurs d'épices, querelles fatales, coups de couteau.

Quand on passait la grille de fer, on entrait dans le Moyen Âge. Les chiens fouillaient les ordures, les femmes allaient aux commissions en pantoufles. Une vieille concierge au teint noir épiait la rue à travers ses volets à demi fermés. Elle mâchonnait de ses lèvres desséchées des paroles inaudibles: « Qui voulez-vous voir ? » Question classique des concierges. Et Jay répondait: « Marat, Voltaire, Mallarmé, Rimbaud. »

Et Jay continuait; « Ce genre de concierges me rappelle une vieille coutume. Au Moyen Âge, les gens enfermaient dans le mur de toute construction nouvelle un chat pour porter bonheur à la maison. Je crois que les concierges sont ces chats ressuscités qui se vengent en perdant le courrier et en écartant les visiteurs. »

Ils passèrent sous un porche aussi étroit qu'une entrée de tombe maya et parvinrent dans de charmantes cours ornées d'humbles pots où s'épanouissaient des fleurs; on s'attendait à voir Ninon de Lenclos ouvrir les volets de la fenêtre lézardée. Tant de peintres avaient fixé sur leurs toiles la fenêtre étroite encapuchonnée d'ardoises grises qu'elle semblait fixée à tout jamais dans le temps, de même que les nuages couleur de coquillage que le changement de vent même ne pouvait chasser.

Lillian regardait son ami assis à la petite table toute tachée du café comme un chasseur sur le qui-vive. Elle lui dit:

« Les peintres et les écrivains ont animé ces places et ces gens de telle manière qu'ils paraissent plus vivants que les maisons et les hommes d'aujourd'hui. Je me souviens mieux des paroles de Léon-Paul Fargue que de celles que j'écoute maintenant. J'entends encore sa canne infatigable frapper les pavés mieux que je n'entends mes propres pas. Leur vie alors était-elle si riche, si pleine ? Ou bien était-elle rehaussée par la palette de l'artiste ? »

Le temps et l'art avaient fait pour Suzanne Valadon, la mère d'Utrillo, plus que Jay ne ferait jamais pour Sabina. Ils avaient apporté le parfum de la concentration et la poésie de la décantation.

Les artistes de cette époque avaient placé leurs modèles dans une lumière qui nous enchanterait toujours, leur amour restait contagieux. Et par un processus contraire que Jay ne comprenait pas, mais qu'il partageait avec beaucoup d'artistes de son époque, il cherchait, lui, à exprimer son incapacité à aimer. Il peignait *sa* haine.

Jay racontait ses aventures :

« J'ai pris pour rentrer le même bateau que les prisonniers de l'île du Diable. Et je me disais que j'aurais pu, moi aussi, revenir criminel. C'était à Marseille. J'avais emmené des filles que j'avais rencontrées dans un café et nous revenions en taxi après avoir fait le tour des boîtes de nuit. Une des filles me recommanda de ne pas me faire rouler. Arrivés à l'hôtel, le chauffeur me réclama une somme scandaleusement élevée. Je discutai. J'étais très en colère et j'avais conscience de regarder le visage de l'homme avec une intensité dramatique, comme si je me préparais à le tuer. Ma haine était comme un verre grossissant et me révélait tous les détails de son visage charnu, ses pores dilatés, ses verrues à poils, les cheveux mouillés par la sueur qui lui tombaient sur le front, ses yeux maussades couleur de Pernod. Nous aboutîmes finalement à un accord. Et cette nuit-là, je rêvai que je l'étranglais. Le lendemain, j'ai fait un portrait de lui tel que je l'avais vu dans mon rêve, comme si je l'avais véritablement étranglé. Le public va trouver cette toile abominable.

– Non, dit Lillian, elle plaira probablement. Djuna dit toujours que les criminels délivrent les autres de leurs désirs meurtriers. Le criminel accomplit les crimes du monde entier. Tu exprimes sur ta toile les souhaits cachés de milliers de gens. Il en est de même pour tes dessins érotiques. C'est ta liberté qu'ils envient. »

À l'aube, place du Tertre, ils regardaient les vieilles maisons près de s'écrouler, ces maisons fatiguées d'avoir été si longtemps les façades peintes d'Utrillo.

Trois agents de police flânaient dans la rue. La sonnerie du téléphone d'une cabine publique résonna hystériquement dans le petit jour. Les agents coururent vers la cabine.

« Il s'agit sûrement d'un meurtre », dit Lillian.

Deux garçons de café et une femme se mirent à courir derrière les agents. Le téléphone sonnait toujours. Un des agents prit l'écouteur. On l'entendit répondre : « Non, non, pas du tout. Il n'y a rien. Tout est absolument calme. La nuit a été très calme. »

Lillian et Jay s'étaient assis sur le bord du trottoir, ils se mirent à rire.

Quel que fût le secret de Jay, le secret de sa liberté, Lillian ne pouvait pas le partager. Ce n'était pas une maladie contagieuse. Elle ne connaissait que les besoins secrets de Jay : « Lillian, j'ai besoin de toi. Lillian, sois mon ange gardien. Lillian, il me faut la paix pour travailler. » L'amour, la fidélité, les attentions, le dévouement dressaient toujours autour de Lillian les mêmes barrières, les mêmes limites, les mêmes interdits.

Jay refusait de voir les moments de beauté des êtres humains. Il soulignait au contraire leurs analogies avec l'animal, ajoutant des verrues, des peaux vertes, de l'huile dans les cheveux et des serres aux ongles. Il se défiait de la beauté. Il éprouvait pour elle une sorte de méfiance de puritain pareille aux préjugés de la foule contre les prestidigitateurs. Il avait séparé le naturel de la beauté. Le naturel qu'il aimait, c'était le négligé, les vêtements déboutonnés, les cheveux hirsutes, les vagabonds.

L'abîme qui existait entre les modèles de Jay et ce qu'il peignait déconcertait Lillian. Lorsqu'ils marchaient ensemble le long de la Seine, alors qu'elle voyait la rivière grise et soyeuse, sinueuse et brillante, Jay la peignait d'un gris opaque, avec des plaques de boue fermentée, des bancs de bouchons de bouteilles et des herbes issues des eaux stagnantes de ses rêves.

Il avait découvert une clocharde qui dormait chaque nuit à la même place sur le trottoir en face du Panthéon. Un ventilateur souterrain dégageait en cet endroit un peu de chaleur et parfois même de la fumée, si bien qu'on avait l'impression qu'elle était en train de brûler, alors qu'elle dormait bien sagement, la tête sur le cabas qui contenait ses effets, sa robe brune tirée jusqu'aux chevilles, un châle serré sous le menton. Elle dormait calmement, avec beaucoup de dignité, comme si elle était dans un vrai lit. Jay l'avait peinte avec ses pieds sales et écorchés, la corne de ses orteils et ses ongles noirs. Lillian avait gardé de cette femme un tout autre souvenir, un souvenir qu'elle aimait. Comme ils lui proposaient de la faire entrer dans un asile de vieillards, elle leur avait dit :

« J'aime mieux rester ici où sont enterrés tous les grands hommes de France. Ils me tiennent compagnie, ils veillent sur moi. » Cela, Jay l'avait oublié.

Et Lillian se souvint du verset du Talmud : « Nous ne voyons pas les choses comme elles sont, nous les voyons comme nous sommes. »

L'existence chaotique de Jay, son dadaïsme périodique, ses contradictions incessantes la troublaient si profondément qu'il lui fallait le refuge de la naturelle clarté de Djuna. Les interprétations instinctives que faisait Djuna de leurs actes avaient plus de réalité que le « réalisme » de Jay, son besoin de tout étaler au grand jour, de « crever les baudruches » (disait-il).

Lillian se méfiait de la femme en elle. Son père avait été déçu à sa naissance, il aurait préféré un garçon. Et Lillian l'avait su et pensait que c'était la raison de son manque d'assurance. Elle ne se trouvait pas jolie et, enfant, elle aimait à revêtir les costumes de son frère. Ainsi elle plairait peut-être à son père. Vêtue des jeans de son frère, d'un gros chandail, en chaussures de tennis et en cheveux courts, elle se sentait possédée par la hardiesse masculine et se persuadait que les hommes sont maîtres de leur destin et que ce n'était pas le cas des femmes. Elle choisissait les vêtements masculins comme les hommes primitifs choisissent les masques pour effrayer l'ennemi. Mais sa comédie était par trop artificielle. Elle prétendit se transformer en garçon alors que son plus cher désir était de se faire aimer d'un garçon. Elle jouait le rôle de l'amant, agissant pour faire comprendre à l'amant ce qu'elle attendait de lui, sans désir d'agressivité, mais dans un désir de clarté...

Elle croyait posséder certaines qualités masculines comme le courage, le besoin d'activité, puisque son père avait souhaité un garçon à sa place. Elle pensait parfois qu'une femme trouverait chez elle ces qualités et l'en aimerait.

Lorsque Sabina apparut, d'abord comme modèle de Jay, et que peu à peu elle se mêla de façon plus intime à leur vie quotidienne, Lillian se sentit emportée dans son sillage et se crut en proie à une passion amoureuse. Djuna l'aida à comprendre la nature réelle de ses sentiments pour Sabina. Elle désirait au fond s'oublier en Sabina, DEVENIR Sabina. Elle avait confondu ce besoin de transmutation avec l'amour. Elle désirait se coucher auprès de Sabina, ÊTRE Sabina, et qu'en se relevant ensuite toutes deux ne soient plus qu'UNE seule femme. Elle désirait devenir un supplément de Sabina, pour réveiller en elle cette femme engloutie, qu'elle ne pouvait plus libérer. Elle voulait ressusciter avec l'esprit libre de Sabina, son impulsivité, son insouciance. Elle aurait aimé recouvrir sa chevelure bouclée du casque lisse des cheveux de Sabina, satiner sa propre peau du satin de la peau de Sabina, incendier son regard bleu par la braise fauve des yeux de son amie, parier avec la voix de Sabina, quitter son propre corps pour devenir semblable à l'une de ces femmes que son père avait adulées.

C'est une Lillian encore à naître qu'elle avait cherchée en Sabina. En se greffant sur son amie, elle croyait devenir plus femme, plus vivante. Elle choisissait un corps digne d'être aimé (son propre corps ne lui plaisant pas), elle prenait la liberté pour guide (liberté qui lui paraissait toujours étrangère), elle choisissait un visage qu'on pouvait admirer et adorer (alors qu'elle n'était pas satisfaite du sien).

Tous ces sentiments étaient restés obscurs et informulés jusqu'au soir où Sabina tomba malade pour avoir bu toute une bouteille de Pernod à elle seule. Elle avait presque déliré et Lillian et Jay avaient dû la soigner. Sabina était sujette à de forts accès de fièvre et Lillian, angoissée par le visage ravagé de son amie, s'était allongée à côté d'elle pour veiller sur elle, tandis que Jay était allé dormir dans le studio.

Jay crut qu'au cours de cette nuit-là la jalousie était née entre les deux femmes et les avait séparées. Mais cette interprétation due aux bavardages de Sabina et aux paroles évasives de Lillian était superficielle. Le drame avait été tout autre.

Les deux femmes avaient compris qu'elles désiraient se rapprocher mais non s'aimer. Elles s'étaient simplement embrassées. Sabina enviait à Lillian son inexpérience, sa candeur; elle aurait voulu recommencer une vie nouvelle. Toutes deux désiraient l'impossible. Elles ne pouvaient l'expliquer à Jay qui n'aimait pas les complications de la pensée et réduisait tout à des actes simples. Il ne comprenait pas les phénomènes mystérieux de la chair et de l'esprit.

Elles découvrirent cette nuit-là qu'une certaine Lillian dormait en Sabina, une Lillian que Jay n'avait pas éveillée, car il voulait, lui, la Lillian-esclave.

Sabina *était* la liberté même dans chacun de ses gestes, chacune de ses paroles. Elle ignorait les liens de la fidélité, de la loyauté, de la reconnaissance, du dévouement, du devoir, des responsabilités, de la culpabilité. Elle ne jouait jamais que les rôles qu'elle avait librement choisis.

Cette nuit-là, ni Sabina ni Lillian ne voulurent aller jusqu'au bout du jeu de l'amour. Elles réalisèrent la vanité factice de leur position et l'absurdité de leurs prétentions à vouloir prendre la place de Jay. Il leur était impossible d'échapper à leur féminité, à leur condition de femme, si difficile et si complexe qu'elle fût.

Le récit de cette aventure nocturne arriva aux oreilles de Jay enveloppée de mystère et de poésie dramatique. Jay n'aurait jamais admis la simplicité et l'humanité de ce qui s'était réellement passé. Lillian craignait d'ailleurs que la vérité ne renforçât l'amour de Jay pour Sabina, et Jay pensait, lui, que Sabina aimait les femmes et que cela expliquait certaines de ses réticences.

Jay aurait ri de leur hésitations, de leurs maladresses, de leur désorientation. Elles n'avaient fait que jouer des rôles. Sabina avec son sens du théâtre, des tournoiements de capes, du maquillage et des effets dramatiques ; Lillian avec naturel et honnêteté. « J'attends de toi la loyauté », lui disait Jay. Sabina était une actrice, c'était bien connu. Mais la sincérité de Lillian était chose acquise.

En réalité, Lillian enviait la souplesse de Sabina. Elle ne faisait pas la cour au modèle de son ami, mais à sa faculté d'échapper à tout ce qui pouvait l'empêcher de vivre pleinement l'aventure de la vie.

Elles s'étaient embrassées. Ce fut doux et plaisant, comme si elles avaient baisé leur propre corps. Mais le contact était resté extérieur et n'avait pas pénétré au cœur de leur être. La déception de Lillian fut grande et Sabina en fut émue. Lillian avait espéré que l'amour de Sabina, par une sorte d'alchimie miraculeuse, produirait une mutation de personnalité. Espoir déçu.

Jay était surtout curieux des impressions de Sabina.

Il cherchait à exorciser le pouvoir qu'elle avait sur lui en la plongeant dans le bain acide de la vérité. Mais Lillian ne voulait rien avouer à Jay. Il ne comprendrait pas. Il ne croirait jamais que c'étaient leurs faiblesses qui les avaient rapprochées, leurs manques. Jay restait froid devant toute faiblesse, tout désespoir. Il ne croirait pas que toutes deux cherchaient une consolation fraternelle ou maternelle à cause de sa conduite scandaleuse, de ses innombrables trahisons.

Le contrepoint des désirs se répétait éternellement. Jay, le briseur de portes, cherchait une vérité trop crue, trop noir et blanc. Alors que la clé de la grille était cachée dans les mythes préfabriqués que révèlent les songes, mythes aux visages voilés, muets, indéchiffrables.

Seule Djuna savait faire délicatement le tri et arracher la vérité à la souffrance aveugle, la souffrance de l'aveuglement. Comme ces pensées paraissaient étranges, en plein vol si loin de la terre ! Comme il paraissait étrange, dans cette lumière céleste, d'explorer ces régions de la conscience dont Djuna lui avait appris à faire lentement l'ascension ! Djuna, pilote de ligne du langage, force aérienne des vies terrestres...

Pendant quelque temps, Lillian voua son existence à Jay et à Sabina. Que voulait donc Jay ? Les posséder toutes les deux ? La lettre de Jay ne le laissait-il pas entendre : « Lillian, tu es une force véritable. Je te préviens. Je ne suis pas un ange. Je suis insatiable. Je te demanderai l'impossible. Je ne sais pas encore ce que ce sera. »

Quelques années après cette lettre, il lui demandait d'accepter la présence de Sabina, dans ses toiles, puis dans leur vie. Il demanda même à Lillian de l'aider à comprendre Sabina.

Et Lillian, juste avant son départ de Paris, au moment de quitter Jay définitivement, dit à son ami :

« Le temps est venu maintenant de te raconter la Sabina que je connais, parce que tu ne l'en aimeras que mieux. J'ai eu un aperçu de l'innocence de Sabina. Cette nuit... où nous avions rêvé d'échapper à nos propres corps, à nos moules tout faits. Nous avions atteint un degré d'exaltation où toutes les limites sont dépassées, les identités aussi. Sabina, maladroite enfin, ne savait pas comment se comporter en présence d'une femme. Elle ne cessait de répéter: "J'aimerais être au commencement de toutes choses, je voudrais être neuve de toute expérience, comme toi, pouvoir me donner en toute sincérité." Elle désirait ma naïveté. Or, ce que nous désirons, c'est ce que nous sommes. Quant à moi, qui n'ai jamais osé vivre ou même respirer de peur de blesser quelqu'un, j'ai regardé Sabina prendre ce qu'elle désirait et, en plus, obtenir l'amour. Alors j'ai désiré prendre par contagion cette irresponsabilité. Maintenant, Jay, tu aimeras Sabina davantage,

– Non, dit Jay, je l'en aimerai moins. Elle ne m'aurait jamais avoué ce que tu viens de me dire. Il y a de la beauté dans ton récit. Je viens de comprendre combien ce que j'ai pu te donner est pauvre et rude en comparaison.

– Non, Jay, tu as fait de moi une femme. Sabina m'aurait condamnée à n'être qu'une demi-femme – ce que j'étais d'ailleurs avant de t'avoir rencontré.

– Au-delà de l'amour, dit Jay, nous avons été des amis. Sabina et moi, nous ne serons jamais des amis. Je déteste ses inutiles artifices.

– Mais il t'attirent, comme une drogue. Cela, je ne peux pas te le donner. C'est moi qui t'ai donné quelque chose de banal. Ma lucidité n'a rien d'une drogue. »

Lillian regardait le duvet gris-blond qui frisait sur la nuque de Jay et se sentit presque la force de rester à son côté même en présence de Sabina. Mais elle savait trop bien que le corps de Sabina remporterait la victoire. Ils étaient bien assortis. La même violence les animait. Qu'adviendrait-il du tendre Jay qu'elle avait connu ?

Alors elle dit:

« Il faut que j'aille voir mes enfants. Adele est malade. »

Jay acquiesça:

« Tout ce que tu fais est juste. J'en aperçois pour la première fois la beauté. »

Il faisait nuit maintenant dans l'avion. Par moments, on sentait frémir l'appareil, cabré dans son effort pour gagner l'altitude.

Jay ne se souciait que d'aimer le monde, de donner un nom à tout ce qu'il contenait, de le caresser de ses mains courtes et possessives ; il l'explorait, il le faisait sien. Djuna ne se souciait que de la longitude, de la latitude et de l'altitude où se trouvaient les êtres humains les uns par rapport aux autres.

L'avion traversa sans doute un orage. Des signaux lumineux l'enjoignirent d'attacher sa ceinture. Les passagers dormaient, confiants. Lillian tira le rideau et regarda par le hublot l'immensité de l'espace où les peines semblaient perdre leur poids. Elle considéra la lune, cherchant à entrer en relation avec l'astre immobile comme pour lui demander d'apaiser les tourments terrestres. Elle garda le regard intensément fixé sur l'astre nocturne et il lui sembla que le vol de l'avion retrouvait son calme.

C'était l'année où la lune était le centre d'intérêt du monde entier. « La lune sera la première terre de l'espace à être explorée », disait-on. Or, songeait Lillian, nous connaissons si mal les êtres humains. Tous les télescopes sont fixés au loin. Aucun ne cherche à diriger son objectif à l'intérieur de nous.

La première année de son mariage, elle n'avait vu de son mari que ce qu'il lui permettait de voir, des ailes, des ailes d'albatros géant, les ailes de la bonté. Elle n'avait rien vu au-delà. Et, effectivement, Larry n'avait offert que sa bonté. Il ne disait jamais : « Je veux. J'aime. Je prends », mais : « Que veux-tu ? Que désires-tu ? » Et il obscurcissait volontairement tout ce qu'on aurait pu apercevoir de son être intérieur.

« La lune est la plus proche voisine de la terre. »

Larry et elle avaient dormi côte à côte. Pendant la nuit, au réveil, le corps de son mari était à côté du sien. Elle pouvait sentir son rayonnement. La caresse de sa voix, le baume calmant et chaud de son attachement, l'univers de sa bonté, son dévouement avaient aveuglé Lillian. Possédait-il une vie qui lui était propre, d'autres « moi » ? Il savait, comme une planète, tourner sur lui-même et ne montrer jamais qu'une seule face à Lillian.

« Une fusée peut atteindre la lune en un ou deux jours, alors qu'elle mettrait des mois à rejoindre une autre planète. »

« Une station expérimentale sur la lune aurait avec la terre des communications plus aisées qu'une station installée sur Mars ou Vénus. » Il n'était plus nécessaire à Lillian de décrire des cercles tout autour de Larry, d'aller à Paris ou à Mexico. Elle était enfin sur la même longueur d'onde que son mari et recevait ses messages.

« Aux yeux des chercheurs intéressés par le développement des sciences astronomique et physique contemporaines, la lune était apparue comme un monde immobile et mort. »

Lillian n'avait pas cherché au-delà du masque. La générosité de Larry avait créé autour de lui une atmosphère opaque. Oublieux de lui-même, presque sans nom, il n'était présent que lorsqu'on l'appelait, et on ne l'appelait qu'en cas de besoin. Larry avait posé lui-même le masque sur l'image déformée que Lillian s'était forgée.

« La lune est une roche astronomique, et clé du système solaire grâce aux traces que porte son sol des accidents astronomiques anciens. »

La clé de leur mariage ? La constance de Larry.

Alors que Lillian était faite « de l'air et de l'eau qui permettent la vie sur la terre et qui transforment sans cesse la surface de notre planète. Les forces du centre de la terre soulèvent des chaînes de montagnes que l'érosion arase, et les cycles de création et d'anéantissement d'une époque à l'autre effacent les traces du passé ». En termes planétaires, c'était tout le portrait de Lillian, la turbulente. Et celui de la permanence de Larry, celui de leur vie commune.

« La lune, elle, en revanche, n'a ni atmosphère ni océans, elle ne connaît pas l'érosion de l'eau et du vent. De plus, les formations circulaires qui prédominent dans la topographie lunaire indiquent que sa surface n'a pas connu les brusques changements qui ont présidé à la formation des montagnes sur la terre. »

C'était une telle surface que Larry avait présentée aux investigations de Lillian. Or cette sérénité n'était qu'un masque, de même que les déguisements de Sabina. Que ressens-tu, Larry ? Où es-tu ? Veux-tu partager mes enthousiasmes ? Mes amis ?

Pourquoi Larry avait-il rejoint cette position lointaine du spectateur, hors de la terre ? Pourquoi s'était-il enveloppé de cette atmosphère irrespirable, s'oubliant lui-même jusqu'à quitter son propre corps ? Lillian connaissait certaines des causes de cette attitude, mais elles ne les avait jamais mises bout à bout. Elle abordait maintenant pour la première fois la planète Larry.

« Une planète est toujours froide lorsqu'elle se forme. » La mère de Larry n'avait pas souhaité sa naissance. Ce fut le premier refus. L'amour ne l'avait pas appelé et le père avait été jaloux de l'arrivée de l'enfant.

« Une formation froide n'exclut pas un réchauffement ultérieur et la fusion de la matière planétaire par les éléments radioactifs mêmes qu'elle contient. »

L'enfant, traumatisé par cette « naissance sans chaleur », prit l'habitude de courir vers les huttes voisines des nègres qui travaillaient pour son père. Le père de Larry forait des puits de pétrole pour une société américaine.

Sa mère, une femme au teint pâle, aux yeux d'un bleu délavé, portait des robes blanches à manches longues et col montant sur lesquelles la machine à coudre avait entrecroisé des milliers de points de peur que l'étoffe n'ondule, ou ne gonfle, ou ne s'envole comme l'étoffe d'un parachute. La robe était ainsi couverte de « bouillonnés ».

Le père de Larry obéissait au principe du travail sans trêve, ne permettant ni repos ni loisir. Il tirait sans cesse sa montre de son gousset, et minutait chaque instant de la journée. La mère de Larry vivait dans une angoisse continuelle. Chaque plaisir représentait un danger. La natation menait à la noyade, le feu d'artifice pouvait vous arracher un doigt, la chasse aux lucioles réveiller un serpent à sonnettes, la camaraderie avec les enfants indigènes faire de vous un « sauvage ».

Larry courait vers les huttes indigènes à la recherche de voix chaudes, de nourriture chaude. Il aimait la demi-nudité de leurs habitants, leurs rires légers. Les huttes étaient comme des nids, remplis d'intimité charnelle, de caresses, de murmures joyeux, de roucoulements. La violence allait et venait sans laisser de traces, comme un orage tropical. Larry connut là son premier contact avec les êtres humains. Il se débarrassait des vêtements trop étroits qui le serraient. Il se réfugiait auprès de sa nourrice, une mère de famille noire. Elle souriait de sa blancheur. Sa robe de cotonnade fleurie sentait bon les épices et elle se déplaçait aussi allégrement que les graines des plants de coton. Lorsqu'elle était heureuse, le rire faisait onduler tout son corps. La lessive qu'elle suspendait comme des voiles gonflées par le vent était plus variée qu'un arc-en-ciel.

Pourtant, cette femme le trahit un jour.

Larry avait joué avec les enfants noirs tout nus. Ils avaient nagé dans les lagunes et les rivières. Ils s'étaient contemplés les uns les autres, se moquant en riant des différences de leurs corps. Chez lui, Larry avait voulu répéter avec son jeune frère les mêmes jeux, non plus en plein air parmi les plantes et les herbes, mais dans la salle de bains. Larry pensait que là aussi, comme au bord de la rivière, on pouvait aller à la découverte joyeuse de son corps. Son jeune frère était très fragile. Il avait des cheveux fins et une peau de fille. Ils s'amusèrent du contraste de couleur de leur peau, de la différence de leurs thorax, de la longueur de leurs jambes. Mais, par le vasistas, la nourrice noire observait ces investigations érotico-scientifiques, et elle fit aux parents, comme un douanier qui surveille la frontière de quelque pays interdit, un rapport de ce qu'elle avait vu dans la salle de bains et dont pourtant elle avait ri au bord de la rivière.

Une telle trahison de la part d'un univers vers lequel il avait accouru avec tant de confiance, une trahison qui ne venait pas de ceux dont il l'attendait, de son père aux sourcils froncés, aux yeux trop enfoncés dans un visage las, de sa mère avec son regard glacé, mais une trahison venue de la mère noire, la mère aux mains douces, aux pieds nus, au parfum d'épices, de celle qu'il aimait ! De telles trahisons projettent les êtres dans un univers hors d'atteinte. Pourquoi la nurse n'avait-elle pas ri de voir les enfants aller à la découverte de leur corps comme elle avait ri au bord de la rivière ? Elle qui posait longuement ses mains chaudes sur les omoplates saillantes du jeune poulain de Larry, elle qui peignait ses cheveux avec ses doigts « pour en sentir la soie ». Grâce à la chaleur de la vie qui était en elle, l'enfant avait connu une nouvelle naissance, et il avait presque pris racine.

Désormais, Larry projeté dans l'espace avait tracé son orbite enfantine loin du ressac hostile et dangereux. Le chagrin avait terminé sa route. Puisque le soleil l'avait trahi, il se réfugierait dans une zone tempérée où la lumière crépusculaire saurait le protéger.

Lillian n'avait pas compris les silences de Larry. Il ne bavardait qu'avec les enfants ou les animaux. Ses évasions mettaient Lillian au désespoir (où est-il encore ?). Elle ne sut que beaucoup plus tard que, par mesure de sécurité, il s'était réfugié dans les régions périphériques, où la souffrance ne pouvait pas l'atteindre.

La première trahison dont il avait été la victime l'avait projeté dans le monde planétaire où il évoluait à bonne distance du lieu de sa première collision.

Lillian méditait sur l'enfance de Larry : en premier lieu, l'enfant n'avait pas été désiré ; ensuite, la famille qu'il avait adoptée le trahit et brisa ainsi l'atmosphère joyeuse et libre qu'il avait découverte, et lorsque, accidentellement, la hutte indigène brûla, Larry n'en montra pas de regrets. Il dut ensuite quitter la planète brésilienne pour l'Angleterre et son humeur s'assombrit. Les parents de Larry avaient décidé qu'il ne pouvait continuer à vivre en « sauvage », qu'il manquait de discipline. Or, déjà, Larry préférait le son du tambour aux vieilles chansons anglaises, le battement des pieds nus à la valse en chaussures de cuir véritable et en hauts talons. Il aimait les roses éclatantes et il n'aimait pas les robes ternes de sa mère. Il aimait perdre du temps à rêver et il n'aimait pas l'horaire minuté de son père.

Il connut en Angleterre une période de discipline et de puritanisme glacés. Il habitait chez la sœur de sa mère qui tenait désormais la baguette, et aussi un fouet. Toute infraction à la discipline était sévèrement punie. Il était criminel d'acheter un pistolet à eau, de tirer les cheveux d'une petite fille ou de la faire tomber sur le gazon. Quant aux questions qui visaient à se renseigner sur la longueur des jambes de ladite petite fille, à demander si, comme dans un bouton de coquelicot, à l'intérieur de la jupe bouffante il y avait une corolle...

La nourriture, choisie par la tante, était insipide. Elle mesurait et programmait le temps du repas, et l'appétit nécessaire, comme elle forçait les fleurs à s'épanouir à une date précise.

Larry se dissimula derrière une façade de soumission. On avait découvert sur la lune la Mer de la Tranquillité. C'est là que vécut Larry. La surface ne présentait aucune vague. Larry se plia extérieurement à l'ordre et à la discipline jusqu'à son mariage avec Lillian. Lillian fut pour lui une messagère des jours heureux, de l'enfance brésilienne, puisqu'elle avait aussi connu une enfance sous les tropiques.

« L'uniformité relative de la surface lunaire pose un problème. »

Des hommes dépensèrent une grande partie de leur énergie à étudier ce problème. Lillian mit toute la sienne à étudier la formation du caractère de Larry. Les esprits de ces hommes étaient tendus vers l'espace, celui de Lillian sur l'évolution des sentiments de Larry.

La présence de Lillian fut pour lui l'aimant. Elle l'arracha à sa solitude, en se montrant curieuse de ses sentiments, de ses silences, de ses fuites. Au contraire de la mère qui n'avait pas voulu l'enfant, Lillian désirait pour lui une vie pleine, colorée. Elle se moqua de ses retraites et prétendit connaître ses « cachettes ». La chaude croyance de Lillian en son existence à lui, Larry, le faisait naître en vérité.

Mais comme elle était mince la silhouette qu'il présentait au monde, à peine un quart de quartier de lune. Lillian avait craint le danger d'une nouvelle éclipse, crainte vaine. Elle entendait, comme le son se répète dans la musique concrète, un écho dans le vaste espace, un écho semblable à la découverte d'une nouvelle dimension, un écho tel que l'on n'en trouve pas dans la musique classique.

Lillian devinait le risque qu'il y a pour un mari à jouer son rôle de mari, pour un savant à jouer son rôle de savant, pour un père à jouer son rôle de père – le risque du détachement de soi. Il fallait retenir Larry sur terre, lui donner un corps. Lillian respirait, riait, bougeait et s'agitait pour lui. Ils devenaient un seul corps, et Larry enfin souhaitait passionnément vivre. Larry, Larry, que puis-je t'apporter ? Des relations intimes avec le monde ? Elle était, elle, assurément, intime avec la terre entière. Alors que Larry voulait maintenir un monde habité par la seule Lillian, ou du moins dominé par elle seule.

Les hommes étaient obsédés par leur désir de rejoindre la lune parce qu'ils n'arrivaient pas à se joindre les uns les autres, chacun restant une planète solitaire.

Dans le silence et le mystère, un être humain se forme, il explose, d'autres corps le heurtent au passage, il brûle, il est abandonné. C'est alors qu'il naît à nouveau dans la chaleur créatrice de l'amour.

Table

Cet ouvrage a été composé
par Belle Page
et achevé d'imprimer en janvier 2021
par Grafica Veneta,
pour le compte des Éditions Stock, 21 rue du Montparnasse

PAPIER À BASE DE FIBRES CERTIFIÉES

Stock s'engage pour l'environnement en réduisant l'empreinte carbone de ses livres. Celle de cet exemplaire est de :
2,3 kg éq. CO_2
Rendez-vous sur www.editions-stock-durable.fr

Imprimé en Italie

Dépôt légal : février 2021
N° d'édition : 01
21-08-6879/3